LA CINQUIÈME
RÈGLE

Karine Verny

La Cinquième Règle

Roman

Éditions Persée

Ce livre est une œuvre de fiction. Les noms, les personnages et les événements sont le fruit de l'imagination de l'auteur et toute ressemblance avec des personnes vivantes ou ayant existé serait pure coïncidence.

Consultez notre site internet

© Éditions Persée, 2021

Pour tout contact :
Éditions Persée – Centre Chester Carlson
ZAC du Moulin des Landes – 2 rue Gutenberg,
44980 Sainte-Luce-sur-Loire
www.editions-persee.fr

Pour Shana.
Pour Moon.
Pour Harlem.

Vous serez pour toujours
mes plus belles histoires.

"call me
bitch.

call me
villain.

call me
she-wolf.

call me
bad omen.

call me
your worst nightmare

wearing a
red-lipped smile.

– even better, call me by my name."

– Amanda Lovelace

1.

Il était près de deux heures du matin et je me lavais les mains dans la salle de bain d'une chambre d'hôtel. Rien ne s'était passé comme prévu ; le savon sentait trop fort, je n'arrivais pas à enlever les dernières traces de sang sous mes ongles et, pour ajouter à mon agacement, toutes les serviettes blanches étaient souillées de taches écarlates à force d'éponger le flot continu qui s'écoulait de mon arcade sourcilière.

Bien sûr, j'aurais été obligée d'emporter le linge de toilette avec moi en partant même s'il avait été noir à l'origine ; la couleur n'était vraiment pas le problème. L'employé qui avait fait ce choix n'avait pas prévu qu'un assassin aurait besoin de venir travailler dans son hôtel, personne ne pouvait lui en vouloir. Non, pour être honnête, ce qui m'ennuyait était que je n'avais pas pris un sac assez grand pour voler toutes les serviettes discrètement. Et des serviettes blanches tachées de sang qui dépassaient d'un petit sac, c'était tout sauf discret. J'avais horreur que les choses ne se passent pas comme prévu.

Je me frottai les mains énergiquement jusqu'à ce que ma peau rougisse, puis nettoyai les traces sur mon visage. Quand je fus plus ou moins satisfaite, je sortis de la petite pièce pour contempler le carnage qui s'offrait à mes yeux blasés, et soupirai. Du sang frais maculait grossièrement la moquette et les draps de satin blanc étaient entièrement imbibés. Le rouge trop vif faisait paraître le blanc des murs presque agressif. Le sang est toujours beaucoup plus rouge qu'on ne le pense.

Une grimace involontaire se dessina sur mon visage lorsque mon regard se posa sur la seconde raison de ma mauvaise humeur. C'était la deuxième fois en l'espace de six mois que j'exécutais un contrat si salement et je détestais ça ; non seulement je savais d'expérience combien il était difficile de faire disparaître des taches de sang, mais cela signifiait également que je devais être encore plus vigilante à ne laisser aucune marque de mon existence. Et donc voler toutes les serviettes sans exception. Je poussai à nouveau un profond soupir et maudis intérieurement le politique véreux qui avait eu la bonne idée de se débattre. Certaines personnes étaient juste incapables de mourir sans en faire tout un plat.

Par sécurité, j'avais pris l'habitude de toujours tirer deux fois. Laisser une cible pour morte puis se rendre compte, parfois des jours plus tard, qu'elle était devenue la seule personne au monde capable de vous identifier n'était jamais une nouvelle très plaisante. Même les tueurs à gages ont leurs histoires d'horreur.

L'homme répugnant qui baignait en ce moment dans sa propre hémoglobine m'avait obligée à utiliser deux balles supplémentaires. Il avait mis tant de mauvaise volonté à mourir que, lasse d'attendre, j'avais décidé de l'achever à l'aide de mes précieux poignards. Encore une autre chose que je détestais : salir leur lame si joliment ciselée. J'adorais mes poignards et les considérais presque comme des œuvres d'art, aussi, je ne les utilisais qu'en dernier recours, dans l'éventualité où une personne mal intentionnée arriverait à me séparer de mon pistolet. J'avais rarement besoin de les sortir de leurs fourreaux.

Or, ce soir, mes deux premières balles n'avaient pas atteint leur cible parce que monsieur M. s'était mis à courir aussitôt que j'étais sortie de la salle de bain, dans laquelle je m'étais enfermée quelques secondes en prétextant le besoin de me rafraîchir. J'avais sous-estimé son intelligence mais, à ma décharge, l'air de débilité profonde qui marquait son visage aurait induit en erreur n'importe qui. Quoi qu'il en soit, monsieur M. avait moins souffert de ces deux tirs manqués que mon égo.

Alors qu'il avait le dos tourné vers moi pour s'enfuir, il m'aurait été impossible de le rater à nouveau. Avant qu'il n'atteigne la porte, j'avais tiré deux nouveaux coups qui l'avaient touché en plein cœur. Puis, l'attente avait commencé. Pendant les quelques secondes qu'il avait mis pour tomber à genoux, puis sur le ventre, il s'était débrouillé pour cracher ce qui m'avait semblé être des litres de sang. C'était en partie pour ça que la jolie moquette lin qui recouvrait le sol de la chambre était complètement foutue.

Au bout de dix secondes, j'avais été positivement épuisée d'attendre qu'il se décide à cesser de respirer. Je n'avais pas envie de gâcher une autre balle et, quoi que l'on en dise, cinq coups pour tuer quelqu'un de sang-froid étaient au moins trois de trop. Autant écrire « amateur » en majuscules sur le mur. Même si l'on prétendait tous être au-dessus de ça, l'opinion des inspecteurs comptait toujours un peu pour nous autres, psychopathes à louer.

J'avais donc mis de côté mon pistolet et son silencieux, sorti mon poignard du fourreau fixé sur le haut de ma cuisse droite, puis, je m'étais penchée au-dessus de sa tête, l'avais attrapé par les cheveux et lui avais tranché la gorge d'un geste précis. J'aurais aimé qu'il ait le temps de comprendre ce qu'il lui arrivait, qu'il ait le temps de me regarder dans les yeux, comme il l'avait fait tant de fois avec les femmes qu'il violentait sans vergogne ; j'aurais aimé voir son expression quand il n'y aurait lu aucune peur. Mais les choses ne s'étaient pas passées comme je l'aurais souhaité.

Adossée au mur, j'eus un petit rictus en pensant aux quelques flics qui allaient rendre leur petit déjeuner en étudiant la scène de crime. La majorité des policiers ne voyaient pas ce genre de boucherie aussi souvent qu'on le pensait, heureusement pour eux.

Je pris avec précaution le combiné posé sur la table de nuit de ma main gauche et composai le numéro de l'accueil.

— Service d'étage, bonsoir.

Il me fallut quelques secondes pour reconnaître la voix aimable mais contenue de la jeune femme blonde qui se trouvait à l'entrée lorsque j'étais arrivée. Elle n'avait pas l'air d'être à sa place derrière ce comptoir, mais cela ne paraissait pas l'empêcher de sourire. J'étais presque admirative.

— Bonsoir. Est-ce qu'il serait possible de m'apporter d'autres serviettes, s'il vous plaît ?

— Oui, bien sûr. Quel numéro de chambre ?

— 603.

— Je vous les fais monter tout de suite, mademoiselle.

— Madame, rectifiai-je avant de raccrocher.

Mon propre automatisme me fit rouler des yeux ; je m'entêtais à corriger les gens, alors que personne d'autre ne semblait s'en soucier.

L'idée même que mon statut dans la société dépende de mon appartenance à un homme était révoltante. Sans compter que j'avais passé des années à me battre pour me faire une place parmi les hommes de ma profession, je n'allais pas me laisser infantiliser sans rien dire. Puisque je ne pouvais décemment pas tuer tous les gens qui ne me prenaient pas au sérieux parce que j'étais une femme, je corrigeais systématiquement leurs habitudes rétrogrades. Je n'avais pas besoin d'un homme pour exister.

Si j'avais mis à contribution mes études de psychologie, j'aurais sans doute pu voir une peur pathologique de l'engagement dans mon attitude face à l'idée même d'une relation. J'étais engagée envers moi-même et c'était suffisant. Avec mon métier, il pourrait difficilement en être autrement. Être appelée « mademoiselle » me ramenait toujours à l'urgence et la pression de la société pour que je saute enfin le pas. Il aurait fallu au moins trente ans de plus pour me convaincre que le mariage était une bonne idée ; il y avait assez peu de chances que je survive trente années de plus.

J'avais bien envisagé cette possibilité, quelques années auparavant. J'avais même rencontré certains assassins à qui la vie maritale ne posait aucun problème, mais au bout de six années de célibat, je me connaissais assez bien pour savoir que je ne pourrais jamais vraiment me réhabituer à la vie à deux. Vivre avec quelqu'un, toujours dans mon appartement, toujours à mon esprit, était un concept inimaginable aujourd'hui. Je pouvais supporter de vivre avec des secrets, pas de perdre mon indépendance. Néanmoins, je n'étais pas encore prête à entrer dans les ordres : l'avantage de vivre si seule, c'était de n'avoir de comptes à rendre à personne. Mes nuits de débauche ne heurtaient aucune sensibilité, et c'était très bien comme ça. L'attachement n'était pas compatible avec mon métier. C'était ma première règle, la plus essentielle à ma survie.

Les seules fréquentations régulières que je m'autorisais en dehors de mon travail de couverture pratiquaient la même activité principale que moi ; pour la plupart, les qualifier d'amis aurait été une promotion tout à fait injustifiée. Il m'arrivait de prendre un verre avec certains à l'occasion, pour discuter affaires, ou de collaborer sur des contrats avec quelques rares privilégiés.

La majorité des tueurs à gages que j'avais connus étaient morts. Ou sur le point de l'être. Dans le meilleur des cas, ils avaient quitté leur pays, un manque profond de discrétion les ayant mis dans le radar de différents services de polices internationales. Il fallait un minimum d'intelligence pour se permettre d'être arrogant dans notre métier.

Roger, Marion et Sébastian étaient, en somme, les seuls assez professionnels et modérés pour que je puisse presque les considérer comme des amis. Ce qui n'empêchait pas le fait que je tuerais chacun d'entre eux s'ils se trouvaient en travers de ma route.

Un filet de sang vint me chatouiller la tempe, me ramenant à ma situation présente. Tout en pestant, je pressai un doigt sur la plaie à mon arcade. Deux jours plus tôt, un idiot avait confondu la pédale de frein et d'accélérateur, et le choc de sa voiture sur la mienne avait propulsé mon visage contre le volant. Les trois points de suture qui avaient été nécessaires pour refermer la blessure sur mon visage avaient fini par céder ce soir.

Je retournai dans la salle de bain et entrepris à nouveau d'éponger mon visage. Une fois lavée, j'essuyai soigneusement la plaie et collai un pansement sur mon arcade. Pour éviter que quelqu'un n'appelle la police en me voyant, je décidai de me remaquiller pour camoufler les dégâts. Le miroir me renvoya un reflet peu flatteur; mon maquillage avait été largement endommagé au cours de la soirée, le khôl noir qui avait coulé sous mes yeux s'assortissait au pourpre de la magnifique ecchymose qui ornait ma blessure, et mon teint trop clair me donnait l'air d'être une droguée en manque. Le contraste avec mes cheveux bruns rendait le tout assez effrayant. J'espérais vraiment que cette impression était due à la lumière de mauvaise qualité.

Trois coups frappés à la porte me firent sursauter.

L'homme qui me tendit les serviettes dès que j'eus ouvert la porte se mit à me dévisager d'un air crétin. Je faillis lui demander de fermer la bouche, mais me ravisai au dernier moment. Je ne savais pas s'il était plus intéressé par mon front ou la fente de ma robe, qui s'ouvrait jusque mi-cuisse. Dans un cas comme dans l'autre, j'envisageais sérieusement de le frapper.

Il se reprit juste à temps et s'enquit poliment:

— Tout va bien?

— À merveille, répondis-je avec un sourire éblouissant.

Il n'insista pas, mais son regard méfiant me mit assez mal à l'aise pour me faire regretter, un instant, d'avoir choisi de jouer un rôle pour approcher ma cible, ce soir. C'était souvent ma méthode favorite ; malheureusement, cela impliquait que je devais jouer le rôle jusqu'au bout et que je ne pouvais pas éviter d'entrer en contact avec d'autres personnes. Je me demandais parfois si je ne ferais pas mieux de m'en tenir à la technique qui semblait si bien réussir à Roger : entrer, tirer, sortir. Si elle prévenait ce genre de rencontres importunes, elle était aussi plus risquée. Tout le monde n'était pas capable de se fondre dans le décor et devenir invisible. Être remarquable, c'était courir le risque d'être reconnue.

Personne ne se souviendrait précisément de la prostituée qui était montée avec monsieur M. dans sa chambre et les caméras de surveillance ne montreraient jamais mon visage. Ce soir, je n'étais qu'une femme parmi tant d'autres. J'avais accosté ma cible à une soirée et, comme l'avait promis mon client, M. n'avait pas pu s'empêcher d'essayer de me séduire. Il n'avait pas compris tout de suite que le prix serait plus élevé que ce qu'il avait l'habitude de payer.

Il y a encore quelques années, je me plaignais beaucoup de mon physique. Avec mon mètre soixante-sept et mon joli minois, je n'effrayais pas grand-monde. Au premier abord, les gens ne voyaient qu'une belle jeune femme, peut-être un peu désagréable, mais fragile, comme toutes les femmes. S'arrêter là était une grossière erreur mais curieusement, malgré ma réputation, beaucoup se fiaient toujours à cette première impression. Ces personnes n'étaient plus là pour parler de leur bêtise. Dans le milieu du crime international, j'étais appelée « le Fléau ». Et je méritais mon nom.

Je pris enfin les serviettes des mains du garçon d'étage en soupirant intérieurement. Il résista quelques secondes et je tirai plus fort. Peut-être avait-il l'impression que je n'avais que ça à faire, rester à discuter avec lui, en attendant que les autorités viennent découvrir le cadavre de monsieur M. ? Je n'osai pas imaginer la réaction des inspecteurs Dolanger et Valerio en me trouvant là. Mes collègues prendraient sans aucun doute un plaisir vicieux à me coller en prison. Je n'étais jamais que consultante libérale, mais je passais assez de temps dans ce foutu poste de police pour m'être fait quelques copains. Ainsi que quelques ennemis.

Il céda enfin et je dus me retenir pour ne pas lui claquer la porte au nez instantanément. Il me souhaita une bonne soirée et m'adressa un dernier sourire. Alors qu'il allait repartir, il ajouta brusquement :

— N'hésitez pas à nous rappeler si vous avez besoin de quoi que ce soit d'autre.

L'emphase qu'il avait mis sur les derniers mots et son sourire un peu trop enthousiaste me laissèrent penser que sa conscience professionnelle était toute relative. En d'autres circonstances, j'aurais peut-être répondu gentiment.

Dans un autre monde, par exemple.

— Non merci. Vous feriez mieux d'aller proposer vos services à la jeune femme de l'accueil, elle a l'air d'en avoir plus besoin que moi.

Cette fois-ci, je ne me retins pas de claquer la porte.

À nouveau seule, je retournai dans la salle de bain, j'inspirai à fond et me mis au travail. Je me lavai les mains une dernière fois, enfilai des gants en latex, puis entassai tant bien que mal les serviettes imbibées de sang dans mon sac à main. J'essuyai soigneusement les rares endroits où j'aurais pu laisser des empreintes avec ma main droite, ou des traces d'ADN, replaçai les serviettes propres dans la salle de bain, excepté celles que j'avais touchées en les prenant des mains du jeune homme. Enfin, avec précaution, je rangeai mes armes à leurs places respectives. Mon sang avait été nettoyé jusqu'à la dernière goutte à l'eau de javel, et j'avais pris le téléphone de ma main gauche, qui ne laissait aucune empreinte.

Cinq ans plus tôt, un sociopathe qui avait décidé que je lui avais volé son contrat s'était mis en tête de me tuer pour se venger. Il aurait sûrement réussi s'il n'avait pas voulu prendre le temps de me torturer avant. J'avais connu des moments plus glorieux et n'en gardais pas un souvenir particulièrement agréable ; les cicatrices qui habillaient mon corps, ainsi que l'intérieur de ma main gauche brûlée à l'acide, me rappelaient chaque jour que certaines erreurs pouvaient être fatales. Mais je me consolais en pensant qu'il allait passer le reste de ses jours dans une obscure prison russe pour le meurtre d'Aëlle Alméras. Mourir était trop facile, il ne méritait pas de fin rapide.

Maquiller mon propre meurtre, en revanche, avait été tout sauf facile, et j'avais dû rappeler de nombreuses faveurs, mais à cette époque, il n'y avait déjà plus personne pour me pleurer. Mes parents avaient été tués dans un accident de voiture des années auparavant, mon grand-père était mort d'un cancer, et mon fiancé avait été assassiné. Laure, ma meilleure amie, avait été la seule à me suivre dans ce monde de secrets que j'avais créé ce jour-là, mais je savais avec une certitude absolue qu'elle les emporterait tous dans sa tombe.

Les services secrets du monde entier avaient enfin réussi à attraper le monstre qui avait tué tant de pauvres innocents, et j'avais eu ma vengeance. Tout le monde était gagnant. Sauf ce foutu sociopathe.

Avant de partir, je soufflai un baiser à monsieur M., puis plaçai soigneusement l'écriteau « Ne pas déranger » sur la poignée. En passant devant le comptoir d'accueil, j'offris un sourire compatissant à l'hôtesse. Elle ne parut pas surprise de me voir redescendre seule et oublia mon visage dès que je fus sortie.

Sur le parking sombre, ma voiture et son pare-chocs flambant neuf m'attendaient sagement. En y montant, j'aurais pu avoir des remords.

Mais je n'en avais aucun.

Une seule chose comptait pour moi à cet instant : demain était un dimanche, et je pourrais dormir jusqu'à dix heures.

2.

— Allô ? répondis-je d'une voix ensommeillée.

Il m'avait fallu une force surhumaine pour décrocher le téléphone.

— Ava ? C'est Sébastian.

Je jetai un coup d'œil à mon réveil et poussai un juron sonore. Il était sept heures du matin à peine passées. J'avais dormi en tout et pour tout quatre heures et demie, ce qui était loin des huit heures réparatrices que j'avais espérées.

— Sébastian, t'as vu l'heure qu'il est? demandai-je après un long soupir. J'espère que tu as une très bonne excuse.

— J'ai toujours une bonne excuse. Je sais à quel point tu tiens à ta grasse matinée du dimanche.

— Alors dépêche-toi, que je puisse me rendormir et oublier ce réveil désagréable.

— Désagréable, désagréable… on a connu pire que ma voix douce et mélodieuse, je te ferais remarquer, s'indigna-t-il.

— Sébastian… grinçai-je en guise d'avertissement.

— D'accord. D'abord, j'ai besoin de savoir : est-ce que quelqu'un aurait une raison de vouloir te tuer, en ce moment ?

Le fait que j'ai besoin de réfléchir à la question avant d'y répondre était probablement un signe de ma mauvaise hygiène de vie.

— Pas que je sache. Tu as entendu quelque chose ?

— Non, non, mais avant de faire une proposition à un collègue, j'aime m'assurer que je ne risque pas de finir dans la catégorie dommage collatéral, s'expliqua-t-il.

— Quel genre de proposition ?

— Un contrat sur un petit politique inconnu.

— Et ?

Même si j'avais toujours une raison quelconque de détester les hommes politiques, j'étais perplexe. Sébastian me connaissait assez pour savoir que je ne tuais jamais de politicien honnête. Ils étaient bien trop rares. La cible devait être une sacrée ordure, sans quoi il n'aurait même pas envisagé de m'appeler.

— Il a envoyé sa femme et son plus jeune fils à l'hôpital, il y a un peu plus d'un mois, confirma-t-il.

Je me penchai pour allumer ma lampe de chevet, maintenant parfaitement réveillée.

— Sébastian, tout ça, c'est très sympa, mais pourquoi est-ce que tu m'en parles ? C'est toi qui as déniché ce contrat, il est à toi.

— Le recruteur veut une équipe.

— Et tu as dit que tu avais une équipe ? m'étonnai-je.

— Ouais, j'ai menti.

— Et tu as gentiment pensé à moi ? devinai-je.

Après toutes ces années, j'étais toujours surprise par les exigences et les extravagances de certains clients. Quelques-uns n'hésitaient pas à donner un plan très précis à suivre pour l'assassinat en lui-même, comme s'ils étaient les spécialistes. Mais les recruteurs avaient toujours le dernier mot. Du moins sur le papier. Après tout, nous étions tous des menteurs professionnels, qu'est-ce que cela pouvait bien coûter de prétendre avoir empoisonné une personne quand on l'avait en fait étouffée ?

— Ava… hésita-t-il, je veux vraiment ce contrat.

Je devins méfiante sur-le-champ.

— Pourquoi ? Et ne me dis pas que c'est pour l'argent.

Il resta silencieux si longtemps que je crus un instant qu'il avait raccroché. Malgré moi, je commençai à m'inquiéter.

— Si ça ne tenait qu'à moi, j'aurais pris ce boulot tout seul, mais on doit être au moins trois, et je veux faire équipe avec les meilleurs. Tu es la meilleure. Et je veux sa tête sur un plateau.

Le compliment m'aurait touchée si le reste ne m'avait pas glacé le sang. J'étais officiellement inquiète. Il était évident qu'il était impliqué dans une affaire loin d'être claire, mais je n'étais pas pour autant certaine de vouloir savoir de quoi il s'agissait vraiment.

— Pourquoi est-ce que tu tiens tant à le tuer ? demandai-je finalement, cédant à ma curiosité naturelle.

— Ça ne regarde que moi.

— Pas si tu veux qu'on fasse équipe. Je n'ai pas envie de devenir un dommage collatéral non plus. Si tu refuses de me communiquer des infos qui nous coûteront peut-être la vie, il est hors de question que je m'embarque là-dedans.

— Je te promets que mes motivations ne te feront pas tuer. Moi, peut-être, mais ni toi, ni Roger.

— ROGER ?

Je n'avais pas voulu crier, mais j'étais tellement abasourdie que je n'avais pas pu contenir ma surprise.

— Comment est-ce que tu as réussi à le convaincre ?

Il acceptait rarement de travailler en groupe. Certains pensaient que c'était par peur qu'on découvre qu'il n'était pas à la hauteur de sa réputation, mais je savais que, comme moi, il préférait travailler seul pour la simple raison qu'il était plus efficace comme ça. Et pour être honnête, quand on était aussi bon que Roger, tous les autres ne faisaient que gêner.

— Oh, c'était facile, continua Sébastian. Premièrement, c'est vraiment bien payé. Deuxièmement, je lui ai dit que t'étais déjà dans le coup.

Je me redressai dans mon lit.

— Pardon ? m'écriai-je.

— Il m'a répondu que si le Fléau était de la partie, il ne manquerait ça pour rien au monde. Et il a aussi ajouté qu'on allait bien rigoler.

— C'est vraiment ce qu'il a dit, ou t'essaies juste de me flatter pour que je dise oui ? me méfiai-je.

— Non, c'est vraiment ce qu'il a dit, m'assura-t-il. Moi aussi ça m'a surpris. Clairement, il ne doit pas te connaître aussi bien qu'il le pense, parce que ton sens de l'humour laisse à désirer.

Je serrai les dents pour m'empêcher de répliquer. Me faire réagir lui faisait toujours bien trop plaisir pour que je laisse ses petites piques m'atteindre.

— Donc tu t'es engagé à m'avoir avant même de me le demander ? Espèce de fumier, je devrais dire non rien que pour ça. Et mon sens de l'humour est absolument parfait, je te remercie.

— Ça veut dire que c'est oui ?

Je me forçai à décontracter la mâchoire avant de lui répondre.

J'allais le regretter. Je ne savais pas encore pourquoi, mais j'étais certaine que je le regretterais.

— Combien ?

— Quatre-vingt mille chacun.

Je laissai échapper un petit sifflement impressionné. C'était une somme énorme pour un petit politique inconnu. Quelqu'un devait vraiment lui en vouloir.

Malgré tout, je m'interrogeai. Toute cette histoire sentait mauvais. Je n'allais pas cracher sur l'argent, mais je n'aimais pas traîner dans les affaires glauques. Bien sûr, on pouvait considérer qu'en tant que tueuse à gages, j'étais déjà dans les affaires glauques jusqu'au cou.

J'ignorai consciencieusement la petite voix dans ma tête qui me disait que j'aurais accepté de toute façon, justement parce que rien de tout ça n'était très net, et que Sébastian était impliqué. La seule raison pour laquelle je voulais couvrir ses arrières, c'était parce qu'il savait bien trop de choses à mon sujet pour que je le laisse être compromis. Ouaip, la seule et unique raison.

— D'accord, soupirai-je.

— Ha ha ! Je savais bien que tu ne pourrais rien me refuser. On va pouvoir travailler sur ce sens de l'humour !

— Comme je l'ai déjà dit, mon sens de l'humour se porte très bien. C'est vraiment pas ma faute si t'es un emmerdeur.

— Arrête, je vais rougir. Je t'envoie l'adresse de l'hôtel illico. Tu veux quelques jours pour décider si on prend une chambre tous les deux, ou je peux réserver tout de suite ?

Même à travers le combiné, j'arrivais à entendre son grand sourire.

Je retins un nouveau soupir. La capacité de Sébastian à enquiquiner les gens était telle qu'à côté de lui, je passais même pour une petite joueuse. Depuis qu'on s'était rencontrés, son occupation favorite était de me faire du rentre-dedans. Heureusement pour lui, il y avait certaines limites qu'il n'avait jamais franchies ; autrement, il savait qu'il finirait avec une balle entre les yeux.

Même si j'espérais ne jamais avoir à le faire, je n'hésiterais pas une seconde à dégainer si je le devais. Et je n'hésiterais pas non plus à tirer. Contrairement à lui.

— Le client tient à nous rencontrer en personne, au fait. J'espère que t'as rien de prévu pour ce soir.

Je jurai.

— Vous pouvez pas y aller sans moi ? demandai-je, suppliante.

— Ava, Ava, tu sais bien que non. Qui passerait à côté d'une occasion de rencontrer le Fléau ? taquina-t-il.

— Quiconque veut vraiment rester en vie ?

— Vrai. Mais ta mauvaise réputation avec les clients sera adoucie par mon charme naturel.

— Très bien, mais tu viendras pas te plaindre si ça se termine mal.

Je n'avais pas pour habitude d'être particulièrement agréable avec qui que ce soit, et pourtant, ceux qui me payaient semblaient toujours penser que j'étais dans l'obligation de faire un effort. D'autres essayaient de me charmer pour m'amadouer. Ce qui n'était jamais une très bonne idée. En règle générale donc, mes rencontres avec les recruteurs ne se passaient jamais très bien.

— Parfait ! Tu auras même le droit de me dire « je te l'avais dit ». Vingt heures, *La Carmencita*. On passera te chercher vingt minutes avant, sois prête à l'heure.

— Oh, juste un détail, ajoutai-je alors qu'il allait raccrocher. Si tu te fais tuer sur ce job, je te ressuscite pour te buter moi-même, c'est clair ?

J'eus le temps de l'entendre rire doucement avant que la tonalité de fin ne sonne à mon oreille. J'éteignis la lumière en ruminant ; il y avait de grandes chances pour que je finisse par regretter de lui avoir dit ça, mais si j'avais réussi à lui rendre un peu de bon sens, je pourrais supporter ses plaisanteries libidineuses pendant quelques années de plus.

Alors que j'allais reposer la tête sur l'oreiller, la sonnerie de mon portable retentit à nouveau.

— Quoi ? grognai-je.

— Je sais que j'ai dit que tout irait bien, que je te faisais confiance et tout, mais juste au cas où, tu voudrais pas faire un peu de yoga avant le dîner de ce soir ?

Je lui raccrochai au nez.

*

À dix-neuf heures, j'hésitais encore sur le choix de ma tenue. Il fallait que j'aie l'air dangereuse, mais pas agressive. Ma réputation devrait se charger du premier aspect, par conséquent ma tenue devait pouvoir dissimuler chacune des armes que je porterais. Le problème était que la seule robe qui faisait cela parfaitement était actuellement en train de tremper dans le lavabo à cause du sang que monsieur M. y avait laissé.

Après délibération, je choisis une robe courte à larges bretelles pour que mon holster ne m'irrite pas la peau. Délicatement, j'enfilai un petit fourreau de cuisse par-dessus mes collants, et sortis mon holster simple du placard. La question était maintenant de savoir comment j'allais bien pouvoir cacher ça. Les soirées étaient douces puisqu'on était déjà fin avril, donc je ne pourrais pas porter mon manteau à l'intérieur. Trop suspect. Bien sûr, si le client était du milieu, il verrait immédiatement que j'étais armée, quoi que je mette par-dessus.

Je ressortis du fond de mon armoire une petite veste noire, courte et légère, et fis un essai avec mon pistolet placé dans son holster. Il n'était pas parfaitement camouflé, mais ça ferait l'affaire. Une légère touche de maquillage pour souligner mes yeux verts, et j'étais fin prête. Je faisais un dernier tour dans la salle de bain quand la sonnette de la porte d'entrée m'interrompit. Une vérification rapide de l'horloge me confirma qu'il était trop tôt pour que les garçons viennent déjà me chercher. Et je n'attendais personne d'autre qu'eux ce soir.

Rapidement, je dégainai mon arme et me plaçai derrière la porte. Je n'avais pas l'intention de tuer qui que ce soit dans le couloir de mon immeuble, mais mieux valait prévenir que guérir.

— Qui est là ? demandai-je d'une voix que j'espérais impressionnante.

— Qui veux-tu que ce soit ? me répondit la voix exaspérée de Sébastian.

Retenant un commentaire désagréable, j'ouvris la porte et me poussai pour les laisser entrer. Sébastian, qui posait les pieds chez moi pour la première fois, se mit à examiner la pièce, pendant que Roger m'examinait moi.

— Tu donnes ton adresse à tellement de gens que tu as besoin d'être armée pour ouvrir la porte ? critiqua-t-il en voyant le flingue que je tenais toujours serré dans ma main droite.

— Vous n'étiez pas censés arriver avant vingt minutes ! me défendis-je.

Je grommelai qu'il était impossible de gagner avec lui : si j'avais ouvert sans être armée, il aurait trouvé le moyen de dire que je n'étais pas assez prudente. Je me tournai alors vers Sébastian et retins un petit sourire en voyant qu'il avait cessé de respirer. J'avais préféré ne pas faire attention au regard légèrement admiratif de Roger – du moins, c'était comme ça que je l'avais interprété ; avec Roger, on ne pouvait jamais être sûr de rien. L'air idiot sur le visage de Sébastian me confirmait que ma petite robe noire était un choix judicieux. Je devrais mettre des robes plus souvent si ça pouvait le faire taire quelques minutes.

— Pourquoi est-ce que tu es déguisé en croque-mort ? me moquai-je pour le tirer de son état de transe.

Ce n'était pas vrai. Il ne ressemblait pas du tout à un croque-mort dans son costume taillé sur mesure. Ou alors, un croque-mort avec beaucoup de charme. En réalité, il était même vraiment séduisant, même si j'aurais préféré me tirer une balle dans le pied que de l'admettre à voix haute.

— Bon, t'es prête ?

Je fronçai les sourcils.

— On ne doit pas partir avant au moins vingt minutes, Sébastian, respire.

— En fait, on devrait déjà être partis, me contredit Roger. Tu n'as pas eu mon message ?

Il suivit mon regard vers le fil du téléphone qui pendait piteusement le long du mur, à côté de mon portable éteint.

— Je ne voulais pas risquer que mon sommeil soit à nouveau interrompu par des gens mal intentionnés, expliquai-je en accusant Sébastian du regard.

— La réservation a été avancée d'une demi-heure.

Après quelques secondes de réflexion, je décidai qu'une petite demi-heure de rien du tout ne valait pas la peine de faire un scandale. Après tout, j'étais déjà prête.

Pendant que je mettais mes escarpins, j'observai Sébastian qui regardait par la fenêtre de mon salon d'un air absent. Se sentant fixé, il me chercha des yeux et m'adressa un petit sourire triste. Un léger frisson me parcourut l'échine, comme un mauvais pressentiment.

Roger se racla la gorge, mettant fin à notre échange silencieux. J'enfilai mon long manteau en vitesse et attrapai mes clés sur la table de la cuisine. Quand je passai à côté de lui, Roger m'agrippa le bras.

— Je sais que tu ne te laisses pas impressionner par tes recruteurs. Mais j'ai fait mes recherches, le Fléau, et celui-là est particulièrement vicieux.

Un moment, je cherchai dans son regard des réponses que je ne trouverais pas.

— Est-ce que c'est censé me pousser à bien me comporter ?

— Non. Mais le cadeau que j'ai pour toi, oui.

— Quel cadeau ?

— T'es l'une des meilleures, je sais que tu n'as pas besoin de protection. Mais si tu réussis à réfréner tes instincts, je ferai en sorte que ça en vaille la peine.

Je fis mine d'être vexée par son « l'une des meilleures », mais je savais pertinemment que tant que Roger serait là, je ne serais jamais vraiment la meilleure sur le marché. Il était bien plus létal que moi, simplement parce qu'il n'avait aucun état d'âme et, au fond, cela me convenait bien ainsi. Je savais que si on devait un jour entrer en compétition, j'avais peu de chances d'être celle qui s'en sortirait vivante. Aucun contrat n'était suffisamment important pour que je fasse cette erreur.

Il m'avait dit une fois que j'étais vraiment devenue si efficace que ça en faisait presque peur. J'avais ri d'un air gêné pour cacher mon inquiétude ; s'il n'éprouvait pas le besoin de prouver sa supériorité, Roger était le genre de personne qui éliminait tout ce qui était susceptible de l'effrayer. Malgré le sacré compliment qu'elles représentaient, ces paroles me faisaient toujours froid dans le dos. Depuis, je prenais toujours garde à ne présenter aucune menace pour lui.

— J'ai hâte de voir ce cadeau.

— J'ai hâte de voir si tu vas réussir à te contrôler ! lança Sébastian en passant la porte.

Il sembla redevenir un peu lui-même et je le sentis me reluquer plusieurs fois dans l'ascenseur. C'est d'ailleurs en partie parce qu'il regardait mes fesses et non là où il marchait qu'il faillit tomber en trébuchant à la sortie de bâtiment. Étrangement, il ne répliqua rien lorsque je lui fis remarquer que c'était bien fait pour lui, alors qu'il aurait dû sauter sur la première occasion pour me lancer une de ses vannes si réfléchies.

Pour ne pas avoir à chercher deux places, ils montèrent en voiture avec moi. Bien évidemment, cela signifiait qu'ils durent assister à une scène pour le moins embarrassante ; le gros inconvénient des robes courtes était qu'elles avaient tendance à remonter dès qu'il fallait s'asseoir. Il fallut que je me tortille pendant quelques minutes pour parvenir enfin à m'installer derrière mon volant sans qu'elle ne me remonte jusqu'aux fesses.

C'est en fermant ma portière que la voix de Sébastian me parvint depuis la banquette arrière :

— Ava ? Tu es consciente que si ta robe faisait un centimètre de moins, ce serait un abat-jour ?

Je roulai des yeux. L'honneur était sauf.

3.

Je ne m'étais jamais rendue dans cette partie de la ville, aussi, Roger me servit de copilote pour réussir à nous garer à moins de deux kilomètres du restaurant. Qui aurait cru qu'autant de personnes seraient de sortie un lundi soir? Plus personne n'allait-il donc passer ses soirées à Paris ? J'en venais à me demander s'il y avait un réel intérêt à vivre en province, puisque je mettais autant de temps à trouver une place de parking qu'à l'époque où j'habitais en plein cœur de la capitale.

En descendant de la voiture, mon agacement ne fit que croître lorsque je découvris la rue mal pavée qui devait nous mener jusqu'au restaurant. Mes talons aiguilles se mirent à grincer sur-le-champ.

Le chemin fut donc ponctué de mes jurons, leur grossièreté augmentant à chaque nouvelle fois que je me tordais une cheville. Heureusement pour Sébastian, j'étais trop concentrée sur les pavés pour pouvoir le frapper. Je le connaissais assez bien pour savoir que ses quintes de toux ne coïncidaient pas avec mes trébuchements par hasard.

Lorsque je faillis tomber pour la cinquième fois, Roger m'agrippa par les épaules pour m'aider à rétablir mon équilibre, puis il croisa d'autorité mon bras dans le sien et se remit en marche. Crispée, je me demandai un instant comment j'étais censée réagir à cette attention. Roger n'avait jamais été un homme particulièrement galant.

— Hum... merci ? tentai-je.

— Tu ne nous servirais à rien avec une jambe cassée, répondit-il seulement.

J'aurais eu du mal à discuter cet argument.

Roger était une personne qui prenait toujours son travail très au sérieux. Peu importait, au fond, qu'il me pense très douée : si mes chevilles et moi devenions un obstacle à la parfaite exécution de ce contrat, il refuserait de faire équipe avec moi. Considérant qu'il m'aidait à arriver en un seul morceau jusqu'au restaurant, cela montrait clairement qu'il m'estimait assez pour ne pas vouloir bosser avec qui que ce soit d'autre.

S'il n'était pas aussi maniaque, on aurait pu penser que tuer était un jeu pour Roger. Un jeu auquel il n'acceptait pas de perdre. Il faisait ce boulot depuis si longtemps qu'une partie de lui était morte, et il l'admettait sans broncher. Quand il m'arrivait de me faire peur en me demandant si j'étais vraiment devenue comme lui, je me rassurais avec l'espoir que je n'arriverais pas à surmonter ma culpabilité si je tuais un innocent. Pas qu'il en restait des masses sur cette planète, mais on ne savait jamais. Ça, et le fait que Roger me filait parfois les jetons, c'était ce qui m'aidait à dormir la nuit.

Depuis quelque temps, j'étais mal à l'aise lorsque les gens me disaient impitoyable ; pourtant, je savais avoir mérité mon pseudonyme, et je me souvenais encore d'une période où je me rengorgeais de remarques comme celles-ci. Pour rien au monde je n'aurais laissé paraître mon malaise, pour rien au monde je n'aurais laissé voir que je craignais de perdre le contrôle de mon existence. Savoir exactement où je me situais sur l'échelle des psychopathes était essentiel pour moi, et même si je n'avais jamais été très spirituelle, quelque part au niveau de ma poitrine, je sentais une fissure s'agrandir ; c'était un endroit froid et dur, une fêlure au creux de laquelle manquait cette partie de moi que j'avais abandonnée en tuant pour la première fois. J'étais rassurée par cette froideur, rassurée de savoir précisément ce que j'avais laissé en chemin, ce à quoi j'avais dû renoncer. J'avais lu toutes les petites lignes en bas du contrat.

Rencontrer la violence change une personne à tout jamais. La première fois qu'on doit brutalement choisir entre vivre et mourir, entre laisser vivre et tuer. Après ça, j'avais rapidement découvert qu'il n'était plus possible de revenir en arrière et de prétendre qu'il ne s'était rien passé. Je le savais. Je voulais juste garder une part de mon humanité.

Lorsque nous poussâmes les portes de l'établissement, une vague de chaleur nous submergea. Visiblement, la climatisation était un confort moderne qui leur était inconnu. Heureusement que je n'avais pas prévu de garder mon manteau, j'aurais eu l'air idiote en plus d'être suspecte.

Une serveuse nous invita vers une table du fond après que Sébastian lui eut donné le nom du recruteur et je dus me retenir de lever les yeux au ciel. Le fond du restaurant aurait pu être un placement stratégique si la table n'était pas placée contre une grande baie vitrée. Encore un qui avait regardé trop de mauvais films d'espionnage…

Un homme et une femme se levèrent pour nous accueillir, le garde du corps se tenant déjà à son poste derrière son employeur. Malgré moi, je fronçai les sourcils en voyant la femme nous détailler avec un petit sourire. Je n'arrivais pas à comprendre pourquoi quelqu'un qui s'apprêtait à engager pas un, mais trois tueurs à gages voudrait inviter sa compagne au rendez-vous d'affaires. J'étais toujours méfiante lorsque je devais travailler avec une femme. Nous devions travailler deux fois plus dur que les hommes pour obtenir la même reconnaissance, résultat : dans le monde du crime, non seulement les femmes étaient capables de tirer aussi bien que les hommes, mais elles étaient aussi beaucoup plus malignes et cruelles.

Toutefois, celle-ci ne présentait pas de danger immédiat pour nous, et avec son air fragile, j'aurais bien eu du mal à l'imaginer avec un flingue entre les mains. Je reportai donc mon attention vers le garde du corps et son air aimable de porte de prison. Son regard, loin d'être professionnel lorsque je retirai mon manteau, me conforta dans ma première impression : il était plus imposant qu'il n'était vraiment efficace.

Près de l'entrée, la serveuse nous regardait avec curiosité. Avec toute cette mise en scène ridicule, tout le monde se souviendrait de nous, songeai-je en serrant la mâchoire.

M. Carlson nous sourit de toutes ses dents blanches et nous enjoignit à nous asseoir. Tout en luttant pour m'accommoder de ma robe le plus gracieusement possible, je pris place entre Sébastian et Roger. Je jetai un rapide coup d'œil au premier sur ma droite et fus surprise de le voir aussi sérieux. Une expression de dureté et de maturité assombrissait ses traits séduisants ; il avait l'air de quelqu'un qui avait tout vu, et à qui rien n'avait plu.

Quand il surprit mon regard, ses yeux me sourirent et mon estomac se dénoua un peu.

Contre toute attente, Carlson se leva brusquement et se dirigea vers moi. Instinctivement, je portai la main à mon pistolet mais il la saisit avant que je puisse faire réagir son garde du corps, et y déposa un léger baiser. Une grimace involontaire crispa mon visage et le commentaire qui l'accompagna fut si automatique que je n'eus pas le temps de réfléchir avant d'ouvrir la bouche :

— Vous savez que ce genre de choses ne se fait plus de nos jours ? C'était bon il y a un siècle, mais quand vous faites ça en public en 2019, vous passez pour un allumé.

Son sourire faillit une seconde, mais il se reprit rapidement.

— Êtes-vous toujours aussi désagréable au premier abord, le Fléau ?

Je ne pris pas la peine de répondre puisque Roger le fit pour moi :

— Et encore, elle était polie.

J'étais prête à jurer que les lèvres de la femme blonde avaient frémi. Je retirai ma main de celle de Carlson qui alla se rasseoir en face de nous et se mit à nous détailler de ses yeux porcins, comme s'il pouvait nous cerner en quelques secondes, l'idiot.

Il était de toute évidence assez familier avec notre monde pour s'être renseigné sur nous, mais je doutais qu'il ait déjà tué quelqu'un lui-même. Le gorille dans son dos était une brute qui avait certainement pris du plaisir à tabasser des plus petits que lui et à les achever, mais il ne semblait pas posséder le sang-froid nécessaire pour abattre un inconnu. La jolie blonde était définitivement la plus difficile à cerner des trois. Plus je l'observais, et moins j'étais certaine qu'elle ait un quelconque rapport avec Carlson : elle ne disait rien, mais son regard vif et intelligent trahissait une utilité encore inconnue. Si je ne savais pas encore quel était le but de sa présence, ce n'était clairement pas de faire tapisserie.

À nouveau, le regard de Carlson s'attarda sur moi et je compris enfin pourquoi Roger l'avait qualifié de vicieux. Ses yeux glissèrent sur mon corps avec une attention avide jusqu'à s'arrêter sur ma gorge, je me sentis soudain salie par son regard. Un regard direct et vulgaire, dégradant. L'éclat de perversité sur son visage me fit réaliser qu'il avait repéré la fine cicatrice dans mon cou et que cela l'excitait. Ma rencontre avec Viktor Baranovski n'était pas un secret dans notre communauté et beaucoup savaient que j'avais passé plusieurs heures sous sa lame avant de réussir à m'échapper. Je n'avais pas honte de mes cicatrices, pourtant elles me semblaient à cet instant quelque chose de trop intime pour être étudié par Carlson.

Je résistai à l'envie de porter ma main à ma gorge et affrontai le regard concupiscent qu'il planta dans le mien ; je refusais de lui laisser voir que son inspection me laissait nauséeuse. S'il pensait que j'allais baisser les yeux la première, il se fourrait le doigt dans l'œil.

Quand il réalisa qu'il n'arriverait pas à me faire céder, ses lèvres se tordirent en un rictus déplaisant. J'avais tué des hommes pour bien moins que ça et Sébastian sentit que je n'étais pas prête à accepter ce petit jeu beaucoup plus longtemps. Discrètement, il posa sa main gauche sur ma cuisse pour y exercer une légère pression. Si Carlson n'avait pas eu ses yeux toujours fixés sur moi, j'aurais souri. Comptez sur Sébastian pour trouver un moyen de me distraire quelles que soient les circonstances.

Il se racla la gorge bruyamment.

— Excusez-moi, il ne me semblait pas que nous soyons venus jusqu'ici pour que vous fassiez les yeux doux à ma consœur. Ou aurais-je mal compris le but de cette rencontre ?

— Mes excuses, répondit-il avec un signe de tête. Il est vrai que je ne l'imaginais pas aussi… intriguante.

— Attention Carlson, prévint Roger. D'autres s'y sont brûlés avant vous.

Si j'avais pu parler sans l'insulter, je l'aurais volontiers remis à sa place moi-même. Laisser les garçons prendre ma défense ainsi me faisait me sentir faible, mais j'étais relativement certaine qu'insulter notre recruteur maintenant me ferait passer à côté du cadeau que m'avait promis Roger.

— Bien sûr, concéda Carlson dans un petit rire faussement humble. C'est juste que j'ai du mal à croire que toutes ces histoires qu'on raconte sur le Fléau soient vraies.

— Elles le sont. Et avant que vous ne l'oubliiez à nouveau, il vaudrait peut-être mieux en venir au fait, suggérai-je enfin.

Ma colère était retombée lorsqu'il avait essayé de m'insulter en disant que je n'étais pas aussi effrayante qu'on lui avait laissé croire. Étrangement, l'insulte familière m'avait permis de me rendre compte qu'il n'était qu'un idiot comme les autres. Un idiot pervers, certes, mais j'avais survécu à bien pire, et j'avais les cicatrices pour le prouver.

Tandis qu'il était occupé à sortir une liasse de papier, Sébastian se mit à jouer avec son couteau. Il étira ses lèvres dans un sourire moqueur, se délectant de la fascination de la femme blonde pour ses tours de lanceur de couteau. J'aurais bien levé les yeux au ciel, mais à la vérité, j'étais aussi impressionnée qu'elle. Sébastian n'était pas aussi bon flingueur que Roger ou moi, même s'il était assez bon pour exécuter la plupart de ses contrats par balle. Son domaine, c'était les lames, acérées de préférence.

— Vous avez autant de talent qu'on le prétend, dit-elle enfin.

Sébastian inclina la tête en signe de remerciement. S'il avait été aussi surpris que moi de l'entendre parler, cela ne s'était pas vu. Décidément, j'avais beaucoup de mal à comprendre ce qu'elle faisait là.

— Excusez-moi, lui dis-je. Ma question va probablement vous paraître impolie…

— Je croyais que nous avions établi que la politesse n'était pas votre première préoccupation ? me coupa-t-elle avec un petit sourire.

Je décidai que j'appréciais cette femme.

— Que faites-vous ici ? demandai-je en retournant son sourire.

Carlson se figea d'un air mal à l'aise et je vis le garde du corps tourner légèrement la tête vers elle, comme si lui aussi, aurait aimé savoir qui elle était.

— Mon nom est Irene Osman, je suis là ce soir à la demande de M. Carlson. Disons que mon travail est de vérifier que vous êtes tous les trois à la hauteur de vos réputations.

— Que nous sommes « à la hauteur de nos réputations » ? Qu'est-ce que c'est censé vouloir dire ? réclama Roger, qui n'aimait pas qu'on mette en doute ses compétences.

— Je ne cherche en aucun cas à vous insulter… Hadès. M. Carlson a requis mes services après avoir eu vos candidatures. Il voulait simplement savoir à qui il avait affaire, c'est une pratique très courante de l'autre côté de l'Atlantique, ces derniers temps. Mon travail est de me tenir informée, conclut-elle.

J'étais assez admirative du calme avec lequel elle avait expliqué sa présence. La plupart des recruteurs pour qui j'avais travaillé ces dernières années savaient déjà parfaitement qui j'étais et comment je travaillais. Je n'avais jamais pensé qu'il y avait en réalité des gens payés pour tenir le réseau du crime international au courant des derniers potins chez les meurtriers.

Si Carlson était venu depuis les États-Unis pour faire tuer un citoyen français, je n'aurais pas dû être si surprise qu'il ait engagé une américaine pour faire ses devoirs à sa place ; la situation était déjà assez compromettante s'il se faisait prendre, sans qu'il ait en plus à son actif des recherches sur des tueurs à gages.

— Je dois dire que je ne pensais pas vous rencontrer en personne un jour, admit-elle en nous souriant. Vos réputations vous précèdent dans certains pays où vous n'avez même jamais mis les pieds.

Elle parlait sans doute de Roger, qui refusait d'aller outre-Atlantique. C'était un anglais qui lui avait donné son pseudonyme, il y avait plusieurs années de ça. Colnet avait recruté Roger pour un simple contrat de protection de trente-six heures, durant lequel il avait éliminé douze personnes. Il s'en était sorti sans aucune égratignure et Colnet était resté sous le choc, déblatérant à qui voulait l'entendre qu'il avait vu Hadès, le dieu des enfers lui-même, frapper de terreur chacun de ses attaquants. Il avait d'ailleurs tant parlé que Roger avait fini par le tuer. Le surnom était tout de même resté.

— Comment est-ce que vous pouvez me connaître alors que je suis loin d'être aussi actif que ces deux-là ? s'étonna Sébastian.

— Vous avez un talent très particulier, Sadist, les gens parlent, fit-elle en haussant les épaules.

Je retins un petit rire à l'évocation de son nom. Je savais qu'il avait lutté pendant des années pour essayer de faire oublier ce pseudonyme, également donné par un anglophone. Son penchant pour les couteaux et sa signature « SM », lui avait valu une réputation de sadique. Bien sûr, personne ne savait que « SM » étaient en réalité ses initiales, parce que personne n'imaginait qu'un tueur à gages pouvait être aussi idiot ; lorsque le jeune Sébastian Moreau s'en était rendu compte, c'était déjà trop tard et son surnom était établi. Il avait fini par accepter son sort. Si mon nom était associé à une maladie, il pouvait bien supporter de passer pour un psychopathe impuissant.

— Voici quelques informations sur votre cible, coupa Carlson en nous faisant passer un dossier. Vous verrez vite par vous-mêmes que c'est un grand paranoïaque…

— À juste titre, remarqua Roger.

Carlson ne releva pas l'interruption et poursuivit tandis que je disposai les feuilles devant moi :

— Comme je l'ai expliqué à M. Sadist, je ne veux pas que vous disposiez de son corps, sa mort doit être officielle rapidement. Pour autant, je préférerais qu'il soit exécuté le plus proprement possible, inutile de rendre cette affaire plus médiatique qu'elle ne le sera déjà.

Je levai un sourcil interrogateur vers Sébastian, qui me retourna un petit sourire en guise d'excuse. Il aurait pu nous mettre au courant des détails plus tôt ; je n'appréciais pas d'être prise au dépourvu.

Carlson nous laissa quelques minutes pour prendre connaissance de toutes les informations sur les documents et les garçons se penchèrent vers moi pour faciliter leur lecture. Sébastian avait passé son bras sur le dossier de ma chaise et se mit à me caresser doucement l'épaule du bout des doigts. Si c'était sa façon de demander pardon pour avoir gardé tous ces détails pour lui, il était mal parti.

Un petit frisson de plaisir me parcourut la nuque et je vis un coin de sa bouche se retrousser imperceptiblement. Il savait qu'il ne m'était pas indifférent, ce qui m'énervait au plus haut point. Il y avait beaucoup de raisons pour lesquelles j'avais toujours refusé de lui céder, malgré son insistance, la plus importante étant qu'il voyait mon perpétuel refus comme un défi. Sébastian était un séducteur invétéré, il était arrogant et immature. Mais en dépit de tout ce qui m'agaçait profondément chez lui, il aurait fallu que je sois aveugle et sourde pour être tout à fait insensible à ses charmes.

Je me penchai légèrement à son oreille :

— Arrête ça tout de suite, chuchotai-je avec un sourire aimable.

Son sourire s'accentua et je dus serrer les poings sur ma jupe pour me retenir de lui en coller un dans la mâchoire.

— Ôte ta sale patte de mon épaule dans la seconde ou je vais vraiment m'énerver, Sébastian, lui dis-je dans un grincement menaçant.

Je reportai mon attention sur les papiers étalés devant nous pour faire croire à Carlson que nous parlions du contrat, quand je surpris le regard réprobateur que Roger lança à Sébastian. Je n'étais clairement pas la seule à penser que j'étais déjà assez sur les nerfs sans qu'il essaie d'en rajouter.

— Et qu'est-ce que tu comptes me faire en public ? demanda-t-il d'un ton amusé.

Sans quitter les documents des yeux, je plaçai ma main droite sur le renflement entre ses cuisses et refermai lentement mes doigts autour de ses parties génitales. La surprise avait d'abord rendu sa main hésitante puis immobile sur mon épaule, il n'avait pas compris immédiatement où je voulais en venir. J'augmentai alors la pression et le serrai franchement dans mon poing ; il retira sa main en étouffant un petit gémissement, la mâchoire contractée, et je le libérai avec un petit sourire satisfait. Sébastian fit semblant de tousser pour camoufler sa grimace douloureuse.

Je songeai avec fierté que c'était loin d'être ce qu'il avait en tête quand il m'imaginait en train de le toucher.

— M. Carlson, pourquoi avez-vous décidé de placer un contrat sur la tête de cet homme ? demandai-je pour me concentrer à nouveau sur notre affaire.

— Je vous paie pour le tuer, pas pour poser des questions, rétorqua-t-il d'un air pincé.

— Si vous voulez qu'on élimine monsieur… Emerguy, il va nous falloir l'assurance que sa mort ne pourra pas remonter jusqu'à vous, intervint Roger.

— Ce ne sera pas le cas, le rat ne se souvient probablement pas de mon existence. Il y a assez de personnes qui veulent le tuer pour que je reste dans l'ombre, et je ne serai plus en France au moment de sa mort.

— Est-ce que ça veut dire qu'on ne sera peut-être pas les seuls sur le coup ?

— Non, répondit Sébastian avant que Carlson ne puisse ouvrir la bouche. Il parlait de sa belle-famille, ils ne sont pas enchantés qu'Emerguy ait encore réussi à couvrir ses arrières alors que sa femme est actuellement entre la vie et la mort.

— Vous êtes bien renseigné, M. Sadist, complimenta-t-il avant de se tourner vers moi. Vous serez rassurée de voir que votre cible est loin d'être innocente.

Il avait dit ça comme s'il avait découvert un de mes secrets les plus intimes. Il était pourtant bien connu que je refusais toujours les contrats si je n'arrivais pas à trouver quelque horreur dans le passé de la personne à abattre.

— Vous avez bien fait vos devoirs, M. Carlson, je vous félicite, raillai-je.

— Les frais de déplacement et de logement seront à votre charge, précisa Roger. Nous vous contacterons une fois le contrat rempli pour le deuxième versement. Toute personne supplémentaire à éliminer pour accéder à votre cible vous coûtera dix pour cent de plus.

— Prenez votre temps, rien ne presse, Emerguy doit être le seul à mourir.

— Ça, c'est à nous de voir, contredit Sébastian.

L'espace de quelques minutes, tout le monde se tut, chacun mesurant la détermination du reste de la tablée. Quand Carlson fut satisfait par notre résolution, il nous fit un grand sourire :

— Parfait ! Et si nous commandions ?

Du coin de l'œil, je vis les garçons hocher la tête d'un air approbateur.

Maintenant que les affaires étaient terminées, j'aurais de loin préféré rentrer chez moi directement. Mais puisque Roger semblait s'accommoder de ce programme, j'étais obligée de prendre part au dîner si je voulais voir ce qu'il m'avait réservé en récompense de mon comportement exemplaire.

Est-ce que j'arriverais à m'y tenir jusqu'au bout du repas ? Ça, c'était une autre histoire.

4.

— … Quel abruti… pas croyable…

Marmonner des injures était la seule chose qui me relaxait assez pour m'empêcher de retourner dans la salle et de tuer ce garde du corps sur place. J'avais toujours tendance à m'énerver trop vite, mais cette fois-ci, la monstrueuse tache de sauce tomate sur ma robe et mes collants me confortait dans la certitude que ma colère était justifiée.

Je jetai une nouvelle poignée d'essuie-tout souillé dans la poubelle et inspectai d'un air consterné les dommages restants. Je savais que nous n'aurions jamais dû rester pour dîner, je le savais ! En l'espace de quelques secondes, la soirée était passée de désagréable à désastreuse. Si le gorille, le serveur et Sébastian avaient monté un complot contre moi, ça n'aurait pas aussi bien fonctionné que leur petite scène improvisée.

Lorsque le plat de Carlson était arrivé à table, son garde du corps avait stoppé le serveur avant qu'il ne puisse déposer l'assiette et s'était mis à l'examiner avec attention. Il n'aurait pas été capable de faire la différence entre du poison et du parmesan de toute façon, c'était donc d'autant plus ridicule. Sébastian avait fini par s'impatienter : avec un soupir exaspéré, il s'était levé et avait planté sa fourchette dans les pâtes pour les goûter lui-même et prouver qu'elles n'étaient pas empoisonnées. Quand, après avoir dégluti et fait remarquer qu'il était toujours vivant, il avait tenté de prendre l'assiette des mains du pauvre serveur pour la poser sur la table, ce dernier avait malheureusement résisté une seconde de trop, et le garde du corps avait pris le geste de Sébastian comme une agression. Le temps que Sébastian se retourne pour calmer le fanatique, le plat avait pris son envol pour atterrir sur mes cuisses.

Après avoir sorti quelques-uns de mes plus beaux jurons, je m'étais enfermée dans les toilettes pour essayer de réparer les dégâts. Je m'étais vite rendu compte que seuls les soins miraculeux de mon teinturier pourraient accomplir une telle prouesse.

Je m'apprêtais à remettre de l'eau sur ma robe quand mon portable se mit à sonner.

— Quoi ? grognai-je en décrochant.

— Oh. Je te dérange ?

J'inspirai à fond avant de répondre. Arnold n'y était pour rien, l'agresser ne sauverait ni ma robe, ni mes collants.

— Tu veux que je rappelle à un meilleur moment ? demanda-t-il comme je ne répondais toujours pas.

— Est-ce qu'il y aura vraiment un meilleur moment un jour ? soupirai-je.

— Dans quoi est-ce que tu t'es encore fourrée ? me reprocha-t-il.

— Si j'avais su que la soirée tournerait aussi mal, je serais restée chez moi. À la réflexion, je savais que tout irait de travers, j'ai juste été trop idiote pour faire confiance à mon instinct.

— On en a déjà parlé, fillette, toujours faire confiance à son instinct. Si ça sent mauvais, mets-toi à courir dans l'autre sens, me sermonna-t-il pour la centième fois.

Si je ne relevai pas le « fillette », c'était parce qu'Arnold m'avait connue quand je n'avais encore que dix-sept ans, quand je n'étais encore qu'une petite fille paumée qui avait besoin d'un mentor pour lui expliquer les règles du jeu. Il était devenu un second père quand j'avais perdu toute figure parentale dans ma vie et que je m'étais retrouvée seule dans la fosse aux lions. Arnold m'avait sortie de ma détresse, puis appris les ficelles du métier, tout ce qui m'aiderait à rester en vie.

Bien sûr, il avait commencé par essayer de me dissuader de m'engager dans la voie du meurtre professionnel, mais ma détermination et surtout celle de ceux qui m'avaient déjà repérée, l'avaient convaincu. S'il ne pouvait pas me sortir de ce milieu, il pouvait au moins m'enseigner comment y survivre. Il n'avait pas prévu que je m'y épanouirais autant. Quand sa femme, Luisa, nous réprimandait à propos du style de vie que nous avions choisi, il lui répondait que c'était cette vie qui nous avait choisis, nous avions simplement décidé d'en tirer le meilleur parti.

Le jour où j'avais finalement rassemblé assez de courage pour lui demander pourquoi elle restait avec lui si elle détestait autant ce que nous étions, elle s'était mise à parler en espagnol, comme à chaque fois qu'elle était trop perturbée pour se souvenir de son français : « Tu penses bien que j'ai essayé de partir ! Qu'est-ce qu'il ferait sans moi, cet idiot ? » Alors elle fermait les yeux parce qu'elle l'aimait trop pour le quitter. Arnold avait récemment compris qu'elle était prête à sacrifier son équilibre mental pour être avec lui, et avait décidé de prendre sa retraite.

Luisa avait fini par m'adopter aussi. Même si je n'allais plus manger chez eux tous les week-ends, elle m'appelait toujours régulièrement pour s'assurer que je n'oubliais pas de me nourrir. Il m'arrivait de regretter d'être entrée dans sa vie ; elle avait déjà bien assez d'inquiétude à se faire pour son mari, je n'aimais pas qu'elle se fasse autant de souci pour moi également. « Elle a un don, » lui disait souvent Arnold. « Elle s'en sortira, arrête de t'inquiéter, elle a un don. » Ce à quoi Luisa répondait invariablement : « Il y a des gens qui ont un don pour la peinture, ou le chant... pourquoi a-t-elle choisi d'avoir un don pour tuer ? »

Arnold avait raison, c'était cette vie qui nous avait choisis. Le libre-arbitre n'avait rien à voir là-dedans.

— Je viens d'accepter un contrat pour un type si détestable que j'ai sérieusement envisagé de le flinguer au milieu d'un restaurant, Arnold.

— Alors pourquoi as-tu accepté ?

— Parce que Sébastian me l'a demandé, admis-je tout en sachant qu'il n'aimerait pas cette réponse. Et sans moi, Roger aurait dit non.

— Sébastian et Roger ? répéta-t-il, incrédule. Je ne savais pas qu'ils se connaissaient si bien... ?

Je haussai les épaules même s'il ne pouvait pas me voir.

— La prime est intéressante. J'imagine que c'est suffisant pour motiver n'importe lequel d'entre nous à faire un effort de socialisation.

— Même toi ? Je suis surpris que tu sois prête à travailler avec Sébastian.

Pour l'avoir rencontré à plusieurs reprises, Arnold était bien placé pour savoir qu'il avait tendance à me taper sur les nerfs. Je lui racontai en détail le début de soirée en insistant sur le fait que Sébastian persistait encore, après presque cinq ans, à me faire des avances dès qu'il en avait l'occasion, que l'endroit soit approprié ou non.

— Je n'approuve pas la méthode, mais sa stratégie est loin d'être idiote. Mieux vaut que tu sois énervée contre lui que contre le recruteur, me fit remarquer Arnold.

J'en restai coite. Était-ce vraiment ce qu'il avait essayé de faire ? Parfois, j'oubliais que s'il avait survécu si longtemps dans ce métier, cela voulait dire qu'il était plus intelligent que la plupart des gens. Sébastian cachait bien son jeu ; de la même façon que les autres ne me voyaient que comme une jeune femme sans défense, on ne le voyait que comme un homme insouciant et puéril. Si j'étais assez stupide pour l'oublier, je ne pouvais décemment pas lui en vouloir.

— Où partez-vous ? s'informa Arnold.

— Paris, mais je ne sais pas pour combien de temps.

— Appelle-moi quand tu rentres, je garderai un œil sur ton appartement.

— Merci, Arnold, lui dis-je en souriant.

Je raccrochai en me demandant s'il avait vraiment appelé juste pour prendre de mes nouvelles, ou s'il avait décidé en cours de conversation que sa question pouvait attendre que je sois plus calme.

Je retirai ma veste et cherchai un endroit sec sur le rebord du lavabo pour la poser. Mon reflet me rassura. J'étais si souvent armée qu'il m'arrivait parfois d'oublier que je l'étais, mais me voir dans ce miroir avec mon holster, pistolet à portée de main, était presque aussi satisfaisant que d'avoir l'arme dans ma main. Tant que j'étais armée, j'étais sûre que personne ne pourrait me blesser.

Le grincement de la porte me fit sursauter et je me tournai pour voir Irene entrer dans les toilettes. Elle baissa les yeux d'un air gêné, comme si elle craignait de m'interrompre.

— On m'a demandé d'aller vérifier que vous alliez bien, me dit-elle.

— Vraiment ? Ce ne serait pas plutôt pour vérifier ce qui me prend autant de temps ?

Son sourire amusé fut suffisant pour confirmer que j'avais visé juste. Carlson s'impatientait ; les garçons, eux, avaient peur que je sois partie sans rien dire à personne.

— Je crois que tout le monde a hâte d'en finir avec ce dîner, confia-t-elle.

— Moi la première…

Au lieu de ressortir prévenir le reste de la tablée de mon arrivée imminente, Irene se plaça à côté de moi et m'observa dans le miroir. Je fis semblant de me laver les mains en ignorant son regard inquisiteur. Lorsque je relevai la tête, elle détourna les yeux.

— Vous formez un couple étonnant, osa-t-elle alors que je refermais le robinet.

Je retins une grimace agacée. En temps normal, je n'aurais pas pris la peine de répondre, mais l'idée que la rumeur de mon « couple » avec Sébastian se propage m'angoissait un peu.

— Je ne suis pas en couple avec Sadist.

Ma réponse fut un peu plus sèche que prévu et elle rougit en se confondant en excuses. Devant son embarras, j'hésitai quelques secondes, puis, pour lui signifier que je ne lui en tenais pas rigueur, je lui adressai un petit signe de tête dans le miroir. Encouragée, elle tenta une nouvelle fois d'amorcer la conversation.

— Si vous n'êtes pas ensemble, je suis surprise qu'il n'ait pas déjà perdu un membre. Il a les mains très baladeuses.

Malgré moi, je me mis à ricaner. Elle avait vraiment bien cerné nos personnalités. À mon tour, je l'étudiai un moment, la faisant hésiter à poser sa question suivante.

— Oui ? l'encourageai-je.

— Pardon, c'est juste… non, rien.

— Crachez le morceau.

Elle fit un effort pour se reprendre et eut soudain l'air beaucoup plus professionnelle.

— Il est plutôt bel homme. Et drôle.

Je songeai que la qualité de son humour dépendait vraiment du point de vue.

— Qu'est-ce qui vous retient ? poursuivit-elle.

Son insistance à vouloir parler de ma vie amoureuse me rendit suspicieuse. Demander des informations sur la vie personnelle d'un tueur était généralement considéré comme une menace. Pas qu'elle aurait eu qui que ce soit à menacer, mais cette question n'était jamais innocente.

J'étais prête à répondre à sa menace, mais lorsque je me tournai pour la regarder en face, je ne pus m'y résoudre. De toute évidence, ce n'était pas ma vie privée qui l'intéressait. Peut-être qu'elle souhaitait simplement que quelqu'un la rassure et lui dise qu'elle pouvait en avoir une. Un peu agacée par le fait qu'elle ait pensé que, parce que j'étais une femme, j'allais parler de mes histoires d'amour dans les toilettes avec elle, je lui demandai :

— Pourquoi est-ce que vous me posez cette question, à moi ?

Elle parut comprendre que je parlais de sa vraie question, celle qu'elle n'avait pas encore osé poser. Elle prit une grande inspiration.

— Vous êtes l'une des tueuses à gages les plus remarquables de notre génération, commença-t-elle.

Je ressentis l'envie de me laver les mains à nouveau pour regarder ailleurs. Au moins, elle n'avait pas dit que j'étais impitoyable.

— J'ai eu beaucoup de chance, commentai-je, un peu ennuyée. Et de malchance.

— Vous savez, j'ai fait beaucoup de recherches sur vous avant de venir. Plus que sur Hadès ou Sadist. On rencontre peu de femmes tueuses à gages, c'est toujours très excitant.

Elle se tourna doucement pour s'appuyer sur le rebord des lavabos et se donner une contenance.

— Vous avez fait un très bon travail de couverture, je n'ai jamais réussi à remonter plus loin que le carnage qui a lancé votre carrière. Je m'attendais presque à rencontrer une garce psychopathe.

— Je suis comme tous les autres, avec mes vices et mes troubles mentaux, admis-je en haussant les épaules.

Elle rit doucement avant de continuer :

— Mais en vous voyant ce soir, en vous regardant interagir avec Sadist, j'ai été surprise de voir que vous étiez aussi une femme comme les autres. Peut-être que votre attitude avec lui n'était qu'un jeu, mais vous êtes tous des personnes.

Je me retins de lui dire que ses analyses ne s'appliquaient vraiment pas à Roger.

— C'est pour ça que je vous demande, à vous.

Il me fallut un long moment avant de trouver les mots pour lui répondre. Parler de ma vie amoureuse était toujours difficile, et encore plus à une inconnue. Même si j'avais l'impression que je pouvais lui faire confiance, il m'était déjà arrivé de me tromper.

— Si je suis toujours vivante aujourd'hui, c'est parce que j'ai respecté cinq règles essentielles depuis le début. La première est de ne jamais m'attacher à qui que ce soit.

— Est-ce que c'est à cause des mensonges ?

J'y réfléchis une seconde.

— Non, tranchai-je. Je ne veux pas qu'on puisse utiliser quelqu'un que j'aime contre moi.

Il était clair que ce n'était pas la réponse qu'elle espérait. Je décidai de lui poser une question à mon tour.

— Irene, est-ce que vous avez déjà tué quelqu'un ?

— Non, répondit-elle, surprise.

— Alors peut-être que pour vous, une vie normale est encore possible. Si vous ne vous exposez pas ensemble trop souvent, vous n'avez même pas besoin de mentir complètement. Après tout, qui pourrait vous en vouloir d'avoir des informations sur des gens pas très honnêtes ? Vous n'êtes pas obligée de préciser que vous êtes allée les chercher vous-même…

Je fis une pause pour lui laisser le temps d'y réfléchir.

— Et si cette personne vous aime vraiment, ajoutai-je, peut-être qu'elle restera même si vous lui dites la vérité, qui sait ?

Elle n'avait pas précisé qu'elle avait quelqu'un dans sa vie, mais ses interrogations avaient rendu cette information assez évidente. Elle se mit à jouer avec le pendentif de sa chaîne d'un air pensif. Je me pris à espérer qu'elle réussisse à être heureuse malgré tout. Même si je ne croyais pas au bonheur pour les gens comme moi, cela ne voulait pas dire que je souhaitais un sort identique pour tous les autres. Je ne savais pas comment Irene était tombée dans la marmite du crime international, mais j'avais la sensation qu'elle n'était pas une mauvaise personne.

Je remis ma veste en silence, mais m'arrêtai un instant avant de sortir.

— Je m'appelle Ava, lui dis-je.

J'attendis qu'elle prenne conscience de la confiance tacite que je venais de lui accorder. Elle hocha la tête avec un petit sourire.

— Enchantée, Ava.

Puis, la laissant à ses réflexions, je rejoignis la table où tout le monde semblait m'attendre. Sébastian et Roger s'étaient rhabillés et le dernier me tendit mon manteau quand j'arrivai à leur hauteur.

Carlson se leva.

— Ce fut un plaisir de faire votre connaissance, le Fléau, dit-il. Je ne peux que m'excuser encore pour le zèle de mon employé, j'espère que vous ne m'en tiendrez pas rigueur.

— Il en faut plus pour me faire revenir sur ma parole, M. Carlson. J'ai dit tout à l'heure que je prenais le contrat, et c'est toujours le cas, le rassurai-je.

— Merci pour votre professionnalisme... Miss Osman n'est pas revenue avec vous ?

— Je suis là, Mister Carlson, répondit-elle en arrivant derrière moi.

Avec un sourire chaleureux, elle serra la main de Roger, de Sébastian, puis me donna discrètement sa carte. Je la remerciai d'un sourire et nous nous dirigeâmes tous les trois vers la sortie.

Enfin dehors, j'inspirai profondément l'air humide de la nuit et sentis les muscles de mon dos et de mon cou se détendre.

— C'était une soirée très instructive, déclara Roger en se mettant en route.

— C'est le moins qu'on puisse dire, raillai-je. J'espère que vous avez apprécié mon self-control !

Sébastian éclata de rire tout en sortant un paquet de cigarettes.

— Tu fumes ? m'étonnai-je. Depuis quand ?

— J'ai commencé il y a quelques semaines, dit-il avec un vague geste de la main.

— Loin de moi l'idée d'interrompre votre conversation sur comment réduire encore son espérance de vie, intervint Roger, mais j'ai de la route à faire cette nuit.

— C'est vrai, ça te fait une trotte pour rentrer... où déjà ? demandai-je innocemment.

— Bien essayé.

Je grommelai en fermant mon manteau. Roger refusait toujours de me dire où il habitait, malgré les dizaines de fois où je l'avais questionné. Je me sentais insultée qu'il ne me fasse pas assez confiance pour ça, mais considérant le nombre de personnes qui savaient où je vivais, ce n'était peut-être pas une mauvaise idée de sa part.

Sébastian me proposa son bras pour marcher jusqu'à la voiture, mais je secouai la tête. Rapidement, je me penchai et retirai mes chaussures. L'humidité du sol traversa immédiatement mes collants, mais au point où ils en étaient, je préférais encore préserver mes articulations.

Sur le chemin du retour, on planifia les détails du voyage jusqu'à Paris et du logement une fois sur place. Tout au long de la conversation, je ne pouvais m'empêcher de me sentir fière : je n'avais tué personne ce soir.

Arrivés sur le parking de ma résidence, je laissai Roger à sa voiture, Sébastian à sa moto et me garai sur ma place réservée. Peu importe comment se déroulait ma journée, j'étais toujours heureuse de retrouver mon appartement vide en rentrant. Le calme et la solitude de mon chez-moi me relaxèrent sitôt la porte blindée refermée derrière moi.

Avec des mouvements las, j'ôtai mon manteau, ma veste, retirai mes collants d'une main et défis mon holster de l'autre. Je me contorsionnai pour ouvrir la fermeture de ma robe, puis la laissai tomber au sol. En sous-vêtements, je pris une bière dans le frigo et mis la salle de bain à chauffer, la télé pour seul bruit de fond. Après avoir rassemblé mes vêtements en un seul tas à l'aide de coups de pieds étudiés, je songeai avec délice que la vie n'aurait pas pu être plus douce.

Quand je me mis au lit une heure plus tard, j'eus une petite pensée pour ceux qui, comme Irene, s'inquiétaient de perdre une personne qu'ils aimaient à cause de leur violence, de leurs mensonges. La certitude que j'avais fait tous les bons choix me berça jusqu'à ce que le sommeil vienne me prendre.

5.

Trois jours plus tard, nous étions prêts à partir. Ou presque. Sébastian s'était déjà rendu à Paris la veille pour repérer le quartier et était revenu en train jusqu'à chez moi pour nous briefer pendant le trajet en voiture. Nous avions mis les valises dans le 4x4 de Roger et j'avais apprécié qu'aucun d'entre eux ne se moque du nombre de bagages dont j'avais besoin. Après tout, ils avaient tous les deux un sac supplémentaire pour ranger leurs armes, ils auraient été mal placés pour se foutre de moi. Le fait que mon sac ne contenait pas que des armes était un détail superflu que personne n'avait un besoin vital de connaître.

Roger attendait impatiemment que je m'installe pour démarrer la voiture et Sébastian, qui avait déjà laissé sa moto près de l'hôtel pour que l'on puisse se déplacer plus facilement dans la capitale, était nonchalamment adossé contre la portière en train de fumer une dernière cigarette. Nous n'en avions pas pour plus d'une heure et demie de route, en fonction de la circulation, mais il avait trouvé le moyen de protester contre mon interdiction de fumer dans la voiture de Roger. Quand ce dernier avait été prié de trancher le débat, il avait haussé une épaule avec indifférence. Visiblement, Roger ne croyait pas au tabagisme passif.

Je regardai à nouveau ma montre, exaspérée.

— Je t'ennuie, peut-être ?! hurla Laure en surprenant mon geste.

— Non, répondis-je d'une petite voix, mais on doit vraiment y aller maintenant, tu sais que…

— Est-ce que tu croyais vraiment que j'allais te laisser partir sans rien dire ? s'époumona-t-elle encore. À Paris ! Tu penses vraiment que personne ne va vous voir ?!

Je retins un soupir de frustration. L'expérience m'avait appris que soupirer alors que Laure était en train de me faire la morale n'était jamais une bonne chose. Peu importait que ça fasse déjà une demi-heure et que les garçons s'impatientent près de la voiture.

Si elle n'avait pas été ma meilleure amie depuis le lycée, je l'aurais probablement attachée dans une pièce fermée de l'extérieur pour pouvoir partir tranquille. Enfin, si Roger ne s'en était pas chargé avant moi. Chaque fois qu'elle passait près de chez moi ou de mon travail, Laure improvisait une petite visite surprise ; la plupart du temps, je faisais semblant d'être absente, mais puisque j'étais en plein milieu du parking quand elle était arrivée cette fois-ci, je n'avais pas pu me cacher à temps. Elle savait parfaitement que je tuais des gens pour de l'argent, mais cela ne l'empêchait pas de refuser tout net l'idée qu'être vue souvent en ma compagnie n'était pas bon pour elle. « Si j'arrive à accepter l'idée que ma meilleure amie est une meurtrière, le moins que tu puisses faire est de venir prendre un café chez moi une fois par semaine ! »

En vérité, ce n'était pas tant l'idée que j'étais une meurtrière qui la dérangeait, elle avait surtout peur que je finisse par me faire prendre ou me faire tuer. Son inquiétude était parfaitement légitime, puisqu'il y avait de grandes chances que l'un ou l'autre de ces événements mette fin à ma carrière. Ne parlons pas de son visage horrifié chaque fois qu'elle me découvrait une nouvelle cicatrice.

Elle s'était donc auto-déclarée gardienne de ma « normalité », persuadée que quelqu'un, quelque part, devait me faire chanter pour m'empêcher de renoncer à cette vie de corruption.

— Aëlle, tu peux encore annuler, rien ne t'oblige à y aller, supplia-t-elle.

— Laure…

— S'il te plaît !

— Je ne peux pas annuler. Ce n'est pas un contrat comme ceux que tu signes pour une assurance, il n'y a pas de close d'annulation, expliquai-je. Et j'ai fait une promesse à Sébastian.

Elle capitula dans un grognement frustré. Mieux que quiconque, elle savait que je ne revenais jamais sur mes promesses. En guise de bénédiction, elle me serra dans ses bras.

— Fais attention à toi, Ava, d'accord ?

— Toujours. Et arrête de m'appeler Aëlle, ajoutai-je en m'éloignant d'elle.

— Je ne t'ai pas appelée comme ça ! s'indigna-t-elle.

— Laure, je t'ai entendue.

Son visage s'empourpra quand elle se rendit compte que j'y avais fait attention. Je la connaissais assez pour savoir qu'elle l'avait fait exprès, même si elle ne l'admettrait pas. Elle savait que ce nom était dangereux, elle espérait juste que le souvenir de notre adolescence m'aurait amadouée.

Roger démarra en trombe sitôt que j'eus fermé la portière. Je me retournai pour faire un dernier signe de main à Laure avant que nous ne tournions à l'angle de la rue et je pensais avec un pincement au cœur qu'elle n'allait pas me manquer. Je n'étais plus vraiment la femme qu'elle connaissait.

— Quoi ? demandai-je à Sébastian qui me regardait avec un air amusé.

— Rien. Je remarque juste que vous avez une relation très… fusionnelle. C'était une scène très touchante, fit-il en mimant d'essuyer une larme.

— C'est elle qui a une relation fusionnelle avec moi. Mais dans la mesure où la seule relation que tu puisses envisager avec qui que ce soit, c'est une relation sexuelle, je ne m'attends pas à ce que tu le comprennes, répondis-je sèchement.

Il émit un petit rire sans joie, puis s'enferma dans un silence rancunier. Bien. Ça nous ferait des vacances.

Une heure plus tard, Sébastian était toujours silencieux, et Roger n'était pas très doué pour faire la conversation. Je commençais sérieusement à me sentir coupable. J'étais toujours très dure avec lui, mais cette fois-ci, j'avais peut-être été un peu loin. Je savais qu'il était plus susceptible, ces derniers jours ; je savais aussi qu'il ne pensait pas constamment à satisfaire ses besoins sexuels avec n'importe qui, c'était une attaque infondée. Il m'avait assez souvent prouvé qu'il me considérait comme une amie et une alliée précieuse. La preuve la plus évidente de son affection était qu'il avait voulu que je sois sa partenaire sur ce job, bien qu'il soit émotionnellement impliqué pour une raison que j'ignorais encore. Lorsqu'on est tueur à gages, on n'autorise pas n'importe qui à se mêler de sa vie privée.

— Est-ce que vous pourriez arrêter de bouder, tous les deux ? s'énerva soudain Roger.

Je le regardai avec surprise. C'était inhabituel de sa part de s'immiscer dans les conflits des autres, j'étais même étonnée qu'il y ait prêté la moindre attention.

— Je ne suis pas venu pour faire l'arbitre, poursuivit-il. Si on doit rester deux semaines dans cette suite les uns sur les autres, il y a des chances que je finisse par vous buter moi-même.

— Mais… commençai-je.

— Ava, vous n'avez pas treize ans ! rugit-il.

Je me sentis soudain idiote en plus de coupable.

La sonnerie de mon téléphone me coupa alors que je m'apprêtais à présenter mes excuses à Sébastian. En lisant le numéro entrant, je me souvins tout à coup du rendez-vous que j'avais oublié d'annuler avant de partir.

— Ava ? J'en suis à mon troisième café, t'es où ? réclama la voix jeune de Jérémy dès que j'eus décroché.

— Jérémy, je suis désolée, j'ai complètement oublié de te prévenir…

— Tu ne vas pas venir, c'est ça ?

Son ton était plus résigné que boudeur, ce dont je lui fus reconnaissante. À chaque fois que je lui posais un lapin, je m'attendais à ce qu'il finisse par se mettre en colère, mais ce n'était jamais le cas. Jérémy avait fini par se rendre à l'évidence que mon planning était sans cesse interrompu par des événements imprévus.

De la même façon qu'Arnold avait décidé de me former des années plus tôt, j'avais en quelque sorte accepté de prendre Jérémy sous mon aile. Sa curiosité mal placée avait fini par le conduire au mauvais endroit et au mauvais moment, et quelqu'un avait jugé plus prudent de le tuer que de prendre le risque qu'il se mette à parler. C'était sans compter sur mon sentimentalisme. J'avais donc décidé de lui montrer quelques tours, juste assez pour qu'il ne se mette pas inutilement à dos des plus gros calibres que lui, et qu'il puisse changer d'identité régulièrement. Malheureusement, son air paumé lorsque j'avais décrété que notre association devait s'arrêter là avait eu raison de ma détermination à me laver les mains de ce qu'il pouvait lui arriver.

Régulièrement, on se retrouvait tous les deux et je lui donnais des leçons sur comment survivre dans mon monde. Bien entendu, il était persuadé que son destin était de devenir comme moi, et mes nombreuses tentatives pour l'en dissuader n'avaient jusqu'à présent jamais eu d'impact sur lui. Il me trouvait cool et je n'avais jamais eu le cœur de lui dire que sans moi, il serait probablement tué dans sa première année. Ce n'était pas qu'il n'était pas doué ; il était même assez bon tireur, il apprenait vite et était loin d'être idiot, mais il n'avait tout simplement pas la carrure et le sang-froid nécessaires. Je n'avais pas passé tout ce temps à lui enseigner les ficelles du métier pour le voir se faire descendre bêtement. Tant que je retardais ses leçons, je n'avais pas à briser ses rêves de puissance.

— Je te rappelle quand je rentre pour qu'on reprogramme ?

— D'accord, soupira-t-il. Bon courage.

— Toi aussi, ne fais pas de bêtises.

— Oui, maman, ironisa-t-il avant de raccrocher.

Je glissai mon portable dans ma poche quand Roger nous signala qu'on pouvait apercevoir l'hôtel au coin de la rue. Il laissa échapper un sifflement impressionné ; moi, je réservai mon jugement. Il était bien facile de mettre un coup de peinture sur une façade pour cacher un intérieur délabré. Quoiqu'il y eût sans doute peu de chances pour qu'on trouve des chambres en mauvais état dans un hôtel quatre étoiles. Sébastian avait voulu réserver dans un établissement de qualité supérieure encore, mais je n'avais pas voulu abuser des crédits accordés par le recruteur.

Roger stationna devant les portes d'entrée le temps que nous sortions les bagages, puis disparut dans le petit parking souterrain tandis que Sébastian avait trouvé deux chariots pour transporter nos valises. En poussant le deuxième jusqu'au hall d'accueil, je me demandai brièvement s'il avait fait exprès de prendre le plus léger pour me punir de ma remarque pendant le voyage. Ça ne m'aurait pas étonnée de sa part.

Mes talons s'enfonçaient dans la moquette à chacun de mes pas et, retenant mes ronchonnements à grand-peine, je me dirigeai vers le comptoir à l'entrée pour me placer à la fin de la queue.

Roger nous rejoignit quand ce fut notre tour. L'homme qui s'occupait des réservations et qui, si l'on en croyait son badge, se prénommait Pierre, nous adressa un grand sourire et s'enquit immédiatement de savoir s'il pouvait nous aider. Je lui donnai un faux nom, puis me mis à tapoter distraitement le marbre du comptoir le temps qu'il recherche notre réservation.

— Je vous présente toutes mes excuses, madame Linier, il semblerait qu'il y ait eu une erreur lors de votre réservation, me dit-il avec un air très embarrassé.

— Quel genre d'erreur ? demanda Roger.

— Hum, eh bien, la personne qui s'est occupée de vous au téléphone a réservé une suite avec une seule chambre. Malheureusement, l'hôtel est complet. Laissez-moi vérifier si je ne peux pas vous trouver une autre solution…

Pendant que ses doigts s'activaient sur son clavier, je me fis la réflexion que ce problème, en apparence mineur, était peut-être un mauvais signe. Après quelques minutes de recherche, le visage de Pierre était devenu clairement inquiet :

— Nous n'avons plus rien de disponible. La suite réservée ne comporte qu'une seule chambre avec lit double, et un canapé-lit dans le séjour.

Sébastian poussa un soupir d'agacement et Pierre s'empressa d'ajouter :

— Nous pouvons vous fournir un lit d'appoint si vous le désirez ! Et bien entendu, nous serons ravis de faire un geste commercial pour nous faire pardonner de…

— Parfait, le coupa Roger. Les clés ?

Pierre hésita une seconde, étonné que nous ne fassions pas de scandale, mais néanmoins enchanté. Il tendit les trois cartes magnétiques à Roger et nous souhaita un excellent séjour.

Je suivis Roger, qui avait pris la direction des ascenseurs, mais Sébastian resta derrière pour rajouter le parking de sa moto à notre note. Nous montâmes au troisième étage et fûmes rejoints à la porte de la chambre par les deux employés qui transportaient le matelas du lit d'appoint.

Après une dizaine de minutes passées à étudier la disposition de la suite et à réfléchir à toutes les places possibles pour le matelas, il nous apparut évident que le seul endroit où il ne gênerait pas nos allées et venues était la chambre. Quelques secondes après le départ des employés, il était également clair que nous voulions tous les trois dormir sur le sofa. Étant la seule femme, il me semblait juste qu'ils me laissent le canapé, afin d'éviter que la chambre soit mixte, mais quand je leur fis part de cette observation, Roger décréta pour la deuxième fois depuis le matin que nous n'avions pas treize ans, et que cette règle n'était plus valable.

Sébastian finit par prendre trois pics apéritif sur le plateau de bienvenue dans le salon, sortit un couteau de la doublure de sa veste, et entreprit de les tailler à différentes tailles. Le plus petit désignerait celui qui prendrait le lit d'appoint, et le plus grand le canapé.

Le cœur battant, je choisis un pic la première… et jurai bruyamment en découvrant que je dormirai dans la chambre. Alors que Roger était sur le point de tirer le sien, je me demandai un instant quelle serait la combinaison la plus sûre. Je ne savais pas s'il valait mieux dormir avec celui qui était capable de me tuer les yeux fermés, ou avec celui qui avait le potentiel de me séduire dans son sommeil.

La question fut réglée quand Roger tira le pic qui correspondait au sofa. Sébastian ragea en traînant ses deux petites valises jusqu'à la chambre ; je jetai un regard noir à Roger qui venait de s'étaler sur son canapé-lit avec un grand sourire.

La semaine promettait d'être longue.

6.

Il nous avait fallu une semaine de filature pour en venir à la conclusion que lorsqu'il s'agissait de notre cible, « paranoïaque » était l'euphémisme du siècle. Emerguy était constamment entouré de deux ou trois gorilles à l'air féroce qui avaient rendu irréalisable notre plan originel. Bien sûr, il aurait été facile de s'en débarrasser, mais Roger était devenu hésitant lorsque Sébastian et moi nous étions mis à parler d'éventuelles victimes supplémentaires ; quoi qu'il en dise, Roger tenait beaucoup à sa réputation impeccable et à sa première place au hit-parade des tueurs à gages. Une semaine après le début de notre surveillance, nous avions fini par en conclure que les deux seuls endroits propices à son assassinat étaient sa maison et le club de strip-tease dans lequel il se rendait tous les jeudis, selon une des serveuses. Sébastian avait immédiatement utilisé son véto pour le domicile familial, refusant d'impliquer les enfants.

À vingt-et-une heures quarante-six, je franchis enfin les portes de l'hôtel, trempée jusqu'aux os par la pluie diluvienne qui s'était déversée sur la capitale depuis le matin. J'avais passé la journée à le suivre dans chacun de ses déplacements et le moins qu'on puisse dire, c'était que cette fichue météo ne m'avait pas aidée dans ma tâche. Apparemment, à Paris, la pluie avait la capacité de faire oublier aux automobilistes comment conduire leur voiture, et aux piétons comment traverser une rue. J'avais reçu sa décision de rentrer chez lui comme une bénédiction.

Le jean lourd et les cheveux dégoulinants, je glissai ma carte dans la serrure électronique, puis poussai la porte de la suite de l'épaule gauche. J'étais littéralement sur le point de m'écrouler de fatigue, mais le silence qui m'accueillit me réveilla instantanément : Roger et Sébastian étaient censés m'attendre ici et pourtant, je n'entendais ni l'un, ni l'autre. Rapidement, je sortis mon Browning de son holster et progressai prudemment dans l'entrée. Mon cœur battait à peine plus vite que la normale.

Dans le salon, Roger était occupé à consulter un article sur internet et Sébastian était allongé sur le sol en train de lire un roman américain. Ils levèrent tous les deux les yeux vers moi quand j'entrai dans la pièce ; Roger m'accorda un petit signe de la tête avant de retourner à sa lecture.

— Vraiment ? demanda Sébastian.

— Quoi ?

Il me lança un regard lourd de sens avant de fixer mon arme avec insistance.

— Tu rentres dans une chambre que tu habites avec deux assassins professionnels et tu ressens le besoin de sortir ton flingue ?

Je pris mon air le plus hautain et décidai d'ignorer sa remarque. Je n'avais pas eu l'occasion de sortir mon arme de la journée, sentir son poids dans ma main me rassurai. Est-ce que c'était un crime ? Je le replaçai dans son holster et, feignant de ne pas avoir vu Sébastian rouler des yeux, j'allai m'enfermer dans la chambre.

Avec soulagement, je retirai les vêtements qui collaient à ma peau, passai une robe de chambre, puis sortis des sous-vêtements propres de ma valise, ainsi qu'un bas de jogging, un débardeur et un pull épais. En ressortant de la salle de bain un quart d'heure plus tard, la douche dont j'avais rêvé toute la journée m'avait tellement relaxée que j'étais prête à reparler à Sébastian.

Dans le salon, une odeur de nourriture chaude fit gronder mon estomac ; les garçons avaient commandé le repas au service d'étage. Je fronçai les sourcils en étudiant ce qu'ils avaient mis sur la table.

— J'espère que vous n'avez pas pris le poisson pour moi, leur dis-je.

Sébastian leva à nouveau les yeux au ciel.

— Bien sûr que non, c'est pour moi. Je t'ai commandé un steak, répondit-il en pointant mon assiette du doigt.

Je fus surprise d'y trouver exactement ce que j'aurais commandé moi-même. Je me pris à songer que je ne lui avais jamais accordé assez de crédit. Ce n'était pas la première fois que je me faisais cette réflexion depuis que nous étions arrivés ici ; j'avais commencé à le découvrir sous un nouveau jour. Derrière son air de ne jamais rien prendre au sérieux, Sébastian était en réalité un homme qui avait un certain raffinement et qui était très intelligent. À ma grande surprise, il montrait aussi beaucoup de considération pour les autres et était attentif à leurs humeurs et habitudes.

Je lui souris avec reconnaissance et m'assis à côté de Roger, qui avait déjà commencé à manger. N'ayant rien consommé d'autre que de la caféine au cours des dernières vingt-quatre heures, la première bouchée m'envoya tout droit au paradis. Aucun d'entre eux n'essaya de faire la conversation pendant le repas, ce qui me convenait parfaitement.

Après le repas, je m'installai sur le canapé avec Roger, qui était déjà à la recherche d'un programme télévisé conçu pour des personnes d'un QI normal ; notre choix se porta finalement sur un vieux film d'espionnage. Quand Sébastian nous rejoignit avec une bouteille de tequila et trois verres, je m'empressai de lui demander :

— Tu n'aurais pas l'impression d'oublier quelque chose ?

— Plaît-il ?

— Sébastian, c'est ton tour de surveillance.

Il était censé surveiller Emerguy à son domicile jusqu'à deux heures du matin.

— Est-ce que tu as vu le temps qu'il fait dehors ? s'écria-t-il.

Je refusai de répondre à cette question.

— Qu'est-ce que tu veux qu'il fasse à cette heure-ci ? Sa femme est encore à l'hôpital, il faut bien qu'il donne le change et fasse semblant de s'occuper de ses gosses, argumenta-t-il.

— Si tu restes ce soir, tu prends le tour d'Ava demain soir, lui dit Roger.

J'étais agréablement étonnée qu'il marchande en ma faveur. Sébastian délibéra quelques secondes, puis jeta un dernier coup d'œil vers la fenêtre sur laquelle ruisselait la pluie.

— C'est d'accord, accepta-t-il en s'asseyant sur le fauteuil en face de nous.

Il déposa les verres et la bouteille sur la petite table et nous lança un regard interrogateur ; Roger hocha la tête. Je l'imitai.

— Pourquoi pas ?

Après tout, je n'avais nulle part où aller, et un verre ne pouvait pas faire de mal.

*

Trois heures plus tard, nous avions entamé et presque fini une deuxième bouteille. J'avais été abasourdie de voir que Roger buvait autant que nous. Lui qui me donnait toujours l'impression de se contrôler en toutes circonstances, je n'aurais jamais pensé qu'il lui arrivait de boire plus de deux verres. Je fus cependant déçue que son ébriété ne lui délie pas particulièrement la langue. Ce qui ne m'empêcha pas de continuer à lui poser des questions personnelles, pendant que Sébastian s'amusait avec ses couteaux de lancer.

— C'était quand ta première fois ? l'interrogeai-je.

Roger soupira d'un air excédé.

— Je ne m'en souviens plus.

— Comment ça, tu ne t'en souviens plus ?

— Ça fait trop longtemps.

— Tu ne te souviens pas de ta première fois ? insistai-je, sidérée.

Il se contenta de hausser les épaules. Roger n'avait jamais été très sentimental.

— Et toi ? me demanda Sébastian après avoir récupéré son couteau planté dans une cible improvisée.

Un flash de sang, de larmes et de haine me paralysa momentanément. Ma poitrine se contracta.

— Ava ?

Je me raclai la gorge pour me donner un semblant de contenance.

— C'était pour venger quelqu'un.

— Oh, j'ai déjà entendu ton histoire, je crois. C'était ton petit ami, non ? pressa Sébastian.

Je détournai les yeux, cherchant un moyen de répondre à sa question sans laisser voir à quel point j'étais ébranlée, mais il parut comprendre mon malaise et n'insista plus. Je vidai le reste de mon verre puis, pour combler le silence, renvoyai la question à Sébastian.

— Tu sais, quand je regarde Roger, j'arrive à saisir pourquoi il s'est lancé dans ce métier, mais toi, ça a toujours été un mystère, lui dis-je.

— Oh, c'est tout bête, vraiment. J'étais sur le point de devenir un tueur en série, je crois. En tous cas, je rêvais de meurtres la nuit et je me réveillais déçu que ça n'ait pas été la réalité. Mon voisin nous pourrissait la vie, à ma sœur et moi, j'ai sauté le pas quand il a fait la réflexion de trop.

Il se tut un moment, pensif.

— Peut-être que je suis devenu un tueur en série, en y réfléchissant bien… Est-ce qu'on est considérés comme des tueurs en série ?

— Les tueurs en série tuent pour le plaisir, pas pour l'argent, intervint Roger.

Sébastian enregistra cette explication avec autant d'inquiétude que moi. Très vite, la conclusion troublante s'imposa à nous :

— On ne tue pas aussi un peu par plaisir ? demanda Sébastian à personne en particulier.

Personnellement, je blanchissais ma conscience en ne tuant que des gens coupables de crimes, ou de ce que je considérais comme un crime. Je savais que Sébastian appliquait le même principe la plupart du temps, mais Roger n'était pas aussi regardant. Est-ce que cela voulait dire qu'il était un tueur en série ? Sociopathe, oui, psychopathe, oui, mais tueur en série ? C'était un nom tellement réducteur. Pour autant, je n'étais pas le moins du monde mal à l'aise de me retrouver dans la même pièce que Roger.

Je décidai de creuser le problème :

— Est-ce que tu as déjà eu une vraie relation ?

— Tu veux dire avec une personne ?

Sa question me donna envie de soupirer. Avait-il si peu de contact avec la société que j'étais obligée de préciser ?

— Non, répondit-il.

Il hésita et réfléchit quelques secondes, puis affirma à nouveau :

— Non.

— Vraiment ? s'exclama Sébastian. Non, mais… vraiment ? Roger, tu as au moins dix ans de plus que moi !

Roger fronça les sourcils d'un air désapprobateur.

— Quel tact, ironisai-je. Comme si toi, tu avais déjà eu une relation qui avait duré plus de quatre heures !

— Bien sûr que oui, dit-il, outré.

J'étais tout simplement ébahie.

— Je n'ai pas toujours été aussi malin. J'étais même assez idiot, plus jeune, mais tout comme toi, j'ai mûri et je me suis vite rendu compte que l'amour, ça craint.

— Je n'ai jamais eu de relation amoureuse avec qui que ce soit.

Pas depuis Guillaume. Ma gorge se serra dangereusement.

— Pas depuis celui qui s'est fait assassiner, en tous cas.

— Tu n'es pas sorti avec un type à la fac ?

— Qui t'a raconté ça ? accusai-je immédiatement.

— À ton avis ? répliqua-t-il.

Marion devait vraiment apprendre à fermer sa bouche.

Un peu plus tard, quand il se rendit compte qu'il n'était plus capable de lancer un poignard correctement, Sébastian déclara qu'il avait assez bu pour cette nuit. Il se leva avec précaution et se retourna vers moi avec un sourire enjôleur.

— Tu viens te coucher ?

Il avait très vite cessé de bouder à propos des lits et décidé que c'était le destin qui nous avait réunis dans la même chambre. Non sans l'avoir gratifié d'un geste grossier, je le suivis quelques minutes plus tard pour aller récupérer mon tee-shirt de nuit et me changer dans la salle de bain. Quand j'en ressortis, il était déjà installé sur son matelas et Roger avait éteint la lumière du salon. J'avais voulu piquer une accélération jusqu'au lit pour éviter que Sébastian ne me reluque, mais l'alcool dans mon système sanguin rendait déjà assez difficile le simple fait de marcher droit.

En me glissant dans les couvertures, je remarquai que le volet n'était pas fermé, et que la lumière de la rue qui filtrait à travers les rideaux éclairait le torse nu de Sébastian. Son sourire satisfait quand il surprit mon regard m'agaça profondément. Boudeuse, je lui tournai le dos et m'allongeai le plus loin possible de lui.

Je m'endormis à la seconde où la pièce cessa de tourner.

**

La vibration de mon portable me tira de mon sommeil bien avant ce que j'aurais voulu.

— Je te réveille ? demanda une voix masculine.

— Oui, gémis-je.

— Désolé, Altorès. Tu peux venir au poste aujourd'hui ?

Je compris que le fumier qui venait de me réveiller n'était autre que l'inspecteur Valerio. Son véritable nom était en fait Valéri, mais il l'avait fait changer avant de rentrer dans la police. Il ne savait pas que j'étais au courant, et je gardais cette carte secrète jusqu'au jour où il me pousserait vraiment à bout.

— Non, je suis à Paris, j'ai prévenu Marc.

— C'est lui qui m'a demandé de t'appeler. Il faut que tu viennes voir une interrogation. Personnellement, je ne vois pas bien ce que ça va changer, vu que tu es…

— Fais bien attention à la façon dont tu vas finir ta phrase, menaçai-je.

J'entendis Sébastian grogner de mécontentement à côté.

— T'as vraiment aucun humour à six heures du matin, railla Valerio.

— Je te dirais bien d'aller te faire foutre, mais je ne voudrais pas être impolie, répliquai-je.

— Tout de suite les grands mots ! Si je te promets un litre de café buvable, tu viens ?

— D'accord, soupirai-je. Je pars bientôt.

Je raccrochai sans dire au revoir.

Rapidement, je fis un brin de toilette, m'habillai, et fourrai quelques affaires dans un sac. Je secouai Roger pour l'informer que je serais absente pour la journée, puis retournai dans la chambre pour régler le détail primordial de mon moyen de transport. Profitant du fait qu'il n'était pas tout à fait rendormi, je m'assis à califourchon sur le torse de Sébastian.

— Sébastian ? Tu me prêtes ta moto ? demandai-je de ma voix la plus douce.

— Non, grommela-t-il.

Je me penchai pour rapprocher mon visage du sien et mon mouvement le réveilla tout à fait.

— S'il te plaît ? souris-je malicieusement.

— Heu…

— Sébastian ? Je dois aller au commissariat, j'y serai plus vite en moto…

Je vis sa pomme d'Adam monter et descendre comme il déglutissait avec difficulté. Soudain, il me saisit par la taille et me jeta par terre, loin de lui.

— Les clés sont dans ma veste. Ne refais plus jamais ça, dit-il, irrité.

— Vraiment ? m'étonnai-je en revenant l'embrasser sur la joue.

Il me retint par le poignet et me força à le regarder dans les yeux. Son expression était si sévère que j'eus presque peur de ce qu'il allait faire.

— Pas si tu n'es pas sérieuse.

Ce fut à mon tour d'avoir du mal à déglutir. Je me relevai tout en prétendant être parfaitement à l'aise puis, rapidement, je pris les clés dans la poche de sa veste et me dirigeai vers la porte pour échapper à l'atmosphère tendue de la pièce.

— S'il y a ne serait-ce qu'une éraflure, je te tue. Et je ne plaisante pas, me lança-t-il avant de se rallonger.

J'enfilai ma veste en cuir et des bottes en cuir épais, balançai mon sac sur mon épaule et sortis de la suite. Après avoir avalé un petit déjeuner rapide et trois tasses de café au bar de l'hôtel pour éponger le reste d'alcool, j'enfourchai la moto dans le parking, soulagée de rentrer chez moi ne serait-ce que pour quelques heures.

Comme le disait si bien Judy Garland, *there's no place like home.*

7.

Valerio avait raison, je n'avais pas servi à grand-chose pendant l'interrogatoire. Mais je serais payée pour le déplacement et ma prestation, c'était déjà ça ; même si l'argent n'était jamais un problème pour moi, il fallait bien que je justifie mon train de vie – aussi modeste semblait-il.

Je sirotai tranquillement mon jus de chaussette pendant que Valerio, les pieds posés sur le bureau de Marc Dolanger, me parlait du dernier débat qu'il avait perdu contre sa femme.

— C'est ridicule, elle ne peut pas m'obliger à repasser mes chemises ! Est-ce que c'est comme ça que tu traites tes copains, toi ?

— Quels copains ? intervint Antoine Marconi en nous rejoignant. Elle en a plusieurs ? Je serais surpris si tu arrivais à trouver ne serait-ce qu'une seule personne qui arrive à te supporter.

Je lui jetai un regard noir. Avec agacement, je songeai que mon célibat commençait à devenir un sujet récurrent dans mes conversations.

— Le problème, ce n'est pas que je suis insupportable, je suis juste trop impressionnante pour vos egos fragiles, répondis-je avec humilité.

Marconi recracha élégamment son café dans sa tasse et Valerio éclata de rire.

— Et de toute façon, ce n'est pas le sujet. Le sujet, c'est que Linh refuse de laisser Valerio venir au travail habillé comme un désastre ambulant et qu'elle a parfaitement raison. Ça doit déjà être assez compliqué d'être mariée à un type qui se comporte comme un ado débile, il peut faire un effort pour bien s'habiller.

Vexé, il cessa de rire et me jeta un crayon que j'attrapai au vol. Il fronça les sourcils.

— Comment est-ce que tes réflexes peuvent être aussi bons, si tôt le matin ?

— La question que tu devrais plutôt te poser, c'est pourquoi ses réflexes sont-ils meilleurs que les tiens ? grogna Dolanger en rentrant dans la pièce.

Dès qu'il eut le dos tourné, Valerio lui fit une grimace puérile. Dolanger était rarement d'assez bonne humeur pour qu'on puisse plaisanter avec lui, ces derniers temps. Sa fille était en pleine crise d'adolescence et lui en faisait voir de toutes les couleurs. Un mois plus tôt, elle avait été prise à faire du vol à l'étalage ; la petite futée avait prétendu ne pas avoir remarqué la caméra de surveillance, mais j'étais persuadée qu'elle l'avait fait exprès pour mettre son père dans l'embarras. La ride soucieuse qui barrait son front en permanence lui donnait l'air fatigué.

— Vous avez entendu parler du type retrouvé égorgé dans une chambre d'hôtel ?

Bien que je fus contente que Marconi change de sujet, j'aurais préféré qu'il ne choisisse pas de parler de la dernière personne que j'avais assassinée. J'avais soudain très envie de retourner à Paris et de retrouver la compagnie de personnes à qui je n'avais rien à cacher. Heureusement, j'avais vécu cette situation assez de fois pour ne rien laisser paraître.

— Égorgé ? répétai-je.

— Il paraît que le pauvre type a été massacré.

— Un copain de là-bas m'a raconté qu'il y avait tellement de sang sur la moquette que leurs chaussures étaient foutues, renchérit Valerio.

— Ce n'est pas la peine d'exagérer non plus, vous savez très bien que personne n'a marché dedans, fis-je. Vous êtes vraiment tordus, vous les flics, c'est à force de colporter des idioties comme celle-là que vous avez une mauvaise réputation dans la presse.

Tout en ignorant scrupuleusement les trois hommes qui se mirent à me crier dessus en même temps, je vérifiai l'heure à ma montre.

— Bien ! Je crois qu'il est temps pour moi de partir.

— C'est ça, retourne à ta petite vie morne et solitaire, Altorès, me cracha Marconi.

— Tu salueras ta petite amie fantôme pour moi, *Macaroni*, rétorquai-je.

— T'auras l'air maligne quand tu te rendras compte qu'elle existe vraiment !

— Oh, je n'ai aucun doute sur son existence. Mais je sais que c'est toujours délicat de présenter une poupée gonflable à ses collègues.

Quand il se leva en me menaçant grossièrement, Dolanger décida d'intervenir. Pas que Marconi m'aurait vraiment frappée – et quand bien même, encore aurait-il fallu qu'il arrive à me toucher – mais il en avait plus qu'assez de nos enfantillages. Du moins, c'est ce que je retins du sermon qu'il acheva dix minutes plus tard. Pendant tout ce temps, Valerio se balança sur sa chaise avec un grand sourire, ce que je m'empressai de faire remarquer à son chef dès qu'il fut calmé.

— VALERIO ! Ça vaut pour toi aussi ! rugit Dolanger en se retournant.

Il n'y avait pas de raison pour qu'il ne profite pas aussi de sa bonne humeur.

J'étais repartie après être passée en coup de vent devant chez Laure, juste pour m'assurer que tout allait bien. Comme je n'avais pas déjeuné, mon ventre gargouillait furieusement quand j'arrivai à l'hôtel, mais je ne pris pas la peine de m'arrêter au restaurant et montai directement vers la chambre pour aller me reposer.

Roger sortait de la chambre pour aller relever Sébastian au moment où j'arrivai devant la porte. Un hochement de tête distrait fut le seul signe qu'il m'avait remarquée ; si Roger n'avait rien de pertinent à dire, il était difficile de lui tirer ne serait-ce qu'un bonjour.

Je plaçai un des lourds fauteuils derrière la porte pour être sûre d'entendre si quelqu'un essayait de rentrer dans la suite, puis, une fois débarrassée du reste de mes vêtements, je passai un peignoir par-dessus mes sous-vêtements. La station sur laquelle était réglée la radio passait une chanson absolument déprimante, mais j'étais bien trop fatiguée pour faire l'effort d'en changer. Je m'écroulai sur le canapé et m'endormis avant même que ma tête ne se pose sur l'accoudoir.

C'est encore une fois mon portable qui me réveilla. J'hésitai un instant à le lancer à travers la pièce, mais finis par me résoudre à regarder qui cherchait à me joindre. Le numéro était bloqué, je laissai le répondeur se mettre en route ; ce portable n'était pas associé à ma vie secrète, j'étais donc curieuse de savoir qui pouvait bien avoir besoin de masquer son numéro pour m'appeler. Cependant, je ne l'étais pas assez pour interrompre ma sieste avec un appel qui aurait pu durer plusieurs dizaines de minutes. Sans compter que j'étais à peu près certaine que Laure était capable de masquer son numéro pour voir si ses appels étaient les seuls que j'évitais. Si c'était effectivement elle, elle savait à présent que j'évitais non seulement ses appels, mais aussi ceux en numéro masqué.

Incapable de me rendormir malgré ma fatigue, je sortis un verre et une bouteille de vodka du bar. J'avais prévu de siroter lentement mon verre en rêvassant, mais le vidai d'un trait sans vraiment l'avoir décidé. Un deuxième le suivit après quelques minutes.

Attendant toujours de sombrer dans un sommeil alcoolisé une demi-heure plus tard, je finis par abandonner définitivement l'espoir de me rendormir et préparai à la place un cocktail pour me réveiller. Les deux cachets de vitamines et celui d'aspirine avaient à peine touché mes lèvres que quelqu'un se mit à tambouriner à la porte. Les cris agacés qui accompagnaient le tapage m'apprirent que Sébastian n'arrivait pas à entrer dans la chambre à cause du fauteuil que j'avais mis pour bloquer l'entrée. Je fus tentée de le laisser dehors.

— Ava ! Je sais que tu es là !

Je soufflai avec résignation. Au passage, je saisis la bouteille de vodka et pris une gorgée au goulot pour faire descendre les cachets. Quand je lui ouvris enfin la porte, je préférai croire que j'étais parfaitement lucide et que je ne donnais pas une autre impression. Après avoir marqué une petite hésitation, Sébastian me fit assez justement remarquer que mon peignoir était ouvert et que si je voulais qu'il arrête de me mater tout le temps, ce n'était pas la meilleure façon de s'y prendre. Je le fermai approximativement de la main gauche et m'effaçai pour le laisser passer.

— Est-ce que tu veux m'expliquer ce que tu fais avec une bouteille de vodka à la main ? demanda-t-il.

— J'avais besoin d'un verre.

— Et tu as finalement choisi de ne pas te servir du verre ?

Je fis un geste grossier de ma main libre pour lui signifier de me foutre la paix et retournai m'affaler sur un fauteuil.

— Tu veux venir avec moi dans une salle de sport ? proposa-t-il en s'installant en face de moi. Ça te réveillera.

L'idée me tenta un instant, jusqu'à ce que je me souvienne d'un détail très important.

— Je n'ai pas pris mes affaires de sport.

Je vis les muscles de son visage tressauter quand il se retint de rire.

— Et tu ne peux pas faire comme toutes les filles et mettre une brassière ? Je te prêterai mes gants.

— J'ai besoin de mes propres vêtements, d'accord, c'est pas un caprice de fille, répliquai-je. Je ne veux pas me mettre en brassière parce que les gens vont passer leur temps à regarder mes cicatrices.

— Tes cicatrices ?

Il me regarda sans comprendre.

— Viktor, dis-je simplement.

Il n'avait pas besoin de plus d'explications ; un éclair de compréhension passa dans ses yeux. Sans connaître forcément les détails, tous les gens de notre communauté étaient au courant de ma folle soirée entre les doigts agiles et cruels de Viktor Baranovski. Néanmoins, j'évitais de le leur rappeler si je pouvais.

Je vis son regard glisser de mon visage pour étudier le reste de mon corps.

— Ava… elles sont vraiment si affreuses ?

Son trouble me toucha, mais je ne pouvais me résoudre à lui répondre. Mes cicatrices avaient blanchi avec le temps, mais elles restaient assez nombreuses et assez grandes pour attirer l'œil.

Sébastian se leva du canapé et s'avança prudemment vers moi. Après être resté planté sans rien dire pendant une minute ou deux, il se risqua finalement à aller plus loin et tendit la main vers l'encolure de mon peignoir, lentement, me laissant le temps de changer d'avis, puis fit une nouvelle pause avant de l'ouvrir. J'arrêtai son geste et plantai mes yeux dans les siens ; il était si grave que ma gorge se serra. Il n'y avait rien de sexuel dans ce regard.

Gentiment, il défit le peignoir qui était déjà entrouvert et se mit à détailler les traces de tortures sur mon corps pâle. Son visage resta impassible pendant toute la durée de son examen puis, quand il estima qu'il en avait assez vu, il retourna s'asseoir en face de moi. Je me couvris à nouveau et la tension disparut : sous la protection de mes vêtements, c'était comme si rien ne s'était passé.

— Et encore, tu ne m'as pas vue de derrière, tentai-je de plaisanter.

— Oh, je sais très bien à quoi tu ressembles de derrière, répliqua-t-il avec un sourire grivois.

J'étais rassurée de voir qu'il n'avait pas perdu le nord.

— La plupart des gens trouvent ça horrible, mais ils ne peuvent pas s'empêcher de regarder quand même. Je ne suis pas une bête de foire, dis-je en haussant les épaules, espérant clore la discussion.

— Moi, je trouve ça sexy.

— Si tu trouves que c'est sexy, c'est parce que tu as l'esprit tordu.

Jusqu'à quelques semaines auparavant, je n'aurais jamais été assez à l'aise avec Sébastian pour partager autant de détails intimes. Je me demandai vaguement ce qui avait changé, mais décidai que cela importait peu ; pour la première fois depuis longtemps, j'avais laissé un autre être humain se rapprocher de moi et j'étais surprise de constater que Sébastian était devenu un ami.

Il continua à me faire rire jusqu'à ce que Roger revienne, me laissant profiter de la simplicité de notre nouvelle entente sans chercher à flirter sérieusement. En nous trouvant tous les deux de bonne humeur alors que nous étions dans la même pièce, Roger eut l'air suspicieux, mais, égal à lui-même, finit par se souvenir qu'il se fichait de nos histoires.

*

Dans l'espoir de compenser le manque de sommeil de la nuit précédente, j'avais prévu d'aller me coucher tôt, mais aux environs de vingt-deux heures, Sébastian avait demandé sournoisement si, pour aller en boîte, j'avais des vêtements qui cachaient mes cicatrices ou si je préférais rester toute seule dans la chambre d'hôtel pendant que Roger et lui allaient se divertir. Présenté de cette façon, il était évident que la seule réaction envisageable était de les accompagner. Tout en me préparant, je songeai que j'avais passé ces six derniers mois à travailler, et que sortir me ferait de toute façon le plus grand bien.

En vérifiant devant le miroir de la salle de bain que tout était en place, j'hésitai à changer pour une tenue plus révélatrice, cependant, des vêtements plus aguicheurs signifieraient également que j'avais plus de chances de croiser des hommes aux mains baladeuses ; je préférais pouvoir garder mon arme et rentrer avec les garçons, plutôt que repartir en bonne compagnie et le holster vide.

Sébastian proposa de tirer au sort pour choisir un capitaine de soirée ; les pics apéritif désignèrent Roger, qui avait donc pour consigne stricte de nous empêcher de faire quoi que ce soit que l'on pourrait regretter le lendemain. Rester sobre était optionnel. De toute façon, je n'avais pas l'intention de boire plus d'un verre ou deux : l'alcool me mettait souvent dans des dispositions dangereuses. Et pas forcément pour moi.

On s'accorda rapidement sur le fait que si l'un ou l'une d'entre nous voulait rentrer accompagné – j'ignorai leurs regards insistants – il ou elle devrait prendre un taxi et aller dans un autre hôtel.

— Et si c'est Roger qui repart avec quelqu'un, on garde sa voiture ? s'enquit Sébastian.

— Non, trancha le concerné.

— Donc juste parce qu'on a pris ta voiture pour venir à Paris, il faudra que je braque un taxi pour rentrer me coucher ? demandai-je, légèrement rétive.

— Ah, je me demandais bien aussi à quoi te servirait ton flingue en boîte de nuit, railla Sébastian.

— Comme si tu n'avais pas caché au moins un couteau sur toi, lui dis-je.

— Si tu demandes gentiment, je te montrerai même à quel endroit, répliqua-t-il en souriant.

— Ça suffit, ou vous rentrerez en taxi de toute façon, coupa Roger.

Cela eut le mérite de nous faire taire.

Puisqu'il était encore tôt, on dîna au restaurant de l'hôtel avant de se lancer à la recherche d'un club qui ne serait pas envahi d'adolescents aux fausses cartes d'identité. Se faire aborder par un gamin de seize ans n'était jamais une expérience très agréable.

La longueur de la file d'attente me donna presque envie de faire demi-tour, mais Roger décréta qu'il n'avait pas fait trois fois le tour de Paris pour rentrer si tôt. Je fus d'autant plus encline à argumenter que je compris très vite que nous ne serions pas à l'intérieur avant minuit. Et que je devrais donc payer mon entrée.

J'offris mon sourire le plus éblouissant aux videurs pour les empêcher de protester en voyant une seule femme accompagnée de deux hommes. J'aurais aussi pu ouvrir ma veste pour montrer mon décolleté, comme l'avait suggéré Sébastian. C'est ce que je fis en arrivant devant le guichetier à minuit et quart, avant de prétendre m'intéresser à lui pendant quelques minutes. Il me donna un ticket pour une consommation avant de me regarder marcher vers l'intérieur de la salle. Mon sourire disparut dès que j'eus tourné le dos. Si ces types n'étaient pas capables d'ignorer mon corps, je n'avais pas suffisamment de sens moral pour ne pas en profiter.

— C'est vraiment injuste, dit Sébastian quand je les eus rejoints.

— Arrête de râler, tu auras bien l'occasion de te prostituer pour un verre une fois à l'intérieur, se moqua Roger.

Le volume de la musique dans la salle nous dispensa l'un et l'autre de répondre.

Il nous fallut un peu de temps pour que nos sens ne s'adaptent à l'ambiance étouffante et, accoudée au bar avec les garçons, j'en profitai pour sonder la foule sur la piste. Je fus impressionnée de voir le nombre de personnes qui sourirent à Sébastian sans qu'il ait même prétendu être intéressé.

Roger attirait moins les regards, mais une ou deux femmes se risquèrent à venir lui parler. Je ne l'avais jamais vu montrer un quelconque intérêt sexuel pour qui que ce soit, et souhaitai très vite ne jamais avoir assisté à une telle scène. Roger ne regardait pas les femmes comme des êtres humains avec qui il souhaitait faire connaissance ; il observait les femmes comme si elles étaient des proies, évaluant leur valeur potentielle. Je me rassurais sur la santé mentale de ses prétendantes en me disant qu'elles ne le connaissaient pas comme je le connaissais ; si ça avait été le cas, je préférais penser qu'aucune d'entre elles ne serait restée. Je l'observais attirer sa proie dans ses filets de la même façon qu'on ne peut s'empêcher de regarder un accident de la route, intriguée et horrifiée à la fois. Lorsqu'il chuchota quelque chose à l'oreille d'une fille qui se mit à rougir, je sentis mon sang se glacer. Il était si bon acteur qu'il était difficile de faire la différence avec un réel intérêt, mais la froideur dans son regard calculateur, mécanique, me rappela que Hadès était incapable d'avoir des sentiments pour un autre être humain. Je savais que Roger n'aurait jamais fait de mal à une femme sans avoir été payé pour le faire, mais la sensation de malaise ne me quitta pas pendant un long moment.

Je croisai alors le regard de Sébastian qui haussa une épaule avant de se lancer sur la piste de danse, loin d'être perturbé par ce qu'il venait de se passer.

8.

— Même pas en rêve, remballai-je l'homme qui s'apprêtait à venir me parler.

Il m'avait fixée bizarrement pendant un quart d'heure avant de se lancer et je pressentais que la conversation ne serait pas intéressante. J'avais toujours à la main le martini offert par le quatrième type avec qui j'avais dansé ce soir, et j'hésitais à le boire depuis un long moment ; j'étais loin d'être ivre, mais je craignais qu'un verre de plus soit le verre de trop.

J'observais les gens d'un air absent, résolue à retourner seule à l'hôtel. Je n'avais pas déniché un seul type avec qui j'aurais pu avoir envie de prendre du bon temps, ils semblaient tous avoir un défaut rédhibitoire. Je n'étais pourtant pas très regardante, d'habitude. Roger avait disparu dans la salle d'à côté, aussi je commençai sérieusement à m'ennuyer. Sans compter que j'étais lasse de rembarrer tous ceux qui venaient me draguer, avec la subtilité bien connue des clubbeurs ivres à quatre heures du matin. J'avais choisi de ne pas contenir ma mauvaise humeur et de laisser les garçons assumer les conséquences de leur acte d'abandon quand ils reviendraient ; après tout, ils savaient très bien qu'une femme assise seule au bar avait peu de chances d'être laissée en paix à cette heure-ci et que je ne pouvais frapper personne devant tant de témoins.

Enfin, je repérai Sébastian qui dansait – puisqu'il avait encore ses vêtements, je ne pouvais pas appeler ça autrement – avec une fille qui semblait passer la meilleure soirée de sa vie. Observer tous les visages jaloux qui fusillaient la blonde du regard était presque aussi divertissant que le regarder lui. Il descendit une main le long de sa cuisse, pressant son pelvis contre le bas de son dos cambré et je ne pus m'empêcher de sourire. Sadist savait bouger, on ne pouvait lui retirer ça. Il possédait un magnétisme qui semblait attirer la plupart des personnes qui s'aventuraient à venir danser près de lui. Je m'étais moquée de son assurance lorsqu'il avait déclaré qu'il ne faudrait pas l'attendre pour rentrer ; j'avais eu tort.

Il était en train de lui murmurer quelque chose de visiblement très drôle. La fille se retourna pour lui faire face, approcha son visage du sien, puis se mit à onduler contre lui. J'observai le placement stratégique des mains de Sébastian, et pensai soudain à tout ce que ces mains étaient capables de faire. Malgré moi, je sentis mon ventre se contracter et ma température augmenter de façon significative. J'essayai de me convaincre que je pouvais admirer un collègue sans aucune arrière-pensée, tout à fait innocemment.

Ce n'est que quand il tourna la tête vers moi que je compris qu'il m'avait vue le regarder. Il ancra ses yeux dans les miens tout en continuant à danser avec la blonde ; je soutins son regard et l'intensité de son visage en ignorant le nœud qui se serrait au creux de mon ventre. Un coin de sa bouche se releva en un demi-sourire et ce fut plus que je ne pus supporter. Je fis pivoter mon tabouret brusquement pour lui tourner le dos et vidai mon verre cul sec pour retrouver un semblant de contenance.

Roger choisit ce moment précis pour réapparaître.

— Ava, tout va bien ? Tu es un peu rouge.

Il me prit le verre des mains et le reposa sur le comptoir. Il avait mis mon trouble sur le compte de l'alcool et de la chaleur ; je ne cherchai pas à le détromper. Quand il devint clair pour lui que je n'allais pas répondre, il se commanda un nouveau whisky puis s'installa à côté de moi. Je n'arrivais pas à savoir s'il restait là pour me surveiller ou simplement parce qu'il n'avait plus rien d'autre à faire.

Lorsque Sébastian revint s'asseoir avec nous, j'avais repris toute mon assurance et lui laissai clairement voir que je n'étais pas autant affectée par ses charmes que ce qu'il aurait voulu. Très vite, il se remit à agir normalement, ne chercha plus à croiser mon regard. Je lui fus reconnaissante de ne pas insister ; j'aurais détesté me disputer avec lui ce soir.

— Ton prochain prétendant arrive, se moqua alors Roger.

— Oh, c'est pas vrai, soufflai-je en voyant le type bizarre revenir à la charge.

Je voulus tirer parti de la présence des garçons et me levai de mon tabouret pour aller me coller à l'un d'eux. Je fis mine de me rapprocher de Roger avant de rejeter très vite cette option ; il ferait davantage peur au pauvre type, mais je ne pouvais me défaire de la sensation de malaise que j'avais eue en le voyant parler à la fille du début de soirée. Je me résignai à solliciter l'aide de Sébastian.

— Si tu tentes quoi que ce soit, tu vas le regretter, le prévins-je avant de glisser mon bras droit autour de sa taille.

Pris au dépourvu, je m'amusai de le voir complètement déstabilisé. Il ne savait pas où poser ses mains et les garda en l'air comme si j'étais en train de le braquer. Pour le détendre, je le traitai de mauvais acteur, puis lui intimait à l'oreille de se décontracter. Alors que l'homme de tout à l'heure faisait demi-tour, je pestai intérieurement en voyant qu'il avait fallu qu'il me pense avec un autre homme pour enfin me laisser tranquille. Sébastian me souffla d'un ton taquin :

— Sauf si tu tiens vraiment à faire ça ici, je préférerais attendre d'être arrivé à l'hôtel.

Exaspérée, je décidai de lui faire payer sa remarque et lui mordis le lobe de l'oreille. Sa main gauche remonta très rapidement du haut de mes fesses à ma hanche pour essayer de me repousser. Il laissa échapper une plainte qui ressemblait à quelque chose comme « Ava, arrête », mais était trop macho pour se mettre à gémir franchement. Satisfaite qu'il ait enfin compris où je voulais en venir, je le relâchai.

— Je t'avais prévenu, assenai-je.

— Tu as failli m'arracher l'oreille, geignit-il en frottant son lobe rougi.

— Des fois, je me demande si ce n'est pas plutôt la langue qu'il faudrait t'arracher, déclara Roger.

Cette remarque lui fit marquer une pause. Il se tourna vers moi d'un air intéressé :

— Est-ce que tu utiliserais la même méthode ?

— Qu'est-ce que c'est que cette question ?

Il haussa les épaules puis fit un clin d'œil à Roger.

— Tu auras mis ta langue dans ma bouche de façon délibérée au moins une fois.

Roger ricana ; je fronçai les sourcils avec réprobation.

— Tu es conscient que je n'aurais jamais toléré ce genre de propos si je n'avais pas bu ?

— C'est bien pour ça que j'en profite !

Néanmoins, il finit de me repousser tout à fait, craignant d'autres représailles.

— Quand vous aurez fini de flirter sous mon nez, on pourra peut-être aller se coucher.

— On ne flirtait pas, répliquai-je sur un ton très définitif.

Il se borna à sourire.

— Je passe aux toilettes et on pourra partir, consentis-je.

Les mains plaquées contre les oreilles, je longeai les enceintes qui hurlaient leur musique électro. Je fus étonnée, en poussant la porte, de trouver les toilettes des femmes presque propres. J'appuyai sur le robinet à pression et laissai filer l'eau fraîche entre mes doigts un moment avant de m'en asperger la nuque. Je me séchai les mains, essuyai sommairement le crayon qui avait bavé sous mes yeux, puis remis mon Glock en place dans le creux de mes reins.

Je me sentais un peu vacillante sur mes talons hauts et m'en voulus d'avoir bu assez pour ne plus avoir l'esprit tout à fait clair. Un gloussement du côté de la porte me fit tourner la tête… juste à temps pour voir Sébastian montrer son portefeuille aux autres filles qui étaient dans les toilettes. Après m'avoir jeté un regard curieux, elles quittèrent la pièce en vitesse. J'avais du mal à saisir ce qu'il venait de se passer.

— Qu'est-ce que tu fais ? lui demandai-je.

En guise de réponse, il ressortit ses papiers pour me montrer sa fausse plaque de police. Il haussa les épaules :

— Ça justifie le fait que je porte un flingue parfois.

— Et dire que je pourrais te faire arrêter pour ça, fis-je en secouant la tête.

— Oui, mais dans la mesure où tu gagnes ta vie en assassinant des gens, je sais que tu garderas ça pour toi.

Je ne savais pas exactement ce qu'il fichait là, mais s'il s'était mis en tête de devenir mon baby-sitter pour le reste de la soirée, je trouvais l'idée assez offensante.

— Tu sais que tu es dans les toilettes des femmes ?

— Je sais.

— Et t’es là juste pour frimer avec ta fausse plaque ?

— Non.

— Sébastian, on ne va pas jouer au jeu des vingt questions, alors qu’est-ce que tu veux ?

— Toi, sourit-il.

Je cessai tout mouvement, certaine que je n’avais pas bien entendu. Lorsqu’il se mit à sourire d’un air charmeur, je levai les yeux au ciel.

— T’es vraiment un cliché ambulant, assénai-je.

Il fit quelques pas vers moi ; j’en fis un de plus en arrière. Son sourire en coin était foutrement séduisant, mais je n’étais pas encore assez saoule pour me laisser amadouer si facilement.

— Si c’est une blague, c’est loin d’être drôle, fis-je remarquer en reculant à nouveau, comme il continuait à avancer.

— Ava, tu ne peux pas me dire que c’est une surprise. Tu sais très bien que je te désire depuis longtemps.

— Je le sais. Ce que je ne savais pas, c’était que t’étais assez stupide pour tenter quoi que ce soit.

Je me sentais soudain très sobre. Ma main droite trouva naturellement l’arme dans mon dos. Une fois mes doigts serrés sur la crosse, je dégainai de manière automatique. Le fait que je ne trouvais pas ma réaction exagérée en disait long sur ma personnalité.

— Roger m’avait prévenu que tu réagirais comme ça, rigola-t-il.

Pour ma part, je ne trouvais rien de drôle à cette situation.

— Il m’a même fortement déconseillé de me lancer, poursuivit-il.

— Et ça t’arrive jamais d’écouter les conseils des autres ?

J’étais à présent acculée contre le mur et le canon de mon Glock s’enfonçait dans le torse de Sébastian.

— Si tu bouges encore, je tire.

Il s’immobilisa enfin.

— Je ne vais pas essayer de te convaincre. Tu n’as qu’un mot à dire, et je m’en vais.

Alors que je me pensais prête à lui demander de partir, je ne pus m’empêcher de repenser au moment qu’on avait échangé alors qu’il dansait avec une autre. Je sentis mes joues s’enflammer à nouveau.

— Tu n’as qu’à dire non, et je m’en vais, réitéra-t-il.

Contre tout bon sens, je n'arrivai pas à lui dire, mais ma fierté m'empêcha de baisser mon arme. Je sentis mes lèvres s'arrondir sur un « oui » muet et me détestai pour ça.

En lisant ma réponse, il plaça son index sur le mien, amusé, comme pour me défier d'appuyer sur la détente. Je retirai mon doigt ; je n'étais pas prête à lui tirer dessus. Son sourire s'élargit.

— Ce n'est pas toi qui dis tout le temps qu'on ne devrait jamais braquer quelqu'un si on n'est pas préparé à aller jusqu'au bout ?

J'étais furieuse qu'il utilise mes propres mots contre moi. Certes, je n'étais pas prête à lui tirer dessus pour si peu, mais s'il continuait à me pousser dans cette direction, j'allais finir par lui faire du mal.

Il pencha son visage vers le mien et je le frappai à la mâchoire avec la crosse de mon flingue. Il tituba de quelques pas en arrière en se tenant le visage, comme une mauviette. Un éclair hargneux passa dans ses yeux, si brièvement que je doutais presque de l'avoir vu. C'était cette colère que la plupart d'entre nous dissimulaient au commun des mortels, que nous savions contrôler avec tant d'excellence, et qui n'était satisfaite que lorsque nous jouions à être des dieux. C'était la même colère que la mienne, que celle qui m'avait poussée à lui cogner dessus. Et l'apercevoir dans son regard souleva dans ma poitrine une vague de désir que je ne cherchai pas à refouler.

Une fois assuré que tout était encore emboîté comme il fallait, il revint vers moi. Il hésita, attendant mon léger signe de tête pour me toucher, puis prit ma main armée dans sa main gauche et plaça l'autre dans mon cou, son pouce effleurant ma joue. Il approcha à nouveau son visage du mien, mais s'arrêta juste avant de m'embrasser, nos lèvres séparées par quelques centimètres, le souffle et le regard brûlants. Ne sachant plus comment lutter contre l'envie de le rejoindre, je résolus de rester immobile ; il finirait peut-être par abandonner et me sauver de moi-même. Il fallait juste que je tienne le coup.

Enfin, il m'embrassa, presque chastement d'abord, puis avec plus de force. Je crispai la main sur le canon de mon arme, essayant de toutes mes forces de ne pas penser à ses lèvres qui bougeaient contre les miennes et aux battements assourdissants dans ma poitrine. Quand il glissa sa main dans mon dos et sa langue dans ma bouche, je perdis toute détermination et répondis à son baiser avec fougue. Le Glock tomba au sol, je sentis Sébastian se tendre, mais je n'avais jamais eu le temps de retirer la sécurité.

Il m'ôta ma veste sans manche, qui alla rejoindre le flingue qu'elle servait à cacher, et passa sa main sous mon débardeur, peau contre peau. Le contact embrasa nos sens ; il poussa son bassin dans le mien, son érection pressant contre mon entre-jambe et j'arquai les reins instinctivement. Me souvenant parfaitement de ce à quoi ressemblait son torse, je soulevai son tee-shirt avec une certaine avidité et souris contre sa bouche en sentant les muscles dessinés sous mes doigts. Il s'écarta un peu pour dégager les cheveux dans mon cou et y déposer des baisers humides, descendant jusqu'à ma clavicule ; le souffle court, étouffant mes gémissements à grand-peine, je fis glisser le plat de ma main jusqu'à la fine ligne velue qui disparaissait dans son jean. Quand il se mit à mordiller le haut de ma poitrine, un petit cri de plaisir m'échappa et l'encouragea à passer à la vitesse supérieure ; Sébastian plaça ses mains sous mes fesses pour me soulever, mes jambes enroulées autour de sa taille, et me transporta jusqu'aux lavabos. Je le repoussai un peu pour accéder à la fermeture de son pantalon, et m'appliquai à la défaire. Quand ma main l'effleura, il rejeta la tête en arrière en fermant les yeux. Mes doigts butèrent alors sur un objet dur et froid.

— Dis-moi que ce n'est pas ce que je pense.

Il dégagea habilement un de ses couteaux fétiches de l'intérieur de sa ceinture, un sourire fier aux lèvres. Il le manipula quelques secondes avec émerveillement.

— C'est tellement plus pratique que ces choses lourdes et affreuses que Roger et toi vous entêtez à porter, se moqua-t-il.

— Peut-être, mais mes balles seront toujours plus rapides que tes couteaux de lancer.

D'un air taquin, il promena le tranchant sur la peau sensible de ma gorge.

— Pas maintenant, murmura-t-il contre mon épaule.

Sa voix rauque trahissait l'excitation qu'il ressentait à se trouver dans cette position avec moi. Quelqu'un qui ne jugerait pas effrayante sa fascination pour les armes blanches, quelqu'un pour qui le danger était aussi électrisant que le désir qui se propageait dans ses veines. Il rangea son couteau dans son fourreau, puis caressa délicatement mon visage, comme si j'étais devenue tout à coup aussi précieuse que ses meilleurs poignards. Ce que je lus dans ses yeux me plut.

Je laissai l'excitation monter dans un long baiser, mes mains le retenant au plus près de moi. Après un long moment, il reprit assez d'air pour demander enfin :

— On rentre ?

Je hochai la tête avant de l'embrasser à nouveau ; il mordilla ma lèvre inférieure quand je cherchai à m'éloigner. Si l'on voulait tenir jusqu'à l'hôtel, il devenait urgent que je me décolle de lui. Je sautai à terre, remis ma veste et mon Glock pendant que Sébastian refermait son jean et rajustait son tee-shirt sans me quitter des yeux.

Il attrapa ma main comme je prenais la direction de la porte et m'attira à lui.

— Tu es sûre ? demanda-t-il, son front contre le mien.

— Oui.

— Je sais que j'ai…

Je lui coupai la parole d'un baiser passionné.

— Tu ne m'as pas forcé la main, je n'ai pas changé d'avis. J'en ai envie.

Il hocha la tête, rassuré par mes mots. Je n'avais pas dit non, j'avais dit oui, après toutes ces années. Sortis des toilettes, il nous fraya un chemin à travers la masse de danseurs, et fit au passage un signe à Roger, qui leva son verre à notre santé.

Une fois à l'extérieur, nous montâmes dans l'un des trois taxis qui attendaient dans la rue adjacente. Il m'ouvrit la portière, mais je n'eus pas envie de faire un commentaire désagréable. Dès que le chauffeur eut démarré, Sébastian indiqua mon arme d'un signe de tête et se mima en train de le braquer, pour me demander s'il préférait qu'on le paie ou qu'on le tue ; je gloussai comme une collégienne.

Il essaya de m'attirer vers lui mais je le repoussai, refusant l'idée de me laisser aller à l'arrière d'un taxi. Il acquiesça sans protester, mais posa tout de même sa main sur mon genou. Je remarquai rapidement qu'à chaque nouveau feu qui passait au vert et nous rapprochait de l'hôtel, sa main remontait plus haut sur ma cuisse, et mon cœur battait de plus en plus fort. Quelques minutes avant d'arriver, je me forçai à arrêter de le regarder et dirigeai plutôt mon regard vers la fenêtre pour ne pas lui sauter dessus dans la seconde. Le fait qu'il continuait à me dévorer des yeux ne m'aidait vraiment pas à contrôler mes ardeurs.

Arrivés dans la chambre, tout le désir que nous avions contenu sur le chemin explosa. À mesure que nos vêtements tombaient au sol, je découvrais que mon corps réagissait au contact du sien bien au-delà de ce que j'avais connu avec d'autres. Ses mains laissaient sur ma peau une trainée de poudre que ses lèvres venaient enflammer, nos soupirs et gémissements s'accordaient dans une effervescence tumultueuse. Il me semblait que je ne pourrais jamais en avoir assez de le toucher et de goûter à son plaisir ; mon désir se mua progressivement en une véritable confusion des sens, qui m'empêcha de déchiffrer ce qui nous arrivait. Les sensations grisantes qui faisaient vibrer mon corps étaient devenues la seule preuve tangible de mon existence corporelle.

Quand notre frénésie s'apaisa plusieurs heures plus tard, je ne songeai pas aux raisons qui m'avaient poussée à lui résister, toutes ces années. Après tout, au moment de faire des bêtises, on pense rarement au fait qu'elles en sont.

9.

La lumière du jour me réveilla en douceur. Si les rayons du soleil qui frappaient mon visage étaient assez intenses pour me déranger, cela voulait dire qu'il était déjà tard dans la matinée. Je savais d'avance qu'une grosse migraine se déclencherait à la seconde où j'ouvrirais les yeux, je profitai donc de mes derniers instants de paix aussi longtemps que possible. Un grand flou avait pris la place de mes souvenirs, malgré toutes mes tentatives de me remémorer la soirée de la veille.

Toujours en plein effort pour me souvenir de comment j'étais rentrée, je pris conscience d'un bras posé en travers de ma taille. Un bras qui n'était pas le mien. Les vagues réminiscences d'une nuit plus que plaisante me revinrent à l'esprit et les courbatures dans mes membres confirmèrent que, quel qu'ait été le moyen de transport, je n'étais clairement pas rentrée seule. Je soulevais délicatement le bras de mon invité pour me dégager et aperçus la cicatrice qui décorait l'intérieur de son poignet gauche ; c'était une cicatrice que je connaissais bien.

Je m'immobilisai avec horreur, stupéfiée de ma propre stupidité. Je jurai silencieusement dans toutes les langues que je parlais. Tout à coup, je me souvenais de tout, et j'étais loin d'être fière ; maintenant que le jour était levé, j'avais du mal à comprendre comment j'avais pu désirer Sébastian à ce point. Je me retournai discrètement et mes yeux trouvèrent naturellement le tatouage qui décorait son dos parfaitement musclé. Certes, cet homme était magnifique, mais cela ne justifiait en rien ma faiblesse d'esprit.

Sébastian ouvrit les yeux paresseusement. Il me regarda un moment sans rien dire, un léger sourire étirant ses lèvres.

— On remet ça une dernière fois ou tu es déjà trop en colère ? demanda-t-il enfin.

Jusqu'à cet instant précis, bien qu'assaillie de regrets, je n'étais pas si énervée que ça. Il aurait mieux fait de se taire.

— Sors d'ici. Tout de suite.

Je ne pris pas la peine de crier, il vit à mon expression que je n'étais pas d'humeur à plaisanter. S'il restait ne serait-ce qu'une minute de plus, j'allais devenir violente. Je ramassai son couteau sur le sol, et attendit patiemment qu'il sorte, les doigts serrés sur le manche.

Il enfila son pantalon en vitesse et se pencha vers moi pour récupérer son tee-shirt qui était de mon côté du lit. Il en profita pour me voler un baiser, mais s'enfuit en courant avant que je puisse le poignarder avec sa propre lame. La porte claqua derrière lui, me laissant seule avec mes remords.

Ce n'est qu'un quart d'heure plus tard que je pris la décision de ne pas le tuer. J'en avais envie, et je le lui avais dit, tout n'était pas de sa faute. Forte de cette sage résolution, je passai des vêtements pris au hasard dans ma valise, puis me dirigeai vers la porte… qui était fermée à clé de l'extérieur. J'inspirai profondément.

— Sébastian ! réclamai-je. Ouvre-moi tout de suite !

Comme il ne répondait pas, je hurlai à nouveau son nom.

— Sébastian !

— Je crois que tu as besoin d'un peu plus de temps pour réfléchir, me répondit-il à travers la porte.

— J'ai assez réfléchi, maintenant ouvre-moi.

— Non, vraiment, prends ton temps avant de prendre une décision inconsidérée, insista-t-il, légèrement inquiet.

— Oh, j'ai déjà pris une décision sur la façon dont j'allais te descendre, pourquoi est-ce que tu ne m'ouvres pas pour voir ce que j'ai en tête ? fis-je d'un ton menaçant.

— Haha, très amusant, mais sans façon.

Pourquoi est-ce qu'il devait toujours tout compliquer ? On ne pouvait pas dire que je n'avais pas essayé d'être raisonnable.

J'entendis Roger intervenir dans l'autre pièce et ma colère augmenta encore. Si ça devait être la faute de quelqu'un, au fond, c'était la sienne : en tant que capitaine de soirée, il devait s'assurer qu'on ne ferait pas de conneries.

— Si elle voulait vraiment te tuer, elle l'aurait fait à travers la porte, dit-il en déverrouillant ladite porte.

En réalité, cette possibilité ne m'avait même pas traversé l'esprit.

Je sortis de la chambre avec un air renfrogné, les mains contractées par mes envies de meurtre. De peur de regretter ce que je pourrais dire en plus de ce que j'avais déjà fait, je ne prononçai pas un mot en m'asseyant dans le fauteuil, et m'emparai d'une tasse de café fumant.

— C'est ma tasse, précisa Sébastian en s'installant le plus loin possible de moi.

— Et ?

— Oh, ça y est, maintenant qu'on a couché ensemble, on est censés tout partager ? railla-t-il.

Faisant appel à tout mon self-control, je me retins de répondre. À la place, je crachai dans sa tasse et la lui rendit avec un sourire crispé.

— Très mature, dit-il avec une grimace.

— Sébastian, arrête d'en rajouter, demanda Roger.

— On est tous adultes ici, je ne vois pas où est le problème, si elle n'avait vraiment pas voulu coucher avec moi, elle m'aurait tiré dessus.

— Est-ce que tu peux arrêter de dire que j'ai couché avec toi ? protestai-je.

— Tu préfères un autre terme ?

— Je préférerais que tu arrêtes d'en parler tout court ! criai-je, exaspérée.

Roger quitta la pièce, mais aucun de nous deux n'y fit vraiment attention.

— Ça, ça risque d'être difficile.

— Tu ferais mieux de faire un effort, menaçai-je. Tu sais que j'ai la détente facile quand je suis poussée à bout.

— T'as eu l'occasion de tirer hier soir, t'as préféré tirer un coup, asséna-t-il.

Nous étions tant absorbés par notre dispute que ni l'un, ni l'autre, nous ne vîmes que Roger était revenu, son portable à la main. Il finit par perdre patience et se plaça devant moi avec son flingue.

— Si tu veux le buter, fais-le tout de suite, qu'on en finisse. Sinon, quelqu'un veut te parler et je ne suis ni secrétaire, ni doué pour faire la conversation.

Il me tendit l'arme dans une main et le téléphone dans l'autre, attendant que je fasse mon choix.

Avec un regard noir en direction de Sébastian, je pris le téléphone, qui s'avérait en réalité être le mien.

— Allô ?

— Ava ? C'est Marion !

Marion était une tueuse à gage qui avait été tuée deux ans plus tôt. Du moins officiellement. Elle avait toujours eu un faible pour les méchants garçons, elle avait fini par tomber sur un plus méchant qu'elle ; mourir pour un temps était la solution de prédilection des assassins qui souhaitaient se faire oublier. Je n'avais donc pas eu de ses nouvelles depuis deux ans.

— Tu as l'air en forme, pour une morte, fis-je remarquer.

— Oui, j'en ai eu marre, j'ai tué Diogo.

— J'avais proposé de le faire pour toi il y a deux ans, qu'est-ce qui a changé ?

— J'ai suivi un stage de formation en Russie. À côté, il était tout à fait sain d'esprit. Et avec la vodka, mon alcoolisme s'est aggravé, je n'ai plus trop le sens des réalités.

Je ne pus me retenir de rire. Sa bonne humeur m'avait manqué. Marion était une punk pleine de vie qui croquait la mort à pleines dents.

— J'ai entendu la voix de Sébastian, mets-moi sur haut-parleur, me dit-elle.

Je m'exécutai. C'était elle qui nous avait présentés, plus de cinq ans auparavant. Elle avait rencontré Sébastian quand ils s'étaient retrouvés à devoir éliminer la même cible ; au lieu de s'entretuer, comme toutes les personnes normales, ils avaient commencé à se fréquenter. Leur relation n'avait pas duré plus de trois mois, mais ils étaient restés très bons amis.

— Sébastian, je t'ai manqué ?

— Évidemment ! J'ai couché avec Ava, hier soir, annonça-t-il.

Roger ressortit de la pièce immédiatement ; je laissai tomber ma tête entre mes mains, désespérée.

Nous avions passé encore un long moment à échanger diverses menaces, puis Sébastian était sorti prendre l'air. Roger, étrangement philosophe, m'avait demandé pourquoi je faisais tout un plat d'une partie de jambes en l'air avec lui quand j'avais couché avec des dizaines de types que je serais incapable de reconnaître dans la rue. J'étais partie aussi.

Les arbres du premier square dans lequel j'étais rentrée me protégeaient du vent froid, mais je déplorais tout de même l'absence de mon écharpe en laine. Au bout de quarante-cinq minutes, j'avais fait trois fois le tour du petit bois et du pâté de maison, et avais fini par m'asseoir sur un banc avec un grand gobelet de café à emporter, ruminant ma colère.

Luisa me faisait souvent remarquer qu'être aussi souvent en colère était mauvais pour ma santé, mais je faisais beaucoup de choses bien pires et très mauvaises pour moi. J'aimais être en colère ; c'était une émotion facile, qui coulait en moi en permanence et s'enflammait à la moindre occasion. Être en colère me faisait me sentir vivante, en contrôle. Et je méritais cette rage, j'avais gagné le droit d'être furieuse contre le monde entier. J'avais été brisée par le chagrin dès l'adolescence, j'avais été battue, torturée, manipulée, dénigrée, opprimée et considérée comme une sous-espèce juste parce que j'étais une femme. Cette fureur était rassurante, tant que je la ressentais, j'étais vivante. Alors oui, j'étais en colère, mais je le méritais.

Mais ce matin, peut-être que Sébastian n'aurait pas dû en être l'objet. Je me demandai si mon incapacité à apprécier cette nuit avec un homme que je connaissais était un symptôme de ce que Laure appelait parfois ma « maladie », si la tueuse en moi n'avait pas pris le pas sur la femme. Si c'était le cas, je ne voyais pas ce que j'aurais pu y faire. Est-ce que c'était vraiment un processus que j'avais envie d'enrayer alors que tant de gens me tueraient sans hésiter s'ils en avaient l'occasion ? C'était ce que la célébrité m'avait valu : une espérance de vie encore plus courte. Avec les années, les recruteurs s'étaient mis à me solliciter d'eux-mêmes, sans attendre que je demande le contrat. J'avais la réputation de faire mon travail rapidement et sans bavure, alors mon nom voyageait au-delà des frontières, et il n'atteignait pas que des oreilles amicales.

Je pris une gorgée de café, puis laissai mes yeux errer vers la cime des arbres qui se balançaient dans le vent.

De plus en plus, les recruteurs se mettaient à exiger des assassins particuliers, et leurs caprices avaient changé les règles du jeu auquel les membres de la pègre jouaient depuis des millénaires. Alors les autres tueurs à gages, ceux qui devaient parfois chercher un contrat pendant des mois avant de décrocher un boulot, étaient loin d'être ravis que les meilleurs jobs soient réservés à une élite dont je faisais partie.

Cela rendait d'autant plus difficile le fait d'avoir une relation avec des personnes qui n'exerçaient pas la même activité, et mon amitié avec Laure s'en ressentait. Parfois, je me surprenais à penser que si je venais à perdre son affection à cause de mon boulot, la douleur ne serait pas insurmontable ; pour finir, ce qui faisait le plus mal était de savoir que je n'avais plus besoin d'elle comme lorsqu'on avait quinze ans. Sa mort viendrait s'inscrire sur ma peau comme une nouvelle cicatrice, monstrueuse et violacée, impossible à dissimuler au reste du monde, mais si elle décidait de me quitter, sa compagnie ne me manquerait pas autant que je l'aurais voulu. Je me disais même souvent que les choses seraient plus faciles comme ça : elle serait de nouveau en sécurité et je n'aurais plus à m'inquiéter pour elle.

Pourtant, je savais qu'elle préférait mettre sa vie en danger et rester à mes côtés malgré le fait que je ne sois plus vraiment la même. Elle s'en voudrait trop de me laisser seule, car elle considérait qu'elle était la seule chose qui me retenait encore un peu dans le monde réel. Mais le monde réel, c'était le mien. Laure pensait que sans elle, je serais définitivement perdue ; c'était peut-être vrai ; ou peut-être pas. Toujours était-il qu'elle se sentait responsable de moi, parce qu'elle était en partie la cause de ce que j'étais aujourd'hui. Je ne lui en voulais pas, ne lui en avais jamais voulu, mais la culpabilité dans ses yeux était le seul voile qui l'empêchait de me voir seulement comme une meurtrière, et plus comme la fille qui avait fait l'impossible pour elle. Parce que c'était pour elle que j'avais tué la première fois.

Puis c'était vers Arnold que je m'étais tournée avec toutes mes interrogations. Pourquoi est-ce que je ne ressentais rien, malgré les dizaines de meurtres que j'avais commis, alors que Laure se sentait si mal de me voir évoluer sur cette voie ? Arnold avait toujours eu les mots pour me rassurer. Quand une vie comme celle-là nous tombe dessus, on se protège comme on peut, et si ça veut dire construire des barrières émotionnelles jusqu'à devenir un sociopathe avéré, peu importe.

*

Le hall de l'hôtel à mon retour était presque méconnaissable tant l'agitation qui y régnait était inhabituelle. J'interrogeai le premier employé que je croisai, il m'informa aimablement qu'il ne pouvait rentrer dans les détails, mais qu'un client de l'établissement s'était trouvé mal et que les pompiers venaient de l'emmener pour une consultation à l'hôpital, que tout irait bien, que je n'avais pas à m'inquiéter. Comme si j'allais m'inquiéter pour quelqu'un que je ne connaissais pas.

L'ascenseur s'ouvrit dès que j'appuyai sur le bouton d'appel et le temps de la montée vers notre étage, j'avais déjà oublié que quelqu'un que j'avais probablement croisé ces derniers jours était peut-être sur le point de mourir.

Roger sursauta quand j'ouvris la porte, debout devant sa chaise, l'air mal à l'aise.

— Qu'est-ce qu'il y a ?

— Assieds-toi, dit-il en désignant la chaise opposée.

— Roger ?

— Assieds-toi, répéta-t-il.

Je restai plantée sur place en croisant les bras pour lui montrer que je n'avais pas l'intention de coopérer. Il me fixa pendant quelques minutes avant de perdre patience ; il fit un pas dans ma direction et je m'exécutai en vitesse, à peu près certaine qu'il n'allait pas gentiment me prendre par la main pour m'emmener m'asseoir.

— Bien, approuva-t-il. Je ne t'ai jamais offert ton cadeau, après le dîner avec le recruteur.

Il me tendit une boîte volumineuse que j'ouvris avec curiosité. Tel un collier de diamants sur son écrin de velours, reposait une petite arbalète noire marbrée de vert irisé, accompagnée d'une dizaine de flèches dans un carquois et d'un coffret dans lequel se trouvaient des petits flacons de verre contenant divers poisons. J'étais sans voix. Il y avait assez peu de chances pour que j'aie l'occasion de m'en servir un jour, mais c'était une arme d'une beauté à la fois primitive et sophistiquée. J'avais hâte d'apprendre à m'en servir. Je passai le bout de mes doigts sur les pointes tranchantes des flèches, puis refermai la boîte d'un geste brusque.

— Pourquoi est-ce que tu me donnes ça maintenant ? demandai-je, loin d'être dupe.

— Est-ce que tu sais ce qu'il s'est passé en bas ?

— Plus ou moins. Un client a eu un malaise et a été emmené à l'hôpital, non ? dis-je sans comprendre où il voulait en venir.

— Non.

J'attendis qu'il continue, mais il devint hésitant.

— Roger, crache le morceau, réclamai-je.

Il fronça les sourcils sans baisser les yeux.

— C'était Sébastian, dit-il enfin.

— Sébastian a eu un malaise ? m'écriai-je.

— Non, il s'est pris une raclée et s'est écroulé dans le hall en rentrant.

— Pardon ?

Il ne répéta pas, attendit que je finisse d'enregistrer ce qu'il venait de me raconter. Je me levai, saisis les clés de voiture de Roger sur la table et partis pour l'hôpital ; Roger me suivit en silence.

*

Plus de deux heures et demie plus tard, j'obtins enfin la permission d'aller voir Sébastian dans la chambre qui lui avait été attribuée en urgence. Il avait l'air pâle sous ses ecchymoses, des points de suture sur le front, une lèvre enflée et un énorme bandage autour du torse. Les deux autres occupants de la pièce étaient profondément endormis.

— Il me semblait pourtant t'avoir dit que tu n'avais pas le droit de mourir, lui rappelai-je.

— Je ne suis pas mort, répliqua-t-il avant d'être pris d'une quinte de toux.

Il se tint la poitrine avec une grimace douloureuse.

— Ça fait mal ?

— Non, me mentit-il, la voix cassée.

— Et en version non macho ?

Il parvint à sourire malgré son inconfort.

— Bon, d'accord, ça pique un peu, admit-il, les yeux encore brillants de larmes.

— Ça t'apprendra.

Je m'assis sur le bord de son lit tandis que Roger s'installa sur une chaise. Son visage se contracta quand le mouvement du matelas lui fit mal.

— Quel est le verdict ? demanda Roger.

— Deux côtes cassées et un léger traumatisme crânien. Je sors ce soir, mais vous allez devoir jouer les babysitteurs pendant quarante-huit heures.

— Quarante-huit heures de garderie, ça vaut bien des explications détaillées, raillai-je.

Il soupira et appuya sa tête sur l'oreiller, comme s'il était plus fatigué par l'idée de nous raconter ce qu'il s'était passé que par ses blessures.

— Emerguy est mon beau-frère, avoua-t-il.

— Ton QUOI ? criai-je.

— Mon beau-frère. Il a épousé ma sœur.

Un silence tendu s'installa entre nous trois. Est-ce qu'il était devenu complètement fou ? Je me tournai vers Roger, qui demanda confirmation :

— Tu as pris un contrat sur ton beau-frère ?

— Emerguy ne sait même pas que j'existe, personne n'aurait pu nous lier, protesta-t-il, insulté par notre ébahissement.

— Si personne ne pouvait vous lier, pourquoi est-ce que tu es dans cet état ?

Il détourna le visage, coupable.

— Je ne savais pas qu'il les battait, elle et le petit. Je suis sorti de leurs vies depuis si longtemps… Nora est morte cette nuit.

Sa voix se brisa, je ne pus regarder son visage torturé plus longtemps. Que pouvaient bien être quelques côtes cassées à côté de la souffrance, du malheur qu'il ressentait dans son être entier ? Je réalisai soudain que sa sœur était morte alors qu'il était avec moi et mon attitude de ce matin me parut soudain inacceptable.

— Sébastian, je suis désolée.

— Je voulais voir ses deux fils, continua-t-il en m'ignorant. Je me suis un peu trop énervé quand les gardes du corps ont refusé… ils étaient quatre et je n'étais pas concentré.

Nous restâmes tous les trois silencieux pendant un long moment, puis Roger et moi prîmes le chemin de la sortie après lui avoir ordonné d'appeler pour qu'on vienne le chercher dans la soirée. Au dernier moment, Sébastian me fit signe de revenir.

— Ava, chuchota-t-il en jetant un coup d'œil vers ses camarades de chambre. Tu peux me laisser ton flingue ?

Je secouai la tête avec réprobation.

— Et où est-ce que tu comptes le cacher ?

— S'il te plaît, ils ont pris mon couteau.

Son air de junkie me fit rire, mais on ne pouvait pas prendre plus de risques ; si les employés de l'hôpital le trouvaient avec un flingue, la police serait rappelée avant même qu'il ne soit sorti de ce lit.

— Il faudra que tu attendes ce soir, lui dis-je en repartant.

— Ava ! Ava, s'il te plaît, un couteau à viande, même un petit en plastique, n'importe quoi, s'il te plaît !

Dans le couloir, Roger se marrait, certain qu'à sa place, il ne serait pas si pathétique. Moi, dans un lit d'hôpital, sans arme, j'aurais déjà commencé à frapper des gens.

Sur le chemin du retour, pendant que Roger conduisait, je lus un texto que j'avais reçu dans la journée : « *This is Irene Osman. Mr. Guyon gave me your number. Call me.* » Je n'avais pas la moindre idée de la raison pour laquelle Irene Osman voulait que je l'appelle, et encore moins pourquoi Arnold lui avait donné mon numéro. Curieuse, j'appuyai sur la touche « appeler » ; elle répondit à la première sonnerie.

— Le Fléau ? demanda-t-elle avec son accent américain.

— Irene, que voulez-vous ?

— J'ai trouvé une information très perturbante qui vous concerne.

— Vous cherchiez des infos sur moi ?

Je n'avais pas eu l'intention d'être agressive, mais la journée avait été longue et ma mauvaise humeur naturelle avait tendance à ressortir avec la fatigue. Elle eut le bon sens d'être embarrassée.

— Oui, admit-elle. Après notre rencontre, j'ai voulu en savoir un peu plus sur vous.

— Et qu'avez-vous découvert ?

— Rien sur votre passé ou votre vie privée, si c'est ce qui vous inquiète, s'empressa-t-elle de préciser. Mais… Ava ? un contrat a été placé sur votre tête.

Je soupirai bruyamment.

— Il ne manquait plus que ça. Est-ce que vous savez s'il a déjà été pris ?

— Non, pas pour l'instant, mais ça ne saurait tarder, la prime est d'un demi-million. La seule chose qui pourrait dissuader quiconque de le prendre est votre réputation, mais…

— Un demi-million de dollars, c'est beaucoup d'argent, terminai-je pour elle.

— Je vais surveiller l'évolution du contrat de près, je vous recontacterai quand j'en saurai plus, assura-t-elle.

— Merci de m'avoir prévenue, Irene. Si je m'en sors vivante, je n'oublierai pas ce que je vous dois, promis-je en retour.

Roger m'interrogea à la seconde où je raccrochai le téléphone.

— Il y a un contrat sur qui ?

— Moi.

— Combien ?

— Roger ! protestai-je.

— Je me renseigne, répondit-il en haussant les épaules. Combien ?

— Un demi-million.

Lorsqu'il ne dit plus rien, je commençai à paniquer. Prudemment, je glissai la main vers mon holster.

— Tu n'es pas vraiment en train d'envisager de le prendre, pas vrai ?

— Non, dit-il avec fermeté.

Le ton sûr de sa voix me rassura à peine ; l'idée que Roger puisse prendre mon contrat était tout simplement terrifiante et me donnait une furieuse envie d'aller me cacher sous ma couette. Dans cette seule journée, ma vie était devenue assez compliquée comme ça, il n'aurait plus manqué que mes amis se mettent à vouloir me tuer.

10.

Le besoin de me défouler finit par être plus fort encore que mon horreur à sentir les gens fixer mes cicatrices, et je résolus d'aller dans la salle de sport que Sébastian m'avait conseillée la veille.

Lorsque j'arrivai devant la gigantesque galerie commerciale qu'il me fallait traverser, j'inspirai profondément et tentait de me convaincre que la foule compacte n'existait pas. J'avais déjà les bains de foule en horreur en temps normal, mais dans mon état de nerfs, j'étais à peu près sûre que je n'arriverais pas à me frayer un chemin sans avoir à insulter une ou deux personnes. Heureusement, le fait que nous soyons à Paris signifiait que je ne serais pas la seule personne à manquer de civilité ; mon mauvais caractère passerait complètement inaperçu.

Je croisai un cortège d'hommes en costumes, et observai avec curiosité les deux qui se détachèrent du groupe pour aller parler au type qui les suivait en braillant depuis quelques minutes. Les menaces ne semblèrent pas l'atteindre puisqu'il continua son manège dès qu'ils reprirent leur marche. J'en ricanai encore quand il se mit à hurler plus fort et se jeta sur moi.

Un bras autour de ma gorge et un cran d'arrêt pointé vers mon ventre, il fallait lui accorder qu'il m'avait eue par surprise. Il eut à peine le temps de crier qu'il voulait parler à quelqu'un avant que je lui envoie un violent coup de coude dans le plexus ; le souffle coupé, il se plia en deux, j'en profitai pour l'attraper par les cheveux et lui cogner la tête dans le mur le plus proche. Une fois, deux fois, trois fois. Son nez s'était cassé contre la dalle dès la première, mais j'étais vraiment énervée. À moitié assommé, il tomba lourdement au sol quand je lâchai prise.

Quatre des hommes se précipitèrent à ma rencontre pour s'assurer que j'allais bien. Ce n'était pas à moi qu'il fallait poser la question, mais j'appréciai la démarche. L'un d'entre eux posa soudain sa main sur mon épaule, m'obligeant à me tourner vers lui ; une réplique déplaisante déjà au bout des lèvres, je m'apprêtais à retirer sa main de mon épaule, mais mon regard tomba sur son visage au dessin parfait et je marquai un temps d'arrêt. Il portait ses cheveux foncés mi-longs, avait la peau brune et une fossette sur la joue droite ; on devinait un corps mince mais musclé sous la coupe de son costume. Moi, je n'étais qu'une pauvre femme, gouvernée par mes hormones.

Il remonta ses lunettes sur son nez tout en m'observant en retour puis, les joues un peu rouges, il me tendit la main, sa poigne sûre et ferme.

— Vous n'avez rien ? me demanda-t-il.

— Est-ce que j'ai vraiment l'air si mal en point ? m'offusquai-je.

— Non, vous avez l'air d'être parfaite.

Je soupirai et faillis lui demander si cette réplique avait marché avec beaucoup de femmes. Il m'avait touchée sans mon autorisation et il essayait de m'embobiner avec des techniques de drague peu subtiles ; en toute logique, il aurait dû aller rejoindre l'autre idiot par terre. La seule raison pour laquelle je n'avais pas encore été désagréable était que plus je le regardais, plus j'envisageais une autre sorte d'exercice pour évacuer toute mon énergie.

— S'il vous plaît, acceptez nos excuses, vous n'auriez jamais dû être mêlée à cette histoire.

Il coula un regard plein de reproches vers l'un de ceux que j'avais à présent identifié comme des agents de sécurité.

— Pourquoi est-ce qu'il voulait vous parler ? interrogeai-je avec curiosité.

— Qu'est-ce qui vous fait dire qu'il voulait me parler à moi ?

Son sourire faillit un peu au coin des lèvres.

— C'est bien vous qui êtes en train de vous excuser, non ?

— Oui, répondit-il d'un ton incertain. Cet homme harcèle tous les employés de mon cabinet depuis des semaines, mais ce n'est pas une histoire très intéressante.

Il balaya mes questions d'un geste de la main, clairement irrité par le sujet ; son attitude dédaigneuse m'agaça. Il était peut-être séduisant, mais je n'appréciais pas d'être prise pour une pauvre femme sans cervelle.

— Au contraire, je trouve que cette histoire, qui aurait pu me valoir un couteau dans le ventre, est extrêmement intéressante. Sans doute assez pour piquer la curiosité de mes collègues policiers, insinuai-je. Sans compter mon avocat.

Contre toute attente, la colère dans ma réponse parut le peiner. Il fronça les sourcils d'un air contrit et s'excusa une nouvelle fois :

— Désolé, je ne voulais pas dire que vous n'étiez pas importante, c'est juste que cette affaire nous met tous sur les nerfs, je suis désolé.

Il rougit, tel un enfant pris à faire une bêtise et j'eus un rictus amusé. Un coup d'œil vers ses collègues qui appelaient la police mit fin à toutes les images délicieuses qui avaient continué de traverser mon esprit pendant notre conversation. Je songeai que j'aurais mille fois préféré le rencontrer dans un club ou un bar. Je profitai du fait que son attention était accaparée par l'agitation de ses confrères pour faire demi-tour discrètement, un peu déçue.

À ma grande surprise, il me rattrapa au bout de la galerie commerciale.

— Attendez ! Je ne vous ai pas demandé votre nom.

J'hésitai quelques secondes à lui offrir mon vrai nom ; je donnais souvent un faux nom lorsque je faisais des rencontres près de chez moi mais, après tout, je ne le recroiserais probablement jamais.

— Ava. Merci pour l'exercice, souris-je avant de repartir.

Je jurai entre mes dents en l'entendant courir pour me rejoindre à nouveau. Je me retournai et croisai les bras, l'air sévère.

— Si vous voulez continuer à courir après les filles, il faudrait peut-être vous mettre au jogging, fis-je remarquer en le voyant respirer un peu fort.

— Pour quoi faire ? Vous m'avez attendu, non ?

L'absurdité de sa logique me fit presque sourire.

— La prochaine ne sera peut-être pas aussi gentille, lui dis-je.

— Ah, mais qui vous dit que je cours après les autres ?

Et dans un demi-sourire, il parvint à changer mes plans pour le reste de la journée.

*

Trois heures plus tard, la serveuse nous apporta un deuxième café et une petite carafe de lait chaud. J'avais bien essayé de le convaincre d'aller prendre un verre dans son hôtel, mais il avait insisté pour aller dans une petite brasserie qu'il connaissait. Malgré son envie évidente de céder directement à mes avances, j'avais bien vu qu'il voulait entretenir son image de type bien. J'étais prête à faire un effort pendant quelques heures, mais j'espérais qu'il serait à la hauteur de mes espérances.

Nous étions installés près d'une fenêtre qui donnait sur un parc, et j'observai les feuilles bercées par le vent comme le jour déclinait déjà. Même s'il n'était jamais trop tôt pour boire un martini, j'avais voulu rester sobre après mes récentes erreurs alcoolisées.

Je n'avais pas du tout prévu de rester si longtemps à discuter avec lui, mais la conversation avait été étonnamment agréable. Au cours de ces trois heures, j'avais donc appris qu'Andrea était d'origine italo-égyptienne, bien que né en France, et qu'il portait le prénom de son grand-père, de la même façon que je portais le prénom de ma grand-mère. Il se trouvait qu'il habitait beaucoup plus près de chez moi que je ne l'aurais voulu et que son célibat – malgré ses atouts et ses trente-deux ans – était dû au fait qu'il était très occupé. Je m'étais retenue de lui avouer que son statut marital ne m'importait vraiment pas tant que ça. En plus d'être avocat, il était politiquement très actif dans sa région, et était chargé de cours dans une université voisine de chez moi. Je n'avais pas menti sur mon âge, sur mon absence de famille et les problèmes affectifs qui allaient avec, il n'était pas parti en courant. Et chaque fois qu'il levait la main pour remonter ses lunettes, j'en profitais pour admirer ses avant-bras solides, dévoilés par la chemise dont il avait remonté les manches. La soirée continuait à se profiler comme je le voulais.

Je reportai mon regard vers Andrea qui dosait le lait dans sa tasse avec savoir-faire. Il y avait une certaine intimité qui me fit sourire dans ce geste ; il avait réussi à me mettre assez à l'aise pour que je baisse un peu ma garde. Pendant quelques minutes, j'avais même été jusqu'à envisager de le revoir si la suite de la soirée était aussi agréable que je l'imaginais, mais le moment était vite passé et j'avais à nouveau conscience que nous n'étions que des étrangers l'un pour l'autre et que cette familiarité n'était qu'un étrange incident. Une seule soirée suffirait.

— Qui s'est occupé de toi après la mort de tes parents ? demanda-t-il.

Son insistance et son intérêt auraient pu me fâcher s'il ne me parlait pas d'une autre vie. La mort de mes parents paraissait si lointaine que j'avais l'impression de raconter l'histoire d'une autre. Parler avec un homme que je ne reverrais jamais après une nuit charnelle était bien plus pratique qu'aller voir un psy. Je lui souris :

— Mon grand-père était mon tuteur. Il l'a été jusqu'à sa mort, quand j'avais seize ans. J'ai obtenu mon émancipation et je suis allée vivre avec mon copain.

Il s'apprêtait à me répondre, mais la petite carafe lui échappa des mains lorsqu'il voulut la reposer ; dans un geste précipité pour la redresser avant que le reste du lait ne se vide sur la table, il cogna dans un verre qui explosa en éclats sur le sol. Le fracas attira immédiatement un serveur auprès duquel il s'excusa profusément, le visage écarlate de sa maladresse. Je ne parvins à me retenir que quelques secondes avant d'exploser de rire. Il s'excusa à nouveau alors que le serveur partait avec les morceaux de verres et m'offrit un petit sourire désolé et gêné en épongeant la petite flaque de lait avec des serviettes en papier.

Je songeai que ça ne serait jamais arrivé à Roger ou Sébastian, qui étaient toujours si sûrs de leurs gestes. L'espace de quelques instants, sa maladresse et ses joues encore rouges me firent me sentir incroyablement… normale.

Une fois sa honte surmontée, il me raconta sa jeunesse avec sa famille immigrée ; une partie de ma famille venant de Colombie, nous avions vite tracé des parallèles. J'avais été reconnaissante qu'il ne s'attarde pas à vouloir parler de Guillaume. Il y avait dans mon histoire des douleurs coupables sur lesquelles je ne voulais pas revenir.

Je bus une gorgée de mon café et fermai les yeux de plaisir.

— Tu aimes vraiment le café.

Je rouvris les yeux pour voir que, dans les siens, toute gêne avait disparu. La fossette réapparut sur la peau hâlée de sa joue.

— Le premier café du matin est la seule chose qui me pousse à me lever. Sans café, je passerais des journées entières allongée dans mon lit.

— C'est bon à savoir, dit-il dans un sous-entendu très clair.

Son sourire assuré me fit rire. L'idée que je resterais assez longtemps avec lui pour qu'il puisse essayer de me priver de café était adorable, mais complètement utopique. Lentement, il se pencha au-dessus de nos tasses et je le laissai poser sa bouche sur la mienne. Son baiser fut rapide, comme un aperçu, une expérience pour voir si la magie s'arrêtait aux mots et aux sourires. Enfin.

Il regarda sa montre :

— Il est presque vingt heures, je crois qu'il est temps de passer à quelque chose d'un peu plus sérieux que le café, non ?

Rien que pour ça, je l'embrassai à nouveau, plus longuement.

Je sentis mon corps anticiper la proximité du sien tandis qu'il remettait sa veste. Lorsqu'il insista pour aller prendre un verre quand même, je faillis hurler de frustration ; j'espérais qu'il en valait la peine.

Mon deuxième martini accompagna son deuxième whisky et, alors que l'ambiance feutrée du club de jazz me faisait oublier le temps qui passait, nos mains et nos lèvres exprimaient nos désirs de plus en plus pressants. Il ne finit pas son verre et me laissa payer la note avant de me ramener à sa voiture ; son hôtel n'était pas très loin.

Au premier feu rouge, mon portable se mit à sonner et l'envie de l'ignorer était extrêmement tentante. Je jurai en le sortant de ma veste : mon tour de surveillance commençait dans trente minutes. J'aurais pu tuer quelqu'un.

Il comprit à mon expression que la soirée venait de tourner court et me demanda où il pouvait me déposer. Quand il se gara devant mon hôtel, vingt minutes plus tard, il m'embrassa avec passion dans un effort pour me convaincre que ce n'était que partie remise ; son baiser laissa un goût de frustration sur mes lèvres et je retournai à la chambre d'hôtel où m'attendait au moins un assassin professionnel.

Je refermai doucement la porte pour ne pas réveiller Sébastian, puis m'y adossai, luttant pour rediriger mes pensées vers mon travail. Je récupérai mes affaires dans la chambre le plus silencieusement possible, faisant une petite pause sur le seuil. Sébastian était plongé dans un sommeil profond, son bandage blanc ressortait sur son torse dans la pénombre et tout en l'observant, je me remémorai les événements qui m'avaient conduite jusqu'à Andrea. Il venait de perdre sa sœur, celle qu'il avait abandonnée des années plus tôt pour vivre dans l'illégalité la plus totale. Une sœur dont je ne connaissais même pas l'existence encore quelques heures auparavant.

Nos vies n'étaient qu'un tissu de secrets.

Mon portable vibra pour m'indiquer que je venais de recevoir un texto. Il était d'Andrea et je ne pus m'empêcher de le relire plusieurs fois. Malgré tous ces arguments qui auraient dû me pousser à supprimer le message et son numéro, je repartis avec le sourire aux lèvres ; j'avais hâte de le revoir pour enfin terminer ce que nous avions commencé ce soir, avant de tourner définitivement cette page.

11.

Quand Sébastian me secoua pour me réveiller, tard le lendemain, ma première pensée fut pour mon Browning que j'avais oublié de remettre dans le holster attaché à la tête du lit ; cet idiot avait eu beaucoup de chance.

Une fois les yeux bien ouverts, je remarquai vite qu'il n'était vêtu que d'un boxer et d'un jean mal fermé.

— Qu'est-ce que tu fais ? criai-je presque en m'écartant.

— J'ai besoin d'aide pour m'habiller.

J'eus un temps d'arrêt.

— J'espère que c'est une blague.

Sébastian ne répondit pas et pointa du doigt les ecchymoses qui couvraient le haut de sa poitrine.

— Tu ne peux pas demander à Roger ?

— Roger n'est pas encore revenu et je ne peux pas mettre mon tee-shirt tout seul.

Il n'y avait rien de malicieux dans son expression, mais je le connaissais mieux que ça. Après une longue hésitation et un nombre certain de soupirs excédés, je me décidai à lui donner un coup de main… en essayant tant bien que mal de garder mes mains le plus loin possible de son torse encore humide.

Je finis par réussir à me concentrer assez sur ce que je faisais, et non plus sur la chaleur émanant de sa peau, pour me souvenir qu'il aurait dû y avoir un bandage pour cacher ce corps indécent.

— Où est ton pansement ?

— Je l'ai enlevé, ça me gênait pour prendre ma douche, fit-il, désinvolte.

— Et tu ne pouvais pas te laver autrement ?

Je me demandai s'il essayait volontairement de me faire soupirer le plus de fois possibles dans chacune de nos conversations.

— Ava, dit-il en se tournant pour me faire face. J'avais vraiment envie d'une douche.

J'aurais pu faire semblant de ne pas comprendre qu'il voulait se laisser dissoudre sous l'eau chaude pour oublier ces derniers jours. Sa sœur, ses blessures, mes reproches incessants. À la vérité, certaines semaines, il m'arrivait de passer plus de temps dans ma douche que dans mon lit. Une douche n'avait sans doute pas réellement le pouvoir de laver nos consciences, mais il était tellement plus facile de relativiser les horreurs de nos vies une fois les doigts réduits à l'état de pruneaux.

— Et de toute façon, poursuivit-il, qu'est-ce qu'un gros pansement va pouvoir faire pour réparer des côtes cassées ?

Il n'avait pas tout à fait tort.

Je le laissai quelques secondes pour aller prendre une serviette dans la salle de bain ; son dos était encore ruisselant et aurait trempé son tee-shirt. Sur le seuil de la chambre, je m'arrêtai pour regarder les bleus dont il était recouvert et ressentis une vague de compassion. Malgré le violet qui marbrait sa peau, en appui sur ses mains, légèrement courbé sur la commode, la beauté brute et brutale de Sébastian était indéniable. Il me fallut un bon moment pour détacher mes yeux des courbes que ses muscles dessinaient sous sa peau. Sébastian n'avait pas le corps d'un accro à la musculation, c'était un bagarreur ; il devait rester en forme pour rester en vie, son corps était une arme aussi létale que ses poignards. Et comme à chaque fois que je l'avais vu torse-nu, je perdis soudain trente points de quotient intellectuel et une grande partie de ma capacité à réfléchir de manière cohérente.

Il releva la tête et me trouva là à l'observer. Il y avait dans son regard un désir insatisfait qui fit se contracter les muscles de mon ventre. C'était un sentiment étrange, savoir à la fois combien je le désirais et que je n'avais aucune volonté de céder à ce désir.

Je détournai les yeux avec un sourire d'excuse, lui faisant comprendre qu'il ne se passerait plus rien. J'épongeai son dos avec précaution et l'aidai à faire passer ses bras dans les manches du large tee-shirt bleu foncé, masquant ma surprise quand il ne tenta pas de profiter de la situation pendant que je fermais les boutons difficiles de son jean.

Le besoin de boire un café finit par avoir raison de mon intention de faire une bonne action. Je l'abandonnai pour aller commander à manger par le service d'étage, mais il s'avéra qu'on ne pouvait plus commander de petit déjeuner l'après-midi. J'aurais pu être scandalisée, mais ils pouvaient tout de même apporter du café à n'importe quelle heure ; mon intense état de manque me poussa à me montrer indulgente.

Sébastian me rejoignit dans le salon, son épuisement évident à la lumière du jour. Je me rappelai subitement les ordres du médecin concernant son rythme de sommeil pour les prochains jours et entrepris de le dévisager, essayant de déterminer si ma négligence avait causé des dommages irréparables à son cerveau.

— Comment tu te sens ? me renseignai-je.

D'après l'expression sur son visage, il était assez clair qu'il trouvait ma question stupide, puisque j'avais vu l'étendue de ses blessures.

— J'ai oublié de te réveiller toutes les trois heures, expliquai-je en essayant de ne pas paraître trop coupable.

— Oh, Roger l'a fait.

— Vraiment ? Je n'ai rien entendu.

— Ça, j'avais remarqué, railla-t-il.

Je ne savais pas si j'étais plus sidérée par le fait que Roger se soit levé toutes les trois heures pour réveiller Sébastian, ou par le fait qu'il l'ait fait si discrètement que cela ne m'ait pas réveillée, moi. Puis je réalisai que Roger était capable de rentrer dans ma chambre au milieu de la nuit sans que j'en sois consciente, et je devins plus horrifiée que sidérée.

Juste à ce moment-là, Roger ouvrit la porte de la suite, un plateau avec trois tasses de café dans les mains. En voyant notre étonnement, il expliqua qu'il avait croisé l'employé qui les montait dans les couloirs. J'oubliai presque aussitôt le lien que mon cerveau avait commencé à faire entre l'intérêt de Roger pour mon contrat et sa possible capacité à me surprendre pendant mon sommeil. J'étais prête à pardonner et oublier beaucoup de choses contre un peu de café, même mauvais.

— Bonjour, Le Fléau, dit-il en déposant le plateau devant moi.

Il devait être de bonne humeur, pour m'appeler ainsi.

— Bonjour, Hadès, répondis-je.

Malgré toute la crainte qu'il pouvait parfois m'inspirer, il était rassurant de savoir que, quelque part dans le monde, quelqu'un aimait son boulot autant que moi. On se sourit avec un air de parfait entendement.

— Au fait, Andrea a appelé, annonça Sébastian.

Je faillis lâcher ma tasse, et un peu de café brûlant se renversa sur ma main, m'arrachant des jurons colorés.

— Pardon ? fis-je d'une voix incertaine.

— Ton portable a sonné, j'ai décroché parce que j'ai cru que c'était le mien.

La joie des Smartphones qui se ressemblaient tous. Je songeai tout de suite qu'Andrea avait dû trouver très suspicieux le fait qu'un autre homme réponde à mon téléphone.

— Qu'est-ce que tu lui as dit exactement ?

Son sourire sadique disait plus clairement que des mots qu'il prenait beaucoup de plaisir à voir ma soudaine inquiétude. Je n'avais pas passé toutes ces heures à parler avec lui pour voir la perspective d'une nuit prometteuse réduite à néant parce qu'il croyait que j'étais en couple avec quelqu'un ; malheureusement, Andrea me semblait être exactement le genre de personne à refuser d'être la cause d'un adultère. Néanmoins, Sébastian mit rapidement fin au suspense et me rassura :

— Je lui ai dit que j'étais un de tes collègues et que tu avais oublié ton portable.

Je relâchai ma respiration, jusque-là inconsciente que j'avais retenu mon souffle. J'étais surprise, considérant notre dispute de la veille, qu'il n'ait pas voulu se venger ; il lui aurait été si facile de semer le doute dans l'esprit d'Andrea.

— Merci, lui dis-je, ravie que mes plans ne soient pas compromis.

Il me tourna le dos brièvement, mais pas avant que je ne surprenne son expression. Je reçus son sourire amer comme un coup de poing dans le ventre.

Quand il se retourna vers nous, son visage ne laissait plus rien paraître de la peine que j'y avais lue quelques secondes plus tôt. Il avala son café en trois gorgées, puis déclara qu'il était fatigué, et que l'un de nous devrait le réveiller dans trois heures.

Depuis notre rencontre cinq ans auparavant, notre relation avait toujours été conflictuelle. Cela ne voulait pas dire que je ne l'appréciais pas, seulement qu'il m'agaçait à n'en plus finir ; Sébastian avait toujours eu le don de me taper sur les nerfs. Mais il venait de perdre sa sœur, il avait le cœur brisé, et je venais de piétiner ce qu'il en restait en le rejetant pour trouver un autre homme immédiatement après avoir enfin cédé à ses avances. Une petite voix coupable serinait dans ma tête que j'étais une bien piètre amie.

La sensation que Roger me fixait me tira de mes pensées.

— Quoi ?

— Votre relation est vraiment étrange.

Je m'offusquai : en tant que sociopathe avéré, il était mal placé pour juger les relations des autres.

— Parce que notre relation à nous est tout à fait normale ? ironisai-je.

Roger fronça les sourcils, comme s'il ne comprenait pas.

— On n'a pas de relation.

Je me retins de lever les yeux au ciel. De toute évidence, en tant que sociopathe avéré, il était aussi incapable de se rendre compte qu'il était ami avec un autre être humain. Comme je le sentais sur le point d'argumenter, je lui indiquai que j'allais rejoindre Sébastian dans la chambre et tenter de restaurer le dialogue ; cette solution parut lui convenir.

Sébastian était allongé sur son matelas, le dos appuyé contre une montagne d'oreillers, les yeux fermés et le souffle régulier, mais je savais qu'il ne dormait pas.

— Je suis désolée, lui dis-je en m'asseyant sur le lit à côté.

— Merci.

Il ne dit plus rien pendant un moment, et je me demandai s'il avait vraiment compris pourquoi je m'excusais. Je fis une nouvelle tentative, lui demandai doucement :

— Tu veux parler de ta sœur ?

— Non.

Il marqua une pause, puis ajouta :

— Peut-être plus tard.

Je ne trouvai rien de plus à lui dire non plus, pour le moment. Pourquoi est-ce que notre relation était toujours aussi houleuse ?

Tout à coup, il se mit à rire, à voix basse d'abord, puis de plus en plus fort. Il ouvrit enfin les yeux pour me regarder.

— Lequel de nous deux est le plus en colère contre l'autre, à ton avis ?

J'éclatai de rire à mon tour tant sa question était proche de mes propres interrogations. On avait toujours au moins une raison d'être en colère contre l'autre, mais ses crises duraient moins longtemps que les miennes.

— Probablement moi, répondis-je en riant.

— C'est ce que je pense aussi. C'est toujours toi la plus colérique.

J'étais constamment étonnée de voir qu'il me connaissait si bien. Quand avait-il eu l'occasion de m'étudier ainsi ? Était-il naturellement observateur, ou avait-il pris la peine de faire attention ? Parfois, son intérêt pour moi n'avait aucun sens.

— Qu'est-ce que tu vois quand tu me regardes ? osai-je en croisant son regard.

— C'est un piège ? se méfia-t-il aussitôt.

Je méritais ce manque de confiance, mais je le rassurai en hochant la tête négativement.

— Une femme, dit-il simplement.

Je haussai un sourcil sarcastique, puis il continua avec un petit sourire :

— Dure, dangereuse. Mais fragile aussi, au fond, extrêmement attirante, un caractère atroce. Arrogante.

Tous ses compliments me gênèrent. Je baissai le visage pour cacher mes joues que je devinais rouges, mais cela ne servit à rien, Sébastian était parfaitement capable de lire mon trouble.

— Ce n'est pas ce que je voulais savoir.

— Je sais, sourit-il. Tu veux savoir ce que tu représentes pour moi, c'est ça ?

Il soupira longuement.

— Cette nuit ensemble était incroyable, et j'attendais ça depuis des années… mais on fait tous les deux la même chose, je sais comment ça marche. Je ne cherche rien de sérieux et puis les tueurs à gages ne font pas de bons conjoints. Alors merci pour la nuit, mais on devrait en rester là. Tu es une alliée trop précieuse pour gâcher ça à cause d'une partie de jambes en l'air.

Sébastian était un menteur professionnel, ses yeux ne trahissaient rien, sa voix ne faillit jamais. Pourtant, j'avais le sentiment qu'il n'était pas sincère, simplement parce qu'il me disait exactement ce que je voulais entendre ; or, Sébastian et moi étions rarement d'accord. Peut-être que ce n'était que mon ego qui supportait mal d'être rejeté.

— Donc tu n'as pas de problème avec le fait que je continue ma vie avec d'autres hommes ? insistai-je.

— Si j'avais un problème avec ça, tu sais très bien que je me serais déjà occupé du type qui a téléphoné tout à l'heure.

Je lui envoyai un oreiller à la figure, mais il l'évita.

— Maintenant tu sais ce que je ressens pour toi.

Il se rapprocha de moi, posa sa main sur la mienne avec délicatesse, puis ajouta :

— Mais quand je te regarde, je vois *la* femme.

J'explorai son regard pour donner un sens à tout ce qu'il venait de dire, en vain. Comme je ne savais pas quoi répondre, je préférai changer de sujet et me raclai la gorge avant de commencer.

— Il y a un contrat sur ma tête, racontai-je.

— Vraiment ? Tu sais qui l'a pris ?

— Personne encore.

— C'est payé combien ? s'informa-t-il.

— Pourquoi est-ce que tu poses cette question ? À croire que Roger et toi n'attendiez que ça pour essayer de me tuer !

— Roger veut prendre ton contrat ?

Son air choqué me fit plaisir ; je n'étais pas la seule à penser qu'entre amis, on n'avait pas besoin de passer par un recruteur pour régler ses comptes.

— Je ne crois pas… je ne sais pas. Au fond, ça ne m'étonnerait pas plus que ça, admis-je.

— Tu hésiterais ?

— À courir me planquer dans un trou ? plaisantai-je.

— Tu sais… À le tuer.

Je ne répondis pas tout de suite. J'avais une relation très particulière avec Roger. Même s'il ne partageait pas mon avis, nous étions amis ; pourtant, il y avait cette constante menace dans son regard, cette question à laquelle il voudrait un jour une réponse. L'absence d'émotion sur son visage ne voulait pas dire qu'il ne ressentait rien, juste qu'il ne s'admettait pas ressentir quoi que ce soit. Or, je savais qu'il avait au fond de lui la même rage, la même soif de contrôle que Sébastian et moi. Roger et sa distance m'inquiétaient.

— Non, répondis-je enfin. Si j'étais sûre qu'il avait pris le contrat, je n'hésiterais pas.

Il hocha la tête, signe qu'il comprenait, et je savais qu'il comprenait réellement.

*

Le reste de la journée passa dans un éclair ; une fois toutes les disputes terminées, nous n'avions plus grand-chose à faire.

En fin d'après-midi, Sébastian s'excusa pour prendre un appel, nous laissant Roger et moi nous interroger sur la raison pour laquelle il ne voulait pas qu'on entende sa conversation.

De retour dans le salon, il rangea rapidement un couteau dans la poche intérieure de sa veste et sortit sans même nous dire où il allait. J'espérais simplement que cette fois-ci, il rentrerait entier.

12.

Sébastian revint une heure et demie plus tard, d'excellente humeur. Il nous annonça sans attendre qu'il avait trouvé la solution parfaite pour approcher Emerguy le plus discrètement possible. Il précisa aussi que son idée ne me plairait pas du tout.

Il avait raison.

— Il est hors de question que je me fasse passer pour une strip-teaseuse, décrétai-je.

— Tu ne seras pas strip-teaseuse, juste serveuse.

— Est-ce que plus de cinquante pour cent de mon corps sera couvert par des vêtements ?

— Heu… non, admit-il.

— Alors c'est la même chose.

Il pouvait toujours se plaindre que j'étais une tête de mule, mais la vérité était que même les serveuses étaient parfois tenues de danser pour les clients. Ce n'était pas parce que j'étais une femme que je n'avais jamais été dans un club de strip-tease.

— Ava, c'est le plan parfait, plaida Roger.

Je l'ignorai pour la seule raison que s'il avait été celui qui devait se déshabiller devant quelques dizaines de types libidineux aux mains baladeuses, il n'aurait pas trouvé ce plan si parfait que ça.

— De toute façon, tu crois vraiment qu'ils ne connaissent pas leurs propres serveuses ? Je n'arriverai jamais à rentrer.

— Une de mes anciennes collègues danse dans le club où il va ce soir.

— La réponse est quand même non, persistai-je.

— Alleeez ! Elle m'a même donné un uniforme pour toi, dit-il en sortant deux petits morceaux de tissu d'un sac en plastique.

Mon air outré le poussa à remballer les « vêtements » en vitesse. Il fallait dire qu'il avait tout prévu, l'enflure. De plus, son plan était loin d'être idiot. Mais cette histoire pouvait mal tourner de tellement de façons différentes que je ne préférais même pas l'envisager.

— C'est l'idée de faire des lap-dances qui te dérange ? demanda Roger.

— Hum, laisse-moi réfléchir… ironisai-je.

J'appréciai tout le sexisme de cette situation.

— Est-ce que tu as une meilleure idée ? demanda Sébastian.

Je refusai de répondre à sa question-piège. Bien sûr que je n'avais pas de meilleure idée, mais je doutais qu'on puisse en trouver une pire.

— Ava, Emerguy a tué ma sœur, déclara Sébastian. Il lui a cogné dessus avec tellement d'acharnement qu'elle est morte de ses blessures après plus de deux semaines de coma. Elle laisse derrière elle deux orphelins, qui vont probablement subir le traumatisme d'être élevés par mes parents. Si le seul moyen pour que je puisse le tuer est que tu te ballades en mini short pendant une heure ou deux, je crois que tu peux bien faire ça pour moi.

La dureté dans ses yeux ne trompait personne, et surtout pas moi. Il savait très bien que j'avais une affectivité irraisonnable quand il s'agissait du malheur de mes amis ; peu importe l'intensité de sa tristesse, il avait fait exprès de jouer la carte de la sœur morte pour m'attendrir. Malheureusement, le fait que je sois consciente de sa stratégie ne m'empêcha pas de m'y laisser prendre.

— D'accord, grognai-je. Mais si je dois faire une seule danse, il n'y aura pas qu'un seul mort ce soir.

— Parfait. Enfile ça, on part dans une heure.

Il me lança le sac et s'éloigna pour aller fumer une cigarette à la fenêtre.

Dix minutes plus tard, j'essayais toujours de fermer le short en simili cuir. Il s'était avéré que le haut n'était pas si difficile à enfiler que ce que j'avais d'abord cru. Principalement parce qu'il ne s'agissait que de quelques mailles de résille à passer par-dessus mon soutien-gorge ; du moins j'espérais de tout cœur que j'étais supposée mettre un soutien-gorge.

Tout en forçant sur la fermeture, j'appelai Sébastian depuis la chambre :

— C’est censé être quelle taille, exactement ?

— Elle m’a dit que c’était taille unique, répondit-il à travers la porte.

Le concept de taille unique était une gigantesque arnaque ; je ne voyais pas comment quiconque qui n’était pas anorexique pouvait rentrer là-dedans. Et encore moins bouger avec.

J’abandonnai et sortis de la pièce pour solliciter de l’aide. Roger fit comme si je n’étais pas à moitié nue et tira sur les deux pans de tissu tandis que je remontais la fermeture éclair. Sébastian en profita pour prendre une photo, au cas où il aurait besoin de nous faire chanter un jour.

Ils s’appliquèrent ensuite à camoufler mes cicatrices avec du fond de teint et de la poudre libre – qui finiraient sur ma note de frais pour Carlson. Il leur fallut presque une demi-heure. Roger suggéra ensuite que je pouvais porter une perruque si je ne voulais pas être reconnue, mais je préférais changer mon visage avec un maquillage très noir ; de toute façon, personne ne regarderait ma tête.

*

Chayenne attendait devant l’entrée des artistes quand nous arrivâmes presque quarante-cinq minutes plus tard, des cheveux noirs de jais coupés au carré, des grands yeux noisette et une clope à la main. Elle offrit une taffe et un baiser langoureux à Sébastian, qui m’avait accompagnée. De toute évidence, il la connaissait plus intimement qu’il ne l’avait laissé entendre.

Il lui ordonna de prendre soin de moi, comme si j’étais une gamine, mais j’essayai de ne pas m’en offusquer. Chayenne rigola d’un rire plein et joyeux, le plaisir de le revoir visible dans le pétillement de son regard.

Dans les vestiaires, je retirai mon manteau, mes vêtements larges, en songeant que je me sentais plus nue à cause de l’absence de mon flingue que de mes vêtements. Je savais que Roger en prendrait soin, mais j’avais juste hâte de remettre mon holster. Chayenne me dénicha une paire de talons vertigineux que j’enfilai en faisant la grimace. Pour oublier mon inconfort, je décidai de faire la conversation.

— Sébastian travaillait dans le même club que toi ? questionnai-je.

— Oui, pendant deux ans, sourit-elle. Et puis il a trouvé un travail sérieux.

Je ne savais pas si elle était au courant que son vrai boulot consistait à tuer des gens régulièrement, aussi je préférai faire comme si je ne savais rien.

— Si on peut appeler barman un métier sérieux.

— Ça paye les factures, fit-elle en haussant les épaules.

Pas pour le genre de vie qu'il menait.

— Je remarque qu'il s'arrange toujours pour bosser avec des jolies filles, plaisanta-t-elle avec un clin d'œil.

— Je crois que s'il n'avait personne à draguer, il finirait par dépérir, renchéris-je.

Puis on passa enfin aux choses sérieuses. J'écoutai ses conseils avec attention : puisque j'étais là, autant aller jusqu'au bout, je n'avais pas envie de me faire sortir par un vigile mécontent après avoir mis un quart d'heure à enfiler un short. Je n'osais pas penser au temps qu'il me faudrait pour en sortir.

Elle me promit de s'arranger pour que je n'aie pas à danser, ce dont je lui fus très reconnaissante. Je n'aurais qu'à servir quelques verres, puis attirer Emerguy dans une salle privée d'une manière ou d'une autre et attendre que Sébastian me rejoigne. Rien de plus facile. En théorie.

Dans la salle, les garçons étaient installés à une vingtaine de mètres l'un de l'autre, chacun placé de façon stratégique pour observer Emerguy et la sortie en toute discrétion. Ni l'un, ni l'autre ne m'accordèrent un regard, mais je ne doutais pas qu'ils savaient où je me trouvais à chaque instant. Roger regardait les danseuses sans les voir ; Sébastian avait l'air de passer un bon moment, mais la subtile tension dans ses épaules trahissait sa concentration pour un œil entrainé.

Malgré l'aise que je feignais, j'avais remarqué qu'un type debout en costard me fixait avec suspicion depuis plusieurs minutes. Je le vis poser une question à l'oreille d'une des serveuses, qui hocha la tête et désigna Chayenne, lui racontant la même histoire que celle que nous avions servie à l'agent de sécurité devant l'entrée. Pour tous les employés ici, j'étais une amie de Chayenne qui faisait un essai cette nuit.

Je découvris que faire plaisir aux clients n'avait rien de sorcier, il suffisait de sortir la poitrine et les fesses à chaque fois que je me penchais pour déposer une consommation. Tenir le plateau tout en sortant la poitrine et les fesses, en revanche, était tout un art.

Un homme finit par me demander une danse. Puisque j'étais surveillée par les gérants, je lui offris mon sourire le plus aguicheur avant d'inventer qu'un autre m'attendait, et que je serais toute à lui dès que j'aurais terminé. Maintenant, il fallait que je trouve un autre client. Et par client, je voulais dire Roger ou Sébastian.

Je me hâtai vers Roger qui était le plus proche, puis me plantai devant lui, incertaine. J'évitai soigneusement de le regarder en me mettant à danser, mais quand je finis par voir l'expression de son visage, je m'arrêtai pour aller trouver Sébastian. Le regard de Roger disait très clairement que si j'y réfléchissais deux secondes, je me rendrais compte toute seule que ce n'était pas une bonne idée de danser pour lui. Je n'étais pas tout à fait sûre de ce qu'il aurait fait si j'avais poursuivi, mais il m'avait bien fait comprendre qu'il ne me voyait pas de cette façon, et qu'il n'avait aucune envie de me voir de cette façon. C'était un peu comme faire une lap dance à son grand frère psychopathe.

Sébastian, bien évidemment, était plus qu'enclin à me tirer d'affaire tout en profitant de la vue. Néanmoins, il me signala bientôt, d'un mouvement de la tête à peine perceptible, qu'Emerguy regardait dans ma direction. Je tournais la tête vers ce dernier pour lui sourire ; il mordit à l'hameçon et leva son verre en réponse. Dès que Sébastian glissa un billet dans mon short, je le laissai en plan pour aller aborder Emerguy.

— Bonsoir, dis-je d'une voix chaude et sensuelle. Est-ce que je peux vous servir quelque chose ?

— Un whisky, s'il vous plaît.

Il me tendit un billet de vingt euros.

— Vous pourrez garder la monnaie… Talia.

Il avait prétendu lire mon badge pour mieux regarder mes seins.

Je repartis vers le bar pour aller chercher sa commande, mais me retournai à mi-chemin pour lui lancer un sourire faussement timide et plein de promesses. La prétention sur son visage, quand il crut qu'il me plaisait vraiment, me donna envie de vomir. Je revins déposer son verre sur la table devant lui en prenant bien soin de montrer mon décolleté.

— Est-ce que vous auriez envie d'une danse privée ? demandai-je, aguicheuse.

— On m'a dit que toutes les salles étaient réservées, répondit-il en fronçant les sourcils.

Heureusement pour moi, Chayenne m'avait expliqué le fonctionnement du club.

— Il y a toujours une salle de libre pour les clients importants, répliquai-je.

Flatter son ego eut l'effet escompté ; il se leva et me laissa ouvrir la marche. Tout en ondulant des fesses pour conserver son intérêt, je vérifiai rapidement que les garçons nous suivaient de loin. La dernière chose que je voulais, c'était attendre une demi-heure dans une pièce, seule avec cet homme. Outre le dégoût qu'il m'inspirait, je ne pouvais pas garantir de le garder en vie jusqu'à ce que Sébastian me rejoigne.

Je le laissai enlever sa veste et s'installer sur le petit fauteuil en feutre rouge. Pour retarder le moment où je devrais me mettre à danser, je fis mine de choisir un des accessoires à disposition sur une petite commode. Je finis par prendre une écharpe de soie en lui jetant un sourire mutin ; si je n'avais pas retrouvé mon arme d'ici-là, je pourrai l'étrangler avec, ou bien le bâillonner pour étouffer ses cris, si vraiment j'avais la patience d'attendre Sébastian.

À ce moment-là, la porte s'ouvrit dans mon dos et je sentis les garçons entrer. Emerguy se tendit et tenta de se lever pour protester, mais Roger l'obligea à se rasseoir en le braquant d'une main. De l'autre, il me rendit mon Browning bien aimé et son silencieux. Sébastian rôdait dans un coin sombre, pressé d'en finir.

— Qu'est-ce qu'il se passe ? exigea Emerguy. Qui êtes-vous ?

Sébastian le frappa à l'arrière de la tête.

— Personne ne t'a autorisé à poser des questions, Franck, dit-il d'une voix sombre et lourde de menaces.

— Comment connaissez-vous mon nom ?

La panique commençait à percer dans sa voix. Roger et moi continuions à le tenir en joue pour que Sébastian ait enfin la satisfaction de venger la personne qu'il aimait le plus au monde. Il se plaça en face de lui, prenant le temps de le regarder dans les yeux, mais, contre toute attente, Franck Emerguy reconnut Sébastian.

— Vous ! Je vous connais, je vous ai vu sur une photo… avec Nora ! Vous étiez son amant ! accusa-t-il.

Je lui assénai un coup au visage qui lui laissa la bouche sanguinolente. Il était mal placé pour se scandaliser du fait que sa femme aurait pu avoir un amant. Son toupet arracha un rire sombre à Sébastian.

— Encore pire, finit-il par répondre. Je suis son frère.

Les yeux d'Emerguy s'arrondirent de surprise. Cependant, je n'aurais pas su dire si c'était dû au choc de la révélation, ou à la balle qu'il reçut en plein front.

***

Vers trois heures du matin, je bravai l'interdiction de Sébastian de venir le déranger dans la chambre. Soucieuse, j'avais même été prête à forcer la porte, mais il n'avait pas pris la peine de la fermer à clé. D'une certaine manière, cela m'inquiéta encore davantage.

La première chose que j'avais faite en rentrant avait été d'appeler Marion pour lui demander ce qu'elle savait sur la sœur de Sébastian et leur relation ; il avait mentionné Nora une ou deux fois en passant, mais au cours de toutes ces années, il ne lui avait jamais vraiment parlé d'elle. Dans notre métier, plus on tient à une personne, moins on parle d'elle. Après la promesse de nous rappeler très vite, nous avions raccroché, aussi anxieuses l'une que l'autre.

Inspirant à fond, je poussai la porte précautionneusement, m'attendant à devoir éviter un ou deux poignards lancés dans ma direction, mais même dans le noir, je vis tout de suite que Sébastian n'était pas dans la chambre. Il était allongé dans la baignoire, une serviette humide sur le visage, une dizaine de mégots sur le sol.

— Tu ne devrais pas fumer, lui dis-je en ouvrant une fenêtre.

Un rire sans joie émana de sous la serviette. Je fus rassurée de voir qu'il était toujours conscient ; pour autant, il ne fit rien d'autre pour signifier qu'il acceptait ou refusait ma présence. Si je voulais réussir à le faire parler, je compris que j'allais devoir m'ouvrir à lui la première.

— Est-ce que tu veux toujours que je te raconte ma première fois ?

Il retira la serviette-éponge de son visage pour me regarder et je retins un sourire amusé. Regrettant sa hâte, il détourna vite le regard, faussement absorbé par la contemplation du robinet.

— Fais comme tu veux, je m'en fiche, répondit-il avec nonchalance.

Il ne parvint pas à feindre le manque d'intérêt, mais juste pour cette fois, je décidai de ne pas le pousser plus loin. Je me retrouvais dans son air perdu, je me revoyais à sa place, presque sept ans plus tôt, me raccrochant à chaque mot de distraction qu'Arnold voulait bien m'accorder ; tout, n'importe quoi, pour oublier ma souffrance ne serait-ce que quelques secondes. Je me surpris à vouloir être la personne qui l'aiderait à aller mieux. Bien sûr, mon histoire serait moins drôle que celles qu'Arnold m'avait racontées à l'époque.

Je vis la tension diminuer dans ses épaules tandis que je cherchai les mots pour commencer mon récit.

— On avait seize ans, Laure et moi. Ses parents étaient toujours absents, je vivais avec mon grand-père, on menait la grande vie. Jusqu'à ce soir-là…

Il s'assit et se tourna vers moi pour m'écouter lui raconter l'histoire de comment j'étais devenue le Fléau. C'était une longue histoire, douloureuse, pleine de vengeance et de sang, de rage, mais je ne lui en épargnai aucun détail, pas même les plus idiots ou les plus sordides. Pour la première fois depuis cette nuit où Arnold m'avait recueillie, je parlai de cette dispute avec Laure, celle qui l'avait poussée à se rendre seule à une fête, à se laisser charmer par ce beau-parleur de trente ans qui avait un faible pour les adolescentes. Deux jours plus tard, ma rancune avait disparu et j'étais retournée la voir, inquiète qu'elle ait manqué le lycée. Elle était roulée en boule dans son lit, convaincue qu'elle finirait par mourir et arrêter ce flux de sentiments et de sensations qui la faisait vomir malgré son estomac vide, quand les souvenirs étaient à nouveau plus que ce qu'elle pouvait supporter.

Un sursaut de rage fit trembler mes mains en revoyant son visage torturé quand elle m'avait avoué qu'il l'avait violée. Et c'était ma faute ; jamais je n'aurais dû la laisser y aller seule. Je racontai à Sébastian comment, à ce moment précis, j'avais su qu'il n'y avait qu'une seule chose qui pourrait la pousser à vouloir guérir, comment, alors, je lui avais promis, je lui avais juré que je le tuerais pour elle. À ce jour, je ne savais toujours pas si elle avait vraiment cru que je le ferais. Mais j'avais sorti le vieux pistolet de mon grand-père, retrouvé cette ordure dans une chambre d'hôtel, le nez plein de coke. Et je l'avais tué sans sourciller, sans aucun remord.

C'était en sortant de l'hôtel que ma vie avait pris un tournant encore plus violent. Quand j'avais croisé le regard de ce type dans le hall ; il avait été le seul à remarquer la gamine de seize ans qui ressortait avec un tee-shirt éclaboussé de sang. Quelques jours plus tard, il m'attendait à la sortie du lycée, ravi de m'annoncer qu'il s'était débarrassé du corps pour moi, persuadé que je lui vouerais une reconnaissance éternelle sur-le-champ. Régulièrement, je l'avais remarqué, lui ou ses hommes, en train de me suivre, s'assurant que je n'oubliais pas la dette que je lui devais. Quand mon grand-père était mort, il avait décrété qu'il m'accorderait du temps pour faire mon deuil, mais qu'il ne m'oublierait pas. Je n'avais pas l'intention de me laisser intimider.

Plus d'un an après cette fameuse nuit, beaucoup de choses avaient changé. J'étais émancipée, je vivais avec Guillaume, mon petit ami. Nous étions fous amoureux, bien sûr ; ce n'était peut-être pas pour la vie, mais nous y croyions. Puis ce type étrange était réapparu, et j'avais à nouveau refusé de travailler pour lui, malgré ses menaces. On ne prend rien au sérieux, à dix-sept ans. Certes, j'avais tué un homme, mais il l'avait mérité, et personne ne m'avait jamais suspectée ; j'avais tourné la page.

Sébastian ne fut pas surpris quand je lui dis que j'avais trouvé Guillaume assassiné en rentrant à l'appartement, un soir. Poignardé à mort. Il n'y avait pas de message, mais je savais parfaitement qui était responsable. Et je savais où le trouver. Alors j'avais ressorti le Glock de mon grand-père de sa cachette, et je les avais rejoints dans leur salle de poker. Je ne me souvenais pas vraiment de ce qui s'était passé ensuite, je savais seulement que je les avais tous tués, y compris les deux hommes, probablement innocents, qui jouaient avec eux. Puis Arnold m'avait trouvée qui errait dans la rue, couverte de sang, et il m'avait prise sous son aile. Sans lui, j'aurais été tuée par ceux qui cherchaient à venger leur employeur.

Quand il avait placé le Browning dans mes mains, au stand de tir, j'avais compris que ma vie avait changé irrémédiablement. Je devais décider si j'étais prête à tout pour survivre dans ce monde, ou si j'allais rester à pleurnicher au milieu de la route, à attendre que quelqu'un vienne m'achever.

Sébastian serra ses bras autour de ses genoux.

— Ce n'était pas ta faute, me dit-il.

— Ce n'était pas la tienne non plus, répliquai-je.

Il détourna le regard, comme je l'avais fait des années plus tôt, coupable d'être faible, coupable d'être humain.

— J'ai vu son notaire aujourd'hui, fit-il soudain, la voix rauque. Je ne l'avais pas vue depuis plus de dix ans, je suis parti quand j'ai pris mes premiers contrats. Nora était ma jumelle, ma meilleure amie, je ne supportais pas l'idée de vivre loin d'elle, mais je supportais encore moins l'idée de l'entraîner dans ce monde. Elle ne sait, savait, même pas que j'étais là au baptême de Julien et Ben.

Il se prit la tête dans les mains, la secoua avec un rire désabusé. Je sentis mon cœur se briser devant sa détresse.

— Je ne l'avais pas vue depuis plus de dix ans, mais elle m'a quand même choisi comme tuteur de ses fils.

Je me mis à genoux à côté de lui, ne sachant pas quoi dire pour le rassurer. Devenir tuteur de ses neveux était probablement une mauvaise idée, mais s'il était tout ce qu'il leur restait, est-ce qu'un oncle tueur à gages ne valait pas mieux que rien ?

— Julien a seize ans, il pourra se débrouiller, mais Ben ? Il a sept ans. Je ne suis jamais chez moi, comment est-ce que je pourrais m'occuper de deux enfants ?

L'âge de ses enfants me surpris, je m'attendais à ce qu'ils soient plus jeunes. Je fis un calcul rapide dans ma tête.

— Sébastian… quel âge avait ta sœur quand elle a eu Julien ?

— Un peu après mon départ de la maison, quand on avait dix-neuf ans, elle est tombée enceinte et a épousé Emerguy. Mais elle a fait une fausse couche et les médecins lui avaient dit qu'elle aurait du mal à avoir des enfants. Elle a adopté Julien qui avait cinq ans, et elle a eu Ben plus tard.

Il releva la tête avec une grimace tourmentée par les souvenirs qu'ils n'avaient pas partagés.

— Je n'étais pas là pour la moitié de sa vie. Je n'étais pas là pour son mariage, pour la naissance ou l'adoption… Elle était ma jumelle et je n'étais pas là pour la protéger.

Je saisis sa main et la serrai dans la mienne, incapable de trouver les mots pour le soulager.

— Qu'est-ce que Chayenne va dire quand elle se rendra compte que c'est nous qui avons tué un type dans le club où elle travaille ?

— Elle ne dira rien. Je ne la reverrai plus.

Vingt minutes passèrent dans un silence absolu, chacun de nous deux revivant les choix qui nous avaient menés à cette vie si solitaire ; et pourtant, sa paume contre la mienne, j'avais le sentiment de ne plus être seule dans ma douleur. Prise d'un élan, je déposai un baiser doux sur ses lèvres.

— Prends les gosses avec toi. Vous en avez besoin tous les trois.

Je me levai et me mis à marcher lentement vers la porte. Qu'y avait-il de plus à dire ? Ce qu'allait devenir sa vie à partir d'aujourd'hui était quelque chose qu'il devait considérer seul.

J'avais la main sur la poignée quand il me rappela :

— Ava ?

— Oui ?

— Je t'aime.

Je refermai la porte derrière moi.

13.

J'ouvris brusquement les yeux. La pièce était plongée dans le noir, mais je reconnaissais sans peine les contours de ma chambre. En jetant un coup d'œil à mon réveil, je m'aperçus qu'il n'était que six heures du matin ; je cherchai quelques secondes la raison pour laquelle j'avais réglé l'alarme si tôt. Le bâillement d'Andrea dans mon dos me rappela alors que ce n'était pas mon réveil, mais le sien.

À contrecœur, j'étirai mon corps engourdi, mais me trouvai incapable de faire le premier mouvement pour m'extirper du lit. Andrea m'embrassa sur la joue, puis enfila son tee-shirt et ses lunettes avant de sortir de sous la couette ; son énergie matinale me laissa envieuse, comme chaque fois. Avec paresse, je pris la décision d'attendre qu'il ait préparé le café pour me lever.

Mon téléphone affichait un appel en absence que je n'avais pas entendu tant mon sommeil avait été profond. J'étais revenue de Hongrie deux jours plus tôt et nous n'avions pas quitté mon appartement depuis, j'avais donc beaucoup de sommeil en retard.

J'avais fini par avoir ma nuit de plaisir avec Andrea. Puis une deuxième, puis une troisième. Deux mois plus tard, j'étais incapable de mettre fin à cette histoire qui n'aurait jamais dû commencer. À chaque nouvelle nuit, je plongeais de plus en plus profondément, étouffant la petite voix qui me disait que je devrais le faire sortir de ma vie et je repoussais à nouveau le moment inévitable où j'allais devoir le laisser partir.

Je rappelai Valerio malgré le pressentiment que j'allais regretter de ne pas avoir fait l'autruche.

— Marc a besoin de te voir, dit-il sans préambule en décrochant.

— Est-ce que tu te portes toujours volontaire pour m'annoncer les mauvaises nouvelles ?

— Te mettre de mauvaise humeur est ma seule raison d'être, Altorès.

— Ça explique beaucoup de choses.

J'entendis Marconi faire un commentaire au loin et Valerio rigola. J'avais la très nette impression que la plaisanterie était à mes dépens. J'allais devenir désagréable lorsqu'Andrea m'appela depuis la cuisine :

— Ava ! Le café est prêt, tu peux sortir du lit !

Cet homme était presque parfait. Il aurait pu l'être complètement, mais il ronflait de temps en temps, il était avocat et il avait déjà cassé un mug à café et un verre dans ma cuisine.

— Qui c'est ? me questionna Valerio immédiatement.

— Ça ne te regarde pas.

— Ava ? Tu as un petit ami ?

— C'est pas mon petit ami.

Ils ricanèrent grassement. Cet idiot m'avait mise sur haut-parleur, génial.

— C'est trop beau, j'ai hâte de dire à tout le monde que tu as trouvé quelqu'un pour supporter ton sale caractère, se moqua Marconi.

— *Macaroni*, si jamais les détails de ma vie personnelle se propagent dans tout le commissariat, tu vas le regretter, menaçai-je.

— Comme si tu me faisais peur !

Ils rirent de plus belle. De rage, je leur raccrochai au nez, sans leur dire dans combien de temps je comptais arriver.

La tasse délicieusement fumante et intacte qui m'attendait sur la table de ma cuisine apaisa mon humeur. Après avoir bu une gorgée rapide, j'allai me coller contre Andrea, repoussant de la main les cheveux bruns qui tombaient devant ses yeux.

— Il faudrait voir à changer les horaires de vos cours, monsieur le professeur. J'ai l'impression que ce réveil sonne de plus en plus tôt.

Il déposa un baiser rieur sur mon épaule, puis s'attaqua à mes lèvres avec plus d'ardeur.

— Mes profs étaient bien différents, quand j'étais à la fac, remarquai-je en reprenant mon souffle.

— Tu devrais venir suivre mes cours, je te donnerai des bonnes notes, plaisanta-t-il avec un haussement de sourcil suggestif.

— Tu ne serais pas trop distrait ?

— Je suis très professionnel, assura-t-il.

Je plaçai mes mains de façon stratégique et il lui fallut quelques secondes pour se reprendre.

— D'accord, aucune de mes étudiantes n'a jamais fait ça, j'aurais peut-être un peu de mal à rester sérieux avec toi au premier rang, concéda-t-il en se penchant pour m'embrasser à nouveau.

Je l'arrêtai d'une main.

— Parce que tu crois que je suis le genre d'étudiante à m'asseoir au premier rang ? me moquai-je. Tu as encore beaucoup de choses à apprendre, mon vieux.

— Dit la gamine de vingt-quatre ans…

— Bientôt vingt-cinq, précisai-je en lui frappant le bras.

Peut-être. Si je n'étais pas tuée d'ici-là.

Je regardai ma montre en pensant à tout ce que j'avais à faire dans la journée, regrettant de m'être levée. Andrea me quitta quelques minutes pour aller se doucher pendant que je sirotais mon café. J'avais délaissé le paquet de céréales à cause de la promesse idiote d'aller prendre le petit déjeuner chez Laure avec Marion. Je savais d'avance qu'elles allaient passer leur temps à me poser des questions sur Andrea et Sébastian, les deux sujets que je voulais éviter à tout prix. Aucun des deux n'était voué à faire partie de ma vie.

Je n'avais revu Sébastian qu'une seule fois depuis que nous étions rentrés. Ce dernier était occupé à essayer d'établir le contact avec ses neveux, je m'étais convaincue qu'il avait besoin de cet espace que j'avais forcé entre nous ; cela n'avait rien à voir avec le fait qu'il m'avait dit qu'il m'aimait. Rien du tout.

Je savais par Marion qu'il avait interdit toute conversation dans laquelle le prénom « Andrea » pourrait intervenir, mais que lorsque ce thème faisait surface, il ne manquait pas une occasion de faire remarquer qu'Andrea était un prénom de fille. Malgré tout, je préférais savoir qu'il boudait, plutôt que de me demander quand il ferait sa prochaine tentative pour me conquérir. Pour le bien de tous, mieux valait qu'il ignore pour toujours l'effet réel qu'il avait sur moi.

Andrea me tira de mes pensées pour planifier avec moi le déroulement de la journée. Je ne pus m'empêcher de remarquer qu'il avait mis ses lentilles de contact aujourd'hui, mais je me forçai à me concentrer sur la conversation au lieu de repenser à ce qu'il avait fait dans mon lit hier soir, une fois ses lunettes retirées. Il remarqua mon manque d'attention et attendit avec un sourire amusé que je revienne au moment présent. Sa main trouva la mienne sur la table de la cuisine mais ne fit rien pour arranger la situation. Je me dégageai doucement, me raclai la gorge et repris ma tasse de café pour occuper mes mains.

Le départ à la retraite d'un commandant était célébré ce soir au commissariat et, malgré mon intention originale de ne pas y mettre les pieds, j'avais fini par annoncer que je viendrais accompagnée. Andrea était le genre de personne qui s'intéressait à tout, et j'étais le genre de personne rapidement fatiguée de devoir expliquer ce qu'elle faisait dans la vie ; mon esprit encore embué après un moment particulièrement agréable sur son canapé, je lui avais proposé de venir rencontrer Dolanger, qui serait ravi de répondre à ses milliers de questions. Il avait été aussi surpris que moi.

J'espérais secrètement qu'il ne pourrait pas se libérer, toutefois, j'avais consenti à le rejoindre dans son université pour qu'on y aille ensemble s'il parvenait à déléguer suffisamment de travail. Après avoir convenu des derniers détails, il s'habilla en vitesse pour ne pas être en retard en cours, m'embrassa passionnément et sortit de mon appartement.

Je pris le chemin du commissariat avant de me rendre chez Laure.

Mes deux flics préférés étaient dans le bureau de Dolanger quand j'y entrai pour attendre ce dernier. Je m'assis à côté de Marconi qui se mit à me sourire niaisement ; je l'ignorai et demandai à Valerio :

— Tu ramènes ta femme, ce soir ?

— Qu'est-ce que ça peut te faire ? se méfia-t-il.

— Je suis invitée, je voulais savoir si j'allais avoir l'occasion de me plaindre de ton comportement auprès de Linh.

Je fus privée de continuer à lui faire peur par Marc qui arriva enfin. Il parut sincèrement surpris de me voir.

— Qu'est-ce que tu fais là ?

— Les deux clowns m'ont demandé de venir, répondis-je sans comprendre.

— Pourquoi ? leur demanda-t-il.

— Tu nous as dit que tu devais lui parler ! s'écria Valerio.

— Oui, ce soir. Elle n'avait pas besoin de se déplacer dans la minute.

Je les fusillai du regard. J'allais être en retard pour rien. Marc s'installa dans son siège en soufflant.

— Puisque tu es là, autant faire ça tout de suite.

Il se tourna vers Marconi et Valerio :

— Vous deux, sortez.

Ils s'exécutèrent en râlant, curieux de savoir ce que voulait me dire Dolanger.

— Tu sais qu'ils sont collés à la porte pour essayer d'entendre, n'est-ce pas ?

— Évidemment. Mais c'est pas grave, ils auraient pu rester, c'était juste pour les punir.

Il sortit un dossier qu'il me tendit et, sans prendre la peine d'attendre que j'y ai jeté un œil, déclara :

— Je veux que tu passes les concours d'entrée.

— Pardon ?

J'espérais qu'il ne parlait pas du concours d'entrée dans la police.

— Je veux que tu passes les concours d'entrée de la police et que tu fasses officiellement partie de notre équipe.

— Pourquoi ?

— Parce qu'il va bien falloir que tu trouves un vrai métier un jour.

— Criminologue est un vrai métier ! m'indignai-je.

— Tu n'as pas fini tes études, Ava.

— Eh bien peut-être que j'aurai le temps de les finir un jour, me défendis-je.

Dolanger soupira face à mon manque d'enthousiasme.

— Et qu'est-ce que tu fais, exactement, qui te prend tellement de temps que tu ne peux pas finir tes études ?

Ça, c'était une question pour le moins embarrassante.

— Je… fais beaucoup de bénévolat. C'est important, le bénévolat.

J'avais presque l'air sûre de moi, mais il ne me crut pas pour autant.

— Ava, passe les concours, ou je demande à ce qu'on mette fin à ton contrat.

Cet ultimatum était un coup bas. Outre le fait qu'être consultante libérale était pour moi une vraie solution de facilité, j'aimais beaucoup travailler avec eux.

— Et en attendant, Valerio va te donner des cours de tir, peut-être que ça te donnera envie d'avoir une bonne excuse pour porter une arme.

La journée ne pouvait pas empirer davantage ; j'allais devoir faire semblant de ne pas savoir utiliser un flingue ; j'allais devoir laisser Valerio se moquer de moi, plusieurs heures par semaine ; j'allais devoir devenir flic. C'était un cauchemar.

Puis, enfin, je me souvins que non seulement, j'étais une adulte et que personne ne pouvait me forcer à faire quelque chose que je n'avais pas envie de faire, mais qu'en plus, j'étais une tueuse à gages redoutable.

— C'est hors de question.

— C'est un ordre.

— D'accord.

Nom de dieu. Devant son air d'autorité absolue, je me sentais une vraie mauviette.

Consciente qu'aucun argument ne le ferait changer d'avis, je me levai et ouvris la porte piteusement pour sortir du bureau. Les deux idiots m'attendaient.

— Au moins, est-ce que quelqu'un d'autre peut me donner les cours ? suppliai-je.

— Je peux demander à Marconi, si tu préfères.

Je grimaçai.

— Non merci.

Avisant leurs grands sourires, j'ajoutai :

— J'essaierai de ne pas tuer Valerio, mais je ne promets rien… Un accident est si vite arrivé.

Son air narquois me fit penser à un autre rigolo qui me manquait soudain terriblement. Au moins, quand je le menaçais, Sébastian avait le bon sens d'être effrayé.

**

Laure avait compris depuis longtemps qu'être « mort » ne signifiait pas forcément qu'on était mort, aussi, elle n'avait pas été surprise d'apprendre que Marion était de retour. Elle avait appris à aimer ma « collègue » avant de se rendre compte que je ne parlais pas de mon travail au poste, et à ce moment-là, elles étaient trop amies pour qu'elle cesse de l'apprécier sur commande. Aujourd'hui, pourtant, j'aurais préféré qu'elles ne se soient jamais parlé : ce déjeuner ressemblait trop à une intervention pour me plaire.

— Comment va Antoine ? demandai-je d'emblée lorsque Laure ouvrit la porte.

Antoine était son petit ami depuis plus de trois ans maintenant, même si je ne l'avais jamais rencontré. Lorsque leur histoire était devenue sérieuse, nous avions décidé qu'il était plus facile de faire comme si je n'existais pas.

— Bien essayé, mais c'est à moi de poser les questions. Et il va très bien, merci.

Marion, qui était déjà installée sur le canapé, se leva pour me coller une bise sur la joue droite. À peine rassise, elle se lança :

— Tu as vu Sébastian récemment ?

— Non, pas récemment, dis-je avec un sourire crispé.

— J'espère au moins que c'était un bon coup, ironisa Laure.

Elle n'avait jamais été une grande fan de Sébastian, malgré le fait qu'elle ne l'ait jamais rencontré ; l'idée que je pourrais me mettre en couple avec un autre tueur à gages lui était intolérable, et elle avait ainsi essayé d'entretenir ma détermination à lui résister pendant des années. Bien entendu, je n'avais jamais eu envie de me mettre en couple avec qui que ce soit, donc ça n'avait jamais été un problème.

— Évidemment que c'était un bon coup, répondit Marion à ma place.

Je levai les yeux au ciel. Marion, au contraire, n'était pas contre l'idée de nous voir tous les deux ; ce qu'elle ne comprenait pas, c'était comment je pouvais fréquenter quelqu'un qui n'était pas capable de se servir convenablement d'un flingue ou d'un couteau.

— Je ne comprends même pas comment tu as pu te laisser avoir, reprit Laure.

— Laure, tu l'as vu deux minutes, de loin, tu ne peux pas me jeter la pierre. J'ai résisté vaillamment pendant cinq ans, il fallait bien que ça arrive un jour, relativisai-je. Et crois-moi, il peut être très convaincant, quand il veut.

— Mais tu as rencontré un autre homme, non ? insista-t-elle.

— Un « civil », siffla Marion d'un air réprobateur.

— Arrêtez de me juger, c'est pas comme si je sortais officiellement avec lui… Enfin, il va rencontrer les flics, ce soir… Ça m'inquiète un peu, avouai-je.

— Cette histoire va beaucoup trop loin! s'exclama Marion. C'est quoi la prochaine étape ? Vous allez vous installer ensemble ?

Je lui jetai un regard glacial.

— Ne me prends pas pour une idiote, Marion, je sais ce que je fais.

Ce n'était pas tout à fait vrai, mais j'avais au moins conscience du fait que ma relation avec un civil était inenvisageable. Cette histoire, même ponctuelle, deviendrait un problème un jour ou l'autre.

— Pour l'instant, Andrea est parfait, et il est exactement ce que je veux. À la seconde où il cessera de l'être, je sais ce que je dois faire, assurai-je.

— Tu vas le tuer ? s'écria Laure, horrifiée.

L'absurdité de sa réflexion nous fit éclater de rire, Marion et moi.

— Non, Laure, je vais lui dire qu'on doit arrêter de se voir, rigolai-je.

— Oh…

Quand elle se rendit compte qu'elle avait tiré une conclusion un peu hâtive, elle se mit à rire avec nous. Je n'étais quand même pas un monstre.

*

Nous partîmes toutes les deux presque trois heures après être arrivées, et je n'avais toujours pas eu l'occasion de demander à Marion ce que je voulais vraiment ; peu importe combien je l'aimais, il y avait certaines choses qui ne concernaient pas ma meilleure amie. Je profitai de l'occasion pendant que Marion fumait une cigarette avant de monter en voiture.

— Tu l'as vu ?

Elle ne fit pas semblant de ne pas savoir de qui je parlais. Marion hocha la tête en recrachant sa fumée.

— Le grand est difficile, le petit… Ben est étrange. Ce n'est pas naturel de l'entendre parler des « enfants », aucun de nous ne prévoit d'avoir une famille. Je crois qu'il est encore sous le choc.

— Il… il t'a parlé de moi ? demandai-je innocemment.

— Bien sûr. S'il n'était pas débordé avec Ben et Julien, il ne parlerait que de toi, fit-elle en roulant des yeux.

— Je ne sais pas quoi faire. J'ai l'impression qu'on s'est beaucoup rapprochés, mais…

— Arrête de voir Andrea et sors avec Sébastian, exigea-t-elle.

— Marion, sois sérieuse.

— Je suis sérieuse ! Pourquoi pas ? Clairement, il te plaît, et on sait combien il t'a toujours appréciée…

Soudain, parce qu'elle était du côté de Sébastian, parce qu'elle n'allait pas déblatérer toutes sortes d'horreurs sur cet homme que je considérais tout de même comme un ami, j'eus envie de lui avouer ce que je m'étais promis de garder pour moi.

— Il m'a dit qu'il m'aimait.

Marion resta interdite quelques secondes.

— Ava, dit-elle finalement, Sébastian a toujours été un homme à femmes, sa plus longue relation, c'était avec moi, et ça a duré à peine trois mois. Est-ce que tu te souviens du soir où je te l'ai présenté ?

J'acquiesçai.

— Tu as été odieuse avec lui, se remémora-t-elle. Et pourtant, quand on est repartis, il était persuadé que tu étais la fille de ses rêves. Il y a eu beaucoup de « filles de ses rêves » avant toi, mais jamais quand il était sobre. Et puis il y a eu cette nuit, quelques mois plus tard, quand tu es venue te doucher chez moi, tu es arrivée encore éclaboussée de sang. Après ta douche, il t'a regardée t'installer dans ma cuisine pour nettoyer ton couteau plein de sang.

Ne sachant pas quoi dire, je préférai rester silencieuse.

— Sébastian a toujours été amoureux de toi, seulement avant, il ne savait pas ce que ça voulait dire.

— Qu'est-ce que je suis censée faire maintenant ? demandai-je après un moment.

— Quand tu le reverras, évite de lui parler d'Andrea. Maintenant qu'il sait ce que c'est, ne lui brise pas le cœur.

J'étais émue par l'affection et la loyauté qu'elle avait pour un de ses plus vieux amis, mais je ne pouvais pas tricher sur mes sentiments.

— Marion, tu sais que je ne ressens pas la même chose.

— Je sais, me rassura-t-elle en souriant. Mais il fallait bien que j'essaie de t'attendrir, après tout, je suis l'avocat du diable.

Je souris en songeant que, pour une fois, dans le combat entre ma bonne et ma mauvaise conscience, c'était la bonne qui avait obtenu ce qu'elle voulait. Dans mon cas, elles avaient même des prénoms : Laure et Marion.

14.

Le trajet jusqu'à l'université dans laquelle Andrea était chargé de TD fut plus long que je ne l'aurais souhaité ; j'avais eu un long moment seule avec moi-même pour penser à tous ces sentiments que je préférais ignorer en temps normal. Et la musique poussée au maximum n'avait rien changé. Cette relation, surtout avec un contrat sur ma tête, c'était probablement ce qui pouvait m'arriver de pire. J'étais complètement distraite par cet homme, je devais lui dire que c'était fini. Demain. Ou la semaine prochaine.

Après avoir tourné pendant un quart d'heure pour me garer, il m'avait fallu une bonne demi-heure supplémentaire à ruminer dans la voiture pour décider s'il valait mieux que je fasse semblant d'être malade pour éviter cette soirée ou si je me résignais à être complètement foutue et à le présenter à mes collègues. Puis j'avais faiblement repensé à ces dernières nuits et fini par oublier pourquoi j'en étais venue à me poser toutes ces questions sans intérêt.

À la loge du vieux bâtiment, un petit bonhomme chauve au sourire affable m'indiqua le chemin à suivre à travers les couloirs et les étages pour me rendre au bureau de permanence du professeur Vagnaro. Je dus lui faire répéter, sans oser avouer que j'étais à peu près certaine de me perdre même après qu'il m'avait expliqué trois fois ; c'était donc presque par hasard que je tombai sur le bureau 321. La voix grave d'Andrea m'invita à entrer quand je toquai avec assurance, puis son sourire idiot me donna envie de l'imiter, lorsqu'il se rendit compte que c'était moi.

— Enfin une bonne nouvelle, commenta-t-il comme j'entrais dans la petite pièce.

Le bureau était sommairement meublé d'une bibliothèque, d'un placard et d'un bureau en bois accompagné de trois chaises ; une grande fenêtre laissant entrer la lumière du jour, mais aussi tous les bruits de circulation. Andrea semblait parfaitement à sa place dans cet environnement.

Il referma la porte derrière moi pendant que je posais mon sac et me débarrassais de mon manteau. Puis, sans prévenir, il m'attira à lui et m'embrassa comme s'il ne m'avait pas vue depuis des semaines. Surprise mais ravie de son enthousiasme, je retournai son étreinte, songeant vaguement qu'il me serrait assez fort pour que j'aie un peu de mal à respirer ; mais pour être tout à fait honnête, respirer n'était pas ma principale préoccupation.

Quand nos lèvres se séparèrent, il eut un petit soupir d'extase.

— J'ai attendu toute la journée que tu arrives pour pouvoir faire ça, confia-t-il.

— Hum, je ne suis pas sûre d'avoir vraiment envie d'aller à cette soirée, pour finir…

Il sourit contre ma joue et je le sentis sur le point d'argumenter, mais il fut interrompu juste à temps par deux coups frappés à la porte. Pendant qu'il discutait avec son collègue, je m'installai en réfléchissant à une technique de diversion pour le pousser à vouloir rentrer directement à mon appartement. Vu son état d'esprit actuel, je n'eus pas besoin de chercher très longtemps.

— Parfait, je passerai prendre les brochures en partant, dit-il avant de refermer la porte et de se retourner vers moi.

Assise sur le bureau, j'écartai les jambes pour le provoquer. Ses lèvres s'étirèrent dans un sourire indécent.

— Tellement de mes films préférés commencent comme ça…

Je pris un air choqué.

— Quel genre de films est-ce que vous regardez, monsieur Vagnaro ?

Il rit doucement en venant poser ses mains sur mes hanches. Un tas de cahier posés sur le bord du bureau tomba sur le sol avec un grand bruit sourd et j'explosai de rire. Il me regarda d'un air faussement penaud.

— On peut faire comme si je l'avais fait exprès ?

— Tu veux dire, comme si tu avais volontairement tout jeté par terre avec des idées obscènes en tête, comme dans tes films préférés ?

Je ponctuai ma phrase d'un geste qui envoya un autre livre par terre. Malgré le teint mat de sa peau, je pouvais voir que ses joues étaient un peu rouges. Je souris en pensant combien il était facile de se laisser emporter par le confort de notre relation. Avec Andrea, il n'y avait jamais de rapport de domination à établir, je n'avais pas de réputation à défendre, j'étais si loin de ma peur de perdre toute humanité. Je réalisai soudain que je n'étais pas tout à fait prête à renoncer à ce que je ressentais quand j'étais avec lui.

Il reprit là où l'on s'était arrêtés avant l'intervention de son collègue et je fus soulagée qu'il ait oublié de me redire combien venir avec moi ce soir était important pour lui. Tandis qu'il me montrait consciencieusement à quel point je lui avais manqué aujourd'hui, je finis par oublier que le but de la manœuvre était de détourner son attention et je me laissai emporter par ses caresses.

On toqua à nouveau à la porte au moment où les premiers boutons de mon chemisier venaient de sauter. La personne qui désirait lui parler n'attendit pas de réponse et tourna la poignée pour rentrer ; heureusement pour ma modestie, Andrea avait eu la bonne idée de fermer la porte à clé.

— Andrea ?

La personne n'avait pas pris la peine de s'identifier mais, de toute évidence, Andrea savait parfaitement de qui il s'agissait, puisqu'il soupira ; il laissa tomber sa tête en arrière et se mit à grommeler d'un air mécontent qu'on ne pouvait pas être tranquilles deux minutes.

Il me parut soudain clair que mes tentatives pour le faire changer d'avis n'aboutiraient pas tant que nous serions dans ce bâtiment. Je remballai mes affaires, prête à lui suggérer qu'on rentre chez moi à la seconde où le grand brun à la porte serait parti. Mais le grand brun me repéra et insista pour qu'Andrea nous présente sur-le-champ.

Dix minutes plus tard, après avoir subi un interrogatoire en règle de la part d'Amine – qui était enchanté de rencontrer la fille dont l'homme qu'il connaissait depuis leur thèse lui parlait sans cesse – Andrea referma enfin la porte et regarda sa montre. Avant même que je puisse ouvrir la bouche, il me demanda :

— On ferait mieux d'y aller, non ? On risque d'être en retard pour l'apéritif avec tes collègues.

Avec un soupir, j'admis ma défaite.

*

J'avais naïvement espéré que la soirée se passerait sans incident ; malheureusement, Valerio et Marconi s'étaient postés à l'accueil pour ne pas louper mon arrivée.

— Altorès ! Tu nous présentes ton ami ? attaqua Valerio dès que l'on fut rentrés.

— Non, répondis-je en poussant Andrea devant moi pour qu'il ne s'arrête pas les saluer.

— Pourquoi tu ne veux pas me présenter ? s'étonna-t-il.

— Parce qu'on le regrettera tous les deux. Surtout moi.

Il me regarda un petit moment l'air perplexe, puis choisit de laisser tomber. Dans la grande pièce du fond régnait une atmosphère joyeuse, la majorité des gens rassemblés autour de la longue table de buffet, un verre à la main. Je repérai Dolanger et sa femme un peu plus loin.

— Viens, dis-je à mon compagnon en le tirant par le bras. Je vais te présenter Marc. Lui, il est gentil.

Je jetai un regard menaçant en arrière vers les deux rigolos qui nous avaient suivis pour les dissuader de continuer leur petit manège. Il était hors de question que je me laisse intimider de la sorte.

Marc et Yasmin se montrèrent très amicaux avec Andrea et s'engagèrent rapidement dans une conversation que je ne suivis que d'une oreille distraite, mais, par intermittence, je sentais le regard insistant de Dolanger dans ma direction. Je mis un point d'honneur à l'ignorer à chaque fois, ainsi qu'à changer de sujet dès qu'il commença à expliquer à Andrea quel était vraiment mon rôle dans son équipe.

L'interruption provoquée par l'arrivée de Linh Valerio fut la bienvenue. Elle nous embrassa chaleureusement.

— Tu as vu mon mari ?

— De loin, j'ai prévu de l'éviter toute la soirée, admis-je.

— C'est une bonne idée, approuva-t-elle. Il avait l'air beaucoup trop déterminé à parler à ton ami pour que son intérêt soit sincère.

Comme s'il avait pressenti que rien de bon pour lui ne ressortirait de cette discussion, Valerio s'empressa de nous rejoindre.

— Tiens, j'étais justement sur le point de parler à Linh de toutes ces propositions libidineuses que tu persistes à me faire, lui dis-je avec un grand sourire sadique.

— Un mensonge éhonté, mon amour, se défendit-il en l'embrassant sur la joue. Tu sais parfaitement que c'est elle qui m'a toujours couru après.

Andrea semblait tout à fait à l'aise parmi mes collègues et, à mon grand soulagement, ne s'offusqua pas une seule fois de ces joutes verbales.

— Donc, juste pour être sûr, c'était bien lui dans ton lit, ce matin, ou tu attends la prochaine soirée pour nous présenter le suivant ? demanda Marconi, pressé de mourir.

— Je ne vais même pas relever cette question.

— Oh, c'est adorable, tu te retiens parce que ton petit ami est présent ?

— Tu es jaloux parce que tu es le seul de l'équipe à venir encore seul aux soirées ? répliquai-je.

— Pas du tout, ma petite amie était fatiguée et comme je suis un homme très considéré, je l'ai autorisée à ne pas venir.

— Hum hum… Elle s'appelle comment, déjà ? Monique ?

Son sourire forcé fit rire tout le petit groupe. Il ne prit pas la peine de riposter, mais je savais combien il pouvait être rancunier ; je devrais redoubler d'attention dans les prochaines semaines.

Une fois qu'ils furent partis remplir leurs verres, Linh se tourna vers moi :

— Tom m'a dit qu'il allait te donner des cours de tir ?

— Qui ça ?

Il me fallut un petit moment pour me souvenir que « Tom » était le diminutif du prénom de Valerio.

— Oh, tu veux dire Valerio ? Désolée, je n'ai pas l'habitude de l'entendre appeler par son prénom.

— Si tu veux tout savoir, pendant longtemps j'étais presque persuadée que tu n'avais pas de prénom non plus, avoua-t-elle.

— Des fois, je pense qu'il m'appelle « Altorès » parce qu'il ne s'en souvient pas, confirmai-je avec un haussement d'épaule.

— Il doit oublier ton nom régulièrement aussi. Ça expliquerait le fait que, le plus souvent, il parle de toi en disant « l'emmerdeuse ». Ou un dérivé moins poli.

— Je ne pense pas que ce soit ça, la vraie raison, suggéra Marconi.

Même Andrea éclata de rire, et mes regards noirs n'y changèrent rien. Dolanger me fit un sourire d'excuse.

— Il faut avouer que tu n'es pas toujours facile à vivre. D'ailleurs, où est-ce que tu en es de tes recherches pour passer le concours ?

Les rires laissèrent place à un silence curieux.

— Tu vas passer le concours d'entrée ? demanda Yasmin.

— Heu… rien n'est encore décidé…

Alors que j'essayais de modérer la déclaration de Dolanger, la voix de Marion résonnait dans ma tête : « AVA, tu ne PEUX PAS entrer dans la POLICE ! » J'étais entièrement d'accord avec elle, mais trouver une excuse assez bonne pour que Dolanger cesse d'insister était plus facile à dire qu'à faire.

Dans mon sac, les trois vibrations au lieu des deux de mon portable habituel m'interdirent de sortir le téléphone en public pour lire le message que je venais de recevoir ; le texto était arrivé sur le portable réservé à ma véritable activité professionnelle. Je m'excusai après avoir fermement intimé à Andrea de ne pas parler à mes collègues s'il ne voulait pas dormir dehors, puis me dirigeai vers les toilettes pour vérifier la série de chiffres et de lettres qu'un de mes contacts m'avait envoyée. Un sourire sinistre assombrit mon visage : j'avais un nouveau contrat.

Le code ne m'indiquait rien de plus précis, mais j'étais presque certaine que le recruteur que j'avais contacté quelques jours avant de rentrer de Hongrie avait enfin donné suite. Le client de l'homme que j'avais rencontré m'avait été décrit comme peu sûr de lui et effrayé, et on m'avait fait comprendre que je devais m'attendre à ce que le contrat soit annulé s'il se dégonflait. Apparemment, il avait retrouvé son sang-froid.

Quand je ressortis, Marconi et Valerio étaient en grande conversation avec Andrea. Visiblement, Valerio n'était pas le seul à ne pas prendre mes menaces au sérieux.

— J'espère que tu as un bon sac de couchage, raillai-je en arrivant à leur niveau.

— Je ne leur ai pas parlé, je n'ai fait qu'écouter !

— Ne joue pas sur les mots, Andrea.

Il leva les mains comme pour prouver son innocence, pendant que les deux autres ricanaient.

— Vous ! fis-je en les pointant d'un doigt accusateur. Qu'est-ce que vous lui avez raconté ?

— Presque rien, mentit Marconi. On a juste parlé de tes amis au poste, comme Bilal… Quentin… Madi…

— Oublie tout ce que tu as entendu ce soir, exigeai-je en tournant mon doigt toujours levé vers Andrea.

— Tout ce que j'ai entendu ? Ça fait beaucoup de choses à effacer de ma mémoire, plaisanta-t-il.

En effet, si Marconi et Valerio avaient vraiment mentionné Bilal, Quentin et Madi, ça faisait beaucoup. Il n'avait aucune raison d'être jaloux, cependant : ces trois-là devaient se retenir de me frapper à chaque fois que je les croisais dans le commissariat. Quelques semaines après les divers incidents à l'origine de leur haine envers moi, Dolanger avait dû se résoudre à ne plus me faire venir quand ils étaient en service.

— Tu ne sais vraiment pas comment te faire des amis, me dit Andrea en secouant doucement la tête.

Je haussai les épaules. Je n'allais quand même pas m'excuser d'être entourée d'idiots.

*

Une petite heure plus tard, nous étions de retour sur le parking sécurisé de ma résidence, et je ne pensais plus qu'à mon prochain contrat.

— Tu as la tête ailleurs, me dit Andrea doucement.

Lorsqu'il leva la main pour me toucher la joue, je dus réprimer un mouvement de recul. Je ne me sentais pas d'humeur à être touchée ; Andrea était trop chaleureux, trop vivant. J'étais déjà perdue dans mon monde de froideur. J'opinai de la tête, feignant d'être fatiguée.

— Je crois qu'il vaut mieux que je me mette à mes recherches ce soir, expliquai-je. Si je ne le fais pas tout de suite, je ne le ferai jamais.

Il parut déçu, mais cacha son désappointement derrière un sourire compréhensif.

— D'accord... murmura-t-il avant de se pencher pour m'embrasser.

Quand je fis mine de partir, il me retint un instant, força ses lèvres contre les miennes, réveillant mon désir. Comme toujours avec Andrea, sa dureté ne dura qu'un instant, mais cela avait suffi à me changer les idées et me convaincre de me laisser aller dans un baiser qui promettait toutes sortes de plaisirs. Je le repoussai gentiment, il me libéra frustrée et le rose aux joues. Il n'y aurait rien de tout ça ce soir. Je m'éloignai sans dire au revoir, mais lui tins la main jusqu'à ce que je sois obligée de la lâcher. Je ne réussis pas à savoir si ce geste tendre m'était venu spontanément ou si j'étais tellement habituée à faire semblant que je ne faisais plus la différence.

Au fur et à mesure que l'ascenseur montait vers mon appartement, cette question qui m'avait tant troublée l'espace de quelques secondes perdait toute son importance. Je sentais toute chaleur disparaître en moi.

J'arrivai enfin au dernier étage de l'immeuble. Lorsque j'avais pris la décision de m'installer seule après mes premiers contrats, j'avais acheté deux des trois appartements de l'étage, et attendais que madame Guizard se décide enfin à mettre le sien en vente ; malheureusement, la vieille peau semblait résolue à rester ici jusqu'à sa mort, ne serait-ce que pour continuer à me regarder de travers à chaque fois qu'elle me croisait dans le couloir. Le fait est que cela n'arrivait pas aussi souvent qu'elle l'aurait souhaité, pour la bonne raison que, nos portes se faisant directement face, je vérifiais toujours que la sienne était fermée avant de sortir de chez moi. Dès nos premières conversations, elle m'avait fait comprendre qu'une jeune fille bien ne devrait pas passer autant de nuits dehors.

Je verrouillai ma porte blindée et savourai pendant quelques secondes le silence absolu qui m'accueillit. Ma forteresse de solitude n'avait rien à envier à celle de Superman.

Dans le bureau, j'allumai l'ordinateur puis ouvris la porte sécurisée et renforcée de mon armurerie, juste pour me rassurer. Après quelques tours de passe-passe informatiques que je n'aurais jamais pu apprendre toute seule, je me connectai à ma messagerie professionnelle pour lire les informations complètes qui venaient de m'être transmises. Je n'étais pas particulièrement enchantée de devoir retourner en Hongrie, mais au moins, ma prochaine mission était à Budapest, pas dans un coin paumé où les gens ne parlaient que le hongrois ; j'avais beau me débrouiller dans beaucoup de langues, celle-ci n'en faisait pas partie.

Je renvoyai un mail d'accord, achetai les billets d'avion et éteignis l'ordinateur, pressée de repartir pour tuer à nouveau. Puis je songeai à Andrea, soudain incapable de comprendre comment je pouvais me sentir si proche de quelqu'un aussi normal que lui. Aussi humain.

15.

Le riz que j'avais encore fait trop cuire avait formé dans la passoire une masse collante en refroidissant. Tout en écoutant distraitement la télévision, j'en fis revenir une portion dans du beurre, conservant le surplus pour les jours suivants. Depuis que j'habitais seule, j'avais petit à petit cessé de cuisiner jusqu'à en venir à faire cuire les pâtes et le riz en assez grande quantité pour me nourrir pendant trois jours.

Je m'installai confortablement dans mon canapé avec mon assiette pour manger devant la chaîne des informations. Au bout du quatrième bâillement, je commençai à envisager de rester dormir sur le canapé et de laisser le rangement de mes armes pour le lendemain matin. J'avais idiotement décidé de me mettre au nettoyage de toutes mes armes à feu à vingt heures, après une dure après-midi à ne rien faire, sinon supporter Marconi au poste de police.

La sonnette de la porte d'entrée me força à rouvrir les yeux. Lasse, je pris mon couteau dans mon assiette, priant pour ne pas avoir à m'en servir sur la personne qui venait me déranger dans ma somnolence. Je devins suspicieuse en ne voyant personne à travers le judas optique. La main dans le dos pour cacher l'arme sur laquelle quelques grains de riz étaient encore collés, j'ouvris la porte brutalement. Sébastian apparut, un sourire charmeur aux lèvres ; instinctivement, je refermai la porte.

— Ava ! protesta-t-il.

Je rouvris en grand.

— Qu'est-ce que tu fais là ?

Il eut l'air embarrassé, mais j'étais trop fatiguée pour lui accorder la moindre indulgence.

— Dépêche-toi de m'expliquer ce que tu fais devant chez moi à cette heure-là, avant que je te plante mon couteau plein de riz dans le cou.

— Tu vois, c'est ce genre de réflexions qui te donne la réputation d'être désagréable.

Je débattis intérieurement. Est-ce que je voulais vraiment courir le risque que ma voisine, qui était sans aucun doute en train d'observer la scène, soit témoin d'un meurtre sur mon palier ?

Alors que j'allais lui dire d'entrer, une voix que je ne connaissais pas s'éleva de derrière lui :

— T'avais raison, elle a l'air enchantée de te voir !

Sébastian se retourna en soupirant bruyamment vers un ado à l'air insolent.

— Est-ce que je t'ai demandé d'intervenir ? Non. Je t'ai demandé de fermer ta grande bouche et de rester caché avec ton frère. Est-ce que tu as du mal à comprendre le français ? Je dois le dire en russe peut-être ?

— Elle était en train de menacer de te poignarder. Au train où ça allait, autant retourner dormir dans l'hôtel miteux...

— Julien, j'imagine ? demandai-je à Sébastian.

Il hocha la tête, découragé par l'attitude de son neveu.

— Ben ? appela-t-il. Viens dire bonsoir ?

Un petit garçon de sept ans s'avança vers moi, sous le regard protecteur de son frère. Il avait le visage fatigué et les yeux tristes, et il me brisa le cœur, là, dans le couloir, un pull rouge serré dans les bras.

— Qu'est-ce que c'est que cette histoire d'hôtel ?

— Est-ce que je peux t'expliquer à l'intérieur ? Les gosses ont besoin d'un endroit correct pour dormir, ils sont épuisés.

— Je ne suis pas un gosse, contesta l'adolescent.

— La ferme, répondit son oncle.

Je lançai mon couteau dans l'évier au passage, puis montrai aux deux garçons une des pièces du fond de l'appartement, dans laquelle se trouvaient justement deux lits d'une place pour les cas d'urgence. Bien sûr, jusqu'à maintenant, ils avaient toujours servi pour des urgences de natures très différentes ; comme lorsque Marion avait eu besoin d'un endroit où se cacher, ou que Laure était trop saoule pour rentrer en voiture.

Ben s'endormit tout habillé sur les couvertures avant même que j'aie pu sortir les draps. Quand son grand frère me fit signe qu'il s'occupait de le mettre au lit, je m'éclipsai sans demander mon reste.

Dans la cuisine, Sébastian avait mis le café à couler.

— Tu sais, quand je t'ai conseillé de prendre la garde de tes neveux, ça ne voulait pas dire que tu devais me les présenter, lui dis-je en m'asseyant.

Il me sourit avec une fatigue évidente, mais malgré cela, je trouvais qu'il allait mieux que la dernière fois que je l'avais vu ; faire semblant d'aller bien pour ses neveux avait été une thérapie plus efficace que tuer son beau-frère. Ben avait posé beaucoup de questions à propos de son père, les premiers jours, continuant d'insister malgré les réponses vagues de cet oncle qu'il ne connaissait pas. Sébastian avait fini par lui dire que son père avait été tué, mais que la police ne savait pas encore pourquoi ; une version très vague de la vérité. Julien, lui, avait refusé toute discussion sur leurs parents, même si Sébastian avait surpris plusieurs fois les deux garçons à parler de leur mère quand ils pensaient être seuls.

— Tu m'as manqué, me dit-il soudain.

Je lui souris doucement, sachant exactement ce qu'il voulait dire. Sébastian n'avait pas l'habitude d'avoir tant de responsabilités. Il n'avait plus le loisir de se comporter comme un jeune homme immature et de bouder pendant des heures après une dispute, ou de séduire des filles dont il ne se souviendrait plus du nom le lendemain. Ce n'était pas moi qui lui avais manqué, c'était l'occasion de flirter et de se battre avec moi. Sébastian, malgré ses trente-et-un ans, avait été forcé par les événements à grandir dans sa vie personnelle, qui avait toujours été une échappatoire à la rigueur et la précision exigée par sa vie professionnelle.

— Alors, qu'est-ce qui vous amène dans mon antre ?

— La plomberie du voisin d'au-dessus a explosé et inondé mon appartement aussi. On a découvert les dégâts en rentrant ce soir, donc on a pris les affaires essentielles et trouvé une chambre d'hôtel pas loin.

— La chambre n'était pas ce que tu espérais ? devinai-je.

Il soupira à nouveau.

— Ça n'aurait été que moi, j'y serais resté, mais… ce n'est plus que moi.

Sébastian avait l'air désemparé. Est-ce que c'était à cela que l'on ressemblait, lorsque sa vie était bouleversée de façon irrémédiable ?

— Il aurait fallu que je déménage de toute façon, à vivre les uns sur les autres chez moi, j'aurais fini par tuer Julien.

— Il est si fatiguant que ça ?

— Pire encore. Ben ne parle pas beaucoup, mais, lui…

J'aurais pu lui sortir tout mon jargon de psy, mais rien de tout ça ne l'aurait aidé à ce moment.

— Qu'est-ce que tu as sauvé en premier en voyant l'état de ton appart ? le taquinai-je pour changer de sujet.

Un grand sourire effaça son rictus amer ; au moins, il n'aurait pas besoin d'emprunter mes couteaux.

Julien réapparut et s'assit en face de moi avec une assurance surprenante.

— Bon, Ava, on a combien de temps avant que tu nous mettes dehors ?

— Je ne vais pas vous mettre dehors. Dès que votre oncle aura trouvé un autre appartement avec l'argent de l'assurance, vous repartirez, mais vous êtes les bienvenus chez moi en attendant, expliquai-je.

Le fait qu'ils soient les bienvenus n'était pas tout à fait vrai, mais je n'allais pas mettre le petit Ben à la rue juste parce que les deux autres allaient inévitablement finir par me taper sur les nerfs.

— Tu sais que, techniquement, c'est pas mon oncle. Je suis adopté.

D'accord. Je comprenais déjà mieux pourquoi Sébastian avait des problèmes avec lui.

— Tu sais que, techniquement, on tutoie pas les adultes qu'on connait pas.

Comme lui, je n'avais pas pris la peine de faire de ma remarque une question. S'il voulait jouer à celui qui serait le plus tête-de-mule, il n'était pas prêt de gagner.

— Les garçons peuvent dormir dans la petite chambre, tu prendras le canapé-lit dans le bureau. Il y a un placard où tu pourras ranger tes ar… affaires, me rattrapai-je.

Ils acquiescèrent tous les deux, puis Julien partit se coucher parce qu'il avait école le lendemain.

— Où est-ce qu'ils iront à l'école ? me renseignai-je.

— Pas très loin d'ici. Julien a préféré changer de lycée, et d'après son ancienne maîtresse, Ben n'avait pas d'amis dans son école. Je vais les inscrire tous les deux à la cantine, mais Ben ne restera pas à l'étude, je pense qu'il a besoin de passer du temps avec son grand frère.

Pour quelqu'un qui était dépassé par les événements, je trouvais qu'il s'en sortait plutôt bien. Il était vraiment étrange de le voir aussi investi émotionnellement dans la vie de ces deux petits humains.

— Des fois, il me fait flipper, ce gosse, il est constamment enfermé dans son monde, je ne sais pas comment l'atteindre.

— Il finira par s'ouvrir à quelqu'un, fis-je en haussant les épaules. Le seul repère qu'il lui reste, c'est son frère, quand il aura trouvé une nouvelle personne à qui il fera confiance, il finira par s'ouvrir à elle aussi.

Si son expression correspondait à ce qu'il pensait, il était loin d'être convaincu.

— Sébastian, ils ont perdu leur mère il y a moins de trois mois, laisse-leur un peu de temps, fis-je en lui tapotant l'épaule.

Un deuxième café et une bière plus tard, je le conduisis jusqu'au bureau à côté de ma chambre, où il installa les deux sacs de sport qui contenaient ses affaires. Je jetai un regard désolé aux pièces démontées de mes armes à feu, sur la table ; avec des enfants dans l'appartement, ils n'étaient pas prêts de revoir la lumière du jour.

— Le lit n'est pas très grand, mais c'est confortable, lui dis-je en désignant le canapé.

Il le déplia rapidement et s'assit lourdement sur le matelas pour le tester.

— Hum, je pense que je dormirais bien mieux dans ton lit.

— Tu crois que je vais te laisser mon lit ? demandai-je avec incrédulité.

— Non, répondit-il. Je comptais plutôt le partager avec toi.

Devant mon air choqué, il crut bon de préciser :

— Autant t'habituer tout de suite aux remarques déplacées… au cas où tu ne l'aurais pas compris, Julien est très impertinent.

— J'ose espérer qu'à son âge, ton neveu ne va pas se mettre en tête qu'il a une chance avec moi, raillai-je.

— Qui sait ? Tu n'avais rien fait pour me laisser croire que j'avais une chance, à moi non plus. Au moins, si on dormait ensemble, la question ne se poserait pas.

Il s'était levé avec un sourire roublard, mais n'avait fait aucun mouvement vers moi. Même si j'avais compris qu'il n'avait dit ça que pour m'asticoter, je décidai tout de même de mettre les choses au clair.

— Sébastian, tu sais que je vois toujours Andrea, n'est-ce pas ?

Il leva les yeux au ciel en se rasseyant.

— Et tu es conscient qu'il risque parfois de passer la nuit ici ? Surtout si l'assurance traîne à te dédommager…

— Ava, m'assura-t-il avec sérieux, je ne t'ai pas demandé ce service pour essayer de te reconquérir. Bien sûr, si jamais tu décidais que tu ne peux pas me résister, je ne suis que dans la pièce d'à côté…

Ce fut à mon tour de rouler des yeux.

Il m'aida à ranger mes armes dans l'armoire avant d'y ajouter les siennes, puis je le laissai préparer son lit.

Alors que j'étais sur le point de me coucher, la pensée qui m'avait taraudée au début de notre conversation resurgit dans le silence de ma chambre. Sébastian aurait pu trouver beaucoup d'autres solutions à son problème de logement, il aurait même pu faire une entorse à son style de vie et louer une chambre dans un hôtel de luxe… mais il avait choisi de se tourner vers moi. Dans un moment de crise, Sébastian était venu se réfugier chez moi, et j'avais accepté de l'héberger. J'espérai vraiment que nous étions tous les deux assez matures pour ne pas laisser cette situation mal tourner.

16.

J'avais toujours cru que la vie d'une tueuse à gages était éprouvante ; c'était avant de connaître la vie de parent. Et je n'étais même pas leur mère.

Sébastian, Ben et Julien s'étaient installés chez moi depuis cinq semaines. Cinq longues semaines. La plupart du temps, j'évitais de me trouver en la présence des trois réunis, mais Sébastian continuait à insister sur le fait que les garçons avaient besoin de structure, alors nous prenions régulièrement les repas ensemble. Dès les premiers jours de notre cohabitation, il était apparu que mon hygiène alimentaire ne conviendrait pas à deux enfants en pleine croissance ; Sébastian avait été affolé en voyant que je ne me nourrissais que de café, de céréales, de pizza, occasionnellement de pâtes et de riz, et avait décidé qu'il s'occuperait des courses et de la cuisine. Cette répartition des tâches me convenait parfaitement : puisque j'étais incapable de préparer à manger pour moi-même, il était hors de question que je le fasse pour quatre personnes. Tant que ses neveux vivaient chez moi, j'avais accepté de participer à leur donner cette structure que Sébastian tenait tant à instaurer.

À cet instant précis, pourtant, la seule structure qu'il méritait était celle de mon poing dans sa figure.

— Ava… Tu te souviens ce dont on a parlé l'autre jour ? me rappela Sébastian sur un ton conciliant.

Nous avions aussi convenu que même s'il m'énervait, je devais me retenir de le frapper devant les garçons.

— Si tu continues à me chercher, je ne vais pas pouvoir tenir ma parole, grinçai-je en serrant les poings.

— Ava, je te jure que je pensais que ça te ferait rire !

— Est-ce que t'es vraiment si idiot que ça ?

Je m'efforçai de ne pas crier. Nous étions tous à table et je faisais appel à toute ma patience pour me contenir. Il fallait dire qu'il ne me rendait pas la tâche facile ; bien que nos disputes commençaient toujours par une remarque ou une question tout à fait innocente, elles éclataient de plus en plus souvent, et de plus en plus violemment. Cette fois-ci, Ben m'avait vu prendre ma pilule contraceptive et avait demandé ce que c'était, ce à quoi Sébastian avait jugé malin de répondre : « Des pilules contre la mauvaise humeur. »

Les jointures blanches à force de serrer les poings, je m'obligeai à poser les deux mains à plat sur la table. Pendant un long moment, plus personne ne parla, tous ayant vite appris à me laisser des temps de respiration s'ils ne voulaient pas subir mes explosions intempestives.

Quelques profondes inspirations plus tard, je pris mon assiette et fis le tour de la table, déterminée à me concentrer sur la vaisselle. Malheureusement, au moment où je leur tournai le dos pour la déposer dans l'évier, Ben demanda, sans comprendre :

— Si c'est des pilules pour la mauvaise humeur, pourquoi t'en prends pas plus ?

Je fis volte-face et envoyai une grande claque sur l'arrière de la tête de Sébastian : son neveu n'avait que sept ans, je ne pouvais pas lui en vouloir de son ignorance. Sébastian était le véritable fauteur de trouble. Son front cogna presque sur la table sous la force du coup. Se reprenant rapidement, il se leva pour me faire face et me toisa d'un regard noir et plein de fureur que je soutins sans ciller. Il n'attendait qu'un geste, qu'un mot pour riposter, et j'étais plus que prête pour cette danse.

— Tu vas au dojo, demain ? demanda-t-il d'une voix à peine contenue.

Lorsque j'acquiesçai, il décréta :

— Je viendrai avec toi…

Il ne finit pas sa phrase parce que nous n'étions pas seuls, mais je savais ce qu'il voulait dire. Il devenait urgent que nous évacuions nos frustrations avant de nous entretuer. Je n'avais pas pris de contrat depuis qu'ils avaient emménagé, Sébastian n'avait tué personne depuis qu'il avait été nommé tuteur de ses neveux, or une violence comme celle qui nous habitait réclamait un exutoire régulier.

— Je croyais qu'on ne devait jamais répondre par la violence, railla Julien.

— Ce n'est pas tout à fait ce que je t'ai dit, lui répondit son oncle avec un sourire tendu. J'ai dit qu'il ne fallait pas s'en prendre à plus faible que soi.

Il reporta alors son attention vers moi, lentement.

— Ava a très bien compris ça, donc elle ne s'attaque pas à plus faible qu'elle.

Je me sentis soudain bouillir de rage. Il n'avait pas osé le dire, mais son ton et son sourire mauvais avaient exprimé de façon très claire le sexisme sous-jacent de sa remarque.

Julien fit descendre son frère de la chaise et le poussa vers la chambre avec une certaine urgence. Il n'était pas aussi crétin que son oncle, tant mieux pour lui.

— Prends une photo avant de venir au dojo demain, lui dis-je. Parce qu'il va te falloir un moment avant de te reconnaître à nouveau dans le miroir.

Je fis mine de partir, mais il persista :

— J'ai dit quelque chose qui t'a vexée ?

— Ne redis jamais que je suis plus faible parce que je suis une femme, menaçai-je. Jamais.

— Ce n'est pas ce que j'ai dit.

— Tu l'as sous-entendu. C'est pareil, mais en lâche.

Son rire ne cessa que lorsque j'eus claqué la porte de ma chambre derrière moi.

Je raccrochai le téléphone une demi-heure plus tard, à peine moins énervée. Tout ce qu'Andrea avait trouvé à dire après m'avoir écoutée me plaindre de mon colocataire, c'était que je n'avais qu'à le mettre dehors ; s'en était suivi une nouvelle dispute.

Andrea n'avait pas très bien réagi en apprenant que j'avais accepté de les héberger, à mon grand étonnement. Puisque j'avais la place et les moyens, je ne voyais pas pourquoi je ne pouvais pas temporairement offrir le gîte à deux garçons, si cela pouvait leur éviter de passer un mois à l'hôtel. En creusant la question, j'avais fini par comprendre que ce n'était pas les garçons qui lui posaient problème, c'était Sébastian. Leur première rencontre avait renforcé ma détermination à faire en sorte qu'ils se croisent le moins possible, aussi, il était très peu venu chez moi depuis. Cet homme qui était devenu, sans que je ne sache trop comment, mon petit ami, s'était retrouvé temporairement banni de mon appartement.

En théorie, cette solution convenait à tout le monde… puis notre situation avait commencé à s'éterniser. Je ne pouvais pas dire que j'en étais ravie non plus ; Andrea me manquait. Toutes ces petites choses que je ne pensais pas pouvoir trouver dans une relation, que je ne pensais pas mériter, avaient pris une place grandissante dans ma vie. Néanmoins, je m'efforçais de faire des compromis qui pouvaient satisfaire le plus de monde possible. Andrea se trouvait être le grand perdant de cet arrangement.

Ma complicité avec Sébastian et ses réflexions douteuses constantes avaient poussé Andrea à aller voir Laure – qu'il avait déjà rencontrée plusieurs fois – pour répondre à des interrogations qui n'étaient pas complètement illégitimes. Le drame qui en avait découlé avait failli me pousser à quitter le pays et à changer à nouveau d'identité.

Des coups timides frappés à ma porte me tirèrent des méandres de ma mauvaise humeur.

— Tu peux rentrer, Ben, appelai-je.

Le pull rouge de sa mère serré dans les bras, il vint s'asseoir à côté de moi sur le lit.

— Maman disait comme Julien, qu'il ne fallait jamais répondre par la violence, entama-t-il.

— Je pense que ta mère et ton oncle avaient une vision très différente de la vie, expliquai-je.

Le petit garçon hocha la tête et changea de sujet :

— Julienauneamoureuse.

Je dus lui faire répéter pour comprendre que son frère s'était trouvé une petite amie. Puis j'explosai de rire.

— Comment est-ce que tu sais ça ?

— Je l'espionne, des fois. Il est bête, il vérifie pas que je dors avant de l'appeler.

Ben était tellement futé que j'en ressentis une fierté tout à fait étrangère et illégitime. Je m'étais beaucoup attachée à ce garçon bizarre aux cheveux toujours en bataille, dont les yeux brillaient toujours d'intelligence, même lorsqu'il ne faisait qu'observer les gens. Ben percevait beaucoup plus que les enfants de son âge, probablement beaucoup plus que certains adultes. Parfois, après avoir passé la journée avec lui, j'en venais presque à regretter ma décision de ne jamais avoir d'enfants. Presque.

— Ava ? Je peux te demander un truc ? Un truc sur une fille ?

— Oh… Un truc sur une copine que tu aimes bien ? le taquinai-je.

Il me regarda avec une pointe d'exaspération et, l'espace d'une seconde, j'entrevis ce à quoi ressemblait Sébastian lorsqu'il était petit, avec ses jolis yeux bruns et ses trois taches de rousseur.

— Y'a une fille bizarre dans ma classe. Elle est toujours toute seule, alors le maître l'a mise à côté de moi, parce que je suis tout le temps tout seul aussi.

Il ne semblait pas affecté par le fait qu'il n'ait pas de camarade, mais je ne pus empêcher mon cœur de se serrer en imaginant le petit Ben tout seul dans la cour de récréation.

— Je l'aime bien, alors j'ai essayé de lui parler, poursuivit-il, mais elle veut pas me répondre, parce qu'elle croit toujours que je me moque d'elle.

Alors, pendant une heure, je me retrouvai à discuter de la vie d'un petit garçon solitaire, qui venait de découvrir que c'était mieux d'être tout seul à plusieurs et qui voulait se faire une amie. Quand il me plaqua une bise sur la joue pour me remercier, je pensai à Arnold et à ce qu'il penserait s'il pouvait me voir.

J'attendais encore qu'il appelle pour m'annoncer qu'il n'était plus en colère contre moi et que je pouvais revenir le voir. Prise de court par l'ultimatum de Dolanger, je m'étais tournée vers lui pour entendre ses conseils. Bien sûr, il m'avait traitée d'idiote. Ce n'était pas la première fois, et je ne m'en offusquais jamais : Arnold était comme mon père, et en tant que tel, il se donnait régulièrement le droit de me faire la morale. Du coup, il m'avait instamment priée d'oublier cette idée et m'avait virée de chez lui jusqu'à ce que je retrouve un minimum de bon sens.

Mon téléphone sonna mais, voyant « Valerio » s'afficher sur l'écran, je choisis de ne pas répondre. Quelques minutes et trois appels ignorés plus tard, Sébastian vint crier à travers la porte de ma chambre :

— Ava ! Téléphone !

Puisque que je n'avais pas répondu à mon portable, Valerio avait pensé que quelqu'un finirait bien par décrocher le fixe.

— Altorès, c'est pas trop tôt !

— Valerio, répondis-je d'une voix doucereuse. Que me vaut le plaisir ?

— Je sais que tu m'évites pour ne pas faire la séance de tir avec moi.

— Si tu le sais, pourquoi est-ce que tu persistes à me harceler ?

— Parce que ce n'est pas toi qui décides.

— Oh, et j'imagine que c'est toi ? ricanai-je.

— Non c'est Dolanger, et tant qu'il me harcèlera, je te harcèlerai, donc tu ferais mieux de ramener tes fesses cet après-midi, parce qu'il n'est pas près d'oublier, rétorqua-t-il.

Je soupirai de toutes mes forces pour lui montrer à quel point j'avais envie de venir au commissariat.

— Allez ! J'ai même tout réservé pour qu'on soit seuls et que tu n'aies pas trop honte, plaida-t-il.

En acceptant, même à contrecœur, je songeai que ce n'était pas demain la veille que je reverrais Arnold.

***

Valerio plaça enfin un Glock entre mes mains, après avoir passé trente minutes à m'expliquer les rudiments du maniement d'une arme à feu. Dans la mesure où j'étais capable de toucher la cible les yeux fermés, j'avais fait preuve d'une patience exemplaire. Lorsqu'il essaya de me montrer comment viser, je fus à deux doigts de tout lui avouer pour achever enfin cette séance de torture.

— Avant d'appuyer sur la détente, assure-toi d'être en appui solide sur tes jambes pour amortir le recul. Il est quasi inexistant sur ce modèle, je l'ai choisi parce que les femmes ont souvent plus de mal au début, dit-il avec un sourire narquois.

Je me demandai un instant si c'était la journée des crétins misogynes, puis tirai en visant le coin supérieur droit de la cible. Valerio me félicita d'avoir réussi à toucher la feuille dès le premier essai, certain que c'était parce qu'il était un excellent professeur. Tous les trois coups, je me rapprochais un peu plus du centre de la cible, mais quand il se mit à me regarder avec suspicion, je tirai deux fois sur le mur derrière pour détourner son attention. Il éclata de rire.

— Un commentaire ? grognai-je.

— Un moment, j'ai cru que tu progressais déjà, et puis en fait, tu es toujours nulle au bout d'une heure, ça me rassure.

— Ça te rassure ?

— Marc a parié que tu finirais par être meilleure tireuse que moi.

J'avais envie de hurler. Est-ce qu'il savait seulement ce que c'était de tirer sur une personne réelle ? Je persistai pourtant à rater tous mes tirs pendant encore quinze minutes, de la sueur coulant le long de mon dos à force de concentration. Il remarqua les perles dans ma nuque et se moqua de moi, mais je continuai à me concentrer ; il s'agissait de louper cette séance suffisamment pour qu'il me croie sans espoir, et cela requérait beaucoup d'efforts.

— Nom d'un chien, Altorès, je n'aurais pas cru que tu puisses être aussi nulle ! s'étrangla-t-il.

— Valerio, j'ai un flingue dans la main, je te conseille d'arrêter de te foutre de moi.

— Pour ce que t'arrives à viser !

Je serrai les dents.

— Non, sérieusement, tu fais exprès ? reprit-il. Ava Altorès, handicapée de la gâchette !

Je posai brutalement le flingue sur la table, et me dirigeai sans un mot vers l'armurerie pour choisir le modèle le plus imposant. Sous son regard dubitatif, je le chargeai puis retournai vers la cabine, remis le casque que j'avais enlevé. Et je tirai trois balles entre les yeux du type en carton-pâte.

Quand je me retournai vers lui, il attendait des explications, l'expression sévère.

— Mon grand-père était militaire, il m'a appris à tirer avec son vieux pistolet. Maintenant, arrête de ricaner et laisse-moi rentrer, exigeai-je.

— Pourquoi est-ce que tu n'as rien dit avant ? demanda-t-il, méfiant.

Je poussai un soupir excédé.

— Parce que je n'ai aucune envie de devenir flic, Valerio ! Et tu sais aussi bien que moi que Marc me pousserait encore plus s'il savait que j'étais déjà capable de me servir d'une arme !

Il n'était toujours pas convaincu, mais acquiesça néanmoins. Il lui fallut un long moment de réflexion avant de se mettre à ranger le matériel et de me faire signe de partir.

Je le laissai seul dans la pièce, mais choisis de l'attendre à la sortie, sachant pertinemment que si je partais sans rien dire de plus, il ne me serait plus possible de travailler avec lui. Il eut un mouvement de surprise en me voyant et je lus sur son visage toute la méfiance que mes capacités lui inspiraient. Le chemin jusqu'au parking se fit en silence; Valerio n'avait plus envie de rire.

Il m'ouvrit la portière de ma voiture et attendit que je sois installée pour m'adresser à nouveau la parole.

— J'imagine que tu n'as pas non plus besoin des cours de krav-maga?

Mon sourire gêné lui suffit à tirer les bonnes conclusions. Il soupira:

— S'il te plaît, ne parle pas de tout ça à Marc. Je ne finirais pas d'en entendre parler.

— Aucun problème, le rassurai-je. Dolanger est la dernière personne à qui j'ai envie de parler de ça, il serait trop content.

— Tu sais, d'une certaine façon, ton arrogance avec les policiers me paraît plus logique.

Là-dessus, il me sourit enfin et referma ma porte, me laissant avec les entrailles tordues par l'angoisse de mon imprudence.

Le moteur toussa quand je tournai la clé dans le contact. Indulgente, je lui permis quelques secondes de répit avant de recommencer; il toussa à nouveau. J'essayai de me souvenir depuis combien de jours le voyant de la réserve d'essence clignotait, puis, quand je n'y parvins pas, me rendis à l'évidence que j'étais bel et bien en panne. Je me tapai le front sur le volant. Quel tas de ferraille.

Rapidement, je récupérai mes affaires sur le siège passager, fermai la voiture à clé et courus jusqu'à l'autre bout du parking avant que Valerio ne démarre.

— Je... suis... en panne, haletai-je à sa fenêtre.

— Tu as ton portable?

Je ne voyais pas vraiment le rapport avec mon problème, mais je répondis tout de même à sa question, hésitante:

— Oui...?

— Alors en quoi est-ce que je suis concerné?

D'accord, je voyais le rapport.

— Allez, Valerio ! Dépose-moi chez moi !

— Tu ne peux pas appeler ton colocataire ? Demande à Sébastian de venir te chercher.

Il fit mine de passer sa vitesse, mais je m'accrochai à sa portière.

— Allez, le temps qu'il parte et qu'il arrive jusqu'ici, tu seras déjà rentré chez toi. Pense un peu à ma sécurité, tu ne vas pas me laisser toute seule sur ce parking ? Et si je me fais kidnapper ?

— Tu penses vraiment qu'après ton petit numéro de tout à l'heure, je vais croire à ton imitation de la pauvre femme sans défense ?

— Personne ne te demande d'y croire, mais tu pourrais au moins faire semblant d'être un type bien, raillai-je, à court d'arguments.

Valerio poussa un profond soupir et me fis signe de monter. Je me dépêchai de faire le tour de sa voiture, mais une fois la portière du côté passager ouverte, j'eus un moment d'hésitation en avisant la montagne de papiers en tous genres qu'il me faudrait bouger pour espérer m'installer sur le siège. Craignant qu'il ne s'impatiente, je poussai les gobelets et les emballages par terre, puis soulevai les divers courriers et dossiers pour les mettre sur le tableau de bord. Je n'aurais plus jamais honte de l'état de ma propre voiture.

Mon très consciencieux collègue démarra avant même que j'aie bouclé ma ceinture. Quelques minutes plus tard, j'essayais encore d'atteindre le papier chiffonné qui était coincé sous la housse du siège et qui s'enfonçait dans ma cuisse. J'avais été parfaitement polie et avais fermé ma bouche à propos de l'état désastreux de sa voiture, mais Valerio s'était rendu compte que mon silence était inhabituel.

— Vas-y, dis-le.

— De quoi tu parles ? m'étonnai-je innocemment.

— Je sais que tu meurs d'envie de faire un commentaire sur ma voiture.

— Pas du tout, me défendis-je.

— Je te connais, je le vois à ta tête.

— N'importe quoi, c'est juste ma tête qui veut dire que je te suis très reconnaissante de me reconduire jusque chez moi et pas seulement à la station essence.

— Allez, vas-y, tu peux te lâcher, insista-t-il. J'ai peur que tu fasses un anévrisme si tu te retiens trop longtemps.

Je me mordis l'intérieur de la joue pour ne pas répondre. Voilà, pour une fois que je faisais des efforts pour ne pas énerver les autres, on me demandait d'être honnête. J'étais quasiment sûre que c'était un piège, mais la tentation était trop grande.

— Je ne sais honnêtement même pas quoi dire. Les gens qui vivent dans leur voiture ont des véhicules plus propres et rangés que le tien. C'est une vraie décharge toxique ! Regarde-moi ça ! m'exclamai-je en parvenant enfin à extraire l'emballage sous la housse du siège.

Je désignai l'habitacle d'un air désemparé. La justesse de ma description le fit rire, détendant considérablement l'atmosphère.

— Ou alors Linh t'a viré de la maison et tu vis vraiment dans ta voiture ? Valerio, tu as un sac de couchage dans ton coffre, c'est ça ? On peut t'aider, tu sais. Enfin, pas moi, mais Marconi, sûrement.

— On se déplace toujours à deux voitures parce que ma femme refuse de monter dedans.

— Je ne sais pas pourquoi tu prends la peine de fermer ta voiture, renchéris-je. Qui voudrait voler cette poubelle ?

Après cela, il avait décidé de régler l'autoradio sur « Nostalgie » et de chanter à tue-tête en accompagnement. J'avais bien essayé de l'en dissuader, mais quand son unique réponse avait été de monter le son, j'avais rapidement abandonné.

Une demi-heure après avoir quitté le stand de tir, il me laissa devant ma résidence sécurisée et ne m'autorisa à sortir de sa poubelle roulante que contre le renouvellement de ma promesse de ne rien dire à Dolanger.

Je promis sans même tenter de l'arnaquer, pressée de rentrer chez moi malgré la perspective d'avoir à nouveau à plaider ma cause auprès de Sébastian, qui n'aurait pas du tout envie de m'emmener chercher de l'essence et de m'aider à faire redémarrer ma voiture. Heureusement, lorsqu'il s'agissait de Sébastian, j'avais deux arguments imparables.

Et non, il ne s'agissait pas de mes poings.

17.

— Je crois que j'ai plus de bleus que de peau intacte, décréta Sébastian en s'affalant sur le canapé.

J'acquiesçai dans un grognement, certaine que j'étais dans le même cas. Cette dernière séance au dojo avait été particulièrement éprouvante ; j'avais donné autant de coups que j'en avais reçus, et Sébastian ne retenait plus ses attaques comme au début. D'abord surprise quand il s'était lâché, deux semaines plus tôt, j'appréciais aujourd'hui de m'entraîner régulièrement avec quelqu'un qui connaissait mon rythme et mes faiblesses, avec quelqu'un qui n'avait pas peur de me blesser et qui me poussait à me surpasser. Malgré les marques que nos combats me laissaient, je ne m'étais jamais sentie aussi en forme.

Je retirai laborieusement mon manteau et mes chaussures, débattis quelques secondes sur la nécessité de les ranger, puis décidai que je n'avais plus assez de forces pour marcher jusqu'au placard, puis jusqu'au canapé. J'abandonnai le tout par terre et me traînai dans le salon pour m'étaler à côté de Sébastian, qui bougea à peine pour me faire de la place. Je me félicitai mentalement d'avoir pris ma douche dans les vestiaires, sûre que je ne serais pas capable de me relever du canapé avant plusieurs heures.

Sébastian me passa un coussin sans que j'aie à lui demander ; je marmonnai un remerciement avant de fermer les yeux et de me laisser aller au sommeil qui plombait mes paupières.

Je ne sais pas depuis combien de temps nous dormions quand les reproches de Julien nous arrachèrent à un repos mérité.

— Avaaa ! T'as laissé tes affaires en plein milieu !

Je n'eus même pas le courage de répondre que j'étais chez moi et que si j'avais envie de mettre le bazar, je pouvais tout à fait faire ce que je voulais.

Sébastian soupira et se tourna vers moi avec un sourire paresseux :

— C'était trop beau pour durer.

— Vous savez, poursuivit Julien en s'installant en face de nous, je ne suis pas contre le fait qu'il y ait des règles, mais je ne vois vraiment pas pourquoi elles ne s'appliqueraient pas à tout le monde.

— Julien...

— Si Ava a le droit de laisser traîner ses chaussures, pourquoi quand je le fais moi, tout le monde se met à me hurler dessus ?

Je collai le coussin du canapé sur mon visage pour étouffer mon cri de frustration. Marion m'avait prévenue que Julien était difficile, mais je m'étais vite rendue compte que c'était faux. Julien n'était pas difficile. Julien était Sébastian. Il passait son temps à argumenter, à discuter, à protester pour le moindre détail. Contrairement à son oncle, je n'avais pas la possibilité de lui cogner dessus une fois par semaine, j'avais donc trouvé d'autres façons de gérer le stress généré par sa présence ; reporter toutes mes frustrations sur Sébastian était la plus efficace. Malheureusement, cela voulait aussi dire que nos séances hebdomadaires ne suffisaient plus à apaiser toutes les tensions.

— Très bien, capitulai-je. Tu as le droit à un joker, la prochaine fois que tu laisses tes baskets au milieu de l'entrée, je ne crierai pas. Heureux ? Maintenant, laisse-moi dormir.

Il considéra mon offre, mais ne parut pas entièrement satisfait.

— Est-ce que je peux échanger mon joker contre une exception ?

À ces mots, Sébastian se redressa, curieux et inquiet de voir où son neveu voulait en venir.

— Quel genre d'exception ?

— Eh bien comme vous le savez, je suis un jeune homme avec une vie sociale développée et...

— Non, le coupai-je. Tu ne peux pas inviter tes amis. Peu importe le nombre de fois où tu demanderas, la réponse sera toujours non, Julien.

— Je ne veux pas inviter mes amis, rétorqua-t-il. Je veux inviter Alice.

— Alice ? répéta Sébastian. Pourquoi est-ce que c'est la première fois que j'entends parler de cette Alice ?

— Parce que t'es pas mon père, ronchonna l'adolescent.

— Et parce que tu n'as pas d'espion bien placé pour te tenir informé, ajoutai-je.

— Quel espion ? demanda Sébastian, perdu.

— Quel sale cancrelat ! Il faisait semblant de dormir, c'est ça ?

— Ne parle pas de ton frère comme ça, le réprimandai-je.

— Tu étais au courant ? s'étonna Sébastian.

— Évidemment. Si vous croyez que le moindre détail échappe à un enfant de huit ans, vous êtes aussi stupides l'un que l'autre.

Sébastian semblait plus abasourdi par le fait que Ben me fasse des rapports réguliers sur les activités de Julien que par le fait que ce dernier ait une petite amie. Et pourtant, je n'imaginais pas que quiconque ait suffisamment de patience pour supporter de se mettre en couple avec un Moreau.

— La réponse est quand même non, poursuivis-je. Personne ne ramène qui que ce soit à l'appartement, et avant de protester, je tiens à vous faire remarquer que moi aussi, j'applique cette règle, alors que je suis quand même chez moi.

À ces mots, Sébastian ricana :

— Comme si c'était vraiment la raison pour laquelle tu ne laisses plus Andrea venir !

— Qu'est-ce que c'est censé vouloir dire ? fis-je en fronçant les sourcils.

— La vraie raison, c'est que tu as peur qu'il soit jaloux, qu'il joue les machos et que je doive lui casser la figure.

Il haussa les épaules nonchalamment, comme si ce qu'il venait de dire ne méritait pas que ce soit moi qui lui casse la figure. Je comptais mentalement jusqu'à trente avant même d'envisager de répondre.

Le regard de Julien passait de l'un à l'autre, incertain de comment la conversation avait pris cette direction et frustré de ne pas pouvoir protester davantage. Pour mon plus grand malheur, son oncle lui en donna l'occasion en revenant sur le sujet d'origine.

— Tu ne peux pas aller dormir chez elle plutôt ? Aucune règle ne t'interdit de ne pas passer la nuit ici, apparemment.

Il ne m'avait pas regardée, mais je n'avais pas besoin de voir son regard fourbe pour savoir que cette dernière remarque m'était destinée.

Julien grimaça.

— Ses parents ne sont pas vraiment d'accord…

Allez savoir pourquoi.

Sébastian soupira et se tourna vers moi, l'air conciliant.

— Elle pourrait peut-être venir dîner avec nous, sans avoir à passer la nuit à la maison ?

— Non, non, non, non et non. Je ne veux pas que quiconque ait une excuse pour déshabiller ou tripoter qui que ce soit sous mon toit.

— Alors quand vous vous envoyez en l'air dès qu'on a le dos tourné, vous appliquez quelle règle exactement ? railla Julien.

— Pardon ?! blêmis-je.

Sébastian tourna la tête vers son neveu si rapidement que j'entendis ses vertèbres craquer.

— Oh, c'est bon, comme si je n'avais pas remarqué ce qu'il se passait ! Je n'ai pas dix ans, toute cette tension, là, vous allez pas me dire que ça ne vient pas de là, hein.

Il fit un mouvement vague entre nous pour préciser sa pensée. Sébastian se leva, fit un pas vers lui et lui fila une claque derrière la tête en le priant poliment de la fermer. Enfin, il aurait sans doute pu faire plus poli.

Je le laissai crier sur l'avorton et battis en retraite jusqu'à ma chambre. J'étais bien trop épuisée pour supporter davantage d'insolence, et la perspective d'aller m'allonger sur mon lit me paraissait beaucoup plus intéressante que de discuter de ma vie sexuelle avec un adolescent.

J'envoyai un message à Laure pour lui dire de ne jamais faire d'enfants ; ou bien si elle décidait quand même d'en faire un jour, de ne jamais me les présenter. Elle trouva très drôle de me répondre que si j'avais besoin qu'elle fasse du baby-sitting pour moi, il n'y avait pas de raison pour que je ne lui rende pas la pareille le moment venu. Avec un peu de chance, je serais déjà morte d'ici-là.

Allongée sur le dos, j'attrapai le Browning dans le holster fixé sur le côté de mon lit sans avoir besoin de regarder. Son poids familier dans ma main apaisa momentanément mon stress, me permit de me recentrer sur moi-même. En l'observant attentivement, je découvris une minuscule éraflure sur le canon ; je me plongeai dans la contemplation de cette petite imperfection, petite entaille sur le moulage parfait du métal, infime faille dans la froideur. Certains écoutaient le bruit des vagues ou de la pluie sur CD, faisaient du yoga ou de la méditation ; pour ma part, tenir mon arme suffisait à me calmer. Toutes les armes de poing n'avaient pas cet effet, cependant : mon Browning et moi avions une histoire, un passé. Avec ce pistolet dans les mains, j'avais appris beaucoup de choses ; sur moi-même, sur le pouvoir de la peur et de la mort, sur les autres. Ses imperfections étaient comme mes cicatrices, les traces d'une histoire qu'il était dangereux d'oublier.

Sébastian me fit sursauter en ouvrant ma porte sans frapper. Quand il vit ce que je tenais, il m'adressa un sourire moqueur, comme s'il venait de me surprendre avec mon doudou ; c'était un peu le cas.

— Arnold, dit-il seulement avant de repartir.

Je rangeai rapidement le Browning et rejoignis Sébastian qui m'attendait dans le bureau. J'étais soulagée qu'Arnold rappelle enfin, probablement avec de nouvelles informations sur mon contrat. Je fermai la porte à clé derrière moi, puis repensai aux accusations de Julien, et enlevai le verrou.

— Ava ? Tu es là ? demanda la voix d'Arnold sur haut-parleur.

— Je suis là. Tu as du nouveau ?

— Pas grand-chose. J'ai contacté tous ceux qui étaient susceptibles d'avoir entendu parler de ce contrat, mais soit ils refusent de parler, soit ils ne savent vraiment rien. J'ai demandé à Irene Osman de continuer à écouter les bruits de couloirs de son côté de l'Atlantique.

— Alors on n'a rien du tout ? s'étonna Sébastian. Vous ne trouvez pas ça un peu étrange que quelqu'un ait placé un contrat sur la tête du Fléau et que personne ne soit au courant ?

— Ce que je crois ? C'est qu'ils ont tous bien trop peur pour vouloir s'en mêler, commenta Arnold.

— Et s'ils ont du mal à faire un choix entre l'autre et moi, ça veut dire que ce n'est pas un débutant qui cherche à se faire un nom, en déduisis-je.

— Il y a des chances.

— Donc à part le fait que c'est quelqu'un dont on reconnaîtra le nom, on ne sait rien de plus, résuma Sébastian en se massant les tempes.

— Pas tout à fait, j'ai remonté la piste jusqu'en Russie. On m'a dit que des assassins russes seraient peut-être prêts à parler, ça vaut le coup de vérifier.

Je jetai un regard appuyé à Sébastian.

— Hein-hein, non, pas question, se braqua-t-il immédiatement.

— Sébastian, les Russes, c'est tes amis, non ? Je sais que tu as encore des contacts là-bas.

— Non, non et non, je ne la rappellerai pas.

— Tu connais des Russes? s'étonna Arnold. Qu'est-ce que tu attends pour les appeler? Après les Américains, ce sont toujours les mieux informés.

— Je connaissais des Russes. Une Russe. Hors de question que je rappelle mon ex tarée. Cette nana était déjà complètement psychotique à l'époque, alors non merci.

— Est-ce que tu sais combien de sacrifices j'ai fait pour vous, ces derniers temps ? m'énervai-je. Je crois que tu me dois bien ça !

— Aaaaaargh…

Il ne prit pas la peine d'étouffer sa frustration avec un oreiller.

— Sébastian, appelle-la, ordonna Arnold. Tu sais que c'est notre piste la plus sensée pour l'instant.

Nous raccrochâmes quelques minutes après que Sébastian avait capitulé. Il partit faire à manger aux garçons, tandis que je restai assise au bureau un moment, attendant de me réveiller de ce cauchemar qu'était devenue ma vie. Je fis mentalement la liste de ce qui serait le plus efficace pour m'aider à me sortir de ce gouffre de désespoir dans lequel l'appel d'Arnold m'avait plongée. D'abord, aller me passer le visage sous l'eau. Ou plutôt, boucher le lavabo, le remplir d'eau froide, et m'immerger la tête dedans jusqu'à ce que je ne sente plus mon visage.

Ensuite, un verre de tequila. Ou de whisky, ou de tout autre alcool fort. Surtout pas de vodka. Peut-être plusieurs verres. Sûrement plusieurs verres.

Pour finir, une fois saoule, appeler Andrea et le supplier de me laisser passer la nuit chez lui. Pas que j'aurais à supplier longtemps, mais en règle générale, il préférait que je me saoule directement chez lui, ce qui lui évitait de venir me chercher.

En chemin vers la salle de bain, je tombai sur Ben et Julien qui en sortaient, prêts à aller se coucher pour le premier, et à aller faire ses devoirs pour le second ; Ben me fit une bise, Julien un signe de la main, et je leur souhaitai bonne nuit à tous les deux. Je repris mon chemin dès qu'ils eurent fermé la porte de leur chambre. Alors que j'allais passer la porte de la salle de bain, je humai une délicieuse odeur de café venant de la cuisine et fut distraite de mon plan d'origine. Sébastian avait mis du café à passer dans ma vieille cafetière plutôt que d'utiliser la machine à dosette ; il regardait les gouttes brunes tomber dans la carafe de verre, comme hypnotisé. Je sortis deux tasses du placard, le tintement de vaisselle le tira de ses pensées.

Lorsque la carafe fut pleine, je servis le café brûlant, puis sortis le whisky pour en verser dans ma tasse ; Sébastian me tendit la sienne sans un mot et je m'exécutai. Quand il ne récupéra pas sa boisson, je levai un sourcil interrogateur.

— Si je suis obligé de reprendre contact avec mon ex après avoir passé quatre ans à essayer de me faire oublier, il va me falloir plus de whisky que ça.

Je ris doucement en le servant davantage. Puis je me resservis aussi.

Une fois que j'eus atteint le niveau parfait d'ébriété, je pris mon portable pour appeler Andrea, malgré les objections de mon colocataire. Cependant, en voyant qu'il était déjà trois heures du matin, j'hésitai, essayant de me souvenir s'il travaillait le mercredi, puis décidai qu'il était plus sage de le rappeler à une heure plus décente demain.

Sébastian essaya de me persuader d'aller dormir avec lui dans le bureau, arguant que si je voulais voir Andrea juste parce que j'étais excitée, il était tout à fait capable de subvenir à mes besoins pour la soirée. Heureusement, je n'étais pas assez ivre pour ça. Je pouvais bien attendre de voir mon petit ami le lendemain.

***

En réalité, je ne revis pas Andrea de la semaine. Malgré la bonne volonté de Sébastian pour m'aider dans mes recherches, j'étais rapidement arrivée à la conclusion que si je voulais des réponses, il était temps d'employer les grand moyens et de m'y mettre en personne. Si j'avais laissé les autres le faire pour moi jusqu'à présent, c'était parce qu'un parti extérieur pouvait faire semblant de se renseigner parce qu'il était intéressé pour récupérer le contrat ; le fait que je pose les questions moi-même laissait voir que je n'étais pas tout à fait tranquille.

Je passai donc la semaine suivante à essayer de déterminer l'identité de celui ou celle qui avait accepté de me tuer. Une fois que ce problème immédiat serait réglé, il faudrait que je m'occupe de celui qui proposait le contrat. J'avais appelé des dizaines de personnes différentes, aux boulots variés et aux pathologies diverses, mais aucune n'avait voulu parler, et je n'étais pas d'humeur à payer qui que ce soit. En revanche, j'allais bientôt devenir d'humeur à torturer les gens pour les infos que je voulais.

La première semaine, donc, je me contentai de passer des coups de fils, d'envoyer des mails ou de poster sur des forums cryptés, mais quand j'eus passé le cap des neuf jours de recherches infructueuses, je commençai à conduire des interrogations en direct. Et personne n'apprécia la forme de mes questions.

Je n'avais pas eu besoin de torturer qui que ce soit depuis des années, et je devais avouer que mon égo s'accommodait mal du fait que ma réputation ne suffise plus. Bien sûr, après les deux ou trois premiers interrogatoires, les suivants m'avaient vue venir et avaient parlé plus rapidement ; l'un des derniers avait tout de même eu le temps de s'uriner dessus, pour mon plus grand déplaisir.

Jérémy avait insisté pour m'assister à plusieurs reprises et j'avais fini par céder ; son excitation avait rapidement fait place à une horreur profonde, ce qui était exactement l'effet recherché. À sa décharge, il avait réussi à ne pas vomir, mais j'espérais vraiment qu'il s'était rendu compte que ce métier n'était pas pour lui. C'était sans doute le seul développement intéressant qui avait découlé de toutes ces heures d'interrogations musclées.

Très peu avaient vraiment eu des informations intéressantes, et tout ce que j'avais réussi à déduire était que j'allais devoir me rendre en Russie si je désirais aller plus loin. Sébastian avait finalement proposé d'y aller pour moi, puisqu'il y avait déjà les contacts, si j'étais d'accord pour m'occuper de Ben et Julien en son absence, et dans la mesure où je n'avais aucune envie de m'y rendre moi-même, j'avais accepté – sans toutefois promettre de ne pas tuer Julien.

Pas encore tout à fait habituée à vivre avec des enfants, j'étais rentrée le premier soir de mes recherches physiques avec des éclaboussures de sang sur mes vêtements, puis m'étais trouvée à attendre comme une idiote devant ma porte le temps que Sébastian distraie les garçons et m'apporte un autre pull. Les fois suivantes, j'avais décidé de prendre un sac avec des vêtements de change. Qui a dit que je n'étais pas capable de m'adapter ?

Andrea avait bien essayé de me joindre, mais j'avais rarement répondu ; je n'avais pas de temps à perdre avec des disputes conjugales quand j'étais sur la piste d'un assassin qui en avait après moi. Cependant, un peu plus de deux semaines après l'appel d'Arnold, ses messages se faisaient de plus en plus rares, de plus en plus courts et j'étais de plus en plus consciente qu'il fallait que je revienne vers lui si je ne voulais pas le perdre. Je fus soulagée qu'il accepte mon idée d'un dîner en tête-à-tête chez lui, mais il me fallut néanmoins une journée entière loin de mes recherches pour revenir complètement dans cet autre monde, celui où je ne tuais pas des gens pour de l'argent.

En me voyant me préparer, Sébastian s'étonna :

— Tu t'habilles comme ça pour ton prochain interrogatoire ?

— Non, je vais dormir chez Andrea.

— Oh.

Le ton de sa voix me fit tourner la tête. Il paraissait surpris et déçu, comme s'il avait oublié l'existence de mon petit ami, habitué à me voir passer mes journées et soirées avec les enfants et lui, installée dans une fausse domesticité.

— Tu ne manges pas là ? demanda-t-il.

— Non. Tu es bien de repos, ce soir ?

— Oui, oui… tu peux partir tranquille…

Aucune rancœur ne filtrait dans sa voix, comme s'il avait déjà accepté que mon départ fût inévitable.

Quand j'attrapai ma veste en cuir, il sembla sur le point d'ajouter quelque chose, mais se retint. À la place, il me vola un baiser sur la joue et me laissa en plan au milieu du couloir, plus troublée que je n'aurais dû l'être.

Sur le chemin jusqu'à chez Andrea, j'avais préparé et répété les excuses que j'allais lui faire en arrivant. Une fois dans son appartement, cependant, je n'eus pas le temps d'aller plus loin que : « Salut, est-ce que tu m'en veux beaucoup ? »

Il me prit la bouteille de vin des mains, la posa sur une table et entreprit sur-le-champ de me déshabiller. Ses lèvres contre les miennes, ses mains sur mon corps, je me laissai emporter par son urgence. Il m'était étrange de découvrir à quel point il m'avait manqué ; je m'accrochai aux courbes de son corps sans avoir à les chercher, la familiarité de son toucher comme une respiration que j'avais oublié de prendre. Une fois débarrassés de tous les vêtements qui nous gênaient, je tentai de le diriger vers le canapé, mais nous n'arrivâmes jamais jusque-là.

Une demi-heure plus tard, sur le tapis de son salon, je traçais du bout des doigts des motifs abstraits dans la sueur entre ses deux omoplates. Il me regardait faire avec un sourire contenté et tendre.

— Si le fait que tu deviennes flic veut dire que je dois te voir si peu, je retire tout ce que j'ai pu dire sur le sujet : c'est une très mauvaise idée.

Je ris doucement et l'embrassai pour cacher toute expression que je ne réussirais pas à contrôler. Je lui avais dit avoir travaillé pour le concours d'entrée pour excuser mon absence.

Il se tourna vers moi et m'attira à lui. Je crus un instant qu'il voulait entamer le deuxième round, mais il se contenta de me caresser gentiment, son regard suivant les mouvements de sa main gauche. Je m'allongeai sur le dos et me blottis contre son torse en fermant les yeux. Comme il était facile de lui faire confiance. Andrea était tout ce qu'une personne normale pouvait désirer et, dans ses bras, j'avais l'impression d'être la femme que j'aurais pu devenir si ma vie n'avait pas sombré dans la violence.

Je le sentis effleurer toutes mes cicatrices une à une, pour la millième fois ; son contact n'était pas aussi hésitant qu'au début, les marques blanches sur mon corps lui était devenues familières, mais pas encore assez pour qu'il cesse de les voir.

Alors que je me laissai lentement glisser vers le sommeil, il posa la question, pour la première fois :

— Comment c'est arrivé ?

Je n'ouvris pas tout de suite les yeux, me préparant à lui servir le même mensonge qu'à tant d'autres avant lui.

— Mon grand-père faisait des travaux, je suis passée à travers une fenêtre qui n'était pas encore fixée.

Il grimaça en imaginant le nombre de plaies qui avaient dû être suturées. Jamais il n'arriverait à imaginer la vérité ; dans son monde à lui, les gens n'étaient pas torturés pour avoir volé un client.

La douceur de ses caresses me fut soudain insupportable ; Andrea était toujours doux, toujours attentionné. Je lui demandai s'il avait aussi un côté sombre, ou s'il était juste parfait. Cela le fit rire, mais j'attendais, avide de connaître ses pires défauts pour les mesurer aux miens.

— Un côté sombre ? fit-il mine de réfléchir. Tu veux dire comme ces moments où j'aimerais demander aux gens de ranger leurs objets fragiles avant que je les casse ?

Un petit rire secoua mon torse contre le sien.

— Ou ces moments où je serais prêt à tricher pour que des ordures finissent en prison, si je n'avais pas peur de me faire prendre ?

Je relevai la tête pour voir son visage. Il frôla ma joue tendrement de sa main.

— Ou bien chaque fois que j'ai envie d'hurler quand tu ne réponds pas au téléphone, parce que ton absence est la sensation la plus frustrante que j'aie jamais éprouvée ?

Je posai mes lèvres sur les siennes dans une demande muette de pardon.

— Et toi, est-ce que tu as un côté sombre que je n'ai pas encore vu ? retourna-t-il. Enfin, à part ton sale caractère, je veux dire.

Je me perdis un instant dans ses yeux innocents et bons. Mes ténèbres seraient plus qu'il ne pourrait supporter. Je l'embrassai longuement, goûtant la clarté de sa conscience et sa profonde humanité, puis répondis :

— Non, à part ça, je suis parfaite.

Il éclata de rire, et se leva pour aller réchauffer le dîner, merveilleusement aveugle, merveilleusement ignorant de la noirceur en moi.

18.

Trois soirs par semaine, Sébastian travaillait dans une boîte de nuit qui se trouvait à une petite heure de mon appartement. Son poste à mi-temps ne lui rapportait pas beaucoup d'argent, mais cela lui permettait de dire qu'il avait un vrai travail quand quelqu'un lui posait la question. Il y était depuis si longtemps qu'on lui avait déjà proposé de devenir manager à trois reprises ; à chaque fois, cependant, il avait décliné l'offre, refusant d'avoir plus de responsabilités et moins de temps libre. Bien sûr, cela n'empêchait pas ses collègues de le considérer un peu comme leur chef, ce qu'il appréciait énormément.

Marion m'attendait en tapant du pied devant l'entrée de l'établissement. Je n'avais pas eu besoin de la chercher longtemps pour la repérer : elle portait un pantalon en cuir noir, un tee-shirt sans manches blanc et ses cheveux étaient rasés à gauche, le reste artistiquement coiffé en une houppe blonde platine. Le nouveau videur la regardait avec méfiance.

Elle leva les bras dans un geste exaspéré quand j'arrivai à quelques mètres d'elle en marmonnant quelques mots d'excuse. Quand nous avions demandé à Sébastian s'il était possible de venir boire gratuitement dans son club, il avait fallu réfléchir sérieusement à ce que nous allions faire des enfants pour la soirée. Après une longue discussion, nous avions décidé que Julien, à maintenant dix-sept ans, était assez grand pour veiller sur son petit frère quelques heures. Sébastian devait partir de l'appartement à dix-huit heures pour faire l'ouverture, je m'étais donc occupée de leur faire à manger et de mettre Ben au lit, pour arriver au club sur les coups de vingt-deux heures. Il était vingt-trois heures trente. Le plus délicat avait été de convaincre Ben que son frère ne le laisserait pas brûler s'il y avait un incendie.

À l'intérieur, la piste de danse était déjà pleine, mais il restait quelques places au bar. Je vis Sébastian s'affairer derrière le comptoir, particulièrement sollicité par la gente féminine dans son pantalon noir et sa chemise noire ajustée. Je ne pouvais pas leur jeter la pierre. Il nous aperçut et nous fit signe de venir nous asseoir dans sa section.

— Vous deviez arriver il y a une heure et demie, nous dit-il d'emblée. Si c'était pour en arriver à ce résultat, c'était pas la peine de prendre autant de temps, vous êtes exactement comme d'habitude.

Marion commença à protester mais il m'inspecta avec plus d'attention et leva la main pour l'interrompre :

— Bon, d'accord. Ava est vraiment canon.

Je roulai des yeux tandis que Marion tenta de le frapper par-dessus le bar. Hilare, il s'éloigna pour aller chercher nos pressions.

— Non, plus sérieusement, demanda-t-il en revenant. Tout va bien à la maison ? Pourquoi est-ce que vous êtes si en retard ?

— J'avais quelques détails à régler avec les garçons.

— Vous avez toujours des problèmes avec ces gamins, c'est ridicule, ronchonna Marion. Ça commence à impacter ma vie sociale, à moi aussi.

— Je sais, mais c'est comme ça. Tu verras quand tu auras des enfants.

Je ne me rendis compte de l'horreur de ce que je venais de dire qu'en voyant Marion stopper son verre à quelques centimètres de sa bouche et me fixer bizarrement.

— Est-ce que je viens vraiment de dire ça ?

Ils hochèrent tous deux la tête d'un air désolé, puis Sébastian me fit glisser un shot de tequila en me tapotant l'épaule.

— Je crois qu'au stade où on en est, ils sont à toi autant qu'à moi.

Je m'étranglai avec mon shot.

— Au moins, tu arrives à faire taire Julien, ajouta-t-il en voyant mon regard noir.

Il n'avait pas tout à fait tort. Cette prise de conscience ne me fit pas aussi peur que je l'aurais cru. En réalité, j'avais bel et bien l'impression d'être autant leur tutrice que lui, et je savais que lorsqu'ils déménageraient, ils laisseraient un grand vide dans mon appartement. Bien que le silence et le vide me manquent tous les jours, j'étais soulagée que personne n'ait encore abordé sérieusement le sujet de leur départ. Et puisque personne n'en parlait à la maison, je ne voyais vraiment pas pourquoi il faudrait que j'en parle avec Andrea.

*

Une heure plus tard, l'ambiance était devenue considérablement plus moite, et Sébastian n'arrivait plus à trouver cinq minutes pour nous parler. Marion et moi étions en pleine conversation à propos des amis de son ex qui cherchaient à la contacter pour lui demander des comptes ; apparemment, depuis qu'elle l'avait tué, le rendement de leur petite entreprise de distribution de drogues avait beaucoup diminué. J'étais sur le point de lui expliquer que couper quelques doigts pourrait probablement régler le problème, quand elle m'interrompit :

— Il vient de regarder tes seins.

— Quoi ?

— Tu me dois vingt euros, Sébastian vient de regarder tes seins.

Je soupirai, puis lui tendis le billet. Il ne me vint même pas à l'esprit de mettre sa parole en doute, elle avait passé l'heure entière à guetter le moindre de ses faits et gestes dans l'espoir de remporter ce pari idiot. Marion n'avait toujours pas abandonné l'idée que nous étions faits l'un pour l'autre et que mon opiniâtreté était la seule chose qui restait en travers de notre route vers la félicité.

Un peu plus tard, je retins un juron quand il m'apporta un dry martini avec des olives et qu'elle se mit à ricaner. Cette fois-ci, je grognai carrément en sortant un autre billet de vingt euros.

— Ava, range ça, je ne vais pas te faire payer, protesta Sébastian.

— Ce n'est pas pour toi, c'est pour moi, sourit Marion. On a parié…

Je lui balançai un violent coup de coude dans les côtes. Elle me fusilla du regard, mais poursuivit néanmoins :

— On a parié que tu ne pourrais pas t'empêcher de la draguer.

— Quoi ? demanda-t-il sans comprendre.

— Elle n'a rien commandé et tu lui sers un dry martini exactement comme elle les aime.

— Ce n'est pas parce que je sais ce qu'elle aime boire que j'essaie de la draguer, répliqua-t-il.

— T'arrêtes pas de regarder ses seins.

Il secoua la tête et s'éloigna sans chercher à nier l'accusation. Il tenta de nous ignorer, mais ne résista que quelques secondes avant de nous regarder à nouveau. Malgré lui, ses yeux dérivèrent vers mon décolleté et il jura lorsqu'il s'en rendit compte. Je levai les yeux au ciel.

Marion éclata de rire, Sébastian poussa un grognement rageur.

— Ça fait plus de deux mois qu'on habite ensemble et tu n'arrives toujours pas à te retenir ?

— Ça fait plus de deux mois qu'on habite ensemble et tu n'as toujours pas compris que je n'ai pas envie de me retenir ? contra-t-il. Comme si je ne te voyais pas regarder mes fesses dès que t'en as l'occasion.

Je pris mon air le plus offusqué malgré le fait que c'était tout à fait vrai. Tant qu'il était clair entre nous que je ne voulais rien de plus et qu'il n'insistait pas, ce petit jeu ne me dérangeait pas ; cependant, je ne pouvais m'empêcher de me demander si Marion avait totalement raison lorsqu'elle disait que c'était sa façon d'exorciser son désir de moi.

Il entama la préparation de deux cocktails à quelques mètres de nous, je soupirai et partis m'asseoir au bar de la salle d'à côté. Quand un de ses collègues me demanda ce que je voulais boire avec un clin d'œil, je me demandai s'ils avaient fait exprès de n'embaucher que des crétins qui n'étaient pas capables de la garder dans leur pantalon dès qu'ils voyaient un bout de décolleté. Je répliquai que j'étais une amie de Sébastian, et que c'était lui qui payait mes consos.

— Vous êtes sa colocataire ? s'enquit-il.

Sans même attendre que je confirme, il se mit à me baratiner et je le laissai faire, trop fatiguée pour lui demander de me laisser bouder en paix. Heureusement – ou malheureusement, le débat était encore ouvert – Sébastian débarqua au bout de dix minutes en l'apostrophant :

— Nico !

Ce dernier tourna à peine la tête et continua à me sourire bêtement. Et quand je dis bêtement, ce n'était pas une façon de parler. Je vis Sébastian rager et faire le tour derrière le bar. Quand il nous rejoignit, il était manifestement très mécontent.

— Nico, il y a des clients qui attendent. Elle est déjà servie, alors va voir ailleurs.

— Oh, vous êtes ensemble ? s'étonna ledit Nico.

Sébastian hésita une seconde de trop.

— Donc elle est libre. Ça tombe bien, je suis en pause pendant encore trois minutes. C'est assez long pour lui demander son numéro.

Intérieurement, je songeai qu'il n'était jamais très malin de narguer son supérieur, et que ça l'était encore moins quand le supérieur en question était Sébastian. Pour lui éviter de s'énerver, je réglai la question :

— Trois minutes ou trois heures, ça ne changerait rien. Je ne suis pas libre.

— Ah, déchanta-t-il en haussant les épaules. Tant pis pour moi.

— Nicolas, si tu viens l'embêter à nouveau, j'interdis à Nadia de prendre ton samedi, c'est clair ?

— Dis donc, t'es drôlement jaloux pour quelqu'un qui n'est que le colocataire, lança-t-il avant de s'éloigner dans un éclat de rire sonore.

Je sentis mon visage rougir légèrement. Moi qui espérais passer une soirée tranquille... Je partis me réfugier dans les toilettes en pestant intérieurement. Je ne pouvais m'en prendre qu'à moi-même, j'aurais pu aller dans n'importe quel bar du coin, mais j'avais choisi d'écouter Marion et de venir sur le lieu de travail de la personne qui m'exaspérait le plus au monde. Pour une raison qui m'échappait, je voulais toujours croire que Sébastian et moi avions fait des progrès dans notre relation ; ce n'était pas le cas. Le fait que j'aie fini par me faire à l'idée qu'il n'était pas près de partir de chez moi ne voulait pas dire qu'il avait cessé de me taper sur le système, bien au contraire. Certains jours, j'étais dans un état d'énervement constant et la seule chose qui me consolait était de savoir que, en général, il avait autant envie de me poignarder que j'avais envie de lui coller une balle dans la tête. D'autres jours, lorsque j'étais d'humeur un peu moins rancunière, je parvenais à me souvenir que je l'appréciais malgré tout.

En voyant mon reflet dans le miroir, je repensai au soir où, plusieurs mois auparavant, nous avions rencontré Carlson, et que j'avais aussi eu besoin de m'isoler dans les toilettes pour tempérer mon agacement. Alors, le pistolet rangé dans mon holster d'épaule m'avait aidée à me recentrer ; ce soir, j'étais venue sans arme et mon reflet me sembla incomplet. Je fermai les yeux un instant pour visualiser le Browning qui m'attendait dans ma chambre, imaginant son poids dans ma main. Depuis cette histoire de contrat, je m'accrochais de plus en plus chaque jour à la certitude que cette arme me protégeait de tous mes démons.

Je restai quelques minutes supplémentaires à me complaire dans cette illusion, puis rouvris les yeux pour revenir à la réalité.

Quand je revins au bar, Sébastian m'avait servi un nouveau dry martini et Marion fixait une serveuse brune qui revenait tout juste de pause, au bout du bar.

— Tu as vu quelque chose qui t'intéressait ? me moquai-je.

Elle était en fait si intéressée que je dus me répéter deux fois de plus pour réussir à attirer son attention. Elle appela Sébastian dès qu'il passa à proximité pour lui demander le prénom de sa collègue ; avec un sourire goguenard, il s'empressa de la héler.

— Sabrina, je te présente deux de mes amies, lui dit-il. Ava et…

— Mariam, le coupa Marion en tendant la main à ladite Sabrina.

Elles se sourirent, échangèrent quelques blagues en guise de préambule. Je ne suivis pas leur conversation, mais remarquai néanmoins lorsqu'elles échangèrent leurs numéros de téléphone. Une fois son nouveau coup de cœur parti, je me tournai vers Marion.

— « Mariam » ? m'étonnai-je.

— C'est mon vrai prénom, fit-elle en haussant les épaules. J'ai envie d'y revenir depuis quelque temps. Tuer Diogo était une expérience très cathartique, j'ai l'impression d'en avoir fini avec cette phase.

Je fus surprise qu'elle ne m'ait jamais dit auparavant que « Marion » n'était pas son prénom d'origine, mais songeai qu'elle ne savait pas que « Ava » n'était pas non plus celui que m'avaient donné mes parents. Ava était aujourd'hui mon seul et véritable nom, mais je portais toujours en moi le souvenir « d'Aëlle », telles les bribes d'une vie antérieure.

Le reste de la soirée passa au fil de réflexions sur notre métier et les différentes règles de vie que notre expérience nous avait imposées. Si l'on avait tous plus ou moins les mêmes contraintes, il était souvent amusant de comparer l'ordre d'importance que chacun leur avait attribué, et les entorses qu'on y faisait souvent.

Lorsque le club ferma ses portes à trois heures du matin, le parking était déjà presque vide et j'avais hâte de retrouver le confort de mon lit.

Sébastian riait. Il riait parce que j'avais été agacée par les regards entendus de son collègue. Je soupirai et décidai de le laisser faire. Au moment de se séparer pour que chacun d'entre nous retourne à sa voiture, il me retint par le bras.

— Je suis désolé.

Je fus étonnée de constater qu'il était soudain très sérieux.

— Pourquoi ?

— Tu sais pourquoi, dit-il seulement.

— Je sais, mais je veux que tu le dises.

Il me fit un petit sourire, mais ne lâcha pas mon bras. Étrangement, je ne sentis pas le besoin de m'en libérer. Peut-être parce qu'il avait saisi mon bras gauche. C'est ce que j'aimais chez lui, il savait comment je fonctionnais.

— Je sais que je t'énerve parfois.

Je haussai un sourcil.

— D'accord : souvent, concéda-t-il avec un sourire. Je sais que tu es persuadée que je ne suis intéressé que par une seule chose, mais...

Il ne finit jamais sa phrase.

Un quart de seconde plus tard, nous nous trouvâmes tous les deux projetés violemment sur le sol par une déflagration chaude et puissante. Ma tête cogna durement sur le bitume.

Quand je rouvris les yeux, j'eus la très nette sensation que je m'étais évanouie quelques secondes. Le reste du monde tournait toujours, mais j'essayai de m'asseoir lentement sur le sol. Je bougeai trop rapidement, et ma vision fut brouillée par des taches sombres et des étoiles. Après quelques grandes inspirations, je me forçai à écouter les bruits alentour et entendis, assourdi par le bourdonnement de mes oreilles, le crépitement du feu provoqué par l'explosion. Au moins, je n'étais pas complètement sourde.

Sébastian était assis à côté de moi, et frottait son bras ensanglanté tout en fixant ma voiture qui brûlait.

— Mon pare-chocs était neuf, gémis-je avec une petite voix.

— Je ne pense pas que c'était censé te tuer, réfléchit-il.

— Mon pare-chocs était neuf ! répétai-je.

— Ava, ce qui compte c'est que tout le monde va bien.

— Oui, mais...

— Je sais, ton pare-chocs était neuf, soupira-t-il. Il faut qu'on trouve qui a posé cette bombe avant la prochaine.

Il se leva et m'aida à me remettre sur mes pieds à mon tour. J'étais contente qu'il pense au côté pratique de la situation, parce que la seule chose qui tournait en boucle dans ma tête, c'était que je voulais la peau du salopard qui venait de bousiller ma voiture.

Un homme se détacha du groupe qui était sorti du club en courant et se mit à hurler :

— À qui est cette voiture ?!

C'était la mienne qu'il montrait. Visiblement, il était le propriétaire de la Volvo grise garée sur la place d'à côté, à laquelle le feu s'était étendu. Puisque ça devait forcément être la faute de quelqu'un, il avait décidé que c'était la mienne.

Mentalement, je dis adieu à mes rêves d'aller me coucher et d'oublier cette soirée.

19.

Les pompiers étaient arrivés sur les lieux bien avant la police, mais bien après les premiers badauds. Un attroupement s'était formé autour de ma voiture comme autour d'un feu de joie, tous discutant avec animation des possibles causes de l'explosion.

Le propriétaire de la Volvo grise se tenait maintenant loin de moi, un mouchoir ensanglanté pressé sur le nez, et me jetait régulièrement des coups d'œil rancuniers. J'avais essayé de rester calme. J'avais vraiment essayé. Je l'avais laissé me hurler dessus sans rien dire pendant plus d'un quart d'heure. Mais quand il avait proclamé qu'il porterait plainte si la cause de l'explosion était le manque d'entretien de ma voiture, je lui avais envoyé mon poing dans la figure. J'aurais fait bien pire si Sébastian ne m'avait pas retenue avec autant de force.

On nous avait placés d'autorité une couverture de survie sur les épaules, comme si on pouvait vraiment avoir froid près d'une voiture en feu, mais j'avais refusé de me faire examiner malgré leur insistance. Marion s'était éclipsée rapidement dès qu'elle avait vu que nous n'avions rien de grave, de peur qu'on lui demande son identité.

La police avait débarqué au moment où l'incendie avait été contenu par les pompiers et en les voyant descendre de leur véhicule, j'avais été jusqu'à prier un dieu en lequel je ne croyais pas pour que personne n'appelle Dolanger et Valerio. Malheureusement, en découvrant que je travaillais pour la police, les agents sur place avaient immédiatement prévenu mon chef.

Une heure plus tard, la plupart des témoins et badauds avaient été priés de rentrer chez eux, les pompiers avaient retrouvé les restes d'un cocktail molotov et tout le monde était persuadé que mon travail dans un commissariat était la raison qui m'avait valu cette mésaventure. Puis, pour mon plus grand bonheur, Dolanger était arrivé et avait décidé que de telles conjectures n'étaient pas suffisantes et qu'il fallait mener une véritable enquête.

En voyant les restes calcinés de ma voiture, même Valerio n'avait pas osé rire. Ou peut-être avait-il simplement changé d'avis en voyant la tête du propriétaire de la Volvo.

— Est-ce que quelqu'un aurait une raison de t'en vouloir ? Ça me paraît trop ciblé pour être du simple vandalisme.

Je secouai la tête négativement. C'était la troisième fois que Dolanger reformulait sa question, pensant certainement que j'étais trop sonnée pour donner des réponses fiables.

— Tu parles, ricana Valerio. Ça ne m'étonnerait pas que tous ceux à qui tu casses les pieds se soient montés en réseau organisé pour te faire payer !

— Ce qui ferait de toi le principal suspect, soulignai-je.

— Oui, mais je suis flic, je sais couvrir mes traces.

Sur ces mots, Sébastian, qui s'était absenté pour passer un coup de téléphone, nous rejoignit en soupirant avec lassitude.

— J'ai manqué quelque chose ? demanda-t-il.

— Rien d'important. Valerio a presque avoué être le commanditaire de l'attentat, reportai-je.

Heureusement, un officier en uniforme avait trouvé un témoin qui lui semblait crédible, éloignant mes deux collègues le temps que Sébastian me fasse part de ses découvertes.

— La caméra a filmé quelqu'un, je vais être obligé de leur donner l'enregistrement à un moment où un autre.

— Tu l'as reconnu ?

— Non, mais un des employés l'a déjà aperçu « quelque part ».

Il avait mimé des guillemets avec ses doigts pour exprimer son scepticisme.

— Je suis à peu près certain que c'était un de ses dealers.

— Un dealer ? Pourquoi un trafiquant de drogue voudrait faire exploser ma voiture ? m'étonnai-je. Ou alors, c'était vraiment une coïncidence ?

— La seule façon de le savoir, c'est d'aller leur demander, dit-il en haussant les épaules. Mais je doute franchement que ce soit une coïncidence.

Au moins, on était d'accord sur ce point.

Après l'avoir supplié pendant une demi-heure, Dolanger accepta enfin de me laisser partir contre ma promesse de passer faire ma déposition le lendemain. Je n'étais pas certaine de réussir à me lever assez tôt pour ça, mais je promis néanmoins. Il essaya bien de nous faire raccompagner par un officier – parce que ni Sébastian ni moi ne pouvions décemment être en état de conduire après ça – mais j'avais battu des cils innocemment et il avait cédé. Dans mes rêves. J'avais dû argumenter dix minutes de plus et menacer de frapper un pompier s'il me mettait encore sa lampe dans les yeux sans me prévenir.

Une fois dans la voiture de Sébastian, j'avais lutté pour ne pas m'endormir directement, décidée à surveiller que mon colocataire ne fasse pas la même chose derrière le volant. J'étais si concentrée sur l'idée de le faire parler qu'il me fallut un long moment pour me rendre compte qu'il n'avait pas pris le chemin de mon appartement.

— Tu as oublié comment on va chez moi ? Est-ce qu'on doit retourner voir les pompiers ?

Je ne plaisantais qu'à moitié, un peu inquiète de son comportement.

— Non, je n'ai pas oublié, répondit-il. Je vais chez Arnold.

— Quoi ?

— C'est bien toi qui m'as dit qu'il saurait où trouver les dealers locaux, non ?

J'avais effectivement mentionné ce fait avant de partir, mais ça ne voulait pas dire qu'il fallait qu'on se rende chez lui dans l'heure.

— Sébastian, on ira les chercher demain soir.

Il me regarda comme s'il m'était soudainement poussé une deuxième tête.

— Peut-être que c'est toi que je devrais ramener voir les pompiers. Depuis quand est-ce que le Fléau préfère aller se coucher plutôt que d'aller venger l'assassinat de sa voiture ?

— Depuis qu'un adolescent irresponsable est tout seul dans mon appartement avec son petit frère.

— Ah.

— Oui : « ah ». On ne va pas laisser Ben tout seul la nuit entière, lui reprochai-je.

— Ava, Julien est capable de s'occuper de son frère.

— Il est plus de cinq heures du matin, tu sais qu'il va s'inquiéter si on n'est pas là à son réveil.

— Tu l'as bien laissé pour la soirée, contra-t-il.

— Oui mais j'allais juste boire un verre, il n'y avait aucun doute sur le fait que je finirais par rentrer !

Il soupira comme si c'était moi qui étais irraisonnable.

— En plus, poursuivis-je, je ne suis pas armée.

Cette fois-ci, il parut accorder plus de poids à mon argument.

— Bon, d'accord, on passe prendre des armes et on va chez Arnold. Mais je ne veux pas qu'ils nous voient dans cet état. Avec toutes tes éraflures, même Ben aurait peur de toi, plaisanta-t-il.

Je lui jetai un regard noir avant de sortir mon téléphone portable pour écrire à Laure et lui demander de passer chez moi dans la matinée. Elle avait beau prétendre détester Sébastian, elle adorait ses neveux et serait ravie de passer du temps avec eux. Malgré l'heure matinale, elle me répondit dans la minute avec un message rassurant. J'en informai Sébastian qui secoua la tête d'un air amusé.

— Tu sais que c'est toi, n'est-ce pas ? me demanda-t-il.

— Moi, quoi ?

— La nouvelle personne en qui Ben a confiance, tu sais que c'est toi ?

Son constat me laissa sans voix un long moment. Vainement, je tentai d'étouffer la petite pointe de fierté qui gonfla ma poitrine.

— N'importe quoi, marmonnai-je.

— Tu sais que c'est vrai, insista-t-il. S'il n'avait pas huit ans, je serais presque jaloux.

Il avait parfaitement de quoi être jaloux ; sur les trois Moreau qui vivaient chez moi, Ben était de loin mon préféré.

Sébastian arrêta la voiture devant la grille de la résidence le temps que je retrouve la télécommande dans mon sac. Quelques minutes plus tard, dans l'ascenseur, il prit soin de me rappeler qu'on ne prenait que l'essentiel avant de repartir. Quand je hochai la tête sagement, il précisa que par « l'essentiel », il voulait dire que je n'avais pas besoin de prendre mon armurerie entière.

Je récupérai donc mon Browning et mon Glock, leurs holsters respectivement d'épaule et de taille, un ou deux poignards, quelques chargeurs de rechange, puis écrivis une note que je laissai sur la table de la cuisine pour les garçons.

***

— Ava, ça fait quinze fois que tu passes devant le fauteuil, me fit remarquer Sébastian. Et ça faisait déjà au moins dix fois avant que je commence à compter.

— Il a raison, assieds-toi, exigea Arnold.

Luisa revint dans la pièce avec trois tasses de café et des morceaux de sucre sur un plateau. Je la remerciai d'un sourire en inspirant le parfum d'arabica qui s'en dégageait.

En appuyant sur l'interphone avant sept heures du matin, j'avais craint sa réaction plus que celle d'Arnold, mais elle nous avait fait monter sans broncher, puis m'avait pris dans ses bras en ouvrant la porte. Arnold, en revanche, était loin d'être ravi de me voir débarquer chez lui toute poussiéreuse à cette heure-ci.

Luisa avait insisté pour désinfecter nos égratignures et brûlures légères, je n'avais pas réussi à lui dire non. Ou plus exactement, je lui avais dit non, mais elle m'avait ignorée. Je savais qu'elle détestait que je sois là pour le travail, alors qu'elle réclamait depuis des semaines que je vienne déjeuner chez eux avec Andrea ; à la place, j'arrivais armée jusqu'aux dents avec Sébastian. Ce dernier était dans un pire état que moi, mais, peut-être pour le punir, elle s'occupa de lui en second. Il fut néanmoins plus coopératif et elle sembla apprécier l'effort.

Pendant ce temps, Arnold nous avait donné l'adresse du vieux bâtiment industriel que les drogués du coin squattaient pour préparer leurs produits, prétendant qu'il ne voyait pas sa femme faire la grimace. Elle ne disait rien, mais il était évident qu'elle n'appréciait pas que son mari ait ce genre d'informations.

— Ces gens sont des déséquilibrés, cracha Luisa. Tu n'as rien à faire là-bas, ma fille.

— Luisa ! protestai-je gentiment. Je ne peux pas laisser passer ça, ils ont essayé de me tuer !

Ce n'était pas tout à fait vrai, mais elle n'avait pas entendu le rapport de Sébastian.

— Elle n'a pas tort, me dit Arnold quand sa femme repartit chercher les petites cuillères. Peut-être que tu devrais me laisser y aller avec Sébastian…

Il faisait preuve d'une diplomatie étonnante. Comme s'il soupçonnait le fait que j'allais refuser.

— Arnold, si je te laisse y aller, c'est Luisa qui va essayer de me tuer. Et j'ai plus peur d'elle que de quelques petites frappes qui seront de toute façon trop shootées pour se rendre compte de ce qui leur arrive.

Je vis à son air hésitant que j'avais marqué un point. Arnold avait la gâchette qui le démangeait de plus en plus, depuis qu'il était à la retraite. Il ne l'avouerait jamais, bien sûr, d'autant plus que Luisa commençait à peine à lui pardonner le souci qu'elle s'était fait pendant des années ; mais il n'était pas fait pour l'inactivité et son rôle d'informateur ne lui suffisait pas. De temps en temps, je le sentais sur le point de proposer son aide pour des tâches un peu plus musclées, mais je faisais toujours semblant de ne pas avoir compris. Arnold avait besoin d'un travail.

— Fais bien attention, reprit Arnold. Ils n'ont aucune considération pour les gens en dehors de leur groupe.

— Au cas où tu ne l'aurais pas remarqué, je n'ai plus dix-sept ans, Arnold, je suis capable de me défendre toute seule.

— Emmène quand même Sébastian avec toi.

— Bien sûr qu'il vient avec moi, je ne suis pas stupide, rétorquai-je, vexée qu'il me traite comme une ado.

À vrai dire, il ne m'était même pas venu à l'esprit d'aller tuer les drogués sans lui. Il y avait quelque chose de rassurant dans l'idée d'avoir un partenaire pour ce genre de situations. Malgré tous ses défauts dans la vie privée, Sébastian était d'une aide précieuse sur le plan professionnel ; j'appréciai beaucoup de pouvoir compter sur lui si j'en avais besoin, que ce soit pour un contrat, pour s'entraîner, ou pour m'aider dans mes recherches. En cela, il était le partenaire idéal. Parfois, l'espace de quelques secondes, je songeais que Marion avait raison, que ma vie serait plus facile avec quelqu'un comme lui que quelqu'un comme Andrea.

Mais je regardais Arnold et Luisa évoluer l'un autour de l'autre et je savais qu'ils avaient quelque chose que Sébastian et moi n'avions pas, quelque chose que j'aurais peut-être aimé avoir avec Andrea. Être aimé d'une personne si complètement qu'elle accepte vos pires défauts relevait du fantasme pour les gens comme moi. Et pourtant, c'est exactement comme ça que Luisa aimait Arnold. Elle avait deviné son secret bien avant qu'il ne le lui avoue, mais elle s'était tue jusqu'à ce qu'il se livre de lui-même. Est-ce qu'Andrea serait jamais capable de comprendre ma vie ? Est-ce qu'il était réellement possible de trouver un conjoint qui accepte d'aimer quelqu'un qui ne le mérite pas, ou bien est-ce que Luisa était la dernière de cette race qui pardonne tout par amour ?

Au moment de partir, Arnold nous raccompagna à la porte de l'immeuble pour nous donner ses dernières recommandations en privé. L'espace de quelques battements de cœur, nous restâmes tous les deux sur le seuil de la porte, hésitants. Lui, voulant me demander de le laisser venir avec moi ; moi, voulant lui demander à quel moment il avait compris que son secret ne détruirait pas son couple ; chacun désirant ce que l'autre avait.

En montant dans la voiture, Sébastian attendit un peu avant de démarrer le moteur. Je m'apprêtais à lui proposer de conduire lorsqu'il me dit doucement :

— Merci.

— Pourquoi ?

— Pour ne pas m'avoir demandé de rester à la maison. Je n'aurais pas été capable de te laisser y aller seule.

Dans ses yeux, je vis passer tout ce qu'il s'était apprêté à me dire sur le parking, avant que nous ne soyons interrompus par l'explosion, mais il se retint de l'exprimer à voix haute et je prétendis n'avoir rien remarqué. Si je ne pouvais pas retourner ses sentiments, il était inutile d'en parler.

**

Il gara la voiture derrière les grilles d'un terrain vague qui jouxtait l'immeuble désaffecté. Nous avions débattu pendant quelques minutes pour décider s'il valait mieux arriver discrètement ou nous annoncer directement, pour arriver à la conclusion qu'un effet de surprise était toujours préférable. Sébastian m'avait aussi rappelé qu'il valait mieux éviter de tuer les gens avant qu'ils n'aient répondu à mes questions.

Il escalada le grillage avec une facilité rageante, puis atterrit en souplesse de l'autre côté. Moi, je restai plantée devant comme une idiote, à me demander comment j'allais bien pouvoir l'imiter.

— Tu veux de l'aide ?

Comme si j'avais le choix. Avant même que je réponde, il avait passé ses mains à travers la grille pour me faire la courte-échelle. Il eut la gentillesse de ne pas se foutre de moi ouvertement, mais son sourire en coin ne m'irrita pas moins pour autant. Sébastian n'était pas beaucoup plus grand que moi, mais j'aurais été incapable de faire ce qu'il venait de faire, et le fait que j'avais mis des baskets à la place de mes talons habituels n'y changeait rien. Si seulement j'avais choisi de faire de la gymnastique plutôt que du tir à l'arc quand j'étais petite, peut-être que j'aurais été capable d'exécuter ce genre d'acrobaties, moi aussi.

Nous traversâmes le terrain vague en marchant côte à côte. Il s'était mis à jouer machinalement avec un petit couteau et son tic me rendit nerveuse. Comme il refusa de le ranger quand je lui demandai, et que ce n'était vraiment pas avec lui que je voulais me battre ce soir, j'accélérai ma cadence pour être devant lui. Si je ne le voyais plus, il n'y avait aucune raison pour qu'il m'agace.

D'accord, j'étais naïve.

— Est-ce que tu as mis ce jean parce que tu sais que c'est mon préféré ? demanda-t-il soudain.

Je soupirai bruyamment.

— Comment peux-tu voir à quoi ressemblent mes fesses alors qu'il fait nuit ?

Sans même me retourner, je savais qu'il souriait. Je ne lui en voulais pas ; dans ces circonstances, c'était tout ce qu'il avait trouvé pour détendre l'atmosphère.

— Qui te dit que je regarde tes fesses, Ava ?

Je me contentai de lui jeter un regard entendu par-dessus mon épaule. Bien sûr, comme je ne regardais pas où je marchais, je trébuchai et atterris à genoux sur un débris solide ; une douleur fulgurante explosa dans mon genou droit, irradiant ma jambe entière et je retins mon souffle en attendant qu'elle se dissipe, les larmes aux yeux.

— Meeeerde, gémis-je, toujours à quatre pattes sur le sol.

Sébastian me tapota l'épaule, faussement compatissant.

— Tu te sens capable de marcher toute seule jusqu'au bout ou tu préfères que je te porte ?

Je ne pris même pas la peine de relever, et me remis debout en serrant les dents.

Je jurai lorsqu'on arriva devant une nouvelle grille, qui séparait les deux terrains. De l'autre côté, le sol était en pente, boueux et recouvert de vieux cartons détrempés ; j'étais à peu près certaine que l'univers avait monté un complot contre moi pour que je finisse par terre une deuxième fois. Tandis que Sébastian passait à nouveau au-dessus, je vérifiai attentivement les mailles du grillage pour trouver un endroit qui avait déjà été découpé pour faciliter le passage ; il était hors de question que j'aie à lui demander de l'aide une deuxième fois. Quelques secondes me suffirent pour en découvrir un, me permettant ainsi de franchir ce second obstacle sans avoir l'air stupide.

Chacun de nous dégaina son arme en atteignant ce qui avait dû être la porte de service du bâtiment. Je guettai des bruits de pas depuis le seuil pendant un moment avant de faire signe à Sébastian que la voie était libre. Il entra le premier, je le suivis dans un long couloir délabré, puis lui demandai muettement de me laisser passer devant lorsqu'enfin, les premiers éclats de voix nous parvinrent.

Je relevai calmement mon Browning à hauteur de poitrine et me retranchai dans cette partie de mon esprit où ma colère était froide et contrôlée. Seules les balles pouvaient m'atteindre ici.

Un petit groupe était réuni dans ce qui semblait être la pièce principale. Sébastian fit rapidement demi-tour pour vérifier que les pièces que nous avions passées étaient toujours vides, puis me rejoignit.

Ensemble, nous pénétrâmes dans la grande pièce, et entendîmes avec un certain plaisir les conversations s'éteindre au fur et à mesure qu'ils se rendirent compte de notre présence. Certains semblèrent surpris de nous voir apparaître, d'autres furieux, et quelques-uns continuèrent à dormir, trop shootés pour avoir conscience de quoi que ce soit. Les plus énervés sortirent des armes de divers calibres, sans toutefois oser les pointer dans notre direction. Au moins, ils n'étaient pas complètement idiots.

La pièce était vaste et mal éclairée par les quelques fenêtres qui laissaient entrer la lumière du jour; de nombreux graffitis décoraient les murs, et des fauteuils et canapés en très mauvais état – que je les soupçonnais fortement d'avoir récupérés à la décharge municipale – leur permettaient de s'asseoir ailleurs que sur le sol, sur lequel je ne marcherais pas pieds nus même si ma vie en dépendait. Je repérai deux portes fermées dans le fond de la pièce et deux tables sales qui servaient certainement plus à aligner la coke qu'à recevoir des invités pour dîner. J'étais surprise de ne pas voir leur stock; s'ils coupaient leur produit dans une autre pièce, cela signifiait qu'on pouvait s'attendre à voir débarquer d'autres personnes très bientôt.

Ils avaient tous l'air exactement de ce qu'ils étaient: une bande de junkies psychopathes.

— Bonjour, les salua Sébastian avec un grand sourire. On nous a dit que vous seriez capables de répondre à nos questions.

— Vous êtes qui?

C'était une femme qui avait parlé. Étrangement, j'eus la très nette impression de l'avoir déjà vue quelque part. Ses cheveux étaient teints en vert pomme, et je refusais de croire qu'elle ne les avait pas coupés elle-même; les nombreux piercings qui couvraient son visage finissaient de la rendre assez inoubliable. Une brassière qui ne laissait rien à l'imagination couvrait sa poitrine, un jean sale et déchiré, ses jambes maigres et elle avait surmonté le tout d'une veste à capuche. Malgré tout, elle avait, inscrit sur le visage, un air hautain qui ne collait pas avec son apparence et qui me poussa à me demander, l'espace de quelques secondes, comment elle avait atterri dans cet endroit.

L'idée persistante que je la connaissais ne me quittait pas.

— Vous avez déjà fait un séjour dans une des cellules du commissariat?

— Pourquoi est-ce que vous me posez cette question? cracha-t-elle.

Je pris cela pour un oui.

— J'espère pour vous que c'est parce que vous avez essayé de tuer celui qui vous a coupé les cheveux.

Si je n'avais pas été celle qui tenait le flingue, j'aurais eu un peu peur en voyant sa réaction.

— Qu'est-ce que vous voulez ? demanda un des hommes qui avaient sorti une arme en nous voyant.

— On vous l'a déjà dit : vérifier que vous êtes aussi serviables qu'on nous l'a assuré.

— Je suis le chef, me dit-il.

— Félicitations. Je suis le Fléau. Maintenant, je voudrais savoir lequel d'entre vous a jeté un cocktail Molotov sur ma voiture et pourquoi.

— Vous pouvez toujours dire que vous ne savez rien, mais ça ne finira pas bien pour vous, précisa Sébastian en leur intimant de se regrouper avec le bout de son flingue.

— Et vous pensez qu'on a peur de vous ?

— J'ai un pistolet braqué sur votre tête et je suis très énervée. Je sais bien que mon nom ne vous dit rien, mais vous devriez pouvoir deviner qu'il n'annonce rien de bon pour vous. Si j'étais vous, je serais effrayée, répondis-je en haussant les épaules.

— Et si nous ne savons vraiment rien ? demanda un jeune qui ne devait pas avoir plus de dix-sept ans.

Exaspérée, je tirai dans le genou de celui qui prétendait ne pas avoir peur. Il s'effondra par terre en hurlant de douleur, les mains serrées autour de ce qu'il restait de sa rotule. Voilà, j'espérais qu'ils avaient compris.

— Maintenant, j'aimerais des réponses, réclamai-je avec un sourire poli.

Sébastian leur rappela l'incident qui nous avait amenés là, incluant des détails comme l'endroit où j'étais garée et le modèle de ma voiture. Enfin, l'un d'eux manifesta le désir de garder son genou intact et se mit à parler.

— On nous a payés pour faire ça. On devait s'assurer que vous étiez pas dans la voiture avant de lancer le cocktail.

Rien que pour le courage qu'il avait d'être assis sur le sol, je décidai d'être aimable.

— Qui est « on » ?

— Je sais pas.

Quand Sébastian releva son arme vers lui, il se mit à crier :

— Je le jure, je sais pas ! Nous, on l'a jamais vu, il a donné l'argent à…

Il se reprit juste avant de donner le nom de son véritable chef de bande. Un de ses camarades le fusilla du regard ; c'est à lui que Sébastian décida de reposer la question en le motivant de son flingue sur la tempe. Son visage perdit toutes ses couleurs quand il se rendit compte que ce n'était pas son genou qu'il allait perdre.

— La prochaine balle qui sera tirée dans cette pièce ira se loger dans votre crâne, précisai-je tout de même. Est-ce que vous êtes toujours sûr de ne pas savoir qui a donné de l'argent à qui ?

Contre toute attente, il se mit à sourire au lieu de trembler ; c'est le visage décomposé de Sébastian, quand il se retourna vers moi, qui me fit comprendre que quelque chose clochait.

Et avant même de pouvoir faire volte-face, je sentis la froideur du canon dans ma nuque. Merde.

20.

J'eus beaucoup de mal à me retenir de ne pas hurler de rage. J'avais été tellement idiote que j'aurais pu me flinguer moi-même. Ce n'était pas comme si je n'avais pas su que d'autres personnes se trouvaient dans le bâtiment, je ne pouvais m'en prendre qu'à moi-même. Ou à Sébastian. C'était moi qui venais venger ma voiture, il n'était pas censé se laisser prendre au jeu de torture au point d'en oublier de surveiller nos arrières.

Celui qui avait son pistolet dans mon cou me demanda de déposer le mien sur le sol, sans faire de geste brusque, puis, sans prévenir, me fit pivoter face à lui et m'agrippa à la gorge, déplaçant son Beretta jusqu'à ma poitrine. Je pris une seconde pour me demander s'il croyait vraiment que mon cœur se trouvait précisément entre mes seins. J'eus ma réponse quand il entreprit de me fouiller très minutieusement, en insistant sur des zones où il était évident que je n'avais rien caché. En revanche, il manqua les fourreaux fixé sur mes avant-bras. J'étais rassurée de voir que je n'étais pas la seule à être distraite ce matin.

Il serra un peu plus ses doigts sur ma gorge et scruta attentivement mon visage. Tout en luttant un peu pour respirer, j'en profitai pour en faire de même ; je compris pourquoi l'homme dont j'avais explosé le genou n'avait pas l'air d'être vraiment leur chef. Alors qu'il n'avait toujours pas prononcé un seul mot, il rapprocha son visage jusqu'à venir se frotter contre mes cheveux, inspirant leur odeur comme le faisait souvent Andrea. Je forçai mon cerveau à cesser la comparaison avant d'avoir envie de vomir. Il enfouit ensuite sa tête dans le creux entre mon cou et ma clavicule.

Quand il recula enfin, je tentai de cacher mon dégoût – si je lui vomissais dessus, je tenais à ce que ce soit une surprise. Ses doigts sur ma trachée avaient cessé d'être un problème, puisque j'avais décidé d'inspirer le moins possible pour empêcher son souffle fétide de pénétrer mes poumons.

Quelque part dans la pièce, j'entendais Sébastian ordonner aux autres de rester où ils étaient. Pour ma part, il devenait de plus en plus difficile de ne pas frapper mon agresseur, qui m'avait laissé les mains libres ; la seule chose qui me retenait était la certitude que, avec le canon placé comme il était, je n'avais aucune chance de me défaire de son étreinte avant qu'il ne tire.

Enfin, avec un sourire pervers, il lâcha ma gorge et me demanda de me retourner pour faire face à la pièce. Sébastian avait plutôt bien géré le reste des drogués, et avait changé son flingue pour un couteau placé contre la gorge du même type que tout à l'heure. Les petits filets de sang qui coulaient d'une première coupure superficielle avaient achevé de lui donner l'air d'être sur le point de s'évanouir.

Étant donné l'attention qu'il m'avait tout de suite portée, je fus vexée que les premiers mots que mon agresseur prononça ne me fussent pas adressés.

— Si vous posez votre couteau, peut-être que je la laisserai partir, dit-il à Sébastian.

Ce dernier appuya avec un peu plus de force sur la lame en me regardant, une façon de me demander s'il devait céder à ce chantage. Je levai les yeux au ciel.

— Lâchez-le, je ne le répèterai pas.

Sébastian attendit calmement sans rien dire que je lui signale ma décision, agaçant l'autre de son impassibilité. Il me força à avancer d'un coup de genou à l'arrière de ma jambe, le bras autour de mon cou, le pistolet sur ma tempe. J'espérais de tout mon cœur que ce que je sentais dans mon dos était un autre flingue qu'il gardait dans sa poche. Les yeux furieux de Sébastian le fusillèrent.

Derrière moi, le chef de gang déplaça le poids de son corps de son pied droit à son gauche, me permettant ainsi de vérifier que ce n'était pas vraiment un pistolet qu'il avait dans la poche. Dégoûtée, je fis un signe discret à Sébastian, qui ne put retenir un sourire sadique ; il trancha la gorge de l'homme qu'il tenait d'un geste souple. Immédiatement, la détonation du Beretta explosa dans mes oreilles, je fermai les yeux et attendis la douleur.

Quand je les rouvris, il me fallut une poignée de secondes pour comprendre qu'il n'avait pas tiré sur moi. Je n'étais pas morte, je n'avais pas mal. Puis je réalisai que s'il ne m'avait pas tiré dessus, il avait forcément tiré sur Sébastian ; mais Sébastian avait l'air d'aller très bien. Sur qui avait-il tiré ? Est-ce qu'il l'avait raté ou est-ce qu'il avait juste essayé de nous faire peur ? Quelqu'un devrait lui expliquer que menacer de tirer sur des gens, puis tirer à côté n'avait rien d'effrayant.

Pour la deuxième fois en moins de vingt-quatre heures, toutefois, j'étais temporairement sourde – du moins, je préférais croire que c'était temporaire. Un lointain bourdonnement de voix perçait derrière le sifflement dans mes oreilles. Je me concentrai pour lire sur les lèvres de Sébastian, qui me demandait si j'allais bien tout en ignorant ceux qui hurlaient autour de lui ; je lui répondis d'un signe de la main tandis que celui qui me tenait repositionna le canon de son arme contre ma tempe. Cette situation devenait fatigante.

Il se passa un long moment durant lequel ils conversèrent tous les deux sans que je comprenne les réponses de mon agresseur, puis, petit à petit, le son de leur voix parvint à nouveau à atteindre mes tympans.

— Il m'a payé assez pour que je n'aie pas envie de céder à vos menaces, disait-il.

— Votre argent ne vous servira à rien si vous êtes mort, fit remarquer Sébastian.

— Tant que je tiens votre amie en joue, je crois que je ne risque rien.

— Et vous comptez me garder comme ça jusqu'à quand exactement ? Je ne sais pas vous, mais moi je commence à avoir des crampes, intervins-je.

Je sentis les secousses de son torse quand il éclata de rire.

— Il m'avait prévenu que vous étiez spéciale.

Je notai mentalement que la personne qui avait pris mon contrat me connaissait assez pour le renseigner sur mon caractère.

Il me murmura ensuite des obscénités à l'oreille, son souci principal n'étant clairement pas de me surprendre par son inventivité ; il avait tous les fantasmes classiques d'un violeur amateur. Quelques secondes me suffirent à être lassée de son petit manège.

— Si vous avez l'intention de me violer ici, j'aimerais autant éviter les préliminaires, dis-je, non sans ironie. Et si vous n'avez pas l'intention de me violer, j'apprécierais beaucoup que vous cessiez ce petit jeu.

Il fut surpris mais contre toute attente ravi que je ne me mette pas à trembler en entendant ses menaces. De toute évidence, il préférait que ses victimes lui résistent.

— Est-ce que tu lui appartiens ? me demanda-t-il en désignant Sébastian de la tête.

Qu'est-ce que c'était que cette question ? Je vis Sébastian rire tout en gardant mon agresseur en joue.

— Je ne suis pas un objet, je n'appartiens à personne, répliquai-je. Vous n'avez pas une vision très moderne des femmes, hein ? Un peu arriéré sur les bords, peut-être ?

Il serra son bras plus fort autour de mon cou, loin d'être amusé par mes commentaires. Si j'étais moins sûre de moi, je pourrais avoir des doutes sur la qualité de mon humour. Heureusement, Sébastian me trouvait toujours très drôle.

Pour me prouver que je ne devrais pas le sous-estimer, il se lança dans une longue tirade sur ses activités criminelles et sur la fois où il avait essayé la psychothérapie mais décidé qu'il était heureux comme ça et que c'était les femmes qui avaient un problème. Pendant ce temps, j'essayai de déterminer mes chances de me dégager de l'étau de son bras sans me faire tuer.

— À quoi penses-tu si fort ? siffla-t-il à mon oreille quand il se rendit compte que je n'écoutais pas.

— Eh bien, je me disais que comme finalement vous avez décidé de ne pas abuser de moi, vous pourriez peut-être me lâcher.

Il cessa de pointer son arme sur moi l'espace de quelques éclats de rire. Cela me suffit pour lui attraper la main, le désarmer et tordre son poignet jusqu'à entendre ses os craquer. Je lui donnai un coup à la tête avec la crosse, mais il se releva rapidement et avança vers moi. Je lui tirai deux fois dans le ventre et cette fois-ci, il resta couché par terre à geindre, comme il était censé le faire dès le début.

Derrière moi, j'entendis deux coups de feu supplémentaires, mais aucun gémissement qui m'aurait indiqué que les balles avaient atteint une cible humaine. Ceux qui avaient essayé d'intervenir avaient vite été dissuadés par les avertissements de Sébastian.

Sur le sol, le chef de gang avait cessé de bouger ; je me penchai prudemment pour chercher son pouls, espérant que je ne l'avais pas tué avant d'avoir des réponses. En entendant sa plainte faible, je fus rassurée, autant par le fait qu'il était encore vivant que par le fait que je n'aurais pas besoin de le toucher.

Du bout du pied, je le secouai pour attirer son attention ; il ne réussit qu'à geindre davantage. Je choisis de penser que s'il était capable d'émettre un son, il était capable de me répondre.

— Comment s'appelle celui qui vous a payé pour brûler ma voiture ?

Puisqu'il ne me répondit pas de façon intelligible, je répétai la question en le secouant un peu plus violemment, et la fille aux cheveux verts se mit à me hurler dessus.

— Il vient de vous dire qu'il ne savait pas !

Je haussai un sourcil dubitatif.

— Puisque vous semblez capable de décoder ses geignements, vous voulez peut-être venir me traduire ce qu'il dit.

Elle parut alors décider qu'elle n'était pas si gênée que ça par les mauvais traitements que j'infligeais à son patron. Ma patience fut mise à rude épreuve pendant les longues minutes d'interrogatoire qui suivirent, mais je réussis néanmoins à comprendre qu'il ne savait vraiment pas comment l'homme qui l'avait engagé se nommait. Outre le fait qu'il avait un accent « de l'est », il ne savait pas grand-chose, en définitive. À plusieurs occasions pendant son récit, j'avais sérieusement cru qu'il était mort, mais, chaque fois, une petite secousse l'avait ramené à la conscience. En attendant, Sébastian s'était débrouillé pour ligoter tous les autres à divers endroits de la pièce et avait promis à chacun de revenir les égorger s'ils parlaient de notre visite à qui que ce soit. Ils l'avaient tous cru.

Puis, prêt à partir, il me rejoignit près du chef de gang. Je lui tirai une dernière balle dans la tête et grimaçai en voyant le sang gicler sur mes chaussures. Je n'avais pas vraiment besoin de le tuer, il serait probablement mort avant même que l'un de ses camarades ne parvienne à se libérer et à appeler une ambulance, mais je préférais être sûre de ne plus jamais recroiser sa route. Certains individus étaient trop dangereux pour qu'on leur laisse une deuxième chance.

Une fois dans la voiture, je sortis des lingettes de la boîte à gants pour nettoyer mes baskets et les endroits où il m'avait touchée, puis fis passer le paquet à Sébastian pour qu'il se nettoie le visage. J'avais hâte de prendre une douche, mais il insista pour faire le bilan de la soirée avant de se mettre en route.

— Il y a des chances qu'il soit russe, me dit-il.

— Pourquoi russe ? Un accent « de l'est », ça veut tout et rien dire, il pourrait aussi bien être tchèque.

— Oui mais apparemment, les Russes ne t'aiment pas, me rappela-t-il.

Ce n'était pas complètement faux.

— Si c'est effectivement un Russe, il va falloir que je m'y rende moi-même, soupirai-je.

Il resta silencieux un moment, mais finit par me dire :

— Non, laisse tomber… je vais appeler Anya.

À la fois surprise et amusée, je regardais la réticence faire place à l'écœurement sur son visage. Elle devait vraiment avoir un problème pour qu'il cherche à l'éviter à ce point. Il ne m'avait pas dit comment s'étaient passées leurs retrouvailles lorsqu'il avait été faire une première reconnaissance à St Petersburg, deux semaines plus tôt, et je n'avais pas demandé. J'étais partie du principe qu'en deux jours, elle n'avait pas eu le temps de s'imaginer qu'ils allaient se remettre ensemble et que par conséquent, il n'aurait pas le temps de se faire plus d'ennemis qu'il n'en avait déjà. Personne n'avait jamais envie de revoir son ex, mais Sébastian semblait toujours particulièrement déterminé à éviter toute conversation où le mot « russe » pouvait être prononcé.

Il frottait énergiquement ses gants avec les lingettes tout en évitant mon regard. Cela ne fit qu'accroître ma curiosité, mais il n'avait aucun compte à me rendre, aussi, je respectai son silence.

— Donne-moi ça, fis-je en lui prenant des mains. Je les emmènerai au pressing lundi.

Je fourrai ses gants dans un sac en plastique avec toutes les lingettes usagées. Il hocha la tête et démarra le moteur.

Sébastian resta silencieux la plus grande partie du retour ; quand je finis par être lassée de mes propres pensées, je mis la radio en route et fredonnai des airs de musique pop. Je ne sais pas si c'était la fausseté de ma voix ou le fait que je chantonne tout court qui le fit le plus rire.

— On n'aura peut-être pas appris grand-chose ce soir, mais au moins, on s'est bien amusés, dit-il finalement avec un grand sourire.

— Évidemment que tu t'es amusé, ce n'est pas toi qui t'es fait tripoter par un trafiquant de drogue cinglé, raillai-je.

— Oh, arrête, tu n'as pas eu peur une seule seconde, t'as passé tout ton temps à faire des vannes. Je te connais, Ava, je sais que tu t'es amusée.

Je protestai bruyamment le reste du chemin, tandis qu'il essayait de me faire admettre que j'avais pris mon pied. Il était évident qu'il projetait ses propres sentiments sur moi : il avait eu l'occasion de frapper des gens et d'utiliser son poignard sur autre chose que le panneau en bois du dojo ou des légumes, choses qu'il n'avait pas faites depuis longtemps. Certes, j'avais tué l'affreux type qui avait fait exploser ma voiture, mais on ne pouvait pas dire que je m'étais amusée.

Quand j'arrivai à court d'arguments, je tournai mon visage vers la fenêtre et fis mine de regarder les bâtiments défiler pour cacher mon sourire.

21.

Laure était en train de faire la vaisselle du petit déjeuner lorsque Sébastian ouvrit la porte d'entrée de l'appartement. Elle nous salua d'une main savonneuse et nous informa que Ben et Julien étaient en train de s'habiller. Leur oncle la remercia du fond du cœur – du moins, c'est comme ça que je choisis d'interpréter son grognement – puis s'écroula sur une chaise haute.

Lorsque je m'approchai pour l'embrasser, elle m'esquiva avec une grimace dégoûtée, et indiqua discrètement son propre cou pour me faire comprendre que j'avais une trace de sang sur le mien. Trop fatiguée pour m'interroger sur la provenance de cette éclaboussure, je pris la direction de la salle de bain avant même d'aller voir si les garçons allaient bien. S'il y avait eu le moindre problème, c'est la première chose que Laure aurait mentionnée.

Je ne ressortis de la salle de bain que quarante minutes plus tard, cédant aux suppliques de Sébastian qui venait tambouriner à la porte régulièrement pour savoir si j'avais bientôt terminé. À ma décharge, j'avais vraiment eu l'intention de prendre une douche rapide. Cependant, pas moins de trois shampooings avaient été nécessaires avant que je sois satisfaite de l'odeur de mes cheveux. Après le deuxième, j'avais encore l'impression qu'ils sentaient l'entrepôt et le souffle fétide du chef de gang. Dans le miroir, en m'enveloppant dans ma serviette, je vis que ma peau était rouge et irritée d'avoir trop frotté. Je tâtai les légères marques de strangulation qui étaient apparues sur le chemin du retour. Comme elles n'étaient pas douloureuses, je me griffai jusqu'à déguiser l'empreinte la plus voyante en irritation cutanée, puis soupirai en voyant le résultat, insatisfaite. J'hésitai à appeler Marion pour lui demander de me faire un suçon pour camoufler le reste, mais rejetai rapidement l'idée : Andrea le remarquerait forcément, et j'étais un peu trop vieille pour arborer ce genre de marques d'affection.

Je passai mon peignoir et ouvris la porte pour me trouver nez-à-nez avec Sébastian.

— Est-ce que madame permet qu'on accède enfin à son sauna personnel ? demanda-t-il, sarcastique.

Je répondis en lui tirant la langue, puis traversai le couloir pour rejoindre ma chambre et m'habiller. Pendant qu'il se douchait à son tour, je préparai une nouvelle cafetière de café et l'eau pour le thé de Laure. Je remplis à ras-bord deux bols de céréales pour Sébastian et moi, pris le mien et allai m'affaler sur le canapé à côté de Laure. Julien, sur le fauteuil d'à côté, regardait des idioties à la télé, son petit frère couché sur une pile de coussins à ses pieds.

— Merci d'être venue, fis-je en étouffant un bâillement.

— Pas de quoi, dit-elle avec un sourire.

Je la sentis m'observer alors que j'avais basculé ma tête sur le dossier du canapé et fermé les yeux.

— Qu'est-ce que c'est ? demanda-t-elle enfin en dégageant les cheveux humides qui cachaient ma gorge.

— Oh, rien, je me suis grattée un peu fort.

Elle plissa les yeux d'un air agacé, mais ne dit rien devant les enfants.

— Tu devrais mettre du fond de teint.

— Nan, ça finira par passer, dis-je en touchant la marque du bout des doigts.

— Pas là. De l'autre côté. Tu as des marques de l'autre côté aussi.

Instinctivement, je ramenai mes cheveux dans mon cou. Après cela, je cessai de lui parler, n'étant pas d'humeur à subir le jugement qu'elle s'efforçait de taire, mais qui transpirait de chacune de ses remarques.

La porte de la salle de bain s'ouvrit à nouveau, j'entendis Sébastian vérifier si tout le café était passé, puis saisir son petit déjeuner au passage avant de nous rejoindre dans le salon. Il s'installa sur le deuxième fauteuil, les jambes par-dessus l'accoudoir. Laure grimaça en le voyant manger ses céréales avec les doigts ; elle aurait bien protesté devant son manque de manières, mais jusqu'à ce que les Moreau viennent vivre avec moi, je n'avais même pas pris la peine d'utiliser un bol.

Un silence confortable mais las habita la pièce de longues minutes, apaisant l'effervescence qui me restait encore de cette nuit. Cette sensation de bien-être ne fut que de courte durée, interrompue à intervalles de plus en plus rapprochés par Laure, qui s'agitait à côté de moi.

— Qu'est-ce que tu as ? Laure, si tu as des choses à faire, rentre chez toi. Tu vas me rendre folle à trépigner comme ça.

Je redressai la tête. Elle ouvrit la bouche, puis la referma, hésitante.

— Allez, crache le morceau.

— J'ai, heu, une bonne nouvelle à t'annoncer.

Le ton incertain de sa voix contredisait le caractère supposément heureux de sa nouvelle.

— Je viens dîner avec Antoine ce soir. Chez toi.

— Chez moi ? Tu veux dire, chez moi, ici ?

C'était loin d'être une bonne nouvelle pour moi.

— Oui, ici. On a quelque chose à t'annoncer, il est temps que tu le rencontres.

Laure et moi avions décidé, plusieurs années plus tôt, que je ne rencontrerais jamais ses petits amis ; si elle souhaitait changer cette règle et entrer dans un cycle de mensonges avec cet Antoine, cela signifiait qu'elle pensait ne plus avoir le choix.

— S'il te plaît, ne me dis pas que tu es enceinte.

— Non, je ne suis pas enceinte, soupira-t-elle en roulant des yeux. Si tu veux tout savoir, on a décidé de s'installer ensemble. Vous allez forcément finir par vous voir, je préfère que ce soit officiel.

— Ce soir ?

— Oui, ce soir.

Je grimaçai, épuisée d'avance.

— Tu es consciente que je suis incapable de préparer à dîner pour…

Je comptais mentalement le nombre de personnes qui seraient présentes.

— … six personnes ?

— Sept. Tu vas inviter Andrea.

Je m'étranglai avec une céréale.

— Et bien sûr que tu ne vas pas cuisiner, je n'ai pas envie que tout le monde meure d'une intoxication alimentaire. Sébastian va faire à dîner, n'est-ce pas ?

Il était resté parfaitement silencieux pendant toute la conversation, mais je savais qu'il avait écouté avec attention.

— J'aurais dû le voir venir, grommela-t-il. Est-ce que quelqu'un comptait me demander mon avis ?

Elle lui fit un sourire éclatant, sachant très bien que son autorité naturelle plus que ses charmes viendrait à bout de sa réticence. Laure avait très vite appris à jouer du désir de Sébastian de me plaire pour arriver à obtenir ce qu'elle voulait de lui.

— Très bien, capitula-t-il. Est-ce que madame a un menu en tête ?

Ils se mirent donc à parler cuisine, et malgré toute ma bonne volonté, je ne parvins à suivre la conversation que quelques minutes avant de m'endormir.

Je rouvris les yeux en sentant quelqu'un me secouer doucement. Un coup d'œil dans la pièce m'apprit que Laure était repartie, Sébastian était celui qui m'avait réveillée. Il prit le bol qui s'était renversé sur mes genoux et ramassa les quelques céréales restantes qui étaient tombées par terre.

— Tu devrais aller dormir un peu avant d'aller au commissariat. Tu seras mieux dans ton lit.

Je hochai la tête, la bouche déjà pâteuse.

— Fais-moi une liste de courses, j'irai en rentrant, comme ça tu pourras dormir un peu aussi.

Brièvement, je songeai que j'étais fière de nos progrès : il nous avait fallu plusieurs mois pour nous entendre sur quoi que ce soit, mais la facilité avec laquelle nous trouvions des compromis aujourd'hui me donnait l'espoir qu'Andrea et lui puissent un jour cohabiter dans ma vie. C'était un peu comme choisir de croire au Père Noël après avoir vu ses parents mettre les cadeaux sous le sapin. Sauf qu'avoir Sébastian et Andrea dans la même pièce était un événement que j'attendais avec beaucoup moins d'impatience que le vingt-quatre décembre.

— Ça va aller pour ce soir ? lui demandai-je, un peu soucieuse.

— Bien sûr. Contrairement à toi, je suis capable de préparer un repas pour sept et de faire en sorte que tout le monde y survive.

— Non, je veux dire, à propos de la septième personne.

Il attendit quelques secondes avant de parler, comme s'il réfléchissait au pourcentage de vérité que pouvait contenir sa réponse.

— Oh. Oui, ça ira. Ce n'est pas comme si j'avais le choix.

— Hum…

Son affabilité inhabituelle déclencha toute une série d'alertes dans mon cerveau.

— Quoi ? fit-il en voyant mon air soupçonneux.

— Je te trouve très courtois à propos de ça. Je m'attendais à ce que tu fasses la tête toute la journée.

Il haussa les épaules, fataliste.

— Je sais que tu finiras par retomber dans mes bras un jour ou l'autre, ce n'est qu'une question de temps.

Un sourire insolent aux lèvres, il sortit de la pièce avant que je puisse répliquer. Je savais qu'un jour, je devrais lui demander d'arrêter de m'attendre. Plus jeune, j'aurais certainement fini par revenir vers lui, mais l'expérience m'avait appris que même si les mauvais garçons continuaient de m'attirer, ma vie n'avait pas besoin d'une relation toxique. Andrea m'apportait l'équilibre dont j'avais besoin.

Décidée à laisser ce problème de côté pour le moment, j'extirpai mon portable de la poche de mon jean pour appeler Valerio.

— Quoi ?

— Bonjour, je vais bien, merci. Et toi ? raillai-je.

— Mieux que ta voiture, rétorqua-t-il.

Je faillis raccrocher avant de me souvenir que c'était moi qui l'avais appelé. À la place, je me contentai donc de le traiter de malpoli.

— Tu me fais toujours de si beaux compliments, Altorès, j'en rougirais presque.

— Valerio, est-ce que tu pourrais être sérieux deux minutes ? J'ai besoin de savoir qui est là cette après-midi pour prendre ma déposition.

— Attends, je regarde.

Je l'entendis reposer le combiné et ouvrir la porte du bureau. Je n'eus à patienter que quelques secondes avant qu'il ne reprenne la ligne :

— Mauvaise nouvelle, il n'y a que des gens qui ne t'aiment pas.

Je jurai.

— Je peux pas venir demain, plutôt ?

— Tu pourrais, mais il vaut mieux te débarrasser de ça au plus vite pour envoyer les papiers à l'assurance. Sauf si tu as plusieurs milliers d'euros sur un compte secret, tu vas avoir besoin du remboursement pour te racheter un véhicule, plaisanta-t-il.

Bien sûr, il ne pouvait pas savoir que j'avais même plusieurs comptes secrets à l'étranger sur lesquels dormaient plusieurs dizaines de milliers d'euros. Somme que je ne pouvais d'ailleurs pas utiliser sans paraître suspecte.

Valerio prit mon silence comme un aveu de détresse.

— Bon, si tu veux, je peux voir avec Dolanger s'il accepte que je prenne ta plainte moi-même, proposa-t-il.

— Vraiment ?

— Ouais, ouais, pour me faire pardonner d'être malpoli.

Je le remerciai sincèrement de son sacrifice, certaine qu'il en profiterait pour refiler une partie de son travail à Marconi, puis raccrochai et m'endormis dès que je posai ma tête sur l'oreiller.

**

Lorsque les trois premiers OPJ que je croisai se mirent à ricaner sur mon passage, je compris que tout le monde dans ce fichu poste était au courant que ma voiture avait explosé. Je tentai de contenir mes marmonnements injurieux en traçant une ligne droite jusqu'au bureau de Dolanger, mais fus distraite par un brouhaha de voix et de rires venant de la pièce de repos. J'hésitai une seconde à m'y rendre pour savoir de quoi il retournait, mais changeai d'avis en imaginant tous les rires se tourner vers moi quand ils se rendraient compte que l'emmerdeuse qui s'était fait bousiller sa voiture venait d'entrer dans la pièce ; je repris donc mon chemin vers le calme du bureau, au fond du couloir, pour y attendre Valerio.

— Alors comme ça, tu n'as plus de voiture, hein ? s'amusa Marconi en entrant quelques minutes après moi, son compère sur ses pas.

— Ravie de voir que ça te fait rire. D'ailleurs, j'espère que votre petite fête était une façon d'exprimer votre sollicitude et d'organiser une collecte pour m'en payer une nouvelle.

— Arrête de faire la tête, me dit Valerio en déposant un verre devant moi. Marconi va se marier, bois un coup !

Je restai bouche bée.

— Quoi ? Pour de vrai ? m'écriai-je.

Je n'avais jamais su quel âge avait Marconi, mais le grand sourire qui illuminait son visage lui donnait l'air d'avoir vingt ans. J'aurais bien voulu lui lancer une pique, souhaiter beaucoup de courage à la pauvre fille qui avait accepté de passer le reste de sa vie avec lui, mais à la vérité, il était tellement heureux que je n'eus pas envie de gâcher son moment. Je me levai pour le féliciter, surprise quand il me prit brièvement dans ses bras. Bêtement, je me mis à sourire aussi, certaine qu'il rendrait cette fille très heureuse.

— Au fait, tu es invitée au mariage.

— Vraiment ? Merci. Si j'ai réussi à me faire quelques amis d'ici-là, peut-être que je viendrai, dis-je en plaisantant à moitié.

Il était hors de question que je passe une journée et une soirée entière avec tous ces flics qui me détestaient. J'aimais beaucoup les femmes de Valerio et Dolanger, mais elles étaient toutes deux appréciées et discuteraient avec tout le monde. C'était un trop gros effort de socialisation que de passer autant de temps à parler avec des étrangers.

Passé cet interlude, Valerio enregistra ma déposition de plainte en privé et me libéra avant que je ne meure irradiée par la bonne humeur ambiante. Au moment de partir, Marconi me rattrapa pour me demander des détails sur l'explosion, réellement inquiet de savoir ce qu'il s'était passé. Je balayais ses interrogations d'un geste vague de la main et il n'insista pas ; quelqu'un finirait bien par lui raconter.

22.

Sébastian termina les préparatifs du dîner un peu après dix-neuf heures. Débordé en milieu de préparation, il m'avait demandé de l'aide, puis s'était rendu compte que je ne faisais qu'aggraver les choses. J'avais donc passé une heure, fascinée, à le regarder s'activer dans ma cuisine suréquipée et sous-utilisée.

Quelques minutes avant que Laure et Antoine n'arrivent, j'avais pris Ben et Julien à part pour leur donner mes recommandations.

— Je préfère vous prévenir tout de suite, je ne veux pas entendre un seul commentaire si votre oncle et Andrea se disputent, c'est clair ?

Même si je m'étais adressée aux deux garçons, Julien savait très bien qu'il était le seul visé par cet avertissement. Ben était trop jeune pour se rendre vraiment compte que les deux hommes ne s'entendaient pas, mais ce n'était pas le cas de Julien, qui le savait parfaitement et qui avait la capacité d'envenimer la situation d'un de ses sous-entendus.

— Donc je suis obligé de faire semblant de bien l'aimer, juste parce que tu couches avec lui ? demanda-t-il avec insolence.

Je poussai un soupir d'impatience.

— Oui, c'est exactement ça. Et c'est aussi exactement ce genre de remarques que tu n'as pas le droit de faire ce soir. Tu n'as pas non plus le droit de te plaindre du fait que j'aie invité des gens à la maison.

— Ça, ça va, fit-il avec un geste de concession. Laure nous avait déjà prévenus ce matin.

— Vraiment ?

— Ouais, elle voulait savoir si on était d'accord avant de te le dire.

J'en restai interdite, partagée entre l'agacement d'être la seule à n'avoir pas eu le choix et la reconnaissance de leur avoir montré tant de considération. Prenant mon silence comme le signal que mes mises en garde étaient terminées, Julien se leva pour quitter la chambre, mais se retourna au dernier moment :

— Juste pour être clair, est-ce qu'il y a quelque chose que j'ai le droit de dire ?

— Non. Tu as le droit de sourire et de manger en silence, c'est tout.

— Je sens que cette soirée va être géniale, grogna-t-il.

Ben me poussa légèrement du doigt.

— Moi non plus, je n'ai pas le droit de parler ?

— Si, toi, t'es mon préféré, t'as le droit de dire ce que tu veux.

Je lui collai une bise sur la tête puis partis attendre les invités dans la cuisine.

Sans doute nerveuse à l'idée de me présenter son petit ami, Laure toqua à la porte avec seulement cinq minutes de retard, avant même qu'Andrea soit arrivé. J'inspirai à fond, plaquai un sourire chaleureux sur mon visage et ouvris la porte en grand. Je sentis mon sourire se fissurer instantanément en voyant la personne qui se tenait sur mon palier.

— Marconi ? Qu'est-ce que tu fous là ?

Il ouvrit la bouche d'un air idiot, cherchant les mots pour me répondre. C'est alors que je fis la connexion et lui claquai la porte au nez. Marconi. Antoine Marconi.

Sébastian me regarda sans comprendre, mais j'étais incapable de réagir. Saisissant que je ne satisferais pas sa curiosité, il s'avança lui-même pour rouvrir la porte d'entrée ; à son tour, il resta figé dans une grimace crispée.

— Heu, commença Marconi, qui avait repris ses esprits plus vite que moi. Il, heu, semblerait qu'on n'ait pas eu toutes les informations… Tu es donc, heu, la meilleure amie de Laure ?

Comme si elle avait attendu ce moment précis pour faire son apparition, Laure arriva en courant, une bouteille de vin blanc à la main.

— Oh, vous avez déjà fait les présentations ? Parfait. Antoine, pourquoi tu ne rentres pas ?

Sans attendre de réponse, elle le poussa dans mon entrée, mit la bouteille sur la table de la cuisine, puis déposa son manteau sur une chaise. Enfin, elle se retourna vers nous, réalisant qu'il y avait un certain malaise dans la pièce.

— TU VAS ÉPOUSER MARCONI ? hurlai-je, brisant le silence.

Elle recula d'un pas, ses yeux ronds de surprise me disant qu'elle n'avait pas eu la moindre idée que je le connaissais ; cela ne m'apaisa qu'à moitié, puisque j'étais autant outrée par le fait qu'elle ait décidé de se marier avec un flic que par l'identité du flic en question.

— Tu... vous... bégaya Laure.

— Altorès, on ne va pas en faire tout un plat non plus, ce n'est pas de sa faute si tu étais toujours trop occupée pour me rencontrer avant ça, intervint Marconi.

— Toi, la ferme, lui dis-je sèchement.

J'attrapai Laure par le bras pour l'entraîner vers ma chambre. Au moment où Marconi fit mine de nous barrer la route, Sébastian le retint judicieusement en lui chuchotant qu'il valait mieux nous laisser régler ça. Il savait que je ne pouvais pas parler du vrai problème devant notre invité.

Je fermai la porte derrière nous et l'accusai sur-le-champ :

— Tu vas te marier avec un flic !

— Je suis amoureuse de lui, Ava, je n'ai pas fait de casting en fonction de toi !

— Tu ne viendras pas t'étonner si je refuse de te voir à partir d'aujourd'hui, sifflai-je. Tu as décidé de partager ta vie avec quelqu'un dont le boulot est précisément d'être suspicieux à propos de tout le monde, est-ce que tu te rends compte de la position dans laquelle tu me mets ?

— Tu pourrais peut-être arrêter de penser à toi deux minutes ! Je l'aime, Ava. Depuis plus de trois ans, j'ai partagé ma vie entre lui et toi, ce n'est pas parce qu'on va se marier que je vais tout à coup lui raconter tous tes secrets ! Est-ce que tu me fais si peu confiance ?

— Ce n'est pas le problème. Laure, je dis des choses à mes collègues qui ne collent pas à la réalité de ma vie. Comment je vais lui expliquer ça quand il se rendra compte que je leur ai menti pendant des années ?

— Oh.

Elle parut soudain comprendre le nœud du problème.

— Je n'avais pas pensé à ça.

— Clairement.

Je m'assis sur le bord du lit et me laissai tomber en arrière ; Laure vint s'installer à côté de moi.

— Est-ce que ça veut dire que tu vas recommencer à ignorer mes appels et à faire semblant de ne pas me voir attendre des heures devant la résidence ?

— Quoi ?

— Ne fais pas l'innocente, Ava, je sais très bien que tu m'as évitée pendant des années.

— Oui, je sais. Ce que je ne comprends pas, c'est pourquoi tu en parles au passé. C'est toujours une très mauvaise idée que tu fasses partie de ma vie.

— Peut-être, mais depuis que tu as les enfants, tu as changé. Tu as arrêté de m'ignorer.

En y réfléchissant quelques secondes, je me rendis compte qu'elle avait tout à fait raison. Depuis que les Moreau s'étaient installés chez moi, j'avais été beaucoup moins réticente à l'idée que Laure fasse partie de mon cercle social. Même si je ne l'avais pas remarqué plus tôt, cela faisait sens, j'avais de nouveau des choses en commun avec elle depuis que j'avais des problèmes qu'elle était en mesure de comprendre.

— Tu es toujours en colère ?

— Oui. Oui, je suis vraiment en colère. Ça fait trois ans que tu sais qu'il est policier, tu aurais pu me laisser le temps de voir venir plutôt que de me piéger en me mettant devant le fait accompli.

— Je sais. Je suis désolée. J'avais peur d'avoir à choisir entre lui et toi.

Je soufflai, les mains contre mon visage. Il était encore possible qu'elle ait à le faire.

— Laure… si un jour tu dois faire un choix, tu sais que ce n'est pas moi qu'il faut choisir, n'est-ce pas ?

Elle écarta mes mains de ma tête, puis me sourit avec la tendresse qu'on ne réserve qu'à ceux qu'on aime en dépit d'eux-mêmes, parce qu'ils font partie de nos vies depuis si longtemps qu'on ne sait pas comment ne pas les aimer.

— Je sais que c'est ce que tu essaies de me faire comprendre depuis des années. Je suis juste trop bête pour voir si c'est réellement la meilleure chose à faire.

— Là-dessus, on est d'accord : t'es vraiment trop bête, ris-je.

On se releva d'un même mouvement, prêtes à affronter ce nouveau problème sans solution. Avant de quitter le sanctuaire de ma chambre, je la prévins que j'essaierais d'être civilisée pour ne pas gâcher le repas de tout le monde, mais qu'il ne fallait pas qu'elle s'attende à ce que je lui pardonne tout de suite. Elle acquiesça en silence.

— Alors, est-ce que je peux t'appeler « belle-sœur » ? attaqua Marconi dès notre arrivée dans le salon.

Je fus dispensée de répondre par la sonnette qui annonçait qu'Andrea venait d'arriver. Une fois entré, il serra poliment la main de Sébastian, puis la tendit vers Marconi. Il ne l'avait vu qu'une seule fois, mais la petite fête au poste l'avait assez marqué pour qu'il se souvienne de mon collègue.

— Antoine ? s'étonna-t-il. Antoine Marconi ? Qu'est-ce... Oh. Antoine. D'accord.

Il fit immédiatement le lien mais, tel l'avocat qu'il était, se reprit très vite.

— Eh bien c'est une surprise. Ava ne m'avait pas dit que c'était toi qui sortais avec Laure.

— Parce que je ne le savais pas, l'informai-je. D'ailleurs, ils ne s'installent pas ensemble, pour finir, ils vont se marier. Enfin, ils vont probablement aussi emménager ensemble.

— Oh ? Félicitations ! s'écria-t-il avant de lui serrer la main à nouveau et d'embrasser Laure.

Puis il croisa mon regard.

— Heu... enfin, je crois ? Ce n'est pas une bonne nouvelle ? me demanda-t-il.

— Oooh si. Une très bonne nouvelle. Et comment est-ce que je l'ai appris ? Pas parce que ma meilleure amie me l'a annoncé, non. Parce que Marconi a fait une petite fête aujourd'hui.

— On était censés te l'annoncer ce soir, Ava, arrête d'être de mauvaise foi, me sermonna Laure. Comment je pouvais savoir que vous vous connaissiez déjà ?

— Je travaille au commissariat, il est flic, hum, est-ce que c'était vraiment si difficile de faire le rapprochement ?

— Et comment est-ce que j'étais censée savoir que c'est précisément avec lui que tu travailles ?

— Le commissariat n'est pas si grand que ça, Laure, je le connaissais forcément.

— Alors ça, c'est pas tout à fait vrai, il y a des gens qui te détestent dont tu ne connais même pas le nom, Altorès.

— Est-ce que tu crois vraiment que c'est le moment d'ouvrir ta bouche, *Macaroni*?

— Sinon, vous pouvez aussi vous appelez par vos prénoms : Antoine et Ava. Juste pour information, nous dit Laure avec sarcasme.

Je me retournai vers elle, prête à faire une nouvelle réplique désagréable, mais Sébastian plaça sa main dans le bas de mon dos pour me signifier que je devais me calmer. Je pris quelques grandes inspirations et choisis de laisser ce sujet de conversation pour plus tard, une fois que j'aurais eu le temps d'y réfléchir. Satisfait de son efficacité, Sébastian retira sa main, mais je remarquai la crispation dans le visage d'Andrea, qui avait vu son geste. La soirée commençait remarquablement bien.

Soudain, Laure prit conscience qu'il manquait deux personnes. Deux personnes qui avaient l'habitude d'aller dans une autre pièce quand je me mettais à hurler.

— Les garçons ne sont pas là?

Quand Sébastian les appela, ils arrivèrent en quelques secondes, signe qu'ils guettaient la fin des hostilités.

— Ça y est, est-ce que tout le monde a fini de crier? s'enquit Julien.

Je lui jetai un regard noir qui lui fit lever les mains en signe de capitulation :

— D'accord, je me tais.

— Ça vaut mieux pour tout le monde, acquiesça Sébastian en faisant signe au petit groupe de se mettre à table.

Étonnement, tous les adultes parvinrent à rester civilisés le reste de la soirée. Cependant, il apparut rapidement au cours du repas que Ben m'avait prise au mot lorsque je lui avais dit qu'il pouvait dire ce qu'il voulait parce qu'il était mon préféré. C'était la première fois que les garçons passaient si longtemps en présence d'Andrea et je m'aperçus que son absence à la maison avait poussé Ben à penser qu'il était un intrus dans un quotidien où Sébastian et moi étions ses référents légitimes.

Quand il avait voulu s'asseoir entre son frère et moi, prenant ainsi la place d'Andrea à ma gauche, tout le monde avait trouvé sa demande adorable, et je ne m'étais pas inquiétée ; quand il avait fait remarquer à Andrea qu'il avait un prénom de fille et que son frère s'était mis à ricaner dans son assiette, j'avais fusillé leur oncle du regard jusqu'à ce qu'il le réprimande gentiment pour son manque de tact. Et puis Marconi avait plaisanté en disant qu'Andrea et moi serions les prochains à nous marier, et Ben avait décrété que ce n'était pas possible parce qu'il n'y avait plus de place pour lui dans l'appartement. Le bruit de mon cœur qui se brisa fut assourdissant dans le silence qui avait suivi. J'avais croisé le regard peiné de Sébastian, qui savait tout comme moi qu'il nous faudrait avoir une conversation douloureuse avec Ben.

Andrea avait été d'une patience exemplaire, avait répondu à ses questions indélicates de garçon de huit ans sans jamais s'offusquer. Il avait même réussi à ne rien faire tomber. J'avais tenu à l'accompagner jusqu'à sa voiture à la fin de la soirée pour m'excuser de l'attitude égarée du garçon, que j'avais encouragé sans m'en rendre compte.

— Ça ne fait rien, répondit-il en prenant ma main. À vrai dire, je comprends mieux pourquoi tu rechignes tellement à leur demander de partir. J'étais jaloux parce que je pensais que tu ne voulais pas qu'ils partent à cause de Sébastian.

— Andrea, je t'ai déjà expliqué…

— Je sais. Et maintenant je comprends. C'est difficile de laisser partir quelqu'un qui a besoin de toi comme ça.

Comme toujours, son indulgence me laissa sans voix. Mon cœur se gonfla une minute de toute l'affection qu'il m'inspirait. Andrea était loin d'être parfait, mais à cet instant, sa capacité à faciliter mon quotidien dépassait toutes les complications qu'il pouvait y apporter. Ma poitrine se serra de savoir qu'il ne pourrait pas faire partie de ma vie pour toujours, comme chaque fois que j'y pensais.

— Je me demandais si tu étais capable de voir un futur avec moi…

Je commençai à protester, mais il m'arrêta, le bout des doigts sur mes lèvres.

— Je sais que tu m'as déjà dit ne pas vouloir d'enfants, ne pas vouloir t'engager sérieusement, mais tu es plus jeune que moi, tu as le temps de changer d'avis. Et puis te voir comme ça avec Ben et Julien, ça me conforte dans mon idée que tu serais une bonne mère malgré tout.

Il m'embrassa et monta dans sa voiture avant que je puisse tenter de le décourager. À l'évidence, il n'y avait pas qu'avec Ben que je devais avoir une conversation douloureuse.

23.

Après le fiasco du dîner pour Laure, j'avais soigneusement évité de me retrouver seule en présence de Sébastian pendant quelques jours. Au début, j'avais simplement eu besoin d'un peu de temps pour réfléchir et prendre mes distances, pour décider s'il était temps de leur demander de partir et de briser le cœur de Ben ; puis, au fur et à mesure que les jours passaient et que Sébastian ne faisait de son côté aucun effort pour me chercher, j'avais sentis une colère rancunière frémir en moi.

Sa lâcheté était, contrairement à la mienne, complètement illégitime. C'était lui qui m'avait imposé cette situation, qui avait forcé mon affection pour des enfants qu'il ne m'appartenait pas d'aimer. Il avait été la cause du bouleversement de ma vie et de mes certitudes, et à présent que j'avais besoin qu'il fasse le premier pas pour nous rendre à tous notre liberté, il m'évitait.

Pourtant, lorsque Julien vint me voir avec sa demande, je n'eus pas le cœur de décevoir les attentes de l'adolescent ; cela ne fit que renforcer mon ressentiment à l'égard de son oncle.

— Ava ? me demanda-t-il à table. Tu pourras venir au rendez-vous parents-prof mercredi après-midi ?

— Pourquoi ? m'étonnai-je.

— Ma prof principale veut rencontrer mon tuteur.

Je fronçai les sourcils, pas tout à fait sûre de comment lui répondre.

— Et tu veux que je vienne quand même ? insistai-je.

Il haussa les épaules, mine de s'en ficher.

— Ouais, si t'as le temps.

Avant même d'avoir dit « oui », je savais que même si j'avais eu un engagement cette après-midi-là, j'aurais fait en sorte d'avoir le temps.

Un peu plus tard, Sébastian vint me trouver pour m'expliquer les raisons pour lesquelles il pensait que c'était une bonne idée. Il savait que nous devions encore parler de la soirée et de l'attitude de Ben et vit ma réticence, malgré l'accord que j'avais déjà donné.

— Je sais que c'est compliqué, soupira-t-il en s'asseyant sur le coin de mon lit. On partira bientôt, je te promets, mais on sait tous les deux très bien qu'ils voudront continuer à te voir. Si j'ai un problème un jour, je veux que tu puisses avoir autorité pour leur éducation.

— Je ne pourrai jamais signer des papiers à ta place, ça ne changera rien.

— Peut-être, mais au moins, ses professeurs t'auront vue une fois.

Je restai silencieuse le temps de tourner ma langue une dizaine de fois dans ma bouche ; je voulais être certaine de ne pas regretter mes prochains mots.

— Si tu veux vraiment que ça marche, il faut qu'on dise que je suis leur tante.

Il releva la tête si vite qu'il me fit sursauter.

— T'es sérieuse ?

Je haussai les épaules, comme Julien l'avait fait plus tôt.

— Si tu penses que c'est ce qu'il y a de mieux pour eux, alors oui, je suis sérieuse.

Il se tut quelques secondes avant de me dire, touché :

— Merci. Je sais que je t'en demande beaucoup. C'est temporaire, de toute façon, ne t'inquiète pas.

Et c'est à ce moment-là que je compris qu'il y avait quelque chose de fondamentalement brisé chez moi, quand je réalisai que ce qui m'inquiétait, c'était justement que c'était temporaire.

Cette nouvelle certitude n'empêcha pas mon angoisse de s'intensifier au fur et à mesure que l'heure du rendez-vous approchait. Plusieurs fois, je faillis faire demi-tour, défaite par le poids de responsabilités qui m'effrayaient plus que je ne l'aurais pensé. Quand on nous indiqua la salle de la professeure après quelques minutes d'attente, j'essuyai mes mains moites sur ma jupe. Sébastian me jeta un nouveau coup d'œil surpris.

— Quoi ? aboyai-je presque.

— Rien, rien.

Il me regarda des pieds à la tête, mais refusa de répondre.

— Quoi ?

— Il n'arrive pas à se remettre du fait que t'as presque l'air d'une personne normale, habillée comme ça, m'expliqua Julien en passant son bras dans le mien.

— C'est toi qui m'as dit de m'habiller de façon moins agressive !

— Oui, je me souviens, dit Sébastian. C'est juste que je ne savais pas que tu en étais capable.

Je fronçai les sourcils de contrariété. Comme si je n'étais pas capable de changer mon style vestimentaire pour des occasions particulières. Le fait qu'il mette en doute mes capacités d'adaptation était tout à fait injustifié dans la mesure où il m'avait déjà vue déguisée en strip-teaseuse ; m'habiller avec des tons clairs était un jeu d'enfant, à côté.

— Si tu me regardes encore une seule fois de cette façon, il y a des chances que ce soit la dernière chose que tu voies de ta vie, menaçai-je.

Il leva les mains, battant en retraite.

Julien lâcha mon bras en entrant dans la grande pièce et sa professeure nous accueillit, marquant ainsi le début de trente minutes d'enfer. Elle prit le temps de nous expliquer que les notes déclinantes de Julien étaient la raison pour laquelle elle avait souhaité nous rencontrer et que, malgré toute l'indulgence qu'appelait notre situation familiale, elle ne pouvait pas laisser ses notes se détériorer si tôt après la rentrée, alors que son dossier comportait des notes exemplaires l'année précédente. Puis, sans surprise, elle avait poursuivi en disant que Julien avait une attitude à la limite de l'insolence. J'avais dû me retenir de soupirer à de nombreuses reprises.

Puis, provoquant mon horreur, Sébastian dut s'excuser pour aller chercher Ben à la sortie de l'école et me laissa terminer l'entretien seule. Ce furent les quinze minutes les plus longues de ma vie.

En attendant Sébastian qui devait revenir nous chercher, Julien était parti discuter avec ses amis devant la grille pendant que j'écoutais mes messages un peu plus loin. Je gardais un œil sur lui tout en essayant de passer inaperçue pour ne pas l'embarrasser.

Si je ressentais une affection évidente pour Ben, ma relation avec Julien était plus difficile, probablement parce qu'il n'avait pas eu le même besoin que son frère de se raccrocher à une présence féminine pour combler le vide que laissait sa mère. Pourtant, je ressentais le même instinct féroce de le protéger des dangers que je savais omniprésents. Le voir rire et s'agiter avec ses amis me remplit d'un sentiment de bienveillance. Il méritait ces moments d'insouciance.

J'essayai de mémoriser les visages des autres adolescents, soudain soucieuse de connaître les détails de sa vie que je choisissais habituellement d'ignorer. Peut-être qu'on pourrait revoir les règles d'invitation à la maison si ses notes remontaient. S'il habitait encore chez moi d'ici-là.

Une impression de familiarité me frappa quand je dévisageai le jeune à capuche autour duquel le petit groupe gravitait. Je tentais vainement de me souvenir où je l'avais déjà vu quand la voix de Sébastian me fit sursauter :

— Où est Julien ?

Je me retournai avec une main sur le cœur pour l'empêcher de s'échapper de ma cage thoracique.

— Tu étais obligé de me faire peur comme ça ? demandai-je avant d'embrasser Ben.

— Ava, je marchais normalement, si tu te concentrais un peu plus sur ce qu'il se passe autour, tu m'aurais senti venir.

Il avait froncé les sourcils, étonné que je me laisse distraire de cette façon alors qu'il fallait plus que jamais que je sois vigilante.

— J'essayais de me rappeler de l'endroit où j'avais vu son copain, lui dis-je en montrant du doigt le groupe des amis de Julien.

Sébastian se concentra sur la même tâche quelques secondes, puis le jeune échangea des petits papiers avec celui qui se tenait à côté de Julien. En le voyant empocher ce qui était sans aucun doute de l'argent, nous nous souvînmes au même moment pourquoi son visage était si familier.

Je pris Ben par la main et me précipitai derrière son oncle qui avait déjà quasiment rejoint les adolescents. Il se garda bien de montrer son lien avec Julien, mais passa son épaule autour des épaules du dealer en souriant de toutes ses dents. Je m'arrêtai à quelques mètres et détournai mon visage de la scène pour qu'il ne me reconnaisse pas.

— Tu viens ici souvent ? entendis-je Sébastian le questionner.

L'autre ne se laissa pas démonter, se sentant en sécurité avec tant de monde autour. Du coin de l'œil, je vis les adolescents hésiter à partir, mal à l'aise, ne voulant pas paraître suspects, mais comprenant qu'ils feraient mieux de s'éloigner. Julien me chercha du regard et quand il me trouva, je lui fis signe de me rejoindre. Il s'exécuta avec gêne.

Après une conversation courte mais intense, Sébastian laissa le jeune dealer repartir en promettant de lui rendre visite très bientôt. Il n'avait jamais cessé de sourire, mais il suffisait de l'observer de près pour voir qu'il ne contenait aucune chaleur, aucun humour. La rage dans ses yeux quand il se dirigea vers la voiture sans nous attendre me fit frissonner.

Une fois tout le monde installé, il prit quelques instants pour se reprendre, mais je me rendis vite compte que ça ne fonctionnait pas.

— Qu'est-ce que tu foutais avec ce type ? réclama-t-il en se retournant vers Julien.

Ce dernier haussa une épaule, comme à son habitude, mais la tension dans son corps montrait qu'il était très conscient de la fureur de son oncle.

— C'est un copain d'Hugo. Il vient lui donner de la marijuana de temps en temps.

— Lui « donner » ? Je l'ai vu le payer, Julien, ne me prends pas pour un idiot. Si je te vois traîner avec cet Hugo ou un dealer encore une seule fois, tu passeras le reste de ta vie dans ta chambre, est-ce que c'est bien clair ?

— Je n'ai jamais acheté de drogues ! se défendit-il. Je te jure, c'est Hugo, y'a que lui, c'est juste qu'il nous demande d'être là pour faire semblant d'être une bande de potes, je te jure, c'est tout !

— C'est terminé. Tu m'entends ? C'est la dernière fois que tu fais ce genre de choses, et si j'apprends un jour que tu touches à ça, tu le regretteras, c'est compris ?

Sébastian se retenait de ne pas hurler pour ne pas effrayer Ben, mais à la vérité, la menace de ses mots était encore plus tangible lorsqu'il essayait de se retenir. Julien promit sur la mémoire de sa mère qu'il ne participerait plus jamais à ça et on se remit en route.

Ben passa sa main entre la portière et mon siège pour tirer doucement sur ma manche ; je tordis mon bras en arrière pour lui tendre ma main droite qu'il serra quelques minutes. Quand il fut rassuré, il me libéra et je lui fis un clin d'œil par-dessus mon épaule.

Lorsqu'on arriva sur le parking de la résidence, les deux garçons descendirent sans demander leur reste et partirent nous attendre plusieurs mètres plus loin.

— Tu aurais peut-être dû attendre d'être rentré pour ne pas faire ça devant Ben, dis-je doucement à Sébastian.

— Peut-être, mais au moins, ils connaissent tous les deux mon avis sur la drogue, répondit-il en déverrouillant sa mâchoire.

— Il faudra que tu parles à Ben. Tu lui as fait peur.

J'allais ouvrir ma porte quand je me rendis compte qu'il n'avait pas coupé le moteur.

— Qu'est-ce que tu fais ?

— J'ai une course à faire, répondit-il en évitant mon regard.

Sa réponse me fit l'effet d'une gifle. Il ne pouvait pas être sérieux.

— Ava, descends, s'il te plaît, exigea-t-il.

Un long moment, je cherchai à comprendre pourquoi il me demandait de rester en arrière, faisant taire la colère que sa décision provoquait en moi, en attendant qu'il choisisse de descendre avec moi, ou de dire aux garçons de ne pas nous attendre pour monter. Puis, réalisant qu'il ne changerait pas d'avis, je laissai la rancune suppurer de chacun de mes mots.

— Tu te souviens quand tu m'as remercié de ne pas t'avoir demandé de rester à la maison, l'autre soir ? C'est marrant comme quand les rôles sont inversés, tu n'hésites pas à m'ordonner de rester à l'arrière.

Il ne répondit pas quand je claquai la portière derrière moi et démarra sans un dernier regard dans ma direction.

24.

Le téléphone posé sur la table de la cuisine restait obstinément silencieux tandis que je faisais les cent pas nerveusement. Il était près de vingt-trois heures, personne ne savait où était Sébastian et j'avais beau essayer de trouver de nouvelles excuses à son absence à chaque nouvelle heure qui passait, l'angoisse qui m'écrasait la poitrine m'empêchait de me mentir. Il aurait déjà dû être à la maison.

Julien et Ben, habitués à ce que l'un de nous deux disparaisse de temps en temps pour aller faire « une course », ne s'étaient pas inquiétés et, passées les émotions de l'après-midi, leur soirée avait suivi un cours normal. Ben était profondément endormi et j'avais autorisé Julien à passer la nuit chez un ami après avoir téléphoné aux parents dudit ami. Il ne s'était pas ému de mon manque de confiance.

J'étais donc seule dans ma cuisine depuis plusieurs heures, et attendais désespérément que leur oncle rentre sain et sauf. Lasse d'harceler Roger et Marion, j'avais même été jusqu'à demander à Arnold s'il avait entendu quoi que ce soit, avant d'appeler le commissariat. J'avais déjà pris la décision de laisser Ben chez Laure et de partir à sa recherche s'il n'était pas rentré d'ici une heure.

Je me rassis au comptoir et pris le portable. Automatiquement, je composai le numéro de Sébastian et sentis ma panique s'intensifier quand je tombai à nouveau sur le répondeur. La tête entre les mains, je me forçai à prendre de longues et profondes inspirations pour me calmer, mais échouai lamentablement.

J'étais tellement enfermée dans mon propre malaise que je n'entendis pas la clé tourner dans la serrure. Ce n'est que quand la porte d'entrée s'ouvrit que je bondis de ma chaise ; je fis un pas ou deux pour me placer tout à fait en face de la porte, mon portable encore serré dans la main droite. Quand il passa le seuil, ma poitrine était si contractée que je crus avoir une crise cardiaque. Il était là, en un seul morceau, il était rentré à la maison et je n'aurais pas à annoncer aux garçons la nouvelle qui aurait foutu leur vie en l'air. Pas ce soir. Le soulagement embua mes yeux, mais, dès que la réalité de son retour fut imprimée dans mon esprit, je pris le temps de le regarder avec plus de précision.

Sa veste en cuir était lacérée sur l'épaule gauche, sa chemise sur le torse et je pouvais voir les larges plaies qui balafraient sa peau à travers les trous. Du sang avait séché sur le reste de ses vêtements, mais je ne savais pas à qui il appartenait ; celui, encore frais, qui maculait son visage, était bien le sien. Une coupure qui avait l'air douloureuse lui ouvrait le coin de l'arcade sourcilière et sa lèvre inférieure était fendue ; ses mains étaient rouges et meurtries d'avoir frappé, d'avoir cassé. Malgré son état alarmant, le détail qui me frappa le plus fut l'odeur d'alcool qui se dégageait de ses vêtements. Immédiatement, toute l'inquiétude des heures passées se transforma en une rancœur sourde.

— Est-ce que tu as la moindre idée du souci que je me suis fait ? murmurai-je, incapable de crier.

— Je sais, dit-il seulement.

— Est-ce que ça t'aurait vraiment tué de m'appeler pour me dire que tu allais prendre une cuite après avoir buté ces types ?

— Ava…

— Ou même de décrocher ton portable ? poursuivis-je sans l'écouter.

— Ava…

— Est-ce que tu sais que j'ai passé ma soirée à appeler tout le monde parce que j'étais morte d'inquiétude ?

— Je sais. Arnold m'a appelé.

— … Arnold… Arnold t'a appelé ?

J'aurais aimé lui hurler dessus comme jamais ; j'aurais voulu le frapper jusqu'à ce que mes mains à moi soient rouges et pleines de sang. Nom de dieu, j'aurais même voulu sortir mon flingue et finir ce que ces dealeurs avaient voulu commencer. Mais je restai là, plantée comme une idiote dans ma cuisine, les larmes au bord des yeux. Il avait répondu à Arnold, alors qu'il avait ignoré chacun de mes appels. Et il n'avait aucun scrupule à me regarder dans les yeux en l'avouant.

— Combien de temps est-ce que tu comptais rester dehors, si Arnold n'avait pas réussi à te convaincre ? demandai-je.

— J'étais sur le point de rentrer. J'avais juste besoin d'un verre avant, je ne voulais pas que les gosses me voient comme ça, expliqua-t-il en détournant enfin le regard.

Je l'observai en silence tandis qu'il retira sa veste avec une grimace douloureuse. Je comprenais son envie d'attendre avant de revoir ses neveux, de ne pas les laisser voir cette froideur meurtrière dans ses yeux juste après qu'il avait tué quelqu'un, mais je n'étais pas certaine que rentrer couvert de sang et l'haleine alcoolisée soit une vision plus idéale. Enfin, je sentis la colère bouillir dans mes veines et rougir mon visage.

— Et puis de toute façon, je croyais que tu devais aller chez Andrea ce soir, tu n'étais pas obligée de m'attendre.

Et juste comme ça, avec cette simple phrase, il venait de me pousser à bout. De rage, je lui lançai mon portable à la figure.

— La ferme ! hurlai-je en marchant vers lui. Ne commence pas avec ça, ce n'est pas Andrea le problème ici, c'est toi ! Tu veux partir foutre une raclée à des gens qui ne te plaisent pas, parfait, mais t'es pas tout seul, Sébastian ! La moindre des choses quand on est tuteur de deux enfants, c'est d'appeler la pauvre conne qui a accepté de s'en occuper pour prévenir qu'on est encore vivant ! Au cas où tu n'y aurais pas pensé, c'est moi qui devrais leur annoncer qu'on a retrouvé ton corps dans une décharge !

— Personne ne t'a demandé de te sacrifier pour nous ! rugit-il en retour.

Il jeta brutalement par terre la chaussure qu'il venait d'enlever et s'avança vers moi avec un regard noir. La menace dans sa démarche le fit paraître soudain très sobre.

— Personne n'a dit que Ben et Julien étaient sous ta responsabilité, alors la prochaine fois que tu veux aller t'envoyer en l'air avec l'autre, ne me laisse pas gâcher ta soirée, le Fléau. Pas d'attache, c'est ça ? Qu'est-ce que tu attends pour te tirer tant que tu le peux ?

Il y avait une telle amertume inscrite sur son visage que je n'aurais pas été étonnée s'il m'avait craché dessus à ce moment-là.

— Tu n'es. Pas. Leur. Famille.

Au fond, je savais qu'il avait raison. Je ne cessais de dire que je voulais retrouver ma liberté, que vivre avec Sébastian était une entrave à ma relation avec Andrea, pas seulement à cause des enfants, mais aussi à cause de notre passé. Mais si j'avais le choix, est-ce que je laisserais vraiment tomber Ben et Julien ? Non. Peu importe le fait que je m'en défende constamment, ils étaient ma famille, même si je n'étais pas tout à fait la leur.

L'insulte me fit hésiter une seconde, mais je finis par prendre mon élan pour le gifler. Sa vitesse me surprit quand il rattrapa mon bras avec sa main gauche ; il serra jusqu'à me faire mal et me toisa de toute sa colère. Mes efforts pour me soustraire à son emprise me ramenèrent plus près encore de lui et sans vraiment savoir comment on s'était retrouvés dans cette situation, nos torses étaient serrés l'un contre l'autre et mon envie de lui cogner dessus cédait du terrain à un irrépressible besoin de coller mes lèvres sur les siennes.

La fureur dans son regard vacilla quand il perçut le changement dans mon attitude. Je me détestai pour avoir envie de lui maintenant, et je le détestai, lui, pour être si réceptif à mes humeurs. Comme il desserra son étreinte sur mon poignet, je touchai délicatement son visage près de sa blessure ; dans un désir tendre qui m'était inconnu, je m'imaginai caresser doucement son front et soigner ses plaies pour conjurer la peur que l'idée de le perdre m'avait fait ressentir. Mais nous ne méritions cette tendresse ni l'un, ni l'autre. Je laissai mes doigts effleurer sa peau torturée quelques secondes de plus.

— J'espère que ça fait mal, lui dis-je cruellement avant de me dégager.

Je fis demi-tour sans un autre mot, avant qu'il ne puisse me retenir. Si je restais près de lui, je ne savais pas s'il allait essayer de m'embrasser, de me frapper, ou continuer à m'insulter, mais j'étais bien trop à fleur de peau pour le découvrir.

Je pris le couloir et rentrai dans la salle de bain tout de suite à gauche. Le sang battait à mes tempes et des émotions contradictoires m'empêchaient de respirer correctement ; j'ouvris la porte de la douche et fis couler l'eau le temps d'enlever mes chaussures. La première larme roula sur ma joue quand je retirai mon pull, je n'attendis pas d'avoir enlevé le reste de mes vêtements pour aller cacher mon visage sous le jet d'eau froide.

Malgré ma jupe et mon débardeur qui collaient désagréablement à ma peau, mon envie de pleurer disparut dans la certitude que cette douche froide allait m'éclaircir les idées. Ce soulagement fut de courte durée : Sébastian ouvrit violemment la porte de la salle de bain que j'avais oublié de fermer à clé.

En quelques enjambées, il m'avait rejointe. Avant que je puisse lui demander de sortir, il entra dans la douche et me plaqua contre le mur. Sa bouche écrasa durement la mienne, m'interdisant toute protestation ; je l'avais laissé aller jusqu'à m'embrasser et j'étais perdue, je savais que ma résistance s'était envolée à la minute où nos lèvres s'étaient touchées, toute trace de raison avait disparu dans ce baiser qui ne retenait rien de la tendresse de tout à l'heure. Je sentis la colère ramper à nouveau sous ma peau.

Mes bras autour de son cou, je glissai une de mes mains dans ses cheveux et l'empoignai jusqu'à sentir un rictus de douleur sur ses lèvres. En représailles, il me mordit la lèvre inférieure tout en glissant une main vers mes fesses et je gémis de plaisir malgré moi. Notre alchimie physique me dépassait entièrement, personne n'était capable de me toucher avec une telle rage et pourtant de me faire ressentir un désir si intense. Refusant de le laisser aux commandes plus longtemps, je le poussai brutalement contre un autre mur de carrelage ; il laissa échapper un geignement crispé et je savais que ses ecchymoses et plaies le faisaient souffrir. Parfait. Avec un petit rire quand il comprit que je l'avais fait exprès, il m'attira à lui, pressa mon corps dans le sien, ses doigts s'enfonçant dans l'arrière de mes cuisses comme il me souleva pour me rapprocher encore. Sans prévenir, il renversa les bouteilles de shampoing qui avaient survécu jusqu'ici pour libérer le rebord et m'y appuya. Je me soumis à ses gestes autoritaires tout en suçotant vicieusement la coupure sur sa lèvre. Il tira mes cheveux en arrière pour m'obliger à le lâcher, son regard furieux arrimé au mien.

Sans plus attendre, je défis la fermeture de son jean, repris possession de ses lèvres dès qu'il m'eut débarrassée de mes sous-vêtements. Je n'étais plus en état de savoir lequel de nous deux grogna quand il fut enfin en moi. Le reste n'avait plus d'importance ; il ne demeurait que la violence de nos désirs.

Puis, quelque part dans le désordre créé par la frénésie de nos deux corps, la colère et les frustrations disparurent. Des larmes vinrent me brûler les yeux quand je réalisai, serrée dans ses bras, bercée par ses mouvements irréguliers, que Sébastian m'avait manqué. Il comblait un vide dont je n'avais pas eu conscience avant ce moment, comme si soudain, notre complicité, celle qui avait été remplacée par tant de conflits et de déceptions, était à nouveau une évidence. Sébastian était inscrit dans ma vie, d'une façon que je ne comprenais pas. C'était Andrea dont j'étais tombée amoureuse, quelle place pouvait-il y avoir pour un homme dont je ne pouvais pas retourner les sentiments ?

Enfin, après une dernière impulsion, nos muscles se décontractèrent et l'effort nous laissa haletants, son souffle chaud sur mon épaule. Il fut le premier à bouger ; Sébastian dessouda nos corps puis releva la tête pour scruter mon visage.

— C'est pas terminé, dit-il.

Je décidai que j'aurais tout le temps de m'interroger plus tard sur ce qu'il voulait dire.

Il m'embrassa doucement et je le laissai faire, sans le repousser, ni lui répondre. Il sortit de la douche, m'ignorant alors que je le regardais retirer son jean et son boxer trempés, qu'il déposa dans le lavabo. Le nœud dans mon ventre se resserra en observant son corps musclé. Il attacha une serviette autour de sa taille et, sans un coup d'œil dans ma direction, lança :

— Laisse la porte ouverte quand tu as fini avec la douche.

Puis il quitta la pièce en refermant la porte derrière lui.

Après de longues minutes, je rouvris le robinet qui avait été arrêté dans la bataille. Je ne pris pas la peine de changer la température, j'avais plus que jamais besoin d'une douche froide.

25.

Je remerciai le barista qui me tendit mon mocha fumant puis allai m'installer en terrasse pour profiter du soleil frais de l'automne avant que mon contact me rejoigne. Un coup d'œil à ma montre m'indiqua que j'avais encore dix minutes devant moi ; j'étais parfaitement à l'heure fixée pour le rendez-vous, mais Samir avait toujours au moins dix minutes de retard.

J'avais reçu son texto hier, en même temps que ceux des quatre autres personnes que j'employais. Tous les messages contenaient le même code, signe que quelqu'un tenait vraiment à me contacter s'il avait envoyé la même lettre dans les cinq boîtes postales que je possédais à travers le monde. Je demandais toujours aux recruteurs anonymes d'envoyer les informations dans les cinq boîtes pour qu'ils n'identifient pas le pays dont j'étais originaire, mais il était rare que je reçoive du courrier surprise. Ceux qui venaient me chercher d'eux-mêmes en savaient en général assez sur moi pour savoir que je vivais en Europe de l'ouest.

Samir arriva comme prévu, dix minutes plus tard, le pas bondissant et le sourire charmeur. De tous mes contacts, il avait toujours été mon préféré, et pas seulement parce qu'il avait un faible pour moi. Il était aussi mon préféré parce que si j'avais eu son âge, j'aurais pu avoir un faible pour lui. Je l'avais engagé quand je l'avais trouvé en train d'essayer d'arracher mon autoradio et que, malgré le pistolet braqué sur sa tête, il avait tenté de m'extorquer mon numéro de téléphone. Son culot m'avait empêchée de lui enfoncer la tête dans la portière et avait fini par me faire rire. Il n'avait que quinze ans, mais avait compris rapidement qu'être payé pour surveiller une boîte postale était plus intéressant que de faire les voitures dans Paris.

— Alors, comment va le boss ? demanda-t-il en s'asseyant à côté de moi.

— Le boss va bien, lui souris-je.

Il était toujours persuadé que, comme lui, je n'étais qu'une intermédiaire qui travaillait pour le Fléau, notre patron à tous les deux, et j'entretenais cette illusion du mieux que je pouvais.

— Est-ce que je vais enfin le rencontrer un jour ?

Je soupirai en secouant la tête, la mine découragée.

— Tu connais déjà la réponse, pourquoi est-ce que tu persistes à poser la question ?

— Parce qu'il pourrait enfin reconnaître que je suis irremplaçable et décider de venir me donner une prime.

La confiance dans son grand sourire me fit rire.

— Pourquoi est-ce qu'il engagerait autant d'intermédiaires s'il avait le temps ou l'envie de faire les choses lui-même ?

— Mais je ne le dénoncerais jamais, il le sait, non ? Ava, tu ne trouves pas bizarre qu'en quatre ans, ni toi, ni moi ne l'ayons jamais vu ?

— Peut-être qu'il est vraiment difforme ? hasardai-je. Ou peut-être qu'il nous aime bien et refuse de nous voir parce qu'il devrait nous tuer après. Honnêtement, Samir, je crois qu'il faut que tu arrêtes de te poser des questions.

Il ne répondit pas, mais je vis à la façon dont ses lèvres étaient pincées qu'il n'était pas tout à fait convaincu. Un jour, peut-être que je demanderais à Roger de jouer mon rôle pour rassurer Samir.

— Tu as l'enveloppe ? réclamai-je.

Il sortit une enveloppe kraft grand format de son sac pour me la tendre. J'étais étonnée de son épaisseur ; habituellement, je ne recevais que quelques photos, quelques renseignements sur une ou deux feuilles de papier.

— Tu sais de qui ça vient ? me demanda-t-il.

J'inspectai le cachet de la poste et le timbre, découvrant que le tout venait de Colombie. Je fronçai les sourcils, à peu près certaine que je ne connaissais personne en Colombie.

— Non, lui répondis-je sincèrement pour la première fois depuis quatre ans. Le Fléau doit vouloir garder l'information secrète.

Je rangeai rapidement le courrier dans le sac que je portais en bandoulière avant de prendre une nouvelle gorgée de mon café. Voyant que je ne dirais plus rien sur le sujet, Samir décida de changer de sujet.

— Sinon, tu sais que je viens d'avoir dix-neuf ans ?

Je savais exactement où il voulait en venir, mais je le laissai faire, amusée. Il posa sa main sur mon épaule avec un haussement de sourcil suggestif.

— Joyeux anniversaire, lui dis-je.

— Merci. J'ai réfléchi à ce que tu pourrais me faire comme cadeau.

— Ah oui ?

— Oui, je crois qu'il est temps qu'on s'avoue notre attirance l'un pour l'autre. Tu pourrais venir chez moi et me montrer ces tatouages dont tu m'avais parlé.

J'éclatai de rire.

— Quand tu dis « chez toi », tu veux dire « chez ta mère », non ?

— Aïe, aïe, aïe, se lamenta-t-il en portant les mains à son cœur. Un jour, tu ne pourras plus me briser le cœur, parce qu'il ne restera plus un seul morceau intact.

Je lui plaquai une bise sur la joue et je le vis lutter pour ne pas regarder dans mon décolleté. Apparemment, il avait retenu la leçon quand je lui avais expliqué où se trouvaient mes yeux et pourquoi il était déplacé de me regarder ailleurs. Mon argument le plus efficace avait peut-être été la marque sur son visage quand je lui avais tenu la joue contre la table, cette fois où il avait tenté de me dire que c'était un compliment. J'aimais penser que Samir avait progressé grâce à moi.

— Au fait, lui dis-je en me levant pour partir. Le patron a demandé aux autres d'envoyer leur lettre vers ta boîte, préviens-moi quand elles seront arrivées.

— Est-ce que ça veut dire que tu viendras les chercher toi-même ?

— Peut-être, ou peut-être qu'il enverra quelqu'un d'autre, le taquinai-je en haussant les épaules.

— Nan, je sais bien que tu demandes exprès à venir toi-même. T'as trop envie de me voir.

— Je suis grillée, plaisantai-je en guise d'au revoir.

Il me fit un dernier clin d'œil et je partis récupérer la moto de Sébastian que j'avais empruntée. Au retour, je m'arrêtai sur une aire d'autoroute à mi-chemin. J'avais choisi une de celles où il n'y avait ni restaurant, ni station essence pour éviter les regards curieux et pouvoir repérer facilement si j'étais suivie. Lorsque je fus rassurée, je remontai la visière de mon casque et sortis la grosse enveloppe kraft pour étudier son contenu.

La première feuille du tas était une lettre manuscrite dont les premiers mots me glacèrent le sang. « Chère mademoiselle Altorès ».

***

Je fermai à clé la porte de l'appartement derrière moi et tendit l'oreille un instant pour sonder le silence irréel. Pas un murmure, pas un bruissement, uniquement ce silence pour me dire que j'étais seule, comme cela n'arrivait que trop peu souvent.

Depuis quelques jours, j'étais soulagée d'une autre façon lorsque l'appartement était vide; je n'appréciai plus ces moments comme du temps pour être seule, mais comme du temps que je n'avais pas à passer en présence de Sébastian. Après l'incident de la douche, comme j'avais pris l'habitude de l'appeler, j'avais entrepris de l'éviter le plus possible, jusqu'à ce que je me rende compte qu'il agissait normalement avec moi. Pas de regard furtif, pas de sous-entendu, aucun rapprochement flagrant. Rien de plus que ce souvenir et ses conséquences qui tournaient en boucle dans mon esprit. Le fait que ces conséquences que j'avais imaginées se soient avérées inexistantes avait été très déstabilisant. Puis, passé mon étonnement, la réaction de Sébastian m'avait soulagée: s'il avait choisi de faire comme si rien ne s'était passé, je pouvais en faire autant sans me sentir coupable de quoi que ce soit.

Je me débarrassai de mon manteau et mes chaussures, pris une bière fraîche dans le frigo et mon enveloppe, déterminée à découvrir tout ce que je pouvais sur la personne qui me l'avait envoyée. J'ouvris la porte du bureau avec mon coude puis faillis avoir une attaque en découvrant Sébastian assis sur le lit, qui contemplait sans bouger plusieurs feuilles et photos étalées devant lui. Il releva la tête sans rien dire, surpris par ma réaction.

— Je ne savais pas que tu étais là, me justifiai-je.

— Ma voiture est sur le parking, où voulais-tu que je sois?

— Je n'ai pas fait attention.

Il ne dit pas tout haut qu'il y avait beaucoup de choses auxquelles je ne faisais pas attention récemment, mais je lus tout de même la réprobation sur son visage.

— J'ai besoin d'utiliser l'ordinateur, lui dis-je en m'installant au bureau.

— Fais comme chez toi, marmonna-t-il en retournant à ses papiers.

Trente-cinq minutes plus tard, mes recherches ne m'avaient rien appris de plus que ce que contenait le dossier. Je ne savais pas si c'était parce qu'il n'y avait vraiment rien de plus à trouver sur Camilo Altorez Montoya, ou si la meilleure partie de ma capacité de concentration avait été happée par le vortex qu'était Sébastian. Là, sur ma gauche, assis avec une jambe tendue et l'autre repliée, m'ignorant superbement, il ne faisait rien pour, mais captait mon attention comme un aimant. Je fis de mon mieux pour oublier les émotions qui bouillonnaient dans mon ventre depuis que j'étais entrée dans la pièce et ressortis la lettre manuscrite.

Ce Camilo Montoya connaissait mon nom. J'avais rarement été aussi terrifiée par le pouvoir d'un nom. Mon nom. Montoya disait avoir suivi mon parcours depuis le début, avoir attendu le moment propice pour enfin se faire connaître ; il avait beaucoup de choses à m'apprendre sur moi-même, sur mon histoire, disait-il. Visiblement, il n'en savait pas autant qu'il le pensait s'il avait démarré sa lettre par « mademoiselle ».

Chef d'un cartel colombien, il requérait mes services pour se débarrasser d'un ancien employé sous la protection de la police nationale. Bien entendu, tous les membres de son organisation étaient actuellement sous haute surveillance et ne pouvaient pas se risquer à intervenir eux-mêmes. C'était d'après lui l'occasion parfaite pour qu'on se rencontre, et il ne pouvait tolérer qu'une autre personne que moi lui rende ce service.

Montoya avait inclus plusieurs photos de la cible et de l'endroit où la police l'avait caché, l'identité et les photos des agents qui seraient là pour le protéger, des faux papiers sur lesquels je n'avais plus qu'à faire ajouter ma photo et mon descriptif physique, des billets d'avion. La carte d'un hôtel où une chambre avait été réservée à mon nouveau nom ainsi que l'adresse à laquelle je pourrais me procurer une arme à feu de qualité si je le désirais, complétait le tout. Ce type avait tout prévu.

Toutes mes alarmes internes s'étaient déclenchées, mais je n'étais pas persuadée d'avoir le choix. Est-ce que j'avais assez de pouvoir et d'influence pour refuser une invitation personnelle du chef du cartel de Cali ? Mon ego me poussait à penser que oui, mon bon sens me dictait de faire ma valise en vitesse.

Après avoir pris la décision de contacter Montoya pour confirmer mon arrivée à Bogota la semaine prochaine, je me retournai vers Sébastian pour l'en informer. C'est alors que je m'aperçus que le dossier qu'il étudiait avec autant d'attention était composé des détails d'un nouveau contrat.

— Tu pars où ? demandai-je.

— San Antonio, au Texas.

Il releva la tête et planta ses yeux dans les miens. J'oubliai de respirer quelques secondes. C'était la première fois que je croisais son regard depuis l'incident de la douche et j'avais soudain du mal à déglutir. Son visage fier et déterminé, ses épaules musclées que faisait ressortir son tee-shirt gris chiné, ses mains dures, sa présence même me tordirent le ventre d'un désir refoulé.

— Je ne sais pas si je vais le prendre, poursuivit-il, inconscient de mon trouble. C'est loin, ça fait des années que je n'ai pas travaillé aux États-Unis, mais en même temps, j'ai envie de changer d'air, ne serait-ce que pour quelques jours.

— Quand est-ce que…

Je raclai ma gorge enrouée et repris ma question :

— Quand est-ce que tu devrais partir ?

— Début de semaine prochaine, répondit-il en haussant les épaules.

Je débattis intérieurement quelques instants ; je ne pouvais pas refuser mon contrat, mais je n'avais pas non plus le droit de lui demander de céder le sien. Depuis plusieurs semaines, je sentais l'agitation en lui, le besoin de sortir de sa vie. Le priver de partir ne ferait qu'accroître sa nervosité. Je n'avais pas envie d'être la cible d'un nouvel incident que mes hormones ne me laisseraient pas éviter.

— J'ai un contrat en Colombie, lui dis-je. Si tu peux avancer ton départ à dimanche, on pourrait laisser les garçons chez Laure pour la semaine.

— Tu as pris un contrat la semaine prochaine aussi ? En Colombie ?

Je grimaçai.

— Je n'ai pas vraiment « pris » le contrat. On me l'a envoyé, avec une lettre adressée à Ava Altorès, pas au Fléau.

— Quoi ?

Il eut soudain l'air aussi alarmé que moi.

— Qui t'a envoyé ça ?

— Le chef du cartel de Cali.

— Quoi ? s'écria-t-il à nouveau.

Je lui tendis la lettre. Après une lecture attentive, il avait pali de plusieurs tons.

— Tu ne peux pas y aller, Ava. Comment est-ce que ce type te connaît ?

— Je suis obligée d'y aller, s'il connaît mon nom, c'est plutôt facile de trouver mon adresse personnelle. Qui me dit qu'il ne va pas décider de venir ici pour me rencontrer ?

— D'accord, tu es obligée d'y aller. Mais je reste avec les garçons, tant pis pour mon contrat, ce n'est pas le moment de les laisser tous seuls.

Il fallut près de vingt minutes d'argumentation pour le convaincre que les mettre en pension chez Laure pour une petite semaine ne poserait pas de problème si on demandait à Marion de les surveiller. J'avais même proposé d'engager Roger si ça pouvait le rassurer – ça ne l'avait pas du tout rassuré.

Sébastian partait donc pour assister à un séminaire de barmen, et moi pour vendre la maison qui était toujours au nom de mon grand-père. Je n'étais pas persuadée que les séminaires de barmen existent vraiment, et je savais sans aucun doute que la maison de mon grand-père n'existait pas, mais personne ne remit en doute nos histoires. À l'annonce de notre départ, Julien avait déclaré être ravi de se débarrasser de nous pour une semaine, et Ben avait étonnement bien pris l'idée d'aller en vacances chez Laure.

Marconi, qui s'était définitivement installé avec cette dernière, avait été moins enchanté que les garçons, mais je lui avais fait remarquer qu'il n'avait pas le choix ; Laure avait confirmé avec un haussement d'épaule. S'il voulait l'épouser, mes problèmes et moi faisions partie du lot.

Andrea avait proposé de venir m'aider, mais avait compris que j'aie envie de me replonger seule dans mon passé ; il faudrait que je réfléchisse sérieusement à une histoire crédible pour répondre aux mille questions qu'il me poserait à mon retour.

C'est donc aux aurores, dimanche matin, que Laure nous déposa tous les deux à l'aéroport où nous prenions deux vols aux destinations très différentes. En montant dans l'avion, je soufflai enfin, libérée de tous les mensonges que j'avais dû invoquer pour m'échapper l'espace d'une semaine. Je pouvais à présent commencer à m'inquiéter de ce qui allait m'attendre à Bogota.

26.

L'air frais de la saison humide colombienne me fit frissonner malgré le pull que je portais. J'attendais que la nuit tombe à quelques rues du bloc d'appartements dans lequel la police avait relogé ma cible, essayant de passer inaperçue, une cigarette que je ne fumais pas à la main.

J'étais arrivée sur place dimanche soir et avais été stupéfaite de voir Montoya m'accueillir en personne à l'aéroport. Il m'avait déposée à l'hôtel avec la promesse de revenir me voir bientôt, s'excusant de ne pouvoir rester pour faire davantage connaissance. En attendant, il m'avait laissé son numéro personnel, insistant pour que je l'appelle si j'avais besoin ou envie de quoi que ce soit. Il ne l'avait pas dit explicitement, mais j'avais cru comprendre dans sa formulation que les services qui étaient à ma disposition incluaient ceux d'escorts – masculins ou féminins, selon mes goûts. J'espérais qu'il n'essaierait pas d'aborder le sujet à nouveau.

L'hôtel dans lequel il avait réservé ma chambre était plutôt correct, rien de trop extravagant pour ne pas attirer l'attention, mais il y avait tout de même une penderie, un minibar et un gros fauteuil molletonné en plus des prérequis habituels. Sans compter qu'il ne se trouvait qu'à quelques minutes à pied de l'armurerie qui m'avait été chaudement recommandée par le chef du cartel. J'avais hésité entre plusieurs modèles différents, certains proches de mes armes de poing favorites, mais avais finalement décidé de tenter l'aventure avec un flingue dernier cri et son superbe silencieux. De cette façon, si nous n'étions pas compatibles, je le laisserais sans regret au fond d'une poubelle, et si je tombais amoureuse, je pouvais toujours me procurer le même de retour en France.

Puis, pendant deux jours, j'avais surveillé la résidence de ma cible et étudié ses relevés téléphoniques. Bien que les policiers chargés de sa protection ne soient pas très nombreux, ils étaient présents vingt-quatre heures sur vingt-quatre, rendant toute approche difficile. Les seules visites qui lui étaient autorisées étaient celles de prostituées, deux fois par semaine. Je ne savais pas exactement quelles étaient les lois en vigueur dans ce pays, mais je doutais qu'on applique les mêmes en France. La manière la plus facile de l'atteindre aurait été de me faire passer pour une prostituée moi-même, mais j'étais fatiguée de me mettre en petite tenue pour tuer des gens. C'est pour cette raison que j'étais habillée comme une cambrioleuse, tout en noir, un bonnet sur la tête pour cacher mes cheveux et des gants en cuirs pour ne pas laisser d'empreinte. J'étais positivement ridicule.

Dès qu'il fit assez noir pour me camoufler, je rejoignis la petite ruelle qui longeait l'immeuble et dans laquelle était situé l'escalier de secours. Le policier qui surveillait cet accès se tenait quelques mètres plus loin, dos à moi. J'aurais bien voulu l'assommer, mais frapper assez fort pour faire perdre connaissance à quelqu'un était beaucoup plus difficile que ça n'en avait l'air dans les films. La bonne vieille méthode du chloroforme était beaucoup plus fiable. Je replaçai la petite bouteille de verre dans ma poche après avoir humecté un large morceau de tissu.

Le plus silencieusement possible, je remontai la ruelle en marchant sur la pointe de mes baskets, faisant attention à rester dans la partie sombre pour que mon ombre ne me trahisse pas. À quelques pas du policier, le cœur tambourinant dans ma cage thoracique, je levai lentement la main qui tenait le chiffon, prête à bondir.

Je songeai brièvement qu'il était beaucoup plus grand de près que de loin. Mon agilité, lorsque je lui plaquai le tissu sur le bas du visage tout en passant mon autre bras autour de son cou, fut une surprise. Je m'attendais à échouer lamentablement à la première tentative, mais ses cris étouffés étaient comme un chant de victoire. Malheureusement, il se remit vite de sa confusion et m'envoya un violent coup de coude dans les côtes. Je tentai de tenir bon, mais le deuxième me fit reculer de quelques pas, pliée en deux pour reprendre ma respiration. Il ne me laissa pas le temps de récupérer et me donna un coup de poing chancelant dans la mâchoire. J'avais réussi à tenir le chloroforme assez longtemps pour l'étourdir, je sentais qu'il n'avait pas mis toute sa force dans son attaque. Tant bien que mal, je me redressai pour éviter le poing suivant.

J'hésitai une seconde à me battre à la loyale, puis décidai que je n'avais ni le temps, ni l'énergie pour ça. Rageuse, je lui flanquai un grand coup de pied entre les jambes et profitai du fait qu'il était trop occupé à geindre pour le saisir par l'arrière et lui enfoncer la tête dans la benne en métal derrière moi. Je crus un moment qu'il allait se relever en le voyant lutter pour ne pas perdre connaissance, les paupières battant avec fureur, mais il finit par laisser retomber sa tête et s'évanouir. Précautionneusement, je cherchai son pouls pour m'assurer qu'il n'était pas blessé plus sérieusement ; peu importait le pays, tuer un policer n'était jamais bien vu par les forces de l'ordre.

Combattant le vertige qui me prenait déjà au ventre, je levai les yeux vers le quatrième étage, où se trouvait la fenêtre par laquelle je pourrais pénétrer dans l'appartement. Lentement, avec résolution, je montai à l'échelle qui avait l'air d'être tout sauf sûre et ne respirai à nouveau qu'une fois sur le premier palier de l'escalier. Je fis un effort surhumain pour ne pas regarder en bas, sachant pertinemment que si je cédais, je n'arriverais jamais en haut.

Malheureusement, j'aperçus le sol quelques mètres plus bas en voulant regarder les marches sur lesquelles je posais mes pieds ; je sentis la bile me monter à la bouche et agrippai la rambarde comme si ma vie en dépendait – ce qui était sans doute le cas. Je poursuivis mon ascension avec de grandes inspirations, m'imaginant tomber vers une mort certaine toutes les trois secondes. Arrivée au troisième étage, je faillis renoncer, l'escalier s'était mis à grincer de façon inquiétante à chacun de mes pas. J'attendis plusieurs minutes, plaquée contre la façade, que mon courage refasse surface, en vain.

Montoya m'aimait bien, mais je doutais que ce soit suffisant pour laisser passer mon manque de professionnalisme si je décidais de faire demi-tour. D'un autre côté, si je persistais mais que les grincements alertaient ma cible avant mon arrivée, j'aurais bravé la mort pour rien. Soudain, me déguiser en prostituée ne me paraissait plus être une si mauvaise idée ; au moins, je pourrais utiliser les escaliers à l'intérieur.

J'allais donc faire demi-tour, mais me rendis compte que cela faisait trois étages à descendre. Trois étages. Un seul à monter si je continuais. Une fois dans l'appartement, je pourrais faire une pause avant de repartir. Si l'escalier tenait jusque-là. Je n'avais pas survécu à un psychopathe russe pour mourir en tombant d'un escalier rouillé.

Après avoir considéré toutes mes options, je repris mon ascension. Rebrousser chemin ressemblait beaucoup trop à de la lâcheté pour que je puisse me convaincre que c'était la meilleure chose à faire.

Les quelques marches jusqu'à la fenêtre de ma cible me prirent une éternité, parce que j'essayais autant de ne pas vomir que de rester discrète. Toutes les lumières à l'intérieur étaient éteintes, mais je tentai tout de même de percevoir quelque signe de vie, au cas où rester assis dans le noir à guetter des assassins faisait partie de sa routine du soir. Quand il me parut évident qu'il était parti se coucher, je sortis la longue tige métallique du sac que je portais sur le dos et fis jouer le loquet de la vieille fenêtre à guillotine en faisant le moins de bruit possible. Je me glissai silencieusement à travers l'ouverture, reconnaissante qu'il ne garde pas un meuble avec une série de bibelots juste en dessous. Dans mon appartement, des objets cassants se trouvaient sous toutes mes fenêtres, mais personne n'avait dû lui expliquer l'intérêt de cette décoration.

Mes jambes passèrent sans problème et je rentrai le ventre pour passer le reste, prenant garde à ne perdre ni ma poitrine, ni la moitié de mon visage dans le procédé. La légère brûlure dans mes abdos me rappela que j'étais restée trop longtemps sans me rendre à la salle de sport. J'atterris néanmoins en souplesse de l'autre côté – ou presque. Immédiatement, je sortis mon arme et la pointai vers le sol le temps d'étudier la disposition de l'appartement, luttant pour ne pas respirer trop fort après les efforts d'escalade que j'avais dû fournir.

Je vérifiai rapidement la petite salle de bain et la cuisine sommaire, puis me dirigeai vers la pièce restante. Au moment de tourner la poignée, je priai pour qu'il ne soit pas plus intelligent qu'il n'en avait l'air, mais aucun grincement ne révéla ma présence. Ma cible dormait paisiblement, un simple drap couvrant son corps malgré la fraîcheur de la nuit. Je pointai le silencieux sur sa tête, hésitant à le réveiller avant. Je n'avais jamais aimé tuer les gens lorsqu'ils étaient en position de faiblesse. Cependant, il n'y avait rien de personnel dans cet assassinat ; si j'avais eu un problème avec lui, je l'aurais secoué pour avoir une conversation avec lui avant de lui exploser la tête. Outre le fait qu'il avait travaillé pendant près de dix ans pour un cartel et qu'il appréciait la compagnie de prostituées, je ne connaissais rien de lui. Je lui tirai deux balles dans la tête.

Je restai immobile un moment pour guetter le moindre bruit qui m'indiquerait que j'avais été repérée, mais l'appartement était toujours aussi silencieux. De retour dans le salon, je m'arrêtai devant la fenêtre, une envie de pleurer distinctement au bord des yeux. Ne pas regarder en bas n'était déjà pas évident pour monter, mais pour descendre, ce serait encore plus compliqué. En récupérant ma tige en métal, je songeai que j'aurais mieux fait de refuser ce boulot.

Une demi-heure plus tard, je rentrai dans un pub à quelques rues de l'appartement, commandai une bière et à manger. La nourriture calma la nausée qui ne m'avait pas tout à fait quittée. Dans mon sac, j'avais rangé mon bonnet, mon pull et mes gants; j'avais l'air d'une jeune femme tout à fait normale.

Je ne me détendis complètement qu'une fois dans le taxi que j'avais appelé après avoir mangé. Sentant la fatigue me gagner, je demandai au chauffeur de conduire dans la ville pendant vingt minutes avant de me ramener à l'hôtel dont je lui avais donné l'adresse. Je voulais profiter de l'heure tardive pour faire du repérage sans avoir à subir la foule ou les embouteillages. J'avais encore deux jours à tuer avant de repartir, je voulais en profiter un peu.

Dans ma chambre, un bouquet de roses rouges m'attendait, accompagné d'une carte m'invitant à aller boire un verre dans un club de musique latine. Montoya s'était trompé sur les fleurs, mais j'avais attendu toute la semaine de pouvoir lui poser les questions qui m'empêchaient de dormir depuis que j'avais reçu les détails de ce contrat. Soulagée qu'il se décide enfin à parler, je l'appelai immédiatement pour confirmer. Je tombai sur un répondeur, mais lui fit comprendre que le contrat avait été rempli sans problème.

Je rangeai ensuite le pistolet sous mon oreiller, puis me déshabillai pour aller prendre un bain. Après un rapide calcul, je choisis de retarder le bain pour appeler Laure, qui devait déjà être levée puisqu'il était huit heures du matin en France. Elle décrocha en soupirant:

— Vous ne pourriez pas vous entendre pour appeler chacun un jour sur deux? Je viens juste de raccrocher avec Sébastian.

Cela me fit rire.

— Je te promets qu'on ne fait pas exprès.

— Encore heureux !

Elle me répéta mot pour mot ce qu'elle venait de dire à Sébastian, à savoir que oui, les garçons allaient bien, oui, ils mangeaient et dormaient bien, non, aucune personne suspecte ne trainait autour de chez elle et si, elle en était sûre parce que son fiancé était un policier et s'en serait rendu compte. Elle me proposa de réveiller Julien pour lui parler, mais je préférais le laisser dormir ; elle me passa Ben qui me raconta sa journée de mercredi et me demanda s'ils me manquaient, parce que moi, je leur manquais. J'eus envie de fondre en larmes, mais me retins. Laure reprit le combiné quand Marconi dû l'emmener à l'école.

— À quelle heure est-ce que tu arrives samedi ?

— Neuf heures à l'aéroport, mais je ne sais pas si l'avion de Sébastian arrive à la même heure.

— Il m'a dit qu'il n'avait pas encore pris son billet de retour.

— Ah bon ? m'étonnai-je. J'espère que tout se passe bien… Est-ce qu'il t'a dit quelque chose d'autre ?

— Même à toi, je ne pose pas ce genre de questions, Ava, tu ne crois quand même pas que je vais lui demander s'il a bien tué tous les gens qu'il était censé tuer !

— Chuuuut ! Laure !

— C'est bon, Antoine est parti, je suis toute seule.

Cela ne me rassura qu'à moitié. Julien était un Moreau, il était tout à fait capable de prendre exemple sur son frère et de faire semblant de dormir pour épier les conversations privées des autres.

— Tu viendras me chercher samedi ?

— Non, je ne peux pas me libérer, mais Andrea a dit qu'il passerait te prendre. Si Sébastian arrive l'après-midi, Antoine fera un aller-retour.

J'étais étonnée qu'il se soit proposé, mais bien entendu, c'était Laure qui le lui avait imposé. Plus le temps passait, plus j'étais convaincue que Marconi ne serait pas un problème si elle continuait à le mener à la baguette de cette façon.

Je l'embrassai et promis de la laisser m'appeler le lendemain pour être sûre que je ne dérange pas. Épuisée, je décidai de prendre une douche rapide plutôt qu'un bain. J'avais survécu à un psychopathe russe et à un escalier rouillé, ce n'était pas pour mourir noyée dans une baignoire.

27.

— Ava ? Tout va bien ? me demanda Montoya pour la troisième fois.

Je n'étais toujours pas en état de répondre, mais il continuait de me presser pour que je le fasse, apparemment inquiet que mon mutisme soit définitif.

— Mon grand-père était QUOI ?

J'avais très bien entendu ce qu'il avait dit la première fois, mais j'avais besoin de l'entendre le dire à nouveau.

Il avait passé le premier quart d'heure à tourner autour du pot, jusqu'à ce que je me fatigue de l'entendre parler du cartel et mette les pieds dans le plat. J'aurais dû le laisser parler.

— Ton grand-père était mon frère, *nieta*. Enfin, seulement mon demi-frère, mais je l'aimais bien plus que mes vrais frères. Ah, si seulement il avait voulu rester avec nous, ma famille aurait été complète aujourd'hui.

J'avais beau parler l'espagnol couramment, j'étais certaine d'avoir confondu avec une autre langue, parce qu'il était évident que mon grand-père n'était PAS le demi-frère du chef du cartel de Cali. Montoya perçut mon trouble et me tapota la main d'un air compatissant.

— Je sais que ça fait beaucoup, mais c'est très important pour moi que tu connaisses ta famille.

Ma famille. Le cartel de Cali.

Sans se douter que j'étais à deux doigts de faire une crise d'angoisse, Camilo Altorez Montoya entreprit de me raconter l'histoire de ma famille. Lorsqu'il avait commencé à diriger le cartel à la suite de son père, Montoya avait recruté mon grand-père, qui dealait pour lui dans les quartiers riches. Et puis il avait rencontré ma grand-mère et était tombé fou amoureux d'elle ; après avoir appris qu'elle était enceinte, ils avaient fait leurs bagages et émigré en France pour ne plus jamais donner de nouvelles. Montoya ne lui en avait pas voulu, il savait bien que ce n'était pas une vie pour tout le monde, mais il n'avait jamais pu s'empêcher de penser que sa famille n'était plus entière. Aujourd'hui, malgré le fait que mon grand-père soit décédé, ma présence en Colombie, à la « maison », lui donnait l'impression que tout était à nouveau à sa place.

— J'ai suivi ton travail et je veux que tu saches combien je suis fier de savoir que tu es de mon sang. Je suis certain que tu serais comblée avec nous.

Il me fallut deux secondes pour enregistrer ce qu'il venait de dire.

— Quoi ?

— Je veux que tu restes travailler pour le cartel. Que tu reprennes la place qui est la tienne.

— Quoi ? répétai-je.

— Travaille pour nous à plein temps. Cali est une ville qui t'irait à merveille.

— Camilo, je suis très flattée, vraiment, mais…

Il avait insisté pour que je l'appelle par son prénom et c'était une concession qu'il ne m'avait rien coûté de faire. Mais s'il pensait une seule seconde que j'allais renoncer à la vie de libre arbitre pour me mettre au compte de la mafia colombienne, il ne me connaissait pas aussi bien qu'il le pensait.

— Ma liberté n'est pas à vendre.

— Je ne veux pas ta liberté, *nieta*, juste ton âme.

Un frisson glacé me parcourut l'échine. Il rit de sa voix grave en voyant mon expression.

— Je plaisante, c'est une blague de mafieux.

Je forçai un sourire sur mes lèvres. Quoi qu'il dise, j'avais vu la menace dans son regard. Il changea néanmoins de sujet après m'avoir fait promettre de réfléchir sérieusement à sa proposition.

Montoya avait remarqué que je n'avais bu que des cocktails sans alcool toute la soirée et avait pris cela pour un manque de confiance. Pour me mettre à l'aise, il avait promis de ne pas profiter de mon ébriété et, après tout, il était mon grand-oncle. Je ne l'avais pas cru pour autant, mais, ne voulant pas le vexer, j'avais fini par commander une bière locale.

Je laissai la conversation tourner en rond pendant un moment en songeant que ma liberté n'était peut-être qu'une illusion, au fond. Cette carrière que je pensais avoir forgée seule, comment être sûre qu'elle n'avait pas été pré-arrangée par Montoya ? Comment continuer alors que mon passé venait d'être réécrit ? En France, le seul véritable indice de mes origines était mon nom, mais ici, cette partie de moi, de mon histoire me semblait soudain inévitable et suffocante.

Alors que j'allais m'excuser pour me rendre aux toilettes, une serveuse s'arrêta à notre table. Elle déposa devant moi un dry martini avec trois olives, compliment d'un admirateur. Je la remerciai, ignorai le regard interrogateur de Montoya et me mis à chercher frénétiquement des yeux celui qui m'avait fait envoyer ce cocktail.

Je découvris Sébastian accoudé au bar, un grand sourire aux lèvres lorsque mon regard trouva le sien. Le même sourire illumina mon visage.

Montoya tourna la tête pour voir qui avait mérité cette attention soudaine, puis me glissa d'un air entendu :

— Je comprends pourquoi tu ne voulais pas de mes garçons, *nieta*.

Sébastian nous rejoignit d'une démarche assurée qui me donna envie de rouler des yeux. Il serra la main que Montoya lui tendit.

— Camilo Altorez Montoya, se présenta ce dernier.

— Sadist, répondit Sébastian avec un signe respectueux de la tête.

Puis il tendit la main vers moi pour m'inviter à danser. Il ne me vint pas à l'esprit de refuser. Il me conduisit sur la petite piste où dansaient déjà quelques couples et me serra contre lui, une main dans mon dos, l'autre qui tenait la mienne. On dansa en silence le temps de deux chansons, parfois ma tempe contre sa joue, parfois à se regarder en souriant bêtement. Finalement, je choisis de briser ce silence confortable pour répondre aux questions qui, je le savais, lui brûlaient les lèvres.

— Apparemment, mon grand-père était le petit frère du chef de la mafia. Ma vie entière est un mensonge.

Il manqua un temps d'arrêt, rompant la fluidité de notre danse.

— Désolé, dit-il simplement.

Il me serra davantage pendant un petit moment, puis me repoussa gentiment. J'allais lui demander ce qu'il lui prenait, mais repérai à mon tour Montoya qui venait vers nous. Ce dernier me prit la main et la libéra après une petite pression, puis m'embrassa sur la joue. Je me raidis, mais luttai contre mon instinct pour ne pas reculer. Il serra de nouveau la main de Sébastian.

— Je vous souhaite une bonne soirée. *Nieta*, j'espère te revoir demain avant que tu partes. Pense à ce que je t'ai dit.

Nous le remerciâmes, et sitôt hors de portée, Sébastian s'empressa de me demander :

— Qu'est-ce qu'il t'a dit ?

— Il veut que je reste travailler pour lui.

Il ne dit rien, mais je sentis la tension dans sa posture.

— Bien sûr que j'ai dit non ! Il est hors de question que je sois associée à la mafia.

Sébastian se détendit, mais je le frappai à l'épaule.

— Comment est-ce que tu as pu penser que je voudrais rester ?

— Je ne sais pas, tu aurais pu vouloir rester avec ta famille, expliqua-t-il.

— Montoya n'est pas ma famille, Sébastian.

Il me fixa intensément une seconde, puis me proposa d'un signe de la tête d'aller boire un verre au bar. Plusieurs autres suivirent pendant que je lui racontais tout ce que Montoya m'avait appris ce soir ; il écouta mes lamentations avec empathie et une inquiétude sincère. Montoya ne semblait pas connaître l'existence de Julien et Ben, mais, tout comme moi, Sébastian était soucieux de savoir s'il essaierait de prendre contact avec eux. Puis, dans la mesure où nous n'y pouvions rien pour ce soir, il me décrivit le déroulement de son contrat et me fit rire en imitant mal l'accent texan. En entendant les mésaventures du mien, il décréta que j'avais beaucoup trop de phobies pour mon propre bien. Il avait sans doute raison.

Peu avant la fermeture du club, une fois que mon ébriété était bien installée, il m'invita à nouveau sur la piste de danse, sur laquelle il ne restait plus qu'un couple. Ma coordination s'était considérablement amoindrie avec l'alcool, mais il ne parut pas y faire attention.

— Merci d'être venu me rejoindre, m'attendris-je soudain.

— Tout le plaisir est pour moi. Et puis si on rentre ensemble, ça m'évitera d'avoir à passer deux heures dans une voiture avec Antoine, plaisanta-t-il.

— Tu sais que si tu rentres en même temps que moi, c'est Andrea qui vient me chercher ? l'informai-je en levant un sourcil.

Il soupira et leva le visage vers le plafond en fermant les yeux.

— Tu veux bien me faire une faveur ? demanda-t-il en redescendant les yeux vers moi.

— Ça dépend de la faveur, répondis-je, un peu méfiante.

— Ne prononce pas son nom ce soir.

Il n'interrompit pas la danse, mais me regarda avec un regard doux et implorant.

— D'accord.

Je posai ensuite ma tête sur son épaule, me laissai bercer par la musique et enivrer par son odeur. Quand les joueurs annoncèrent que la soirée était terminée, Sébastian réclama une dernière chanson ; un billet et les supplications du reste du public eurent raison de leur fatigue. Sébastian revint vers moi avec le même air que Ben lorsqu'on lui accordait un délai supplémentaire avant d'aller se coucher.

Il remarqua mon sourire moqueur.

— Quoi ?

Je secouai la tête sans répondre. Il me reprit dans ses bras et je fis l'effort d'écouter vraiment quelques mesures jusqu'à reconnaître le classique « besame mucho ». Je ne saurais dire si c'était la magie de la chanson ou le désir dans lequel il m'avait enveloppée, mais à ce moment précis, il me sembla tout à fait naturel de lever mon visage vers le sien et de poser mes lèvres contre les siennes. Le reste de la chanson s'évanouit alors dans ce baiser. Y compris les deux refrains supplémentaires que jouèrent les musiciens.

Tel un gentleman, Sébastian me raccompagna jusqu'à mon hôtel, puis, un peu moins gentleman, jusqu'à mon lit. Malgré l'envie que je lisais dans son regard et son toucher, il nota son numéro de chambre sur un papier pour que je puisse le trouver demain avant de me laisser seule au milieu de la pièce et de se diriger vers la porte.

— Reste, réclamai-je en le retenant par la manche.

— Tu es ivre.

Je confirmai dans un sourire :

— Tout à fait.

— La dernière fois qu'on a couché ensemble quand t'avais bu, tu me l'as fait payer le lendemain, je ne ferai pas la même erreur deux fois.

— Je n'avais pas bu l'autre jour.

Je le vis se raidir. C'était la première fois que l'un de nous deux mentionnait l'incident de la douche et pour être honnête, j'étais presque aussi choquée que lui d'être la première à en parler.

— On en reparlera si tu en as toujours envie demain.

Je pris un instant pour admirer le self-control dont il faisait preuve.

Sébastian me caressa les cheveux et m'embrassa. Quand son baiser commença à se faire plus urgent, il me repoussa, me souhaita bonne nuit, et fit demi-tour. Je dus attendre qu'il ait ouvert la porte pour le rappeler :

— Reste quand même ? S'il te plaît ?

Il ne me demanda pas pourquoi je voulais qu'il reste. Peut-être qu'il comprenait qu'après avoir vu les mensonges de mon passé défaire l'identité que je croyais m'être construite seule, j'avais besoin de familiarité. Ou peut-être qu'il ne voulait pas savoir que peu m'importait qu'il soit lui ou quelqu'un d'autre. J'avais juste besoin du confort de ma vie et il en faisait partie. Il referma la porte et revint vers moi.

Le lit était assez grand pour que tout le monde puisse garder ses distances sans que cela devienne inconfortable, aussi, je lui fis signe de s'installer pendant que je faisais un passage rapide dans la salle de bain. Je retirai ma robe pour mettre un bas de jogging et passer un débardeur par-dessus mon soutien-gorge, me lavai les dents et passai aux toilettes. Sébastian était déjà couché quand je ressortis, mais il ne dormait pas.

Il m'observa marcher vers le lit, puis se poussa un peu plus vers le bord. Lorsque j'ouvris la couverture pour me glisser dessous il se leva brusquement.

— Qu'est-ce qu'il y a ? m'étonnai-je.

— Je vais plutôt dormir dans le fauteuil.

Il prit le deuxième oreiller et le couvre-lit, et s'efforça de cacher son érection en s'installant dans le gros fauteuil. Je rigolai doucement.

Une demi-heure plus tard, bien que fatiguée, je n'arrivais toujours pas à m'endormir. Je me retournais sans arrêt, échouant à trouver une position propice au sommeil ; j'avais chaud, ma peau était trop serrée, mon esprit ne cessait de revenir vers Montoya et mon grand-père, j'avais le sentiment d'être prisonnière de mes pensées, de mon corps, tout à coup. Mon soutien-gorge me compressait la poitrine, mon pantalon roulait jusqu'à mes genoux et me gênait, je sentais la sueur coller mon débardeur à mon dos.

Je relevai la tête vers Sébastian, qui ne dormait pas non plus.

— Retourne-toi, lui dis-je.

— Pourquoi ?

— Parce que je vais retirer mon soutien-gorge.

Malgré le peu de lumière dans la chambre, je vis son regard mutin qui brillait.

— Et alors ?

— Et alors, tu as décidé de dormir dans le fauteuil donc tu n'as pas le droit de regarder.

— D'accord.

Il regarda quand même.

28.

De grands coups sur le mobilier et plusieurs jurons étouffés en espagnol me tirèrent du sommeil pâteux dans lequel j'avais fini par me laisser aller. Je renonçai à l'envie d'ouvrir les yeux pour voir ce que fichait Sébastian, certaine que mon amusement ne vaudrait pas la migraine qui commençait déjà à pointer son nez.

Puis je réalisai qu'il n'y avait aucune raison pour que Sébastian jure en espagnol.

Tout à coup, je trouvai mon esprit parfaitement éveillé, même si mon corps ne semblait pas vouloir réagir à son tour. Sébastian me secoua avec urgence.

— Ava, lève-toi. La chaise ne va pas les retenir très longtemps.

Avant de s'endormir la veille, il avait eu le bon sens de placer une chaise derrière la porte d'entrée de la chambre, pour parer à une éventuelle intrusion. Nos attaquants de ce matin n'avaient clairement pas pensé que nous serions assez prudents, mais la malheureuse chaise avait déjà été dégagée et les deux brutes pénétrèrent dans la pièce, arme au poing.

Sébastian se retourna prestement, mais son attention avait été focalisée sur moi plus que sur les deux hommes et cela lui valut un violent coup de poing au visage. Du coin de l'œil, je le vis cracher un peu de sang avant de répliquer. J'analysai rapidement la situation, puis, n'ayant pas le temps de prendre mon pistolet sous l'oreiller, je roulai vers l'autre côté du lit pour éviter celui qui venait vers moi. Dépourvue d'une meilleure idée, je débranchai la lampe de chevet et la lançai de toutes mes forces sur mon assaillant; il l'évita de peu et me rejoignit de mon côté de la pièce.

J'essayai tant bien que mal de me mettre en colère face à cette violation de mon intimité, mais la vérité était que je sentais une légère panique me gagner au fur et à mesure que l'homme réussissait à me faire reculer jusqu'au mur. Jusqu'ici, il avait paré tous mes coups et, sans arme, j'avais bien conscience que je ne faisais pas le poids.

Un grognement de Sébastian attira mon regard vers la salle de bain, devant laquelle il avait enfin pris le dessus sur son agresseur. Trop vite pour que je puisse réagir, le poing du mien entra en contact avec la région de mon estomac, avec assez de force pour me couper le souffle. Les yeux brouillés de larmes, je songeai avec soulagement qu'au moins, il ne m'avait pas frappée au visage ; les bleus sur ma joue seraient déjà assez difficiles à expliquer à mon retour. Comme si la brute m'avait entendue, le poing suivant fit craquer ma mâchoire dangereusement et la douleur fit résonner les excès de la veille dans ma boîte crânienne.

Mon adversaire s'étala soudain sur le sol, les mains derrière la tête, un cri silencieux sur les lèvres. Sébastian jeta la chaise qu'il tenait par terre, me saisit rudement par la main et me tira avec lui vers la sortie. Dans le couloir, nous nous mîmes à courir aussi vite que possible vers les portes de l'ascenseur qui était encore ouvertes ; nous nous y engouffrâmes au moment où elles allaient se refermer, puis Sébastian écrasa le bouton pour empêcher l'ouverture automatique. Au rez-de-chaussée, dans l'entrée, je m'efforçai d'avoir l'air tout à fait normale et souris à l'hôtesse d'accueil, Sébastian m'imitant nerveusement. Quand la porte des escaliers claqua brutalement, aucun de nous ne prit la peine de se retourner pour vérifier qui en sortait ; nous nous remîmes à courir comme si le diable était à nos trousses.

Après quelques mètres de course dans la rue, je sentis mes pieds nus se blesser sur le trottoir irrégulier et dus porter mes mains à ma poitrine pour continuer à avancer. J'aurais dû penser à récupérer mon soutien-gorge. Sébastian courait deux mètres devant moi, les chaussettes noircies et se retournait régulièrement pour m'exhorter à aller plus vite. Nous nous perdîmes dans un dédale de petites rues dans l'espoir de les semer.

Quelques minutes seulement après avoir quitté l'hôtel, la douleur d'un point de côté irradia jusqu'à mes poumons ; je ne pus poursuivre qu'une centaine de mètres. Essoufflé, mon colocataire s'arrêta avec moi sous un vieux porche, guettant nos poursuivants pendant que je crachais par terre la salive épaisse qui m'empêchait de déglutir. Il fallait vraiment que je me remette au jogging, mon manque d'endurance était pitoyable. Sébastian me fixa d'un air sévère.

— Si tu courrais correctement, tu n'aurais pas de point de côté.

— Si je n'avais pas de poitrine, je n'aurais pas besoin de la tenir. Il me semble que tu ne t'en es jamais plaint jusqu'à présent, rétorquai-je.

Il ne trouva rien à redire, mais se mit à étudier nos alentours. Il m'indiqua un petit restaurant déjà ouvert où l'on pourrait se reposer. Les tambours de ma migraine ayant redoublé d'ardeur depuis que l'adrénaline diminuait dans mon corps, j'approuvai d'un signe de tête.

La jeune serveuse regarda avec des grands yeux ronds les deux étrangers qui entraient dans son restaurant pieds nus et couverts de sueur, mais ne fit aucun commentaire. Rien ne nous garantissait cependant qu'elle n'aille pas appeler la police dès qu'elle aurait passé la porte de la cuisine. Sébastian me laissa commander son petit déjeuner et mon café après m'avoir assuré qu'il avait assez d'argent sur lui, puis sortit de quoi la payer de la poche arrière de son jean. Finalement, il avait bien fait de dormir tout habillé.

L'odeur des œufs épicés me donna la nausée, mais il sembla les apprécier assez pour en demander une deuxième assiette. Alors que je lui jetai un regard de reproche, il se contenta de me sourire, puis d'en pousser une partie devant moi. Je m'en écartai aussi brusquement que s'il m'avait présenté un plat de cervelle.

— Mange, m'ordonna-t-il.

— Non merci.

Je repris une gorgée de café pour montrer que j'étais déterminée à ne me sustenter que de liquide noir.

— Je vois bien que tu as encore la gueule de bois. Mange, ça aidera ta migraine.

— Depuis quand est-ce que manger des trucs épicés est un remède contre la migraine ? raillai-je.

Il soupira, puis reprit son assiette pour finir ses œufs en silence. Le café n'était pas vraiment le remède parfait non plus, mais au moins, ça ne me rendrait pas malade. Quand la serveuse repassa près de nous, je lui demandai si elle avait un cachet d'aspirine à me donner ; heureusement, l'aspirine était un médicament universel. Elle me dévisagea un instant, probablement en se demandant ce que j'avais fait pour être dans cet état. Quand elle décida que ce n'était pas ses affaires, elle disparut dans l'arrière-salle et revint avec une plaquette d'aspirine. Je la remerciai avec un sourire sincère, plaisantant qu'elle avait restauré ma foi en l'humanité et lui arrachant ainsi le premier rire depuis que nous avions passé la porte.

Sitôt sa dernière bouchée avalée, Sébastian reprit un air sérieux.

— On devrait appeler Montoya.

J'acquiesçai, puisque c'était exactement la pensée que j'étais en train de ruminer.

— Tu crois que c'est lui qui les a envoyés ?

— Non, répondis-je, certaine. Je n'ai pas l'impression que ce soit son genre.

Il leva un sourcil dubitatif.

— Il est chef d'un cartel, bien sûr que c'est son genre d'envoyer des hommes tabasser des rivaux.

— Non, je veux dire, ce n'est pas son genre de s'en prendre à sa famille, enfin je ne pense pas.

— Peut-être qu'il n'est pas vraiment ton grand-oncle ?

— Les photos qu'il m'a montrées n'avaient pas l'air truquées. Et puis je ne vois pas l'intérêt de me mentir là-dessus.

Il hocha la tête et je promis de demander à Arnold de vérifier notre prétendu lien de parenté.

Une nouvelle fois, Sébastian requit l'attention de la jeune femme, voulant savoir s'il était possible d'utiliser le téléphone du restaurant pour passer un appel. Elle hésita un peu, mais après avoir eu l'accord de son patron, nous accompagna dans l'arrière-salle ; elle se posta tout de même dans l'embrasure de la porte, nous laissant autant d'intimité que possible sans nous laisser seuls.

Sébastian vérifia la tonalité et me tendit le vieux combiné. Je composais le numéro inscrit sur la carte que m'avait donnée Montoya au début de mon séjour, mais m'interrompis à trois chiffres de la fin. Frustrée, je fis un effort de mémoire considérable, essayai de visualiser la carte, tentai de revoir les chiffres quand je les avais entrés dans mon téléphone professionnel deux jours plus tôt. En vain.

— Ava, fais un effort, me supplia Sébastian.

— J'essaie ! Je ne pensais pas me faire attaquer au réveil dans ma chambre d'hôtel, je n'ai pas pris la peine de le mémoriser !

Il contint son impatience quelques instants supplémentaires, jusqu'à ce que je sois plus ou moins sûre de moi. La vieille Colombienne qui me répondit était loin d'être contente du dérangement. Je m'excusai platement d'avoir fait son numéro par erreur et raccrochai, piteuse.

Alors que j'allais abandonner, je remarquai l'ordinateur dans la petite pièce. Je réclamai à Sébastian le reste de son argent et demandai à la serveuse si l'ordinateur possédait un accès internet. Elle sourit en empochant les quelques billets, apparemment indifférente au fait qu'il ne nous restait que des dollars américains.

Sébastian et moi fûmes surpris de trouver le numéro de l'entreprise Altorez Montoya dans l'annuaire colombien, mais je déchantai aussitôt le numéro composé. Il me fallut passer par cinq intermédiaires avant de pouvoir enfin parler à la secrétaire personnelle de Montoya, et aucun d'eux n'eut l'air de croire à l'urgence de ma situation ou à mon identité. La serveuse avait fini par se lasser d'attendre et retourner dans la salle. Enfin, après presque treize minutes d'attente, Montoya décrocha.

— *Nieta*? Je suis content de t'entendre.

— Camilo, j'ai un problème, lui dis-je sans préambule.

J'aurais pu lui faire la conversation une minute, mettre un peu de formes à ma requête, mais j'étais arrivée à bout de patience, même pour mon supposé grand-oncle. Camilo comprit au ton de ma voix que ce n'était pas le moment d'essayer de reforger des liens familiaux et écouta mon récit avec attention. Lorsque j'eus terminé, il jura qu'il n'était évidemment pas responsable de cette attaque et je l'entendis donner des ordres en direct pour que les coupables soient retrouvés dans les plus brefs délais. Les menaces qui accompagnèrent de façon très naturelle ses demandes achevèrent de me convaincre qu'il n'était pas derrière notre agression.

Une voiture vint nous chercher un petit quart d'heure plus tard. Trois hommes armés en descendirent pour vérifier que nous allions bien et l'un d'eux dégaina un portable dernier cri pour confirmer à Montoya qu'ils nous avaient bien récupérés; il me demanda si je voulais lui parler pour m'assurer de leur identité avant même que j'aie le temps de l'exiger.

Sur le chemin jusqu'à l'hôtel, où ils nous conduisaient pour récupérer nos affaires, je faillis demander à l'un des hommes si je pouvais tenir son arme quelques secondes, mais peut-être que montrer ma dépendance n'était pas une si bonne idée. Malgré mon calme immédiat, mes nerfs avaient été mis à rude épreuve ce matin, et j'aurais été incapable de cacher mon soulagement à tenir un pistolet entre les mains.

Une fois à l'hôtel, ils nous obligèrent à attendre dans la voiture le temps d'aller vérifier les chambres et le reste de l'établissement. Sébastian commença à protester qu'il leur suffisait de nous prêter des armes pour que nous puissions nous débrouiller, mais je le fis taire. J'avais entendu les menaces de Montoya s'ils laissaient quoi que ce soit nous arriver et, malgré mon agacement, je comprenais leur besoin de faire du zèle.

Lorsque, enfin, on fut autorisés à aller chercher nos bagages et vérifier que rien ne manquait, Sébastian monta directement à sa chambre, conscient que si une personne de plus proposait de me protéger comme si j'étais une demoiselle sans défense, j'allais me mettre à hurler. Il m'attendait dans le hall d'entrée quand je redescendis.

L'hôtel dans lequel les hommes de Montoya nous emmenèrent ensuite était d'un standing beaucoup plus élevé. La première chose que je vérifiai dans ma chambre – après que les autres l'aient inspectée – fut la taille de la baignoire ; j'avais plus que jamais envie de ce bain que je m'étais interdit la veille.

Puisque l'un des hommes avait été posté de façon permanente dans le couloir, Sébastian décréta qu'il allait dormir et disparut dans sa propre chambre. Une demi-heure plus tard, propre, relaxée et seule, je sortis mon portable de mon sac, défis la coque et retirai la batterie pour tout examiner. Rassurée qu'aucun corps étranger n'y avait été greffé après notre fuite de ce matin, je cherchai dans l'historique de mes appels le nom d'Andrea.

— Enfin, plaisanta-t-il en décrochant. J'ai cru que tu me quittais pour t'installer en Colombie.

Son rire apaisa mes angoisses.

Je lui racontai comment s'était déroulée la mise en vente fictive de la maison fictive de mon grand-père, lui décrivis le temps que j'avais à peine remarqué, les paysages que je n'avais pas vus, les gens que je n'avais pas rencontrés et il rit et s'extasia comme s'il avait été là avec moi.

— J'aurais aimé que tu sois là, lui dis-je, prise dans le mensonge de mon récit.

— Moi aussi. La prochaine fois, promis.

— Oui, la prochaine fois.

Pendant près de quarante minutes, il me raconta sa semaine et combien je lui avais manqué, puis je lui donnai les détails de mon vol de retour, précisant que Sébastian arrivait une heure avant moi.

— Je sais que vous ne vous entendez pas, mais ce serait bête de faire faire le voyage à Antoine pour rien.

Il marqua une petite pause.

— Est-ce que tu préfères qu'Antoine vienne vous chercher tous les deux ? demanda-t-il enfin.

À mon tour, je réfléchis un moment avant de lui répondre. Bien sûr, le voyage serait moins tendu si Antoine venait, mais égoïstement, je voulais que son visage soit le premier que je verrais à mon retour. Si j'avais tendance à oublier jusqu'à son existence lorsque je travaillais, entendre sa voix, si proche, creusait le manque de lui dans ma poitrine.

— Non, assurai-je. Je veux que ce soit toi.

J'entendis le sourire dans son petit soupir de soulagement.

— J'amènerai Ben et Julien avec moi, si tu veux.

— Bonne idée, merci.

Je raccrochai un peu plus tard avant de dériver dans un sommeil discontinu.

Ce fut le garde qui me réveilla tout à fait en toquant à la porte. Montoya désirait nous voir avant que notre avion décolle dans la nuit et voulait savoir si nous pouvions le rejoindre tout de suite. J'allai secouer Sébastian.

Montoya nous attendait dans une cour de bitume, derrière le bâtiment dans lequel se trouvaient les locaux de son entreprise légitime. Contre toute attente, il me prit dans ses bras pour me saluer ; j'eus un léger mouvement de recul, mais me retins au dernier moment, n'osant pas le vexer devant ses employés.

— *Nieta*, Sadist, quel plaisir de voir que vous n'avez rien ! s'exclama-t-il.

— Merci pour votre aide, Camilo, lui dit Sébastian en lui serrant la main.

— C'est normal, tout à fait normal. Bien sûr, il en faut plus pour se débarrasser d'un membre de la famille Altorez.

Il rit de sa propre assurance.

Malheureusement, Montoya n'avait pas encore réussi à découvrir qui avait donné l'ordre de se débarrasser de moi, même s'il avait attrapé les responsables de notre attaque ; il n'osait pas me répéter les détails de ce qu'ils auraient dû me faire si mon ami n'avait pas été là pour m'aider. Ces hommes travaillaient pour lui depuis plusieurs années, et il m'assura qu'ils étaient très bons dans leur spécialité.

Il s'excusa longuement de m'avoir mise dans cette position, car il savait maintenant qu'il était la raison pour laquelle j'avais été en danger ; il savait avant même de me faire venir que certains de ses hauts employés étaient jaloux de l'attention qu'il me portait, mais avait voulu croire qu'en me voyant, en voyant que j'étais bel et bien une Altorez, ils changeraient d'avis. Montoya admit à regret que je n'étais pas en sécurité en Colombie tant qu'il n'avait pas trouvé le commanditaire de cette agression.

— Pour me faire pardonner, j'ai un présent pour toi, *nieta*.

Il fit signe à deux de ses hommes, qui s'avancèrent avec deux sacs poubelles. Un mauvais pressentiment me picota l'échine. Chacun leur tour, ils en sortirent les têtes des deux brutes de ce matin. Ma gueule de bois refit surface instantanément et je retins un violent haut-le-cœur ; je vis Sébastian pâlir à côté de moi. Malgré ma répulsion, je n'arrivai pas à détacher mon regard de la chair sanguinolente, de leur expression figée.

Il me proposa de garder les têtes en remerciement pour le service que je leur avais rendu cette semaine. Je sentais bien que refuser en faisant la grimace l'offenserait. Réprimant à grand-peine mon envie de vomir, je déclinai poliment :

— Hum, non merci, j'apprécie votre cadeau, ce serait avec plaisir mais, vous savez… l'odeur, la douane, tout ça…

Il inclina la tête comme s'il comprenait parfaitement toutes les difficultés dont je parlais. Nous réussîmes à nous éclipser rapidement après ma promesse de l'appeler régulièrement et une dernière embrassade.

De retour à l'hôtel, une fois seuls dans ma chambre, Sébastian se tourna vers moi, la tempe encore perlée de quelques gouttes de sueur.

— S'il te plaît, donne-lui des nouvelles de temps en temps. Ne le laisse jamais avoir une excuse pour venir te voir.

Je frissonnai en fermant les yeux, combattant une nouvelle vague de nausée. La pâleur de Sébastian, qui devait refléter la mienne, me disait que mes excès de la veille n'avaient pas grand-chose à voir avec mon malaise.

29.

Notre avion avait atterri avec plus d'une demi-heure d'avance, que nous avions reperdue à attendre nos bagages devant le tapis roulant. J'avais beau être certaine de n'avoir ramené aucune tête tranchée avec moi, je n'avais pu m'empêcher de trouver étrange que mes valises soient les dernières à arriver.

J'avais passé les nombreuses heures de vol à dormir d'un sommeil médicamenté, la tête posée sur l'épaule de Sébastian, ainsi que je l'avais découvert en rouvrant les yeux peu avant l'atterrissage. Il n'avait pas bougé, ne m'avait pas repoussée malgré la raideur qu'il avait maintenant dans le cou.

Sur le chemin vers la sortie du terminal, je sentis mon cœur battre d'un bonheur ordinaire à l'idée de retrouver les garçons, Andrea et la vie à laquelle je m'étais habituée. Sébastian me fit rire en imaginant des vies fantasques aux passagers que nous croisions. Quand il glissa son bras autour de ma taille, je me laissai aller contre lui, contentée par cette douce familiarité qui avait longtemps manquée à notre relation.

Enfin, je repérai au loin Ben qui faisait des bonds pour tenter de nous apercevoir par-dessus le reste de la foule. Sébastian lâcha ma taille immédiatement et, comme moi, accéléra un peu le pas. Ben fut le premier à se jeter sur moi, puis Julien s'approcha pour m'embrasser, et je le surpris en le serrant dans mes bras à son tour. Un grand sourire aux lèvres, je soupirai d'aise en sentant la main d'Andrea caresser ma joue et ses lèvres embrasser les miennes.

Je me retournai pour sourire à Sébastian, qui était resté un peu en retrait.

— Tu viens ? lui demandai-je doucement.

Il me sourit en retour, les yeux tristes et je sentis mon visage retomber. Détournant son regard du mien, il attira ses neveux à lui dans une embrassade complice et sembla à nouveau lui-même.

Pendant le voyage du retour, les garçons nous posèrent mille questions auxquelles on s'efforça de répondre avec le plus de sincérité possible. Nous avions tous les deux visité des endroits très différents et ils étaient avides d'en connaître les moindres détails, un peu déçus que nous n'ayons pas pris plus d'une dizaine de photos. Puis Andrea voulut savoir si j'avais retrouvé de la famille, faisant resurgir les angoisses que j'avais fait taire depuis que j'avais appris la vérité.

Il nous déposa sur le parking de ma résidence, mais je restai un moment dans la voiture avec lui, laissant mes trois colocataires prendre de l'avance. Andrea me demanda s'il devait faire une réservation au restaurant pour mon anniversaire ou si je préférais faire un dîner avec tout le monde.

Mon anniversaire. J'avais oublié que la date approchait autant. Dans dix jours, je pourrais célébrer le fait d'avoir survécu une année de plus.

Je répondis que nous pourrions le fêter ensemble le lendemain, mais que tout le monde s'attendait à être invité pour le soir même. En disant cela, mon regard dériva jusqu'à la porte de l'immeuble, derrière laquelle venaient de disparaître Sébastian et ses neveux, et je pensai tout à coup à ce qui m'attendait là-haut. Une vie de famille factice. Un passé à réécrire ; un présent dans lequel je me mentais à moi-même, où je m'enfermais dans une vie qui ne m'appartenait pas ; un futur pour le moins incertain.

La seule chose qui me parut certaine et tangible alors, était la main d'Andrea sur mon genou.

**

Je ne savais pas quoi dire. Je ne m'étais pas retrouvée dans ce genre de situation depuis si longtemps que j'en avais oublié le comportement à adopter. Garder le silence ne me paraissait pas être la réponse la plus appropriée, mais aucun mot ne parvenait jusqu'à mes lèvres qui ne soit horriblement vexant pour lui ou moi. Au fur et à mesure que ma respiration se calmait, je sentais un malaise insidieux s'installer entre Andrea et moi, creusant une distance qui n'avait jamais existé avant. Clairement, je n'étais pas la seule à penser que cette partie de jambes en l'air avait été un véritable désastre. J'aurais pu le mettre sur le compte du décalage horaire, mais même lorsque je restais plusieurs mois sans voyager, mon emploi du temps était si chaotique que je vivais en perpétuel décalage horaire et Andrea le savait parfaitement.

J'avais passé une heure chez moi, à ranger mes affaires, mettre une lessive en route, sourire aux garçons, avant de craquer et de ne plus parvenir à ignorer les murs de mon appartement qui se refermaient sur moi. J'avais refait un sac avec quelques nécessaires de toilette et étais repartie chez Andrea en essayant de ne pas voir les regards déçus de Julien et de Ben.

Tout en réfléchissant à mes prochains mots, je fixai le plafond d'un air absent. Cette situation était plus que ridicule. Je songeai un instant à m'excuser pour aller prendre une douche et rentrer chez moi discrètement, mais j'avais beau chercher, je ne voyais pas comment faire fonctionner cette technique avec mon petit ami officiel. Ces mauvaises passes arrivaient à tout le monde, après tout, il n'y avait pas de quoi avoir honte. Complètement nue, allongée sur son lit, à peine transpirante, je me rendais bien compte que j'allais devoir parler à un moment où un autre.

— Merci, lui dis-je en désespoir de cause.

— Tu sais, Ava, tu n'es pas obligée de me remercier pour une partie de jambes en l'air ratée.

— Hum, non, en fait, je te remerciais d'avoir la délicatesse de ne pas remarquer à quel point j'ai été mauvaise, souris-je.

— Oh. Je suppose qu'il faut être deux pour rater ce genre de choses…

— Non, c'était entièrement ma faute, je n'étais pas vraiment dedans, m'excusai-je.

Je commençais à penser que notre malaise n'était pas insurmontable si nous étions capables d'en plaisanter, lorsqu'il répondit :

— Je sais.

— D'accord… ce n'est pas tout à fait la réponse que j'attendais.

— Ça n'avait rien à voir avec nous, poursuivit-il en m'ignorant. Tu avais envie de t'envoyer en l'air. Je suis juste content d'avoir été chez moi quand tu as sonné. Quelques minutes plus tôt, et je ne sais pas où on en serait.

— Andrea, je ne serais pas allée trouver le premier type venu juste parce que j'avais envie de faire l'amour, me défendis-je en me redressant.

— Peut-être. Mais c'est ce que j'ai eu l'impression d'être. Le premier type venu.

Je ne sus pas quoi répliquer. Pendant quelques secondes, il hésita, mais continua tout de même.

— Je ne sais pas ce qu'il s'est passé pendant ton voyage en Colombie, Ava, et je ne veux pas le savoir, parce que je sais que ça ne me plairait pas, mais visiblement, ça t'a ébranlée, conclut-il.

Il m'embrassa gentiment sur les lèvres, puis se leva et sortit de la chambre, me laissant seule dans les draps défaits et déjà froids.

Qu'est-ce que j'avais fait, en Colombie? J'avais tué un homme, découvert qu'un membre de ma famille était non seulement en vie, mais aussi chef d'un cartel, que mon grand-père n'était peut-être pas celui que je croyais, j'avais embrassé Sébastian et m'était faite taper dessus. Effectivement, rien de tout cela ne lui plairait.

À bien y réfléchir, rien de ma véritable vie ne lui plairait. Je pouvais toujours me dire que c'était ma propre faute, que je ne lui avais jamais donné l'occasion de me connaître entièrement, mais la vérité était qu'il n'était pas prêt à savoir qui j'étais réellement et ne le serait peut-être jamais. Mais Andrea aimait la femme simple en moi et, jusqu'à présent, avait accepté toutes les excentricités, toutes les zones d'ombres que la tueuse à gages laissait sans réponse.

Andrea était ma seconde chance d'une vie à laquelle je ne pensais plus avoir le droit. Je pris quelques minutes pour imaginer ma vie sans lui, sans penser à lui le matin en me levant, sans sourire lorsque je recevais un de ses messages, sans ces petits papillons dans le ventre à chaque fois que j'entendais sa voix. Peut-être que l'impossibilité pour moi de m'engager était la raison même pour laquelle il avait été si facile de tomber amoureuse de lui. Parce que cette histoire n'était pas vouée à durer, je voulais la vivre intensément jusqu'au bout. Ça ne serait pas pour toujours, je l'avais toujours su. Mais à cet instant précis, je ne voulais pas imaginer ma vie sans lui.

Je me levai précipitamment, passai mon tee-shirt puis courus le rejoindre dans la salle de bain. Il se tourna instinctivement vers moi en m'entendant et je lui sautai au cou, m'accrochant à ses épaules comme à une bouée de sauvetage. Les larmes aux yeux d'une faiblesse émotive, il me fallut de longues minutes avant de trouver le courage de le lâcher et de murmurer ce que je devrais pourtant lui rappeler tous les jours.

— Tu sais que je t'aime, n'est-ce pas ?

Il parut surpris par ma déclaration.

— En fait, non, je ne le sais pas, répondit-il d'un air triste. Parfois j'ai l'impression de ne même pas faire partie de ta vie, Ava. Je ne suis pas sûr que tu aies vraiment envie d'être avec moi…

La peine sur son visage me fit mal au cœur.

— Je t'aime. Je suis désolée d'être si difficile, de ma distance, de ne pas pouvoir demander à Sébastian de partir. Je sais que je ne mérite pas ta patience, que je ne te mérite pas, toi.

Il ouvrit la bouche pour m'interrompre, mais je l'en empêchai en plaquant ma main sur sa bouche. Je baissai les yeux, incapable de soutenir l'intensité de son regard. Est-ce qu'il savait seulement ce que sa simple présence me faisait ?

— Je ne te l'ai peut-être jamais dit avant maintenant, mais je t'aime Andrea, répétai-je. Malgré tous les doutes que tu peux avoir parfois, ne doute jamais de combien je suis reconnaissante de chaque jour où tu décides de rester avec moi malgré tout.

Il me prit tendrement le menton entre ses doigts et releva mon visage vers le sien pour m'embrasser. Son baiser dura assez pour finir de chasser mes doutes à moi.

*

En rentrant chez moi, forte des certitudes nouvelles d'Andrea, je décidai d'affronter ce passé qui ancrait ma vie dans la douleur et le mensonge. Dans le bureau, j'ouvris le cadenas de l'armoire qui abritait l'armurerie, puis entrai le code de sécurité pour déverrouiller l'armurerie elle-même. Là, sur la première étagère, je poussai le double-fond pour actionner son mécanisme et en sortis une boîte rectangulaire et plate.

Parmi les clés USB qui contenaient les informations numérisées de tous les contrats qui attendaient d'être emmenées à mon coffre à la banque, se trouvait une clé. Une clé tout à fait normale, qui ouvrait une porte tout à fait normale également. Et pourtant, cette clé n'avait pas servi depuis six ans. La tenir dans ma main me fit l'impression d'une braise posée sur ma paume. Seulement, la douleur n'était que psychologique.

Après plusieurs grandes inspirations, je traversai le couloir et m'arrêtai devant la porte qui faisait directement face au bureau. Julien et Ben m'avaient souvent demandé à quoi servait cette pièce, lorsqu'ils s'étaient installés ; Sébastian avait exprimé sa curiosité également, mais aucun des trois n'avait insisté après que je les avais priés de ne plus poser la question. Aussi, j'étais bien consciente de leurs trois regards braqués sur moi pendant que j'hésitais encore, le cœur battant, à introduire la clé dans la serrure.

Je pensai à mes parents et à leur vie trop courte, à Guillaume et à sa fin violente, à mon grand-père et à son passé secret, à ma grand-mère et son souvenir flou qui habitait ma mémoire. Tant de vies que j'avais cru connaître, avec cette arrogance adolescente de savoir absolu. Tant de vies qui avaient créé la mienne et dont le passé venait me défaire aujourd'hui. Peut-être que j'avais raté quelque chose, un indice, peu importe, peut-être que j'avais toujours su. Je n'en serais pas certaine tant que je n'ouvrirais pas cette pièce.

Je décidai alors que je n'avais pas envie de savoir. Je pouvais continuer en faisant semblant de ne pas m'en préoccuper. Personne n'était au courant de ce que j'avais appris en Colombie. Mais en me retournant, mon regard accrocha celui de Sébastian ; il avait deviné. Il avait deviné les secrets derrière la porte. Et lui, savait. Il connaissait maintenant les illusions de mes souvenirs et il ne me laisserait pas me défiler.

Je partis m'enfermer dans ma chambre, me repassant en boucle le film de ces derniers jours. Allongée sur les couvertures, je saisis le Browning dans son holster à côté de ma tête et le posai sur ma poitrine, un poids lourd et froid pour contrer la fièvre de mon cœur qui battait assez fort pour sortir de sa cage.

30.

Arnold m'écouta attentivement pendant les vingt minutes où je lui parlai de tout ce qu'il s'était passé en Colombie ; au fur et à mesure de mon récit, j'avais vu ses sourcils se froncer de plus en plus dans une inquiétude grandissante.

Je n'avais pas réussi à attendre plus de trois jours avant d'aller le voir pour lui raconter mes nouveaux problèmes et, sitôt mon exposé terminé, je m'étais sentie immédiatement plus légère. Arnold saurait quoi faire.

— Tu comptes garder contact avec lui ? m'interrogea-t-il.

— C'est la dernière chose que je veuille faire, mais s'il est déterminé à ce que je fasse partie de sa famille, il peut très bien venir me voir ici. Et je refuse de mettre les garçons encore plus en danger.

— Hum, hum, acquiesça-t-il.

Il se mit à faire les cent pas et je le laissai faire sans rien dire. Arnold n'arrivait pas à réfléchir de façon statique. Au bout de quelques minutes, il s'arrêta et me fixa sans vraiment me voir.

— Rappelle-moi son nom ?

— Camilo Altorez Montoya.

Il répéta le nom une demi-douzaine de fois en marmonnant.

— Je n'arrive pas à croire que je ne l'ai pas vu venir, pestai-je contre moi-même. Après avoir lu la lettre, j'aurais dû voir que ce n'était pas une coïncidence qu'on ait le même nom.

— Pourquoi est-ce que ce nom me dit quelque chose ?

— En même temps, il y a beaucoup de gens qui s'appellent Altorez…

Chacun de nous se parla à lui-même quelques minutes, jusqu'à ce que je pose à Arnold la question qui l'aida à retrouver d'où il connaissait le nom de mon grand-oncle.

— Il n'a jamais essayé de te contacter ? Il dit avoir suivi ma carrière depuis le début, je trouve bizarre qu'il ait attendu tout ce temps pour m'écrire…

Arnold leva le doigt en criant un « oui » digne d'Archimède. Il se précipita vers un grand placard poussiéreux, le seul placard de l'appartement que Luisa refusait de nettoyer. Il en sortit un gros dossier qu'il parcourut rapidement. Sur la tranche, il y avait écrit « AA » ; je doutais que ce soit pour « Alcooliques Anonymes ».

— Tu sais, mon père avait un dossier comme ça, mais lui, il gardait mes diplômes et mes bulletins, plaisantai-je.

Il eut l'air un peu gêné.

— Désolé. Je ne garde rien de compromettant, c'est promis, c'est juste… tu sais. Luisa et moi, on n'a jamais eu d'enfants à cause du métier. T'es ce qui s'en rapproche le plus comme j'ai un peu l'impression de t'avoir élevée dans le milieu…

Un sourire tendre étira mes lèvres et je me levai pour aller nouer mes bras autour de sa taille et poser ma tête sur son épaule.

— Tu as fait plus que ça, Arnold. Tu m'as sauvé la vie.

Il me claqua une bise sur le front et extirpa une vieille lettre du tas de papiers.

— Je n'ai pas fait le rapprochement à l'époque. Tu t'appelais encore Alméras et il y a eu plus d'un pervers qui voulait te rencontrer, j'ai pensé qu'il était l'un d'eux.

Sur le papier abîmé, je reconnus l'écriture de Montoya. Il avait bel et bien suivi mon évolution dans le milieu, et il avait voulu me voir.

— Pourquoi est-ce qu'il t'a écrit à toi ?

— Je ne sais pas, peut-être parce qu'il savait que j'étais ton formateur.

— C'est pourtant quelque chose qu'on avait plutôt bien caché.

— Oui, mais j'ai pris les premiers contrats avec toi, il a dû l'apprendre, surtout s'il te surveillait déjà à ce moment.

Montoya n'avait donc pas seulement suivi ma carrière, mais aussi le reste de ma vie. J'eus soudain peur de me demander combien il en savait sur ma vie actuelle.

— Tu devrais peut-être lui demander de l'aide pour trouver ton contrat ? proposa Arnold avec réserve.

— Hors de question. J'y ai déjà pensé. Ce type a beau être mon grand-oncle, il est complètement taré. Il m'a offert des têtes coupées, Arnold ! Je ne veux pas lui devoir quoi que ce soit.

Il acquiesça d'un hochement de tête et changea de sujet. Luisa attendait toujours que je vienne dîner avec Andrea et devenait de plus en plus insistante. Je souris en assurant que j'allais lui en parler, puis pris congé quelques minutes plus tard.

Après avoir quitté l'appartement d'Arnold, je partis retrouver Roger, qui avait appelé à trois heures du matin pour réclamer mon assistance. Il n'avait pas précisé pourquoi il avait besoin de moi, seulement que je devais le retrouver à la nuit tombée, sur un parking désert, que je devais m'attacher les cheveux et mettre des gants. J'avais un mauvais pressentiment.

Il arrêta une camionnette grise à ma hauteur sur le parking qu'il m'avait indiqué.

— Je ne savais pas que tu avais une autre voiture, lui dis-je en m'installant sur le siège passager.

— Elle n'est pas à moi.

— Oh ? Elle est à qui ?

Tous les prétextes étaient bons pour essayer d'en savoir plus sur Roger.

— Je ne sais pas. Les papiers n'étaient pas dedans quand je l'ai prise.

Je m'immobilisai, la main sur la poignée, certaine qu'il ne venait pas juste de me faire monter dans une voiture volée.

— Dis-moi que tu ne l'as pas volée ?

— Pourquoi je te dirais ça ?

Il me regarda en fronçant les sourcils, agacé que je n'aie pas déjà fermé la portière.

— Oui, Ava, j'ai volé cette voiture. Tu ne crois quand même pas que j'allais faire ça avec la mienne ? Est-ce qu'on peut y aller maintenant ? On a pas mal de route à faire.

Je me retins de poser plus de questions et obtempérai, soucieuse de ne pas le mettre en rogne alors que, pour une fois, c'était lui qui avait besoin de mon aide.

Il se mit à rouler en suivant scrupuleusement le code de la route, sans radio et sans faire la conversation. J'espérais que le reste de la soirée serait plus palpitant. J'avais bien essayé de dormir, mais une odeur persistante et désagréable avait envahi tout l'habitacle jusqu'au fond de ma gorge.

— Qu'est-ce que c'est que cette odeur ? demandai-je, plus pour faire la conversation que pour satisfaire ma curiosité.

— Un cadavre.

J'éclatai de rire. Qui eût cru que Roger pouvait être si drôle ?

— Non vraiment, qu'est-ce que c'est ?

— Un cadavre. Il est sous les cartons à l'arrière.

— Quoi ?! criai-je.

Je me retournai pour inspecter l'arrière de la camionnette.

— Le type qui m'a recruté voulait se charger du corps lui-même, mais il a paniqué et n'a pas réussi. Il m'a rappelé hier soir pour que je vienne le débarrasser.

— Et il l'a gardé combien de temps avant de te rappeler ? marmonnai-je, une main plaquée sur mon nez et ma bouche.

— Quatre jours.

— Quatre jours ! Tu as un cadavre *en décomposition* dans le coffre de la voiture ?!

— Oui.

Son calme olympien me déroutait. Ceci dit, il avait déjà fait tout le trajet jusqu'à ma ville avec son cadavre, il avait l'habitude de l'odeur.

— Et tu t'es dit, tiens, si j'appelais Ava pour m'aider à me débarrasser du corps en décomposition ? m'informai-je, non sans sarcasme.

— Oui.

Je levai les bras au ciel, exaspérée.

— Pourquoi est-ce que tu croyais que tu devais mettre des gants et t'attacher les cheveux ?

— Je ne pensais pas que le corps serait dans ta voiture !

— Ce n'est pas ma voiture.

— Oui, ça, je crois qu'on a bien compris qu'en plus d'avoir un cadavre en décomposition à l'arrière, on roule dans une voiture volée !

— Ce genre de petits détails a beaucoup d'importance pour toi, non ?

— Tu crois ? m'écriai-je, ravie qu'il comprenne enfin mon problème.

Pendant les deux heures de route suivantes, il tenta de m'expliquer que tout allait bien se passer, qu'il avait déjà fait ça plusieurs fois et qu'il n'avait jamais fini en prison jusqu'à présent. J'espérais bien que la première fois qu'il se ferait avoir ne serait pas en ma compagnie. En

France, les uniformes n'étaient peut-être pas orange, mais j'étais certaine qu'aucune couleur d'uniforme de prison ne m'irait bien au teint.

On arriva enfin dans une forêt sombre, perdue au milieu de la campagne. Roger s'arrêta devant une barrière puis m'envoya défaire la chaîne qui bloquait l'accès au sentier. En soupirant pour la forme, je descendis de la voiture et songeai que j'étais heureuse de faire partie des meurtriers, parce que n'importe qui aurait eu peur de tomber sur un tueur en série. Bon, d'accord, je n'étais pas tout à fait rassurée non plus. Je remontai rapidement et il poursuivit sur le sentier pendant plusieurs minutes avant de se garer.

Il ouvrit le coffre et balança tous les cartons vides à l'avant pour accéder au macchabée enroulé dans une bâche plastique. Il prit l'avant, moi l'arrière, puis nous nous dirigeâmes un peu en contrebas, là où les feux de la camionnette nous éclairaient toujours.

Roger déroula le cadavre luisant et gonflé, puis l'observa pendant plusieurs secondes avant de s'interroger tout haut :

— Je ne sais pas si on enterre les jambes ou les bras d'abord ?

— Parce qu'on ne met pas tout au même endroit ?

— Bien sûr que non.

— Pardon, j'aurais dû le savoir, raillai-je.

— Oui, tu aurais dû, dit-il sans relever le sarcasme.

Je m'assis sur une souche pendant que Roger creusait un trou profond entre deux arbres.

— Il y a une hache à l'arrière de la voiture, va la chercher et coupe les bras, s'il te plaît.

Pour bien exprimer le sentiment que m'inspirait cette requête, je fis une grimace dégoûtée.

— Ava, je ne t'ai pas demandé de venir juste pour me regarder travailler.

Je roulai les yeux et me relevai pour aller prendre la hache de bûcheron dans le coffre de la camionnette. Une fois au-dessus du corps, j'essayai de viser correctement malgré la lumière mal orientée des feux. Je levai la hache le plus haut possible sans dévier ma trajectoire, puis l'abattis avec force. Quand des fluides de couleurs glauques giclèrent sur mes vêtements dans un bruit humide, je ne pus retenir un « beurk » sonore et une autre grimace répugnée.

— Ne fais pas comme si tu n'avais jamais vu de cadavre.

— Pas en décomposition ! D'habitude, il y a juste du sang, lui, il a tout plein de trucs dégoûtants qui suppurent de partout. J'espère qu'il n'était pas malade, ton cadavre, là.

Sans attendre sa réponse, j'enjambai le pauvre type et, de quelques coups de hache bien placés, séparai son deuxième bras du reste de son corps.

Je refusai de regarder Roger peler la peau de ses mains pour empêcher son identification. Il retira les bouts de manches qui étaient encore sur ses bras, plaça les morceaux de corps dans le trou et reboucha le tout.

Dans la forêt suivante, à une heure de route, on recommença le même manège, cette fois-ci avec les jambes. Au troisième arrêt, je décapitai le cadavre et utilisai un des sacs poubelles pour vomir pendant qu'il retirait chacune de ses dents avec une pince. Le quatrième arrêt fut dédié à ce qu'il restait du torse, après qu'il eut retiré le tatouage du pauvre homme avec un grand couteau. Sur le chemin du retour, il s'arrêta près d'un lac pour y jeter les dents une à une, dans différentes directions. Enfin, sur un chantier abandonné, il arrosa d'essence les vêtements du macchabée, nos gants et les quelques lambeaux de peau qu'il avait prélevés puis fit brûler le tout. Je me perdis un instant dans les flammes, m'émerveillant de l'incongruité de ma nuit. Je ne vivrais peut-être pas très longtemps, mais au moins, je ne pourrais pas dire que ma vie avait été inintéressante.

Je fus tirée de mes pensées par Roger qui se déshabilla à côté de moi.

— Qu'est-ce que tu fais ? hurlai-je en me couvrant les yeux.

— Je brûle mes vêtements.

Une fois nu, il enfila les vêtements propres qui étaient dans un sac plastique à l'arrière de la camionnette. Il me tendit un autre sac.

— Qu'est-ce que c'est ? demandai-je, tout en ayant une petite idée de ce dont il s'agissait.

— Tes vêtements de rechange. Il faut que tu brûles ceux que tu as sur toi.

Je rigolai comme s'il venait de me faire une bonne blague.

— Certainement pas. Tu n'avais qu'à me prévenir que je devais mettre un jogging.

— Qu'est-ce que ça aurait changé ?

— Je ne vais pas brûler mes vêtements, Roger, oublie ça.

— Ava, sois raisonnable, s'il te plaît, enfile ces vêtements.

Je pris le sac qu'il me tendait toujours.

— Je vais enfiler ce qu'il y a dans ce sac, mais soyons très clairs : tout ce que j'ai sur moi en ce moment, tu vas le garder avec toi, l'emmener dans un premier pressing, puis dans un deuxième, puis, une fois que tout sera vraiment propre, tu me le rapporteras chez moi.

— Au pressing ? répéta-t-il sans comprendre.

— Roger, tu crois vraiment que je jette mes fringues à chaque fois qu'il y a une goutte de sang dessus ?

— Tu devrais.

Je secouai la tête d'un air désolé.

— Si tu dis ça, c'est parce que tu n'as jamais passé une après-midi entière dans des boutiques à chercher le jean parfait pour mettre tes fesses en valeur.

— C'est vrai, confirma-t-il. Je n'ai jamais fait ça. Et si jamais je donne l'impression de vouloir le faire, je préfère qu'on me tue tout de suite.

Le contraire m'aurait étonnée.

— Tu crois que j'arrive à ce résultat avec n'importe quel pantalon ? fis-je en lui montrant mon arrière-train.

— Je crois que c'est plutôt une question que tu devrais poser à Sébastian. Il passe beaucoup plus de temps que moi à regarder tes fesses.

Au moins, je ne pouvais pas le contredire sur ce point-là.

Roger essaya en vain de me convaincre de détruire toutes les preuves tout en roulant vers chez moi, mais je me contentai de plier le tout avec attention et de le placer dans un sac plastique propre pour qu'il puisse aller les faire nettoyer. Je lui promis une mort lente et douloureuse s'il arrivait quoi que ce soit à mon jean. Je ne pense pas que ma menace lui ait fait particulièrement peur, mais il accepta de me rapporter mes vêtements dans quelques jours quand ils sortiraient du pressing.

Arrivés en ville, je finis par remarquer qu'il regardait souvent et avec insistance dans ses rétroviseurs. Il tourna plusieurs fois à droite pour revenir sur ses traces.

— On est suivis ?

— J'en ai bien l'impression.

— Tu veux faire quoi ? m'enquis-je. On s'arrête pour discuter ou on les sème ?

Il y réfléchit un instant, puis choisit d'essayer de les semer, trop fatigué pour avoir ce genre de discussion après la nuit que nous avions passée.

Quand il démarra en trombe après le feu rouge auquel nous étions arrêtés, je m'agrippai à la portière et priai pour ne pas mourir dans un accident. Roger zigzaguait entre les quelques voitures qui roulaient à cette heure matinale, enchaînant les virages serrés et ignorant la signalisation comme un pro. Je ne sais pas si mes cris de panique intempestifs l'aidèrent à éviter les obstacles ou s'il avait déjà tout prévu, mais je trouvais que nous frôlâmes la mort un peu trop souvent. Plus qu'une semaine et j'aurais vingt-cinq ans, je ne voulais pas mourir avant. Je n'avais même pas mis à jour mon testament. De temps en temps, quand il revenait sur une ligne droite où la voie était libre, j'arrivais de nouveau à respirer, et j'étais épatée qu'il sache faire ça sans broncher.

Quand il s'arrêta enfin, j'eus du mal à désincruster mes doigts du siège et de la portière.

— Nom de Dieu… Où est-ce que tu as appris à conduire comme ça ?

— J'ai suivi une formation de cascadeur.

— Vraiment ?

— Non.

Il m'aida à descendre de la voiture et m'accompagna jusqu'à la grille de ma résidence en me soutenant par le bras. Mes jambes étaient un peu moins flageolantes quand j'atteignis la porte et, maintenant que je ne risquais plus de mourir dans un crash sanguinolent, l'adrénaline qui saturait encore mon cerveau me fit croire que l'expérience avait été très plaisante.

— Sérieusement, il faut que tu m'apprennes à faire ça !

— Ava, tu viens de battre le record mondial d'apnée, là-dedans, je ne crois pas que tu sois prête à suivre mes cours de conduite.

Offusquée, je le contredis :

— Ça ne veut rien dire, je suis tout à fait capable de faire ce que tu viens de faire. C'est quand les autres sont au volant que j'ai peur, je vais très bien quand c'est moi qui conduis n'importe comment !

Il rit à voix basse, me remercia de mon aide, et promit de me rapporter mon jean au plus vite. Puis il m'abandonna à ma journée morne et pleine d'ennui.

31.

Enfouie sous les couvertures, je regardais le soleil filtrer à travers les trous du volet déroulant depuis que j'étais réveillée. Je n'arrivais pas à juger du temps qui s'était écoulé, perdue dans la paresse d'un matin où je n'avais rien à faire. Le temps passait différemment dans le noir. Les paupières encore lourdes, je pressai un des boutons de mon portable pour afficher l'heure. Dix heures, trois minutes. Malgré l'odeur du café qui commençait à faire gargouiller mon ventre, je fis le choix de rester dans mon lit jusqu'à ce que mon lever devienne impératif. Jusqu'à ce soir, donc. De toute façon, j'avais bien un ou deux ans de sommeil en retard, personne ne m'en voudrait.

Les yeux fermés, j'écoutais le cliquetis de la vaisselle dans la cuisine et imaginais Sébastian s'activer pour préparer le petit déjeuner des garçons. Les vacances de la Toussaint avaient débuté cette semaine; j'avais oublié les bruits constants de vie qui avaient empli l'appartement pendant l'été et combien je les avais détestés à l'époque. Aujourd'hui, ces bruits ne me dérangeaient plus.

Je fermai les yeux un peu plus fort pour chasser l'image de Sébastian. Chaque fois que je me retrouvais seule, mon esprit rejouait Bogota en boucle, ce soir où je l'avais embrassé, où il avait été le plus raisonnable des deux alors que je désirais tellement plus. Je repensais à la chaleur de son corps sous mes mains, sous le tissu de ses vêtements lorsqu'on dansait. Sa main qui caressait le bas de mon dos. Je serrai mes mains sur la couette pour faire taire ma peau, insolente depuis notre retour, orpheline de son toucher.

Le bruit de ma porte qui s'ouvrait me réveilla en sursaut. Je m'étais rendormie sans m'en rendre compte. Julien voulait savoir si j'allais venir déjeuner ; j'hésitai quelques secondes, mais finis par lui dire que je les rejoindrais dès que je serais habillée.

Tout en passant les premiers vêtements qui me tombèrent sous la main, je sentis mon cœur battre un peu plus vite. L'idée de devoir parler à Sébastian après les pensées que j'avais eues ce matin provoquait toutes sortes d'émotions contradictoires en moi. J'essayai de diriger mon esprit vers Andrea pour contrer mes envies insidieuses, mais une fois dans la cuisine, je réalisai qu'il était déjà reparti dans le bureau. Est-ce qu'il avait fait exprès pour ne pas me voir non plus ? J'avais cherché à savoir s'il était en colère contre moi, mais les quelques fois où je l'avais croisé, il n'avait rien fait pour me le laisser penser.

Une pointe de culpabilité teinta le goût de mon café quand je me rappelai ses paroles ce soir-là. « On en reparlera si tu as toujours envie demain. » Sans aucun doute, il s'était attendu à ce qu'on en reparle. Et sans l'intervention des deux brutes, je savais très bien ce qu'il se serait passé. Mais de retour en France, j'étais retournée vers Andrea sans même un mot d'excuse. Sébastian méritait mieux que mon manque de considération et pourtant, ne pas le voir dans la cuisine ce matin me soulagea. Les choses étaient plus faciles ainsi, bien que mon ventre se tordît de cette occasion manquée.

J'aimais Andrea, il était ce que j'avais toujours espéré d'une relation quand j'en rêvais encore. Il m'apportait une normalité, un réconfort que je ne pensais plus désirer. Et pourtant, je ne pouvais pas nier la façon dont mon cœur battait, la façon dont mon corps entier se contractait et s'électrisait lorsque Sébastian entrait dans une pièce.

Me tirant de mes songes, Julien ouvrit le frigo pour le refermer sans rien prendre, une moue peu enthousiaste sur le visage.

— Ava ? Comme Sébastian travaille ce soir, on peut commander une pizza ?

— Comment ça, votre oncle travaille ?

Julien pointa du doigt le planning qui était accroché sur le réfrigérateur.

— On est jeudi, il est au club, ce soir, précisa-t-il, comme si je ne savais pas lire.

Je savais très bien lire. Je ne savais juste pas quel jour on était.

— Alors ?

— Alors quoi ?

— La pizza, souffla-t-il, excédé par mon manque d'attention.

— Oh. Oui, si vous voulez, accordai-je.

Ben se réjouit bruyamment. Ça m'éviterait de rater le riz encore une fois.

Sébastian sortit alors du bureau pour aller dans la salle de bain, ses vêtements dans les bras. Il passa la tête hors du couloir pour savoir ce qu'il se passait.

— On mange de la pizza ce soir, l'informa Ben.

— Et vous êtes contents à cause de la pizza ou parce que ce n'est pas Ava qui va cuisiner ? plaisanta-t-il.

Ils se mirent à ricaner tous les trois. Je soupirai pour donner le change, mais souris dans ma tasse.

**

À trois heures du matin, je ne dormais plus. Un cauchemar m'avait laissée en sueur et angoissée, incapable de me rendormir sans avoir peur de me remettre à étouffer. Prenant soin de ne pas réveiller les enfants, je m'étais installée devant la télé avec un café au lait et je regardais les émissions idiotes de la nuit. Si un bâillement m'échappait de temps en temps, mes yeux restaient obstinément ouverts.

À court d'idées pour me rendormir, je décidai d'aiguiser mes couteaux de cuisine, avant de me souvenir que Sébastian les avait remplacés par les siens, flambant neufs, en voyant leur mine fatiguée. Ils décoraient à présent le plan de travail de Marion, qui se fichait bien de l'usure d'un ustensile dont elle ne se servait jamais ; encore pire que moi, Marion ne croyait qu'au surgelé.

Alors que je sortais un grand verre pour le remplir d'eau et retourner dans mon lit, la porte d'entrée s'ouvrit pour laisser apparaître Sébastian, l'air fatigué. Il s'immobilisa dans l'entrée en me voyant dans la cuisine, puis retira sa veste en cuir et ses bottes de moto. Il fit le tour du comptoir pour accéder au frigo et je reculai instinctivement. Ma réaction lui arracha un sourire désabusé.

— Tu m'évites, me dit-il.

Je ne répondis pas, le laissai prendre la bouteille d'eau au frais et s'en servir un verre. Il se désaltéra pendant que je le regardais, son visage sérieux dans la lumière du réfrigérateur encore ouvert. Il reposa le verre et ferma la porte.

— Tu m'évites depuis notre retour, reprit-il.

— Oui.

Il ne servait à rien de mentir, on savait tous les deux que c'était la vérité.

Il ne tenta pas de se rapprocher de moi et je lui en fus reconnaissante ; j'avais soudain beaucoup de mal à déglutir. Sébastian m'observa longtemps dans la pénombre de la cuisine, le regard chargé d'une émotion qui m'étreignait la poitrine, à moi aussi.

— Je ne forcerai rien, tu sais.

— Je sais, répondis-je d'une voix rauque.

Lorsqu'il fit un pas vers moi, il me fallut une volonté de fer pour ne pas reculer. Il l'aurait peut-être mal pris, mais à la vérité, je ne me faisais plus confiance en sa présence. Sa chemise entrouverte laissait voir le haut de son torse ; si je n'avais pas été si lâche dans mon désir, j'aurais avancé vers lui pour y poser mes mains.

Je sentais qu'il s'efforçait de ne pas me brusquer, mais son envie de me toucher également était évidente dans la contraction de ses poings. Il remplit mon verre avec l'eau à température ambiante qui était posée sur le plan de travail. Les muscles de ses avant-bras étaient encore davantage ciselés par le jeu d'ombres de la pièce. Je posai mes yeux sur le haut de son dernier tatouage, qui remontait dans son cou et le rendait encore plus désirable. Je ne l'avais vu qu'une seule fois en entier, dans la douche. Je fermai les yeux et inspirai profondément, la main sur le comptoir pour me soutenir dans ma détermination.

Quand je les rouvris, il n'était qu'à quelques centimètres de moi et je n'osai plus relever la tête pour croiser son regard. Ma gorge se serra de larmes frustrées.

— Je ne forcerai rien, mais j'y pense sans arrêt.

Sur ces mots, il fit demi-tour et m'abandonna, soudain glacée de son absence. J'entendis la porte du bureau se refermer derrière lui.

Ma chambre me sembla trop grande, quand je me glissai à nouveau sous mes couvertures. Je restai longtemps assise, incapable de m'allonger et de renoncer tout à fait à ce besoin de lui. Puis, soudain, je choisis de reconnaître l'inévitabilité de notre attirance et de cesser de me battre contre moi-même.

Je pénétrai dans le bureau en silence, Sébastian était assis sur le bord du lit. Les coudes sur les genoux, la tête dans les mains, il était en proie aux mêmes affres que moi. Lorsqu'il leva le visage pour planter ses yeux dans les miens, il n'y avait plus aucune question ; si j'étais là, c'est que j'avais déjà donné ma réponse. Et pour la première fois depuis bien longtemps, peu m'importait d'être la plus faible de nous deux.

Une seconde, je me forçai à penser à Andrea, comme je l'avais fait ce matin, mais en regardant Sébastian là, devant moi, avec dans le regard le même désir indicible que le mien, il devenait difficile de penser à autre chose qu'à ce baiser qu'on avait échangé quelques jours plus tôt, riche des promesses que nos corps sauraient tenir. Il se leva et franchit la distance qui nous séparait sans un mot. Comme dans mes souvenirs, ses lèvres rencontrèrent les miennes, doucement d'abord, puis de façon plus urgente. Son baiser me laissa essoufflée.

Très lentement, mes yeux ancrés dans les siens, nous nous retirâmes les vêtements l'un de l'autre ; à chaque vêtement qui tombait au sol, mon cœur enflait encore un peu plus, jusqu'à ce que je m'émerveille du fait qu'il n'avait pas encore explosé dans ma poitrine. Il m'embrassa à nouveau, dispersant la tension qui m'avait raidie ces derniers jours, depuis que mon corps avait appris à se languir du sien.

Après un long moment, Sébastian sépara nos lèvres et appuya son front contre le mien, le souffle court. Il me nomma dans un murmure : « Le Fléau… »

De soupirs en gémissements, Sébastian me rappela toutes les raisons pour lesquelles j'aurais dit oui, ce matin-là, si les brutes nous en avaient laissé le temps.

Le lendemain matin, je m'éveillai avant lui et me glissai hors du lit pour aller prendre une douche. J'attendis d'être certaine que les garçons dormaient encore avant de sortir dans le couloir puis, avec un dernier regard attendri pour l'homme contre lequel j'avais dormi, je filai discrètement prendre des affaires propres dans ma chambre.

Julien fut le premier à se réveiller et à me rejoindre pendant que le café passait encore. Il me salua dans un bâillement sonore et s'affala sur une chaise, la tête posée sur son bras.

— Tu veux manger quelque chose ?

Il secoua la tête sans ouvrir les yeux. Amusée qu'il ait trouvé le courage de se traîner jusqu'à la cuisine si tôt alors qu'il était en vacances, je sortis une deuxième tasse et la remplis à moitié de café encore brûlant. Habituellement, son oncle n'aimait pas qu'il boive du café, ayant été témoin des effets de cette addiction sur moi, mais son état me faisait de la peine. Je versai du lait pour compléter le café jusqu'à ce qu'il me dise qu'il y en avait assez.

Ben arriva dans son pyjama vert, le même épi que son frère dans les cheveux. Il tendit la joue pour que je l'embrasse ; je m'exécutai en souriant. Pendant quelques minutes, je préparai le petit déjeuner dans un silence plein de paresse, contente de profiter de la torpeur de cette matinée.

Lorsque Sébastian se leva à son tour, ses neveux marmonnèrent un même « bonjour » qui me fit rire. Il ébouriffa la tignasse de Ben et serra l'épaule de Julien au passage. En se glissant derrière moi pour aller se servir en café, il me frôla la main discrètement ; je me retins de sourire.

Tout me semblait simple, à la lumière de ce matin, tout était nouveau et familier à la fois, aucune inquiétude ne venait me harceler. Pour la première fois depuis des mois, je regardais la sensualité de Sébastian sans honte. Je savais que je le paierais d'une culpabilité double ce soir, en voyant Andrea, mais pour le moment, je ne parvenais pas à m'en préoccuper.

Les garçons déposèrent leur vaisselle dans l'évier et prirent le chemin de la salle de bain et de leur chambre. Sébastian tendit le cou dans le couloir pour s'assurer qu'ils étaient bien partis, puis se retourna vers moi et m'attira à lui sans préambule. Le goût du café sur sa bouche me réveilla bien plus efficacement que celui qui refroidissait dans ma tasse.

32.

Au retour des courses, je laissai les garçons ranger le contenu des trois sacs volumineux. Depuis que les Moreau s'étaient installés dans mon appartement, je m'étonnais toujours de la variété d'aliments qu'on pouvait acheter alors que j'avais survécu avec des pizzas et des céréales pendant des années. Encore maintenant, malgré le régime alimentaire plus sain que leur présence m'avait forcée à adopter, je n'avais pas la moindre d'idée d'où Sébastian rangeait la moitié des choses étranges et de couleurs variées de la liste de commissions. Aujourd'hui, cependant, je n'avais pas envie de rire pendant que Ben imitait son oncle en train de m'apprendre comment était organisée ma cuisine.

Pendant tout le temps que nous avions passé dans le centre commercial, j'avais eu la distincte impression d'être suivie. Bien sûr, il se pouvait que ce ne soit que ma paranoïa qui s'exprime, mais parmi tous les gens qui se ravitaillaient, j'avais encore le sentiment que l'un d'eux n'était là que pour m'observer, caché dans la masse grouillante. Une ombre au coin de mon œil, une silhouette qui disparaissait trop vite dans un rayon. Couper court à notre activité aurait averti cette personne que je l'avais repérée, mais après quelques minutes, j'avais cessé de faire attention à ce que les garçons mettaient dans le caddie pour me concentrer sur la vision périphérique. La seule chose dont j'étais certaine, c'était que celui qui me suivait était bon.

Bien sûr, il restait la possibilité très réelle que je sois vraiment paranoïaque. J'avais bu beaucoup de café, ce matin, et très peu dormi la nuit d'avant.

Sébastian attendit que les garçons soient occupés, Julien sur l'ordinateur dans le bureau et Ben dans la chambre, avant de venir s'asseoir sur le canapé avec moi. Je soulevai mes pieds pour lui faire de la place, et les replaçai sur ses genoux, trop lasse pour changer de position. D'une main distraite, il se mit à caresser mes jambes nues.

— Qu'est-ce qu'il y a ? demandai-je en voyant son air tracassé.

— J'ai eu des nouvelles de mes parents.

Je faillis m'étrangler avec l'eau que j'étais en train de boire.

— Tes parents ?

Il hocha la tête avec désolation.

— Je croyais que tu ne voulais plus entendre parler d'eux ?

— Je leur ai dit que tant qu'ils ne s'excuseraient pas pour le comportement qu'ils ont eu envers Nora et moi, ils n'auraient aucune chance de voir Julien et Ben. Je pensais que ce serait suffisant, vu qu'ils n'ont jamais cherché à garder contact quand Nora était encore vivante, mais ils ont l'air de vouloir se racheter une conscience.

— Et ils se sont excusés ?

Cette fois-ci, je m'étais étranglée franchement. D'après ce qu'il m'en avait dit, j'avais du mal à imaginer que ses parents soient le genre de personnes à demander pardon.

— Non, dit-il avec un petit rire sans joie. Mais je ne sais pas si j'ai vraiment le droit de priver les garçons du reste de leur famille…

J'aurais voulu lui dire que je comprenais sa peine, mais à la vérité, j'avais eu la chance d'avoir une famille merveilleuse. Quelle ironie que j'aie dû la perdre si tôt quand Sébastian devait toujours subir deux parents qu'il méprisait. S'il n'avait jamais été proche d'eux, les vrais problèmes pour lui avaient commencé lorsqu'il avait décidé de faire des études que ses parents n'approuvaient pas ; et puisqu'ils avaient refusé de les lui payer, Sébastian était allé de petit boulot en petit boulot, jusqu'à décider que le strip-tease était ce qui payait le mieux. Lorsque son père l'avait découvert, il avait été jeté dehors et sa sœur jumelle l'avait suivi, avant de tomber amoureuse d'un homme plus âgé, puis de tomber enceinte. À dix-neuf ans, l'une commençait une vie de famille, l'autre se lançait dans le meurtre professionnel – bien plus lucratif que le strip-tease.

— Peut-être que Julien et Ben devraient prendre la décision eux-mêmes, proposai-je. Est-ce qu'ils savent combien tu les détestes ?

— Je ne les déteste pas. Plus. Je les ai même aimés jusqu'au jour où j'ai compris que ça ferait moins mal de les ignorer complètement.

Après m'avoir viré de chez eux, petit à petit, ma mère a arrêté de m'appeler pour prendre des nouvelles. Et puis ils ont fini par arrêter de nous appeler pour Noël et notre anniversaire. Ils ne méritent pas de voir ce que Nora a fait de leurs petits-enfants.

— Alors ignore-les.

— J'aimerais bien, soupira-t-il. Seulement je n'arrête pas de penser… s'il m'arrive quoi que ce soit avant que Ben soit majeur… c'est eux qui auront sa garde.

J'admirais le fait qu'il pense survivre au moins jusqu'à ce que Julien soit majeur. Sébastian était plus optimiste que moi. Ceci dit, il n'y avait pas de contrat d'un demi-million d'euros sur sa tête.

— Je te proposerais bien de régler le problème pour toi, mais ce serait trop facile de remonter jusqu'à moi, blaguai-je pour lui remonter le moral.

Il esquissa un sourire, je me redressai pour poser ma main doucement sous sa joue rugueuse.

— Prends le temps d'y réfléchir. Ils ne sont pas stupides, ces enfants, s'ils décident de les rencontrer et se rendent compte que c'était une erreur, ils ne la feront pas deux fois. Même si vous choisissez de retourner vers eux, aucune décision n'est définitive tant que tu n'as pas signé de contrat.

Il prit ma main dans la sienne et y appuya un baiser. Il resta avec moi sur le canapé jusqu'à ce que ce soit l'heure de son rendez-vous avec le notaire, qu'il avait déjà contacté pour s'assurer que son droit de garde n'était pas en jeu.

Quand je passai la tête dans le bureau pour vérifier que Julien n'était pas en train de faire quoi que ce soit d'illégal avec mon code wifi, je le surpris avec un tournevis à la main, en train d'essayer de forcer la porte métallique de l'armurerie. Tout à son activité, il ne m'entendit pas entrer, aussi, je restai à l'observer un moment avant de me racler la gorge bruyamment.

— Est-ce que tu peux m'expliquer ce que tu es en train de faire ?

— Je… heu… j'ai plus de feuilles. Je cherchais des feuilles doubles pour finir mes devoirs donc j'ai ouvert l'armoire et…

— Tu as ouvert l'armoire qui était fermée à clé pour chercher des feuilles qu'on a achetées pendant les courses ce matin ?

Son visage se décomposa ; il avait apparemment oublié qu'il m'en avait fait prendre deux paquets quelques heures plus tôt. Le rouge de la honte qui s'étalait sur ses joues était une couleur qui lui allait bien.

— Julien, qu'est-ce que tu cherchais exactement ?

— Pourquoi est-ce qu'il y a un code sur cette porte ?

Son culot me fit lever les sourcils de surprise.

— Est-ce que tu penses vraiment avoir le droit de me poser cette question alors que je viens de te surprendre en train d'essayer de forcer la porte avec un tournevis ?

Sans compter qu'il avait rayé le métal lisse qui m'avait coûté une fortune.

— Ava, pourquoi est-ce que tu as ça dans le bureau ? Qu'est-ce qu'il y a dedans ? s'obstina-t-il en croisant les bras.

Je sus à ce moment précis qu'il n'allait pas lâcher le morceau. Satané Moreau.

— Mes sex-toys.

Il ne me crut pas une seule seconde.

— Qu'est-ce qu'il y a dedans ? répéta-t-il.

— Ce sont des dossiers d'enquêtes pour mon travail avec la police, d'accord ? Il y a des photos de crimes, avec plein de sang et d'entrailles, là, t'es content ?

— Je peux voir ?

— Non.

— Pourquoi ?

— Parce que tu n'as pas de badge de police.

— Toi non plus.

À deux doigts de l'étrangler, je fouillai dans le tiroir du bureau pour prendre mon badge d'identification et lui collai sous le nez. Un peu inquiet, il recula et l'examina de loin.

— Voilà. Quand tu en auras un comme ça, je te donnerai le code pour ouvrir l'armoire.

L'air renfrogné, il prit sa pile de devoirs et le chemin de la porte que je lui indiquai de l'index. Au moment de franchir la porte, il se retourna en pointant le petit meuble près du lit :

— Et pourquoi est-ce que mon oncle garde un couteau dans sa table de chevet ?

— Pardon ?!

Quand je pense que Sébastian était en train de se battre pour conserver leur garde… ce gosse était une vraie peste.

— Donc en plus d'avoir fouillé dans mes affaires, tu as fouillé dans celles de ton oncle ?

— Je cherchais un mouchoir, se justifia-t-il.

— Et tu n'as pas pensé à regarder là où tu as rangé tes feuilles doubles ? ironisai-je.

— Vous êtes bizarres, des fois, tous les deux. Au début, je croyais que c'était parce que vous ne vouliez pas que je sache que vous étiez ensemble, mais là c'est trop bizarre. Qu'est-ce que vous nous cachez ? réclama-t-il.

— Pour la millième fois, Sébastian et moi ne sommes pas ensemble ! Après ton comportement, tu crois en plus que je dois des explications ?

Je m'étais mise à crier quelque part au milieu de ma phrase. Tout à coup, je vis sa belle assurance se fissurer devant ma colère. Je crois que ce qui lui fit le plus peur était le fait que je ne m'étais jamais vraiment énervée contre lui ; certes, j'avais pesté, ragé, soupiré, mais je ne lui avais jamais encore vraiment hurlé dessus. Ce niveau de colère était généralement réservé à son oncle.

En le voyant reculer, les yeux agrandis d'inquiétude et de remords, j'inspirai profondément pour me calmer. Il me regarda faire en silence, conscient qu'un mot de trop pouvait me faire repartir à n'importe quel moment.

— Crois bien qu'on n'en restera pas là. Je ne veux plus te voir jusqu'à ce que j'aie parlé à ton oncle.

J'attendis qu'il quitte la pièce avant de refermer la porte pour inspecter la table de nuit de Sébastian ; le couteau qui s'y trouvait était l'un de ses favoris. Si Julien continuait à poser des questions, il allait falloir qu'il renonce à son poignard de chevet. Puis je réalisai que je devrais aussi ranger mon Browning hors de portée ; à la prochaine occasion, nul doute que Julien irait fouiller dans ma chambre pour avoir des réponses, et il s'apercevrait très vite que je dormais avec un pistolet à côté de mon oreiller. C'était sans conteste une habitude encore plus étrange que celle de son oncle.

Je vérifiai ensuite les dégâts sur l'armoire et constatai que seules quelques rayures défiguraient la perfection du métal. D'une certaine manière, j'étais rassurée : si un adolescent avec un tournevis pouvait forcer l'ouverture, cette protection ne valait pas le prix que je l'avais payée.

Je me pris la tête dans les mains pour faire le tri dans mes pensées. Quel mensonge inventer pour justifier toutes ces bizarreries que Ben finirait également par remarquer tôt ou tard ? J'espérai que c'était un cas de figure auquel Sébastian avait déjà réfléchi.

*

Près de deux heures plus tard, Julien était toujours dans sa chambre, Ben regardait la télévision et je patientais assise à la table de la cuisine. Quand Sébastian rentra, son sourire se décomposa à la seconde où il vit mon air grave.

— Ça devait finir par arriver, dit-il en haussant les épaules lorsque j'eus fini de lui raconter.

— C'est tout l'effet que ça te fait ?

— Ne me dis pas que tu ne l'as pas vu venir. Aucun de nous deux n'a été très discret.

— Peut-être, mais ça n'excuse pas le fait qu'il retourne tout le bureau pour comprendre pourquoi il y a un couteau dans ta table de nuit.

Il eut l'air soudain anxieux.

— Est-ce qu'il a trouvé autre chose dans mes affaires ? s'informa-t-il.

Mon intuition me dit que je n'allais pas aimer la réponse à ma prochaine question.

— Qu'est-ce qu'il n'était pas censé trouver ?

— Hum, je préfère aller vérifier avant de te le dire.

Il prit rapidement le chemin du bureau, mais je le suivais de près. Il souleva le matelas et chercha quelque chose du plat de la main.

— S'il te plaît, ne me dit pas que tu as été assez idiot pour cacher quelque chose d'incriminant sous ton matelas ? C'est toujours le premier endroit où cherchent les gens mal intentionnés.

Tout en m'ignorant, il poursuivit sa recherche frénétique. Il souleva brutalement le matelas de ses ressorts ; il n'y avait rien dessous.

— Merde.

— Sébastian ? Parle-moi, s'il te plaît.

Il s’effondra sur le canapé-lit et jura à nouveau.

— Je gardais le dossier d’Emerguy pour le relire de temps en temps…

Je décidai que le fait que Julien était en possession des documents qui nous avaient amenés à tuer son père était plus important que le fait que Sébastian n’ait toujours pas rangé définitivement le dossier. Ruminer le passé ainsi n’était pas bon pour lui, et me le cacher montrait bien qu’il savait à quel point son attitude était malsaine.

— Qu’est-ce qu’on fait ? chuchotai-je au bord de la panique.

— On ne va rien lui dire pour le moment. On va le distraire et récupérer le dossier. Ce soir, je lui dirais qu’il est un sale avorton et que son comportement est inacceptable et on lui dira la vérité.

— Quelle vérité ?

— Que l’armoire contient tes dossiers de travail, mais aussi l’arme de ton grand-père et qu’on a fait renforcer l’armoire pour qu’ils ne puissent pas y accéder. Pour mon couteau, on dira que c’était un cadeau de Nora.

Je hochai la tête, impressionnée par la solidité de son plan.

— Il ne reste plus qu’à trouver une excuse pour le faire sortir de l’appartement quelques minutes, conclut-il.

— Oh, ça, c’est facile, on n’a qu’à lui demander de sortir les poubelles. Il ne sait pas où est le local, il en a au moins pour dix minutes.

Malgré la gravité de la situation, imaginer Julien parcourir toute la résidence à la recherche du local à poubelles nous fit rire.

J’entrai dans la chambre des garçons sans frapper ; Julien dissimula des papiers entre son matelas et le mur et prit un air outré.

— Ava ! J’aurais pu être en train de faire quelque chose de privé !

L’envie de lui demander ce qu’il venait de cacher me brûlait les lèvres, mais je ne voulais pas éveiller ses soupçons.

— Julien, il y a trois heures, tu étais en train de forcer mon armoire à sex-toys, tu ne mérites pas que je frappe avant d’entrer.

Il eut le bon sens de paraître désolé. Peut-être qu’il l’était vraiment, après le savon que Sébastian lui avait passé, mais je n’étais pas stupide, je connaissais son oncle depuis trop longtemps pour me faire avoir par un battement de cils contrit.

— Va descendre les poubelles.

Il ne chercha pas à protester, se leva sans soupirer, ni traîner des pieds pour faire ce que je venais d'exiger. Je me pris à penser que j'aurais dû lui hurler dessus bien plus tôt.

Dès qu'il eut passé la porte de l'appartement, je récupérai le dossier derrière son lit. Accompagnée par Sébastian, je composais les chiffres de l'anniversaire de mon père et ouvrit l'armurerie. Cérémonieusement, je plaçai le dossier sur le côté et laissai les portes ouvertes quelques minutes, jusqu'à ce qu'il hoche la tête pour me faire signe que je pouvais fermer.

— Au moins, on sait que l'idiotie est de famille, chez vous.

— Pourquoi tu dis ça ? s'étonna-t-il.

— Parce que même après avoir trouvé le dossier sous ton matelas, c'est exactement là que Julien l'a caché quand je suis entrée dans sa chambre.

Il roula des yeux sans répliquer.

*

Malgré ma promesse de ne pas laisser leur drame familial peser sur mon esprit déjà encombré par mes propres tragédies, je ne cessai de penser à ce dossier, à ces photos qu'il regardait encore et encore, pour se rappeler que son beau-frère était bien mort. Au milieu de la nuit, j'allai réveiller Sébastian qui dormait à poings fermés.

— Prends le dossier et viens avec moi, lui ordonnai-je.

Encore lourd de son sommeil avorté, il composa le code de l'armurerie et prit le dossier que j'y avais rangé.

— Qu'est-ce que tu veux en faire ?

Je lui montrai la clé que je n'avais pas remise à sa place après avoir tenté d'ouvrir la seule porte verrouillée de l'appartement, quelques jours plus tôt. Sûre de moi, cette fois-ci, je poussai la clé dans la serrure et ouvris la porte. Dès le premier pas, la poussière accumulée depuis des années me déclencha une quinte de toux. Sébastian appuya sur l'interrupteur.

Le long des murs, des dizaines de cartons étaient entassés par colonnes. Mon père, ma mère, mon grand-père, Guillaume. Chacun d'entre eux vivait encore contre leurs bouts de mur respectifs. J'avais conservé les photos, les papiers, les grigris, les objets auxquels ils tenaient, certains de leurs vêtements ; le poignard qui avait tué Guillaume, l'article qui parlait de la mort de mes parents, les résultats d'analyses de mon grand-père. Dans ce mausolée, je ressentais leur perte presque aussi vivement qu'au premier jour.

D'un revers de main, j'essuyai les quelques larmes qui me picotaient les joues, puis indiquai à Sébastian un coin de la pièce qui était encore vide.

— Il reste de la place, si tu veux la mettre ici.

Il me semblait que Nora méritait un endroit où il pourrait venir se complaire dans la douleur de sa disparition, se souvenir des moments heureux, de leur complicité. Un endroit où les choses qu'elle aimait ne seraient pas égarées.

Là, dans cette pièce, son souvenir ne viendrait plus entraver la vie de Sébastian, mais il avait la possibilité de revenir s'y perdre un instant s'il le souhaitait.

Il épousseta le sol de la main, et appuya le dossier sur le mur. Demain, il irait chercher le reste de ses affaires dont il n'avait pas eu le cœur de se débarrasser. En silence, on ressortit de la pièce, le passé derrière nous.

— Il faut qu'on fasse attention, à partir de maintenant, lui dis-je en tournant la clé dans la serrure.

Il eut une grimace coupable.

— Quoi encore ?

— Si j'avais su, je t'aurais trouvé un autre cadeau d'anniversaire.

***

Deux jours plus tard, je compris ce qu'il avait voulu dire en ouvrant le parfait écrin de satin rouge sang dans lequel reposait une dague. La couleur sublimait la brillance de sa lame complexe et artistique. Sur une des tranches, l'inscription « Le Fléau » était gravée en lettres élégantes. J'eus le souffle coupé. Pour cacher mon émoi, j'avais rapidement mis le coffret de côté avec un « merci » insuffisant.

Ben et Julien me présentèrent à leur tour leur cadeau ; ils s'étaient cotisés pour m'offrir : un bon pour un massage de détente dans un institut. Je choisis d'ignorer le message pas-si-subliminal et leur fis à tous les deux une bise sur la joue. Ben avait rajouté un cadre dans lequel il avait mis une photo de son frère et lui. Je la plaçai immédiatement à côté de celle de mon grand-père, dans la bibliothèque.

Lorsqu'Andrea me tendit une enveloppe contenant les détails d'un weekend en amoureux, j'évitai soigneusement le regard de Sébastian, sincèrement heureuse de pouvoir partir seule avec lui. À l'oreille, je lui chuchotai que je le remercierais comme il se devait un peu plus tard.

La soirée s'acheva tôt après le dîner. Bien que Sébastian n'ait rien fait pour m'embarrasser devant Andrea, je fus soulagée de voir tout le monde partir. Laure n'avait cessé de m'observer avec insistance, sentant mon malaise à accueillir les deux hommes en même temps.

En me brossant les dents, je commençai à nouveau à me sentir détendue, quand j'entendis Julien dire à son oncle, dans le couloir :

— Vous avez fouillé dans mes affaires.

— Tu n'aurais pas inversé les rôles, par hasard ?

— Vous croyez que je n'ai pas remarqué votre fétiche bizarre pour les armes blanches ? Je sais que vous ne dites pas toute la vérité.

Il n'était pas près de lâcher l'affaire.

33.

Assise dans ma nouvelle voiture, j'examinai le reflet dans mon rétroviseur pour voir si celui qui m'avait prise en filature allait finir par se montrer. Au bout de sept minutes, je pestai en constatant qu'il restait toujours invisible.

Cette fois-ci, je n'étais pas paranoïaque, j'en étais persuadée. Le fait que je le repère toujours en pleine journée rendait toute confrontation impossible si j'espérais ne pas finir en prison. Les témoins soucieux de remplir leur devoir civique étaient plus nombreux le jour que la nuit et signaler un meurtre leur semblait toujours être de la plus haute importance. Car j'avais bel et bien l'intention de tuer celui qui m'espionnait depuis des jours.

Agacée, je pris le chemin du retour vers mon appartement en faisant un détour de vingt minutes par des petites rues. Un type de voiture revenait régulièrement derrière moi, mais les plaques étaient chaque fois différentes. J'aurais pu me garer à quelques rues de ma résidence, mais au stade où on en était, il savait déjà où je vivais. Cela m'irrita d'autant plus.

Dans la cuisine, Sébastian avait fini de préparer le repas des garçons pour ce soir ; à leur grand désarroi, il avait refusé qu'ils mangent de la pizza une nouvelle fois, aussi j'avais proposé de leur faire du riz et des œufs durs – personne ne pouvait rater des œufs durs. D'un même mouvement, ils s'étaient retournés vers leur oncle pour réclamer qu'il prépare quelque chose à faire réchauffer au micro-onde avant de partir travailler. Je ne savais vraiment pas d'où venait ce manque profond de confiance en mes capacités culinaires, mais il était probablement mérité.

Lorsque j'entendis la douche arrêter de couler, je décidai d'attendre quelques minutes, que Sébastian soit dans une tenue décente, avant d'entrer dans la salle de bain. J'avais besoin de lui demander un service sérieux. Cinq minutes plus tard, j'allai frapper à la porte, résolue à ne pas me laisser distraire. Malheureusement, dès que mes yeux se posèrent sur son torse nu, je perdis toute capacité à penser de manière cohérente. Mon regard glissa jusqu'au creux sous les muscles de son aine ; je ne savais pas à quelle température il prenait sa douche, mais j'avais l'impression qu'il faisait très chaud dans cette salle de bain.

Un sourire confiant étira ses lèvres lorsqu'il me prit en flagrant délit et il s'avança pour me dire bonjour. Je ne sais pas à quoi je m'attendais, un baiser doux, peut-être. Ça n'avait rien de doux. Il m'embrassa assez fort pour m'obliger à reculer ; j'arrivais à sentir les muscles de sa bouche, de sa mâchoire, les mouvements et la tension dans sa nuque. Tout à coup, je me souvins que j'étais venue pour avoir une discussion sérieuse et me dégageai de son étreinte, me rendant ainsi compte qu'il ne me tenait pas, et que si j'étais restée collée à lui, c'était uniquement parce que je le voulais bien.

— Désolé. J'en avais trop envie.

Son excuse était minable et je lui fis savoir.

— Tu voulais quelque chose ? demanda-t-il enfin.

Je songeai qu'on aurait gagné du temps s'il avait commencé par ça quand j'étais entrée dans la pièce.

— Discuter, marmonnai-je.

Il éclata de rire devant mon air renfrogné.

— Pas très réussi, je dois dire.

Ses yeux brillaient encore. Je rouvris la porte pour m'obliger à me maîtriser.

— Je voulais savoir si tu pouvais échanger demain soir avec un de tes collègues ? Andrea voudrait m'emmener boire un verre avec des gens de son université.

— Oh.

Sa réticence me prit au dépourvu.

— Tu es jaloux ?

— Tu veux que je sois jaloux ?

Si j'étais parfaitement honnête, l'idée ne me déplaisait pas. Cependant, il savait parfaitement que même si je trouvais notre petite transgression plus qu'agréable, je ne quitterais pas Andrea. Et je n'étais pas certaine de pouvoir supporter Sébastian jaloux pendant très longtemps.

— Non, pas vraiment.

— Tant mieux.

Il vint m'enlacer et poser ses lèvres dans le creux de mon cou. Je sentis mon pouls accélérer.

— Tant que je peux continuer à faire ça, tu peux faire ce que tu veux du reste de ton temps, murmura-t-il contre ma peau.

Je ne savais pas si c'était de la mesquinerie par rapport à mon petit ami, ou s'il se contentait réellement de pouvoir enfin satisfaire ses envies, mais au fond, cela m'importait peu.

Il ferma la porte de la pointe du pied pour nous offrir l'intimité nécessaire à ce qu'il avait en tête. Si c'était le prix à payer pour aller dans un bar avec Andrea un soir de semaine, j'étais prête à le payer avec plaisir.

**

Laure décida de passer à l'improviste un peu après que Ben fut couché et Julien partit discuter avec ses amis sur internet. Apparemment, certains détails de la préparation de son mariage nécessitaient mes conseils dans la minute, et j'avais été clairement trop stupide pour comprendre de quoi il s'agissait au téléphone. Entre le moment où elle me raccrocha au nez et celui où elle frappa à ma porte, j'avais eu le temps de lui préparer une tasse de thé, ainsi qu'une carafe entière de café pour moi. Dieu savait que j'allais en avoir besoin.

— Je ne te dérange pas, j'espère ?

Elle disait ça, mais à la vérité, elle se fichait bien de me déranger ou pas. Qu'elle prenne encore la peine de poser la question après toutes ces années me fit rire.

— Si, justement, j'allais faire le ménage.

— À vingt-deux heures ? Pff, même moi, je ne suis pas aussi naïve !

— Le miroir de ma salle de bain est sale.

Elle ne parut pas me croire, mais j'étais tout à fait sincère. Sébastian et moi l'avions regardé de près un peu plus tôt, et quelques traces de mains brouillaient le reflet. Toutefois, je gardai ce détail pour moi.

— Bon, fit-elle en s'asseyant sur le canapé. On a un problème, mes parents ont confirmé qu'ils arriveraient à se libérer pour le mariage.

— Et c'est une surprise ?

— Oui, ils n'étaient pas sûrs, mais mon père a changé son programme, donc ils seront revenus pour dans trois mois.

— Parfait, où est le problème ?

— Enfin Ava, qu'est-ce qu'on fait s'ils se souviennent de toi ? s'angoissa-t-elle.

À l'époque où j'avais connu Laure, je m'appelais encore Aëlle Alméras, mais elle avait oublié un petit détail.

— Laure, tu arrives à te souvenir d'une seule fois où tes parents m'ont rencontrée ?

Elle y pensa très sérieusement un moment, puis dut se rendre à l'évidence que ses parents avaient toujours trop voyagé pour prendre la peine de rencontrer sa meilleure amie.

— Mais Antoine sait qu'on se connaît depuis le lycée !

— Et alors ? Tu n'as pas le droit d'avoir gardé contact avec plusieurs personnes du lycée ? Laure, tu t'inquiètes vraiment pour rien, la rassurai-je.

— Hum, d'accord. Et est-ce que tu crois que je peux inviter Marion ? Ou Mariam ? Est-ce qu'elle a déjà changé de nom ?

Je rigolais, ravie de constater que je n'étais pas la seule à avoir du mal à suivre.

— Ça dépend, répondis-je. Il y aura beaucoup de policiers ?

— Au moins une vingtaine.

— Alors non. Tu peux l'inviter pour la forme, mais elle refusera.

Elle prit des notes frénétiquement sur un cahier à spirales déjà noirci de listes.

— Maintenant que c'est réglé, je voudrais que tu me dises ce qu'il se passe dans cet appartement.

— Comment ça ?

— J'y ai bien réfléchi, au début, je préférais ne pas savoir, mais en fait, ça me tue de ne pas savoir.

— De quoi est-ce qu'on parle exactement? demandai-je sans comprendre.

— Tu sais très bien de quoi on parle. Qu'est-ce que tu comptes faire avec ces trois-là? J'adore les garçons, je ne dis pas le contraire, mais tu vas devoir faire ta vie à un moment. Et puis Andrea n'a pas une patience illimitée.

— Laure, je ne vais pas me marier avec Andrea, ni vivre avec lui.

— Donc tu vas passer le reste de ta vie en colocation avec Sébastian?

— Non, bien sûr que non, mais pour l'instant, c'est pratique pour tout le monde.

— Sauf pour Andrea, souligna-t-elle.

Je me levai en soufflant mon irritation; elle me suivit jusqu'à la cafetière.

— Ava, si tu es sérieuse avec lui, il va bien falloir que tu abordes le sujet un jour...

— Je ne sais pas, d'accord? Je ne sais pas si je peux être sérieuse avec lui. Être amoureuse de lui, ça ne suffit pas pour faire disparaître toutes les complications comme par magie.

J'avais baissé la voix pour ne pas exprimer ma frustration en criant. Julien n'avait vraiment pas besoin de savoir tout ça. Je jetai un coup d'œil dans le couloir pour vérifier que la porte du bureau était toujours fermée, puis me retournai vers Laure, qui me fixait bouche bée.

— Oh, arrête ton cinéma, on dirait que tu ne me connais pas.

— C'est bien parce que je te connais que je suis surprise, Ava. Je ne t'avais jamais vue aussi raide dingue de qui que ce soit. Même Guillaume...

Avant que je puisse protester, elle leva la main pour m'arrêter.

— Oui, même Guillaume. Je pensais vraiment que c'était pour de bon.

Laure paraissait sincèrement déçue de voir ses belles espérances devenir vaines.

— Rien n'est jamais pour de bon. Pas pour moi. Je profite de ce que j'ai tant que je le peux, Laure. Faire des projets... c'est pas pour les gens comme moi.

Elle acquiesça en silence, s'assit à la table tandis que je lui tournai le dos pour remplir ma tasse. Elle resta pensive quelques secondes avant de s'étonner:

— Oh ! Qu'est-ce que tu as dans le dos… ?

Je tirai brusquement sur le col de mon tee-shirt pour le remonter et cacher les bleus qu'un entraînement m'avait laissé.

— On dirait… oh.

— Je sais, je devrais faire plus attention…

— Non, non, rougit-elle. Ce que vous faites tous les deux vous regarde. Si Andrea et toi aimez ce genre de choses, tant mieux pour vous.

Je fronçai les sourcils sans comprendre. Est-ce qu'elle pensait qu'Andrea me frappait au lit ? Je savais que j'avais des habitudes étranges parfois, mais je n'étais pas vraiment connue pour me laisser taper dessus impunément.

— Andrea ne me frappe pas, Laure, c'est quand je vais m'entraîner avec Sébastian.

— Oh non, les bleus, j'ai l'habitude, je parlais de la morsure.

— Andrea ne m'a jamais…

Je m'interrompis avant d'aller trop loin, réalisant ce dont il s'agissait, mais je n'avais pas réagi assez vite. Ce fut à son tour de froncer les sourcils.

— Si ce n'est pas Andrea qui t'a fait ça, est-ce que tu peux m'expliquer pourquoi tu as une trace de morsure dans le dos ?

Le rouge me monta aux joues et je tentai de cacher ma réaction en prenant une longue gorgée de café qui me brûla l'œsophage.

— Ava ! s'écria-t-elle, scandalisée.

— Chuuut ! fis-je avec un signe de la main.

— Tu le trompes ? chuchota-t-elle.

— Chuuuut !

Elle plaqua une main sur sa bouche en réalisant ce qu'il se passait.

— Non ! Tu couches avec Sébastian ?

— Tais-toi…

— Ava !

— Oui, soupirai-je. Maintenant, tais-toi.

Le choc sur son visage me poussa à lui rappeler que je ne vivais pas ma vie selon les mêmes standards qu'elle.

— Mais… tu es amoureuse de lui, lâcha-t-elle sans comprendre.

L'idée même de couple durable était tellement loin de mes considérations personnelles. Ma vie ne pouvait pas supporter de se construire sur le modèle que les gens appelaient la « norme ». Je n'étais pas normale, et essayer de prétendre que je pouvais vivre comme les autres me rendrait folle.

— Ava, j'ai compris que tu n'avais pas l'intention de rester avec lui pour toujours, mais tu lui mens ! accusa-t-elle.

— Laure, il y a beaucoup de choses à propos desquelles je lui mens. Il ne sait pas non plus que je tue des gens pour de l'argent.

Ou qu' « Ava » n'était pas le prénom que m'avaient donné mes parents, que mon premier petit ami avait été assassiné, que mon grand-oncle était un trafiquant de drogue. L'important était que je ne lui mentais pas sur mes sentiments.

Ses lèvres étaient encore arrondies du « oh » de sa stupéfaction lorsque je la mis dehors. Elle avait cédé pour ce soir, mais j'étais certaine que je n'avais pas fini d'en entendre parler.

Elle me le confirma d'un texto en rentrant chez elle : « Cette conversation n'est pas terminée. Pas la peine d'espérer que j'oublie ça, ça n'arrivera pas. Traînée. » Je sentis un petit sourire fatigué se dessiner sur mes lèvres ; pendant des années, elle m'avait rabâché que si je n'avais pas été sa meilleure amie, elle m'aurait traitée de traînée à cause du nombre de partenaires que j'avais eu. Il semblerait que j'avais enfin passé la barre de l'indécence sur son échelle de savoir-vivre.

34.

Comme d'habitude, en entrant dans le dojo, je ne pus m'empêcher d'admirer longuement les katanas accrochés aux murs. Il y en avait de toutes sortes, de toutes époques et de toutes les couleurs. Et comme souvent, je songeai que vivre à l'époque des samouraïs m'aurait plu.

Sébastian se tenait à l'entrée des vestiaires, déjà en tenue et impatient de commencer la séance. Il n'était que quinze heures, mais il n'y avait aucun cours le lundi après-midi. Notre arrangement avec le propriétaire du petit centre sportif était bénéfique pour tout le monde : il pouvait arrondir ses fins de mois grassement et nous avions un endroit où pratiquer nos entraînements en toute tranquillité.

— Tu as couru ce matin ? m'interrogea-t-il avant même de dire bonjour.

— Oui, mentis-je.

Malheureusement, il me perça à jour tout de suite.

— Je croyais que tu devais te remettre au jogging en rentrant de Colombie ?

— C'est toujours d'actualité, mais je n'ai pas eu le temps ce matin.

Cette fois-ci non plus, il ne me crut pas.

Pendant que je me changeais, il commença à s'échauffer sur le tatami. Il avait déjà sorti les couteaux en bois avec lesquels on devait s'exercer aujourd'hui. Sébastian avait suggéré qu'on utilise des vrais, puisque je n'aimais pas qu'il retienne ses coups à mains nues, mais j'avais refusé. J'avais beau lui botter les fesses régulièrement, j'avais le pressentiment qu'une fois qu'il aurait un couteau dans les mains, il aurait rapidement l'avantage. En échange des exercices de krav maga qu'il allait m'enseigner cette après-midi, il voulait que je lui apprenne à tirer à l'arc.

Pendant deux heures, il prit un malin plaisir à me montrer toutes les failles dans mes techniques de défense, serinant qu'à force de n'utiliser que mon flingue, j'étais devenue mauvaise au corps à corps. Évidemment, le fait qu'il pèse presque trente kilos de muscles de plus que moi jouait beaucoup dans le résultat des prises.

À ma grande surprise, il ne chercha pas à tricher – bien qu'il profita des exercices où il jouait le rôle de l'agresseur pour me peloter. Pour finir, il me demanda de reproduire la bagarre de la chambre d'hôtel, au cours de laquelle j'aurais fini assommée par terre s'il n'était pas intervenu. Il n'était pas aussi imposant que la brute, mais sans le stress du moment, je réussis à trouver plusieurs alternatives aux attaques que j'avais tentées alors.

Enfin, les deux heures s'achevèrent avec mon écroulement sur le tatami. À peine moins transpirant que moi, il demanda s'il pouvait aller se doucher en premier.

— D'accord, marmonnai-je. Je vais rester ici à mourir un peu. J'aurai peut-être besoin d'aide pour me relever après.

Son rire résonna jusqu'à ce que l'eau se mette à couler dans la douche des vestiaires. Je fermai les yeux en attendant qu'il ait terminé.

Quelques minutes plus tard, j'entendis des pas lourds sur le sol. Sans prendre la peine d'ouvrir les yeux, je levai une main pour saluer Roger, qui venait me rapporter mes vêtements que j'espérais propres. Je le soupçonnai fortement de ne pas avoir pris la peine d'aller jusqu'au pressing et d'avoir mis toutes mes affaires dans sa machine à laver. S'il jetait tout ce qui avait été souillé par des fluides corporels, je ne m'attendais pas à ce qu'il sache comment retirer une tache de sang.

En échange du service que je lui avais rendu, je lui avais demandé de me suivre pendant une journée ou deux pour voir s'il arrivait à repérer celui qui continuait à m'échapper.

— Laisse-moi quelques minutes, je serai à toi dès que je me souviendrai de comment faire bouger mes jambes.

La voix qui me répondit n'était pas celle de Roger.

Dès les premiers mots de russe, j'ouvris les yeux brusquement, le sang glacé. Le visage qui me sourit vicieusement emplit mon corps entier d'une terreur sans nom, mais je n'eus pas le temps de me redresser complètement. Viktor Baranovski planta le katana qu'il tenait à la main dans mon épaule. La douleur fulgurante m'arracha un hurlement tandis que je retombai sur le sol, comme paralysée. Perdue dans mon supplice, je crus entendre des coups de feu, puis songeai que finalement, ça ne faisait pas si mal, mais que ma nuque me picotait et était bizarrement engourdie. De petites taches noires apparurent devant mes yeux et je perdis connaissance.

Lorsque je rouvris les yeux, il s'était clairement écoulé plus d'une seconde, contrairement à ce que j'avais d'abord pensé. La douleur me fit tourner la tête à nouveau, mais je refermai les yeux immédiatement pour contrôler mon vertige. Chaque respiration qui faisait bouger ma poitrine déchirait la chair autour du katana qui, à ma grande horreur, était toujours planté dans mon épaule ; chaque micro-mouvement me provoquait une nausée de plus en plus puissante, cependant, je m'efforçai de la combattre pour ne pas m'étouffer ; j'avais bien trop peur d'accentuer la douleur en me tournant pour vomir.

Je finis par me rendre compte que je n'étais pas seule en entendant Sébastian hurler à quelqu'un qu'il était hors de question qu'on m'emmène à l'hôpital. J'étais heureuse qu'au moins une personne soit assez lucide sur la situation pour se rendre compte que mon hospitalisation était impossible.

— Ava ?

Je dus faire un effort pour reconnaître la voix de Roger. Très lentement, en prenant des respirations superficielles, j'ouvris les yeux. Il fallut une poignée de secondes pour que ma vue s'éclaircisse.

— Tu veux toujours que je te file pour voir qui te suit, ou tu penses que c'était celui qui t'a empalée ?

— T'as rien trouvé de mieux que de te foutre d'elle ? s'énerva Sébastian.

— Je ne me fous pas d'elle, je suis très sérieux. Il pourrait très bien y avoir quelqu'un d'autre qui la suit.

Oh, s'il vous plaît, faites que personne d'autre n'en ait après moi.

— Est-ce que je peux enfin m'approcher de ma patiente ? s'impatienta une voix qui n'appartenait encore à personne.

— Sauf si c'est pour l'emmener à l'hôpital. Si Arnold vous a envoyé, vous savez très bien que ce n'est pas possible, alors la prochaine fois que vous le mentionnez, je vous fous dehors, c'est clair ?

Arnold avait envoyé quelqu'un ? Un médecin ? J'espérais vraiment que c'était un médecin. Une minute. Si Arnold avait eu le temps d'appeler quelqu'un pour m'aider et que cette personne était déjà arrivée au dojo, combien de temps est-ce que j'étais restée évanouie, exactement ? J'aurais bien voulu poser toutes ces questions, mais faire fonctionner ma mâchoire était trop douloureux. Je sentis une larme rouler sur ma joue.

— Ava ? Vous me reconnaissez ? me demanda le médecin en se penchant au-dessus de mon visage.

Je croassai un « oui » à peine audible, mais il avait dû l'entendre car il eut l'air soulagé que je le comprenne.

— Sébastian ? appelai-je tant bien que mal.

Immédiatement, il apparut dans mon champ de vision, l'air inquiet.

— Qu'est-ce qu'il y a ? me demanda-t-il en s'agenouillant à côté de ma tête.

— Viktor… c'était Viktor…

Je le vis blanchir de plusieurs tons et se tourner vers Roger pour vérifier qu'il avait bien entendu. Ce dernier se rapprocha également.

— C'était Viktor ? Baranovski ?

— Oui.

— Ava, tu es sûre ? Je croyais qu'il était en prison.

C'était aussi ce que je pensais, mais apparemment, nous avions tort tous les deux. Roger n'avait pas l'air tout à fait rassuré et cette constatation, plus qu'autre chose, fit resurgir la panique qui avait été engloutie par la douleur avant cet instant.

Je n'aurais jamais dû enfreindre ces fichues règles. Je n'en avais que cinq pourtant, je savais bien qu'elles étaient toutes importantes. Déroger aux numéros trois, quatre et cinq en même temps avait sans aucun doute été la pire erreur de jeunesse de toute l'histoire de l'humanité.

Sébastian posa délicatement une de ses mains sur mon avant-bras droit.

— Ne t'inquiète pas de ça pour l'instant. On va déjà te sortir d'ici en un seul morceau, on verra après pour les représailles.

Les représailles ? Quelles représailles ? Dans mon état, il était hors de question que je parte à la poursuite du psychopathe qui avait hanté mes nuits pendant des années.

— Au moins, il t'a empalé l'épaule gauche, c'est déjà ça, fit-il remarquer en plaisantant.

— Je crois qu'il a plutôt essayé de viser son cœur, Sadist, le contredit Roger.

Sébastian le fusilla du regard. Comme si on ne savait pas tous qu'il avait voulu me tuer.

— Qu'est-ce que je vais faire de vous ? se plaignit le médecin en m'examinant.

Il disait ça comme si je l'avais fait exprès.

Ce n'était pas la première fois que le bon docteur intervenait pour me rafistoler. Il était un peu le leg d'Arnold, qui n'avait plus besoin de ses services. D'après ce qu'il m'avait raconté, les deux hommes avaient servi ensemble dans l'armée et étaient restés en contact après qu'Arnold en était parti. Malgré son affirmation que j'étais la pire de ses patientes parce que je ne respectais jamais ses préconisations, il répondait toujours présent lorsque j'avais besoin de lui.

— Est-ce que vous arrivez à sentir votre bras ?

— Non.

— Essayez de bouger des doigts.

— Non.

Je n'allais pas me faire mal exprès.

— Comment voulez-vous que je me rende compte des dégâts si vous refusez de coopérer ?

— Ça fait trop mal. Donnez-moi quelque chose pour la douleur et après je pourrai bouger tout ce que vous voulez.

Une goutte de sueur vint me brûler l'œil pendant que le docteur réfléchissait à ma proposition.

— Si vous me promettez de faire tout ce que je vous dirai de faire, je peux vous faire une petite injection de morphine.

J'acquiesçai avec un enthousiasme qui entraîna une nouvelle vague de nausée.

— Vous promettez de suivre mes conseils ? Vous irez faire les examens nécessaires ? Vous n'argumenterez pas ?

J'hésitai. Il commençait à bien me connaître… S'il insistait autant, c'était forcément un piège, mais j'avais tellement mal que ça ne m'inquiéta pas autant que ça aurait dû. Qu'est-ce qu'il pouvait bien me forcer à faire, de toute façon ?

— D'accord. Shootez-moi, par pitié.

Il requit l'aide de Roger pour me maintenir immobile, et demanda à Sébastian d'aller chercher quelque chose pour que je morde dedans. Aucun de nous n'avait envie de voir rappliquer les voisins en entendant les cris que j'étais sûre de pousser. Il sortit une seringue stérile de son cartable et planta l'aiguille dans un flacon de ce que j'espérais être la morphine la plus forte du monde. Je ne sentis même pas la piqûre.

Quelques minutes plus tard, Sébastian plaça une ceinture de kimono entre mes dents et Roger plaça ses mains stratégiquement sur mon torse pour m'empêcher de bouger. Il me fit plus mal que le sabre japonais quand le docteur le retira de ma chair. Je hurlai aussi fort que possible pour me distraire de la douleur.

— Mauviette, m'asséna Roger.

— Sociopathe.

Sébastian partit nettoyer le katana du mieux qu'il pouvait avant de le remettre en place, tandis que le médecin inspectait la blessure et répétait en boucle que ces conditions de travail étaient loin d'être idéales. Rien de vital ne paraissait être touché, mais il avait sorti son nécessaire de couture au cas où. J'étais bien heureuse qu'il n'ait pas besoin de m'ouvrir plus que je ne l'étais déjà. Il désinfecta la plaie et recousit le tout avec une grande concentration. Il recouvrit les points de suture d'un pansement imperméable pour me permettre de prendre une douche, tendit des boîtes d'anti-inflammatoires et d'antibiotiques à Sébastian, puis lui ordonna de m'emmener faire des radios dès que possible.

— La blessure est assez nette, Ava, vous avez eu beaucoup de chance. Je pense que la lame n'a rien touché de vital, mais vous avez perdu du sang. Il va vous falloir plusieurs semaines de repos complet.

— Plusieurs semaines ? Comment ça plusieurs semaines ?

— Oui. Il faudra aller passer des examens médicaux, aussi. Vous avez promis de faire tout ce que je vous dirais si je vous donnais la morphine. Si vous ne tenez pas votre promesse, je vous ferai plâtrer l'épaule.

Il m'avait arnaquée. Est-ce que c'était même possible de plâtrer une épaule ? J'étais certaine à cinquante pour cent qu'il me mentait. Bon, d'accord, peut-être quarante. Je déglutis lentement, et comptai jusqu'à dix. J'avais une terrible envie de le traiter de salopard, mais dans la mesure où j'étais blessée et qu'il était probablement le seul docteur qui n'irait pas me dénoncer à la police, peut-être que l'insulter n'était pas l'idée la plus judicieuse. Quand il disait « plusieurs » semaines, il voulait peut-être dire « deux ». Je comptais à nouveau jusqu'à dix pour être sûre.

— Je ne suis que médecin, après tout. Si vous pensez que c'est une bonne idée de n'en faire qu'à votre tête, comme d'habitude, et de risquer de perdre définitivement l'usage de votre bras, vous avez le droit de ne pas suivre mes conseils. Si vous avez un peu d'honneur, vous allez tenir votre promesse et vous reposer pendant deux mois.

Deux mois ?!

— Salopard, marmonnai-je entre mes dents.

Il m'avait entendue, mais me sourit chaleureusement néanmoins et m'aida à me redresser, puis à enfiler mon bras dans une écharpe en tissu synthétique bleu. Il nous laissa après avoir pris mon adresse pour venir suivre l'évolution de ma blessure.

Même avec la morphine, j'étais épuisée par la douleur. J'avais hâte de rentrer pour aller dormir et oublier combien mon épaule me faisait mal. Roger repartit après m'avoir remerciée pour une après-midi intéressante et m'avoir fait promettre de l'appeler si j'avais besoin d'aide pour traquer Viktor. À nouveau seuls dans le dojo, Sébastian s'équipa d'un seau et d'une serpillère et nettoya mon sang sur le tatami.

— S'il te touche encore, je le tue.

Je lui souris doucement avant de répondre :

— S'il me touche encore, c'est moi qui le tuerai.

À vrai dire, même s'il ne me touchait plus jamais, j'avais quand même l'intention d'en finir. Dès que je serais remise sur pieds, il était un homme mort. Assise contre un mur, je me sentis doucement glisser dans le sommeil. Ma dernière pensée fut que Viktor Baranovski avait attenté à ma vie pour la dernière fois.

35.

Derrière le volant, je sentais que Sébastian était tendu. Si le médecin ne m'avait pas donné de morphine, ça aurait probablement été mon cas aussi.

Avant de partir, j'avais réussi à me souvenir que nous étions venus avec deux voitures différentes, mais il avait promis de revenir chercher la mienne plus tard. Puis, fatigué de m'entendre geindre que je ne voulais pas laisser ma voiture toute neuve sur le parking, il avait accepté d'abandonner la sienne à la place.

La morphine aidant, j'avais somnolé entre deux nids de poule jusqu'à ce que mon téléphone se mette à sonner. Marion avait un don pour choisir les pires moments pour m'appeler. Sébastian m'arracha le portable des mains.

— Allô ? C'est Sébastian. Non, elle n'est pas en état de répondre.

Il me jeta un coup d'œil pour demander la permission de la mettre au courant. J'essayai de faire un mouvement de la main gauche pour lui signifier que je m'en fichais, mais un gémissement douloureux m'échappa. Au bord des larmes, je songeai que n'avoir qu'un seul bras valide allait vite m'agacer.

— Elle, heu… elle a été attaquée. Oui, on pense que c'est celui qui a pris son contrat. Non, non, ça aurait pu être pire, mais ce n'est pas passé loin quand même. Écoute, on en parlera plus tard… non, ce n'est pas la peine… Marion, non, vraiment… Marion ?

Il me rendit mon téléphone avec un air fatigué.

— Elle a raccroché, elle dit qu'elle est en route.

— En route pour aller où ?

— Chez toi.

Cinq minutes plus tard, je découvris qu'elle n'était pas la seule à avoir eu cette idée : Arnold attendait sur ma place de parking. Clairement, personne n'avait l'intention de me laisser aller dormir.

Mon mentor m'aida à descendre de la voiture comme si j'étais devenue infirme. J'eus beau lui expliquer qu'il n'y avait que mon bras qui ne fonctionnait plus, il insista pour me soutenir jusqu'à l'ascenseur. Sébastian le laissa faire sans rien dire quelques minutes, mais je le vis hésiter devant la porte de l'appartement.

— Arnold, il vaut mieux que tu la lâches, à partir de maintenant.

— Elle vient de se faire attaquer et tu veux que je la laisse se débrouiller toute seule ? Elle tient à peine debout !

— C'est parce que je suis fatiguée, Arnold, je peux toujours ouvrir mes portes.

— Puisqu'on est là pour le faire pour toi !

Le visage rougi, il commençait à s'énerver de ce qu'il pensait être un manque de considération de la part de Sébastian. Ce dernier n'était pas d'humeur à subir les sermons d'Arnold et haussa le ton.

— Il ne s'agit pas de la laisser tout faire toute seule, je ne veux juste pas que les enfants soient paniqués en voyant qu'elle a besoin d'aide pour marcher ! Si tu es juste venu pour crier, tu peux rentrer chez toi, c'est vraiment la dernière chose dont on a besoin.

La remarque le fit taire, mais il était visiblement mécontent d'avoir à me rendre mon autonomie. Aussi irritée par son comportement protecteur que j'étais, je tâchais de ne rien laisser paraître ; Arnold s'en voulait de ne pas avoir trouvé plus tôt qui avait pris le contrat. Mais savoir que Viktor était de nouveau après moi n'aurait rien changé, excepté que j'aurais passé plus de temps à m'angoisser avant son attaque.

En entendant le bruit, les garçons étaient venus voir ce qu'il se passait. Apparemment, me voir marcher seule ne changea rien à l'affolement qui les saisit lorsqu'ils sortirent du couloir. Ben se mit à pleurer sur-le-champ et Julien se figea dans un état de panique qui aurait pu être comique si ce n'était pas aussi touchant.

— Rien de grave, les rassurai-je en souriant. J'ai eu un petit accident, mais je n'ai rien de grave.

— Qu'est-ce que t'as ? pleurnicha Ben en se précipitant pour me faire un câlin.

Je serrai les dents pour retenir une plainte et l'enlaçai de mon bras droit en retour. Sébastian le tira doucement en arrière.

— On vous racontera tout à l'heure, d'accord? Ava a besoin de se reposer un peu. Allez dans votre chambre, je vous appellerai pour manger.

À contrecœur, ils firent demi-tour. Marion vint tambouriner sur la porte peu après qu'on s'était installés dans le salon. Le canapé ne m'avait jamais semblé aussi inconfortable et je m'efforçai de ne pas grimacer en tentant de trouver une position où je n'appuyais pas sur mon épaule, en vain.

J'avais voulu attendre son arrivée pour laisser Arnold démarrer l'interrogatoire, trop fatiguée pour pouvoir répondre aux mêmes questions deux fois. Je leur décrivis la scène, insistai que non, je n'avais pas halluciné, c'était bien Viktor, oui, ce Viktor-là.

— Qu'est-ce qu'on va bien pouvoir trouver comme excuse pour ta blessure? réfléchit Sébastian à voix haute.

— On ne peut pas juste dire qu'un fou furieux t'a planté une épée dans l'épaule? proposa Marion.

— Non, par contre, on pourrait dire que tu t'es blessée toute seule. Personne ne verra ta blessure sous tes vêtements, tu peux t'être juste déboîté l'épaule, suggéra Arnold.

— Non, le contredis-je. Andrea se rendra vite compte que j'ai des points de suture.

— Il complique toujours tout, celui-là, grommela Marion.

J'ignorai sa remarque, puis chacun de nous médita en silence sur le problème pendant un moment. Enfin, Marion s'exclama:

— Tu courais avec des ciseaux à la main! Ça peut marcher, non?

— Si j'ai envie de passer pour une idiote, oui, râlai-je.

— Marion? Il n'y a pas un chantier derrière chez toi? demanda soudain Sébastian.

— Si, pourquoi?

— On pourrait dire que tu aidais Marion à chercher son chat dans le chantier derrière son immeuble, et qu'en tombant, tu t'es blessée sur une tige métallique. Tout le monde sait que les chantiers sont dangereux, ce ne serait pas impossible.

Cette idée fut la meilleure de toutes les idées absurdes qui nous vinrent à l'esprit. Je passais quand même pour une idiote, mais ce n'était pas totalement de ma faute.

Arnold repartit après un dernier café, mais Marion refusa de bouger de mon canapé, décrétant qu'elle comptait y rester quelques jours, au cas où Viktor déciderait de venir me tuer chez moi.

— Ava, c'est la moindre des choses puisque tu t'es blessée en cherchant mon chat. On peut l'appeler Croquette ?

— Tu peux bien l'appeler comme tu veux. Viktor n'essaiera rien tant que je ne serai pas de nouveau sur pieds. Torturer des gens déjà blessés ne l'intéresse pas.

Elle fit une moue répugnée pour exprimer tout le bien qu'elle pensait de son état d'esprit.

— Quand même, je vais rester. On ne sait jamais.

**

Je découvris rapidement que la fatigue et la morphine n'étaient pas suffisantes pour m'aider à dormir plus de quelques minutes d'affilée. Jusqu'à trois heures du matin, je restai couchée sur le dos, les yeux fermés pour essayer de provoquer le sommeil, mais je ne voyais que le visage sadique de Viktor. J'avais fini par mettre mes écouteurs pour noyer sa voix qui résonnait encore dans ma tête : « Tu m'as manqué, le Fléau. »

L'envie d'enfouir mon visage dans mon oreiller était si forte que je commençai à me retourner plusieurs fois avant que l'élancement dans mon bras gauche ne me rappelle que je devrais dormir sur le dos pendant plusieurs mois. Non seulement il revenait habiter mes cauchemars, mais en plus il m'obligeait à changer des habitudes de toute une vie. Oh, comme j'avais hâte de lui coller une balle dans la tête.

Le lendemain matin, j'appelai Marion dans ma chambre pour m'aider à m'habiller. Elle allait partir après avoir fermé le bouton de mon jean, mais je la rappelai pour qu'elle passe mon holster de taille dans les boucles pour la ceinture. Elle s'exécuta en rigolant, et demanda même si je ne voulais pas qu'elle essaie de bricoler celui d'épaule, mais je déclinai sa proposition. Mon Beretta serait suffisant pour le moment, et sous la vieille chemise de mon grand-père, les garçons n'étaient pas assez experts pour voir la différence.

Je soupirai en voyant Laure assise au comptoir de la cuisine. J'espérai sincèrement qu'ils n'avaient pas tous l'intention de défiler chez moi pendant un mois. Sébastian essaya de me faire remarquer que je n'avais peut-être pas besoin de porter une arme pour me déplacer dans mon propre appartement, mais je le fusillai du regard et il battit en retraite. Je défiai silencieusement les autres squatteurs de faire un commentaire ; personne n'osa aborder le sujet à nouveau.

Pendant une heure ou deux, aidée par mon cachet de morphine, j'eus presque l'impression que rien ne s'était passé et que ce matin était comme tous les autres. Puis Sébastian remonta le courrier. Habituellement, c'était Julien qui était chargé de cette tâche, mais son oncle s'était proposé pour éviter qu'il ne sorte seul de l'appartement. Je n'osai même pas penser à ce qu'on allait faire quand ils reprendraient l'école dans deux jours.

Parmi les factures et les publicités, il y avait une petite enveloppe carrée sans nom ni adresse. Pensant que c'était une note à l'attention des copropriétaires, je l'ouvris sans me douter de ce que j'y trouverais. La carte était ordinaire, semblable à toutes celles qu'on pouvait trouver dans les librairies de quartier ou chez le fleuriste. « *Get well soon !* » Remets-toi vite. Viktor n'avait pas signé la carte, mais il n'en avait pas besoin. Son message était très clair : il attendrait que j'aille mieux, mais il ne voulait pas que je prenne ce temps comme un répit. Il pouvait m'atteindre même ici si l'envie le prenait.

De rage, je chiffonnai la carte et la jetai à travers la pièce en criant, à la fois de douleur à cause du mouvement et de rage. Sébastian la ramassa avec curiosité pour la lire. Je vis ses traits se durcir.

— Personne ne sort de l'appartement dans les prochaines heures. J'appelle Roger pour qu'il vienne vérifier qu'il est bien parti.

— Comment ça ? se mit à paniquer Laure. Il est dans la résidence ?!

J'arpentai le salon de bout en bout, regardant régulièrement par la fenêtre pour m'assurer qu'il n'attendait pas en bas. Marion se mit à me suivre dans l'appartement tandis que je faisais les cent pas. Lorsque je faillis lui rentrer dedans pour la troisième fois, je lui aboyai d'arrêter de me suivre. Elle leva les mains en signe de capitulation et partit chuchoter avec Laure à propos de ma santé mentale. Irritée, je décidai d'aller m'enfermer dans ma chambre, là où on me ficherait la paix.

Silencieusement, Sébastian me rejoignit quelques minutes plus tard. Malgré la présence de tout le monde dans l'appartement, il resta un moment avec moi. Il prit ma main droite dans sa main gauche et se mit à masser l'intérieur de mon poignet en petits cercles concentriques. Je savais que cette technique était censée réduire ma pression sanguine, mais la colère qui bouillonnait dans mes veines aurait nécessité plusieurs heures de massage pour redescendre.

Comment osait-il venir jusque dans mon immeuble ? S'il touchait à un seul cheveu des garçons, je le crucifierais sur la Place du Palais à Saint-Pétersbourg.

Il m'écouta fulminer sans essayer une seule fois de s'approprier ma colère. Après tout, la vie de ses neveux avait été mise en danger parce que je n'avais pas fini le travail la première fois, il avait le droit d'être hors de lui. Mais Sébastian choisit de respecter le fait que Viktor était mon ennemi et que s'il s'en prenait aux gens que j'aimais, c'était à moi de le faire souffrir jusqu'à ce qu'il regrette le jour où il avait croisé ma route.

Sébastian me quitta avec un baiser fébrile dans lequel il déversa toute la frayeur qu'il n'osait pas exprimer autrement.

*

Mon visiteur suivant fut le plus inattendu de tous. Marion vint frapper à ma porte pour annoncer la dernière personne au monde que j'aurais imaginée venir me voir.

— Il y a quelqu'un à la porte. Il dit qu'il te connaît. Il dit qu'il est tueur à gages, aussi. Sébastian dit que si c'est vrai, il veut bien avaler son poignard préféré. Il a aussi dit qu'il pouvait le tuer discrètement si besoin.

— Je croyais que tous les tueurs à gages du pays étaient déjà dans mon appartement ? soupirai-je.

— Tous ceux qui sont intéressants, oui. Tu veux qu'on le fasse entrer ? Quoi ?

La dernière question était adressée à Sébastian qui lui criait quelque chose depuis la porte d'entrée.

— Oh, apparemment, il s'appelle Jérémy ? On fait quoi ?

— Jérémy ? Demande-lui ce qu'il fait là.

Elle relaya ma question, puis la réponse.

— Il s'inquiétait que tu ne répondes pas à ses appels. Il dit que tu devais le rappeler hier. Il a contacté Arnold, qui lui a donné ton adresse.

Je ne savais pas si j'avais plus envie d'étriper Arnold ou de le remercier. Sa présence ici pourrait s'avérer être l'excuse parfaite que j'avais attendue. Fatiguée d'avance, je leur donnai l'autorisation de le faire entrer.

Mon état le stoppa net sur le seuil de ma chambre. Je ne lui avais pas donné l'habitude de me voir en position de faiblesse, le changement le laissa déconcerté. Il m'expliqua à nouveau comment il avait eu mon adresse et appris que j'étais blessée. Je lui avais fourni le numéro d'Arnold exactement pour ce cas de figure ; au cas où il m'arrivait quelque chose, je ne voulais pas qu'il passe des mois à me chercher. Il pardonnait tous les lapins que je lui avais posés, mais il savait que je répondais toujours à ses appels.

Après quelques minutes à parler de tout et de rien, je me résolus à couper le cordon.

— Je crois qu'il est temps que je sois honnête avec toi. Jérémy, tu n'es pas fait pour cette vie.

— Bien sûr que si, Ava, c'est exactement ce que j'ai envie de faire !

— Est-ce que tu peux me réciter les cinq règles que je t'ai enseignées ?

Il croisa les bras, vexé que je doute de lui.

— Je suis capable de respecter tes règles, Ava.

— Mais est-ce que tu seras capable de survivre si tu en enfreins ne serait-ce qu'une seule ?

— Bien sûr ! Numéro un, ne pas s'attacher ; numéro deux, ne pas laisser de traces ; numéro trois, ne pas dénoncer les autres tueurs ; numéro quatre, utiliser un alias au cas où quelqu'un ne respecterait pas la règle précédente ; numéro cinq, ne pas se mettre à dos plus fort ou plus tordu que soi. Cinq règles, cinq doigts pour tenir fermement son arme.

Il les avait énumérées en comptant sur ses doigts. Je faillis répliquer que j'avais connu certaines personnes qui ne possédaient plus leurs cinq doigts mais qui tenaient leur arme plus fermement que lui.

— Jérémy, j'essaie de te donner la chance que je n'ai jamais eue. Regarde-moi : je fais ce boulot depuis sept ans et j'ai déjà failli mourir plus de fois que je n'arrive à me souvenir. J'ai enfreint chacune de ces règles idiotes et regarde où j'en suis. Tu as déjà oublié la première que tu n'as pas encore exécuté ton premier contrat.

— Ce n'est pas vrai.

— Sois honnête, au moins avec toi-même. Tu as appris que j'étais blessée et tu as décidé de venir chez moi, un endroit que le psychopathe qui veut me tuer connaît et surveille certainement, juste pour voir comment j'allais. Tu t'es attaché à moi.

Il resta bouche bée de cette réalisation.

— Mais… tu es mon mentor, c'est différent !

— Ah bon ? Parce que si j'ai le choix entre ta vie et la mienne, Jérémy, je choisirai de sauver ma propre peau.

Ce n'était pas tout à fait vrai, mais la dureté de mes mots parut le faire hésiter.

— Mais, Ava…

— Je ne t'apprendrai rien de plus. Si tu veux venir boire un café quand tout ça sera fini, je t'attendrai avec plaisir, mais pour ton bien, les leçons s'arrêtent là.

Il ne tenta pas de me convaincre, ni de cacher les larmes blessées qui brillaient dans ses yeux. De mon côté, j'ignorai mon petit pincement au cœur ; j'avais l'impression d'abandonner un chiot après l'avoir sorti de la rue. J'espérai simplement que le retour en arrière ne serait pas trop éprouvant pour lui ; il aurait besoin de beaucoup de détermination pour se remettre d'avoir vu toutes ses illusions réduites à néant, mais au moins, il serait vivant pour le faire.

Je n'étais pas certaine que j'aurais eu le courage de lui dire la vérité si Viktor ne m'avait pas poussée à bout. Il faudrait que je pense à lui dire qu'il avait sauvé la vie d'un apprenti assassin avant de le tuer.

Ce soir-là, après avoir mis la douleur en sourdine avec un peu – beaucoup – de morphine, je m'endormis à peine couchée. Rien ne vous aide mieux à dormir qu'être absolument certain que vous avez raison, et que tous les autres sont diaboliques. Viktor était diabolique. Cela ne faisait aucun doute dans mon esprit.

36.

La migraine qui battait dans ma tempe gauche ne donnait aucun signe de faiblesse malgré la dose impressionnante d'ibuprofène que j'avais ingurgitée. La pièce était plongée dans le noir même si ce n'était que le milieu de l'après-midi et un gant humide et frais recouvrait l'intégralité de mon visage. J'avais envie de mourir. Où étaient les psychopathes russes quand on avait besoin d'eux ?

De temps à autre, un haut-le-cœur me soulevait la poitrine, promesse d'un soulagement qui ne venait jamais.

— Du progrès ? chuchota Sébastian par la porte.

— Non, geignis-je. Suffit juste que je vomisse une fois ou deux et ça ira mieux.

— C'est ça, ricana-t-il. Ne compte pas sur moi pour ramasser.

La pression dans mon crâne était telle qu'il allait forcément finir par exploser si je ne trouvais pas le moyen de la soulager rapidement. Il serait bien embêté s'il devait nettoyer ma cervelle sur les murs.

Soudain, la montée de salive dans ma bouche m'avertit que je devais vite me rendre dans la salle de bain ; malheureusement, j'étais arrivée au bout de ma morphine ce matin et mon épaule me ralentit, m'empêchant d'y arriver vraiment à temps.

Quand je fus enfin dans la salle de bain, Sébastian passa la tête dans l'embrasure de la porte :

— Ça va mieux maintenant ?

— La ferme, parvins-je à dire.

Une fois les spasmes terminés, je restai un moment le visage collé à la porcelaine froide. J'étais lasse d'être fatiguée. Depuis une semaine, chaque mouvement me demandait une énergie phénoménale ; pour la première fois depuis que Sébastian s'était installé avec moi, j'étais réellement heureuse de ne pas vivre seule.

J'entendis vaguement mon portable sonner, mais n'eus pas la force de relever la tête.

— Sébastian, beuglai-je. Tu sais où est mon portable ?

— Je sais pas, tu l'avais avec toi quand tu t'es vomi dessus ?

— Je ne me suis pas vomi dessus ! m'offensai-je.

— Oh, désolé, quand tu as rejeté une partie du contenu de ton estomac sur ton tee-shirt. T'as raison, c'est plus élégant.

Je lui jetai une serviette propre à la figure, mais il l'évita en riant. La sonnerie retentit à nouveau, il récupéra le téléphone par terre et décrocha pour moi.

— C'est Valerio, il veut savoir s'il peut venir te chercher plus tôt ?

Le grand chef avait réclamé ma présence à une réunion de service ; Valerio, qui était censé faire office de chauffeur, avait longuement protesté, disant que je n'étais pas en état de me déplacer. J'étais persuadée que sa soudaine sollicitude avait plus à voir avec le fait qu'il ne voulait simplement pas me servir de taxi.

Je mis un long moment à lui répondre ; il m'avait fallu plusieurs heures pour me convaincre que Viktor ne m'attaquerait pas au moment où je passerais la porte de l'immeuble. Ce petit changement de programme éveilla une crise de panique que je me forçai à taire avec de profondes respirations.

— Oui, répondis-je enfin. Je vais juste prendre une douche, dis-lui qu'il peut passer d'ici une demi-heure. Amène-moi mes vêtements, s'il te plaît ?

Il acquiesça et disparut dans ma chambre. Quelques secondes plus tard, il appela :

— Ava ! Je ne trouve pas ton soutien-gorge, tu te souviens où tu l'as mis ?

— Non, prends-en un autre ! criai-je en retour.

J'avais réussi à me lever sans trembler, mais je restai néanmoins en appui sur le lavabo. Sébastian réapparut dans la salle de bain, toujours au téléphone en train de discuter avec Valerio. Il raccrocha en voyant mon air affolé.

— S'il te plaît, ne me dis pas que tu étais encore en ligne quand tu as crié que tu ne trouvais pas mon soutien-gorge ?

— Si, et alors ?

Est-ce qu'il ne voyait vraiment pas le problème ou est-ce qu'il avait fait exprès pour me mettre dans l'embarras ? Je songeai à mes vêtements souillés qu'il devrait nettoyer pendant que j'étais au poste. Il l'avait définitivement fait exprès.

— Sébastian !

— Relax, il a sûrement pensé que je jouais les infirmiers. Après tout, qu'est-ce que tu pourrais bien faire avec moi, hein ?

Le sarcasme dans sa voix me donna envie de hurler. Entre lui et Andrea qui insistait tous les jours pour que je le laisse venir, j'allais finir par devenir folle.

Je pestais encore quand Valerio sonna à l'interphone, mais Sébastian ne m'écoutait plus depuis longtemps. Il m'aida à mettre mon manteau et m'ouvrit la porte avec un grand sourire. Pour son bien, j'espérai que Valerio ne me poserait aucune question.

Je crus être passée à côté du désastre quand il se contenta de grommeler « bonjour » avant de bouder. Du moins, je pensais qu'il avait dit « bonjour ».

— Pourquoi est-ce que tu viens travailler déjà ? demanda-t-il au bout de quelques minutes de trajet.

— Parce qu'on ne m'a pas laissé le choix.

— T'es en arrêt maladie, bien sûr que t'avais le choix.

— Marc a dit qu'il valait mieux que je vienne.

— Vous êtes tous les deux débiles. Et des lèche-bottes.

— Comment ça des lèche-bottes ? m'offusquai-je.

— Tu viens juste pour que le patron arrête de dire que tu sers à rien, explicita-t-il.

Je ne répliquai pas, parce qu'il avait entièrement raison.

— Au fait, ce n'est pas Andrea qui a décroché le téléphone.

— Non, j'étais occupée, j'ai demandé à Sébastian de décrocher pour moi.

— Oh, j'espère que c'est toi qui lui as demandé aussi, quand il t'a enlevé ton soutien-gorge, insinua-t-il.

Il avait de la chance que mon bras gauche soit hors service.

— Pour ton information, il m'aidait juste à m'habiller, pas le contraire.

— Oh oui, bien sûr, je vais croire ça, ricana-t-il.

— Valerio, va te faire foutre.

— Je dirais bien oui, mais je suis marié.

Je soupirai et appuyai mon visage sur la vitre pour me rafraîchir le front, derrière lequel ma migraine recommençait à tambouriner.

— Donc tu sors avec les deux en même temps ?

Est-ce que mon air désespéré lui avait mis la puce à l'oreille ?

— Non, mentis-je sans conviction.

— C'est pas vrai ! s'écria-t-il. T'es sérieuse ?

— Si j'avoue, est-ce que tu promets de le garder pour toi ? marchandai-je.

— Ça peut se négocier, plaisanta-t-il.

Il laissa s'écouler un long moment avant de continuer.

— Personne n'est parfait.

Apparemment, même Tom Valerio avait ses moments d'indulgence. Il aurait pu me dire que j'étais une personne horrible et, pour être honnête, c'était ce à quoi je m'étais attendue ; à la place, et contrairement à Laure, il montra beaucoup d'empathie et aucun jugement. Son attitude me poussa à me demander s'il avait déjà trompé Linh. Leur couple semblait incroyablement solide aujourd'hui, mais cela ne voulait pas dire que ça avait toujours été le cas…

— Plus sérieusement, qu'est-ce que tu comptes faire ? me relança-t-il juste avant d'arriver au poste.

— Ça, c'est la question à un million d'euros.

Il n'aborda plus le sujet, et se retint même de mettre Marconi au courant à la seconde où l'on franchit les portes de la grande salle.

Pendant une heure, je fis semblant d'écouter le patron parler de nouvelles réglementations qui ne me concernaient vraiment pas, mais ça avait valu le coup. D'après Marconi, j'avais l'air tellement mal en point que le commissaire avait été impressionné. Si je pouvais me déplacer dans cet état, ça voulait forcément dire que j'étais motivée, à défaut de servir vraiment à quelque chose. J'avais choisi de prendre ça comme un compliment.

Mon téléphone sonna à nouveau lorsque Valerio me laissa sur le parking. J'avais été tentée d'ignorer l'appel, mais l'identité du correspondant m'avait poussée à décrocher malgré ma fatigue et mon mal de tête.

— Ava ? Bonsoir, c'est Irene Osman, je ne vous dérange pas ?

— Non. Qu'est-ce qu'il y a ?

— Je voulais simplement vous prévenir que j'ai découvert qui avait pris votre contrat. Viktor Baranovski, vous vous souvenez de lui, j'imagine ?

— Oui, merci, répondis-je, un peu sèchement. Je me suis rendue compte que c'était lui quand il m'a planté un sabre dans l'épaule.

— *Excuse me ?*

Si je n'en avais pas fait l'expérience moi-même, moi aussi j'aurais eu du mal à croire qu'on pouvait se faire empaler avec une épée de nos jours.

37.

Une envie de raisin m'avait saisie au milieu de la journée. Ce genre de choses ne m'était jamais arrivé avant que les fruits soient réintroduits régulièrement dans mon régime alimentaire. Je m'étais installée dans le canapé avec le petit saladier de raisins, devant les émissions quotidiennes du début d'après-midi. Les pépins du premier grain craquèrent sous mes dents. Le bruit me rappela étrangement celui d'un os broyé.

Tant bien que mal avec mon bras en écharpe, j'ouvris chaque grain de la grappe pour en retirer les pépins. Les gestes tiraient sur mon épaule, mais si je restais sans bouger du tout pendant un mois, j'allais perdre tous mes muscles. Je n'avais pas le temps de passer deux mois supplémentaires à faire de la rééducation.

Alors, minutieusement, pendant une heure, je m'occupai ainsi, jusqu'à ce que Sébastian m'interroge sur mon activité.

— Qu'est-ce que tu fabriques ?

— Qu'est-ce que j'ai l'air de faire ? rétorquai-je.

— Tu as l'air toquée.

— Les pépins me dérangeaient, je les enlève.

— Tu n'as jamais enlevé les pépins avant, remarqua-t-il.

— Tu as fini de me psychanalyser ? aboyai-je. Je n'ai que ça à faire de toute façon, donc si j'ai envie de passer mon après-midi à enlever les pépins des grains de raisin, je passerai mon après-midi à enlever les pépins des grains de raisin.

Sébastian prit mon portable et se mit à parcourir le répertoire.

— Qu'est-ce que tu fais ?

— Si on doit te faire interner, ce n'est pas moi ton petit ami officiel, ce n'est pas moi qui prendrai la décision.

— Tu ne vas pas déranger Andrea parce que j'enlève les pépins de mon raisin !

— Tu as besoin de sortir de cet appartement, tu deviens complètement folle, insista-t-il.

Je secouai la tête, refusant d'entrer dans son jeu. J'étais parfaitement saine d'esprit. Il raccrocha avant qu'Andrea ne réponde, lança le portable sur le canapé à côté de moi et repartit finir la vaisselle dans la cuisine.

— Tu crois que Viktor s'est échappé tout seul ou qu'il a eu de l'aide ? appelai-je, mine de rien.

Je l'entendis soupirer en arrêtant le robinet.

— Est-ce que tu veux que j'aille en Russie pour me renseigner ? proposa-t-il.

— Non, non, ça n'a aucune importance, je suis juste curieuse.

Il soupira de nouveau. Je n'avais cessé de m'interroger depuis notre dernière rencontre. Faute de le tuer, je me souvenais avoir fait tout ce qu'il fallait pour qu'il croupisse dans sa cellule pour le reste de ses jours. À chaque fois que je me lassais de mes propres scénarios, je posais la question à quiconque était de baby-sitting à ce moment-là. Plusieurs fois, Sébastian avait proposé d'aller vérifier, mais j'avais toujours refusé.

— Tu sais que tu n'as qu'un mot à dire.

— Non, c'est bon.

Ce n'était pas comme si la question me gardait éveillée toutes les nuits. Bon, d'accord, c'était un peu le cas. Son torchon dans les mains, Sébastian vint s'asseoir à côté de moi.

— Si ça peut t'aider à reprendre les choses en main, Ava, c'est vraiment pas grand-chose.

Le vrai problème, c'était que je n'étais pas certaine que cela me guérisse de mes angoisses nocturnes. Et puis je savais bien qu'il détestait aller en Russie. Tout en continuant à enlever les pépins, je réfléchissais à sa proposition.

Je ne voulais pas admettre ma faiblesse psychologique, mais tout le monde semblait au courant que je n'étais plus moi-même. Les garçons, en particulier, se comportaient comme si j'allais me mettre à pleurer à tout moment. Pourtant, je n'avais pas pleuré, pas une seule fois. Je pouvais lui accorder mes cauchemars, mais certainement pas mes larmes.

Mon traumatisme finirait bien par guérir de lui-même, une fois que je me serais débarrassée de lui.

— Ava ?

Comme s'il sentait que j'étais sur le point de craquer, Sébastian insista une nouvelle fois.

— D'accord, murmurai-je.

— D'accord ?

— D'accord. Mais reviens vite.

Il sourit, soulagé, et me laissa faire le nécessaire pour pallier son absence temporaire ; Marion, qui avait enfin fini par quitter mon canapé, devrait revenir le temps qu'il mène son enquête. J'appelai ensuite Roger pour lui demander de relayer Marion.

Sébastian n'avait pas été très enthousiaste à l'idée de laisser Roger au contact des enfants. Son appréhension avait quelque chose à voir avec le fait qu'il n'avait pas un rapport très sain avec les autres êtres humains, mais je lui fis remarquer qu'il était injuste : Roger n'était pas plus dérangé que nous. Bon, peut-être un peu plus, mais entre le psychopathe qui voulait me tuer et celui qui acceptait de jouer les gardes du corps, j'avais rapidement fait mon choix.

Le premier soir, même avec Sébastian à l'autre bout de la planète, je n'eus aucun problème pour m'endormir ; rien n'échapperait à Hadès.

*

Un cri suraigu me réveilla en sursaut. Sans chercher à savoir ce qu'il se passait, je saisis le Browning qui avait retrouvé sa place à la tête de mon lit et m'élançai hors de la chambre, le cœur battant. Au milieu du salon, Ben était caché derrière son grand frère, qui tenait une bouteille d'eau comme si c'était une matraque. J'allumai la lumière, ils se précipitèrent tous les deux vers moi.

— Qu'est-ce qu'il y a ? demandai-je, arme à la main.

— Il y a un homme armé assis dans le fauteuil !

Instinctivement, je dirigeai mon regard vers ledit fauteuil, dans lequel Roger était installé, un flingue posé sur les genoux.

— Roger ! Tu aurais pu leur expliquer !

— Je ne suis pas payé pour faire la conversation.

Il reprit son observation de la porte d'entrée. Sentant la colère monter lentement en moi, j'envoyai les garçons se recoucher. Ben me fit promettre de venir le border avant de retourner me coucher. Je m'avançai vers Roger.

— Si je t'ai engagé, c'est parce que j'ai des sueurs froides rien qu'en pensant à Viktor. Le but de ta présence, ce n'est pas de donner des cauchemars aux enfants aussi.

— Je croyais que j'étais là pour te protéger, toi ? demanda-t-il.

— Non, Roger, tu es là pour protéger les garçons en priorité. Moi, je sais encore me servir d'une arme.

Il haussa les épaules.

— D'accord. Il fallait me prévenir.

— Désolée, ça semblait plutôt évident pour tout le monde, je ne pensais pas avoir à expliciter tous les détails de la mission à Hadès, assénai-je.

Je sortis du salon avant qu'il puisse répliquer, trop fatiguée pour avoir cette discussion maintenant. Dans la chambre des garçons, Ben s'était calmé, mais je décidai de rester à côté de lui jusqu'à ce qu'il se rendorme ; Julien, qui avait prévu de dormir dans le bureau pendant les quelques jours où son oncle serait absent, arriva avec son oreiller alors que je finissais de border la couverture de Ben.

— Tu ne dors pas dans le bureau ? m'étonnai-je.

— Je ne vais pas laisser mon frère tout seul alors qu'il y a un taré avec un pistolet dans le salon.

— Tu ferais mieux de ne pas l'appeler comme ça en sa présence, conseillai-je. Je vous ai déjà expliqué que Marion et lui se relaient pour s'assurer que tout va bien le temps que mon épaule soit guérie.

On leur avait raconté qu'un ancien prisonnier que j'avais aidé à envoyer en prison venait de sortir et avait confié aux autres détenus qu'il me considérait comme responsable. Personne ne pouvait dire s'il allait vraiment s'en prendre à moi, mais la présence d'un adulte entièrement valide à tout moment était une précaution que nous avions jugée nécessaire. Même Julien y avait cru ; après tout, le seul mensonge dans cette histoire, c'était qu'on savait très bien qu'il allait s'en prendre à moi. Tant qu'ils ne se rendaient pas compte que mon travail au commissariat n'allait pas aussi loin, ils continueraient de nous croire. Je crois que Julien était juste content d'avoir enfin des réponses cohérentes.

Le lendemain matin, Marion vint les chercher tous les deux pour les emmener à l'école. Roger m'attendait à la table de la cuisine quand je remontai dans l'appartement.

— Je ne comprends pas pourquoi tu veux gâcher mes compétences en me demandant de surveiller des enfants, entama-t-il.

— Parce que je tiens à eux, Roger.

— Pourquoi ?

— Pourquoi quoi ?

Il ne pouvait pas sérieusement me demander pourquoi je tenais à eux.

— Pourquoi est-ce que tu t'autorises autant de faiblesses ?

— De faiblesses ? Ben et Julien ne sont pas des faiblesses, le contredis-je.

— Bien sûr qu'ils en sont. Ton affection pour eux te rend faible, le Fléau.

Je ne répondis pas. À la vérité, j'avais pensé comme lui jusqu'à très récemment, mais je ne voyais pas comment convaincre Roger que nous nous étions trompés pendant toutes ces années. Il continua à me juger, le visage impassible.

— Laure, Arnold, Andrea, Sébastian, les deux gosses. Combien de personnes vas-tu encore laisser entrer dans ta vie ? Combien d'autres vas-tu encore aimer et laisser t'aimer ?

Je serrai la main droite autour de ma tasse, les lèvres pincées pour m'empêcher de répondre et de me lancer dans une discussion qui n'aboutirait à rien.

— Plus tu aimes de personnes, plus tu en as à protéger. Et parce que tu les aimes, tu te soucies plus de leur survie que de la tienne. Et ça, ça te rend faible. Tu deviens faible Ava. Ta force a toujours été ton détachement, ta froideur. Dans notre métier, on ne survit pas quand on aime.

— Roger, arrête.

— Tu sais que j'ai raison. Si tu continues comme ça, ces gens te coûteront la vie.

— Tu ne sais pas de quoi tu parles, crachai-je.

— Vraiment ? ricana-t-il. Parce qu'il me semble que je fais ce métier depuis beaucoup plus longtemps que toi. Je commence à me demander si ton cynisme n'est pas qu'un masque. Si tu ne te débarrasses pas d'eux, tu rends la tâche plus facile à Viktor et à tous ceux qui suivront.

— Arrête de dire que ça me rend faible, comment est-ce que tu pourrais le savoir ? Tu as la capacité émotionnelle d'un robot, Roger, comment est-ce que tu pourrais savoir si aimer quelqu'un rend plus faible ou plus fort ? m'écriai-je.

J'avais cessé d'éviter son regard. Au fond, j'étais persuadée qu'il n'avait pas toujours été comme ça ; comme nous tous, Hadès avait été un enfant, il ne pouvait pas avoir toujours été si détaché du monde. Il n'était pas un véritable sociopathe, mais il agissait en tant que tel depuis si longtemps, il était tellement aveuglé par cette croyance absolue que n'avoir rien à perdre était la seule façon de se protéger, qu'il en avait oublié l'importance, l'intérêt même des rapports humains.

— Aimer ces gens m'a rendue plus forte, au contraire. Parce que maintenant, j'ai un but, j'ai quelqu'un pour qui me battre. Et si je dois baisser ma garde pour les protéger, si je dois les faire passer avant moi, alors tant pis.

— Est-ce que tu diras encore ça quand tu seras morte ou en prison ? se moqua-t-il.

— Ça marche dans les deux sens Roger ! Ils veillent sur moi aussi. Ils ne sont peut-être pas capables de me protéger de la mort, mais le jour où je me ferai coincer par la police internationale, ou les fédéraux, ils mentiront pour moi. Ils me fabriqueront des alibis, ils me soutiendront, ils crieront au monde entier mon innocence. Et ils le feront en sachant que je suis coupable de tous les crimes dont on m'accusera. Personne ne mentira pour toi Roger.

— Mais c'est en baissant ta garde que tu te feras coincer, Ava. Et si tu les aimes tellement, toutes ces personnes, tu sais que la meilleure chose à faire pour leur bien, c'est de les quitter. Partir, c'est le seul moyen que tu as de les protéger. Parce que tu dois les protéger contre tes ennemis, mais contre toi-même aussi. Tu dois partir, Ava.

À ce moment précis, j'eus de la peine pour lui. J'avais toujours admiré son professionnalisme et, bien qu'il me fasse parfois peur, son sang-froid avait toujours été un idéal vers lequel tendre. Mais Roger n'était pas capable de tout affronter, au fond. L'attachement était une inconnue qui l'effrayait plus que la mort et à laquelle il ne serait jamais vraiment préparé.

— Un jour, ça t'arrivera aussi, Roger, lui dis-je doucement.

Il me fixa avec scepticisme.

— Je sais bien que ça te semble impossible, qu'à nous tous, ça nous semble improbable, mais un jour, ça t'arrivera.

— Je ne me permettrai jamais cette faiblesse, Ava.

— Un jour, tu rencontreras une personne pour qui tu vas te prendre d'affection, poursuivis-je en l'ignorant. Ce sera peut-être une femme, un homme, un enfant, ou même un animal, qui sait, mais ça arrivera. Et tu n'y pourras rien. Tu vas peut-être lutter contre tes sentiments, essayer de nier l'évidence, mais en fin de compte, tu capituleras. Et le jour où tu vas donner ton amour à cette personne, tu la mettras en danger. Tu seras prêt à tous les sacrifices pour la protéger, mais le seul moyen réel de le faire sera de partir.

Son regard impassible était toute l'attention qu'il daignait m'accorder. À ses yeux, mes inepties ne méritaient rien de plus.

— Pourtant tu ne partiras pas, Roger. Cette personne que tu aimes, tu ne la quitteras pas. Tu feras appel à moi pour t'aider à la protéger.

Il rassembla ses affaires et se dirigea vers la porte. Avant d'appuyer sur la poignée, il se retourna vers moi.

— Peut-être que tu as raison, le Fléau. Mais si ce jour arrive, s'il te plaît, rappelle-moi que la seule aide dont j'aie vraiment besoin est une balle dans la tête.

Quand il referma la porte derrière lui, je n'étais pas certaine qu'il revienne à la tombée de la nuit. Peut-être qu'en assumant mes choix, j'avais cessé d'être digne de son intérêt. J'y songeai toute la journée, seule avec Marion dans l'appartement. Je savais déjà qu'il ne me considérait pas réellement comme une amie, mais c'était toujours ainsi que je l'avais vu ; néanmoins, l'idée de ne pas le revoir ne me troublait pas autant que s'il s'était agi de Marion. Roger n'était pas le genre d'ami que j'allais voir pour épancher ma conscience, il était celui que j'allais voir quand j'avais des ennuis vraiment graves. Et que je devais payer pour me protéger. Pour être tout à fait honnête, s'il ne revenait pas, Roger ne me manquerait que parce que ma vie serait moins intéressante sans lui.

Lorsque Marion rentra chez elle vers vingt-et-une heures, Roger sonna à la porte et, sans un mot, s'installa à nouveau dans le fauteuil, son arme posée sur les genoux. Il accepta une tasse de café, mais ignora mes tentatives de conversation.

Les garçons finirent par s'habituer à la présence étrange et menaçante de cet homme qui ne parlait pas, dans le salon. Le troisième jour, même Julien arrêta de lui lancer des regards curieux. Puis, le quatrième soir, Sébastian revint enfin et Roger put retourner à la solitude.

Avant de partir, toutefois, il attendit que les garçons soient enfermés dans leur chambre.

— Je crois que vous devriez savoir que le grand est venu me poser des questions.

Cette révélation nous prit de court.

— Julien ? Julien est venu te parler ? s'étonna Sébastian.

— Hier soir, il a essayé de m'interroger sur vous.

— Sur nous ?

J'étais surprise : si j'avais été une adolescente fouineuse, j'aurais plutôt voulu découvrir qui il était, lui. C'était même ce que j'essayais de faire depuis des années.

— Il m'a demandé qui vous étiez vraiment, continua-t-il.

J'échangeai un regard inquiet avec Sébastian. Nous savions dès le départ que mon agression et la présence de Marion et Roger feraient resurgir toutes ses interrogations, mais nous étions convaincus que nos mensonges avaient fini par endormir ses suspicions.

— Qu'est-ce que tu as répondu ? demandai-je.

— Que je n'étais pas payé pour faire la conversation.

Je fus soudain très reconnaissante que Sébastian ne lui donne pas assez d'argent de poche pour se payer les services de Roger.

38.

Après ce que Roger nous avait dit, nous avions attendu que Julien revienne à la charge. Pendant des jours, à chaque début de phrase, nous avions craint une nouvelle accusation, mais il n'avait pas prononcé un seul mot qui ait un rapport avec Roger, ma blessure, ou le dossier d'Emerguy. Et puis, près d'un mois après ma rencontre avec Viktor, une fois qu'on ne s'y attendait plus vraiment, il vint nous voir, résolu à avoir le fin mot de l'histoire.

— Je veux savoir. Je veux savoir la vérité, commença-t-il.

— Quelle vérité, Julien ? soupira Sébastian. On a déjà répondu à toutes tes questions.

— Non, pas celle-là.

Là, le nez baissé de son embarras, il ressemblait tant à un petit garçon que j'eus envie de le prendre dans mes bras. Je m'étonnais souvent de combien il ressemblait à son frère et à Sébastian, malgré le fait qu'il ait été adopté. Pas tant dans l'apparence physique, même si ses cheveux châtains et ses yeux noisette auraient pu tromper n'importe qui, mais surtout dans les moments où il osait montrer à quel point sa famille lui tenait à cœur ; comme son oncle et son frère, il avait cette obstination inscrite dans le regard, comme s'il était prêt à tout pour obtenir ce qu'il voulait.

— Sébastian… est-ce que tu as tué mon père ?

Sébastian avala sa salive de travers et fut pris d'une quinte de toux ; je restai immobile, sans même oser respirer, de peur que le moindre mouvement scelle notre culpabilité dans son esprit. Le silence qui suivit sa question était si lourd qu'on aurait pu trancher dedans avec un couteau. C'était probablement la dernière chose que nous aurions pu imaginer.

— Que… quoi ? balbutiai-je.

— Pourquoi tu me demandes ça ? l'interrogea son oncle, tout aussi incapable de comprendre comment il avait pu en arriver à cette conclusion que je l'étais.

— Les photos du dossier, celui que vous avez repris dans ma chambre, c'était presque que des photos de lui. Mais tu le connaissais pas. Et il y avait tous ces détails sur sa vie. Je sais qu'il a été tué dans un club de strip-tease et il y avait le nom du club sur un papier. Je sais que ma question est bizarre, mais c'est la seule explication que j'ai trouvée.

Nous le regardâmes tous les deux en silence. Le moindre mot qui ne serait pas crédible ne ferait que nourrir ses doutes.

— Alors ? Est-ce que tu as tué mon père ?

Sébastian ouvrit la bouche pour mentir, mais je le stoppai en posant ma main droite sur son avant-bras. Dans les yeux de l'adolescent, le besoin de savoir, d'être sûr, brûlait comme une fièvre ; pour la première fois, je remarquai les cernes violacés qui tiraient ses traits.

— Qu'est-ce que tu ferais si c'était le cas ? chuchotai-je presque.

Sébastian tourna la tête vers moi, effrayé que je sois devenue folle. Julien haussa les épaules, comme d'habitude.

— Rien.

— Rien ? répétai-je, méfiante.

— Je n'irais pas voir la police si c'est ce que tu veux dire.

— Pourquoi pas ? C'est un crime.

— Je le détestais. Je le déteste encore pour ce qu'il a fait à maman et Ben. Il a mérité ce qui lui est arrivé.

— Julien… commença Sébastian.

— Non, l'interrompit-il. Je ne dis pas juste ça comme ça, je le pense vraiment. S'il n'était pas mort, Ben aurait dû attendre d'avoir dix-huit ans avant de partir. Au moins, comme ça, il peut grandir avec vous.

À nouveau, nous nous abstînmes de répondre.

— S'il n'avait pas été tué, j'aurais fini par le faire moi-même, révéla-t-il, comme si cc n'était pas la première fois qu'il y réfléchissait.

Et de toute évidence, ça ne l'était pas. Il avait répété ses réponses des dizaines de fois, jusqu'à se convaincre qu'il avait pris la bonne décision. Julien nous observa, son regard allant de l'un à l'autre, attendant, espérant une réponse qui donnerait un sens à tous ses doutes, à toutes ses insomnies.

— Alors ?

Sébastian hésita, puis lui dit :

— Ta mère était la personne la plus importante au monde pour moi.

— Ça ne répond pas à ma question.

— Si.

Puis il se leva, et partit s'isoler dans le bureau. Je pris une gorgée de café. Un long moment s'écoula avant qu'il n'ose une nouvelle question.

— C'est ça que vous faites ?

— Ça dépend ce que tu entends par « ça ».

— … Tuer des gens ?

S'il espérait que je lui signe une confession détaillée, il allait être déçu. Les précisions de notre métier ne le regardaient pas et ne feraient qu'alimenter ses cauchemars. Je ne lui mentirais plus, mais je refusais de le rendre complice de nos crimes.

— Parfois.

— Des gens… méchants ?

— Oui.

— Tu t'es vraiment fait mal en tombant sur un chantier ?

— Non.

— Et tes amis qui surveillaient l'appartement… t'étais pas juste parano, alors ?

— Non.

Il hocha la tête et descendit du tabouret. Il avait terminé avec les questions pour ce soir. Au moment de sortir de la cuisine, il se retourna vers moi une dernière fois :

— Vous pourrez m'apprendre ?

— Non.

Heureusement, il n'insista pas et alla dans sa chambre en attendant l'heure d'aller dormir chez un de ses amis. De mon côté, je rejoignis Sébastian dans le bureau et m'allongeai sans rien dire avec lui ; il ouvrit son bras pour me faire une place contre lui. Je m'endormis, bercée par sa respiration.

*

Une fois Julien chez son ami, j'avais trouvé plus facile de respirer dans l'appartement, comme si le poids de ce secret que l'adolescent partageait dorénavant n'avait pas diminué avec notre aveu mais doublé. Je me sentais faussement en sécurité; étrangement, alors que mon attitude aurait dû redevenir plus naturelle sans la surveillance constante de Julien, j'avais eu l'impression de marcher sur des œufs toute l'après-midi. Comme si le moindre geste brusque pouvait le faire changer d'avis et le pousser à trahir le silence qu'il nous avait promis.

Ben me fit casser un verre lorsqu'il dit à la fin du repas :

— Julien a parlé de papa, aujourd'hui.

— Ah bon ? fis-je mine de m'étonner.

— Qu'est-ce qu'il a dit ?

— Il voulait savoir s'il me manquait.

Dos à eux, les mains dans l'évier pour ramasser les bouts de verre, je fermai les yeux et levai le visage vers le plafond, une prière silencieuse au bord des lèvres.

— Tu veux nous dire ce que tu as répondu ? demanda doucement Sébastian.

Un léger bruit de froissement me dit qu'il venait de passer sa main dans les cheveux du petit garçon. Je reposai les morceaux de verre, m'essuyai les mains et allai m'asseoir sur la chaise de l'autre côté de Ben.

— Des fois, il me manque un peu, avoua-t-il, l'air coupable, comme s'il savait que regretter son père n'était pas une bonne chose, mais ne pouvait s'en empêcher.

Il haussa les épaules dans une mimique qu'il avait empruntée à son frère.

— Mais maman me manque plus.

Sans lui demander son avis, je l'attirai contre ma poitrine et le serrai aussi fort que je pus sans lui faire mal, prétendant un instant que mes bras pouvaient le protéger du reste du monde.

Je le relâchai après de longues minutes, puis retournai à ma vaisselle, essuyant discrètement une larme au coin de mon œil.

— Il a aussi dit que maintenant, vous alliez nous protéger, ajouta le garçon.

Sébastian le somma d'aller se préparer pour le coucher avant que je ne me mette à pleurer ; il garda cette dernière partie pour lui, mais son sourire doucement moqueur m'indiqua qu'il n'était pas dupe. Il vint passer ses bras autour de ma taille et déposa un baiser dans mes cheveux, au-dessus de mon oreille.

— Tu veux aller le border ? murmura-t-il.

— Dans un moment.

Il continua à me serrer dans ses bras comme je l'avais fait avec Ben, mais ce n'était pas pour me protéger du reste du monde ; Sébastian me serra contre lui pour nous protéger tous les deux de la tristesse que cette journée avait ressuscitée.

Ben m'attendait sagement dans son lit quand je le rejoignis. Je bordai sa couette comme il l'aimait, puis lui fis signe de me laisser une place pour m'asseoir. Il me tendit le livre qu'il voulait que je termine, mais ne me laissa pas le temps de l'ouvrir.

— C'est pas toujours les gentils qui gagnent, pas vrai ?

— Non, répondis-je dans un petit sourire.

J'ouvris le livre au début du dernier chapitre. Dans cette histoire pour enfants, les gentils finissaient par triompher de toutes les difficultés qu'ils avaient dû affronter, mais Ben, du haut de ses huit ans, connaissait déjà la vérité. Les gentils ne gagnent pas toujours.

— Heureusement, les gentils, c'est pas nous.

Il ne fronça pas les sourcils, il n'eut pas l'air de ne pas comprendre. Ben sut d'instinct que je parlais de son oncle et de moi-même.

— Vous êtes les méchants alors ?

— Des fois, oui, admis-je. Est-ce que tu peux vivre avec ça ?

Il réfléchit quelques secondes, puis hocha la tête en mâchouillant sa lèvre inférieure.

— Les méchants aussi, ils peuvent avoir une famille.

— Oui, et ils sont capables de tout pour la protéger.

Cette nouvelle réalité parut lui convenir. Il m'embrassa sur la joue et se cala confortablement contre son oreiller en attendant que je commence ma lecture.

**

Le lendemain, Sébastian partit en milieu de journée pour aller faire l'inventaire du club. Avec les garçons à l'école, et tous les gens que je connaissais au travail, j'avais passé l'après-midi à tourner en rond dans mon appartement, à appeler des contacts qui ne savaient rien sur Viktor. Bien que Sébastian soit parvenu à découvrir que Viktor avait été aidé dans son évasion, sa chance s'était arrêtée là et l'identité de son ou ses alliés, ainsi que celle de l'autre personne qui voulait ma mort, demeuraient un mystère.

Quand Sébastian franchit la porte d'entrée, je fus heureuse de le voir, ne serait-ce que parce que sa présence m'empêcherait de ruminer dans mon coin. Le baiser qu'il me donna détrôna rapidement cette raison.

Le goût de vodka dans son haleine me fit le repousser.

— Combien de verres tu as bu ?

— Deux, rigola-t-il devant mon air méfiant.

— Tu as soufflé avant de prendre le volant ?

— Non. Depuis quand est-ce que tu fais partie de la police ?

Je le fusillai du regard. C'était sa nouvelle blague préférée.

— Ne détourne pas le sujet. On a dit qu'à partir de maintenant, aucun de nous ne devait prendre de risque.

Depuis Viktor, c'était devenu une de mes obsessions. Je ne savais pas quand il allait frapper, maintenant que j'étais à nouveau presque valide ; il pouvait s'en prendre à l'un de nous deux n'importe quand, et si ça devait arriver, l'autre devrait prendre soin des garçons. Il était hors de question qu'on l'aide en faisant des trucs idiots comme boire avant de conduire.

— Oh, tu veux dire, comme décider de ne pas tuer un psychopathe meurtrier et espérer qu'il reste sagement en prison pour le reste de sa vie ? C'est ce genre de risque qu'on ne doit plus prendre ?

C'était un coup largement en dessous de la ceinture.

— L'autre jour, Marion est rentrée après avoir bu trois verres de tequila pure et tu ne lui as même pas proposé de dormir sur le canapé, tu vas vraiment me prendre la tête pour ça ?

— Je savais que Marion dirait non ! Et ce n'est pas la question, on avait dit qu'on devait devenir des citoyens modèles pour éviter tout soupçon, lui rappelai-je.

Cette conversation – que nous avions eue après que Laure avait décidé de se marier avec un flic – et les décisions que nous avions prises ce jour-là, étaient également primordiales aujourd'hui parce que Julien était au courant de nos activités illégales.

— Pour quelqu'un qui est responsable de la vie de deux autres humains, tu prends juste trop de risques, Sébastian.

Il soupira, lança sa veste sur le canapé et prit le chemin du bureau sans me regarder.

— Tu m'en demandes trop Ava, je ne suis pas parfait, je ne suis pas comme ton petit ami.

— Je t'en demande plus qu'aux autres parce que tu vaux mieux que la plupart des gens ! criai-je, énervée.

Il se retourna vers moi, surpris par ma déclaration. Des fois, je me demandais vraiment s'il méritait tout le crédit que je lui accordais. Je poussai un cri d'exaspération et saisis mon sac.

— Où tu vas ? s'écria-t-il à ma suite.

— Chez Andrea. Il n'est peut-être pas parfait non plus, mais au moins, il est capable de ne pas boire avant de conduire.

En sortant, je claquai la porte derrière moi, puis dévalai les escaliers en essayant de me convaincre que je n'avais pas l'air d'une adolescente frustrée.

Au moment de passer la porte du hall, cependant, je réalisai que je n'avais pas du tout prévu de partir. Mon accès de colère m'avait fait oublier un instant la menace de Viktor et une vague de panique me submergea soudain. En hyperventilation, je m'accroupis dans l'entrée de l'immeuble, la tête entre les genoux ; sa voix résonna dans ma tête jusqu'à ce que je sorte mon arme et la serre dans ma main. N'importe qui aurait pu sortir et me voir mais j'étais bien trop occupée à tenter de me calmer pour que ça m'importe vraiment.

Petit à petit, je sentis ma respiration se calmer, imaginant son visage avec une balle entre les yeux. J'étais plus forte que mes terreurs.

Quarante-cinq minutes plus tard, Andrea fut étonné mais heureux de me voir sur le pas de sa porte. En pénétrant dans son salon, je songeai que j'aurais dû attendre d'être tout à fait calmée avant de venir sonner à sa porte, mais il me laissa m'installer dans son salon en silence et me rejoignit avec un verre de vin blanc.

— Comment vont tes insomnies ? s'enquit-il en s'asseyant à côté de moi.

— Bien merci, répondis-je avec un petit rire.

Il passa son bras autour de mes épaules puis m'attira à lui en m'embrassant tendrement dans le cou.

— Je devenais folle chez moi, lui confiai-je en me laissant aller contre son épaule.

— Tu as encore mal ?

— Oui. Le kiné m'assure que ça va prendre encore plusieurs mois avant que je n'aie plus mal du tout.

Il eut une grimace compatissante.

— J'imagine que ça va retarder ta formation pour entrer dans la police.

Je réalisai alors qu'il avait parfaitement raison. Jusqu'ici, je n'avais même pas pensé à utiliser ma blessure comme excuse pour éviter l'ultimatum de Dolanger.

— Oui, je suis un peu déçue, mentis-je pour la forme.

— Tu pourras enlever ton écharpe à temps pour le mariage ?

— Pourquoi ? Tu as peur que je fasse tache à côté de toi ?

Il éclata de rire, puis déposa précautionneusement son verre sur la table basse, concentré pour ne pas le renverser.

— Tu oublies que j'ai vu la robe que tu vas porter. Je crois que même si tu as encore ton bras en écharpe, personne ne le remarquera.

La cérémonie aurait lieu dans deux semaines et il n'y avait pas besoin d'avoir fait des études de psychologie pour voir combien il avait hâte d'y être. J'aurais pu me moquer de lui en disant qu'il était trop sentimental, mais je savais qu'il était simplement heureux d'être mon cavalier, d'être à mon bras pour que tout le monde sache qu'il était à moi, et que j'étais à lui. Sébastian et les garçons lui volaient cette légitimité dans ma vie de tous les jours, mais l'espace de cette journée, nos amis se souviendraient tous qu'il faisait bel et bien partie de mon quotidien. On continua à parler du mariage de Laure pendant presque une demi-heure, jusqu'à ce que j'indique sa main qui faisant des cercles sur le haut de ma cuisse :

— J'espère que tu comptes aller quelque part avec ça.

— Je croyais que tu étais fatiguée ?

— Hum, M. Vagnaro, ce n'est pas très gentil de taquiner une infirme, le réprimandai-je.

Il cessa donc de me taquiner.

*

Il était près de minuit quand je rentrai à l'appartement. Andrea avait insisté pour que je dorme chez lui, mais avait capitulé quand je lui avais promis de faire passer son réveil par la fenêtre s'il sonnait avant dix heures. Même s'il voulait vraiment que je passe la nuit avec lui, il était encore capable de reconnaître que me lever à six heures trente amputerait assez ma nuit pour me mettre de mauvaise humeur pour la journée.

Le plus silencieusement possible, je pris une douche rapide et allai m'enfouir sous ma couette. Maintenant que j'étais là, je me sentais coupable de ne pas être rentrée assez tôt pour voir les garçons ; cette pensée tourna dans mon esprit pendant longtemps, jusqu'à ce que je m'avoue que ce n'était pas la seule raison pour laquelle je n'arrivai pas à trouver le sommeil. Un peu avant une heure, je pris mon portable sur la table de nuit. J'hésitai quelques minutes, puis composai le numéro de Sébastian.

— Ava ? demanda-t-il en décrochant.

Je ne répondis pas mais fermai les yeux en m'enfonçant dans mon lit. Il ne s'inquiéterait pas car je l'avais vu éteindre la lumière seulement après que j'étais arrivée ; il savait que j'étais déjà couchée. J'écoutai un long moment sa respiration dans le silence de notre conversation.

Je finis par raccrocher en sentant le sommeil engourdir mon corps. Il ne viendrait pas me rejoindre. Pourtant, savoir qu'il était juste à côté et qu'il pensait à moi suffit à apaiser cette angoisse irrationnelle qui ne m'avait pas quittée depuis que j'avais claqué la porte en partant.

39.

J'observais Laure qui se dandinait sur ses escarpins inconfortables. Avec amusement, je repensai au moment où elle avait juré qu'elle arriverait à tenir la journée entière avec ces chaussures aux pieds. J'étais certaine qu'elle ne les gardait que parce qu'elle me devrait vingt euros si elle n'était pas capable de les supporter.

La cérémonie s'était passée sans encombre et l'apéritif était déjà bien entamé, mais Laure continuait à venir me voir pour savoir si tout allait bien tous les quarts d'heure, comme si à tout moment, j'allais finir par craquer et sortir mon flingue. Pour être honnête, j'y avais songé une fois ou deux, mais je lui avais promis de ne pas venir armée le jour de son mariage. Le minuscule poignard à ma jarretière ne comptait pas. Et j'avais laissé quelques pistolets dans ma voiture.

Son anxiété était probablement aussi due au fait que j'avais bien failli ne pas venir. Ce matin, et malgré plusieurs jours de préparation mentale, je m'étais trouvée incapable de sortir de l'appartement. L'idée que nous allions tous nous trouver à découvert, toute une journée, m'avait semblé insurmontable. Comment est-ce que j'allais pouvoir endurer toute cette tension et réussir à protéger Laure et les garçons correctement ? Noyée dans mes incertitudes, il était clair que ce ne serait pas possible. Laure ne serait pas complètement vulnérable avec une vingtaine de policiers parmi les invités, heureusement.

C'est l'argument que Sébastian avait utilisé pour me convaincre que tout irait bien : même Viktor n'oserait pas intervenir devant autant de flics présents. Quand j'avais fait remarquer qu'il ne saurait pas quel métier faisaient les invités, il avait réussi à m'arracher à ma transe en promettant de demander à Marion-Mariam de surveiller les alentours. J'avais fini par entendre raison.

Dans l'ensemble, j'avais trouvé les invités globalement supportables ; idiots, bien sûr, mais sympathiques. Sauf les collègues de Marconi, qui étaient désagréables en plus d'être idiots, mais ça n'était vraiment pas une surprise. Le futur marié avait trouvé amusant de ne dire à aucun de ses camarades que j'étais la témoin de sa future femme, aussi, à chaque fois que l'un d'eux m'avait reconnue, j'avais eu droit à la même expression d'étonnement : « Altorès ? Antoine t'a invitée ? ». Et moi de répondre en grinçant des dents : « Non, ce n'est pas Marconi qui m'a invitée, mais merci d'avoir l'air si surpris. » Seul Valerio, qui connaissait déjà tous les détails, avait trouvé une autre façon de me mettre en rogne dès la cérémonie à la mairie.

— Altorès ! Je trouve…

— J'espère que tu ne vas pas dire ce que je pense que tu as l'intention de dire.

— Pourquoi ? Tu penses que je vais dire quoi ?

— Je pense que tu vas dire quelque chose qui va m'obliger à te faire du mal.

Il y avait réfléchi, puis décidé de finir sa phrase malgré mon avertissement.

— Cette robe te fait un très joli décolleté. Ça compense presque ton sale caractère.

Il s'était si peu attendu à ce que je mette ma menace à exécution que ça avait été presque trop facile. Linh était arrivée alors que je lui tordais encore le bras dans le dos et qu'il était en train de m'injurier copieusement. Je l'avais lâché en soupirant et lui avait susurré à l'oreille qu'il pouvait remercier sa femme de l'avoir sauvé.

— J'ai fait un effort pour être poli et t'es jamais contente ! J'ai même pas parlé que de ton physique !

Linh avait levé les yeux au ciel, puis décrété qu'elle était de mon côté et qu'il l'avait bien cherché. J'avais fait mine de revenir à la charge et Valerio avait reculé rapidement de deux pas pour m'éviter tandis que je lui avais adressé mon plus beau sourire de psychopathe.

Après ça, les flics avaient décidé de rester à une distance minimale de sécurité de quinze mètres de moi et ça m'avait parfaitement convenu… jusqu'à ce que je découvre le plan de table que Laure avait concocté ; j'étais assise en compagnie d'Andrea, Sébastian, les garçons, Valerio et Linh, ainsi que Dolanger et Yasmin. Est-ce qu'elle avait fait exprès en pensant que je serais contente d'être avec des gens que je connaissais ? J'avais rapidement pris parti de faire bonne figure ; c'était toujours mieux que d'être à la même table que ses parents.

Comme prévu, ces derniers ne m'avaient pas du tout reconnue lorsque Laure nous avait présentés d'une voix fébrile. Malheureusement, sa mère, ravie de rencontrer la témoin de sa fille, avait immédiatement entrepris de me faire subir un interrogatoire pour rattraper le temps. Andrea était venu me sauver après avoir croisé mon regard alarmé. Nous étions revenus à la table pour entendre les invités s'extasier sur le charme de Ben dans son costume de garçon d'honneur. Il avait été enchanté de faire partie du cortège et de se voir confier la responsabilité d'apporter les alliances à Laure et Marconi, mais l'attention dont il était l'objet à présent le mettait mal à l'aise. Au moment où j'allais intervenir, Sébastian emmena les garçons faire un tour dans le petit parc derrière la salle et Andrea en profita pour m'attirer sur la piste de danse.

Son sourire heureux agita les papillons dans mon ventre. Je posai ma tête sur son épaule et écoutai sa voix grave résonner à mon oreille tandis qu'il commentait gaiement la cérémonie et le décor de la salle. Sans aucun doute, il pouvait déjà nous y voir, mais je n'eus pas le cœur de lui rappeler que, s'il devait se marier un jour, ce ne serait pas avec moi. Je relevai la tête pour l'embrasser rapidement, mais il me retint dans un baiser qui me laissa le rouge aux joues ; le sifflement de Valerio me donna envie de cacher mon visage, puis ma fierté me poussa à l'ignorer entièrement. Même lui ne pouvait pas gâcher ce moment de paix dans les bras d'Andrea.

Ce n'est que bien plus tard dans la soirée que Sébastian me réclama une danse. J'avais senti son attention sur moi toute la journée, mais son regard s'était dérobé à chaque fois que j'avais cherché à le croiser. J'avais peur de ce à quoi l'on ressemblerait serrés l'un contre l'autre. Voyant mon hésitation, il se tourna vers Andrea :

— Tu m'autorises à danser avec ma colocataire ?

Je soupirai bruyamment et pris sa main avant de l'entraîner vers le côté opposé de la piste. D'un mouvement sûr, il me fit tourner et enserra ma main gauche dans sa droite, sa main gauche à lui entre mes omoplates.

— Tu n'avais pas besoin de demander la permission à mon cavalier officiel. On n'est plus au dix-huitième siècle, accusai-je sans le regarder.

— Tu as hésité tellement longtemps, j'ai cru que c'était pour ne pas froisser son ego.

— Tu sais très bien que c'était exactement pour ça, mais ça ne change rien à la misogynie de ce que tu as fait.

Nos regards s'accrochèrent enfin, habités du même agacement. Je détournai les yeux pour fixer un point au-dessus de son épaule tandis que nous dansâmes dans un silence rancunier. Je me fis la réflexion que cette danse n'avait rien à voir avec celle de Bogota ; la tension qui nous forçait à présent à garder nos distances n'avait pas existé alors, et je ne savais pas si je devais en être soulagée ou non. Lorsque la musique changea pour un air plus mélancolique, il souffla sa rancœur et fit glisser sa main lentement vers le bas dans mon dos ; instinctivement, je me rapprochai de lui. J'ignorai le regard de Valerio, qui dansait avec sa femme à proximité, quand Sébastian me serra encore davantage. Pendant quelques secondes, j'ancrai mes yeux dans ceux de mon partenaire. Son regard descendit jusqu'à mes lèvres.

— Si je t'embrasse comme ton petit ami l'a fait tout à l'heure, tu me le feras payer, n'est-ce pas ?

Je détachai mon attention de la perfection dure de ses traits.

— Est-ce que c'était vraiment la peine de poser la question ?

Il haussa les épaules.

— On ne sera jamais comme ça, n'est-ce pas ? demanda-t-il d'une voix basse.

— Comme quoi ?

— Comme tous les autres couples, comme Andrea et toi. Je ne pourrai jamais caresser ton épaule ou t'embrasser en public. On n'aura jamais cette relation.

Je ne répondis pas. Qu'aurais-je pu répondre ? Le manque d'amertume dans sa voix me sembla être un déguisement parfaitement contrôlé.

— Je serai toujours dans l'ombre, à te regarder sourire dans ses bras, de loin, à attendre que tu viennes me rejoindre secrètement pour quelques heures, poursuivit-il.

— Sébastian, d'où est-ce que ça sort? soupirai-je. Tu savais dès le départ que je ne quitterais pas Andrea.

— C'est vrai, je le savais. Ce que je ne savais pas, c'était que jouer la comédie deviendrait si compliqué.

Je ne pus m'empêcher de sonder son visage. Cet aveu ne lui ressemblait pas.

— On passe notre vie à jouer la comédie. Si tu n'arrives plus à faire semblant, il est temps de changer de métier.

Je m'en voulus d'avoir des mots si durs, mais ne m'excusai pas pour autant.

— Tu sais, je n'ai jamais aimé Andrea, reprit-il. Je pensais que la satisfaction de coucher avec la femme qu'il aime serait suffisante. Je pensais que t'avoir dans mon lit quelques heures de temps en temps serait assez. Je ne savais pas que l'envie de prendre ta main deviendrait si insoutenable que j'en viendrais à me demander si partir ne serait pas moins douloureux.

Il m'embrassa alors sur la joue et me planta au milieu de la piste de danse. Quelques secondes plus tard, j'entendis les portes claquer violemment derrière lui, mais j'étais toujours incapable de bouger, des larmes me piquant les yeux. Je rejoignis enfin la table mais évitai le regard interrogateur d'Andrea pour tomber sur celui, accusateur, de Julien.

— Qu'est-ce qu'il s'est passé? voulut savoir mon petit ami.

Je vidai d'un trait le reste de mon verre et inspirai profondément pour me donner du courage.

— Je reviens tout de suite, lui dis-je enfin avant de prendre la direction de la porte.

Il me rattrapa doucement par le bras.

— Ava, qu'est-ce qu'il s'est passé?

— J'ai dit quelque chose que je n'aurais pas dû, expliquai-je.

Je pris sa main et tentai de le rassurer d'un regard; il comprit rapidement à mon air coupable que j'avais vraiment besoin d'aller m'excuser. Andrea déposa un baiser léger sur le dos de ma main, puis la lâcha à regret, prêt à supporter une nouvelle fois de me donner la distance que je lui réclamais. Le fait que ce ne serait que pour quelques minutes ne changeait rien au sentiment d'abandon qu'il ressentait. Il remonta ses lunettes sur son nez avec un hochement de tête compréhensif et se détourna pour entamer une conversation avec quelqu'un d'autre. Le poing serré qu'il dissimula dans sa poche me laissa voir que lui aussi, pouvait faire semblant de temps en temps.

Sébastian était adossé à sa voiture, portière ouverte, une cigarette à la main. Je ne pus m'empêcher de vérifier que Mariam était toujours à son poste avant de le rejoindre.

— Reste. S'il te plaît.

— Pour quoi faire ? Tu as tous les gens dont tu as besoin dans la salle, cracha-t-il en même temps que sa fumée.

Je m'approchai jusqu'à ce que nous ne soyons séparés que par quelques centimètres de vide.

— J'ai besoin de toi, Sébastian.

Violemment, il me saisit alors le visage et plaqua sa bouche sur la mienne dans un baiser furieux qui m'excita malgré moi. La brutalité de son geste quand il me repoussa n'en fut que plus cuisante.

— Là. Maintenant, je peux partir ?

Ses mots giflèrent mon ego.

— Je n'ai pas besoin de toi pour ça ! criai-je alors, énervée.

Il me fixa sans rien dire, attendant que je continue. Son regard blessé me dégrisa.

— Personne ne me connaît comme toi, murmurai-je. Laure, Andrea, Arnold… aucun d'entre eux ne me connaît… entière.

J'avais conscience que ce n'était pas assez, qu'il voulait plus, mais à cet instant précis, c'était le mieux que je pouvais faire. Je lui pris la main.

— J'ai besoin de toi aujourd'hui.

— Ava, je ne suis pas sûr de pouvoir le supporter, soupira-t-il, le regard au loin.

Je lui caressai le visage tendrement. Comme j'aurais voulu être capable de lui offrir ce qu'il désirait. D'une lenteur qui conjura la violence précédente, je l'embrassai avec tout le sentiment que je pouvais lui accorder. Il repoussa une mèche de cheveux qui me barrait le front et me sourit tristement ; j'appuyai mon front sur son torse quelques secondes, puis le laissai me ramener vers la salle. Sur le chemin, je glissai à nouveau ma main dans la sienne, mais il la lâcha en ouvrant la porte.

Le reste de la nuit passa dans un éclair. Petit à petit, les invités rentraient chez eux ou à l'hôtel, laissant la magie retomber. Ben dormait dans la voiture sous la surveillance de son frère et de Mariam, Andrea était rentré, Valerio avait fichu le camp pour ne pas avoir à aider pour le nettoyage, Laure s'était éclipsée pendant que Marconi commençait à ramasser les ballons éclatés qui jonchaient le sol.

Je m'excusai auprès des parents de Laure et partis à sa recherche. Elle était assise sur un des bancs du petit parc ; en me voyant arriver, elle cacha ses pieds nus sous sa robe.

— La fête est finie, ça ne compte plus ! se défendit-elle alors que je m'asseyais à côté d'elle en rigolant.

— Je sais, félicitations. Tu ne vas pas pouvoir marcher pendant trois jours, mais tu as gagné vingt euros, alors ça valait le coup, me moquai-je.

— Si tu savais combien tout ce schmilblick nous a coûté, tu saurais que ça valait carrément le coup !

Je lui volai la cigarette qu'elle allait porter à sa bouche et en pris une longue bouffée.

— Depuis quand tu fumes ? s'étonna-t-elle.

— Je suis tueuse à gages, pas exactement un modèle de vertu, répliquai-je en soufflant la fumée toxique.

— Mais tu n'as jamais fumé.

— Tout le monde répète que ça détend. Là, tout de suite, j'ai besoin de me détendre.

— Pourquoi ?

— Ta mère vient de me demander quand est-ce que je comptais épouser Andrea.

Elle éclata d'un grand rire que je ne pus faire autrement qu'imiter. Les bruits de vaisselle et de raclements de chaises nous parvinrent depuis la grande salle. J'avais du mal à croire qu'elle était mariée.

— Je vous ai vus, tu sais, dit-elle soudain.

— De quoi tu parlcs ?

— Sébastian et toi, près de sa voiture.

— Oh.

J'espérais qu'elle était la seule à nous avoir vus.

— Ce n'est pas comme si tu n'étais pas au courant, je suppose.

Elle laissa échapper un petit rire.

— Quoi ?

— Tu sais, j'ai vraiment essayé de comprendre pourquoi tu voudrais mettre ta relation avec Andrea en danger pour une histoire de sexe. J'ai essayé, je te jure, mais c'était tellement insensé.

Je restai muette, pas vraiment certaine de comprendre moi-même cette attirance que je n'arrivais pas à réprimer.

— Et puis tout à l'heure, je vous ai surpris, tous les deux, tu l'as embrassé et il t'a embrassée. Et c'était tellement… tendre. Pas du tout comme je le pensais.

— Parce que tu penses à Sébastian et moi au lit ? rigolai-je.

— Évidemment ! Tu m'as raconté trop de détails pour que je n'y pense pas.

Elle fit une pause, me laissant rire pour cacher ma gêne.

— Comment tu nous avais imaginés alors ?

Je lui avais posé la question sur le ton de la plaisanterie, mais je ne riais plus qu'à moitié. Peut-être qu'un regard extérieur était exactement ce dont j'avais besoin pour mettre fin à cette histoire.

— Je ne sais pas, mais pas comme ça. Dans les films, quand deux criminels sont ensemble, c'est souvent plus physique qu'autre chose. Mais pas tout à l'heure. Vous étiez tendres, et c'est en vous voyant que j'ai compris pourquoi tu fais ça. Tu l'aimes.

— Quoi ? m'étranglai-je.

— Tu es amoureuse de lui.

— Je suis amoureuse d'Andrea, corrigeai-je.

— Je sais. Mais c'est pas parce que tu aimes Andrea que tu ne peux pas aimer Sébastian aussi.

Elle termina sa cigarette et me tapota l'épaule en m'abandonnant à mes réflexions. Ce qu'elle venait de dire n'avait aucun sens. Absolument aucun sens.

40.

— Tu ne peux pas partir maintenant ! s'écria Sébastian en me voyant préparer mon sac. C'est le début des vacances de Noël, Ava !

— Et alors ?

— Tu ne vas pas décorer le sapin avec Ben ?

Sa question me fit marquer une pause.

— Un sapin ? Tu veux mettre un sapin dans mon salon ?

— Évidemment, confirma-t-il. C'est Noël.

— Un sapin qui va mettre des épines partout ?

— On en prendra un faux si tu veux, mais il est hors de question que leur premier Noël depuis la mort de leur mère se fasse sans sapin, Ava.

Je soupirai face à son opiniâtreté et lui offris un compromis :

— D'accord, on le fera quand je rentrerai.

— Vraiment ? Tu préfères partir en weekend romantique plutôt que de décorer un sapin avec Ben ?

Le fait que je doive y réfléchir était en soi effrayant. Je me trouvais à devoir choisir entre passer la journée au lit avec mon petit ami et mettre des guirlandes dans un arbre avec un enfant qui n'était pas à moi. S'il m'avait posé la question un an plus tôt, je lui aurais ri au nez. Aujourd'hui, j'hésitais.

Après réflexion, je finis de ranger mes vêtements dans mon sac de voyage. Je savais que j'allais me sentir coupable tout le weekend, mais je n'étais pas la seule concernée.

— Tu savais depuis longtemps que j'allais partir quelques jours avec Andrea, je ne vois pas pourquoi tu es surpris.

— Parce que tu n'en as pas reparlé depuis ton anniversaire.

Il fallait dire qu'on n'avait pas beaucoup parlé ces derniers temps. À vrai dire, nos deux activités prédominantes depuis mon anniversaire avaient été de torturer des gens pour les faire parler ou de profiter de chaque moment où les enfants n'étaient pas là pour se déshabiller. Ce rythme me convenait très bien et m'évitait de penser trop sérieusement à ce que Laure remettait sur le tapis régulièrement depuis son mariage.

— Pourquoi est-ce que tu pars maintenant? demanda-t-il soudain.

— Qu'est-ce que tu veux dire? C'est la date qu'on a fixée avec Andrea.

— Non, vous avez décidé ça après le mariage, répliqua-t-il. Ça fait des semaines que l'idée même de sortir de la maison t'angoisse, mais quand tu décides de partir, tu choisis le week-end où les garçons sont en vacances. Tu pars pour nous éviter. De quoi tu as peur exactement?

— Tu dis vraiment n'importe quoi, m'agaçai-je en sortant de la chambre.

Sébastian m'attrapa fermement par le bras pour me retenir.

— Ava, quand est-ce que tu vas te rendre compte que je te connais par cœur? Je sais quand tu es triste et je vois quand tu as peur même si tu me dis que tout va bien.

— Je n'ai pas peur.

Je me dégageai de son étreinte et allai rassembler mon nécessaire de toilette dans la salle de bain.

— Alors pourquoi tu t'enfuis avec lui? persista-t-il.

Il me suivit jusque dans la salle de bain et me fixa dans le miroir.

— Ce weekend, c'est juste pour éviter d'avoir à affronter tes sentiments pour les garçons. Tu t'enfuis. Avec lui. C'est un civil, Ava. Moi, je sais ce que tu fais, je sais qui tu es et c'est pour ça que je t'aime.

Je me retournai pour lui demander d'arrêter, mais il ne me laissa pas le temps d'ouvrir la bouche.

— J'aime ce qu'il y a dans tes yeux quand tu me regardes, mais j'aime aussi ce que j'y vois quand tu appuies sur la détente de ton flingue. Je t'aime que tu sois malade, furieuse, de mauvaise foi ou couverte d'un sang qui n'est pas le tien. Je ne suis pas certain qu'il puisse en dire autant.

Si je n'avais pas autant envie de pleurer, je me serais foutue de lui. Sans un autre mot, il me tendit le flacon de démaquillant que j'avais oublié de mettre dans ma trousse de toilette, comme pour me prouver qu'il savait que ce week-end était un moyen de fuir mes émotions, mais qu'il me respectait assez pour me laisser faire. J'ignorai la petite bouteille qu'il me tendait, posai la pochette sur le meuble, pris mon manteau et sortis de l'appartement. Je détestais quand il avait raison.

*

Marconi fit un bon de deux mètres en me voyant installée dans son salon. Laure n'avait pas répondu au téléphone, mais une fois que j'étais partie, j'avais eu besoin de me trouver rapidement dans un endroit fermé et protégé ; j'avais donc décidé d'aller directement chez elle. Ce n'était qu'une fois assise face aux photos de mariage que je m'étais souvenue qu'elle n'habitait plus seule.

— Altorès ? Qu'est-ce que tu fous sur mon canapé à neuf heures du matin ?

— Premièrement, ce n'est pas ton canapé…

— Heu, je regrette d'avoir à te le rappeler, mais Laure et moi sommes mariés, on habite ensemble, ce canapé est donc le mien.

— Non, le contredis-je. Laure et moi avons acheté ce canapé ensemble pour notre premier appart, c'est donc mon canapé. Et deuxièmement, ce que je fais ici ne te regarde absolument pas.

— Laaaure ! appela-t-il.

Elle arriva quelques secondes plus tard vêtue d'un peignoir, ses cheveux humides enrubannés dans une serviette. Elle ne parut même pas surprise de me voir.

— Oh, Ava ! T'as trouvé la clé ? On a changé la serrure et j'ai pas eu le temps de te donner la nouvelle, t'as trouvé le double sous la boîte aux lettres ?

— Parce qu'elle a une clé de la maison ? se scandalisa Marconi avant quc je puisse répondre.

— Non, pas la nouvelle, mais il faut qu'on lui fasse un double.

— Quoi ? Hors de question ! Je ne veux pas qu'elle puisse rentrer chez nous n'importe quand !

— Chéri, si j'ai les clés de son appartement, tu crois pas que c'est un peu injuste de ne pas lui donner les nôtres ? raisonna-t-elle.

— Je me fiche que ce soit injuste, on aurait pu être occupés !

— Ah ah ! rigolai-je. Tu crois que je ne la connais pas ? Je sais très bien que Laure n'est pas du matin. Si ça peut te rassurer, je promets de ne jamais entrer chez vous sans prévenir entre vingt-et-une heures et quatre heures du matin.

Son air offusqué me donna envie d'hurler de rire, mais je me retins. Le pauvre n'aurait jamais le dernier mot et la sadique en moi aimait le mettre dans ces situations où il essayait de convaincre Laure qu'elle devait mettre plus de barrières entre nous. Le fait que je connaisse tous ces petits détails de sa vie sexuelle n'était qu'une façon de plus de le pousser à bout.

— Que… quoi ? Ça suffit, je refuse d'avoir cette discussion.

— Ça tombe bien, répliquai-je. Parce que ce n'est vraiment pas de ça que je suis venue parler, alors si tu pouvais enfiler ton uniforme et aller au travail, ce serait parfait.

Il ramassa ses affaires en grommelant qu'il ne portait pas d'uniforme et que je le savais très bien. À sa place, j'aurais mis un point d'honneur à traîner le plus longtemps possible, mais apparemment, il était meilleur joueur que moi.

— Alors ? demanda Laure une fois son mari parti.

— Je pars en weekend avec Andrea ce soir, annonçai-je.

— Oh, le weekend qu'il t'a offert pour ton anniversaire ?

— Oui.

— Et alors ?

— Sébastian m'a dit qu'il m'aimait ce matin.

— Ah. Est-ce qu'il ne l'avait pas déjà dit ? se remémora-t-elle.

— Si, mais il y a des mois, et il ne l'avait pas redit depuis.

— Je ne vois vraiment pas où est le problème.

— Le problème ? C'est toi le problème, marmonnai-je. Toi et tes idées idiotes que je suis peut-être amoureuse de lui.

— Je n'ai jamais dit « peut-être », me corrigea-t-elle.

— Depuis quand est-ce que tu es pour la polygamie, d'abord ?

Elle soupira et s'assit avec moi. Avec son poids ajouté au mien, on s'enfonça toutes les deux dans notre vieux canapé.

— Vous pensez tous me connaître mieux que moi-même, ça devient fatiguant, soupirai-je.

Elle passa son bras autour de mes épaules et appuya sa tête contre la mienne.

— Je sais qu'avec Andrea, tu aimes redécouvrir que tu peux être une femme normale, avec des désirs quasi-normaux…

— Quasi-normaux ? m'offensai-je.

— Tu préfères élever les neveux de Sébastian plutôt que d'avoir des enfants à toi, tu avoueras que c'est un peu particulier.

Je haussai les épaules. Je n'avais jamais eu envie de fonder une famille. Le fait qu'on m'en ait collé une sur les bras ne voulait pas dire que j'allais les laisser tomber.

— Qu'est-ce que tout ça a à voir avec Sébastian ?

— Si tu restes avec Andrea, tu ne pourras jamais être autre chose qu'une femme normale. Je crois qu'il est temps qu'on admette toutes les deux que tu ne le seras jamais. Autant que ça me plairait, se lamenta-t-elle.

— J'ai toujours su ça. C'est toi qui avais un problème avec mes activités, Laure.

— C'est ce que je pensais aussi… mais alors, qu'est-ce que tu fais à tomber amoureuse d'un homme pour qui tu dois renier cette partie de toi que tu dis adorer ?

Je ne trouvai pas de réponse à ça.

— Il va falloir que tu fasses un choix, poursuivit-elle après quelques secondes de silence. Et si tu attends qu'ils choisissent pour toi, c'est Sébastian qui partira en premier, tu le sais aussi bien que moi.

J'aimais ces enfants comme je n'aurais dû me l'autoriser, mais aujourd'hui, je trouvai trop difficile de ne plus être seule. Ce quotidien représentait trop d'émotions, il était trop difficile d'être responsable du bonheur d'un enfant. Andrea était un adulte qui s'en remettrait si je devais le quitter, mais Ben et Julien dépendaient de moi d'une manière totalement différente. Et à la vérité, ce qui m'effrayait le plus était de dépendre d'eux.

— C'est le premier Noël que je vais passer avec une famille, chuchotai-je à peine.

— Je sais.

Elle me laissa le temps de passer en revue les souvenirs de fêtes de fin d'année que je gardais de l'époque où mes parents et mon grand-père étaient encore vivants. Je laissai ma nostalgie me submerger pendant quelques minutes et attendis que la vague reparte. Je me relevai et observai Laure, toujours assise sur le vieux canapé vert.

— Tu devrais changer de canapé, lui dis-je avant de partir.

— Peut-être, répondit-elle. Après Noël.

***

Les mains un peu moites, je me retournai pour la millième fois. Je ne voulais pas gâcher notre week-end, mais l'envie de retourner dans la chambre d'hôtel me prenait au corps régulièrement ; comme pour me rappeler d'être sur mes gardes, Viktor était venu me visiter dans mes cauchemars toutes les nuits depuis la veille de notre départ.

Andrea avait tout prévu, excepté la météo. La pluie diluvienne nous avait contraints à rester à l'hôtel la meilleure partie des deux jours, mais, plein de ressources, nous avions rapidement trouvé des activités à pratiquer à l'intérieur. J'avais même rapidement cessé de m'inquiéter pour les garçons que j'avais laissés à la maison.

Lorsque la première éclaircie nous avait enfin offert l'occasion de remettre nos vêtements, Andrea avait suggéré que nous allions voir le marché de Noël sur le port. Je l'avais accusé de n'être intéressé que par le vin chaud, mais les lumières colorées qui se reflétaient dans ses yeux me convainquirent de continuer à le suivre dans le froid humide de l'hiver au bord de la mer.

Son enthousiasme finit par me contaminer malgré moi. Les chants de Noël apaisèrent un peu mon stress et je laissai les lumières réchauffer le cœur de l'adolescente en moi, à qui cette fête ne rappelait que la douleur d'être seule ; l'air salin acheva de guérir momentanément mon esprit de toute pensée négative. Au fur et à mesure des petits stands, je trouvai des cadeaux de saison à offrir à mes proches, puis Andrea repartit en arrière pour aller acheter un set de boules de Noël en cristal qu'il m'avait vue admirer ; en me tendant le paquet, de la buée sur ses lunettes, il précisa que je pourrais les accrocher avec Ben et Julien, et je l'embrassai à pleine bouche au milieu de la rue, faisant fi de toute pudeur. Il savait que les rares décorations que je possédais étaient enfermées dans un carton humide au fond de la cave de Laure.

L'ivresse des fêtes me fit oublier le reste du monde l'espace d'une heure ou deux, mais je fus rapidement rattrapée par la réalité. En me retournant sur une vitrine, j'aperçus au coin de l'œil une ombre qui disparut dans une ruelle. Quelques secondes plus tard, quand nous nous remîmes en route, l'ombre ressortit de l'allée.

Mine de rien, je pris la main d'Andrea et commençai à balancer nos mains jointes comme une enfant. Je lui rendis son sourire amusé et, d'un pas de danse habile, le forçai à me faire tourner sur moi-même. Je pris soin de ne pas croiser le regard de l'homme qui nous suivait pour ne pas l'alerter, mais réussis tout de même à me faire une idée plus précise de ce à quoi il ressemblait. Le crâne rasé, l'homme qui était probablement d'origine vietnamienne était entièrement vêtu de noir et son visage était marqué par un air sérieux qui détonnait avec l'ambiance bon enfant qui régnait dans le centre-ville.

Déterminée à profiter de mon week-end avec Andrea, je me promis de régler cette histoire une fois pour toutes de retour à la maison. Avoir un nouveau visage à poser sur mes inquiétudes sembla soudain me redonner une détermination qui m'avait souvent manquée, ces dernières semaines. Je resserrai ma main droite sur le Glock dans ma poche.

*

L'homme mystère ne s'était pas remontré du weekend, mais j'étais restée attentive, préparée à toute éventualité. Dans le train du retour, j'avais commencé à réfléchir à la meilleure façon de surprendre le complice de Viktor dans une de ces ruelles qu'il semblait tant aimer. De préférence une ruelle avec une benne, pour y cacher son corps.

Il était déjà tard lorsque j'arrivai à l'appartement le lundi soir, mais Ben était encore dans le canapé à regarder la télé, en pyjama. Dans un élan enfantin, il s'élança vers moi avant même que j'aie eu le temps de refermer la porte derrière moi. Sa tendresse me fit bien plus chaud au cœur que les lumières de Noël. J'inspirai profondément en sentant tout mon être se détendre maintenant que j'étais de retour chez moi.

Sébastian me sourit derrière le comptoir de la cuisine, sur lequel il avait disposé deux couverts.

Ben m'attira vers le bout du salon pour me montrer le sapin nu qu'ils avaient choisi avec son frère. Du bout des doigts, je touchai les épines qui me paraissaient plus vraies que je ne l'aurais voulu. Les quelques-unes qui tombèrent sur le sol me firent soupirer intérieurement. Le petit rire de Sébastian me signala que si j'avais vraiment voulu prendre un faux sapin, j'aurais dû être là pour l'acheter, aussi, je m'abstins de tout commentaire.

Je revins vers la cuisine, la main de Ben serrée dans la mienne. L'odeur appétissante de ce qui mijotait dans la casserole me rappela que je n'avais pas dîné avant de reprendre le train et, d'un sourire, je remerciai Sébastian d'avoir pensé à me faire à manger. Ben me tira sur la main pour que je me penche et qu'il puisse m'embrasser sur la joue avant d'aller se coucher. Il tourna l'interrupteur du salon pour tamiser la lumière sur son chemin et je crus le voir taper dans la main de son oncle.

J'étais surprise par la mise en scène, mais ne dis rien le temps que Sébastian allume trois bougies. La crise de nerfs allait forcément finir par arriver, je voulais profiter de ce moment de répit.

Avec la télécommande, il mit en route la chaîne hi-fi, faisant résonner les premières notes de *Besame mucho* dans le salon. J'éclatai d'un rire séduit en prenant la main qu'il me tendait. Il me serra contre lui de façon tout à fait indécente, mais je me laissai faire, amusée. Ses yeux pétillaient du plaisir de me retrouver, et je savais que les miens n'étaient pas différents.

Lorsque le CD passa à la chanson suivante, je craquai :

— Pas que je me plaigne, mais qu'est-ce qu'il se passe, exactement ? D'habitude, quand je passe la journée avec Andrea, on passe la soirée à s'engueuler, alors après trois jours, je ne m'attendais pas à ça.

Il eut un petit sourire amusé, puis haussa les épaules. Est-ce qu'il faisait exprès d'être si nonchalant pour me déstabiliser ?

— J'ai décidé de changer de tactique, me dit-il.

— De « tactique » ?

— Plutôt que de te mettre en rogne avec ma jalousie, j'ai décidé de faire en sorte que tu passes un bon moment. Comme ça, tu te rendras peut-être enfin compte qu'on est faits l'un pour l'autre.

Je secouai la tête d'un air découragé, mais j'étais heureuse de son changement d'attitude. Bien sûr, je choisis d'ignorer le fait qu'il continuait d'espérer plus de notre relation. On dansa encore un peu, jusqu'à ce que je lui fasse remarquer que c'était bien beau de danser, mais qu'il ne m'avait toujours pas dit bonjour; ses lèvres écrasèrent les miennes si vite que je me demandai s'il n'avait pas simplement attendu mon invitation pour m'embrasser. Je repensai furtivement au baiser qu'Andrea et moi avions échangé sur le port et songeai que jamais je n'aurais pu embrasser Sébastian de cette façon en public. Pas parce que nous n'étions pas un vrai couple, mais simplement parce qu'avec Sébastian, j'avais toujours beaucoup de mal à m'arrêter là.

Depuis longtemps, j'avais cessé de me sentir coupable d'être à la fois avec Andrea et Sébastian. Ils m'apportaient tous les deux des choses différentes.

J'étais chaque fois étonnée de découvrir Sébastian si habile dans sa séduction. À force de vivre ensemble, il connaissait tous mes boutons, toutes mes sensibilités et même la culpabilité n'aurait pu me pousser à me détacher de lui à cet instant.

À ma grande déception, il me repoussa gentiment et s'éloigna vers la cuisine.

— C'est tout? m'exclamai-je.

Habituellement, il était loin de se contrôler aussi bien.

— Chaque chose en son temps, répondit-il. Tu ne crois quand même pas que j'ai passé trois heures à cuisiner pour tout laisser refroidir?

Excitée par l'anticipation du moment où son self-control serait oublié, je pris place en face de lui et me laissai servir.

41.

La sonnette de la porte d'entrée retentit alors que j'étais en train de me laisser dissoudre sous ma douche. J'hésitai une seconde à en sortir pour aller répondre, puis songeai que c'était probablement ma voisine d'en face qui venait encore se plaindre que j'avais fait trop de bruit en sortant les poubelles hier soir, à dix-neuf heures, et renonçai. Au moment où je recommençai à me détendre, ce fut au tour de mon téléphone portable de venir perturber ma séance de relaxation. Je jurai, refusant de regarder qui m'appelait, puisque, comme les quinze dernières fois, il s'agissait sans doute de Sébastian qui angoissait parce que ses neveux étaient partis deux jours chez leurs grands-parents et que Julien ne répondait pas à ses textos toutes les deux minutes. Tout ce que je voulais, c'était prendre ma douche en paix.

Lorsqu'enfin je fus satisfaite de l'état fripé et rougi de la peau, je refermai le robinet et m'enveloppai dans une grande serviette de bain que je nouai autour de ma poitrine. Tout en chantonnant, je pris la direction de la cuisine pour me servir une nouvelle tasse de café, et poussai un cri effrayé en découvrant Roger installé à ma table.

Mon premier réflexe avait été de porter la main droite sous mon bras gauche avant d'arrêter mon geste en me souvenant que je ne portais pas mon holster. Ce détail n'avait pas échappé à Roger.

— Il y a un contrat sur ta tête, et tu ne portes pas ton arme en permanence ? fit-il, l'air réprobateur.

— Et où est-ce que je pourrais ranger mon arme dans cette tenue ? demandai-je en désignant ma serviette de la main.

Il haussa les épaules, comme si la mise en pratique de ses conseils ne le concernait pas.

— Le jour où tu découvres un holster et un flingue waterproof, promis, je prendrai ma douche avec.

À la vérité, jusqu'à ce que les enfants viennent vivre avec moi, j'avais toujours pris ma douche avec mon Browning sur le lavabo à côté, mais je n'étais pas prête de lui dire ça après la dernière conversation qu'on avait eue.

— Qu'est-ce que tu fais dans ma cuisine ? exigeai-je.

— Ce n'est pas la peine de prendre ce ton, j'ai essayé de sonner. Et d'appeler.

— Et comme je n'ai pas répondu, tu t'es dit que tu allais te donner l'autorisation toi-même ? Tu ne t'es pas dit « oh, peut-être qu'elle est trop occupée et que je devrais réessayer plus tard » ?

— Non.

Je grognai de frustration.

— Roger ! Qu'est-ce que tu fiches chez moi ?

— J'ai mis ton appartement sur écoute.

— Quoi ! m'exclamai-je. Tu veux dire que tu viens de placer des micros chez moi ? Là, tout de suite ?

— Non, je l'ai fait après ton attaque.

— Quoi !

Je savais bien qu'il était inutile d'essayer de comprendre la façon dont fonctionnait l'esprit de Roger, mais cette histoire était ridicule.

— D'accord… et pourquoi tu me dis ça maintenant ? Ça ne rend pas ton opération complètement inutile ?

Il me tendit un lecteur mp3 et des écouteurs.

— J'ai pensé que ça pourrait t'intéresser.

Je fronçai les sourcils.

— Qu'est-ce que c'est ?

Il me fit signe de lancer le lecteur et je m'exécutai en soupirant. J'aurais mieux fait de rester plus longtemps dans ma douche, il aurait peut-être fini par se lasser et rentrer chez lui.

Immédiatement, je reconnus les voix de Julien et Sébastian. J'appuyai sur le bouton « pause », pas vraiment certaine de vouloir épier leur conversation privée, mais Roger insista pour que j'écoute tout. Sébastian répétait à son neveu que non, il n'allait pas lui apprendre à tuer des gens, même si c'était juste pour se protéger. D'ailleurs, il ne croyait pas une seule seconde que c'était pour se protéger.

— Je te connais, Julien. T'es pas un Moreau pour rien, que tu sois adopté ou non, t'as la rancune dans le sang, tu veux juste apprendre à te battre parce que tu veux te venger de quelqu'un.

— C'est pour ça que tu as tué mon père ? Pour venger maman ?

J'entendis le soupir de Sébastian, exaspéré qu'il remette ça sur le tapis uniquement parce qu'il pensait le faire céder par culpabilité. S'il connaissait son oncle comme moi, il aurait su que ça ne servait à rien.

— C'est pour ça ? repris l'adolescent, une nouvelle tension dans la voix.

Il avait attendu le moment où son oncle accepterait d'en parler pendant des jours.

— Oui, c'est pour ça. Je suis rancunier et je venge toujours les gens que j'aime.

Une longue pause suivit cette déclaration, si longue que je crus un moment que la piste audio était terminée. Mais le temps continuait de tourner et bientôt, Julien poursuivit :

— Est-ce que tu vengerais Ava, si... ?

Il ne termina pas sa phrase, mais j'étais certaine qu'il pensait à mon « accident ». Je m'assis plus au bord de ma chaise, nerveuse malgré moi.

— Si Ava se faisait assassiner, je tuerais tous les gens qui l'ont jamais fait souffrir, répondit Sébastian doucement.

— Pourquoi ?

— Comment ça, « pourquoi » ? Parce que qu'elle le veuille ou non, Ava et vous êtes les personnes qui comptent le plus pour moi. Qu'est-ce que c'est que cette question ? s'agaça-t-il.

Je pouvais imaginer Julien hausser une épaule. Mon cœur se serra en pensant qu'ils avaient également pris une place gigantesque dans ma propre vie. J'allais retirer les écouteurs, mais Sébastian émit un petit rire sans joie qui me poussa à attendre la fin.

— J'aurais bien envie de les tuer tous de toute façon, mais elle ne me laisserait jamais faire de son vivant.

Sans rien dire, j'arrêtai l'enregistrement, retirai les écouteurs puis enroulai le fil autour de ma main. En posant le tout sur la table, je demandai à Roger :

— Pourquoi est-ce que tu voulais que j'entende ça ?

— Tu as manifestement décidé qu'avoir des sentiments amoureux était acceptable. Je préférerais que tu en aies pour Sadist que pour ton civil.

Je faillis tomber de ma chaise.

— Est-ce que c'est ta façon de me dire que tu veux que je sois heureuse ?

— Non. C'est ma façon de te dire que je veux que tu restes vivante. La vie serait beaucoup moins intéressante sans toi.

En langage Roger, cela équivalait à dire : « Je tiens à toi. » Je ne savais pas si j'étais plus atomisée par la révélation de Sébastian ou celle de Roger.

Ce dernier récupéra son matériel sur la table et sortit de l'appartement après m'avoir accordé un salut de la tête que je fus incapable de retourner, encore sous le choc.

**

Plusieurs heures plus tard, quand Sébastian m'avait suppliée de venir avec lui pour lui tenir compagnie au travail, le souvenir de ma conversation avec Roger m'avait paralysée presque davantage que la perspective de devoir surveiller mes arrières toute la soirée. Il avait abandonné en pensant que mon absence de réponse revenait à un refus, mais à la vérité, je ne savais plus comment répondre à ses envies de proximité. Mon propre désir était trop effrayant, trop étouffant pour que je puisse m'occuper du sien. J'avais beaucoup d'affection pour lui, mais je n'étais pas certaine que la profondeur de mes sentiments soit égale à la sienne, malgré le fait que tout le monde me pousse à aller vers lui.

Seule devant la télévision, je ruminais et tentais de démêler le désordre de mes émotions. Moi qui avais attendu avec impatience le moment où les garçons partiraient chez leurs grands-parents pour enfin définir ma relation avec Sébastian, j'étais collée à mon canapé par le poids de ma lâcheté.

La sonnerie d'un texto me tira de mes pensées. J'extirpai mon portable de ma poche en pensant qu'il s'agissait d'Andrea, qui devait me contacter quand il serait de retour de son séminaire, mais le message venait de Sébastian. La promesse d'un vrai martini fut presque suffisante pour me décider à le rejoindre.

Pour m'occuper l'esprit, je pris la décision de nettoyer mon Browning ; manipuler le métal qui semblait ne jamais se réchauffer m'aida à recentrer mes pensées confuses sur la question essentielle de ma survie. Mon épaule me faisait toujours souffrir, mais il faudrait plusieurs mois pour que la douleur disparaisse tout à fait. Le médecin m'avait autorisée à retirer l'écharpe depuis longtemps et pourtant, Viktor restait introuvable ; j'étais persuadée qu'il restait dans l'ombre à comploter en attendant le moment où je laisserais ma garde tomber. La tension constante que je devais maintenir était épuisante, malgré l'aide que m'apportaient Sébastian, Mariam et Roger.

Un nouveau message me fit sursauter. Avec un soupir, je capitulai et réassemblai mon arme pour aller mettre mon manteau. Il n'avait pas tort : je devais cesser de rester cloîtrée dans mon appartement. Aucun mur n'arriverait à me protéger de toute façon.

Sur la route, la musique assez forte pour résonner dans ma poitrine, je retrouvai cette hâte, toujours inattendue, à l'idée de voir mon colocataire, mon amant, mon partenaire, seule à seul, ailleurs qu'à la maison. Il était tant et pourtant clandestin, il avait une place si importante dans ma vie et pourtant si illégitime par rapport à l'amour que j'éprouvais pour Andrea, que chaque moment avec lui prenait une intensité dont j'étais devenue dépendante.

Je garai la voiture au bout du parking, puis restai dix minutes cachée un peu plus loin, m'assurant que personne ne pose de bombe pour essayer de me tuer. Je n'étais pas certaine que mon assurance accepte de me rembourser une deuxième fois. Seulement à moitié rassurée, je finis par la laisser seule et prendre la direction du club. Sébastian était dehors en train de fumer à quelques mètres de la porte d'entrée ; j'accélérai le pas, avant de me rendre compte qu'il n'était pas tout seul. Une de ses collègues se tenait à côté de lui, empiétant sur son espace personnel – beaucoup plus que la décence ne l'autorisait ; beaucoup plus qu'il n'aurait dû l'autoriser. Je sentis mon visage se décomposer quand il fit glisser sa main dans son dos et lui adressa un sourire charmeur. Je connaissais ce sourire, celui que le serpent avait adressé à Ève ; celui qui m'était habituellement réservé. Il rapprocha son visage de celui de la jeune femme et elle rit joyeusement à sa plaisanterie. L'estomac noué, je décidai que j'en avais assez vu.

Je fis demi-tour au moment où son regard accrocha le mien. Il savait que je l'avais vu, mais je n'avais pas envie d'attendre sa réaction. De toute façon, j'aurais passé la soirée à m'inquiéter pour ma voiture et à imaginer Viktor sortir d'un coin sombre pour me tuer. Et puis j'étais tout à fait capable de me faire un martini correct à la maison, sans être obligée de m'arrêter à un seul verre. Je m'interdis de cligner les yeux lorsqu'ils se mirent à larmoyer, parce que c'était vraiment ridicule.

— Ava ! cria-t-il après moi.

Je l'ignorai et poursuivis ma route d'un pas déterminé.

— Ava, attends.

Il m'attrapa par l'épaule pour m'arrêter et m'obliger à lui faire face, mais je me dégageai, furieuse contre moi-même.

— Où est-ce que tu vas ? Tu viens d'arriver.

Je tentai de contenir mon émotion et de ne rien laisser paraître, mais échouai complètement.

— Je rentre. Je venais te tenir compagnie, mais je vois que ce n'est plus la peine, répondis-je sèchement.

— Quoi ?

— J'espère que tu ne comptais pas la ramener chez moi.

J'aurais voulu que Viktor apparaisse à ce moment précis pour m'obliger à me taire.

— Ava, qu'est-ce que tu racontes ?

— Ne fais pas semblant de ne pas savoir de quoi je parle, c'est insultant, sifflai-je entre mes dents serrées.

Il eut le culot de soupirer.

— Qu'est-ce que tu crois avoir vu, exactement ?

Je me contentai de le regarder, le visage figé dans une expression agacée.

— Lydia vient de se faire plaquer. Je jouais les charmeurs pour lui remonter le moral.

— Oui, c'est tout à fait toi. Remonter le moral d'une fille fragile en tout bien, tout honneur, raillai-je.

Il prit à son tour un air énervé.

— Ava, qu'est-ce que tu veux que je te dise ? Que j'essaye de te convaincre que je ne suis plus comme ça ? À quoi ça servirait, puisqu'on n'est pas ensemble ?

J'allais répliquer quelque chose de désagréable, mais je réalisai qu'il avait raison. Nous n'étions pas ensemble et à aucun moment il n'avait été décidé qu'il devait être exclusif. Le fait qu'il prétende m'aimer ne voulait rien dire : j'étais moi-même amoureuse d'Andrea et pourtant, je saisissais la moindre occasion pour coucher avec Sébastian. Il pouvait faire ce qu'il voulait et je n'avais pas le droit de lui en vouloir. Soudain, il me parut clair que j'avais donné beaucoup trop d'importance à cette relation étrange.

J'enfouis le poids de ma colère au fond de moi, soulagée d'une certaine façon de ne plus être responsable de son malheur émotionnel. Je remontai dans ma voiture le cœur plus léger, l'abandonnant derrière moi sur le parking. Sans le savoir, il venait de faire taire toutes mes inquiétudes. Nous ne nous devions rien.

Je stoppai ma voiture au premier feu rouge et changeai les stations de radio frénétiquement pour trouver une chanson qui me plaisait ; j'abandonnai quand le premier imbécile klaxonna derrière moi pour me signaler que le feu était vert. Je tapotais avec nervosité sur mon volant en attendant la prochainc occasion de régler l'autoradio, essayant de penser à autre chose qu'à l'expression blessée de Sébastian quand j'étais partie. Je ne lui devais rien.

Distraite, je calai à un stop en voulant attraper mon CD favori dans la boîte à gants. Seule sur la route, je décidai de serrer le frein à main pour fouiller dans le bazar du petit compartiment, mais mes recherches restèrent infructueuses : au milieu des chargeurs vides ou pleins, des plans et notices, des paquets de lingettes, mon CD restait introuvable. En remettant le moteur en route, je me souvins soudain que Sébastian l'avait emprunté pour le passer au club pendant le nettoyage, une fois que le DJ serait parti. Un grognement de frustration m'échappa en pensant que c'était mon CD, mais que ce soir, ce serait son idiote de collègue qui en profiterait. Mais il ne me devait rien. Juste un CD.

D'un geste énervé, j'éteignis la radio, pour la rallumer trente secondes plus tard, trop anxieuse pour supporter le silence. Nous ne nous devions rien.

Le temps d'arriver chez moi, la révélation que j'avais eue sur le parking était apparue imparfaite et mes belles convictions s'étaient étiolées. En fermant la porte de l'appartement derrière moi, j'étais de nouveau furieuse. Ma mauvaise humeur était autant de sa faute que de la mienne ; me détacher de lui devenait de jour en jour une réelle nécessité, mais j'étais trop faible pour prendre cette décision lorsqu'il était près de moi, trop sous l'emprise de ma propre libido pour choisir la solution la plus rationnelle. J'hésitai un instant à aller mettre ses affaires dans une valise pour la lui laisser sur le palier, mais pensai aux garçons qui allaient bientôt revenir. Ils représentaient une complication incontournable dans ce dilemme.

À la place, je choisis de donner un tour de clé à tous les verrous de la porte d'entrée, y compris ceux dont il n'avait pas la clé. De toute façon, argumenta ma jalousie, il y avait plus de chances pour qu'il rentre chez Lydia que chez moi. Fière de moi, j'allai me coucher en ignorant consciencieusement la petite voix dans ma tête qui se moquait de moi.

42.

À trois heures du matin, je ne l'avais pas entendu tout de suite tambouriner à la porte d'entrée. J'avais trouvé le sommeil plus vite que je ne l'aurais pensé, même s'il avait été troublé de rêves qui n'avaient aucun sens ; ou tout du moins, aucun sens que j'étais prête à leur accorder. S'il continuait à taper comme ça sur la porte, la voisine allait finir par appeler la police et ce serait bien fait pour lui. Les deux appels que j'avais ignorés faisaient clignoter mon portable d'une manière désagréable.

Quand je réalisai qu'il n'avait pas compris que j'avais sérieusement l'intention de le laisser dehors, je pris mon portable et allai me placer derrière la porte d'entrée pour vérifier qu'il n'essayait pas de crocheter les serrures soi-disant incrochetables. Je n'avais moi-même jamais réussi à les ouvrir sans clé, mais ses talents en matière d'effraction surpassaient les miens. Je décrochai en voyant son nom apparaître à nouveau sur l'écran de mon portable.

— Ava ! Ouvre-moi ! hurla-t-il.

J'avais écarté le téléphone de mon oreille, mais ça n'avait rien changé puisque je l'entendais à travers la porte.

— Je ne vais pas t'ouvrir. Les enfants ne sont pas là, il n'y a aucune raison pour qu'on habite ensemble. Va à l'hôtel, Sadist.

— Ava, si tu ne m'ouvres pas tout de suite, je te jure que je te le ferai payer ! gronda-t-il.

— Vas-y, souffle et souffle tant que tu veux, me moquai-je en essayant de cacher le tremblement de ma voix.

Je commençai à faire demi-tour, mais il m'entendit repartir et me rappela.

— Ava, ouvre-moi ! Tu ne vas pas vraiment me laisser à la porte toute la nuit ? Je dormirai sur le palier s'il le faut, mais je ne partirai pas.

Je soupirai en m'appuyant sur la table de la cuisine. Il était capable de le faire et, malheureusement, je ne parvenais pas à m'en moquer complètement.

— Sébastian, sois raisonnable…

— Parce que c'est moi qui suis irraisonnable ?!

— C'est toi qui avais raison, les garçons ne sont pas là, tu devrais pouvoir en profiter, me justifiai-je en avançant vers la porte d'entrée.

— Quoi ? Je n'ai jamais dit ça ! Ava, je n'ai pas envie d'en profiter avec qui que ce soit d'autre que toi.

— Tu devrais, insistai-je. De toute façon, je ne te laisserai pas entrer.

— Tu essaies vraiment de me faire croire que c'est pour mon propre bien et que ça n'a rien à voir avec le fait que tu sois jalouse ? se moqua-t-il.

— Je ne suis pas jalouse, Sébastian, j'étais surprise, c'est tout.

— Peut-être que c'est toi qui devrais penser à changer de métier, parce que tout de suite, j'ai du mal à te croire, le Fléau. Et je ne partirai pas tant que tu n'auras pas admis que tu étais jalouse.

— Je ne suis pas jalouse, grinçai-je.

Et pour lui prouver que je ne l'étais vraiment pas, j'ouvris la porte en m'écriant :

— Très bien, vas-y ! Puisque tu ne veux pas entendre raison, entre, c'est moi qui pars.

— Qu'est-ce que tu fais ? demanda-t-il d'une voix menaçante en entrant dans l'appartement.

— Je vais dormir chez Andrea.

— Il n'est même pas chez lui, riposta-t-il.

— Et alors ?

Les yeux brillants de fureur, il m'agrippa le bras pour m'empêcher de passer la porte et la claqua avant de s'appuyer dessus, me barrant le passage. La mâchoire serrée, j'attendis qu'il se pousse.

— Tu ne vas pas partir au milieu de cette conversation pour aller chez Andrea.

— Ah non ? hurlai-je. Et tu comptes m'en empêcher comment ?

Sans compter qu'au point où on en était, ce n'était plus vraiment une conversation, mais plutôt une performance vocale. Il serra les poings sans rien dire. J'hésitai un instant à lui mettre une droite, mais il n'aurait aucun scrupule à profiter de la faiblesse de mon côté gauche si l'on devait en arriver là. Hors de moi, je fis demi-tour sans un mot ; il était simplement hors de question que je reste là à attendre sa permission.

— AVA ! rugit-il en me voyant fuir la « conversation ».

Il m'avait suivie et je me retournai, furibonde :

— Quoi ? Je n'ai pas le droit de retourner me coucher non plus ?

Il colla ses deux mains sur son visage pour étouffer un cri de rage, même si j'étais certaine d'être plus énervée que lui.

— T'es vraiment impossible, me dit-il.

Alors que j'allais répliquer, il coupa ma réponse avec un baiser dur et, comme toujours, je perdis toute détermination dès qu'il posa ses mains sur moi. Je le repoussai néanmoins, pour revenir plaquer mes lèvres sur les siennes une seconde plus tard. Sa colère et la mienne avaient le même goût de frustration.

Lorsque mon dos cogna contre un mur, je retins un gémissement, mais il ne me laissa pas le temps de réaliser vraiment que mon épaule me faisait souffrir, traçant une ligne de baisers et de morsures, de ma bouche jusqu'au col de mon débardeur. Pour la millième fois depuis le début de cette relation, je me surpris à songer qu'il était tellement plus facile de respirer lorsque ses mains étaient sur ma peau ; tellement plus facile d'être moi-même.

Alors qu'il achevait de jeter mon pyjama par terre, je me demandai si nos disputes incessantes n'étaient pas qu'un prétexte pour exprimer brutalement nos désirs et masquer le plaisir coupable de nos peaux lorsqu'elles brûlaient de la même fureur.

**

Le lendemain matin, je partis sans le réveiller, comme après une nuit avec un étranger, une nuit qui ne signifiait rien. Ce qui était un peu le cas ; hier n'avait été rien de plus qu'une nouvelle expression de ma faiblesse dès qu'il était question de lui. La seule différence était qu'en rentrant chez moi ce soir, il serait encore là. Je ne savais plus si j'en étais heureuse ou angoissée.

L'appartement d'Andrea était froid sans lui. Je m'étais allongée sur son lit pendant de longues minutes, enveloppée dans un silence qui ne me parlait plus comme autrefois ; peut-être que le silence de chez lui était différent du silence de chez moi. Ce dernier avait disparu derrière les voix de Ben et Julien depuis des mois.

Le ronronnement de la cafetière à dosette m'attendait quand je sortis du bain que j'avais mis à couler dans l'immense baignoire, presque trop grande sans Andrea avec moi. En enroulant ma serviette autour de ma poitrine, je réalisai que j'aurais tout aussi bien pu rester nue ; j'étais seule. Il n'y avait personne pour être choqué ou pour prendre ma nudité pour des avances. Seule, mon manque de vêtements n'aurait pas eu la signification que la présence des autres lui donnait. Je m'habillai néanmoins sitôt sèche pour aller profiter du café dont l'odeur emplissait agréablement mes narines.

Je quittai le calme de l'appartement vide une heure plus tard, après avoir laissé une note dans sa cuisine sur laquelle j'avais écrit : « Merci de m'avoir prêté ta solitude quelques heures. Appelle-moi en rentrant. Je t'aime. Ava. » C'était pour ça qu'il m'avait donné un double de ses clés, mais j'avais tout de même ressenti le besoin de le prévenir que j'étais venue chez lui. Peut-être parce que j'aurais aimé qu'il fasse pareil pour moi. Bien sûr, Andrea n'aurait jamais pu se rendre chez moi si je n'y étais pas ; pas s'il voulait éviter de tomber sur Sébastian.

En marchant jusqu'à ma voiture, le sentiment d'être observée m'avait saisie après plusieurs jours de calme. Une fois la surprise passée, je m'énervai en pensant que l'idiot qui me filait venait de gâcher trois heures de méditation et de paix. De plus en plus souvent, la colère parvenait à reprendre le dessus sur ma peur ; j'aimais ma colère, je la connaissais, elle m'accompagnait depuis des années, c'était un sentiment rassurant. Un pic d'inquiétude commença à percer sous l'océan de ma rage, mais je décidai de l'ignorer. Il était plus que temps que je me débarrasse de cette nuisance. Si Viktor voulait savoir ce que je faisais de mes journées, il pouvait me suivre lui-même.

Le quartier dans lequel vivait Andrea était bien trop agité pour que je puisse faire quoi que ce soit maintenant. Je montais donc en voiture et pris la route pour sortir de la ville, surveillant qu'il était bien toujours derrière moi sans pour autant laisser l'impression que je l'attendais. Arrivée dans la partie délabrée de la zone industrielle, je me garai sur un parking et m'engageai à pied dans une allée entre deux bâtiments. J'avais enfilé un manteau informe, relevé la capuche et fixé un silencieux sur le canon de mon arme. Même si je devais être prise sur caméra, ma plaque d'immatriculation était cachée et le modèle et la couleur de la voiture que j'avais choisie étaient intentionnellement les plus courants.

Il hésita un moment avant de me suivre et j'eus l'impression d'attendre pendant des heures, cachée derrière la benne vide. Lorsqu'enfin il apparut au bout de la petite allée et qu'il ne me vit pas, il accéléra le pas pour me rattraper. Je me relevai dès qu'il m'eut dépassée.

— Si c'est moi que vous cherchez, ce n'est pas la peine de courir, je vous attendais, dis-je avec nonchalance.

Il se retourna avec une vitesse qui me donna presque le vertige, le flingue dans la main, mais j'avais déjà le mien braqué à hauteur de sa poitrine. Je haussai les épaules avec un air désolé.

Maintenant que je le voyais de près, j'étais complètement impressionnée par sa carrure. Son torse était tellement large que même s'il bougeait, j'étais sûre de le toucher. Il mesurait aussi deux têtes de plus que moi. Le mélange d'étonnement et de colère sur son visage était définitivement ce que je préférais chez lui.

— Qu'est-ce que c'est que ça ? demanda-t-il.

— Heu… « ça » ? « Ça », c'est la fille que vous suivez depuis des semaines et qui aimerait enfin avoir la paix.

Sa question m'avait tellement énervée que je n'attendis pas de le faire parler avant de lui tirer dessus. Les deux balles l'atteignirent au ventre et il tomba à genoux, puis sur le côté, les bras autour de son abdomen. Ses geignements étaient agaçants.

— C'est pas la peine de vous plaindre, fis-je en me rapprochant. Si vous pensiez que ça allait se finir autrement quand vous avez accepté de filer le Fléau, c'est que vous n'étiez pas fait pour ce travail de toute façon.

Je ne pris même pas la peine de tirer une dernière fois avant de partir. Avec une telle blessure, sa mort serait lente et douloureuse. Je sortis son téléphone de la poche de sa veste et le plaçai dans sa main ensanglantée.

— Dites bonjour à Viktor de ma part.

S'il ne travaillait qu'avec Viktor, il mourrait là où je l'avais laissé, seul ; s'il avait la chance d'avoir des amis fiables, ils le transporteraient ailleurs. Dans tous les cas, il allait mourir, parce que personne ne l'emmènerait à l'hôpital et qu'il n'appellerait pas d'ambulance.

Sébastian était parti chercher les garçons à la gare quand je rentrai à l'appartement. Quand il me demanda pourquoi j'étais d'aussi bonne humeur, je me contentai de sourire, ravie que quelque chose se passe enfin comme je le voulais.

Ce n'est que bien plus tard dans la soirée que je vis le message d'Arnold, sur mon téléphone professionnel. En cachette de Luisa, il continuait à éplucher les forums sur le dark web, à espionner les bases de données des forces de l'ordre, tout et n'importe quoi pour retrouver la trace de Viktor. Son message était bien plus court que je ne l'aurais souhaité ; il n'y avait que quelques mots, accompagnés d'une photo issue d'une enquête de police au Luxembourg.

« Sa tête me dit quelque chose. »

Sur la photo, le corps de Jérémy gisait sur le sol, une balle dans la tête.

43.

Je terminai de nettoyer le miroir de l'armoire de toilette en prenant soin de ne pas effacer la liste de courses que j'y avais écrite au crayon à lèvres rouge.

Alors que je reposai mon chiffon, le visage de Jérémy m'apparut dans un flash que je réprimai rapidement. Je me forçai à relire la liste sur le miroir pour bannir le profond sentiment d'échec et d'amertume qui revenait envahir mon esprit lorsque je pensais à lui. Cotons, démaquillant, savon, brosse à dents.

Puisque je ne pensais à racheter du dentifrice ou du coton que lorsque je m'en servais, j'avais depuis des années pris l'habitude de le noter sur le miroir pour y penser au moment de faire les courses. J'avais appliqué le même principe avec un feutre Velleda sur le frigo et, avant de partir faire mes achats deux fois par mois, je faisais le tour des pièces où j'avais laissé mes listes.

Cotons, démaquillant, savon, brosse à dents.

Si Sébastian luttait encore pour me faire perdre cette manie, les deux garçons avaient vite adopté ma méthode. Leur oncle était désespéré à chaque nouvel ajout de leur part dans la salle de bain, prétextant qu'il n'arrivait pas à se raser correctement avec tous ces gribouillis sur le miroir. Bien sûr, ce n'était qu'une excuse pour justifier le fait qu'il avait parfois des côtés maniaques ; si je réussissais à mettre mon mascara correctement malgré la liste, il pouvait bien se débrouiller avec pour se raser.

Quand Julien lui avait fait remarquer qu'il pouvait aussi ouvrir l'armoire pour utiliser le miroir intérieur, il avait failli abandonner la partie, mais Ben avait trouvé amusant de commencer à y faire des dessins avec mes khôls. Toutefois, en voyant l'état de mes crayons, j'avais fini par intervenir pour stopper le garçon de huit ans à l'âme d'artiste.

Je soupirai en entendant mon téléphone vibrer dans ma chambre, mais abandonnai quand même ma tâche pour aller répondre. En constatant que l'appel était sur mon portable professionnel, je ne pus m'empêcher de penser à cette photo du corps de Jérémy. Nous n'avions toujours pas retrouvé Viktor, mais j'avais juré de le lui faire payer. Personne n'avait su nous dire ce que Jérémy faisait au Luxembourg, et les circonstances de sa mort n'avaient toujours pas été élucidées par la police locale. Viktor n'avait pas laissé d'indice quant à son implication, et pourtant, je savais au fond de moi qu'il était responsable de sa mort.

Le numéro qui s'affichait sur le téléphone me fit froncer les sourcils. Il n'y avait rien d'étonnant à ce qu'un numéro s'affiche au lieu d'un nom, puisque je n'enregistrais aucun contact, ni ne gardait aucun historique d'appel sur ce téléphone, mais je reconnaissais maintenant la plupart des numéros des gens qui m'appelaient. Je ne connaissais pas celui-là.

Curieuse, j'attendis que ma messagerie se mette en route pour savoir qui cherchait à me joindre, mais un texto m'informa que mon correspondant n'avait pas laissé de message vocal. J'étais en train d'effacer le message lorsque l'appareil se mit à vibrer de nouveau.

Au bout de cinq appels sans message, je finis par décrocher avec le sentiment rancunier d'avoir déjà perdu. Cette personne avait réussi à me mettre de mauvaise humeur avant même que je sache qui elle était.

— Oui ?

— Le Fléau ? s'informa une voix masculine.

— Elle-même. À qui ai-je l'honneur ? demandai-je non sans ironie.

— Vous avez rencontré mon associé, il y a quelques jours.

— Votre associé ? répétai-je.

— Vous lui avez tiré dessus ? Dans une allée sordide ?

— Ah. Je me souviens. Comment avez-vous eu ce numéro ?

— J'ai des connexions.

Je retins un « pfff » de dérision, pour la simple raison que j'aimais avoir l'air professionnelle quand j'avais des idiots au téléphone.

— Comment va votre associé ? me moquai-je.

— Il est mort. Mais vous le saviez déjà, répliqua-t-il, un peu irrité.

— Toutes mes condoléances.

— Je crois qu'il est grand temps qu'on fasse connaissance.

— Non merci, ricanai-je.

Je ne savais pas à qui il croyait avoir affaire exactement, mais de nos jours, personne ne se déplaçait pour présenter ses condoléances. Il aurait dû s'estimer heureux que je le mentionne au téléphone. Les autres tueurs paraissaient toujours penser que j'étais plus sensible qu'eux parce que j'étais une femme.

— Vous voyez, le problème est que mon associé devait exécuter un contrat cette semaine, poursuivit-il comme si je ne venais pas de refuser.

— Et en quoi est-ce que ça me concerne ? soupirai-je.

Je coinçai le portable entre mon oreille et mon épaule, puis sortis de la chambre pour aller me servir une grande tasse de café. S'il devait me raconter sa vie pendant une heure, il fallait que je m'équipe sérieusement.

— C'est un travail pour deux personnes, et je n'ai pas le temps de recruter quelqu'un d'autre. Vous devez prendre sa place sur le contrat.

— À nouveau, je vous pose la question : en quoi est-ce que vos problèmes de recrutement me concernent ? Vous n'avez qu'à le faire vous-même, arrêtez de vous plaindre.

Le soupir agacé à l'autre bout du fil m'indiqua qu'il n'avait pas bien pris ma dernière remarque, mais pour être honnête, est-ce qu'il s'attendait réellement à ce que quelqu'un surnommé « le Fléau » joue les conseillers emploi pour d'autres tueurs à gages ? J'avais un appartement à nettoyer, moi.

— Vous avez tué mon collègue, c'est à vous de prendre sa place, insista-t-il.

— Encore une fois, non merci.

Est-ce que c'était moi, ou est-ce qu'il avait vraiment du mal à comprendre ce que je lui disais ?

— J'ai des informations qui pourront vous intéresser, ajouta-t-il au moment où j'allais raccrocher.

Je reposai ma tasse sur la table et réfléchis quelques secondes à son offre.

— Je pourrais aussi vous torturer pour les obtenir, rien ne m'oblige à travailler pour vous.

En m'entendant, Sébastian tourna la tête et me demanda qui était au bout du fil. Je coupai le micro de mon téléphone pour lui résumer la situation :

— Je ne sais pas, un type qui prétend que parce que j'ai tué son collègue, je dois prendre le contrat sur lequel il bossait.

— Ça ne me paraît pas totalement aberrant, c'est un peu la règle en vigueur dans notre communauté, argumenta-t-il.

— On est des criminels, comment ça se fait qu'on ait des règles ? m'énervai-je. Ça ne serait pas plus simple si tout le monde faisait comme il voulait ? S'il n'est pas content, il n'a qu'à me faire un procès.

Alors que j'allais remettre le micro en marche pour lui dire exactement ça, Sébastian m'arrêta.

— Est-ce que tu as vraiment besoin d'un ennemi supplémentaire ?

Il n'avait pas tort. Je tournai ma langue une dizaine de fois dans ma bouche pour être sûre de ne pas dire de bêtise et répondis enfin à mon interlocuteur – qui attendait patiemment depuis qu'il s'était rendu compte que je ne l'écoutais plus.

— Bon, d'accord, je vais venir vous voir. Je ne vous promets rien, il se peut que j'essaie de vous tuer si vous m'énervez, l'avertis-je néanmoins.

Il me donna l'adresse en ignorant ma menace et je pris mon manteau pour filer à ce rendez-vous clandestin, en pensant que travailler pour obtenir des informations était vraiment un comble, quand quelques minutes de torture efficace auraient pu suffire. Qu'on ne vienne pas me dire que je ne faisais aucun effort sur mon comportement en société.

**

Il me fallut trois heures pour m'y rendre, principalement parce que je m'étais perdue deux fois, et que j'avais passé cinq bonnes minutes à vérifier sur internet que je ne m'étais pas trompée d'adresse en découvrant la jolie petite maison dans laquelle m'attendait mon nouvel ami. Ce n'était pas sa maison, puisqu'Arnold m'avait dit qu'il opérait habituellement depuis la Suisse, et en remontant l'allée qui menait à la porte d'entrée, je me demandai ce qui était arrivé aux propriétaires.

J'étais aussi restée de longues minutes à songer que toute cette histoire était peut-être un piège tendu par Viktor. Le timing était suspect et le fait que Hans travaille avec celui qui avait passé plusieurs semaines à me suivre ne pouvait pas être une coïncidence. Puis, reprenant le dessus, je m'étais rappelée que j'étais le Fléau.

Un type louche me montra le chemin jusqu'au salon, où Hans était installé, une tasse de thé fumant devant lui.

— Ah, le Fléau ! Je vous attendais, dit-il en se levant.

J'ignorai la main qu'il me tendit.

— Une tasse de thé ? proposa-t-il.

— Non, merci.

Lorsqu'il fit mine de me proposer des gâteaux secs, je le coupai :

— Hans, je n'ai pas toute l'après-midi, alors quel est le boulot ?

— Très bien, si vous le voulez, passons directement aux affaires.

J'acquiesçai de la tête en m'asseyant.

— Avant, est-ce que vous voulez bien satisfaire ma curiosité ?

S'il me demandait comment une femme avait réussi à se faire une telle réputation dans un monde d'hommes, j'allais repartir tout de suite. J'avais refusé de répondre à cette question tellement de fois que j'allais finir par écrire ma réponse sur un panneau autour de mon cou.

— Pourquoi est-ce que vous l'avez tué ?

Prise au dépourvue, je fronçai les sourcils.

— Comme si vous ne le saviez pas, raillai-je.

— Figurez-vous qu'il est mort avant d'avoir eu le temps de nous le dire, expliqua-t-il.

— Votre associé me suivait. Je n'aime pas qu'on me suive, répondis-je avec un sourire froid.

Ce fut à son tour d'avoir l'air surpris.

— C'est impossible. Il ne pouvait pas vous suivre, il avait un autre travail.

Je retins mon envie de le secouer ; pourquoi est-ce qu'il persistait à mentir ? Je n'avais pas l'énergie de jouer à ce jeu avec lui et choisis d'abandonner tout espoir de le faire avouer. Même l'idée de le torturer me fatiguait d'avance.

— Si vous le dites, soupirai-je. Le contrat ?

— Ah, oui. Je vous donne les informations qui vous concernent d'abord.

Suspicieuse, je déplaçai discrètement ma main droite vers ma gauche.

— Pourquoi vous tenez à parler en premier?

— Parce qu'une fois que j'aurai rempli ma part du contrat, vous n'aurez pas d'autre choix que de remplir la vôtre.

Il ressemblait à un requin quand il souriait.

— Qu'est-ce qui vous dit que ces informations vont m'intéresser assez pour que je reprenne votre contrat?

— Parce qu'elles concernent Viktor Baranovski.

Je levai les yeux au ciel. Évidemment qu'il avait des infos sur Viktor, son associé travaillait pour lui. Hans me tendit un papier que je pris avec curiosité.

— C'est l'adresse d'un hôtel dans lequel il a été vu récemment.

J'avais envie de lui demander comment il avait réussi à avoir cette adresse alors que je le cherchais depuis plusieurs semaines, mais je ne voulais pas admettre mon échec devant lui. Je rangeai la petite feuille dans ma poche, puis écoutai attentivement les détails du contrat que j'avais accepté au moment où il avait prononcé le nom de Viktor.

Je fus rassurée de constater que le boulot n'impliquerait aucun meurtre; je n'aimais pas tuer des gens sur lesquels je n'avais fait aucune recherche préalable. Il refusa de me donner le nom de l'homme que mon nouveau collègue et moi-même devions enlever et tabasser un peu, prétextant que son identité n'avait aucune importance. Pressée de repartir, je n'insistai pas.

Au fond du salon, l'assassin avec lequel je devrais travailler secoua la main pour me saluer, comme un enfant, et m'apprit qu'il se prénommait Mikael; son accent allemand était moins prononcé que celui de Hans et son français plus fluide. Il semblait ravi de pouvoir faire ce job avec moi, mais je ne fus pas capable de partager son enthousiasme.

Dès que possible, je pris congé et dégainai mon portable pour appeler Sébastian.

— Alors, qu'est-ce qu'il t'a dit? s'informa-t-il sans préambule.

— J'ai besoin que tu viennes voir un hôtel avec moi.

— Ava, je suis toujours partant pour ça, mais tu sais que tu as un lit parfaitement correct dans ta chambre?

Je ne pris même pas la peine de relever.

— J'ai l'adresse de l'hôtel de Viktor. Prends mon Browning avec toi.

Il raccrocha immédiatement et je savais qu'il ne mettrait que quelques minutes pour rassembler son matériel et enfourcher sa moto.

*

Sur le parking de l'hôtel, il ne nous fallut pas longtemps pour décider de la façon dont nous allions procéder. L'établissement comptait une soixantaine de chambres et je n'avais pas le numéro de celle de Viktor; il était bien sûr impossible de vérifier chaque chambre individuellement.

À l'accueil, Sébastian présenta son faux badge de police et moi mon vrai badge de consultante. Sans même nous demander un mandat, le jeune employé derrière le comptoir nous donna libre accès au registre des réservations. Nous avions essayé de lui montrer la photo de Viktor, mais il n'avait pas réussi à le reconnaître avec l'image pixellisée sur mon portable. Le registre contenait des centaines de noms et la tâche s'avéra bien plus longue que je ne l'avais prévu. J'étais certaine qu'il n'avait pas pris la chambre sous son véritable nom: je n'étais plus la seule à connaître son identité, maintenant qu'il était fiché dans le monde entier.

Près de dix minutes plus tard, Sébastian stoppa le défilement de l'écran sans rien dire, puis se poussa pour me laisser regarder. Au milieu de la page, je repérai facilement le nom qui l'avait interpellé. C'était le mien.

Livide, je réclamai à l'employé la clé magnétique pour ouvrir la chambre qui était occupée par Ava Altorès et me dirigeai vers l'ascenseur en grandes enjambées. Cet enfoiré avait été plus malin que moi et j'étais furieuse de m'être laissée avoir; bien sûr que je n'allais pas rechercher mon propre nom sur les contrats de locations et de réservations d'hôtel.

La mâchoire contractée, je dégainai mon Browning et son silencieux en sortant de l'ascenseur. À côté de moi, Sébastian était prêt à toute éventualité, un pistolet serré discrètement dans la main. Aucun de nous n'avait laissé le cran de sécurité ; j'étais fatiguée de ce jeu pervers. Ma première balle serait pour Jérémy.

Légers sur la moquette fine du couloir, nous arrivâmes sans un bruit devant la chambre. Prenant garde à ne pas rester devant la porte, je tendis l'oreille un long moment pour percevoir tout bruit qui trahirait la présence de Viktor. Je tournai un regard interrogateur vers Sébastian qui me fit signe qu'il n'entendait rien non plus. Qu'à cela ne tienne, je l'attendrais aussi longtemps qu'il le fallait.

Sébastian me couvrit le temps que j'ouvre la porte, la tension dans mon corps équilibrée seulement par le calme de mes pensées. Sitôt la porte ouverte, nous reprîmes nos positions contre le mur en attendant une quelconque réaction. Quand le silence se confirma, nous entrâmes avec précaution et fîmes le tour rapidement. Viktor n'était pas là.

L'envie de retourner la pièce m'étourdit de rage un instant. J'inspirai profondément pour retrouver ma clarté d'esprit et décidai de déranger la chambre le moins possible : s'il ne savait pas que j'étais venue, peut-être qu'il resterait ici encore un peu. Maintenant que j'étais si près d'en finir, je refusai de retourner me cacher dans mon appartement.

La pièce ordonnée avait été nettoyée très récemment et le peu d'affaires laissées par Viktor aurait pu laisser penser que la chambre était inoccupée. Je fouillai méticuleusement la valise qui avait été rangée sous le lit, mais je ne trouvai aucun indice quant à ses activités récentes. J'entendis Sébastian ouvrir le petit réfrigérateur, mais n'y prêtai aucune attention, jusqu'à ce qu'il m'appelle.

— Ava ? J'ai trouvé quelque chose…

Je me retournai vers lui pour voir ce qu'il avait découvert et il me montra l'enveloppe blanche qu'il avait sortie du frigo.

— C'est peut-être un pourboire pour l'équipe de nettoyage ?

— C'est ça, ricanai-je. Dans le frigo ?

Il haussa les épaules et me laissa l'ouvrir pour lire avec moi. Son russe était meilleur que le mien, aussi, je ne pris pas la peine de traduire les quelques lignes que Viktor m'avait adressées. « J'ai deux ou trois choses à régler en Russie, mais ne t'inquiète pas, je te promets de revenir vite. J'ai hâte de te revoir. » Un mot qu'un ami ou un amant aurait pu me laisser.

— Tout est un jeu, pour lui, dis-je dans un murmure.

— Je ne sais pas si je préférerais qu'il essaie de te tuer ou qu'il soit amoureux de toi, se demanda Sébastian à voix haute.

— Peu importe, répondis-je en mettant l'enveloppe dans la poche de mon jean. Le résultat serait le même.

Les sadiques comme Viktor ne connaissaient pas l'amour, seulement l'obsession. Et l'objet de leur obsession ne vivait jamais très longtemps.

— Au moins, on sait pourquoi on n'a rien trouvé depuis des semaines, conclus-je en refermant la porte derrière nous.

Je sentis Sébastian prendre ma main sur le chemin dans l'ascenseur. Je serrai la sienne sans le regarder.

44.

C'était la dernière fois que j'acceptais de travailler avec quelqu'un que je ne connaissais pas. Je savais bien que j'aurais mieux fait de torturer Hans pour ces informations ; l'adresse d'une chambre d'hôtel vide ne valait pas le calvaire que j'étais en train d'endurer.

— Combien de contrats tu as pris sur toute ta carrière ? Moi, je dois en être à une trentaine, je suis sûr que tu en as fait plus que ça. Finalement, je suis vraiment content que tu aies tué Niko, c'est pas tous les jours que je peux bosser avec une femme, débitait Mikael.

Je poussai un nouveau soupir. Même Sébastian dans ses meilleurs jours n'était pas aussi irritant.

— Je suis ravie que ma compagnie t'enchante autant, mais si tu regardais ton GPS plutôt que de parler sans arrêt, peut-être qu'on aurait une chance d'arriver sur place avant la nuit, assénai-je.

— Nan, c'est bon, on a encore le temps avant que tu aies besoin de tourner.

Formidable.

— Tu sais, je trouve ça cool que des femmes fassent aussi ce boulot. J'en ai pas rencontré beaucoup à part toi, mais je trouve que ça donne une meilleure image à notre métier.

— Tu trouves que des femmes tueuses à gages donnent une meilleure image au métier d'assassin ? répétai-je en fronçant les sourcils. Notre activité est illégale dans absolument tous les pays du monde, comment est-ce qu'on pourrait avoir une image positive ?

— Pas positive, nan, plus sexy, me corrigea-t-il.

— C'est les films qui donnent une image glamour à notre boulot, pas les femmes. Il n'y a rien de sexy dans le fait d'être couvert de sang.

Bon d'accord, certains trouvaient ça excitant, mais ce n'était pas le genre de personnes que j'aimais fréquenter.

— Je suis sûr que tu serais sexy couverte de sang, me dit-il avec un regard aguicheur.

Oh, par pitié.

— Pourquoi est-ce que Hans a refusé de nous donner le nom de la cible ? demandai-je pour changer de sujet.

Il haussa les épaules en reportant son attention sur le GPS de son téléphone.

— Je crois que c'est pour éviter de voir la cible comme une personne. Y'en a qui préfèrent ne pas y penser et ne pas avoir de nom ou d'information sur sa famille, ça aide.

Son raisonnement n'était pas tout à fait illogique, mais je préférais quand même m'assurer que les gens méritaient de mourir. La seule raison pour laquelle j'étais encore dans cette voiture avec cet idiot était que la cible ne devait pas mourir. Le pauvre type s'en sortirait avec quelques côtes cassées et un certain nombre d'hématomes, mais il rentrerait chez lui après quelques jours d'hospitalisation.

— Tu l'as déjà fait avec un autre tueur ? Personnellement, j'aime assez le bondage, je suis certain que t'aimerais aussi. J'ai un peu de temps libre après, si tu veux. Tourne à droite.

La première partie de sa phrase me fit manquer le virage et il s'en fallut de peu pour que nous finissions dans le décor. J'arrêtai la voiture sur le bas-côté pour faire redescendre ma pression sanguine, mais mon énervement avait moins à voir avec le fait que nous ayons failli mourir qu'avec mon envie de le tuer et d'enterrer son corps dans le champ de blé d'à côté. Personne ne passait jamais sur ces petites routes de campagne.

— Ça suffit, décrétai-je en serrant les dents. Plus un mot. Je ne veux plus t'entendre si ça ne concerne pas le contrat, ou je t'arrache la langue et je te la fais bouffer, c'est clair ?

— Oui, maîtresse, répondit-il avec un sourire moqueur.

Excédée, je l'attrapais par l'arrière du crâne et lui enfonçai la tête dans le tableau de bord. Il se tint le nez en poussant un cri de douleur qui me fit lever les yeux au ciel ; il n'était même pas cassé, quelle mauviette.

— Et la prochaine fois, préviens-moi en avance, pas dix mètres avant le virage.

Ayant clairement retenu la leçon, il se passa de faire un commentaire. Je songeai que j'aurais dû faire ça dès le début, pas dix minutes avant d'arriver à la maison de campagne dans laquelle se trouvait l'homme que nous devions enlever.

Ladite maison était plutôt isolée et semblait être une de ces fermes rénovées à la mode ; le gravier dans l'allée nous obligea à faire le tour dans l'herbe humide pour ne pas être vus avant d'avoir fait le tour de la maison en repérage. Devant la porte d'entrée, je baissai ma cagoule sur mon visage et attendis que mon collègue en fasse de même avant d'essayer la poignée. La porte n'était pas fermée à clé mais dans une ancienne ferme, rien ne nous garantissait qu'elle ne grince pas en s'ouvrant. Mikael me fit signe d'y aller franchement et pointa nos armes pour se justifier ; je haussai les épaules et ouvris en une seule fois, retenant la poignée pour ne pas qu'elle cogne le mur de derrière. La conversation des deux hommes que nous entendions dans le salon ne s'arrêta même pas.

L'un d'eux nous tournait le dos, dans un fauteuil, tandis que le visage de l'autre pâlit de frayeur. Cessant immédiatement de parler, le premier se retourna pour nous faire face et je sentis tout mon sang quitter mon visage à mon tour.

Mikael, sans se rendre compte de mon trouble, fit reculer les deux hommes en les braquant. Il avait vu la photo de la cible avant de partir et frappa l'autre à la tête avec la crosse de son arme, tandis que le visage choqué d'Andrea me fit l'effet d'un coup de poing dans le ventre. J'allais être malade.

Incapable de bouger, je sentis mes jambes flageoler quand Mikael pointa son flingue sur sa tête et me fit signe de venir l'attacher. Le regard effrayé d'Andrea se posa sur moi, stoppant les battements de mon cœur un instant. Mais il ne réagit pas. Sous ma cagoule, mon petit ami ne me reconnut pas.

Tout à coup, mon esprit parut se désengourdir et je retrouvai toute ma capacité à fonctionner sous le stress. Sans même y réfléchir, je les rejoignis en quelques enjambées, passai un zip en plastique autour des poignets d'Andrea et serrai autant que possible sans lui couper complètement la circulation. Puis, je levai le canon de mon Browning et tirai une balle dans la tête de Mikael.

Sans perdre une seconde, je saisis violemment Andrea par le bras et, après avoir discrètement remis la sécurité, le tins en joue pour le motiver. Je ne pris pas la peine de refermer la porte après l'avoir poussé dehors, mais l'aidai à se rétablir quand il trébucha sur un caillou dans l'allée. Le chemin jusqu'à la voiture me parut interminable, mais il ne tenta pas de s'échapper une seule fois.

Il monta sur le siège passager, me laissa fixer ses mains liées à la portière avec un nouveau zip sans un seul mot de négociation ; je fus inquiète un instant qu'il ne soit trop occupé à réfléchir à comment se sortir de cette situation, mais je connaissais assez son visage pour voir qu'il était encore réellement sous le choc.

Une fois la voiture lancée à toute vitesse sur les routes mal goudronnées, je sentis la panique me gagner à nouveau et ma gorge se contracter d'un sanglot que je ne laisserais pas monter. Je n'allais jamais me sortir de là. Je devais l'abandonner quelque part sur une route avant de me débarrasser de la voiture, mais il ne s'arrêterait jamais avant d'avoir découvert mon identité. Dès qu'il pourrait contacter la police, il le ferait et cette journée l'obséderait jusqu'à la fin de ses jours.

Alors que j'étais distraite par mes réflexions, il profita d'un virage pour lever la jambe gauche en se tournant et donna un violent coup de pied dans le volant. Je perdis le contrôle de la voiture quelques secondes avant de la stabiliser, mais il lança un deuxième coup qui m'atteignit au poignet et envoya une onde de douleur dans tout mon bras. L'imbécile. Tout en luttant pour éviter ses coups, tenir le volant et reprendre l'arme sur mes genoux, je songeai à combien j'avais été idiote : j'aurais dû le faire conduire et continuer à le tenir en joue. Oui, mais quel genre de personne tient l'homme qu'elle aime en joue ? Roger avait raison, l'amour rend faible.

Fatiguée de me battre, je finis par lui hurler de s'arrêter avant qu'il ne nous tue tous les deux. Avec le bruit des crissements de pneus, il ne reconnut pas ma voix tout de suite, mais quand je criai son nom, cela retint son attention assez longtemps pour qu'il se rende compte que ma voix lui était familière. Merde, merde, merde. La jambe immobilisée sur le tableau de bord, il fronça les sourcils.

J'étais à présent face à un choix terrifiant. Lui dévoiler mon identité en espérant qu'il cesserait d'essayer de nous tuer ou le laisser là et repartir avant qu'il ne devine qui j'étais vraiment. Je refusai de considérer l'autre option qui s'offrait à moi, celle que j'aurais pourtant dû choisir dès que je l'avais reconnu dans la maison ; j'aurais été, de toute façon, incapable de le tuer.

— Ava ? demanda-t-il d'une voix tremblante.

D'accord. Je n'avais plus le choix.

J'arrêtai brusquement la voiture sur un talus, au bord d'un champ en friche, puis sortis de ma place pour aller m'accroupir, la tête entre les genoux, en prenant de petites respirations pour combattre ma panique.

— Ava ? appela-t-il à nouveau depuis la voiture.

Je n'avais aucune idée de comment gérer cette situation. Je dus me retenir de dégainer mon téléphone pour appeler Arnold. Rien ne m'avait préparée à ce genre de situation.

— Ava ! Est-ce que c'est toi ?

La bonne nouvelle était qu'il semblait aussi perdu que moi, et plus du tout en colère. Peut-être que ça pouvait marcher. Peut-être que les méchants aussi, avaient droit à une fin heureuse ?

Je sortis mon couteau du fourreau fixé à ma ceinture et marchai très délibérément vers le côté passager. Quand j'ouvris la portière, il dut adapter sa position pour ne pas tomber par terre, et j'hésitai une seconde à le libérer tout de suite, avant de me pencher pour trancher ses liens.

Il s'écarta vivement de moi, mais resta debout sans bouger dès qu'il se pensa hors d'atteinte. Enfin, je retirai la cagoule qui recouvrait ma tête. Je vis à son expression qu'il n'y avait pas vraiment cru jusque-là. Bien sûr, il avait pensé reconnaître ma voix, mais voir que mon visage était celui qui se cachait sous cette cagoule l'ébranla profondément.

— Je suis désolée, lui dis-je.

Je fis un pas vers lui, mais il passa de l'autre côté de la voiture pour mettre plus de distance entre nous. S'il n'avait pas été aussi choqué, je lui aurais dit que la voiture entre nous ne m'empêcherait pas de lui tirer dessus si je le voulais vraiment.

— Andrea…

— Je ne comprends pas. Tu as tué cet homme ?

Ce n'était pas vraiment une question, puisqu'il m'avait vue le faire, mais j'y répondis tout de même, consciente qu'il avait besoin d'un peu de temps pour comprendre ce qu'il se passait.

— Oui.

— Mais… comment ?

S'il n'avait pas eu cet air de détresse sur le visage, j'aurais pu en rire.

— Avec mon pistolet, Andrea, répondis-je en montrant l'arme que j'avais à la main.

— Non. Comment… comment tu sais faire ça ? reformula-t-il.

Je soupirai longuement en réfléchissant à la façon dont je pouvais bien répondre à sa question.

— Tu veux t'asseoir ? Parce que si tu me demandes de te raconter l'histoire de ma vie, on en a pour un moment.

— Je croyais déjà connaître l'histoire de ta vie.

Je regrettai ma condescendance en voyant son expression blessée.

— Tu en connais une partie.

— Mais le reste… ce n'était que des mensonges ?

— Je ne t'ai pas vraiment menti, je ne t'ai juste pas dit toute la vérité, chuchotai-je presque.

— C'est la même chose, Ava, dit-il sèchement.

— Et c'est l'avocat qui dit ça, fis-je avec un rire sans joie.

— Au moins, je ne suis pas un criminel ! s'écria-t-il.

Je ne répondis pas. Il avait raison, je n'avais pas le droit de me moquer de lui maintenant.

— Je ne comprends pas, reprit-il. Tu étais venue pour… me tuer ?

Il avait failli faire un pas vers moi, mais s'était retenu au dernier moment. Cette distance entre nous n'était pas naturelle, même s'il avait soudain l'impression de ne plus me connaître.

— Non. J'ai été engagée pour t'enlever et te tabasser jusqu'à ce que tu changes d'avis concernant le client que tu t'apprêtais à défendre, apparemment. Je ne savais pas que ce serait toi.

Je ne sais pas si c'était le ton nonchalant avec lequel je lui avais répondu ou si ses nerfs venaient enfin de lâcher, mais il se retourna pour vomir à ce moment-là. Mon premier réflexe fut d'aller à côté de lui pour le soutenir, avant que je me souvienne qu'il avait cessé d'être mon petit ami à la seconde où j'étais entrée dans cette maison. Il connaissait mon identité, il connaissait mes amis, ma famille, et à présent, il connaissait aussi le plus dangereux de mes secrets ; Andrea ne pouvait plus faire partie de ma vie. Je resserrai la main sur mon arme.

Il s'essuya la bouche d'un revers de la manche en se redressant.

— Tu kidnappes des gens pour de l'argent ? demanda-t-il, l'air dégoûté.

— Quoi ? Non. Andrea, ce boulot était inhabituel pour moi. Mais… avant que tu ne te fasses de fausses idées, ce que je fais n'est pas plus honorable. Je suis tueuse à gages.

Maintenant que je l'avais dit à voix haute, la situation me semblait tout simplement ridicule.

— Tu assassines des gens pour de l'argent ?

Il avait eu l'air encore plus sidéré que lorsqu'il pensait que je payais mon crédit en demandant des rançons.

— C'est ce que « tueuse à gages » veut dire, oui.

— Mais… tu travailles pour la police…

— À mi-temps seulement.

— Quel genre de monstre…

— Arrête tout de suite. Arrête de me juger. Tu ne sais pas ce que j'ai enduré pour en arriver là, tu ne sais pas ce que j'ai vécu…

— Je ne demandais que ça ! Tout ce que je voulais, c'était connaître la vraie toi, toute entière !

— Toute entière ! m'exclamai-je d'un ton moqueur. Tu ne sais même pas ce que tu demandes ! La vraie moi est payée des milliers de dollars pour tuer des gens, la vraie moi est une criminelle connue dans le monde entier, la vraie moi doit lutter pour survivre tous les jours depuis ses dix-sept ans. Peu importe que la fille que tu aimes fasse aussi partie de moi, les gens qui vivent dans ton monde ne peuvent pas comprendre ce qui se passe dans ma vie. Connaître la vraie moi, ça détruit les gens comme toi.

— Mais tu aurais pu m'expliquer ! Ensemble, on aurait pu te sortir de là ! cria-t-il.

C'est alors que je compris pourquoi il n'avait pas déjà mis fin à notre conversation pour appeler la police. Il pensait que c'était quelque chose qu'on me forçait à faire. S'il s'attendait à ce que je me mette à pleurer devant lui, à le supplier de me laisser une autre chance, il pouvait toujours courir.

— Andrea, j'ai choisi cette vie, je ne veux pas en sortir.

— Mais tu viens de dire que tu dois te battre pour survivre tous les jours, que personne ne peut te connaître…

— Je n'ai pas dit « personne », le coupai-je. Juste les gens comme toi.

— « Comme moi » ? Qu'est-ce que ça veut dire ? Qui… ?

Une petite lumière que je reconnus comme de la jalousie s'alluma dans son regard.

— Sébastian est comme toi, hein ? C'est pour ça que…

— Ne le mêle pas à ça, Sébastian n'a rien à voir là-dedans.

— Mais il est comme toi ! accusa-t-il.

— Non, Sébastian n'est pas comme moi ! m'écriai-je, fatiguée de me défendre.

Et c'était vrai ; Sébastian n'était pas assez idiot pour tomber amoureux d'une civile.

— Je ne vais pas te mentir, repris-je plus doucement. Oui, parfois, j'ai l'impression que ce boulot me détruit de l'intérieur, mais c'est le choix que j'ai fait.

— Alors arrête, oublie tout ça, laisse-moi t'aider, supplia-t-il. La police t'offrira une réduction de peine contre des informations.

J'imaginais mal Dolanger proposer autre chose que de m'enfermer dans une cellule et d'en jeter la clé dans les égouts.

— Ce n'est pas si simple, Andrea. J'aime ce que je fais, tu comprends ? expliquai-je.

— Mais tu viens juste de dire que ça te détruisait !

— Ce n'est pas parce que quelque chose est difficile qu'il faut tout envoyer balader. Surtout si tout envoyer balader signifie que tes proches courent un danger.

L'espace d'une seconde, le visage de Guillaume m'apparut ; celui de Jérémy lui succéda. Personne d'autre que Viktor n'oserait s'en prendre à moi de cette manière aujourd'hui, mais sortir du milieu signifiait perdre toutes mes sources d'informations. Ma situation avec Viktor était bien la preuve que ce ne serait jamais possible.

Il fit enfin quelques pas dans ma direction, mais ce fut à mon tour de reculer.

— Ava, tu n'es pas obligée de vivre comme ça.

S'il ne voulait pas comprendre, je pouvais bien passer ma nuit entière à lui expliquer, ça ne changerait rien. Il était temps que je mette fin à cette histoire.

— Il faut que je parte, donne-moi ton portable, exigeai-je.

— Pourquoi ?

— Andrea, je ne peux pas te laisser appeler la police au moment où j'aurai disparu. Personne ne doit connaître la vérité, tu comprends ? Même après. Si tu appelles les autorités, ce n'est peut-être pas moi qui viendrai te tuer, mais tu peux être certain que quelqu'un le fera.

— Et comment je suis censé rentrer ?

— T'as des pieds, non ? Donne-moi ton portable.

Il croisa les bras dans un air de défiance. À bout de patience, je pointai mon flingue vers lui, mais il se contenta de sourire.

— Tu ne vas pas me tirer dessus, dit-il, sûr de lui.

Je baissai le canon pour tirer une balle près de ses pieds et il fit un bon d'un mètre en entendant la détonation, le visage blanc comme un linge.

— Je ne bluffe jamais à propos de ma survie, Andrea.

L'incrédulité fit place à l'écœurement sur son visage. Il me tendit son portable sans un mot, puis je m'installai au volant de la voiture que je devrais abandonner rapidement. Une dernière fois, je me retournai vers lui, la poitrine gonflée de regrets :

— Pour ce que ça vaut, je n'ai jamais menti à propos de mon amour pour toi. J'aurais voulu que tu ne découvres jamais mon secret.

Puis je démarrai le moteur, passai la première, et le laissai sur le bord de la route.

*

Deux heures plus tard, je sortis du supermarché avec tout le matériel dont j'avais besoin et me rendis chez Andrea. Le silence dont j'avais profité une semaine plus tôt, avant qu'il ne rentre, me parut soudain hostile. J'avais du mal à croire que deux jours plus tôt, j'étais blottie sur ce canapé avec lui.

Refusant de laisser ces souvenirs me ralentir, je me mis au travail. Une charlotte sur la tête et des gants en latex sur les mains, je commençai par passer l'aspirateur dans tout l'appartement, insistant dans tous les endroits qui étaient habituellement oubliés mais où la poussière parvenait toujours à se nicher, comme sous les coussins du canapé ; je changeai ensuite les draps et les serviettes que j'avais utilisés, fourrant le tout dans des grands sacs poubelle ; je récurai toutes les surfaces à l'acide et à la javel, démontai les siphons de l'évier, du lavabo et de la baignoire pour retirer les cheveux que j'y avais laissés ; je récupérai tous mes vêtements, mis ceux des siens que j'avais portés à laver, avant de vider le filtre de la machine ; je pris dans la bibliothèque les quelques livres que je lui avais offerts, les produits dans la salle de bain et la cuisine qu'il avait achetés pour moi, puis nettoyai toutes mes empreintes là où je n'étais pas déjà passée ; enfin, le cœur lourd, j'effaçai toute trace de mon existence de son ordinateur – que je démontai également pour aspirer le clavier – sa tablette, et son portable. Photos, messages, appels, historique, agenda. Dieu merci, nous n'utilisions de réseaux sociaux ni l'un, ni l'autre.

Je laissai son téléphone sur la table de la cuisine puis, au moment de partir, pris dans son armoire le tee-shirt que je portais parfois pour dormir, et le mis dans mon sac. Il restait de la place dans mon mausolée.

Enfin, après avoir claqué la porte, je plaçai la clé sous le paillasson.

J'attendis longtemps dans ma voiture sur le parking de ma résidence, effrayée de monter chez moi et de devoir tout raconter à Sébastian. L'idée de devoir mettre des mots sur ce qu'il s'était passé, sur ce que j'avais fait et allais devoir faire, me semblait terrifiante. Pourtant, après avoir passé une demi-heure à contempler l'écran de mon téléphone professionnel, je finis par composer le numéro de Marion – enfin, Mariam. Elle répondit dès la deuxième sonnerie, inquiète de recevoir un appel de ce numéro.

Je pris une grande respiration, puis lui racontait en détail les événements qui m'avaient conduite à cette situation. Elle écouta sans rien dire, puis me posa toute une série de questions très techniques qui m'aidèrent un instant à reprendre le contrôle sur mes émotions. Puis, enfin, j'en arrivai à la raison principale de mon appel et dus lutter contre les sanglots qui m'étranglèrent.

— Je veux que ce soit toi, lui dis-je.

— D’accord.

Une heure plus tard, lorsque je trouvai le courage de monter et de faire face à Sébastian, je restai appuyée dos à la porte d’entrée un long moment, vidée de toute énergie, incapable de bouger. Mon colocataire eut l’air inquiet en voyant mon état de choc.

— Qu’est-ce qui t’arrive ?

Ma voix trembla quand je trouvai enfin la force de lui répondre.

— Sébastian… j’ai déconné.

Et je fondis en larmes.

45.

Comme tous les matins depuis deux semaines, Sébastian essaya de m'attirer hors de ma chambre avec la promesse d'un café.

— Je suis fatiguée, grommelai-je, la tête enfoncée dans l'oreiller.

— Pas physiquement en tous cas, tu as passé deux semaines à dormir. Sors tes fesses de là et viens déjeuner, ordonna-t-il.

— Non, il est trop tôt.

— Il est onze heures et les garçons commencent vraiment à s'inquiéter de ne plus te voir. Je ne te demande même pas de t'habiller, juste d'arrêter de te cacher sous ta couette parce que le méchant avocat t'a brisé le cœur.

J'aurais pu m'énerver de ses commentaires, mais c'était sa nouvelle technique pour essayer de me faire réagir.

— Il faut qu'ils s'habituent de toute façon. Quand la police viendra me chercher pour me jeter en prison, ils ne me verront plus beaucoup non plus.

Mariam n'avait pas tué Andrea. Elle m'avait appelée après lui avoir rendu visite pour me raconter. J'avais été à la fois soulagée et paniquée. Elle avait passé une heure à lui expliquer en détail pourquoi il était dans son intérêt de ne plus jamais prononcer mon nom, ni celui de mes proches ; lorsqu'elle était repartie, il respirait difficilement, mais était toujours vivant, le regard meurtri. Elle avait promis de revenir s'il brisait sa parole ; elle avait aussi promis qu'il ne la verrait jamais arriver. Depuis, j'attendais qu'il décide de braver cette menace.

Sébastian soupira bruyamment en ouvrant le volet roulant et la fenêtre de ma chambre.

— Sébastian, il fait trop froid ! protestai-je.

— Je m'en fiche.

— Tu sais que cette température me donne encore plus envie de rester cachée sous ma couette ? l'informai-je.

— Si au moins tu m'y invitais, sous cette couette, tu aurais une bonne raison d'y passer la journée, fit-il avec une moue dramatique.

Je poussai un « pfff » pour montrer combien son opinion m'importait et remontai la couverture jusque sous mon nez.

— Laisse-moi tranquille, je n'aurai pas le droit de faire la grasse matinée en prison, marmonnai-je.

Il roula des yeux.

— S'il avait l'intention de te dénoncer, il l'aurait déjà fait depuis longtemps.

— Ça ne veut rien dire, contredis-je.

Il vint se placer à mon chevet, le visage au-dessus du mien, l'expression presque méprisante.

— Elle a l'air fier, la tueuse à gages la plus redoutée de notre génération, cracha-t-il.

Il repartit avant que je puisse lui dire combien j'étais offensée. Pour qui se prenait-il pour me parler comme ça ? Avec tout ce qu'il m'arrivait en ce moment, j'avais le droit de faire une pause et de me morfondre un peu sur moi-même quelques jours. Trop énervée pour oublier ce qu'il venait de dire, je sortis de mon lit.

— Hé ! hurlai-je en courant après lui dans mon pyjama trop grand. Si quelqu'un a le droit de prendre des vacances, c'est moi, d'accord ?

— Non, répliqua-t-il en sortant un mug du placard. Tu prendras des vacances quand Viktor sera mort. En attendant, tu serres les dents et tu oublies cet idiot !

— « Cet idiot », comme tu l'appelles, est peut-être la raison pour laquelle je vais finir ma vie en prison ! m'écriai-je.

— Andrea ne va pas te dénoncer, Ava, arrête de t'apitoyer sur ton sort. Si tu es si inquiète que ça, tue-le et on n'en parle plus !

Ce n'est qu'à ce moment que je remarquai que Julien était aussi dans la cuisine. Il ne disait rien, mais assistait à notre échange comme à un match de tennis avec un sourire gêné. J'avais oublié qu'on était samedi. D'une main incertaine, je tentai de dompter mes cheveux qui n'avaient pas vu une brosse depuis trois jours, puis m'avançai pour lui faire une bise sur la joue.

Sébastian me tendit le mug qu'il venait de remplir de liquide noir en souriant bêtement.

— T'es content de toi, hein ?

— T'es sortie de ton lit, non ?

— T'as fait exprès d'insulter ma réputation pour me mettre en colère, l'accusai-je.

— Évidemment que je l'ai fait exprès, répondit-il.

Parfois, je me demandais réellement s'il m'avait apprise par cœur simplement pour mieux me manipuler ; ce matin, je n'avais pas besoin de me poser la question.

*

J'avais pris la décision de me rendre au poste de police en prenant ma douche, à dix-huit heures. Bien sûr, il m'avait semblé un peu futile de m'habiller si tard dans la journée, mais imaginer les moqueries de Valerio et Marconi si je débarquais en pyjama avait suffi à me remotiver. Et puis j'y allais pour une affaire officielle, pas uniquement pour dire bonjour, je me devais d'avoir l'air un peu professionnelle.

Bien que j'appréciais passer du temps avec mes collègues, j'étais arrivée à la conclusion que je devais arrêter de jouer sur les deux tableaux pendant un moment, et il n'y avait qu'une seule façon de faire ça : mentir à Dolanger. Et mentir de façon convaincante.

Je passai donc les portes du commissariat une heure plus tard, surprise de croiser si peu de monde dans les bureaux. Je compris bientôt que c'était parce qu'ils étaient tous dans la salle de repos en train de boire et de manger. Il me semblait que, dans ce poste, quelqu'un avait toujours une bonne raison de fêter quelque chose. En l'occurrence, je me souvenais d'avoir parlé avec Laure de cette soirée à laquelle elle ne voulait pas aller, pour la naissance d'un enfant.

En arrivant devant le bureau de Dolanger, je tombai sur Marconi, Valerio et un officier que je ne connaissais pas qui en sortaient, chacun avec un verre à la main.

— Marconi ? m'étonnai-je. Qu'est-ce que tu fais ici ?

— C'est une soirée pour les policiers, Altorès, ce serait plutôt à moi de te poser cette question, répondit-il en rigolant niaisement.

— Non, ce que je voulais dire c'est: qu'est-ce que tu fais ici plutôt que d'être avec ta femme ?

Il fronça les sourcils sans comprendre.

— Laure était fatiguée, elle m'a dit que si je voulais y aller, je pouvais. Elle était d'accord.

Le simple fait qu'il répète deux fois qu'elle était d'accord me disait clairement qu'il avait des doutes sur sa décision de venir sans elle.

— Oh, Marconi, Marconi... tu n'as pas encore compris que quand Laure te dit « oui, tu peux aller faire la fête avec tes copains », ça veut dire « non, mais je veux que ça vienne de toi » ? Heureusement que mon vieux canapé est confortable, me moquai-je.

Je vis l'hésitation sur son visage, puis le rejet de cette hésitation. Finalement, il s'excusa et sortit son portable pour aller appeler ma meilleure amie. J'eus de la peine pour lui : mon canapé n'était vraiment pas si confortable que ça.

Dolanger m'attendait avec un sourire chaleureux. Un formulaire d'inscription trônait sur le coin de son bureau, comme il ne manquait pas de me faire remarquer à chaque fois que je passais dans son bureau.

— Je ne savais pas que tu devais travailler aujourd'hui, me dit-il.

— Non, je ne suis pas là pour ça.

D'un signe de la main, il m'invita à m'asseoir.

— Marc, j'ai quelque chose d'important à te dire, commençai-je.

Mon air sérieux figea son sourire, mais il ne m'interrompit pas.

— J'ai besoin de changer des choses dans ma vie.

— Je n'aime pas la direction que prend cette conversation, admit-il en soupirant.

— Je sais. Mais ce travail, avec vous, ça fait partie des choses que je dois changer.

Un froncement soucieux lui barrant le front, il s'enfonça complètement dans sa chaise et réfléchit une poignée de secondes avant de me répondre.

— Parfois, j'oublie combien tu es jeune. Je suis désolé que tu ressentes ce besoin, Ava, mais je suis persuadé que tu ferais une belle carrière chez nous.

— C'est bien le problème, Marc. Je ne suis pas certaine d'avoir envie de faire carrière dans la police. Je crois qu'il est temps que j'arrête de retarder l'inévitable. Ce travail ne me mènera à rien si je ne passe pas les concours d'entrée, et ce n'est pas ce que je veux. Je vais reprendre mes études.

S'il était déçu par la décision, il n'en laissa rien paraître. Il resta silencieux en examinant le certificat d'inscription tout neuf – et complètement réel – que je lui tendis, puis, après un soupir à fendre l'âme, il exprima sa tristesse à l'idée de ne plus travailler avec moi, même si ce n'était que le temps que je termine mes études. Je restai à discuter avec lui pendant près d'une demi-heure, réticente à l'idée de le quitter et de tourner cette autre page de ma vie. Je finis par lui faire admettre que mon rôle au sein du poste de police avait toujours été, sinon totalement inutile, pour le moins limité et Valerio et Marconi vinrent se joindre à nous pour échanger quelques vannes bienvenues. Tous parurent s'accorder sur le fait que j'avais de toute façon bien trop mauvais caractère pour supporter les ordres que mes supérieurs m'auraient donnés.

Après avoir promis de revenir les voir souvent – mais pas trop, avait ajouté Valerio, et au commissariat de préférence, avait renchéri Marconi – je pris le chemin du retour.

Bien que revoir mes collègues m'ait remonté le moral quelques minutes, je repartais du commissariat presque aussi mélancolique que j'y étais arrivée. Je réalisai que l'écart de conduite que je m'étais autorisé en tombant amoureuse d'Andrea avait eu des conséquences sur tous les aspects de ma vie. Certes, j'aurais sans doute été obligée de leur dire au revoir tôt ou tard, mais au fond, j'avais espéré pouvoir faire durer cette expérience le plus possible.

Sitôt de retour à la maison, je sentis tout le poids de ma déception s'abattre sur mes épaules. En choisissant ce métier, j'avais signé un contrat avec moi-même ; si je voulais survivre dans ce milieu, je devais être prête à tout laisser tomber d'une minute à l'autre, à partir et à recommencer une nouvelle vie ailleurs. Pourtant, huit ans plus tard, j'avais un chez-moi, des amis, une famille que je n'aurais pu abandonner pour rien au monde.

Le silence de l'appartement me donna envie de retourner me blottir sous ma couette pour ignorer, ne serait-ce que quelques heures supplémentaires, la confusion de ma vie.

J'avais beau prétendre que je n'étais pas déprimée à cause d'Andrea, que j'étais seulement lasse et voulais prendre un peu de repos, j'avais du mal à me mentir. Malgré mes récents doutes, j'avais réellement aimé Andrea. Ou du moins, l'idée d'Andrea et de la personne que j'étais avec lui. Encore maintenant, bien que je sois consciente de l'impossibilité d'une résolution heureuse, le souvenir de ses bras autour de moi, de son sourire et de sa voix m'étreignait le cœur.

Ma vie n'était pas finie, j'étais encore capable de rire, de désirer. La double épée de Damoclès au-dessus de ma tête ne devait pas m'en empêcher, mais je n'étais pas certaine d'être capable de donner autant d'affection à mes proches qu'auparavant. Pas certaine de le vouloir.

Il était temps que je me recentre et que je reprenne le contrôle de ma vie. Si je m'en sortais vivante et libre, j'aurais l'occasion d'aimer plus tard.

Je m'installai devant l'ordinateur, ouvris ma boîte mail professionnelle et fis enfin ce que j'aurais dû faire des semaines plus tôt ; dans la case « destinataire », j'entrai l'adresse que Camilo Montoya m'avait donnée pour le contacter. J'étais arrivée à un point où il ne m'importait plus de devoir des faveurs à d'autres criminels s'ils pouvaient me permettre de mettre fin à ce jeu que Viktor avait commencé. Camilo avait certainement plus de contacts que moi dans le monde, peut-être qu'il aurait une idée à laquelle je n'avais pas pensé. Ensuite, j'entrepris d'écrire à tous mes contacts à l'est de l'Europe pour demander la mise en place d'un réseau de surveillance ; je voulais être avertie à la seconde où Viktor mettrait un pied hors de Russie.

Ce n'est que bien plus tard que Sébastian rentra avec les garçons et me découvrit encore au travail. Il eut l'air étonné de me voir là.

— Tu n'étais pas dans ton lit, je croyais que tu n'étais pas rentrée.

— J'écris à certains de mes contacts, lui dis-je.

Il hocha la tête sans insister, mais attendit que je lui en dise plus, debout à quelques mètres de moi.

— J'ai envoyé un mail à Camilo pour lui demander s'il avait des idées.

Le soulagement sur son visage me poussa à m'interroger sur les raisons pour lesquelles il ne m'avait pas demandé de le faire plus tôt.

— Tu as bien fait. S'il devient trop envahissant, il sera toujours temps de régler ce problème après Viktor.

Je fermai toutes les pages internet et effaçai scrupuleusement les traces de mes activités. Sébastian était toujours à côté de moi. Je penchai la tête sur le côté pour observer le tatouage qui lui montait dans le cou.

— Quoi ? demanda-t-il.

— Il rend vraiment bien, souris-je.

Quand il se rapprocha de moi avec cette sensualité maintenant si familière, je fus étonnée de ne pas ressentir le désir impérieux auquel j'étais habituée en sa présence. Peut-être que prendre la décision de ne plus me laisser distraire avait suffi à me redonner le contrôle qu'il m'avait volé des mois plus tôt.

Il saisit mon visage entre ses mains et m'embrassa. La dureté de son baiser réveilla quelque chose en moi, comme s'il avait compris que ce soir, aucune tendresse ne réussirait à m'atteindre. Il ne chercha pas à aller plus loin que ce baiser, ne chercha pas à susciter autre chose que cette excitation sombre et dangereuse.

— Tu m'as manqué, le Fléau, me dit-il avant de me laisser partir.

En me remettant sous ma couette quelques minutes plus tard, je n'avais plus le sentiment de me cacher.

46.

Dès le lendemain, la réponse de Camilo nous offrit les premiers progrès réels depuis plusieurs semaines. À ma grande déception, il ne savait pas plus que moi comment faire pour le retrouver : si j'avais déjà mis en place un réseau de surveillance, il n'y avait plus qu'à attendre. En revanche, il semblait être convaincu d'avoir trouvé qui aurait pu lancer le contrat. Un de ses seconds avait disparu depuis quelques jours ; il avait d'abord cru à une querelle locale, mais, puisqu'il n'était plus là pour leur faire payer leur trahison, certains témoins avaient décidé que leur loyauté envers Camilo était plus importante. Diego avait pris un avion pour la France avec l'intention de finir ce que le tueur qu'il avait engagé n'avait pas encore fait.

Toutes ses explications faisaient sens. Cette découverte me conforta dans mon désir de rompre tout lien avec le cartel dès que Viktor serait mort ; sans l'envie irraisonnable de Camilo de me voir reprendre la tête du cartel à ses côtés, jamais Diego n'aurait lancé ce contrat sur ma tête et Viktor n'aurait pas eu les moyens de payer ceux qui l'avaient aidé à s'évader de prison.

Malheureusement, ces nouvelles informations ne firent que me rendre plus nerveuse ; Viktor n'était plus la seule menace imminente et la pression continuait à augmenter. Aussi déterminée que je puisse être, j'avais de plus en plus de mal à voir le bout de cette épreuve. Moi qui, quelques mois plus tôt, m'étais félicitée d'avoir survécu jusqu'à vingt-cinq ans, les vingt-six me paraissaient inatteignables.

Mercredi midi, le repas fut silencieux, l'air électrique de notre agitation. Ben ne comprenait pas vraiment notre attitude, mais avait appris à ne pas insister lorsque son oncle et moi venions de nous disputer ; la tension ne venait pas d'un désaccord entre nous, mais j'imaginais que le garçon ne faisait pas la différence. Julien, lui, reconnaissait de mieux en mieux les moments où notre situation professionnelle influençait nos humeurs et par conséquent, n'essaya même pas de poser de questions ; il savait parfaitement qu'il n'aurait aucune vraie réponse.

Plusieurs textos successifs firent sonner mon portable professionnel ; ils contenaient tous le même texte codé, m'avertissant de l'arrivée d'un nouveau courrier dans mes boîtes postales. Immédiatement, je me pris à espérer qu'il s'agisse de nouvelles de Viktor. Malgré mon impatience presque intenable d'avoir plus de détails, je me forçai à remettre le portable dans ma poche. Depuis que j'avais envoyé les mails à tous mes contacts, je gardais le portable avec moi en permanence, mais j'évitai de le consulter devant Julien, qui était toujours bien trop curieux pour son propre bien.

Lorsque la sonnerie d'un dernier message vint perturber la fin du repas, je jetai un coup d'œil fébrile vers Sébastian, qui acquiesça : lui aussi, avait hâte de savoir de quoi il retournait. J'abandonnai les garçons qui finissaient de débarrasser et le café qui fumait dans ma tasse pour aller m'isoler dans ma chambre. Le contenu du message me fit froncer les sourcils ; Samir n'avait pas envoyé le code convenu. « Il faut qu'on parle. »

Sans attendre une minute de plus, je pressai la touche de rappel.

— Qu'est-ce qu'il y a ? demandai-je sans préambule lorsqu'il décrocha.

— Je crois que quelqu'un veut tuer le patron, Ava.

L'espace de quelques secondes, le choc de sa déclaration me paralysa. Comment est-ce qu'il pouvait savoir ça ?

— T'es toujours là ? demanda-t-il.

— Oui. Pourquoi tu dis ça ?

— Un courrier est arrivé, je suis allé le chercher, comme d'habitude, sauf qu'un type bizarre m'a suivi après.

— Tu l'as vu te suivre ? m'étonnai-je.

Si Samir l'avait repéré, il ne pouvait pas s'agir d'un professionnel. Ma curiosité ne fit que s'intensifier.

— Heu, non, admit-il, un peu gêné. Je m'en suis rendu compte quand il m'a demandé de monter dans sa voiture.

— Et tu l'as fait ? m'alarmai-je.

— Il avait un flingue.

— Oh. Dans ce cas, tu as bien fait, lui dis-je, inquiète malgré tout. Qu'est-ce qu'il voulait ?

— Il m'a posé plein de questions sur le Fléau.

Je ne pus m'empêcher de culpabiliser, je n'aurais jamais dû l'embarquer dans mes histoires. Si Samir était blessé par ma faute, je ne me le pardonnerais jamais. Je devais déjà vivre avec la mort de Jérémy sur la conscience.

— Quel genre de questions ?

— Il voulait savoir où il habitait, si j'avais son numéro... expliqua-t-il.

Samir n'avait pas ces renseignements, mais cela ne voulait pas dire que l'homme qui l'avait interrogé l'avait cru.

— Samir... tu es tout seul ? Tout va bien ?

— Ouais, il m'a laissé partir quand j'ai fait semblant d'en avoir marre de travailler pour lui. Sauf que...

— Oui ? l'encourageai-je.

— Il disait que le Fléau était une fille.

Je n'arrivais pas à savoir si les soupçons qui teintaient sa voix étaient dirigés contre moi ou contre celui qu'il venait de rencontrer.

— Une fille ?

J'espérai que mon ton innocent était convaincant.

— Enfin une femme quoi. Il arrêtait pas de dire « elle ». De quoi il parlait, Ava ?

Je soufflai doucement. J'étais fatiguée de mentir sans arrêt.

— Samir, tu sais que je suis le lien entre toi et le Fléau ?

— Ouais. Et alors ? fit-il, méfiant.

— Et alors, je ne suis pas la seule à faire ça, peut-être que quelqu'un a voulu se faire passer pour lui ? Je ne sais pas pourquoi il pense que le Fléau est une femme, mais je veux que tu te fasses discret quelque temps, d'accord ?

Il y réfléchit quelques secondes, puis finit par voir la sagesse de mon conseil.

— Pas de souci.

Je laissai échapper un soupir de soulagement.

— Je te recontacterai quand on se sera débarrassé de lui, promis-je.

— Je te fais confiance. Oh, et j'allais oublier : je lui ai dit que je transmettrais le message au Fléau, il veut le rencontrer. Il m'a donné un numéro de téléphone.

— Tu l'as sur toi ? demandai-je, soudain pleine d'espoir.

S'il s'attendait à ce que le Fléau le contacte, l'homme qui avait menacé mon indic ne serait pas déçu.

— Dernière chose, dis-je avant de raccrocher. Est-ce qu'il avait quelque chose de particulier ?

— Comment ça ?

— Un accent, des tatouages, n'importe quoi ? précisai-je.

— Il était latino, ça compte ?

Après les révélations de Camilo, il ne pouvait s'agir que de son second. Je remerciai Samir et lui promis de m'assurer que le Fléau se souvienne de ce qu'il avait fait pour lui. Je n'étais pas prête d'oublier le danger dans lequel je l'avais mis et l'intelligence avec laquelle il s'en était sorti. Sa loyauté me faisait chaud au cœur.

Sébastian approuva immédiatement le plan que je lui soumis pour nous débarrasser de cette nuisance le plus vite possible. J'envoyai à Diego un simple message avec un lieu et une heure. Puisqu'il était en ce moment à Paris, j'avais pris en compte le temps qu'il lui faudrait pour venir jusqu'à notre ville. On avait hésité quelques minutes avant de choisir un point de rendez-vous si proche de chez nous, mais Sébastian avait argumenté que, puisqu'on allait le tuer de toute façon, peu importait qu'il vienne ici. Nous avions prévu de le retrouver dans le grand bois à une quinzaine de minutes à pied. Rapidement, le portable sonna pour me donner une réponse positive.

En attendant l'heure du rendez-vous, j'entrepris de tapisser le coffre de ma voiture de sacs poubelles ; quelques sacs de courses posés pardessus le corps le dissimuleraient en cas de contrôle de police. Puis, à la tombée de la nuit, Sébastian avertit ses neveux que nous sortions un petit moment. Ils acquiescèrent vaguement depuis le canapé, habitués depuis longtemps à ne pas prêter attention à nos horaires étranges. Au dernier moment, pourtant, j'appelai Laure pour lui demander de venir tenir compagnie aux garçons l'espace d'une petite heure. Si Ben avait faim avant qu'on soit rentrés, elle pourrait s'occuper de lui bien plus efficacement que son frère.

Armée seulement de mon Beretta tandis que Sébastian avait emporté deux couteaux en plus de son pistolet, nous nous apprêtions à tuer quelqu'un dans notre ville pour la première fois. Mon portable vibra alors que nous approchions du parc, mais je l'ignorai puisqu'il s'agissait de mon téléphone personnel.

Sous les arbres, la nuit était déjà sombre. Les quelques promeneurs étaient rentrés retrouver la chaleur de leur maison, aussi, l'endroit convenu était désert. À peine éclairés par la lumière de la lune, Sébastian et moi attendions que Diego nous rejoigne. Je n'avais pas souvenir de l'avoir vu à Bogota, mais j'étais certaine qu'il ne serait pas difficile à identifier.

Avec quelques minutes de retard, il apparut enfin au bout du petit chemin discret et Sébastian se cacha rapidement pour lui donner l'illusion que j'étais seule. J'éteignis d'une main le portable qui vibrait encore, tout en le visant de l'autre.

— Le Fléau, me salua-t-il.

Sa voix avait l'accent chantant de l'espagnol mais, étrangement, mon nom dans sa bouche sonnait comme une insulte, une moquerie. Avec un sourire crispé, je tournai la tête vers Sébastian, toujours dissimulé derrière les arbres ; il était à moi.

— Apparemment, on n'est réellement jamais mieux servi que par soi-même, attaqua-t-il directement, dans sa langue maternelle.

— Vous savez, vous avez vraiment compliqué ma vie en engageant Viktor.

— Et vous avez compliqué la mienne en existant. Je crois qu'on est quittes.

— Oh, pas tout à fait, contrai-je.

J'avais envisagé de lui dire que le contrat avait été inutile, puisque je n'avais jamais eu l'intention de m'allier à Camilo, mais son rictus arrogant me tapait sur les nerfs. Profitant du fait qu'il n'avait pas eu l'occasion de sortir son arme, braqué par la mienne, je franchis précipitamment les trois pas qui nous séparaient, tous poings dehors. Après quelques coups échangés, je jetai mon Beretta pour éviter de faire partir le coup contre moi-même. Si j'avais été seule, je lui aurais tiré dessus tout de suite, mais la présence de Sébastian m'offrait la possibilité de me défouler un peu avant d'en finir.

Malgré mon épaule toujours douloureuse, j'eus rapidement le dessus. J'allais lui allonger un nouveau coup de poing, quand un éclat de voix nous interpella :

— Arrêtez !!

Je me retournai brusquement, terrorisée en reconnaissant la voix. Profitant de la distraction, Diego m'attrapa par les cheveux et tira jusqu'à me donner les larmes aux yeux, son arme pointée sur ma tête avant que je puisse répliquer.

— Lâchez-la !! s'écria à nouveau Julien, mon Beretta pointé sur nous.

Oh, non. Pitié, non.

J'avais à présent bien plus peur pour lui que pour moi. Il nous avait suivis. L'idiot nous avait suivis, et il avait amené son frère avec lui. Les yeux écarquillés d'horreur, Ben était agrippé à son grand frère. Silencieusement, je priai pour que ce dernier n'essaie pas de tirer ; il avait autant de chances de me tuer moi que de nous rater complètement.

Je vis son attention se déporter sur ma gauche, vers Sébastian qui était sorti de sa cachette et mon cœur se brisa en voyant son regard effrayé. Diego éclata de rire en contemplant l'adolescent.

— Lâchez-la ! répéta-t-il, la voix tremblante.

Son rire devint tonitruant, me donnant envie de lui faire mal. Sébastian siffla, désarçonnant Diego qui ne l'avait pas vu. Il baissa son arme en se retournant, tandis que j'attrapai au vol le couteau que Sébastian venait de me lancer. Sans perdre une seconde, je lui plantai dans la gorge, un coup de feu partit de son arme et manqua ma jambe de peu. Gargouillant encore, Diego s'effondra sur le sol, à peine vivant.

Ce n'est qu'à ce moment-là que me vint à l'esprit que j'aurais pu rattraper le couteau dans le mauvais sens et perdre la moitié de mes doigts. L'idée me paralysa quelques secondes.

Sébastian s'avança lentement vers Julien, qui tenait toujours mon arme, mais la pointait à présent vers le sol, des larmes silencieuses sur les joues. Avec douceur, il la lui prit des mains, et entraîna les garçons vers la voiture. Je rallumai mon portable, les doigts tremblants ; les huit appels en absence et les trois messages étaient de Laure : elle avait trouvé l'appartement vide en arrivant.

De retour à la maison, personne n'avait faim. Sébastian obligea ses neveux à prendre une douche et mit leurs vêtements directement dans la machine à laver. Même s'ils n'avaient pas été éclaboussés, aucun de nous ne se sentait parfaitement à l'aise avec le fait que les garçons avaient été présents sur une scène de crime. Mariam devait venir prendre ma voiture pour aller se débarrasser du corps à notre place.

Ben demanda à dormir dans le lit de son oncle; après l'avoir serré dans mes bras, je les laissai aller se coucher. Sébastian hésita sur le pas de sa porte, mais je lui indiquai d'un signe de tête que j'allais m'occuper de Julien. Il n'avait pas voulu parler à ce dernier tout de suite, incertain de comment exprimer son inquiétude et sa colère. Tout comme moi, il était furieux qu'il ait osé mettre son frère et lui-même en danger, mais l'état de choc dans lequel il se trouvait encore nous empêchait de laisser libre cours à ce mécontentement. Lorsqu'il irait mieux, on pourrait lui hurler dessus.

Il était couché sur son lit en position fœtale et faisait face au mur. Sans rien dire, je vins m'asseoir sur le bord de son lit, puis attendis qu'il me donne un signe qu'il avait enregistré ma présence.

— Je n'ai pas réussi à tirer, murmura-t-il après un très long moment.

Je posai délicatement ma main sur son épaule et le sentis se raidir à mon contact.

— Je suis heureuse que tu n'aies pas réussi. Je n'aurais pas voulu que tu sois responsable de sa mort.

Je ne précisai pas que j'étais aussi soulagée parce qu'il aurait pu me toucher moi.

— Pourquoi est-ce qu'il voulait te faire du mal?

Je réalisai alors qu'il pleurait. Je le regardai qui fixait toujours le mur, sans savoir comment réagir à sa détresse. Si le simple contact de ma main le mettait mal à l'aise, je n'osai même pas imaginer sa réaction si je le prenais dans mes bras.

— À cause de vieilles histoires de famille, lui dis-je.

— Tu l'as tué…

— Oui, c'est ce que je fais. Tu le savais, Julien.

— Oui, mais… tu l'as tué.

Bien sûr, il savait depuis plusieurs semaines en quoi consistait notre travail, mais le savoir et en être témoin étaient deux choses bien différentes.

— Je sais. Ce n'est pas facile, tentai-je de le rassurer.

Et pour être honnête, je ne voulais pas que ça devienne facile pour lui. Gentiment, je lui rappelai que sa curiosité aurait pu avoir de graves conséquences pour son frère et lui.

— Vous auriez pu être blessés…

— Je sais, sanglota-t-il. Je suis désolé.

Lorsqu'il fut secoué de spasmes, je m'allongeai derrière lui, et le serrai contre moi. Il pleura dos à moi pendant longtemps avant de réussir à se calmer. Enfin, il chercha à se redresser, je me poussai pour lui laisser la place. À nouveau, il lui fallut plusieurs minutes pour trouver ses mots.

— Je ne savais pas que c'était comme ça, que c'était… réel.

— Je sais. Tu n'aurais pas dû nous suivre, Julien.

— Je voulais vous aider… Comment tu fais ça ?

— Fais quoi ? demandai-je en fronçant les sourcils.

— Tu as l'air normale, mais… tu viens de tuer quelqu'un.

Je soupirai et réfléchis longuement à ma réponse. Tuer des gens était normal pour moi, mais ça ne l'avait pas toujours été.

— Tuer quelqu'un… tuer quelqu'un détruit une partie de toi que tu ne peux jamais retrouver. Une fois que tu as accepté ça, les mauvais rêves ne viennent plus jamais te perturber.

Il me regarda et hocha la tête sans vraiment comprendre, puis me laissa écarter les mèches humides de son visage.

Après l'avoir quitté, je résolus de l'emmener voir Arnold et Luisa dès le weekend. Je ne pouvais peut-être pas lui offrir le luxe d'un suivi psychologique, mais l'adolescent avait besoin de parler de ce qu'il avait vu ce soir.

À mon tour, j'allai me coucher en priant pour ne pas avoir gâché sa vie avec nos secrets.

47.

Luisa les avait accueillis comme des princes. Dès notre arrivée dans le salon, Arnold et elle avaient traité les garçons comme leurs propres petits-enfants, les prenant dans les bras en guise de « bonjour », les submergeant d'anecdotes à mon sujet avant même qu'ils ne puissent le demander. Ils étaient tous les deux assis dans le canapé profond, un sourire aux lèvres que je ne leur avais pas vu depuis longtemps.

Alors qu'elle restait habituellement plus froide avec Sébastian, Luisa avait enfin décidé de l'adopter ce soir, en même temps que ses neveux. Les rires et les discussions remplissaient mon cœur d'une chaleur familiale. En voyant le repas de fête qu'elle nous avait préparé, je me sentis coupable de ne pas avoir accepté son invitation plus tôt.

— Ava, tu viens m'aider dans la cuisine ? demanda Luisa en se levant.

Je vis les regards inquiets des Moreau et une moue d'assentiment m'échappa. Devant le scepticisme général, elle leva les yeux au ciel :

— On n'est pas obligé de cuisiner dans une cuisine !

C'était tout à fait vrai, on pouvait très bien se contenter de faire du café. Ou de boire de l'alcool.

Je finis par la rejoindre, un peu gênée que tout le monde sache qu'elle allait certainement me faire la morale pour une raison ou pour une autre.

— Arnold m'a dit que tu n'étais plus avec ton Andrea ? attaqua-t-elle tout de suite, en espagnol pour éviter que les garçons n'entendent.

— C'est vrai, il était temps qu'on prenne des routes différentes, répondis-je prudemment.

Je ne savais pas si Arnold lui avait tout raconté et je ne voulais pas l'inquiéter. Elle fit un petit bruit agacé avec sa langue qui me laissa dire qu'il en avait dit plus que je ne pensais.

— Qu'est-ce qu'il s'est passé ?

— Luisa, tu sais déjà ce qu'il s'est passé, soupirai-je. Il a découvert la vérité.

— Et alors ?

— Comment ça « et alors » ?

— Et alors, si vous êtes amoureux, qu'est-ce que ça change ?

— Hum, disons qu'il a voulu me dénoncer à la police et que je ne voulais pas aller en prison. Je crois que c'est une différence d'opinion assez insurmontable.

— Tu ne penses pas que je voulais dénoncer Arnold aussi, quand j'ai tout découvert ?

Sa révélation me laissa sans voix.

— Bien sûr, ma chérie. J'y ai pensé pendant des semaines avant de décider que je l'aimais assez pour fermer les yeux.

— Arnold ne m'a jamais raconté ça…

— Arnold ne l'a jamais su. Il pense que je suis une sainte et ça me convient très bien comme ça, dit-elle.

Je restai interdite un moment, avant d'éclater de rire. Après toutes ces années, je découvrais enfin que Luisa n'était pas la femme parfaite que son mari décrivait. Non seulement, elle avait voulu le faire jeter en prison, mais elle avait ensuite choisi d'accepter sa vie criminelle. S'il continuait de bénir le sol sur lequel elle marchait depuis tout ce temps, c'était en partie parce qu'elle l'avait manipulé et avait joué de sa culpabilité comme d'un instrument. Je repensai à toutes ces conversations au cours desquelles Arnold m'avait avoué toujours hésiter, de temps en temps, à aller se dénoncer pour soulager la conscience de sa femme. Luisa avait pris une décision définitive, elle avait décidé d'être aussi coupable que son mari en gardant le silence.

Mais Andrea n'était pas comme elle. Andrea était un homme foncièrement honnête, qui travaillait dur pour faire respecter la loi et qui refusait de stationner en double file le temps d'aller chercher son pain.

— Luisa… je devais l'enlever. Il était l'objet de mon contrat, je ne crois pas qu'on aurait pu revenir de ça un jour, dis-je en baissant les yeux vers le carrelage.

Elle haussa les épaules en décrétant qu'on ne savait jamais ce que les gens étaient prêts à pardonner par amour.

*

Ben et Julien conservèrent leur bonne humeur jusqu'au retour à la maison. Ils avaient eu l'impression de faire partie d'une communauté, ils avaient découvert qu'avoir un véritable groupe de soutien, une nouvelle famille sans lien de sang, allégeait le fardeau des secrets ; ils n'étaient pas seuls et leur responsabilité était partagée par d'autres.

Luisa les avait invités à venir déjeuner mercredi midi prochain. Je crois que parler avec quelqu'un qui était dans une situation émotionnelle semblable à la leur, leur avait fait beaucoup de bien. Pendant un long moment entre le fromage et le dessert, Julien et Ben étaient restés à discuter avec Luisa. Je ne savais pas si c'était sa sagesse ou son côté maternel qui nous poussait tous à solliciter ses conseils. L'espace d'une soirée, il n'y avait plus eu de secret.

Ils avaient regardé la télévision quelques minutes avec nous, jusqu'à ce que Ben s'endorme, la tête sur mes genoux, et que Julien décide d'aller le mettre au lit. Il n'avait pas quitté son petit frère depuis le soir où il l'avait involontairement mis en danger.

Sébastian et moi étions toujours assis sur le canapé bien après qu'ils étaient tous les deux couchés ; collés l'un à l'autre, son bras sur mes épaules, il me caressait le haut du bras d'un geste machinal. Lorsque je sentis son intention changer, je posai ma tête sur son épaule pour inspirer longuement son odeur. Son autre main remonta le long de ma jambe ; instinctivement, je tournai la tête pour l'embrasser. Il fit mine de m'imiter, mais se contenta de poser son front contre le mien, nos lèvres séparées d'un souffle seulement.

L'envie de combler la distance me noua le ventre, mais je ne bougeai pas. Sébastian n'avait rien tenté depuis que j'avais quitté Andrea et le plaisir de retrouver son toucher fut presque suffisant pour me faire oublier ma promesse.

Sans pour autant trouver la volonté de le repousser, je soupirai :

— Sébastian, si tu commences à me toucher, on ne va pas s'arrêter.

— Et ce serait si affreux que ça ? sourit-il dans mon cou.

Je poussai doucement une main contre son torse.

— Une nuit, ça ne serait jamais assez pour toi. Je sais que tu voudrais qu'on reprenne là où on s'était arrêtés, mais je ne suis pas prête. J'ai besoin de réfléchir à ce que je veux.

Il recula un peu et se tourna pour me faire tout à fait face.

— Ava… ces choses qu'Andrea t'a dites, tu sais que ce n'est pas vrai. Tu ne m'entendras jamais le dire.

— Je ne t'ai jamais raconté ce qu'il m'a dit ce jour-là, répondis-je en fronçant les sourcils.

— Tu n'as pas besoin. Je sais ce que les gens normaux pensent de nous.

Il prit une de mes mains dans la sienne, entremêla nos doigts.

— Il ne connaissait pas cette partie de toi, mais moi, je te veux entière. Je suis comme toi, tu n'as pas besoin de me protéger de notre monde. Je connais les règles aussi.

Le regard fuyant le mien, il continuait à observer nos deux mains comme si j'allais me retirer d'un moment à l'autre.

— Je suis prêt à jouer le jeu jusqu'au bout si tu veux bien me faire une place, termina-t-il avant d'enfin lever les yeux.

— Sébastian, j'ai encore besoin de temps.

Il soupira et recula sur le canapé pour agrandir la distance entre nous.

— Je pense que ce n'est pas le temps, le problème. Si c'était le cas, je t'attendrais pendant des années s'il le fallait.

Je ne pus m'empêcher de sourire.

— T'as toujours été aussi sentimental ? lui demandai-je, moqueuse.

— Tais-toi, me sermonna-t-il avec une tape sur l'épaule. Je crois que tu as peur de tomber amoureuse et que tu as décidé que ça n'arriverait plus.

— Sébastian, personne ne peut décider de ne plus tomber amoureux, ça ne marche pas comme ça.

— Apparemment, pour toi, si.

— Je n'ai pas peur, affirmai-je alors même que j'étais terrifiée.

Est-ce qu'il était sur le point de m'abandonner aussi ? Lorsqu'il se leva pour aller dans la cuisine, me laissant seule sur le canapé, je me sentis comme amputée d'un membre.

— Si c'est vraiment ce que tu veux, on peut passer la nuit ensemble, lui dis-je en le suivant. Mais je ne peux pas te donner plus pour l'instant.

— Ce n'est pas ce que je veux, répondit-il en posant brutalement sa tasse sur la table.

Je sursautai, le bruit et sa colère me prenant au dépourvu. Il inspira profondément pour retrouver son calme, puis releva la tête vers moi.

— Ava… j'aime ce qu'on avait, vraiment.

— Mais ça ne te suffit plus ? finis-je à sa place.

Il allait me quitter.

— Ça ne m'a jamais vraiment suffi, si tu te souviens bien.

Je repensai alors au mariage de Laure en décembre dernier. À cette occasion, il m'avait déjà avoué que ce qu'on avait n'était pas assez pour le satisfaire pleinement.

— Voir Arnold et Luisa ensemble ce soir… c'est ce que je veux.

— Tu veux une relation sérieuse ? C'est pas toi qui disais que les tueurs à gages font des mauvais conjoints ? rappelai-je.

— C'était n'importe quoi. Je veux une relation sérieuse et je suis prêt à t'attendre. Mais si tu as décidé que tu ne veux plus jamais ça, c'est le moment de me le dire.

Je sondai son regard un moment, essayant de deviner ce qu'il attendait réellement de moi. Avait-il enfin atteint le bout de sa patience, ainsi que Mariam me l'avait souvent prédit ? Je ne voulais pas retomber dans le piège d'une relation sérieuse telle qu'il l'envisageait, comme ce que j'avais vécu avec Andrea, mais l'idée même de savoir qu'il ne serait plus là à m'attendre, à me soutenir… cette idée me pétrifiait.

Détournant le regard pour cacher mes émotions, je contemplai tout l'égoïsme dont j'avais fait preuve dans notre relation. Je ne voulais pas être sans lui, mais je ne pouvais pas être avec lui. Jusqu'à ce que je puisse à nouveau vivre sans avoir à regarder par-dessus mon épaule, je ne pouvais pas prendre le temps de me poser toutes ces questions.

Je m'approchai pour poser ma main près de la sienne sur la table.

— Je ne dis pas non pour toujours, Sébastian. J'ai juste besoin que tout ça soit derrière moi avant de pouvoir envisager quelque chose de nouveau.

Il hocha la tête d'un air peiné.

— Je sais que la situation est compliquée, Ava. Mais tôt ou tard, il faudra que tu prennes une décision.

Je tentai de faire taire les battements assourdissants de mon cœur dans ma poitrine. Lorsqu'il me regardait de cette façon, j'avais le sentiment qu'il avait le pouvoir de me défaire complètement. Lui laisser ce pouvoir était si tentant.

Je crus un instant qu'il allait m'embrasser et je mourais d'envie qu'il le fasse, parce que j'étais bien trop lâche pour le faire moi-même. Je venais de lui dire que je voulais qu'il me laisse le temps de réfléchir, mais s'il m'embrassait maintenant, je remettrais mes bonnes résolutions à demain.

Je compris à son petit sourire désabusé qu'il avait lu tout ce cheminement dans mes yeux. Si cela venait de lui, je n'aurais pas à me sentir coupable de ma faiblesse et je pourrais l'en tenir responsable. Il s'approcha encore, mais son baiser chaste ne fit que resserrer le nœud dans mon ventre. Il me quitta avec la sensation d'une brûlure au fer rouge, là où ses lèvres s'étaient posées sur mon front.

Dès qu'il eut le dos tourné, je me souvins que c'était la bonne chose à faire. Dans les circonstances actuelles de ma vie, Sébastian était une distraction que je ne pouvais pas prendre le luxe de m'offrir. Malgré cette certitude, la sensation fantôme de son corps contre le mien me tint éveillée jusqu'au matin.

48.

— Ton bras commence à trembler.

J'ignorai Valerio qui pointait mon membre affaibli du doigt et rechargeai l'arme qu'il m'avait prêtée.

— Fais voir le mot de ton kiné encore une fois ?

Mon « pfff » agacé parut le convaincre de ma bonne foi.

— Je n'ai pas besoin d'un mot de mon kiné pour savoir quel rythme de rééducation me convient.

— T'es une vraie tête de mule, tu sais ça ?

Il posa sa propre arme et vint s'asseoir à côté de moi pour surveiller mes tremblements. À la vérité, mon épaule avait commencé à fatiguer déjà un quart d'heure plus tôt ; j'en étais au stade où des gouttes de sueurs coulaient le long de mon dos et de mes tempes.

Je lançai un coup d'œil vers l'horloge digitale de l'autre côté du stand de tir. Dans quelques minutes, la piscine serait enfin vidée de tous les enfants qui venaient s'amuser pour ne laisser que les élèves des cours de natation ; c'est-à-dire ceux qui étaient assez concentrés sur leur tâche pour ne pas regarder les autres nageurs. Trouver des moments où aller nager pour ma rééducation avait été aussi stratégique que de planifier l'assassinat d'un ambassadeur.

Valerio m'aida à ranger le matériel en renouvelant sa promesse de ne pas dire à Dolanger que je continuais à m'entraîner. Il prendrait ça comme un engagement de ma part, alors que Valerio pensait que j'aimais le tir en tant que sport. Couper les ponts avec mes collègues avait été plus difficile que prévu, aussi, ces moments passés au stand étaient étrangement bienvenus ; échanger des vannes avec Valerio avait un goût de normalité.

Je l'écoutai se plaindre du sale caractère de Dolanger jusqu'au parking en souriant, puis le remerciai lorsqu'il me rappela qu'il avait déjà réservé des places pour la semaine suivante, avant de prendre le chemin de la piscine.

Une heure plus tard, j'avais déjà quitté le grand bassin, plus fatiguée par les exercices de tirs que je ne l'avais pensé, mais certaine que si mon corps était assez épuisé, je m'endormirais sans penser à la dernière surprise de Viktor.

Julien avait reçu du courrier, hier. Pensant que l'enveloppe lui avait été adressée par un ami, il l'avait ouverte, pour en tirer une carte postale de Kiev ; en voyant l'inscription en russe, il était venu me demander de traduire. Un simple regard m'avait convaincue que cette carte m'était destinée : « Je pense à toi, à bientôt ». Viktor m'avait envoyé un message, mais en l'adressant à Julien, sa menace prenait un tout autre sens. Après ça, le sommeil avait tardé à venir.

Au lieu de me diriger vers les douches, je décidai d'aller profiter du hammam vide quelques minutes. Je retardais le plus possible le moment de rentrer à la maison et de retrouver la nouvelle tension entre Sébastian et moi. J'avais souvent cessé de lui parler pour une raison ou une autre, je l'avais souvent évité parce que j'étais embarrassée ou en colère ; mais l'incertitude dans toutes nos interactions était quelque chose que je ne savais pas gérer. Il agissait de façon tout à fait normale, et s'il ne me l'avait pas expressément dit presque deux semaines plus tôt, jamais je n'aurais deviné l'attente derrière chacun de ses regards.

Je fermai les yeux en inspirant l'air chaud et parfumé, laissant la lassitude l'emporter un instant.

L'eau qui pénétra mes poumons m'arracha un cri d'agonie. Mais, la tête entièrement immergée, personne ne m'entendait hurler. Plus j'essayais d'appeler à l'aide, plus l'eau venait brûler mes poumons. La douleur était atroce, mais insuffisante pour me faire perdre connaissance. Je luttai pour trouver l'air qui était la seule chose à pouvoir me sauver la vie. Mais la panique m'empêchait de réfléchir, m'empêchait de laisser mon cerveau s'éteindre sous le manque d'oxygène. L'air me sauverait, je le savais, mon corps le savait et luttait contre la force qui m'interdisait de le trouver. La pensée unique que j'allais mourir si je ne trouvais pas d'air entravait toute action coordonnée de ma part. J'allais mourir. Je ne voulais pas mourir. La terreur qui m'habitait toute entière ne trouvait d'exutoire que dans les cris que je continuais de pousser malgré le fait que toujours plus d'eau envahissait mon corps à chacun d'entre eux. Aucune logique ne pouvait survivre face à ma panique. J'allais mourir. Je ne trouvais pas d'air, j'allais mourir.

De grands coups me ramenèrent à la surface violemment. Ma vue était encore brouillée par l'eau qui avait recouvert mes yeux quelques secondes auparavant. Petit à petit, je reconnus le sol du hammam. L'eau sur mon visage était salée. Ma transpiration, mes larmes. L'homme qui avait tambouriné à la porte entra dans la petite pièce.

— Tout va bien ? Je crois que vous vous êtes endormie.

Je ne pus que le regarder bêtement, incapable de parler, un hurlement encore au bord des lèvres. Confronté à mon absence de réponse, il haussa les épaules et repartit. Je me relevai sur des jambes flageolantes et me précipitai hors du hammam, à la recherche de cet air qui m'avait tant manqué. Une fois dans les douches, je me laissai tomber sur le carrelage froid en gémissant. J'avais le sentiment que jamais je ne trouverais assez d'oxygène pour guérir mon corps de la terreur que j'avais éprouvée.

Je restai longtemps sur le sol à attendre que le rire de Viktor ne s'efface de ma mémoire immédiate, à attendre que la sensation de sa main au dos de ma tête cesse de me faire frissonner. Lorsqu'enfin je pus me résoudre à prendre une douche et à repartir, j'avais arrêté de trembler, mais en passant mon visage sous le jet, je bloquai automatiquement mes voies respiratoires, ramenant à mon esprit les sensations cruelles de mon cauchemar.

Je me forçai à retenir ma respiration quelques secondes supplémentaires, refusant de céder à cette peur irrationnelle. S'il fallait que je m'entraîne à battre des records d'apnée, c'est exactement ce que je ferais pour me sentir à nouveau en contrôle de la situation.

Sitôt arrivée à l'appartement, je réquisitionnai l'aide des trois Moreau. J'ouvris la pièce qui jouxtait la chambre des garçons et contemplai l'ampleur de la tâche qui nous attendait.

— Qu’est-ce qu’on doit faire ? s’informa Sébastian en voyant les piles de cartons et d’objets divers qui montaient jusqu’au plafond.

— On va vider tout ça et le mettre au fond du couloir.

Je montrai vaguement de la main l’endroit où le couloir se finissait sur la porte condamnée du deuxième appartement dont j’avais abattu les murs pour agrandir le mien.

Tout en soupirant, ils se mirent au travail avec moi, formant une chaîne pour amener tout le bazar que Laure m’avait demandé de garder de notre ancienne colocation. Lorsque, près d’une heure plus tard, la pièce commençait à être à nouveau accessible, Sébastian passa la tête par l’embrassure pour en observer le potentiel.

— Mais c’est une salle de bain ! s’exclama-t-il. J’ai toujours cru que c’était un débarras !

— C’est bien un débarras, confirmai-je en fronçant les sourcils. Je n’ai pas de cave et je n’ai pas besoin de deux salles de bain.

Cette pièce avait cessé d’être une salle de bain des années auparavant.

— Il y a une baignoire ! s’écria Julien en y entrant à son tour.

— Tu veux dire qu’on aurait pu avoir deux salles de bain depuis le début ? demanda Sébastian en se tournant vers moi, l’air abasourdi.

— Pourquoi est-ce que tu as l’air si étonné, alors que tu sais très bien que mon appartement est en fait deux appartements ? Bien sûr qu’il y avait une salle de bain dans l’autre aussi.

— Mais je pensais que tu avais fait des travaux !

— Des travaux ? répétai-je.

Est-ce qu’il m’avait bien regardée ?

— Tu penses que j’allais laisser des inconnus rentrer chez moi pour faire des travaux inutiles ? Avec du bruit, de la poussière et tout ?

— Mais… il a bien fallu réunir les deux appartements…

— Ça a été fait avant que j’emménage, les pièces ont été réagencées, mais ils avaient laissé la deuxième salle de bain.

Une fois que je m’étais installée, il était hors de question qu’on fasse quoi que ce soit d’autre. Il secoua la tête comme si c’était moi qui étais complètement folle.

On termina rapidement de dégager la pièce et j’envoyai les garçons se coucher après un dîner rapide. Sébastian me regarda m’activer au nettoyage avec l’air fatigué.

— Est-ce que t'es vraiment obligée de faire ça maintenant? demanda-t-il depuis le bord de la baignoire, tandis que je vidais l'eau sale pour refaire un seau de produit décapant.

— Si je veux le faire sans avoir Julien dans les pattes, oui.

— Ha ! Comme si Julien allait se proposer pour nettoyer la salle de bain !

Il abandonna son poste d'observation sans me laisser le temps de répondre. J'avais vu à son regard qu'il soupçonnait une de mes névroses d'être à l'origine de mon besoin soudain d'avoir une deuxième salle de bain, mais il n'avait pas posé de question.

Les doigts enveloppés dans des gants en caoutchouc, j'avais préparé toute une batterie de produits ménagers pour m'assister dans ma tâche ; rendre vie à cette pièce n'allait pas être une mince affaire. Je m'étais d'abord attaquée au lavabo, dont la porcelaine blanche était devenue jaune sous l'épaisse couche de poussière. En montant pieds nus sur le bord de la baignoire, j'avais réussi à atteindre le plafond et le haut des murs avec le balai et ma serpillière pour faire réapparaitre le carrelage et la peinture.

J'avais continué ainsi une bonne partie de la nuit, interrompue de temps en temps par Sébastian qui venait me suggérer d'aller me coucher ; il avait fini par laisser tomber vers une heure du matin. Une fois satisfaite, j'avais laissé couler l'eau dans la baignoire et le lavabo quelques minutes pour m'assurer qu'il n'y avait pas de problème de fuite.

Le lendemain, Julien insista pour être le premier à tester la « nouvelle » salle de bain, prétextant qu'éviter les embouteillages habituels lui permettrait d'arriver à l'heure au lycée, pour une fois. Son oncle lui fit remarquer qu'il n'y avait jamais d'embouteillages dans l'ancienne salle de bain parce que je n'avais pas d'horaire fixe et que lui-même travaillait le soir, mais apparemment, Ben prenait trop de temps à se laver les dents. Bien sûr, le fait d'avoir la salle de bain pour lui tout seul ne l'empêcha pas d'être prêt en retard.

Ce n'est que dans l'après-midi, une fois seule dans l'appartement, que je pus enfin mettre un bain à couler. L'eau chaude me brûla agréablement la peau jusque sous les genoux quand j'enjambai le rebord de la baignoire. J'attendis que mon corps s'habitue à la chaleur avant de m'asseoir complètement, puis d'appuyer ma nuque contre le bord, laissant l'eau me recouvrir presque entièrement. Je restai un moment à laisser ma peau se flétrir, incapable de faire taire le rire de Viktor dans ma tête.

Il me fallut près de quinze minutes pour trouver le courage de glisser jusqu'à ce que mon visage soit complètement immergé. Quelques secondes, d'abord, sans prendre la précaution d'une grande inspiration avant. Puis, alors que le bain était devenu tiède, je pris des bouffées d'air de plus en plus profondes, restai de plus en plus longtemps sous l'eau, jusqu'à ce que je sente mon corps lutter contre ma volonté. Je recommençai plusieurs dizaines de fois avant que la panique de ne plus pouvoir respirer s'amenuise et que mon cerveau accepte que tout était sous contrôle.

Alors que j'arrivais au bout de cette nouvelle phase d'apnée, je sentis une force percer la surface de l'eau et m'agripper par le haut des bras avec brutalité. Dans l'agitation, je perdis toute concentration ; de l'eau pénétra dans mes narines et j'ouvris les yeux avant d'être remontée, l'eau savonneuse me piquant jusqu'aux larmes.

Toussant pour recracher l'eau dans mes voies respiratoires, je reconnus la voix de Sébastian avant de pouvoir distinguer sa silhouette.

— Qu'est-ce que tu fais ?! hurla-t-il, paniqué.

Il me tenait toujours par les bras, à genoux près de la baignoire et ne paraissait pas s'inquiéter du fait que son tee-shirt était complètement trempé. Entre deux quintes de toux, je finis par me rendre compte qu'il avait pensé que je m'étais réellement noyée dans mon bain.

— Sébastian, calme-toi, je m'entraîne.

— Pardon ? Tu t'entraînes ?

Je soupirai en essuyant mon visage avec mes mains, puis m'assis correctement en croisant les bras sur ma poitrine.

— Tu t'entraînes à quoi exactement ? À te noyer ?

— Oui.

Il avait voulu se moquer de moi en disant ça, mais à la vérité, c'était exactement ce que j'avais passé une demi-heure à faire.

— Ava…

— J'ai fait un cauchemar, l'interrompis-je. Viktor me tenait la tête sous l'eau et j'étais en train de mourir, mais je ne pouvais rien y faire parce que j'étais trop paniquée.

Il se pinça l'arrête entre les yeux du bout des doigts, probablement sur le point de me faire interner pour de bon.

— Si ça doit arriver, je veux réussir à maîtriser ma panique.

— Ava, c'était un cauchemar, Viktor n'est même pas encore sorti de Russie, il ne va pas essayer de te noyer, il…

— Il l'a déjà fait, coupai-je à nouveau.

Je vis son corps entier s'immobiliser le temps de comprendre. Je n'avais raconté à personne les détails de ce qu'il m'avait fait subir ; tout le monde savait qu'il m'avait torturée avec des objets coupants et pointus, mais je n'avais jamais été capable de révéler que Viktor Baranovski savait ce que personne d'autre ne savait sur moi, qu'il avait découvert ma peur la plus absolue et s'en était servi contre moi. Mourir noyée, mourir d'asphyxie. Je n'avais jamais pu avouer que Viktor Baranovski m'avait poussée à pleurer et à le supplier.

— Quand j'ai refusé de crier, il a trouvé que je résistais trop bien aux lames, alors il a essayé d'autres choses, dis-je seulement à Sébastian.

Il me dévisagea durant de longues secondes, puis finit par me lâcher et s'asseoir en tailleur par terre. Ses doigts avaient laissé des marques rouges sur ma peau.

— Qu'est-ce que tu fais ? lui demandai-je à mon tour.

— D'accord.

— D'accord ? répétai-je.

— D'accord, mais je reste. Si tu perds connaissance, je veux être là pour te remonter.

Tout à coup, en le regardant, je n'arrivai plus à me souvenir pourquoi j'avais décidé de ne pas tomber amoureuse de lui. La résolution dans son regard me donna l'étrange impression qu'il serait toujours là pour me remonter, pour me relever ; peut-être qu'il ne pouvait pas me protéger, mais il serait là pour ramasser les morceaux. Je n'avais jamais compté sur quelqu'un de cette façon auparavant.

— D'accord, capitulai-je enfin.

Puis, je pris une inspiration moins longue que la fois précédente et me laissai glisser jusqu'au fond de la baignoire, la panique disparue maintenant qu'il était là.

*

Le soir venu, j'étais restée assise dans mon lit, rejouant en boucle les dernières conversations que j'avais eues avec Sébastian. J'avais été si concentrée sur l'idée que je ne pouvais pas tomber amoureuse de lui que je n'avais pas réalisé plus tôt que je l'étais depuis bien longtemps. Je n'arrivais pas à discerner dans mes souvenirs le moment où mes sentiments pour lui avaient changé.

Tout en me levant pour le rejoindre dans le bureau, je rendis définitivement les armes. Il vient un moment dans toute relation où vous aimez l'autre personne. Dès la première seconde, dès la première nuit, parfois des mois plus tard. Pas parce qu'il est bon, ou mauvais ou quoi que ce soit d'autre, non, vous l'aimez, tout simplement. Bien sûr, ça ne veut pas dire que votre histoire durera toujours, ou que vous ne vous ferez jamais souffrir l'un l'autre. Ça veut seulement dire que vous l'aimez. Parfois en dépit de ce qu'il est, et parfois à cause de ce qu'il est; parfois pour une raison dont vous n'arrivez pas à vous souvenir. Et si vous avez vraiment de la chance, vous savez qu'il vous aime aussi. Parfois à cause de ce que vous êtes, et parfois en dépit de ce que vous êtes; et parfois, quand la vie vous paraît trop dure, vous allez vous coucher en priant pour qu'au matin, il n'ait pas oublié la raison pour laquelle il vous aime.

Il était profondément endormi lorsque je me glissai dans le lit à côté de lui. Sa réaction malgré son sommeil m'indiqua qu'il avait perçu mon arrivée, mais que ma présence ne l'inquiétait pas suffisamment pour le réveiller. J'observai sur ses traits l'intensité de sa personnalité qui ne disparaissait jamais dans le repos, comme c'était le cas pour d'autres. Je m'installai contre lui, la tête surélevée par un bras pour mieux étudier son visage.

Je succombai alors au plus cliché des clichés et, étudiant cet homme qui avait pris tant de place dans ma vie, je laissai échapper un « je t'aime » qu'il n'entendit pas dans son sommeil.

Une partie de moi aurait voulu qu'il puisse m'entendre lui dire. Mais connaître la réalité de mes sentiments ne rendrait mon rejet que plus douloureux; ma prise de conscience ne signifiait pas que j'allais soudain changer de discours, simplement que j'avais cessé de me mentir à moi-même. Je pouvais bien continuer à mentir au reste du monde, y compris à l'homme qui se trouvait soudainement en son centre.

49.

Même la musique et mon martini n'arrivaient pas à me changer les idées. Seule, assise au bar, à regarder Sébastian travailler, ma seule envie était de rentrer chez moi. Lorsque sa moto n'avait pas démarré en début de soirée, il m'avait demandé de l'emmener jusqu'au club et de revenir le chercher ; j'avais préféré rester sur place quelques heures plutôt que d'avoir à faire l'aller-retour deux fois.

Je regardais dans le fond de mon verre presque vide en regrettant ce choix et en pensant un peu amèrement que ma vie entière semblait être faite de regrets. Si je n'avais pas bu trois martinis, j'aurais déjà pu être affalée sur mon canapé confortablement plutôt que dans un club déprimant. J'avais essayé d'éponger l'alcool dans mon sang avec plusieurs coupelles de cacahuètes, mais l'éthylotest avait l'air de dire que les cacahuètes n'étaient pas aussi efficaces qu'un vrai repas. La piste de danse vide me donnait envie de dormir.

— Va danser plutôt que de rester à te morfondre, tu fais fuir les clients avec ta dépression, s'agaça Sébastian en passant devant moi avec une bière.

— Je ne vais pas danser toute seule, c'est encore plus pathétique que de boire toute seule ! protestai-je.

Il m'ignora. Pour le punir, je me mis à chercher du regard un partenaire de danse potentiel. Je fus rapidement déçue ; il y avait bien un ou deux groupes de garçons qui semblaient s'amuser, mais je ne me sentais vraiment pas l'énergie d'aborder qui que ce soit. À la place, je choisis d'attendre assise près de la piste de danse en attendant de trouver un semblant de motivation. Au bout d'une demi-heure à lancer des sourires crispés à mon colocataire, j'étais sur le point d'abandonner quand un nouveau groupe passa la porte d'entrée. Ils avaient l'air plus vivants que ceux installés sur les banquettes autour de la piste de danse et l'un d'eux ressemblait même à Sébastian si je plissais les yeux.

Prenant mon courage à deux mains, j'entamai la conversation lorsqu'il s'approcha du bar pour commander. L'idée même de parler à un étranger me donnait la nausée. Ou peut-être que c'était juste l'alcool.

Je commençai par lui déconseiller de se faire servir par Sébastian parce qu'il avait tendance à charger un peu trop ses cocktails, puis je me demandai s'il mettait plus d'alcool uniquement dans les miens parce qu'il savait que j'étais plus facile quand j'étais ivre. Étonnamment, il réagit à mon approche avec beaucoup d'enthousiasme et entreprit même de s'asseoir à côté de moi pour discuter. Du coin de l'œil, j'aperçus mon colocataire lever son pouce dans ma direction, comme si j'étais une enfant qui avait besoin d'encouragement pour se montrer sociable. Lorsque son sosie finit par m'inviter à danser après un quart d'heure de conversation, il leva même deux pouces avec un sourire narquois. C'était vraiment stupide de sa part ; il savait que l'alcool me rendait plus facile, mais aussi plus puérile.

À ma grande surprise, le sosie dansait plutôt bien ; si bien, à la vérité, que je dansais toujours avec lui bien après avoir remarqué le regard jaloux de Sébastian qui s'assombrissait petit à petit. C'était lui qui m'avait dit d'aller danser, il n'avait pas le droit de m'en vouloir.

Avec un plaisir non simulé, j'enchaînai de nombreuses danses latinos qui étaient le thème des soirées du mardi, ainsi que des danses plus lentes, puis, lorsque je sentis les mains de mon partenaire descendre plus au sud de ma taille, je compris qu'il était temps de rentrer. Si j'étais capable de danser une demi-heure d'affilée sans avoir la tête qui tourne, j'étais capable de conduire. Il insista lourdement pour une dernière salsa, pensant peut-être que ses compétences me convaincraient de prolonger la soirée en sa compagnie.

À court d'arguments, il capitula et proposa de me raccompagner à ma voiture ; tout en retenant un sourire moqueur, je le lui accordai, même si je n'avais pas besoin de la protection de qui que ce soit pour me sentir en sécurité. Voyant Sébastian qui me suivait des yeux, je lui fis signe que je partais et qu'il devrait m'appeler quand je pourrais venir le chercher.

En marchant jusqu'à l'emplacement sur lequel je m'étais garée, je me rendis compte que je n'étais même plus horrifiée de constater combien j'avais changé, ces derniers mois. Il n'y avait pas si longtemps, je n'aurais même pas envisagé de repartir seule alors qu'un prétendant tout à fait convenable s'acharnait à me séduire. Aujourd'hui, je ne souhaitais que retrouver le confort de mon canapé jusqu'à ce que Sébastian soit de retour.

Devant ma portière, je laissai cet inconnu m'embrasser par curiosité ; si la technique était parfaite, je ne ressentis pas le moindre picotement d'excitation. Il était pourtant beau garçon en plissant les yeux, tout à fait le genre d'homme qui aurait pu me plaire à une heure du matin. Est-ce que Sébastian et Andrea m'avaient ruinée pour toute relation sans sentiment ? L'espace d'une seconde, je les détestai pour ça.

— Toujours pas ? demanda mon danseur avec une moue pleine d'espoir.

— Non, désolée, lui souris-je gentiment. Mais merci pour la soirée.

J'allais rajouter qu'il ferait mieux de retourner à l'intérieur pour trouver une autre fille à charmer quand une personne hurlant mon prénom nous fit tourner la tête à tous les deux. Sébastian se dirigeait vers nous à grandes enjambées avec l'air de vouloir frapper quelqu'un. Dans la mesure où il n'aurait jamais essayé de me toucher en public, je poussai mon cavalier à retourner rapidement vers les videurs, qui empêcheraient Sébastian de lui casser la figure.

— Comment est-ce que tu… comment…

Bouillonnant de rage, il ne parvenait pas à finir sa phrase, mais je me souvenais de son regard noir pendant que je dansais.

— … Comment est-ce que tu oses me faire ça sur mon lieu de travail ? finit-il.

— Quoi ? Danser avec quelqu'un d'autre alors que c'est toi qui m'as demandé de le faire ?

— Je me fous que tu danses avec lui ! Tu allais le ramener chez toi !

— Bien sûr que non.

J'avais déjà des scrupules à coucher avec lui quand les garçons étaient là, je n'allais pas ramener un homme que je connaissais à peine.

— Je t'ai vue l'embrasser ! rugit-il.

Ah.

— C'est lui qui m'a embrassée et je l'ai laissé faire pour le remercier d'avoir sauvé ma soirée…

Sébastian s'énervait tout seul, ignorant complètement ce que j'essayais de lui expliquer.

— Tu préfères aller t'envoyer en l'air avec n'importe quel pauvre type plutôt que de rentrer à la maison avec moi ? Si tu me détestes tant que ça, pourquoi tu me le dis pas ?

— Quoi ? Sébastian, tu dis n'importe quoi, tu sais bien que c'est faux !

— Ah oui ?

— Oui ! Ce serait plus facile, mais c'est faux.

Je n'eus pas le temps de regretter ma réponse avant qu'il ne reprenne :

— Plus facile ? Plus facile pourquoi ? Parce que tu n'as pas besoin de connaître son nom, parce que tu n'as pas besoin de le voir dans ta cuisine le matin ? Qu'est-ce qui est plus facile dans le fait d'aller coucher avec lui, plutôt que moi ?

La colère prit le dessus. J'avais pourtant essayé de rester calme, mais s'il était incapable de m'écouter si je ne criais pas, je pouvais crier, j'avais les cordes vocales pour. Il avait promis de m'accorder plus de temps et pourtant, ce soir il était clair qu'il ne me laisserait pas partir avant d'avoir une explication.

— Pourquoi est-ce que ce serait plus facile d'être avec lui ? répéta-t-il.

— C'est juste plus facile, c'est tout ! m'écriai-je.

— POURQUOI ?

— Parce que je ne l'aime pas ! hurlai-je sans réfléchir. Parce que je ne suis pas amoureuse de lui et que c'est juste plus facile de faire comme si je n'éprouvais pas ces sentiments quand je ne suis pas avec toi !

Il était sur le point de répondre quand il comprit enfin ce qu'il venait d'entendre.

— Tu… t'es amoureuse de moi ?

Je poussai un soupir d'exaspération.

— Évidemment que je suis amoureuse de toi, Sébastian.

J'aurais préféré ne pas l'être et avais décidé de l'ignorer, mais ça ne rendait pas mes sentiments moins vrais. Avec étonnement, je contemplai les différentes émotions qui se succédèrent sur son visage ; incertitude, surprise, colère, contentement, incompréhension. Malgré moi, je gloussai devant son manque d'éloquence.

— Ne bouge pas, ordonna-t-il avant de faire demi-tour vers le club.

— D'accord.

— NE BOUGE PAS, répéta-t-il plus fort.

— D'ACCORD, criai-je en l'imitant.

Il revint à peine quelques minutes plus tard avec sa veste, fit le tour de la voiture pour aller ouvrir la porte passager.

— On rentre.

— Pourquoi ?

— Tu viens de me dire que tu étais amoureuse de moi.

— Et alors ? contrai-je. La terre entière avait l'air d'être au courant, il ne va rien se passer pour autant.

— Comment ça, la terre entière était au courant ?

— Laure, Roger, Marion – enfin, Mariam… énumérai-je en m'asseyant derrière le volant.

— Quoi ? Et pourquoi personne m'a rien dit ?

— Est-ce que ça aurait vraiment changé quelque chose ? Ils me l'avaient tous dit et je n'y croyais pas pour autant. J'ai l'intention de continuer à ignorer cette situation, l'avertis-je.

— Quoi ? Ça suffit, arrête la voiture et descends, exigea-t-il.

Il commençait à me fatiguer à me donner des ordres.

— Pourquoi ? réclamai-je à nouveau.

— Parce que j'ai besoin de faire quelque chose avec mes mains et que si tu ne me laisses pas conduire, mon couteau va finir planté dans ton tableau de bord.

Je freinai si brutalement que la personne derrière me klaxonna. J'étais peut-être obstinée, mais j'avais assez de jugeotte pour le croire. Arrêtée en double file, je mis les feux de détresse et descendis pour lui laisser la place. Il s'installa au volant, fit craquer ses doigts avant de retirer le frein à main pour repartir. Je décidai de profiter de ce moment de flottement pour lui rappeler la réalité de notre relation.

— Sébastian, je ne sais pas à quoi tu t'attends, mais il ne va rien se passer une fois à la maison.

— « La maison », ricana-t-il. Tu vois, on vit ensemble, on élève des enfants ensemble, tu es amoureuse de moi, je suis amoureux de toi et pourtant, tu persistes à vouloir aller voir ailleurs.

— Je n'allais pas rentrer avec lui !

— T'es la femme la plus illogique de la planète.

Nous avions fini le trajet dans un concours de celui qui hurlerait le plus fort. Heureusement pour nous deux, il connaissait le trajet par cœur, y compris l'emplacement des stops et des feux, parce qu'il avait passé plus de temps la tête tournée vers moi à me fusiller du regard qu'à surveiller la route.

Une fois arrivés, ne voulant pas finir la dispute dans les couloirs de l'immeuble où tout le monde pouvait nous entendre, nous avions tacitement décidé d'arrêter de parler jusqu'à ce que la porte de l'appartement soit fermée. Je claquai ladite porte derrière moi, prête à hurler à nouveau, mais la désolation que je vis dans ses yeux me vola la réplique que j'avais préparée dans l'ascenseur.

— Je crois qu'on a besoin de distance quelque temps, dit-il sans me quitter du regard.

Toute ma colère s'envola soudain, capturée par la détresse que je lisais sur son visage.

— Je sais, répondis-je doucement, la gorge serrée.

— On ne pourra jamais être vraiment ensemble si on continue à vivre ensemble. On n'est pas prêts pour ça.

Au fond, je ne savais pas si on le serait vraiment un jour. Certes, vivre ensemble signifiait que mon désir incessant de lui ne se transformait jamais en manque, mais vivre avec lui me dérobait cette indépendance dont j'avais besoin pour équilibrer mes différentes vies.

Nous nous assîmes tous les deux à la table de la cuisine avec lassitude.

— Même si je déménage, ça ne changera rien. Il faut quand même que tu prennes une décision, fit-il en se prenant la tête dans les mains.

— Je sais…

J'étais réellement reconnaissante qu'il ne revienne pas sur sa décision de me laisser le temps de réfléchir à ce que je désirais.

— Je sais que tu n'avais pas l'intention de me le dire. Quand tu auras décidé que tu le veux vraiment, on en reparlera.

L'air peiné dans ses yeux me donna envie de lui dire oui sur-le-champ. Je détournai donc la tête pour regarder à l'autre bout de la pièce.

*

Au terme d'une longue discussion, nous avions résolu de parler aux garçons dès le lendemain matin du changement de situation qui s'imposait à nous. Sans surprise, ils n'avaient pas accueilli la nouvelle avec beaucoup d'enthousiasme ; en effet, sitôt qu'on leur avait annoncé qu'il était temps pour eux de déménager, Ben s'était mis à pleurer et Julien avait décrété qu'il préférait rester ici, allant jusqu'à menacer de nous rendre la vie impossible si on le forçait. J'avais bien fait remarquer qu'il nous rendait déjà la vie impossible, mais il avait promis qu'il possédait des réserves encore inexploitées.

Finalement, l'argument qui convainquit Julien que ce n'était pas si terrible que ça, fut la promesse d'avoir une chambre pour lui seul. Malheureusement, Ben ne se laissa pas avoir si facilement et sanglota encore plusieurs minutes sur mes genoux.

Nous avions déjà décidé que la solution la plus simple était de trouver un logement à quelques minutes de chez moi pour qu'ils aient tous les deux la possibilité d'aller de chez l'un à l'autre sans difficulté. Sans compter que Julien en garde partagée nous paraissait beaucoup plus vivable qu'à temps plein.

Malheureusement, après quelques jours à retourner les sites internet, nous nous étions vite rendus compte qu'il n'y avait pas grand-chose de libre près de chez moi. Nous avions contacté toutes les agences du coin et épluché toutes les annonces avant d'élargir progressivement notre recherche. En voyant l'état du marché, j'avais songé que j'étais bien heureuse d'avoir acheté mon appartement lorsque je l'avais fait. Bien évidemment, le prix n'était pas le problème, Sébastian était même prêt à louer s'il le fallait, mais encore fallait-il réussir à trouver un bien qui convienne à tout le monde.

Trois semaines après le début de nos recherches, alors que nous étions sur le point d'abandonner, je croisai le fils de ma voisine dans le hall d'entrée de l'immeuble. Poliment, je le saluai et demandai des nouvelles de sa mère que je n'avais pas vue rôder devant ma porte depuis un moment. Je n'avais pas prononcé cette partie à voix haute, mais il était vrai qu'elle ne manquait jamais une occasion de venir se plaindre de mes habitudes sociales ou de mes horaires.

— Oh, elle est partie en maison de retraite, m'apprit-il.

— Ah bon ? m'étonnai-je.

— Oui, elle était de moins en moins capable de s'occuper d'elle-même. C'est mieux comme ça.

J'avais du mal à imaginer que sa mère soit du même avis, et si j'en croyais son sourire gêné, elle avait dû s'exprimer plusieurs fois à ce sujet. Toutefois, je ne pus m'empêcher d'être soulagée à l'idée que la vieille harpie ne passerait plus ses journées à m'espionner.

Puis, je réalisai que son appartement était peut-être libre et soudain, mon intérêt n'était plus du tout feint.

— Si ce n'est pas indiscret… qu'est-ce que vous comptez faire de son appartement ?

Il se retourna pour me montrer du doigt la voiture garée devant la porte, remplie de cartons jusqu'au plafond.

— Je suis en train de finir de vider ses affaires avant de le mettre en vente.

Je déployai alors mon sourire le plus charmeur pour parler affaires. Quelques secondes, j'hésitai à remettre en route mon projet d'être propriétaire de tout l'étage, mais l'occasion était trop belle. Consciente du fait qu'un tel appartement n'allait pas rester très longtemps sur le marché, je lui fis une offre qui le convainquit immédiatement. Dans une poignée de main, il résolut tous nos problèmes.

Sa réactivité – et sa hâte de se débarrasser de l'endroit pour faire taire les plaintes de sa mère – nous permit de signer la vente dans le mois. Le reste de la famille n'avait vu aucun inconvénient à vendre tout de suite, et tout le monde avait ignoré les élucubrations de la vieille dame, qui ne voulait pas que je reprenne son appartement. Ils avaient tous mis ses plaintes sur le compte de sa paranoïa. Pour être honnête, j'étais un peu vexée qu'elle ne me montre pas plus d'attachement, moi qui avais animé ses journées pendant des années ; par égard pour elle, j'avais même toujours pris soin de ne tuer personne chez moi.

Un rafraîchissement avait été essentiel avant que les garçons ne s'y installent et les anciens propriétaires avaient accepté de nous laisser commencer les travaux avant la signature chez le notaire en échange d'une proposition financière avantageuse. Ben avait probablement appliqué plus de peinture sur ses vêtements que sur les murs, mais il l'avait fait dans une telle bonne humeur que personne ne lui en avait voulu. Même Julien avait fini par prendre plaisir à cette activité familiale une fois que Mariam et Marconi étaient arrivés et que la surface à peindre par personne avait été considérablement réduite.

Puis, lorsque la peinture fut sèche, Mariam décida de venir nous aider à déménager toutes les affaires aussi, il ne nous fallut que quelques jours pour aménager leur nouvel appartement, juste en face du mien. Les Moreau avaient même pu retourner chercher le reste des affaires qu'ils avaient pris chez leur mère et que Sébastian avait dû stocker dans un box, faute de place.

Enfin, le jour du grand déménagement, je fus invitée à dîner dans une cuisine quasiment identique à la mienne, excepté pour le fait que chaque robot ménager avait une réelle utilité. Lorsque je sonnai à la porte, cinq minutes après avoir terminé de ramener leurs derniers sacs, la table avait été mise et les garçons prenaient leurs marques, enfermés dans leurs chambres respectives.

Sébastian me fit faire le tour du propriétaire comme si c'était la première fois que je venais et je le laissai faire avec plaisir, l'observant bouger de façon assurée. Tout à la tâche du déménagement, je réalisai que nous n'avions pas été seuls depuis des jours et profitai de ce moment pour le regarder vraiment. La manière dont il contrôlait chacun de ses gestes, la façon dont les muscles de son dos se mouvaient sous son tee-shirt, la légèreté de ses mouvements malgré son gabarit, la dureté de sa mâchoire sous la barbe qu'il n'avait pas pris le temps de raser. Le tatouage qui remontait dans son cou et qui me donnait chaque fois envie de tirer sur l'encolure de son tee-shirt pour libérer les courbes du dessin.

La puissance qui émanait de lui réveillait en moi des instincts sombres et impérieux. Lorsqu'il se déplaçait, l'allusion de sa violence faisait écho à la mienne et semblait nourrir mon être tout entier. Sébastian me faisait me sentir puissante et en sécurité à la fois.

Sortant de ma rêverie, je me rendis soudain compte qu'il avait cessé de marcher et qu'il me regardait, lui aussi. Je détournai le visage pour cacher le rouge de mes joues et me raclai la gorge pour donner le change. J'allais faire demi-tour pour aller me cacher dans son salon quand l'émotion de sa voix arrêta mon mouvement.

— Ça fait longtemps que je ne t'avais pas vue si troublée.

Je ne trouvai pas la force de le regarder dans les yeux lorsque je répondis :

— Je suis toujours troublée quand je te regarde. Tu n'avais simplement pas remarqué.

Conscient de ma gêne inhabituelle, il ouvrit le bras vers le canapé pour m'y inviter. En m'y enfonçant, je ne parvins pas décider si le mien était juste plus confortable ou si celui-ci était simplement trop neuf. Je remarquai toutefois que les sièges du sien étaient plus larges et me demandai s'il l'avait choisi exprès en pensant à la fois où il était tombé du mien parce que nous n'avions pas pu y rester allongés tous les deux en même temps.

Pas de table de billard, de home cinéma ou de bar ici ; quelques années plus tôt, je n'aurais jamais cru qu'il pourrait vivre de façon si sage.

— Est-ce qu'il t'arrive de regretter d'avoir pris les garçons avec toi ? demandai-je en plaisantant.

— Parfois…

Le sérieux de sa réponse m'étonna.

— Vraiment ? Pourquoi ?

Il soupira longuement avant de me répondre, se passant la main dans les cheveux.

— … Il y a des moments, comme maintenant, quand on est seuls tous les deux, où je voudrais pouvoir te proposer de partir, de t'enfuir avec moi et de tout laisser derrière. Et puis je me souviens que j'ai des responsabilités.

— Sébastian… tu sais que de mon côté, il y a Arnold et Laure ?

— Ils y survivraient, dit-il en haussant les épaules. Ils ne sont pas seuls, ils pourraient supporter que tu sois loin d'eux si tu étais heureuse et en sécurité.

Puis il se tourna vers moi, son regard tendre et doux.

— Tu serais heureuse et en sécurité avec moi.

Je glissai ma main dans la sienne sans rien dire.

*

J'avais désiré cette nuit depuis si longtemps que je ne savais plus vraiment à quoi m'attendre. Je n'avais jamais été parfaitement seule chez moi depuis que les Moreau s'étaient installés dans ma vie.

Après une longue douche, je me glissai sous ma couette avec le sentiment de revenir après plusieurs mois d'absence. Soulagée d'abord, je passai l'heure suivante à regarder le plafond de ma chambre, en écoutant le bruit du silence qui refusait de me parler.

Pour la première fois, la solitude de ma forteresse m'était étrangère.

50.

Les balles fusaient dans tous les sens. À peine couverts, ni Sébastian ni moi ne trouvions l'opportunité de répliquer, mais je savais que l'enflure qui nous tirait dessus avec autant de persévérance allait finir par devoir recharger. Si on parvenait à neutraliser celui-là, l'équilibre des chances serait rétabli.

Comme je l'avais espéré, je finis par entendre le clic qui m'indiqua que ma courte fenêtre d'action venait de s'ouvrir. Ne faisant pas l'effort de viser, je pointai mon propre flingue vers l'équipe d'en face et appuyai sur la détente instantanément. Après deux coups, j'entendis une balle siffler un peu trop près et me remis à couvert, plus furieuse que jamais. D'où est-ce qu'il sortait, cet enfoiré ?

D'où est-ce qu'ils étaient tous sortis, d'ailleurs ? Il n'aurait pas dû y avoir autant de gens qui protégeaient la cible de Sébastian. J'aurais pu être tranquillement en train de regarder la télévision chez moi, mais non, il avait fallu que je trouve le moyen de m'ennuyer et de demander à l'accompagner en Belgique. À présent, coincée dans la première fusillade de ma vie, m'ennuyer devant la télé ne me semblait plus si terrible que ça.

Plus énervée qu'inquiète, je me tournai vers mon partenaire qui, tout comme moi, écoutait les balles ricocher sur les containers métalliques derrière lesquels nous étions abrités. Pour l'instant, les gardes du corps se contentaient de tirer, mais ils allaient bien finir par se rapprocher pour essayer de nous attraper. Je retirai ma cagoule pour lui demander s'il avait une idée brillante qui nous permettrait de sortir de là, mais il secoua la tête. Je me promis que, si nous nous en sortions vivants, la première chose que je ferais en rentrant serait d'appeler Roger et de lui acheter une mitraillette.

Luttant pour rester concentrée sur ma colère et non sur la panique qui montait doucement, Sébastian et moi en vînmes à la même conclusion en quelques secondes : à moins que l'un de nous deux ne soit prêt à risquer sa peau en sortant à découvert pour régler son compte au tireur acharné, on avait peu de chances de se sortir de là. Et plus on attendait, plus ils avaient l'occasion de se rapprocher.

Tirant quelques balles à l'aveuglette pour la forme, je réfléchissais à toute allure à un moyen de se tirer de ce pétrin. J'étais tellement tendue que je n'avais pas remarqué le changement sur le visage de Sébastian. Cette détermination furieuse. Quand bien même, je n'aurais pas dû être étonnée de le voir se lever brusquement dans un cri digne des plus féroces vikings. J'aurais dû savoir qu'il n'hésiterait pas à se sacrifier pour me sauver. L'imbécile.

Profitant de la distraction, je visai tour à tour ceux de nos attaquants qui avaient peu de solutions pour se mettre à couvert. J'eus le plaisir de découvrir que malgré leur réserve de balles apparemment infinie, aucun d'eux ne visait très bien et chaque tir me manquait d'au moins soixante centimètres. La fusillade se termina si rapidement que j'eus à peine le temps de comprendre ce qu'il s'était passé ; soudain, Sébastian et moi étions debout et plus personne ne nous tirait dessus. Si quelqu'un m'avait prédit cette issue, je lui aurais ri au nez. Je remis mon corps en mouvement doucement, tentant d'ignorer la transpiration désagréable qui avait transformé mon tee-shirt en une seconde peau humide.

Une fois le choc passé, je me précipitai vers Sébastian pour vérifier qu'il n'était pas touché ; puis, puisque sa seule blessure était l'éraflure causée par une balle sur sa cuisse, je lui collai un coup de poing dans le bras. Il prétendit ne pas avoir mal et recula en riant après m'avoir volé une bise sur la joue.

Après avoir essuyé la sueur qui recouvrait mon front, je m'appuyai sur une caisse en bois pour souffler et reposer mes jambes un peu flageolantes, mais le couvercle glissa et me fit perdre l'équilibre. Je tentai de me raccrocher à l'épaule de Sébastian mais ne réussis pas à amortir ma chute ; sur le sol, je me retins de gémir en frottant ma hanche. Je venais de survivre à une fusillade, ce n'était pas pour me mettre à pleurer à cause d'un bleu… En me voyant assise par terre à me mordre la lèvre pour étouffer un geignement, Sébastian éclata franchement de rire cette fois-ci. Je pris le parti de croire que son rire était purement nerveux.

Je lui jetai un regard noir puis me tournai vers la caisse coupable de ma chute pour lui offrir le même traitement, avant de m'immobiliser, mon cerveau refusant de traiter l'image que mes yeux lui envoyaient.

— Sébastian ? appelai-je.

Percevant l'urgence dans ma voix, il cessa de ricaner et se rapprocha de moi.

— Il faisait quoi, déjà, le type que tu devais descendre ? demandai-je en montrant du doigt le contenu de la caisse.

Une dizaine d'armes de facture militaire reposaient dans la boîte avec leurs chargeurs. Un coup d'œil aux alentours nous révéla que de nombreuses autres caisses identiques étaient entreposées dans le hangar. Tout ça commençait à sentir vraiment mauvais.

— Tu sais vraiment les choisir, tes contrats, raillai-je.

— Au moins, je n'ai pas de grand-oncle mafieux, asséna-t-il en dégainant son portable.

Furieux, il composa le numéro de la personne qui l'avait engagé pour exiger des explications. Sensible aux menaces de Sadist, son interlocuteur finit par admettre que les hommes que nous venions de tuer étaient des trafiquants d'armes. Par principe, peu de tueurs à gages acceptaient de se mêler des guerres de trafic ; ces histoires finissaient toujours mal. Il raccrocha en promettant de lui faire payer sa tromperie.

Tendus et nerveux, nous remîmes nos cagoules pour sortir, conscients que s'il y avait des caméras ici, elles nous avaient probablement déjà filmés sous tous les angles. Je savais que cette histoire allait nous retomber dessus à un moment où un autre, les trafiquants étaient des gens trop rancuniers pour oublier six des leurs laissés dans une mare de sang.

**

Il était près de trois heures du matin lorsque l'on passa enfin la frontière. Sébastian gara la voiture sur le parking du premier petit hôtel que l'on croisa pour que nous puissions nous reposer un peu avant de reprendre la route jusqu'à la maison. Le jeune homme qui s'occupait de l'accueil de nuit avait l'air plus fatigué que nous, mais il réussit à nous donner les clés des bonnes chambres ; Sébastian avait pris deux chambres sans me demander.

L'adrénaline du début de soirée ne m'avait pas encore tout à fait quittée, mais il n'était pas d'humeur bavarde et j'avais pris sur moi pour lui laisser le temps de réfléchir avant de lui demander ce qu'il comptait faire. Depuis que nous avions pris le chemin du retour, il avait paru perdu dans ses pensées, concentré sur la route lorsque c'était son tour de conduire. Du côté passager, j'avais fermé les yeux et fait semblant de dormir, le ventre crispé de désir, incapable de chasser l'image de Sébastian et de son air déterminé quand il était sorti de son abri et avait tué l'ordure qui nous avait canardés sans relâche.

Nos affaires à la main, on marcha en silence jusqu'aux chambres, qui se trouvaient l'une à côté de l'autre, puis, l'air maladroit et tendu, chacun attendit que l'autre ouvre sa porte pour aller se coucher. Au moment où je pensais qu'il allait me tourner le dos, il parut changer d'avis et me regarda vraiment pour la première fois depuis que nous étions partis de Belgique. Ma peau, déjà sensible de ma frustration, me parut soudain trop serrée pour contenir mon besoin d'être contre lui. Je connaissais ses expressions sur le bout des doigts, il n'eut pas besoin de parler pour que je comprenne qu'il ne réfléchissait plus à la façon dont il allait tuer le recruteur ; je me demandai même si c'était réellement ce à quoi il avait pensé sur le trajet.

Le cœur battant, je brûlais de la tentation de m'approcher de lui ; il ne m'avait pas désirée de cette façon depuis plusieurs semaines et, le souvenir de ce que nous avions fait ce soir me donnait l'impression que j'allais imploser s'il me laissait sans même m'avoir touchée. De peur qu'il ne change d'avis, je parcourus les quelques pas qui nous séparaient, m'arrêtant de sorte que mon corps ne soit pas tout à fait contre le sien. En guise de défi, je levai mon visage et fixai mon regard sur ses lèvres, certaine qu'il n'oserait pas me refuser. Il fit glisser ses doigts le long de ma jugulaire, fit une pause au niveau de ma clavicule, puis baissa son visage vers le mien pour joindre nos lèvres.

Son baiser, trop plein de retenue, ne me satisfit pas. Il finit par céder au bout de quelques secondes et se laissa enfin emporter par mon urgence, son corps percutant le mien et ses bras m'enserrant comme pour m'empêcher de fuir; l'idée ne m'avait pas traversé l'esprit. En reprenant sa respiration, il marmonna mon vrai nom contre mes lèvres, déchaînant l'incendie qui paraissait déjà courir dans mes veines.

Je libérai une de mes mains pour retrouver la carte magnétique et ouvrir la porte de ma chambre mais il me stoppa d'une main tremblante.

— Ava, non.

Surprise, je reculai le visage pour mieux le regarder.

— Sébastian, j'ai pris ma décision, soufflai-je. Je veux être avec toi.

Pour prouver mes dires, je l'embrassai à nouveau, plus tendrement. Lorsqu'il répondit, je crus qu'il avait capitulé et m'enhardis; il mit plus de temps à me repousser, cette fois-ci. Rompant le baiser, il laissa sa tempe contre la mienne et chuchota à mon oreille, la voix vacillante:

— Tu n'es pas prête.

Je songeai que s'il voulait bien se donner la peine d'entrer, j'aurais pu enfin lui montrer combien j'étais prête.

— Tu me veux maintenant, mais moi, je te veux pour toujours.

Je sentis sa barbe naissante me frotter le visage quand ses lèvres s'étirèrent d'un sourire que je devinai triste.

— Aussi longtemps que « toujours » durera, ajouta-t-il.

Il m'embrassa doucement pour m'assurer qu'il attendrait que je sois prête, refusant de croire ce que mon corps lui hurlait à cet instant.

En regardant la porte de sa chambre se fermer derrière lui, je me demandai si c'était ce qu'il avait ressenti, pendant des mois, lorsqu'il me voyait partir pour rejoindre Andrea. S'il avait dû se battre contre la sensation fantôme de mon corps contre le sien, contre l'envie de gémir mon nom et de me retenir avec des promesses qu'il n'aurait probablement pas pu tenir.

Sauf qu'il allait se coucher seul et que cette situation-ci était encore plus ridicule. Comment pouvait-il s'attendre à ce que je me repose avec ce nœud dans mon ventre qu'il refusait de défaire et la brûlure de ses baisers pour hanter mes pensées?

Alors que plusieurs nuits de silence dans mon appartement avaient fini par avoir raison de mon entêtement, elles n'avaient fait que renforcer les convictions de Sébastian. Je n'arrivais pas à savoir s'il doutait vraiment de mon engagement ou s'il en profitait pour se venger de toutes ces années où il m'avait couru après.

Affaiblie de désir, à nouveau seule dans mon lit, j'aurais donné presque n'importe quoi pour qu'il soit avec moi, même si ce n'était que pour me prendre dans ses bras.

Pour me changer les idées, je décidai d'aller m'exercer à me noyer dans le jet de la petite douche. Il n'y avait rien de plus efficace que de penser à Viktor pour tuer toutes mes ardeurs.

**

Le lendemain, en arrivant chez Laure pour prendre les garçons, la tension du matin avait fini par disparaître. Ben m'avait regardée étrangement, cherchant les signes apparents de ce que nous avions fait – il en était sûr – pendant notre court voyage ; Julien, quant à lui, n'avait plus envie de poser les milliers de questions qu'il nous réservait habituellement lorsque l'un de nous deux partait pour exécuter un contrat.

Il s'écoula presque deux jours avant que j'aie à nouveau l'occasion de parler seule avec Sébastian. Quand je lui demandai s'il avait eu des retours suite au fiasco du contrat de Belgique, il parut hésitant et j'eus alors la distincte impression qu'il m'avait en fait évitée tout ce temps.

— Ne t'inquiète pas, j'ai vu les vidéos de surveillance de l'entrepôt, on te voit toujours de dos.

— Pardon ? Comment ça « on TE voit » ?

— Pas de quoi paniquer, m'assura-t-il à nouveau, battant en retraite jusqu'à son appartement.

— Qu'est-ce que tu veux dire par « on TE voit que de dos » ? répétai-je. Est-ce qu'on voit ton visage ?

— Hum, oui, rapidement.

Je vis à son expression qu'il envisageait sérieusement de me fermer la porte au nez pour se débarrasser de moi ; en voyant mon air furibond, il reconsidéra. Ou alors, il savait que j'aurais utilisé ma clé pour le suivre.

— Comment est-ce que tu as eu la vidéo ? réclamai-je.

— Je l'ai, hum, reçue par mail, avoua-t-il.

— Et tu comptais me le dire quand ? C'était des menaces ou ils essaient de te faire chanter ?

Au fond, cela faisait peu de différence, il faudrait tous les tuer quand même.

— Je ne voulais pas t'inquiéter, je me charge de tout, d'accord ?

Je plissai les yeux d'un air suspicieux.

— La dernière fois que tu t'es chargé de tout, il a fallu tuer ton beau-frère.

— Comment va Andrea ? contra-t-il.

Bon, d'accord, nous avions tous les deux déraisonné à plusieurs reprises, mais je n'aimais pas l'idée qu'il fasse cavalier seul.

— Je ne vais pas insister, promis-je. Mais s'il te plaît, ne fais pas l'idiot, tu n'es pas tout seul.

Il hocha la tête en me voyant faire demi-tour, soulagé que je décide de lui faire confiance.

— Si tu ne veux pas que je t'aide, appelle au moins Roger ou Mariam, lançai-je avant de claquer la porte.

Ce n'était pas que je ne croyais pas en les capacités de Mariam, mais je me pris à espérer de tout mon cœur qu'il choisisse d'appeler Roger.

51.

L'horloge de la cuisine était le seul bruit qui venait me distraire tandis que j'attendais Sébastian et les garçons dans leur salon. Ils rentreraient du lycée d'ici quelques minutes, mais j'attendais depuis plus d'une heure déjà.

J'avais trouvé l'enveloppe dans ma boîte aux lettres ce midi. Elle n'était pas à mon nom, mais j'avais reconnu l'écriture dessus et elle avait été expédiée en courrier prioritaire. Ce n'était pas tant ma curiosité que mon caractère suspicieux qui m'avait poussée à la lire.

Depuis, j'attendais, assise sur le canapé, incapable de détacher mes yeux de l'enveloppe sur la table basse.

Une dizaine de minutes plus tard, une clé tourna dans la serrure et la porte s'ouvrit. Ben fut le premier à franchir le seuil, suivi de Julien, puis de Sébastian ; je les entendis s'immobiliser un à un en me voyant, mais je ne levai pas mes yeux de l'enveloppe pour les saluer.

— Ava ? s'inquiéta Julien.

— Qu'est-ce qu'il y a ? demanda Sébastian en réalisant que quelque chose clochait.

— Il y avait une lettre pour toi, répondis-je seulement.

Il me regarda sans comprendre, puis son regard se posa enfin sur la table.

— Tu n'as pas encore mis ton nom sur la boîte aux lettres alors le facteur l'a mise dans la mienne, comme d'habitude.

— Et depuis quand tu lis mon courrier ? accusa-t-il.

— Depuis que l'écriture sur l'enveloppe est celle de Roger.

Je relevai la tête vers lui pour voir sa réaction. J'étais heureuse qu'il ait écouté mon conseil, mais le contenu de l'enveloppe m'avait fait regretter de lui avoir donné l'idée. À mon expression, il comprit tout de suite que je savais.

— Ben, Julien, allez dans vos chambres, dit-il.

Sans poser de question, ils laissèrent leurs manteaux sur une chaise et sortirent de la pièce en silence. Sébastian resta immobile un long moment. Enfin, il soupira et s'avança jusqu'au fauteuil.

— Qu'est-ce que c'est que cette adresse ? réclamai-je avant qu'il puisse dire quoi que ce soit.

— Tu sais très bien ce que c'est, Ava.

— Oui mais je veux que tu me dises que j'ai tort.

Il laissa échapper un petit rire sans joie.

— Tu détestes avoir tort.

— Pas cette fois, le contredis-je.

Il sortit du fauteuil pour venir s'installer à côté de moi et pouvoir me parler à voix basse. Apparemment, les garçons non plus, n'étaient pas au courant.

— C'est devenu sérieux, il faut que je m'en occupe.

— Non, ce que tu fais là, ce n'est pas s'en occuper, c'est contourner le problème.

— Ava, je ne peux pas rester là si je veux régler ça sans vous impliquer.

— « Nous » impliquer ? Je n'ai pas besoin de ta protection, Sébastian, grinçai-je en retirant brutalement la main qu'il avait posée sur la mienne.

— Mais ils ont besoin de la tienne ! répliqua-t-il.

Je le regardai, incapable de croire ce qu'il était en train de me dire.

— Alors c'est comme ça ? Tu vas faire tes valises et partir ?

— Seulement le temps de me débarrasser d'eux. Ils accepteront de me laisser tranquille si je leur donne celui qui m'avait recruté.

Dans l'absolu, son projet était solide, mais on savait tous les deux que ce genre de plan ne se déroulait jamais comme prévu. Il prévoyait de partir pour une durée d'une ou deux semaines, mais personne ne pouvait dire dans combien de temps il reviendrait réellement. Seul contre toute une organisation de trafiquants, qui pouvait dire s'il reviendrait tout court ?

— Et tu comptais m'en parler quand exactement ? Le jour même ?

Ma colère retomba en voyant son expression embarrassée ; il avait déjà prévu son départ. Désabusée, je refusai d'écouter ses fausses excuses et me levai pour rentrer chez moi. Il me rattrapa par la main et chercha à croiser mon regard pour me convaincre de rester.

— Ava, j'allais t'en parler, mais je savais comment tu réagirais…

— Alors c'est de ma faute ?

— Non, ce n'est pas ce que…

— Tu sais, l'interrompis-je, c'est bien joli de mettre tous nos problèmes sur le dos de mes incertitudes, de jouer les chevaliers servants en faisant semblant de me laisser toutes les décisions, mais à la première difficulté, c'est toi qui agis comme si tu étais encore seul.

Il lâcha ma main en baissant les yeux, comme un aveu de culpabilité. Il aurait pu me demander mon aide, comme je l'avais fait pour Viktor. À la place, il avait choisi de s'enfuir et de régler ses problèmes tout seul, comme s'il n'avait pas une famille qui comptait sur lui. Bien sûr, cette solution était la plus simple, la plus rapide, et s'il avait choisi d'en discuter avec moi, c'est probablement ce qu'on aurait décidé, en fin de compte ; mais il avait pris la décision sans moi et me laissait seule pour défendre ses neveux contre Viktor. Sa dernière carte postale le situait encore en Russie, mais il allait finir par revenir.

Le bruit de la porte que je refermai doucement derrière moi en partant me parut plus violent que tous les claquements qui avaient rythmé notre relation depuis ses prémices.

Pendant l'heure qui suivit, j'avais hésité à appeler Roger pour lui demander des explications, mais je savais parfaitement ce qu'il allait me dire : Sadist avait pris la bonne décision. Est-ce qu'il n'y avait vraiment que moi qui étais assez idiote pour rester chez moi alors que quelqu'un voulait me tuer ? Ou bien étaient-ils tous si lâches qu'ils devaient fuir pour régler leurs problèmes ? Je n'arrivais pas à décider.

Dans un élan féministe, j'avais même songé combien il était injuste que ce soit moi, la femme, qui doive rester s'occuper des enfants alors que l'homme de la maison partait en solitaire pendant Dieu savait combien de temps, pour tuer des gens et marchander avec des gangsters.

Après trois tasses de café, j'étais allée m'étendre sur mon lit pour me calmer, j'avais hurlé dans mon oreiller, ignoré quatre appels de Sébastian, harcelé Mariam au téléphone alors que je savais qu'elle était à l'étranger. À court de distractions, mes pensées étaient revenues vers la première fois que j'avais vu Sébastian, six ans auparavant, cette nuit où Mariam nous avait présentés. Cette nuit-là, j'avais été trop occupée à le trouver agaçant pour me rendre compte à quel point il était dangereux pour moi. Bien sûr, physiquement, j'avais tout de suite remarqué qu'il était très attirant, avec son sourire charmeur, ses tatouages et son assurance, mais le vrai danger, dès le départ, ce potentiel qu'il avait eu à venir bouleverser ma vie, j'étais passée à côté. Le pouvoir qu'il avait sur moi aujourd'hui était quelque chose que je n'avais pas vu venir, cette nuit-là.

À chaque fois je pensais être prête à abandonner complètement mes réserves, à laisser tomber les barrières que j'avais passé des années à construire, meurtre après meurtre, il fallait qu'il me rappelle que je n'avais plus vraiment eu le choix à partir de ce premier soir. La question n'était plus de savoir si j'avais le courage de me laisser tomber amoureuse, mais de savoir si j'avais la force de survivre à toutes les blessures qu'il finirait inévitablement par m'infliger.

J'attrapai le Browning dans le holster sur le côté du lit et le tins contre ma poitrine en repensant à ce qu'il avait dit en revenant de Belgique ; Sébastian s'était insinué dans ma vie et s'y était installé de façon si permanente que je ne parvenais plus à imaginer une vie sans lui et les garçons. Je n'étais peut-être pas prête pour « toujours », mais je n'étais pas réellement certaine d'avoir encore le choix.

*

En début de soirée, la sonnerie de la porte d'entrée me surprit à peine tant je l'avais attendue. J'avais pensé que Sébastian viendrait essayer de se faire pardonner, mais c'est Ben qui pénétra dans mon salon quand j'ouvris la porte. Le voir s'installer dans mon canapé me donna l'impression que le monde entier tournait à nouveau dans le bon sens, mais ce sentiment ne dura que quelques secondes.

— Tu veux venir manger avec nous ? demanda-t-il.

Je sentis mon regard s'assombrir.

— C'est ton oncle qui t'envoie ?

Il hésita avant de hocher la tête en silence.

— Vous mangez quoi ?

— Il a fait des lasagnes.

Je jetai un coup d'œil à mon bol de céréales en hésitant. L'idée était tentante, mais je savais pertinemment que s'il avait pris la peine de leur faire leur plat préféré, Sébastian avait l'intention de leur annoncer son départ ce soir. Je n'étais pas certaine de vouloir être là quand il le ferait.

— Alleeeez ! supplia le garçon.

— Ben…

— Vous vous êtes disputés ?

— Oui, soupirai-je.

Il eut l'air déçu, comme s'il savait que j'avais besoin de plus de temps avant de pardonner la dernière bêtise de son oncle. Il resta avec moi sur le canapé jusqu'à ce que Julien vienne le chercher pour se mettre à table mais n'essaya pas de me convaincre de repartir avec lui. Bien sûr, je cédai au moment où je les vis passer la porte de mon appartement.

Le regard reconnaissant de Sébastian en me voyant arriver me donna presque envie de faire demi-tour, mais Ben avait déjà enfermé ma main dans la sienne. Je résolus de rester pour lui, mais de ne pas parler à Sébastian plus que nécessaire.

Tout au long du repas, je pris plaisir à regarder les garçons se régaler et plaisanter avec leur oncle mais un pincement aigu au cœur me rappelait sans cesse que ce bonheur allait prendre fin trop vite. Quand le moment vint, Sébastian me lança un regard plein d'espoir, puis se tourna vers Julien et Ben.

— Les garçons, j'ai quelque chose d'important à vous dire, commença-t-il.

Je ne laissai pas passer plus de trois battements de cœur avant de me lever pour sortir de table.

— Tu vas où ? interrogea Julien.

— Aux toilettes, répondis-je sans me retourner.

Sébastian ne tenta pas de me retenir. Il ne se servirait pas de moi pour adoucir le choc de son départ. Je fermai la porte à clé derrière moi et baissait le couvercle des toilettes pour m'y asseoir en attendant qu'il assume les conséquences de ses actes. Malgré moi, je me pris à tendre l'oreille pour écouter l'annonce de mon ancien colocataire, soulagée de constater que les murs étaient trop épais pour me le permettre. Ce n'est qu'en entendant les premiers sanglots de Ben et le haussement de voix de Julien que je revins dans la cuisine.

— Tu leur as dit ? m'informai-je auprès de Sébastian.

— Donc tu savais, accusa Julien.

— Votre oncle m'a mise au courant aujourd'hui.

— Et tu ne nous as rien dit !

— Non, argumentai-je, il voulait le faire lui-même.

Je n'avais aucune idée de ce qu'il avait voulu faire, en réalité, mais c'était l'explication la plus plausible qui me vint à l'esprit à ce moment.

— Qu'est-ce qu'on est censés faire en attendant que tu reviennes ? s'écria-t-il en se retournant vers son oncle.

— Si Ava le veut bien, vous allez retourner chez elle jusqu'à mon retour. Rien ne va changer, je suis déjà parti plusieurs fois en vous laissant tous les trois.

— Jamais si longtemps.

— Je sais. Et je suis désolé de ne pas pouvoir vous donner une durée précise, mais je ferai le plus vite possible.

Le visage fermé de Julien disait clairement qu'il n'était pas prêt d'accepter ses excuses.

— Ava ? On a le droit de revenir avec toi ? demanda Ben.

— Bien sûr.

Je serrai Ben contre moi pendant de longues secondes avant de me tourner vers son frère.

— Tu pourras t'installer dans le bureau si tu veux.

— Cool, merci, grommela-t-il dans un effort pour être aimable.

Soulagée de constater que sa colère ne s'étendait pas à moi, je restai quelques minutes pour les rassurer, mais repartis chez moi dès qu'ils prirent la direction de leurs chambres respectives. Sébastian m'accompagna à la porte et tenta de me retenir en gardant la main sur la poignée.

— Ava…

— Non, le coupai-je. Je ne veux pas entendre ce que tu as à dire maintenant. Laisse-moi quelques jours.

Il posa une main sur ma joue et chercha mon regard du sien tandis que je lui refusai obstinément toute intimité. Un instant, je crus qu'il allait essayer de m'embrasser, mais mes yeux restèrent fixés sur la porte qu'il retenait en otage. Finalement, il laissa tomber la main sur mon visage, puis celle sur la poignée, et me laissa partir.

***

Deux jours plus tard, je fus réveillée par les voix des garçons, puis les bruits de vaisselle et de placards lorsqu'ils se mirent à préparer le petit déjeuner. Le vacarme familier me poussa à vérifier l'heure, mais celle-ci était bien trop matinale pour me convaincre de sortir de mon lit ; leur oncle pouvait bien s'occuper d'eux jusqu'à une heure décente. Je sortis de mon sommeil par intermittence, dérangée par un sentiment d'alarme que je décidai d'associer à mes mauvais rêves.

Lorsque j'ouvris les yeux pour la cinquième fois en l'espace d'une heure, je pris le temps de réfléchir quelques minutes à cette inquiétude qui ne me quittait pas et que je sentais grandir au fur et à mesure que je me réveillais tout à fait. Quand enfin je compris ce qui clochait, la crainte de me lever pour découvrir ce qu'il se passait fut presque plus forte que le besoin de savoir. Les garçons n'auraient pas dû être chez moi.

— Qu'est-ce que vous faites là ? demandai-je en entrant dans le salon

D'abord surpris de me voir débouler ainsi, je vis Julien fuir mon regard. Ni l'un, ni l'autre ne me répondirent. Je sentis une sueur froide me gagner.

— Où est votre oncle ?

Tandis que Julien refusait toujours de croiser mon regard, les yeux de Ben se mirent à briller.

— Julien, où est votre oncle ? exigeai-je.

— Il est parti.

— Parti où ?

Je me rendis compte de l'absurdité de ma question au moment où elle franchit mes lèvres.

— Juste parti. Il nous a pas dit où, précisa Ben en serrant le pull rouge de sa mère tel un doudou.

— Non, refusai-je. Il ne serait pas parti sans me dire au revoir.

Je n'avais pas voulu prononcer la deuxième partie de ma phrase à voix haute. Je n'avais pas voulu donner voix à mes doutes enfantins.

— Il nous a demandé de pas te réveiller.

Pendant un long moment, trop long peut-être, je ne trouvai rien à répondre à cela. Mon esprit sembla refuser de traiter l'information.

Sébastian était parti. Sans prévenir, sans dire au revoir. Pire, il avait ordonné à ses neveux de ne pas me réveiller ; je n'étais pas assez naïve pour croire qu'il donnait tant d'importance à la qualité de mon sommeil. Il n'avait pas voulu que j'aie le temps de le rattraper ou de l'empêcher de partir.

— Ava ? Tu vas pleurer ?

L'air paniqué de Julien me fit revenir à la réalité.

— Bien sûr que non, je ne vais pas pleurer, répliquai-je sèchement.

J'étais l'adulte de la situation, même si je l'avais voulu, je ne me serais pas permis de pleurer.

— Moi aussi je suis triste, m'avoua Ben, comme pour me donner une excuse si j'en voulais une.

J'ébouriffai ses cheveux gentiment comme Sébastian le faisait souvent.

— Ne t'inquiète pas, il n'est parti que pour quelques semaines, pas pour toute la vie.

Sur ces mots, je me servis une tasse de café pour leur montrer que le départ de leur oncle ne devait rien changer à nos habitudes. La fin du petit déjeuner ne fut animée que par les conversations des émissions matinales à la télévision, mais je fis de mon mieux pour habiller mon visage d'un sourire de temps à autre.

Une demi-heure plus tard, lorsque je m'enfermai dans la salle de bain pour me laver, je repensai à ce que j'avais dit à Ben et à combien ces mots avaient laissé un goût de mensonge dans ma bouche. Sébastian était parti, mais je ne savais pas si ce ne serait que pour quelques semaines. C'était peut-être pour toujours ; ce « toujours » qu'il avait voulu passer avec moi. Et il ne m'avait pas dit au revoir.

Luttant pour ravaler ma rancœur et les sanglots qui commençaient à me serrer la gorge, je saisis énergiquement ma brosse à dent et jurai en découvrant qu'il était, en plus, parti en emportant mon tube de dentifrice. Il n'avait même pas été capable de s'en acheter un autre en prévision de son départ. J'ouvris alors l'armoire à pharmacie pour prendre un nouveau tube et découvris l'inscription au crayon rouge sur le miroir intérieur.

« Je t'aime, le Fléau. »

Et comme une mauviette, je me mis à pleurer.

52.

J'aurais aimé pouvoir dire que le temps sans Sébastian passait plus vite que je ne l'aurais cru, mais je n'étais pas si bonne menteuse. Les premiers jours après son départ me parurent si longs que je me surpris à m'ennuyer à plusieurs reprises.

J'avais d'abord décidé de m'investir à plein temps dans mon rôle de tutrice et de faire en sorte que rien ne change pour les deux garçons. Bien entendu, j'avais vite abandonné cette idée ; durant cinq jours, je les avais déposés à l'école le matin, puis les avais récupérés le soir, faisant parfois quatre allers-retours dans la journée selon leur emploi du temps ; j'avais passé le reste du temps à tourner en rond, à imaginer ce que faisait Sébastian, à attendre que le téléphone sonne alors que je savais qu'il était trop tôt pour avoir de ses nouvelles. J'avais aussi étudié avec attention la fréquentation des supermarchés pour décider des jours et des horaires auxquels j'avais le moins de chances d'avoir envie de tuer ceux qui restaient plantés au milieu des allées avec leur chariot. Dans la mesure où Sébastian devait de toute façon y aller pour les garçons et lui, j'avais pris l'habitude de lui donner ma liste de courses pour éviter de le faire moi-même.

Enfin, au bout de cinq jours atroces, j'avais décidé de reprendre ma vie en main et de cesser d'être définie par ma relation avec les Moreau. Julien avait pour nouvelle consigne de rester au lycée jusqu'à ce que je puisse venir le chercher ou que l'heure coïncide avec l'horaire de sortie de l'école de son frère ; lorsqu'il avait commencé à protester, je lui avais fait remarquer qu'il était censé réviser son bac de toute façon. La seule raison pour laquelle je ne l'autorisais toujours pas à prendre le bus était que je n'étais pas certaine de l'endroit où se trouvait Viktor. J'avais beau passer des heures à scanner le dark web pour dénicher des informations sur sa localisation, je n'avais rien découvert de très intéressant, et mes cauchemars ne s'en étaient qu'intensifiés. L'idée de laisser Julien rentrer seul en transport en commun était assez terrifiante pour me déclencher une crise de panique.

En réalité, le plus palpitant dans ma vie en ce moment étaient les mails de Camilo que je continuais d'ignorer. Devenant folle, j'avais pris la décision de retourner à la salle de sport et de me remettre au jogging. J'étais allée courir seulement deux fois depuis, mais c'était plus par fainéantise qu'autre chose ; même le souvenir de cette course folle dans les rues de Bogota n'avait pu me motiver à retourner cracher mes poumons une fois de plus.

Forcée de trouver une nouvelle occupation, j'avais résolu ce matin de harceler Valerio pour qu'il accepte de réserver des séances de tirs pour moi. J'en étais à trois appels.

Il répondit au quatrième, gâchant un peu ma perspective de passer l'après-midi à l'appeler. J'hésitai une seconde à raccrocher, puis finis par me dire que si je voulais lui demander un service, commencer par l'énerver était peut-être une mauvaise idée.

— QUOI ? s'énerva-t-il en décrochant.

— Woah, pourquoi tu cries déjà alors que je n'ai encore rien demandé ?

— Altorès, qu'est-ce que tu veux ?

— J'ai un service à te demander.

— Quelle surprise, railla-t-il.

— Quoi, tu ne voudrais quand même pas que je t'appelle juste pour prendre des nouvelles ?

Son grommellement ressemblait vaguement à un assentiment, aussi, je n'insistai pas.

— Est-ce que tu pourrais réserver quelques séances de tir pour moi, s'il te plaît ?

— Pourquoi ? soupira-t-il.

— Euh… pour tirer ?

— Non, pourquoi tu veux venir chez nous alors que tu es inscrite dans un club de tir ?

— Oh, parce qu'avec toutes les nouvelles précautions, je n'ai plus le droit de m'exercer avec mon arme, elle n'est pas réglementaire pour l'entraînement, expliquai-je.

Pour être tout à fait honnête, ce n'était probablement pas vrai, mais il y avait quelques personnes bizarres dans ce club que je préférais éviter ; par exemple, les deux idiots qui me demandaient s'ils pouvaient essayer mon Browning à chaque fois, malgré mon refus systématique. Comme si je me baladais en demandant à tripoter les armes des autres.

Et j'avais envie de discuter avec Valerio, aussi ridicule que cela puisse paraître.

— D'accord, céda-t-il. Je vais voir ça, je te rappelle quand j'ai fait la réservation.

Je le remerciai sincèrement et promis de lui rapporter du vrai café pour sa mauvaise humeur. Clairement, la seule excuse à son manque d'amabilité envers moi ne pouvait venir que d'un manque de café buvable. Ou peut-être de chocolat.

Ravie d'avoir un nouveau programme, je pris mes clés de voiture avec un sourire pour aller chercher les garçons. La route était devenue si familière que je savais maintenant exactement à combien rouler pour avoir tous les feux au vert. Dans ma tête, j'entendis la voix de Roger sermonner que l'habitude était le pire ennemi du tueur à gages.

Dans une rue adjacente à l'école de Ben, je garai la voiture avant de rejoindre la grille à pied et d'attendre patiemment comme tous les autres parents que la cloche de fin de journée ne libère les élèves. De peur que Ben ne me voie pas, je m'étais positionnée tout près du portail les premières fois, mais j'avais progressivement reculé de plus en plus loin lorsque d'autres parents s'étaient mis en tête d'engager la conversation pour passer le temps. L'un d'eux était d'ailleurs en train de se rapprocher dangereusement alors que je scrutais la foule grandissante à l'affût du moindre signe de danger ; lorsqu'il me salua gaiement, je répondis par un sourire crispé avant de sortir mon portable et de faire semblant de téléphoner.

Je ne décollai mon téléphone de mon oreille que lorsque Ben passa la grille d'entrée et s'avança vers moi, se hissant sur la pointe des pieds pour m'embrasser sur la joue. Il me raconta sa journée avec animation sur le chemin jusqu'à la voiture, mais dès les portières refermées, je sentis sa bonne humeur retomber.

— Tout va bien ? demandai-je en cherchant son regard dans le rétroviseur.

— Oui…

Il tourna la tête vers la vitre pour ne pas me montrer sa peine, mais je savais parfaitement ce qui l'avait rendu morose tout à coup ; nul doute que Julien aurait la même réaction en s'installant dans le siège passager.

Tous les soirs depuis le départ de leur oncle, en montant dans la voiture, leur première demande avait été de savoir si j'avais eu de ses nouvelles. Chaque fois, j'avais dû leur répondre que je ne savais toujours rien de plus et chaque fois, j'avais senti leur réaction se charger de plus en plus de résignation. Au bout de deux semaines, ils avaient commencé à montrer moins d'empressement dans leurs questions, attendant parfois d'être presque arrivés à la maison. Cela faisait maintenant trois semaines qu'ils attendaient le retour de Sébastian et ils avaient cessé de me poser la question. Leur renoncement forçait ma gorge à se resserrer sur des mots de consolation vains ; mieux valait qu'ils se fassent à l'idée de vivre sans lui, au cas où.

*

Le soir même, je profitai du fait que Julien regardait la télévision pour aller traquer Viktor sur internet. Comme toujours, j'effectuai la routine d'opérations sur l'ordinateur pour m'assurer que personne ne me verrait pénétrer les confins du dark web.

Contrairement à ce que la plupart des gens pouvaient imaginer, beaucoup d'informations étaient disponibles sur des sites internet tout à fait normaux, si l'on savait quoi chercher. Certains mots clés ordinaires pouvaient cacher des demandes de recruteurs sur des forums particuliers. En revanche, pour trouver les informations dont j'avais besoin, je devais aller chercher bien plus profondément, là où les criminels en tous genres se sentaient libres de parler de leurs travers et de leurs besoins les plus répugnants. Un haut-le-cœur me prit en voyant le titre de certains messages ; les tueurs à gages étaient sans conteste l'espèce avec le sens moral le plus développé dans cette partie du web.

Un nom accrocha mon œil et me poussa à suivre le lien. La lecture du message posté me fit froid dans le dos. L'annonce de la mort d'un confrère était rarement source d'émotion pour moi, surtout si l'on considérait le fait que j'en avais tué un certain nombre moi-même, mais cette personne était loin d'être un inconnu ; Nowak avait été une des personnes clés lors de l'exécution de mon plan pour me débarrasser de Viktor. Sa disparition, bien qu'une triste nouvelle, ne m'aurait pas alarmée plus que ça si un autre de mes contacts n'avait pas trouvé la mort lui aussi, seulement quelques jours plus tôt. Il ne me fallut creuser que quelques minutes supplémentaires pour découvrir les rumeurs selon lesquelles Viktor était impliqué dans leur mort.

Viktor était en train de tuer tous ceux qui m'avaient aidée à l'envoyer en prison et à maquiller ma mort.

Je dégainai mon portable pour appeler Arnold. Il répondit au bout de deux sonneries.

— Il est en train de tuer tout le monde, lui dis-je sans préambule.

— Qui ça ?

— Viktor, m'écriai-je, une note de panique faisant dérailler ma voix.

— Qu'est-ce que tu veux dire, il est en train de tuer tout le monde ? réclama-t-il posément.

— Tout le monde ! Tous ceux qui m'ont aidée il y a six ans !

Il ne répondit pas tout de suite, laissant monter ma panique.

— Est-ce qu'il a tué quelqu'un chez nous ?

— En France ? Non, Petrescu était en Russie et Nowak a été retrouvé en Ukraine.

Arnold continua à me poser des questions pendant quelques minutes, me faisant répéter les faits jusqu'à ce que la situation ne me paraisse plus si terrible. Tant qu'il était occupé à tuer d'autres gens, il n'essayait pas de me tuer moi. Le plus difficile jusqu'à présent avait été de traquer ses mouvements, mais s'il avait décidé de me laisser une piste de corps pour m'aider dans ma tâche, tant mieux.

— Ma réputation va en prendre un coup, fis-je remarquer à Arnold.

— Pfff ! N'importe quoi, ta réputation va très bien, répliqua-t-il, pas très convaincant.

— Arnold, j'ai assassiné au moins deux autres tueurs en un an, mon apprenti a été tué. Si, en plus, tous ceux qui me filaient des informations se mettent à mourir, plus personne ne voudra jamais bosser avec moi, me plaignis-je.

— De toute façon, t'es toujours en train de dire que tu préfères travailler seule.

Il n'avait pas tort… Mais au rythme où allait Viktor, il ne resterait bientôt plus que des gens qui ne m'aimaient pas. La solution était très claire : il fallait que je tue Viktor. Bien sûr, ça avait toujours été le plan, mais à présent, ce n'était plus seulement une question de vie ou de mort, ni même de vengeance. C'était une question de réputation.

Avant de raccrocher, Arnold me demanda en plaisantant :

— Rappelle-moi comment tu t'appelles ?

Je suis le Fléau, me répétai-je en boucle pendant quelques minutes. Et c'était vrai, nom d'un chien, j'avais passé des mois à prévoir comment me défendre contre Viktor sur mon propre territoire, il était temps de passer à l'offensive. Dès que Sébastian serait revenu, je partirais chercher Viktor pour en finir. Je ne pouvais plus le laisser détruire tout ce que j'avais construit avec ma sueur et mon sang.

En éteignant l'ordinateur, je songeai qu'il valait peut-être mieux que j'arrête aussi de tuer d'autres assassins.

— Avaaaa ! m'appela Julien depuis la cuisine. Y'a plus de gruyère !

Je soupirai profondément ; au moins, depuis que Julien était en charge de la cuisine, j'avais moins de chances d'empoisonner les garçons avant le retour de leur oncle.

***

Deux jours plus tard, je me réveillai en sueur au milieu de la nuit, le cœur battant, les cheveux collés à mes tempes et le tee-shirt collé dans le dos. Je me retins de prendre mon Browning dans son holster et tentai de ralentir ma respiration ; il fallait se rendre à l'évidence, prendre la décision de passer en mode offensif n'avait rien fait pour calmer mes terreurs nocturnes. Les mains encore tremblantes, j'ouvris ma couette pour sortir du lit et aller prendre une douche chaude. Il n'y avait rien de mieux qu'une douche chaude après un cauchemar dans lequel un psychopathe vous plantait une épée dans l'épaule.

Une grimace douloureuse m'échappa lorsque je fis quelques rotations de mon épaule gauche sous le jet d'eau chaude. La douleur ne disparaissait jamais vraiment ces derniers temps, mais elle devenait particulièrement difficile à ignorer les nuits où Viktor revenait me hanter. J'avais hésité à annuler mon rendez-vous chez le kinésithérapeute, mais l'élancement qui descendait maintenant jusque dans mon bras et dans mon dos me rendit heureuse de ne pas l'avoir fait.

Enveloppée dans un peignoir chaud, je démarrai la cafetière puis allai m'installer dans le canapé, la télécommande à la main. La première chaîne que je sélectionnai montrait une image grise du parking de la résidence ; je restai sur cette image un moment puis, certaine que personne ne se cachait entre les voitures garées, je zappai pour observer la grille d'entrée, puis les autres angles du parking, le hall de mon immeuble et, rapidement, ceux des trois autres bâtiments. J'avais demandé à Roger de pirater les caméras de sécurité de ma résidence car en installer moi-même aurait fini par m'attirer des ennuis si l'équipe d'entretien s'était rendue compte que ce n'était pas les leurs. Je refis le même cycle plusieurs fois pendant une petite heure, jusqu'à être tout à fait rassurée, puis m'endormis sur le canapé, juste pour être sûre que personne ne rentrerait dans l'appartement sans que je m'en aperçoive.

Le lendemain matin, habitué à me trouver dans le canapé, Julien ne fit aucun commentaire et proposa de me verser un bol de céréales tandis que je m'étirais doucement. Ben nous rejoignit dans la cuisine après un passage aux toilettes et vint s'asseoir à côté de moi. Par habitude, je leur demandai s'ils avaient bien dormi, mais ils ne me posèrent pas la question en retour ; mes cernes parlaient d'eux-mêmes.

— Dis, Ava ? commença Julien après plusieurs minutes de silence.

— Non.

— Tu ne sais même pas ce que j'allais demander ! protesta-t-il.

— Si c'est encore pour savoir si tu peux aller vivre tout seul dans l'appartement de ton oncle, ce n'est même pas la peine de poser la question.

Son air renfrogné me confirma que c'était bel et bien ce qu'il s'apprêtait à demander, pour la cinquième fois. Tout comme son oncle, il ne semblait pas se lasser de poser des questions auxquelles la réponse était toujours « non ».

Lorsque je lui demandai de me passer un couteau, il s'exécuta avant de s'immobiliser en regardant l'ustensile d'un air pensif.

— Il est bien aiguisé ton couteau, remarqua-t-il.

— Oui… dis-je d'un air méfiant.

— Tu pourrais m'apprendre à aiguiser ?

— Pour quoi faire ?

— Comme ça, fit-il en haussant les épaules.

Je pris la peine d'y réfléchir sérieusement deux minutes, mais je ne voyais vraiment pas pourquoi il aurait pu avoir besoin de savoir aiguiser une lame. J'avais encore gravé en mémoire l'image de l'adolescent avec une arme à feu braquée dans ma direction. J'évitais de lui en parler car je savais qu'il était toujours traumatisé et embarrassé par les mauvaises décisions qu'il avait prises ce jour-là, mais j'étais rassurée par le fait qu'il en discutait souvent avec Luisa. S'il devait à nouveau tenter quelque chose de stupide, je préférais que ce soit avec un couteau à la lame émoussée. Dans le doute, je lui répondis :

— Tu demanderas à ton oncle quand il rentrera, c'est sa spécialité.

Malgré moi, j'eus un pincement au cœur en mentionnant Sébastian. Il haussa à nouveau les épaules pour ne pas avoir à répondre. Depuis quelques jours, il évitait même de prononcer son nom, pour faire comme si de rien n'était, mais en réalité, il donnait l'impression de commencer à faire son deuil. J'eus de la peine pour ces deux garçons qui, malgré leur âge, avaient déjà dû faire plus de deuils qu'ils n'auraient dû.

— Il va rentrer, Julien, lui dis-je d'un ton sûr.

— Ouais, je sais.

Il haussa une dernière fois les épaules avant de mettre son bol dans l'évier et d'aller se préparer pour l'école.

*

Une fois rentrée de la tournée des écoles, j'avais trouvé un nouveau message sur mon portable professionnel. L'identité de l'expéditeur n'aurait pas dû être une si grande surprise, mais cela faisait maintenant plusieurs mois que j'avais tué Nikolas et Mikael, les collègues de Hans, et il n'avait pas tenté de me contacter à nouveau. Son message était mielleux à souhait, mais j'arrivais tout de même à comprendre qu'il n'était pas content. Tant pis pour lui.

Je pris le temps de traîner dans l'appartement avant de remonter dans la voiture pour rejoindre la personne avec qui j'avais rendez-vous cet après-midi. Le jour et l'horaire d'origine avaient été fixés plusieurs semaines auparavant, mais je n'avais pas cessé de changer mes plans depuis et je n'étais honnêtement plus certaine de l'heure qui avait été choisie. À vrai dire, il était même possible que ce ne soit pas le bon jour non plus.

Je fus rassurée en la voyant de dos, assise en terrasse du café où nous devions nous retrouver. Le soleil faisait des reflets roux dans les cheveux blonds d'Irene Osman. Elle se leva en souriant lorsqu'elle me vit et me tendit la main pour me saluer.

— Merci d'être venue et encore désolée pour tous les changements de programme, lui dis-je.

— Ne vous excusez pas, je comprends tout à fait, vous devez être très stratégique en ce moment.

Si elle croyait que j'avais volontairement déplacé notre rendez-vous plusieurs fois pour des questions de stratégie, ce n'était pas moi qui allais la détromper en lui expliquant que ma vie était juste complètement chaotique. Je préférais qu'elle continue à penser que j'étais vraiment maligne. J'aurais probablement dû l'être.

— Comment allez-vous ? lui demandai-je. Les amis, le travail ?

— Je suis flattée que vous fassiez semblant de vous intéresser à ma vie, Ava, mais je sais que vous ne m'avez pas demandé de venir parce que vous voulez devenir ma meilleure amie.

Je ne pus m'empêcher de rire. Bien malgré moi, je devais admettre que je l'appréciais un peu plus chaque fois que je lui parlais. J'espérais vraiment qu'elle accepterait ma proposition.

— Est-ce que vous seriez capable de faire quelques recherches pour moi ?

— Sur Viktor ? devina-t-elle.

Elle prit les documents que je lui tendis avec les dernières informations que j'avais sur ses déplacements.

— Je veux savoir où il se trouve en permanence.

— Vous pensez qu'il va revenir ? s'informa-t-elle.

— Je sais qu'il va revenir. Mais à la minute où il revient en France, je vais l'accueillir d'une balle dans la tête.

Elle eut un petit sourire satisfait qui me laissa espérer qu'elle n'appréciait pas particulièrement Viktor et qu'elle pourrait, peut-être, devenir une personne de confiance.

— Si vous avez le temps, j'aurais aussi besoin de renseignements sur lui.

— Hans Diesbach ? s'étonna-t-elle en regardant la photo que je lui montrais sur mon portable. Il en a après vous ?

— Non, mais il m'agace.

— Ce n'est pas très malin de sa part, dit-elle avec un sourcil réprobateur.

— Non, pas vraiment, confirmai-je dans un sourire.

Elle me posa des questions précises sur le genre de détails qui m'intéressaient en priorité, inscrivit le tout dans un petit carnet ; elle titra son entrée « # 39 », prenant garde à ne mentionner mon nom nulle part dans ses notes. Puis, au bout d'une demi-heure de conversation, je l'interrogeai enfin sur le sujet qui m'avait poussée à lui demander cet entretien.

— Irene, est-ce qu'il vous arrive d'avoir des clients réguliers ?

— Oui, ça peut arriver de temps en temps, acquiesça-t-elle après un petit moment de réflexion.

— Est-ce que vous seriez intéressée par la possibilité de travailler pour moi… de façon plus permanente ? me lançai-je.

Son visage trahit sa surprise, mais elle se reprit rapidement pour demander ce que cela impliquerait exactement. J'avais besoin d'une personne professionnelle comme elle pour faire ce qu'Arnold ne pouvait plus faire correctement depuis qu'il était à la retraite ; j'avais besoin de contacts sur lesquels je puisse compter, d'avoir des yeux et des oreilles dans le monde pour ne plus jamais me laisser surprendre par un psychopathe russe ou un grand-oncle colombien.

Il ne lui fallut pas longtemps pour accepter de faire partie de l'équipe.

— Je vous conseille de ne pas ébruiter que vous travaillez avec moi, l'avertis-je tout de même. Je ne suis pas franchement appréciée par mes confrères, et certains mettent un point d'honneur à me compliquer la tâche.

À mon grand plaisir, cela ne parut pas l'effrayer le moins du monde.

On parla rémunération un petit moment, et je fus surprise d'entendre le montant qu'elle demandait pour une prise de renseignements classique ; elle ne se sous-estimait pas et je ne pus retenir un commentaire admiratif. L'égalité de salaire était une lutte de chaque instant dans les milieux criminels aussi.

Je la quittai quelques minutes plus tard, ravie d'avoir une nouvelle partenaire et pressée de découvrir de quoi elle était capable.

Sur le chemin de la maison, je téléphonai à Laure pour lui demander si elle pouvait passer prendre Ben et Julien à la sortie de l'école et rester avec eux le temps que je rentre. Elle m'assura qu'elle en profiterait pour vérifier où en étaient les révisions de Julien. Je ne précisai pas la nature de la « course » que j'avais à faire, et elle ne me posa pas la question mais accepta néanmoins. J'étouffai la petite voix qui me souffla que Laure ne serait pas capable de les protéger.

Je profitai de ce temps libre pour faire le voyage jusqu'à la maison où j'avais rencontré Hans la première fois. Un vieux monsieur était en train de laver sa voiture devant le portail et rien ne semblait indiquer qu'un tueur à gages y résidait ; j'en déduisis qu'il avait sans doute loué la propriété et qu'il opérait maintenant depuis un autre endroit.

Au moment de rentrer, je changeai d'avis. Je m'arrêtai à la piscine municipale et passai l'heure restante avant la fermeture à nager dans le grand bassin, presque seule. Pendant une heure, je sentis mes muscles courbaturés se détendre dans l'eau et les tensions de mon esprit se calmer. Puis, sur le chemin du retour, à mesure que je me rapprochais de l'appartement et des garçons, je sentis le stress monter à nouveau en moi, insidieux, comme si le besoin de les protéger avait été oublié en nageant et refaisait surface petit à petit. Enfin, la culpabilité de les avoir laissés seuls avec Laure, qui aurait été incapable de les sauver et de se sauver elle-même s'ils avaient été attaqués, me reprit au ventre à son tour.

Pourtant, en poussant la porte de la maison, les sourires des garçons me firent à nouveau oublier ma fatigue et mon angoisse jusqu'à l'heure du coucher.

Lorsque ma tête toucha l'oreiller, le monde ralentit. Soudain, toute l'adrénaline de ma journée disparut pour ne laisser résonner dans ma tête que le bruit du sang battant à mes tempes. Que le silence étouffant d'une nuit sans chaleur.

Comme tous les soirs depuis des semaines, je me retrouvais seule dans ce lit qui ne semblait plus être vraiment le mien, et le manque au creux de mon ventre m'interdisait de trouver un sommeil pourtant mérité. J'arrivais à feindre l'indifférence pendant le jour, pour les garçons, mais dès que la nuit tombait, je ne pouvais plus prétendre qu'il ne me manquait pas.

Lasse d'attendre ce sommeil qui tardait à venir me faucher, je tentai de vider à nouveau mon esprit de toutes mes inquiétudes. Je ne pouvais plus rester privée du repos dont j'avais besoin pour fonctionner normalement dans la journée ; en cas d'attaque, je ne serais d'aucun secours aux garçons si j'étais épuisée. Cet état de vigilance constante requerrait une énergie dans laquelle mes insomnies puisaient petit à petit et le message de Hans n'avait servi qu'à me rappeler qu'une seconde d'hésitation pouvait faire toute la différence.

Lentement, je fis glisser ma main jusqu'à mon ventre. Je fermai les yeux et frémis sous la caresse. Le visage de Sébastian se dessina derrière mes paupières tandis qu'une chaleur familière fusait en moi au rythme de mes battements de cœur. Mes mains devinrent ses mains sur mon corps, mes soupirs s'accordèrent aux siens et plus rien d'autre ne sembla compter que le fantôme de ses bras autour de moi. Le souvenir de son désir balaya la fatigue dans mon corps et intensifia brusquement la sensation de plaisir qui nourrissait mon bas-ventre ; l'imaginer à nouveau contre moi, en moi, après ces longues semaines d'absence fut suffisant pour me porter progressivement jusqu'à l'orgasme.

Avec un sourire désabusé, je savourai les endorphines qui décontractèrent mes muscles douloureux. Je laissai les pulsations de mon corps s'atténuer doucement alors que j'enfouis mon visage dans l'oreiller qui, depuis longtemps, ne dégageait plus l'odeur musquée de Sébastian.

Et Morphée, ce fumier, m'accepta enfin dans son domaine.

53.

Comme toutes les nuits depuis plusieurs semaines, j'avais trop peu dormi. J'avais passé des heures à me retourner dans les draps qui m'emprisonnaient, les rejetant violemment jusqu'au moment où, me sentant trop vulnérable, je les rabattais à nouveau pour m'y blottir. Vers six heures du matin, enfin, je m'étais endormie avec une dernière pensée pour Ben et Julien, dont le réveil viendrait achever ma nuit dans moins d'une heure.

Un grincement me tira brutalement de mes rêves agités et, avant même d'être vraiment consciente, ma main trouva mon Browning à côté de ma tête. Mon bras, dissimulé par les couvertures, était dirigé vers l'embrasure de ma porte, à présent entre-ouverte.

— Ava ? Julien veut savoir si tu peux venir faire le café, il n'arrive pas à faire fonctionner la machine !

La voix de Ben m'apaisa rapidement, toutefois le choc de sa question me laissa abasourdie. D'une voix pâle, je trouvai l'énergie de lui répondre que j'arrivais tout de suite, avant de vérifier l'heure sur mon téléphone. Il était sept heures vingt.

Je frottai avec lassitude mes mains sur mon visage pour effacer les dernières traces de sommeil de mon esprit. Comment est-ce que j'avais pu rester endormie alors que les garçons étaient déjà levés depuis vingt minutes ? Je m'étais toujours réveillée à la seconde où la porte de la chambre ou du bureau s'ouvrait, il ne m'était jamais arrivé de ne pas les entendre se lever depuis que j'étais seule à m'occuper d'eux.

Une anxiété s'installa durablement dans ma poitrine et compressait chacun de mes organes encore bien après que je les avais laissés à l'école pour la journée. J'espérais ne rien avoir laissé paraître en déjeunant avec eux, mais sitôt seule dans ma voiture, j'avais appelé Arnold pour lui raconter ce que j'avais fait.

— Je ne me suis pas réveillée. Je ne les ai pas entendus se lever.

— Ava, tu aurais entendu s'il y avait eu un problème, me rassura-t-il.

— Et s'ils n'avaient pas eu le temps de m'appeler? Si quelqu'un était rentré au milieu de la nuit? D'habitude, le moindre bruit me…

— Ton appartement est une forteresse, fillette. Roger a tout installé, tu as vérifié, Sébastian a vérifié et j'ai vérifié. Personne ne peut rentrer chez toi sans que tu le saches immédiatement.

— Mais c'est la première fois que je ne me réveille pas, martelai-je.

— Parce que tu es trop fatiguée.

— C'est pas ma faute si je n'arrive pas à dormir, m'exclamai-je, offensée.

— Je sais bien. Peut-être qu'il est temps d'envisager de prendre des anxiolytiques? suggéra-t-il sans aucune diplomatie.

— Quoi! Arnold, je ne suis pas folle, juste un peu fatiguée.

— Personne n'a dit que tu étais folle, mais tu es trop stressée, il faut que tu fasses quelque chose avant que ton corps ne cesse de fonctionner correctement.

— Je ne vais pas aller voir un médecin pour lui raconter mes problèmes!

Je me demandai un instant s'il faisait exprès de ne pas comprendre quel était mon problème. Je l'entendis soupirer à l'autre bout de la ligne, mais je ne lui laissai pas l'occasion de faire une autre remarque inutile. Environ deux minutes après le début de ma tirade, je réalisai qu'il avait raccroché.

Arnold m'avait raccroché au nez! Mon désarroi face à mes problèmes de réveil ne fit qu'augmenter avec la certitude que même Arnold venait de décréter que j'étais sans espoir. Comment est-ce que j'étais censée protéger les garçons si je ne pouvais plus compter sur mes instincts?

Assise à la table de la cuisine avec un mug et la cafetière pleine devant moi, je ruminais cette question depuis presque une heure lorsque deux coups frappés à la porte d'entrée me firent bondir de ma chaise. Effarée, je découvris Arnold avec un sac en papier de l'autre côté de la porte.

— Qu'est-ce que tu fais là? Pourquoi tu m'as raccroché au nez? l'accusai-je sans le laisser rentrer.

Il m'écarta du chemin de sa main libre et déposa son sac sur la table.

— Ça ne sert à rien de parler avec toi quand tu es dans cet état, déclara-t-il.

— Dans quel état ? m'offusquai-je.

— Ava, tu es hystérique.

— N'importe quoi !

Le terme qu'il avait choisi me paraissait particulièrement offensant ; j'étais juste nerveuse. Et un peu névrosée. Il sortit toute une série de gélules bleues et blanches d'une boîte en carton. Il les pointa du doigt :

— Tu vas en prendre une le matin et une le soir jusqu'à nouvel ordre.

— Je n'ai pas besoin de cachets, refusai-je.

— Là, tout de suite, tu vas prendre ces deux cachets et aller te coucher, poursuivit-il en m'ignorant complètement.

Il voulut me forcer à ouvrir la main pour y déposer deux comprimés blancs, mais je me débattis autant que possible sans renverser le café que je tenais encore dans l'autre main. Je fus si surprise lorsqu'il se mit à me hurler d'arrêter de bouger qu'il eut raison de mon habileté.

— Ava, fais-moi confiance.

Malgré moi, je me perdis quelques secondes dans le regard bienveillant de cet homme à qui je devais tout. Bien sûr que j'avais envie de lui faire confiance, mais il était si difficile de m'en remettre complètement à quelqu'un d'autre.

— C'est un somnifère ? demandai-je d'une petite voix.

Il hocha la tête lentement.

— Et si je ne me réveille pas ?

Il sortit deux pistolets de sa veste et les déposa lourdement sur la table, près des tablettes de gélules.

— Je reste pour surveiller.

Il me fallut encore quelques minutes avant de hocher la tête à mon tour et d'accepter de le laisser veiller sur moi pour la journée. Enfin, je plaçai les deux cachets dans ma bouche et levai ma tasse pour les avaler ; Arnold intercepta mon café avant qu'il n'atteigne mes lèvres.

— Plus de café pour toi.

— Quoi ? Non, là, tu vas trop loin, m'écriai-je.

Il m'obligea à prendre les somnifères avec de l'eau et m'envoya me coucher comme si j'avais six ans. Arrivée dans ma chambre, je ressentis soudain une immense lassitude s'installer dans tout mon corps. J'eus à peine le temps de penser que mes hanches avaient épaissi en enfilant mon pyjama et je m'endormis sitôt sous les couvertures.

À mon réveil, Arnold resta le temps que l'effet médicamenteux se dissipe tout à fait, puis me laissa avec une bise sur la joue et la promesse arrachée de venir dîner chez lui en récupérant les garçons que Luisa avait été chercher.

Après avoir fait le tour des caméras de sécurité, je dus admettre que cette journée de sommeil sans cauchemar m'avait redonné l'énergie qui m'avait manquée ces derniers jours. En fait, je me sentais si reposée que je décidai de rappeler Hans.

Il ne fut pas ravi que je sois celle qui fixe notre rendez-vous, mais il finit par comprendre qu'il devait s'estimer heureux que je daigne le rappeler. Il me faudrait plus de six heures de voiture aller-retour pour aller le voir, mais je n'étais pas prête de lui dire où je me trouvais juste pour faire moins de route. Il accepta mes conditions en rechignant, puis raccrocha.

***

Deux jours plus tard, je pris l'autoroute vers le sud après avoir déposé Ben et Julien en cours. Je n'avais pas donné d'heure précise à Hans pour me laisser le temps de faire le tour du quartier et vérifier qu'il n'avait placé personne en embuscade. J'avais bien compris qu'il n'avait rien de très agréable à me dire, aussi, je préférais prendre un maximum de précautions.

J'avais également prévu un stock d'armes suffisant pour tuer deux ou trois personnes, même si elles résistaient. Le travail était toujours beaucoup plus simple quand personne ne se débattait mais, soyons honnête, personne ne voulait vraiment mourir.

Son nouveau repaire ressemblait plus à des bureaux qu'à un appartement, mais je n'étais pas réellement surprise puisque j'avais repéré la rue et le bâtiment sur internet avant même de prendre la voiture ce matin. Je sonnai à la porte et attendis gentiment qu'on vienne m'ouvrir. À la place, un grésillement soutenu me signala que quelqu'un essayait de communiquer avec moi à travers l'interphone. Je confirmai mon identité, puis suivis le chemin qui m'avait été indiqué. À l'intérieur du local, un grand bureau trônait au milieu de la pièce principale ; Hans se tenait debout derrière, les bras déjà croisés en position défensive et se contenta de me saluer d'un signe de tête. Je dus me retenir de soupirer et de lui demander d'arrêter de bouder.

Près de lui, se trouvait un deuxième homme que je n'avais jamais vu ; soit il s'agissait d'un autre collègue, soit il avait engagé un garde du corps. L'homme en question mesurait bien deux têtes de plus que moi et était presque aussi large que haut. Il ne tenait pas son pistolet dans la main, mais je ne doutais pas qu'il était capable de dégainer aussi vite que moi. Son regard supérieur lorsqu'il m'observa entrer dans la pièce me donna envie de lui tirer la langue. S'il était censé m'impressionner, c'était raté.

Bon, d'accord, ça marchait un peu.

Faisant mine d'être parfaitement détendue, je m'installai sur une chaise devant le bureau, étendis mes jambes, puis croisai les chevilles de manière insolente.

— Hans, commençai-je avec l'air de m'adresser à un vieil ami.

— Le Fléau, répondit-il sans aucune chaleur.

— Je vous propose qu'on en vienne rapidement au fait, je n'ai pas que ça à faire.

— Très bien. Vous me devez réparation.

Il croisa les bras un peu plus haut sur son torse.

— Pour Mikael ?

— Évidemment.

Je soupirai de façon théâtrale pour lui montrer combien j'étais agacée par sa demande.

— Vous n'allez pas recommencer. Si à chaque fois que je tue un de vos amis, vous persistez à me demander de travailler avec quelqu'un d'autre, il ne va pas vous rester beaucoup d'amis.

— Vous ne croyez quand même pas que je vais vous laisser vous en sortir impunément ? ricana-t-il.

— Hans, vous commencez sérieusement à m'agacer, lui dis-je en me redressant sur ma chaise. Est-ce que vous êtes stupide ou bien vous le faites exprès ? Vous avez déjà essayé la même chose la dernière fois, j'ai montré beaucoup de bonne volonté, mais ça s'est mal terminé. Il vaut mieux pour tout le monde qu'on en reste là, menaçai-je.

Il s'avança vers mon côté du bureau, sans doute avec l'idée que puisqu'il était debout et que je restais assise, il avait l'avantage.

— De la bonne volonté ? répéta-t-il. Vous avez abattu Mikael et volé le contrat !

— Je n'ai rien volé du tout. Vous m'avez coincée avec le type le plus détestable de la profession, il a fini par faire un commentaire de trop. Cependant, comme je suis une personne très professionnelle, j'ai fini le contrat en kidnappant la cible. Et je vous ai même laissé garder l'argent. Vraiment, Hans, vous devriez arrêter de vous plaindre.

— Vous appelez ça du professionnalisme ?

Le fait qu'il remette ma parole en doute me rendit soudain mauvaise. Bien sûr, j'avais été tout sauf professionnelle sur ce contrat, mais personne ne le savait.

— Vous connaissiez parfaitement ma réputation mais vous continuez à insister. D'autres sont morts pour moins que ça.

Il me rejoignit pour se pencher vers moi, pensant m'intimider de sa hauteur ; le garde du corps fit mine de s'approcher également. Je m'étais promis de faire un effort pour ne plus tuer mes collègues, mais s'il poursuivait ainsi, j'allais finir par ravaler ma promesse.

— Vous me menacez ? s'écria-t-il.

— Oh, pardon, répondis-je, faussement surprise. Ce n'est pas ce qu'on était en train de faire ?

— Vous savez, un accident est vite arrivé, le Fléau, vous devriez prendre garde à ne pas vous mettre à dos les mauvaises personnes.

Si je n'avais pas été aussi énervée, j'aurais pu éclater de rire. Est-ce qu'il croyait vraiment qu'il m'effrayait plus que Viktor ?

Je lui souris avec amabilité puis, en prenant soin de garder Hans entre le gros bras et moi, je me relevai brusquement. Le nez de Hans se brisa lorsque je le frappai d'un coup de tête. Je bougeai rapidement pour rester protégée par le corps de Hans ; j'attrapai la main qu'il voulut porter à son visage pour la plaquer sur le bureau et j'y plantai violemment le couteau caché dans un fourreau sur mon avant-bras gauche. Une partie de moi avait toujours rêvé de faire ça.

Malgré la rapidité avec laquelle je m'étais exécutée, le garde du corps avait dégainé et me tenait en joue. La seule chose qui me sauvait était le corps imposant de Hans qui me servait de bouclier. Avant qu'il ne puisse trouver une position dans laquelle il ne toucherait pas son patron, je sortis une arme à mon tour et collai le canon dans la nuque de mon captif. Très lentement, je sortis un deuxième flingue que je braquai vers le garde du corps immobile.

Maintenant que nous avions atteint un point mort dans l'action, nous allions pouvoir négocier.

— Je crois qu'il est temps pour toi de te poser une question très simple, lui dis-je.

Il ne bougea pas d'un millimètre, mais je voyais bien qu'il était attentif à chacun de mes mots.

— Est-ce que ce type vaut vraiment la peine de te mettre le Fléau à dos ? Vivante ou morte, je peux rapidement devenir ton pire cauchemar. Si tu décides que tu l'apprécies assez pour, j'aimerais simplement te rappeler qu'une fois mort, il ne te paiera pas un centime non plus.

Avec un sourire intérieur, je le vis jeter un très bref coup d'œil vers Hans, qui geignait et éructait, la joue collée contre la surface de la table.

— Dans les deux cas, poursuivis-je, tu perds un contrat. Mais il n'y a qu'un seul choix qui te permette de ne pas gagner une ennemie.

Il me sembla que des heures s'écoulèrent le temps qu'il prenne sa décision. Il était évident que ce choix représentait un réel dilemme pour lui et je ne pus qu'admirer son professionnalisme. Quelques minutes plus tard, il abaissa son arme, admettant alors que sa survie et son propre bien-être étaient plus importants pour lui que son contrat avec Hans.

Ravie, je rengainai le Browning pointé dans sa direction avec un signe de tête, puis me penchai vers Hans :

— J'espère dans votre intérêt ne jamais plus avoir de vos nouvelles, chuchotai-je. Si nos routes doivent à nouveau se croiser, il vaudrait mieux pour vous que ce soit de mon fait.

Je récupérai mon couteau en ajoutant :

— Beaucoup de gens ont tendance à mourir autour de moi depuis quelque temps, il serait dommage que je rajoute votre nom à la liste.

Ignorant ses insultes marmonnées, j'essuyai la lame sur sa manche et pris le chemin de la porte.

D'un petit sifflement, j'attirai l'attention du garde du corps qui remballait ses affaires ; je lui montrai la carte de visite que je tenais à la main, puis la déposai sur la petite table à l'entrée. Je n'attendis pas de voir sa réaction et fis demi-tour avec une démarche légèrement sautillante.

En remontant dans la voiture, je tournai le volume de la radio à fond, savourant la sensation de pouvoir qui me gonflait le cœur.

*

Je rentrai juste à temps pour récupérer Julien, puis Ben à la sortie des cours, encore enchantée par la façon dont s'était déroulée ma journée. Parfois, une journée de sieste et une petite victoire étaient tout ce dont j'avais besoin pour me remonter le moral.

Les garçons, habituellement moroses à la perspective de rentrer sans nouvelle de leur oncle, furent rapidement contaminés par ma bonne humeur. Ils allèrent même jusqu'à m'encourager lorsque je proposai de cuisiner pour eux. Forte de leur soutien, j'osai pénétrer dans une épicerie bio et me laissai guider par une vendeuse et ses conseils précis.

En arrivant à l'appartement, j'annonçai aux garçons que le dîner serait prêt vers dix-neuf heures trente et qu'ils pouvaient aller s'occuper en attendant.

À vingt heures quarante, j'hésitais encore à sortir le gratin du four, incertaine de l'aspect que le plat était censé avoir au terme de sa cuisson.

— Ava, on mange dans combien de temps ? hurla Julien depuis l'autre bout de l'appartement.

— Je crois que c'est prêt ! répondis-je au même volume.

— Comment ça, « tu crois » ?

Je n'avais jamais vu Julien arriver si vite dans la cuisine, même lorsqu'on mangeait de la pizza. L'inquiétude sur son visage me vexa profondément.

— J'ai suivi tous les conseils de la vendeuse, il n'y a pas de raison que ce soit mauvais.

Il observa le plat fumant d'un air suspicieux tandis que son frère mettait la table en ricanant.

Malgré leurs doutes, ils plantèrent avidement leur fourchette dans le gratin de légumes que j'avais préparé avec amour. Pendant quelques minutes, aucun des deux ne parla et je guettai leurs réactions. Ben approuva d'un signe de tête, prit une nouvelle fourchetée de légumes, puis son frère l'imita. J'avais rarement été aussi fière de moi.

Soudain, Julien tenta de retenir une grimace dégoûtée.
— Quoi ? demandai-je.
— Hum… tu as mis quoi comme légumes dans ton gratin-surprise ?
Ben se fendit à son tour d'une moue écœurée.
— Du chou-fleur, des brocolis…
— Des choux de Bruxelles ? devina Julien.
— Oui, des choux de Bruxelles.
— Quoi ? Beurk ! s'exclama Ben.
— Vous n'aimez pas ça ?
Ils secouèrent la tête d'un même geste, n'osant pas recracher ce qu'ils avaient dans la bouche.
— Le reste du gratin est bon, mais ça, c'est vraiment dégueulasse, me dit Julien.
— Surveille ton langage ! le sermonnai-je. Et les choux de Bruxelles sont pleins de fibres et de vitamines, c'est excellent pour la santé.
— C'est la vendeuse qui t'a dit ça ?
— Elle a menti, renchérit Ben, la bouche encore pleine.
— Ça suffit, coupai-je. J'ai passé du temps à cuisiner ça, si vous n'aimez pas les choux de Bruxelles, vous n'avez qu'à les laisser de côté, mais sachez que ça me brisera le cœur.
Ils échangèrent un rapide coup d'œil et Ben se remit à mastiquer. Il avala ses choux de Bruxelles avec un grand bruit de déglutition.
— Merci, Ben. Tu n'as peut-être que huit ans, mais au moins tu as compris ce qui est bon pour ta santé.
— Manger des choux de Bruxelles ?
— Non. Éviter de me contrarier. C'est pour ça qu'entre vous trois, c'est toujours toi que j'ai préféré.
Julien fit mine de se renfrogner et prit soin de manger ses choux de Bruxelles avec le plus de fromage gratiné possible.
Satisfaite, je me servis à mon tour et me mis à trier les légumes dans mon assiette.
— Tu ne manges pas les choux de Bruxelles ? s'étonna Julien.
— Non.
— Pourquoi ? insista-t-il.
— Parce que c'est dégueulasse, répondis-je, comme si c'était une évidence.

54.

Les messages quotidiens d'Irene étaient désespérants. Elle continuait à traquer la moindre activité de Viktor pour moi, mais il ne semblait pas près de revenir en France pour finir ce qu'il avait commencé. Ça en devenait presque vexant. Qu'avait-il de mieux à faire que d'essayer de me tuer ?

Irene avait laissé entendre que puisque j'avais déjà tué la personne qui avait lancé le contrat, peut-être que la perspective de ne pas être payé lui avait coupé l'envie de s'en prendre à moi. Son hypothèse était sympathique, mais complètement irréaliste. Si être payé pour me tuer était sans doute un bonus, c'était avant tout une histoire personnelle pour Viktor. Non seulement, il n'avait pas réussi à me tuer la première fois, mais il avait en plus passé six ans à ruminer sa vengeance dans une cellule inconfortable. Non, il ne laisserait pas tomber juste parce qu'il ne serait pas payé.

Un texto de Roger m'apprit qu'il était presque arrivé chez moi. Je sortis de la cuisine pour aller chercher Ben et Julien et leur annoncer qu'il était temps d'aller faire un tour dans l'appartement d'en face, tout en m'excusant avec profusion. Je me rendis vite compte en voyant leur réaction que mes excuses étaient inutiles ; ils avaient l'air plus que ravis d'aller passer du temps dans leur propre chambre.

J'avais pris l'habitude de les envoyer en face lorsque Roger venait vérifier la sécurité de mon appartement, une fois par semaine. Bien qu'il préférait garder ces visites courtes, je prenais toujours soin de préparer une cafetière de café frais pour qu'il puisse remplir son thermos avant de repartir.

Cette fois-ci, j'avais également besoin de ses conseils, aussi, j'avais un peu tardé à préparer le café. Avant même que je puisse lancer le sujet, il me prit de court :

— Qu'est-ce que tu veux ?

Je songeai une seconde à mentir, mais visiblement, je n'arriverais jamais à cacher quoi que ce soit à Roger.

— Est-ce que tu penses que Viktor se désintéresse de moi ?

Ma question eut le mérite de le surprendre.

— Pourquoi ? Il te manque ? plaisanta-t-il.

— Bien sûr que non. Mais tu ne trouves pas ça bizarre qu'il reste si longtemps là-bas ? Qu'est-ce qu'il attend, exactement ?

— Il veut sans doute mieux préparer son coup que la dernière fois, argumenta-t-il en haussant les épaules.

— Possible, mais il met vraiment beaucoup de temps à revenir, ça m'inquiète.

C'est à ce moment que Roger perdit la tête. Il se mit à rire.

— Le Fléau… est-ce que tu t'ennuierais, par hasard ?

— Quoi ? N'importe quoi ! affirmai-je.

— Tu es sûre ? J'ai entendu parler de ta rencontre avec Hans il y a deux semaines. Tu y es allée un peu fort, insinua-t-il.

— Pas du tout. Il m'a énervée, il savait à quoi s'attendre.

Roger finit par abandonner devant mon refus d'admettre que je m'ennuyais parce que je n'avais tué personne depuis deux mois. Depuis que Sébastian était parti. Lorsqu'il était là, j'avais au moins quelqu'un avec qui me disputer… peut-être que Roger avait raison et que je recherchais volontairement le conflit.

Mais bien entendu, j'aurais préféré mourir que de l'admettre devant lui.

— Tu crois que je dois juste attendre qu'il revienne alors ? demandai-je.

— Qui ?

— Viktor ! m'exclamai-je en levant les yeux au ciel.

Comme si j'allais parler de ma vie conjugale avec lui.

— Il va finir par revenir, Ava, c'est certain. S'il est assez en colère pour t'empaler avec un katana, il n'est pas près de laisser tomber.

— Tu crois qu'il est vraiment si en colère que ça ? Je pense qu'il est juste complètement dérangé, réfléchis-je à voix haute. Et pervers. Et russe. Ça n'a jamais aidé personne.

— Moi aussi je serais en colère si on m'avait envoyé en prison pour un crime que je n'avais pas commis, fit-il remarquer.

L'idée de Roger en rogne était loin d'être rassurante.

— En fait, poursuivit-il après une pause, je serais probablement en colère même si j'étais coupable.

Je levai ma tasse de café en signe d'assentiment.

— Au fait, repris-je. Est-ce que tu sais comment enlever des menottes sans se déboîter le pouce ?

— Pourquoi ?

— Je regardais des vidéos sur internet, mais je n'ai rien compris. Je me disais que tu pourrais peut-être m'expliquer.

— Je suis spécialiste en meurtre, pas en évasion.

— Tu ne vas pas me dire que tu n'y as jamais réfléchi.

Je n'étais pas dupe ; chacun d'entre nous avait au moins pensé une fois à comment s'évader si on se faisait arrêter. Il soupira et me fit signe d'approcher, comme pour me léguer un secret de famille. Bien sûr, je fus immédiatement intriguée par son attitude.

— Très bien, je connais une façon de se débarrasser d'une paire de menottes.

— Je t'écoute, l'encourageai-je.

— Donne-moi ta main gauche, je vais te montrer.

Je commençais à être un peu suspicieuse, mais après tout, c'était exactement ce que je lui avais demandé.

Il observa ma main quelques secondes, puis saisit mon pouce et tira dessus si brutalement que je sentis mon articulation lâcher. Je hurlai avant même d'avoir vraiment mal, mais la douleur lancinante ne tarda pas à envahir toute ma main et à remonter jusqu'au poignet, puis au coude.

J'aurais voulu l'assommer avec ma tasse, mais je ne pouvais que tenir lamentablement ma main en geignant. L'enflure.

— Voilà, dit-il posément. Une fois que ça a été déboîté, c'est plus facile de le refaire.

— Espèce de connard, murmurai-je avant d'aller m'étaler dans mon canapé.

Il proposa de remettre mon pouce en place et de le bander en attendant que j'aille aux urgences, mais je refusai, décrétant que Laure pourrait le faire en venant me chercher. Il ne remit pas en doute mes dires, mais je voyais bien qu'il n'en pensait pas moins.

Au moment où il passa la porte, je craquai et le rappelai. Conscient du fait que je lui en voulais, il ne m'obligea pas à demander de l'aide et se laissa insulter tout du long. La douleur fut tellement atténuée lorsqu'il avait terminé que je me sentis même obligée de le remercier. Et de le traiter de salopard une dernière fois.

Il me tapota l'épaule et repartit en silence, tandis que je me promettais de garder au moins deux mètres de distance avec lui quand il viendrait la semaine prochaine.

Je restai étendue sur le canapé un moment, trop fatiguée pour appeler les garçons ou Laure, et pourtant consciente du fait que je devais aller aux urgences si je voulais me faire prescrire des anti-inflammatoires et des antidouleurs.

Finalement, je parvins à rouler par terre près d'un quart d'heure plus tard, prête à aller féliciter Julien et Ben, qui avaient suivi mes consignes et étaient restés chez Sébastian malgré mes cris. Bien sûr, le fait qu'ils ne m'avaient pas entendue crier parce que la musique de leur jeu vidéo était trop forte avait probablement quelque chose à voir avec leur soudaine obéissance.

Avant de me rendre à l'hôpital pour rien, je parvins à ressortir le numéro de téléphone du médecin qui avait rafistolé mon épaule quelques mois plus tôt. Il décrocha après trois sonneries.

— Docteur… ?

Je réalisai que je n'avais aucune idée de comment il s'appelait.

— C'est Ava, l'amie d'Arnold, vous m'avez aidée à retirer une épée de mon épaule, il n'y a pas longtemps ?

J'étais à peu près certaine que cet incident avait achevé de me rendre inoubliable.

— Comment va votre épaule ?

— Hum, plutôt bien, mais ce n'est pas pour ça que je vous appelle.

Je l'entendis soupirer alors que je n'avais pas encore expliqué mon problème, mais il me laissa poursuivre.

— Hypothétiquement, si quelqu'un se déboîte le pouce, qu'est-ce qu'il faut faire pour que ça guérisse correctement, une fois qu'il a été remis en place ?

Il soupira à nouveau :

— Qu'est-ce que vous avez encore fait ?

— Rien du tout ! m'écriai-je, offensée. On est dans la pure hypothèse.

— Bien sûr…

Il n'avait pas l'air de me croire.

— Donc, est-ce que c'est normal que ce soit bleu ? Hypothétiquement ?

Il me laissa le choix entre venir chez moi et aller aux urgences par moi-même. L'idée de rester à la maison confortablement était tentante, mais il n'aurait vraiment pas été raisonnable de continuer à faire défiler des gens innocents chez moi.

En route pour l'hôpital, je déposai Julien et Ben chez Laure pour qu'ils finissent leurs devoirs. Elle promit de leur donner à dîner si mon séjour aux urgences devait durer trop longtemps et j'aurais pu jurer que Julien jeta un regard plein d'espoir vers la cuisine. Je fis comme si je n'avais rien vu, puis me hâtai de sortir pour aller chercher mes médicaments, rassurée de savoir que je les laissai en compagnie d'un policier armé.

Les premières minutes, je crus que j'étais à nouveau paranoïaque. Vraiment. Après tout, il ne pouvait pas y avoir encore quelqu'un en train de me suivre. Ça deviendrait sérieusement ridicule si c'était le cas.

Cinq minutes plus tard, je décidai d'en avoir le cœur net : je me garai près d'un café puis descendis pour y entrer et m'installai au fond de la salle. J'eus presque envie de soupirer lorsque l'homme qui se trouvait dans la voiture suspecte entra à son tour pour regarder la carte et repartir sans rien commander. Je sortis mon téléphone portable de mon jean et composai le numéro de Roger.

— J'espère que tu n'es pas arrivé chez toi parce qu'il faut que tu fasses demi-tour.

— Qu'est-ce qui t'arrive encore ?

— Je suis suivie par un type bizarre.

— Encore ?

Lorsqu'il eut fini de rire, il raccrocha en promettant de m'envoyer un message lorsqu'il serait garé à proximité du café où je m'étais réfugiée.

Le temps qu'il me rejoigne, je tentai de décider où aller pour intercepter mon nouveau suiveur. J'étudiai plusieurs possibilités jusqu'à me fixer sur la partie du bois local régulièrement fréquenté par les prostituées ; personne ne viendrait nous importuner parce que nous étions garés là.

Le texto de Roger sonna plus rapidement que je ne l'aurais pensé, m'obligeant à me demander pourquoi il n'avait pas mis plus de temps pour revenir. J'avais toujours été persuadée que Roger habitait loin de chez moi, mais c'était peut-être exactement ce qu'il voulait que je croie. Le fourbe.

Une fois au volant, je le rappelai pour lui décrire la voiture qui me suivait, mais il avait déjà deviné de laquelle il s'agissait. Dès que l'on s'engagea sur la route départementale, il accéléra pour nous dépasser et aller se cacher près de l'endroit convenu. Je m'y arrêtai quelques minutes plus tard, pris soin d'avoir l'air particulièrement coupable et m'avançai sur le premier petit chemin qui s'enfonçait dans les bois.

Je dépassai l'endroit où Roger était dissimulé, puis poursuivis ma route pour aller attendre une centaine de mètres plus loin. Les yeux rivés sur mon portable, je regardais passer les minutes, assise sur une souche humide. Il fallut douze minutes pour que mon harceleur se lance à ma poursuite dans les bois.

Enfin, Roger m'envoya le signal que je pouvais rebrousser chemin pour venir interroger mon nouvel ami. Lorsque j'arrivai à leur niveau, il était en train de lui attacher les mains dans le dos.

— Dis, ça deviendrait presque un sport olympique de te suivre, se moqua Roger en se redressant.

— Oh, la ferme, marmonnai-je.

On le saisit chacun sous un bras pour le traîner plus profondément dans les sous-bois, mais je devais régulièrement faire des pauses pour recouvrir les traces laissées par notre passage. Toute cette histoire devenait fastidieuse.

Le temps que l'homme se réveille, j'avais entrepris de le fouiller. Sur son téléphone portable, plusieurs dizaines de photos de moi me donnèrent des sueurs froides. Elles ne remontaient qu'à un ou deux jours et les garçons ne figuraient clairement dans aucune des photos, mais je me sentis tout de même violée dans mon intimité.

Lasse d'attendre qu'il se réveille de lui-même, j'avais bien tenté de lui mettre une gifle dans l'espoir d'avoir rapidement des réponses, mais il n'avait pas repris connaissance.

— Roger, tu l'as frappé trop fort ! On attend déjà depuis presque une demi-heure, on ne va pas rester là à le regarder mourir, me plaignis-je.

— Tu veux savoir pourquoi il te suit, oui ou non ?

— Évidemment, mais dans son état, il ne nous dira rien.

Il me fit signe de me taire et s'accroupit pour vérifier qu'il respirait toujours. Comme si ça nous avançait à quelque chose.

— Pourquoi est-ce que tous les gens qui décident de me suivre sont aussi peu coopératifs ?

J'essayai de lui hurler à l'oreille, mais cela n'eut aucun effet non plus.

— Bon, qu'est-ce qu'on fait? demandai-je en me tournant vers Roger.

Si encore Roger avait été capable de faire la conversation, peut-être qu'attendre dans les bois qu'un inconnu reprenne connaissance pour que je puisse le faire parler aurait été moins ennuyant. Ce n'était vraiment pas de cette manière que j'avais prévu de passer ma soirée. J'avais des anti-inflammatoires à aller chercher, moi.

— Je crois qu'il se réveille, indiqua Roger.

— C'est pas trop tôt !

Je m'accroupis à côté de lui pour lui parler.

— Bonjour ! Maintenant que vous avez fini votre sieste, est-ce que vous pourriez m'expliquer pourquoi vous me suivez et avez des photos de moi sur votre téléphone ?

J'avais essayé d'avoir l'air sympa, mais il avait vite remarqué qu'il avait les mains attachées et que nous avions tous les deux des armes à feu dans les mains. Il cligna des yeux plusieurs fois sans rien dire ; j'eus soudain peur que Roger lui ait réellement infligé des dommages cérébraux. Qu'est-ce qu'on allait faire de lui s'il était devenu idiot ?

— Dans ma…

La voix rauque et faible, il se racla la gorge avant de réessayer.

— Dans ma poche, indiqua-t-il.

Je secouai la tête.

— On a déjà trouvé vos papiers d'identité, ça ne nous a pas beaucoup avancés. Sauf que maintenant, on sait où vous habitez.

Je le vis pâlir considérablement.

— Non, la poche arrière.

Il voulut faire un geste de la tête pour montrer l'arrière de son pantalon, mais le mouvement le fit visiblement souffrir. Roger le poussa sans ménagement pour attraper un porte-carte dans son jean, et me montra en soupirant ce qu'il venait de trouver.

— Un détective privé ! Ça existe vraiment ? Mais c'est ça qu'il faut que je fasse ! m'exclamai-je.

Bien entendu, cela impliquait qu'on ne pouvait pas le tuer parce que quelqu'un viendrait forcément le chercher. Et si on ne pouvait pas le tuer, il aurait été complètement idiot de le torturer pour obtenir des informations et de le relâcher ensuite.

Heureusement pour nous, il avait tout à fait recouvré ses esprits et semblait plus qu'enclin à tout nous raconter. Il confirma ainsi une des théories auxquelles nous avions abouti en attendant qu'il ne revienne à lui.

L'homme avait été engagé par Viktor pour me suivre et lui faire des rapports réguliers sur mes activités. Lorsque Roger lui expliqua qu'il était mon garde du corps et que j'avais déposé une ordonnance restrictive pour me protéger de Viktor, il parut vexé de ne pas avoir trouvé ces informations et d'être tombé dans le piège. Il nous assura avec force qu'il n'aurait jamais accepté le boulot s'il avait su. J'eus presque de la peine pour lui.

Je profitai de son inquiétude d'avoir enfreint la loi pour lui proposer un marché. En échange de son silence sur cet incident et sa promesse de détruire tous les renseignements sur ma famille et moi, je ne le dénoncerais pas à la police ; il s'était empressé d'accepter. Même s'il avait menti, Viktor savait déjà tout ce qu'il avait besoin de savoir sur moi.

Moins d'une heure plus tard, Roger le déposa dans un service d'urgence d'une ville voisine tandis que je me rendais moi-même à l'hôpital le plus proche de chez moi.

**

Ce n'est que bien plus tard, en arrivant près de chez Laure pour dîner avec les garçons et elle, pleinement satisfaite de la façon dont s'était conclue cette journée et ravie de savoir que nous allions entamer la semaine du bac dans des conditions aussi bonnes que possible, qu'un appel vint me rappeler brutalement que rien de bon ne durait jamais.

Je restai stationnée dans une petite rue pendant un long moment, incapable de fonctionner correctement. Pas une larme ne s'échappa de mes paupières, mais l'air ne semblait pas pénétrer jusqu'à mes poumons. La nouvelle avait paralysé mes fonctions vitales les plus basiques.

Arnold avait fait une crise cardiaque.

Son cœur s'était arrêté. Mon cœur s'était arrêté.

Arnold.

Luisa avait appelé l'ambulance alors que j'étais moi-même dans la salle d'attente des urgences, en train de maudire les gens qui auraient pu attendre que je sois soignée avant de mourir. Alors qu'Arnold était en train de mourir.

Depuis le départ de Sébastian, j'avais souvent songé à combien ma relation avec lui était devenue un repère clé de mon existence ; je réalisai soudain que le véritable repère, la personne autour de laquelle tous les aspects de ma vie avaient été construits, était Arnold. Sans lui, tout me semblait étranger. Tout me semblait factice.

Même la voix de Luisa, lorsqu'elle m'appela à nouveau une demi-heure plus tard pour m'annoncer que son état n'était toujours pas stable et qu'il resterait en soins intensifs jusqu'à ce qu'il le soit, me parut lointaine et différente.

Le temps pouvait-il réellement être lié à la vie d'un seul être ? Les minutes ne défilaient plus. Puis défilaient trop vite. Fallait-il que le cœur d'Arnold retrouve un rythme normal pour que le temps retrouve sa régularité ?

De façon absurde, il me vint à l'esprit que je ne le verrais donc pas demain pour déjeuner. Puis une main de fer écrasa mon cœur lorsque je me rendis compte que je ne le verrais peut-être plus jamais.

Je clignai des yeux de façon exagérée pour faire couler des larmes, tout pour me sortir de cet état de choc. Rien ne fonctionna.

Je restai là, à attendre. À attendre que le monde soit à nouveau possible. Un monde sans Arnold, mon monde sans Arnold, ne l'était pas.

55.

Deux jours plus tard, je raccrochai avec Luisa, qui appelait tous les jours pour me donner de ses nouvelles. Comme chaque fois, je me dirigeai vers les chambres des garçons pour leur transmettre les informations, puisque nous n'avions pas le droit d'aller rendre visite à Arnold tant que son état ne s'était pas stabilisé. Lorsque j'avais menacé de tuer tous ceux qui refusaient que je vienne s'il mourait sans que j'aie pu lui dire au revoir, Luisa m'avait assuré qu'elle faisait tout ce qui était en son pouvoir pour les convaincre. À présent que les médecins semblaient plus optimistes, je devrais bientôt pouvoir emmener Ben et Julien lui rendre visite, ainsi qu'ils le réclamaient avec presque autant d'insistance que moi.

En passant devant la chambre de Julien, je fus intriguée par des bruits de sanglots étouffés. J'ouvris doucement la porte pour ne pas le braquer et lui laisser le temps de se composer s'il le souhaitait, mais il se précipita pour me claquer la porte au nez. Je fis un bond en arrière pour éviter de me prendre la porte dans la tête ; heureusement que j'avais de bons réflexes. Je tentai d'ouvrir à nouveau, mais l'avorton s'était enfermé à clé.

— Julien ! réclamai-je. Ouvre la porte.

— Je n'ai pas besoin d'aide !

Sa voix était assourdie à travers le bois de la porte, mais j'entendais encore les tremblements dans sa voix.

— Julien, ne sois pas idiot, tu sais très bien que si je veux vraiment rentrer, ce n'est pas une clé qui va m'arrêter.

Lorsqu'il refusa de répondre, je tentai une approche différente.

— Ce n'est pas une honte de pleurer, Julien. Laisse-moi rentrer.

Un silence retentissant me répondit. Je continuai à lui parler à travers la porte pendant de longues minutes, avant de finir par m'asseoir dos à la porte en attendant qu'il soit prêt à me dire ce qui n'allait pas.

Près d'une demi-heure plus tard, il vint m'ouvrir et retourna s'installer sur son lit sans rien dire. Je le suivis tout aussi silencieusement et m'assis en tailleur en face de lui, patiente, lui laissant le temps de se décider à me parler.

— Ben m'a demandé si Sébastian allait revenir un jour, dit-il enfin en se tournant vers le reste de sa chambre.

Je choisis de ne pas l'interrompre et de le laisser s'exprimer.

— Je ne voulais pas lui mentir ou lui donner de faux espoirs...

Il essuya sa joue d'un revers de manche.

— Est-ce qu'il est mort ?

Il avait à peine tourné la tête vers moi en posant cette question, comme s'il avait peur que mon visage ne trahisse mes doutes.

— S'il l'était, je vous l'aurais dit.

— S'il ne revient jamais, est-ce que tu vas nous mettre à la porte ?

Sa question me surprit et me blessa un peu. Je pensais qu'il avait compris depuis longtemps qu'il était hors de question que je sorte de leur vie.

— Non, bien sûr que non.

— Merci.

Je soupirai ; je n'avais jamais aimé mettre des mots sur ce genre de sentiments.

— Ben, toi et moi, on est dans le même bateau, on attend tous les trois le retour de votre oncle. Je sais que c'est difficile pour vous, d'avoir vu partir un membre de votre famille encore une fois. Mais tu sais que vous comptez énormément pour moi, je ne vous laisserai pas.

— S'il ne revient pas...

Il ne termina pas sa phrase, refusant de contempler les conséquences de cette éventualité.

— Je n'ai pas pensé à Maman une seule fois aujourd'hui. C'est quand Ben m'a parlé de Sébastian que je me suis souvenu. S'il ne revient pas, on sera vraiment orphelins. Parce que Papa et Maman ne sont plus là. Il ne saura peut-être jamais si j'ai mon bac. Et pourtant, j'ai passé la journée à rire avec mes copains, comme si j'avais oublié.

Les problèmes de santé d'Arnold avaient fait remonter beaucoup de douleurs passées pour moi aussi. Je ne savais même pas comment il avait réussi à passer ses premières épreuves compte tenu de tout ce qui était arrivé à notre petit noyau familial ces dernières semaines.

Mes yeux se mirent à brûler, mais je ne m'autorisai pas à montrer le moindre épanchement alors que Julien avait besoin de certitudes.

— Le chagrin diminue avec le temps. C'est comme ça que ça marche pour tout le monde, Julien.

J'évitai soigneusement son regard, incapable de dire ces mots en le regardant en face.

— Et puis un jour… on sourit à nouveau et on a l'impression de les trahir, tous ces gens qui nous manquent. Mais ce n'est pas une trahison, Julien, tous ceux qui ont perdu quelqu'un passent par là.

Je le sentais m'observer attentivement, comme c'était toujours le cas lorsque je l'autorisais à entrevoir cette partie de moi.

— Je sais ce que tu ressens. Parce que le chagrin finit toujours par s'atténuer et qu'un jour, par surprise, on se remet à pleurer, parce qu'ils ne nous manquent plus à chaque minute, et que renoncer à son chagrin, c'est une autre sorte de deuil.

Il ne répondit rien. Je serrai son épaule affectueusement et me levai pour sortir de la chambre.

— Sébastian ne voudrait pas que je pleure pour ça, lâcha-t-il.

— Sébastian serait soulagé de te voir pleurer pour ça, le contredis-je, parce que c'est une réaction tout à fait saine.

Il n'était pas convaincu, alors j'utilisai ma carte magique.

— Je te rappelle que j'ai fait des études de psychologie, je sais de quoi je parle.

Avant de le quitter et de le laisser à ses pensées, j'ajoutai :

— Tu ne devrais pas t'inquiéter autant. Il va revenir.

Heureusement pour nous deux, j'étais parfaitement capable de mentir et de donner des faux espoirs aux gens que j'aimais. Parfois, un mensonge valait bien mieux que la vérité.

Parce que la vérité, c'est que je n'en avais aucune idée, et que cela m'effrayait autant qu'eux.

*

Tard, ce soir-là, dans le noir de ma chambre, je composai le numéro d'urgence de Sébastian. Ce que je ne devrais faire qu'en cas de véritable urgence. Mais ce soir, j'avais juste besoin d'entendre sa voix, de m'assurer qu'il allait bien. Mon cœur se mit à battre de plus en plus fort avec les sonneries, jusqu'à entendre le bip du répondeur, qui fit redescendre la pression.

Je faillis raccrocher, mais fus soudain prise de panique. Il fallait que je dise quelque chose : s'il pensait qu'il y avait un problème, il risquait de revenir et de se mettre lui-même en danger. Je n'avais pas prévu de laisser un message.

— Heu… Sadist, c'est… c'est moi. Tout va bien. Je voulais juste…

Juste quoi ? Je réalisai que je ne savais ni quoi dire, ni comment le dire.

— … tu nous manques.

Je raccrochai en espérant ne pas avoir fait une terrible erreur.

***

Doucement, je posai ma main sur la jambe de Ben pour l'empêcher de gigoter sur sa chaise. Julien lui avait demandé déjà trois fois d'arrêter et je n'étais vraiment pas d'humeur à les entendre se disputer. Nous étions tous bien assez nerveux comme ça. Luisa n'allait plus tarder à venir nous chercher.

Le hall aseptisé dans lequel nous attendions fourmillait de gens venus visiter leurs proches ou faire des examens. Aucune de ces perspectives n'était particulièrement réjouissante, aussi, le visage de chacun d'entre eux reflétait presque parfaitement mon humeur.

Julien interrompit le fil de mes pensées en se levant brusquement ; Luisa venait de passer la porte, un peu essoufflée et les traits tirés, son grand sac à la main. Elle nous chercha une seconde, puis se dirigea droit vers nous dès qu'elle repéra Ben qui lui faisait signe. Elle attira les garçons à elle dans une étreinte et les embrassa chacun leur tour affectueusement. Fidèle à elle-même, elle prit le temps de demander de leurs nouvelles et insista pour savoir comment s'était passée la semaine d'école pour Ben et les épreuves du bac pour Julien. Malgré tout, elle n'avait pas manqué de l'appeler pour lui souhaiter bonne chance une seule fois.

Lorsqu'elle se tourna enfin vers moi, elle saisit gentiment mon visage entre ses mains marquées par l'âge puis, les lèvres tremblotantes, me serra contre elle et m'étouffa de tout l'amour dont elle était capable. En retour, je l'embrassai tendrement, soulagée de pouvoir enfin la soutenir dans l'épreuve que nous avions partagée.

— Ne pleure pas, ma fille, chuchota-t-elle en me relâchant.

Ses mots me surprirent. Je ne pleurais pas.

En réalité, je n'avais pas pleuré une seule fois, trop occupée à me sentir coupable. Depuis longtemps je savais que j'allais devoir arrêter de compter sur Arnold comme je le faisais. Je savais que sa santé ne lui permettait plus de me soutenir comme il le faisait depuis sept ans. C'était même pour ça que j'avais demandé à Irene de travailler avec moi.

Pour être honnête, je crois que ma vie était devenue un tel chaos que pleurer était un luxe que je ne pouvais plus m'offrir. Arnold était vivant, c'était une bonne nouvelle.

Luisa nous entraîna dans un dédale de couloirs dont je n'arriverais jamais à trouver la sortie du premier coup. Les différents services étaient codés par des lignes de couleurs ; nous suivîmes la rouge jusqu'à ce que Luisa s'immobilise devant la chambre d'Arnold.

— Il vous attend, nous dit-elle dans un sourire.

Au moment d'appuyer sur la poignée, j'hésitai une seconde, puis me tournai vers les garçons :

— Allez-y, je vous rejoins tout de suite.

J'entraperçus Arnold allongé sur un lit et branché à plusieurs machines, puis la porte se referma, me laissant seule avec Luisa.

— Je suis désolée, lui dis-je.

Elle balaya mes excuses d'un geste de la main.

— Ce n'est pas ta faute. J'ai toujours su que cette activité serait sa perte.

Je baissai les yeux d'un air coupable.

— Je suis soulagée que la fin ait été repoussée, confia-t-elle. Mais on sait toutes les deux que le garder hors de ta vie, surtout maintenant, ne ferait que l'inquiéter davantage.

On se regarda en silence un moment, incapable de trouver la solution parfaite.

— Qu'est-ce que tu veux que je fasse ? demandai-je enfin.

— Ne l'encourage pas, mais ne lui cache pas la vérité non plus.

Déterminée à suivre ses instructions, je toquai doucement à la porte et entrai. Un sourire tendre étira mon visage en découvrant Ben, Julien et Arnold en train de discuter avec animation du menu pour sa fête de retour.

— Est-ce qu'il n'est pas un peu tôt pour planifier une fête ? me moquai-je.

— Je sors à la fin de la semaine. La seule chose qui me permet de supporter la nourriture ici, c'est de savoir que je vais manger le chili de Luisa en sortant de cette fichue chambre.

Je laissai échapper un petit ricanement sceptique.

— Si tu crois que Luisa va te laisser manger tout ce que tu veux à partir de maintenant, tu sous-estimes sa volonté de te garder en vie.

Il tapota le lit avec un grand sourire pour me faire signe de venir les rejoindre.

— Alors fillette, qu'est-ce que j'ai manqué ?

— Ton rendez-vous avec la faucheuse, apparemment.

— Il en faut plus pour m'arrêter. Je t'aurais trop manqué, ajouta-t-il avec un clin d'œil.

Je pris sa main dans la mienne et la serrai délicatement. Il écouta les garçons parler de l'école et de leur quotidien pendant près d'une demi-heure, puis les régala de ses anecdotes d'hôpital. On pouvait toujours compter sur Arnold pour transformer n'importe quelle mésaventure en histoire désopilante.

Il finit par envoyer les garçons lui chercher un déca à la machine à café dans le couloir et se mit à me bombarder de questions à la seconde où la porte claqua derrière eux.

Avec un soupir et un regard réprobateur, je m'efforçai de répondre à ses interrogations sans pour autant lui donner l'impression que j'attendais quoi que ce soit de sa part. À sa sortie, il faudrait vraiment que je lui explique la définition du mot « retraite ».

— Arnold… j'ai engagé Irene de manière indéfinie, avouai-je, ennuyée par l'idée qu'il puisse le prendre mal.

— Oh. Ce n’est pas une mauvaise idée, je risque d’être hors-jeu pendant un moment.

Je ne parvins pas à savoir s’il avait compris que j’essayais de le remplacer en douceur ou s’il pensait réellement que c’était uniquement en attendant qu’il se remette sur pieds.

— Je crois que je vais devoir ralentir, Ava.

— Oh ?

— Cette fois-ci, Luisa a eu vraiment peur. Je sais qu’elle attend que je sois rétabli avant de me le dire, mais elle va vouloir que je m’éloigne sérieusement de ces affaires.

Je retins un soupir de soulagement. S’il avait déjà pris la décision de se mettre au vert, le protéger de lui-même serait plus facile que prévu.

— Arnold ? Qu’est-ce qui s’est passé ? Tu savais que tu avais des problèmes de cœur ?

— Ce n’est pas de ta faute, Ava. J’aurais dû faire des examens bien avant… une vie comme la nôtre laisse des marques.

— Je crois que, quelque part, j’ai toujours pensé que tu étais immortel, admis-je avec un petit sourire.

— Ava… hésita-t-il. Je ne suis pas sûr… je crois…

Il ne put terminer sa phrase, interrompu par Luisa et les garçons qui lui apportaient le déca qu’il avait réclamé.

En partant pour le laisser se reposer, je lui claquai une bise sur la joue et promis de tenter de convaincre Luisa de faire son fameux chili pour sa sortie.

*

Je découvris une fois dans la voiture que j’avais reçu deux messages sur mon portable professionnel. Ne voulant pas perdre trop de temps sur le parking payant de l’hôpital, je résolus de les lire une fois à la maison, mais les numéros m’avaient déjà appris que j’avais probablement reçu du courrier.

Arrivés chez moi, les garçons s’affalèrent d’un même mouvement sur le canapé et se disputèrent la télécommande. Je délibérai intérieurement puis décidai de les laisser se débrouiller tous seuls.

La serrure du bureau fit un petit bruit métallique lorsque je la fermai pour lire mes messages au calme. Je fronçai les sourcils en réalisant qu'il n'y avait toujours que deux textos, alors que je devrais maintenant avoir reçu les messages de mes quatre indics. Chacune des personnes qui surveillait mes boîtes postales devait m'envoyer un code selon les dimensions de ce qu'il ou elle avait reçu, puis attendre mes instructions. Je leur demandai parfois de brûler le courrier, ou bien de le transférer vers une autre des boîtes, selon celle qui était la plus proche de mon contrat suivant. Silje, qui s'occupait de celle de Oslo et Samir, qui s'occupait de celle de Paris, ne m'avaient pas encore contactée.

Je commençais par appeler Silje mais fut surprise d'entendre que le numéro avait été déconnecté. La messagerie de Samir était pleine, ce qui n'était jamais arrivé.

Pendant de longues minutes, je restai à regarder mon écran en respirant calmement. Rien ne servait de paniquer. Certes, la situation était inhabituelle, mais ils avaient très bien pu décider qu'ils ne voulaient plus travailler pour le Fléau. Cette explication me parut presque plausible au sujet de Silje, qui m'avait confié qu'elle envisageait de déménager avec sa femme ; en revanche, j'étais plus étonnée de voir que Samir était indisponible.

Irene Osman décrocha, quant à elle, dès la première sonnerie.

— Oui ?

— C'est Ava. Je vais vous transférer des adresses et des numéros de téléphone. Certains de mes contacts ne sont plus joignables, je voudrais m'assurer que tout va bien.

— Entendu. Je m'en occupe au plus vite.

— Merci. Et Irene ? Continuez à surveiller vos arrières, lui conseillai-je.

— Je n'ai toujours pas trouvé signe de Viktor en France, me rassura-t-elle.

— Très bien, continuez à m'envoyer ce que vous découvrez.

Elle m'assura qu'elle continuerait ses recherches tant qu'elle ne l'aurait pas trouvé, puis raccrocha en me souhaitant bon courage.

Un mauvais pressentiment me disait que j'allais en avoir besoin.

56.

Les quelques jours suivants, je ne pus m'empêcher de penser à Samir et Silje. Irene ne m'avait toujours pas rappelée, et ce silence prolongé n'annonçait vraiment rien de bon. Ma paranoïa s'était décuplée jusqu'à ce que j'aie l'impression d'être suivie en permanence.

J'avais récupéré dans mon armoire sécurisée les cartes sur lesquelles j'avais tracé le chemin parcouru par Viktor à l'aide de post-its et de marqueurs, puis les avais tapissées sur un des murs de ma chambre. Son absence avait trop duré, il avait passé trop de temps à planifier sa vengeance contre moi pour la mettre de côté aussi facilement.

Où que j'aille, mon obsession me suivait et j'avais même dû cesser de visiter Arnold à l'hôpital après avoir failli sortir mon arme lorsqu'un infirmier m'avait accidentellement bousculée. Le dernier trimestre de Ben et les examens de Julien étant passés, j'avais décidé de les garder enfermés dans l'appartement malgré leur demandes d'aller profiter du beau temps ; ils ne mourraient pas d'avoir raté le début de l'été.

De peur qu'ils n'essaient de sortir sans ma permission le temps que j'aille faire les courses, j'avais accepté qu'ils viennent avec moi, quitte à supporter les plaintes de Julien qui voulait aller faire la fête avec ses copains. En désespoir de cause, au bout d'une heure d'argumentation, je finis par céder et promettre qu'il pourrait aller dormir chez un ami le soir même s'il se taisait. Bien entendu, je regrettai cette décision à la seconde même où les mots avaient franchi mes lèvres, mais je ne pouvais pas revenir dessus ; à la place, je commençai à réfléchir à la possibilité d'engager Mariam pour monter la garde devant la maison de son ami.

Arrivés à la caisse, le fait de rester immobile et à découvert me rendit si nerveuse que je crus apercevoir Samir avant de me rendre compte que ce n'était pas lui. Je ne parvins à respirer plus facilement qu'une fois installée dans la voiture avec les enfants.

J'ouvris le coffre rapidement après m'être garée sur le parking de la résidence, puis leur tendis chacun deux sacs à remonter jusqu'à l'appartement. Chaque moment de transition, chaque moment où ils n'étaient pas dans mon champ de vision me causait des sueurs froides ; heureusement, ils avaient tous les deux senti que ces derniers jours étaient particulièrement éprouvants et s'étaient résignés à m'attendre sagement pour que nous montions ensemble.

Mais lorsque je refermai la portière après avoir récupéré mon sac à main, aucun des deux ne se trouvait là où il était censé être. Je tentai d'ignorer le pic de stress qui fit battre mon cœur plus vite et poussai un petit cri d'exaspération devant leur ingratitude. Je pris rapidement le chemin du bâtiment pour les rejoindre, prête à leur dire ce que je pensais de leur manque d'obéissance.

À mi-chemin, les quatre sacs de courses gisaient sur le sol bétonné.

Je me figeai quelques secondes, essayant de trouver une raison logique qui permettrait d'expliquer cette situation. Juste quelques secondes pour tenter de me rassurer.

Je lâchai mes propres sacs, dégainai mon arme et me mis à courir vers l'entrée de l'immeuble, du côté opposé du bâtiment.

— Julien ! Ben !

Une fois dans le virage, j'aperçus un homme avec eux et relevai mon pistolet pour le braquer. J'expirai le souffle que j'avais retenu, me concentrant déjà pour tirer. Alors que j'étais sur le point de lui intimer de s'éloigner des enfants, les mots ne franchirent jamais mes lèvres.

Julien se tourna vers moi, me désarmant de son sourire, puis Ben et l'homme me regardèrent à leur tour. Mes bras retombèrent vers le sol et je me mis à marcher dans leur direction, de plus en plus vite, jusqu'à me mettre à courir. Sébastian n'eut le temps que de faire quelques pas vers moi avant d'ouvrir les bras pour que je m'y jette. Nos corps entrèrent en collision et soudain le reste du monde disparu, il me souleva de terre ; il me serra comme s'il avait peur que je disparaisse. Ou peut-être que c'était moi.

J'entendis vaguement Ben et Julien pousser une exclamation, mais je ne pus leur accorder mon attention quand Sébastian écrasa ses lèvres contre les miennes ; je répondis à son baiser avec tout le désespoir que j'avais ressenti à vivre sans lui toutes ces semaines, avec tout le manque qui m'avait étranglée à chaque nouvelle nuit sans lui.

Après une éternité, il nous fallut remonter à la surface de notre désir pour respirer, et on entendit clairement Julien ponctuer nos retrouvailles d'un : « Ho ! Ça devient gênant ! ». Sébastian rit doucement dans mon cou, pas encore tout à fait capable de me lâcher.

*

Plusieurs heures plus tard, son retour me semblait toujours si irréel que je ne cessais de vérifier qu'ils étaient tous les trois là. Julien et Sébastian étaient assis sur le canapé, Ben endormi entre eux, la tête sur les genoux de son oncle. La simplicité de ce portrait me laissa interdite quelques minutes depuis la cuisine, mon verre à la main. Je réalisai que je n'avais pas vraiment cru à la possibilité d'être à nouveau heureuse, ne serait-ce que quelques heures ; Viktor avait été un trou noir, absorbant toute chance de sérénité et de normalité. Ces quelques instants me permirent soudain de voir le bout du tunnel. Maintenant que Sébastian était là, j'allais pouvoir mettre un terme à cette histoire sans craindre pour la sécurité des garçons.

Je retournai m'asseoir au bout du canapé, à côté de Sébastian. Il fit tinter nos verres l'un contre l'autre et approcha son visage du mien ; je le rejoignis à mi-chemin pour poser doucement mes lèvres sur les siennes, savourant la simplicité et l'intimité de ce geste. M'éloignant assez pour le voir imiter mon sourire, j'observai les détails qui avaient changé son visage ces dernières semaines ; la barbe qu'il n'avait pas eu l'occasion de raser, les cheveux qui avaient assez poussé pour que je me sente régulièrement obligée de repousser cette mèche qui venait me cacher ses yeux, ses traits tirés soulignés par des cernes qui n'avaient jamais été si prononcés. Je me demandais si lui aussi, voyait des changements sur mon visage.

La sonnerie du téléphone de Julien vint interrompre mon inventaire et me rappeler la promesse que je lui avais faite plus tôt.

— Tu ne devais pas aller chez Omar ?

Julien haussa les épaules avant de répondre, l'air faussement blasé :

— Si, mais c'est pas grave, j'irai la prochaine fois.

J'échangeai un petit regard avec Sébastian.

— Je serai toujours là demain matin, tu sais. Je ne repars pas, lui dit-il.

Je vis l'adolescent hésiter, partagé entre l'envie d'aller retrouver ses amis et de profiter de cette soirée avec nous.

— Julien, tu as mérité d'aller fêter la fin des épreuves. Tu veux que je te dépose ?

Il finit par acquiescer et aller préparer ses affaires. Au moment de me lever pour l'emmener, Sébastian me retint par la main et m'attira vers lui pour m'embrasser. Ce baiser-là n'avait plus rien de la retenue de tout à l'heure et me laissa le souffle court.

— Reviens vite, murmura-t-il avant de me laisser partir.

Sentant mon visage s'enflammer, j'attrapai mes clés de voiture et mes papiers, envoyai un dernier texto et allai retrouver Julien qui m'attendait à la porte d'entrée. Il souhaita une bonne soirée à son oncle, puis ne dit plus un mot jusqu'à la voiture, encore tiraillé entre ses amis et sa famille.

Une fois en route, je le sentis sur le point de me parler à plusieurs reprises, mais il se ravisa à chaque fois. Alors que j'allais lui dire qu'on pouvait encore faire demi-tour, il se lança enfin :

— C'est bizarre.

— Qu'est-ce qui est bizarre ? demandai-je. D'avoir ton oncle à la maison ?

— Non. Enfin, si, ça aussi, c'est un peu bizarre.

Il chercha ses mots un moment.

— C'est toi qui es bizarre, lâcha-t-il enfin.

Je tentai de ne pas m'offusquer de son commentaire, mais je ne pus retenir la note irritée dans ma voix lorsque je lui réclamai une explication.

— J'ai pas l'habitude de te voir comme ça.

— Comme quoi ?

— Je sais pas, t'as l'air d'être… heureuse ?

Je m'arrêtai plus longtemps que nécessaire au stop pour le regarder. Son regard gêné ne croisa pas le mien. Je me rendis compte de l'impact que mes inquiétudes avaient dû avoir sur ses propres émotions.

— Le prends pas mal, ajouta-t-il en interprétant mon silence comme du mécontentement.

— Je suis désolée de ne pas avoir été capable de vous protéger mieux que ça. Je sais que cette période a été difficile, et je veux que tu saches que je vous suis reconnaissante, à Ben et à toi, d'avoir fait tant d'efforts.

Je ressentis soudain le besoin de me racler la gorge pour cacher mon malaise. Je n'avais pas du tout prévu d'avoir ce genre de conversation avec Julien ce soir, mais puisqu'il lançait le sujet, je résolus de lui offrir autant d'honnêteté que possible.

— On sait que c'était pour notre bien…

Il attendit quelques minutes avant de reprendre la conversation.

— C'est parce que Sébastian est revenu que tu es heureuse ? Vous allez rester ensemble maintenant ?

Je faillis m'étrangler en avalant ma salive. Le sujet devenait beaucoup trop personnel pour mon propre confort et je cherchai une façon diplomatique de lui dire de s'occuper de ses affaires.

— Je suis heureuse qu'il soit revenu, commençai-je prudemment. Mais notre relation, c'est vraiment entre ton oncle et moi…

— Tu l'aimes ?

Je levai les yeux au ciel, songeant encore une fois que cette curiosité intrusive était un trait familial insupportable.

— Oui, mais tu verras en grandissant que ce n'est pas toujours suffisant.

— Ça devrait, répliqua-t-il, obstiné.

Je faillis hausser les épaules, puis retins mon geste. Peut-être que ça le serait si un psychopathe russe et mon grand-oncle n'avaient pas décidé de rendre ma vie si compliquée.

— Je suis content pour vous deux.

Il me sourit, puis se mit à froncer les sourcils et se tourna vers la fenêtre, prenant tout à coup un air grave.

— Je croyais vraiment qu'il ne reviendrait pas, avoua-t-il. Il aurait pu être tué s'il n'était pas parti ?

Je soupirai, incertaine de comment lui expliquer sans qu'il se sente coupable.

— Le problème, ce n'est pas qu'il aurait pu être tué. C'est vrai, mais ce n'était pas le plus important. S'il était resté, c'est Ben et toi qui auriez pu être blessés.

Il ne trouva rien à répondre et un silence pesant s'installa, me poussant à aller plus loin dans mes explications.

— Je sais que tu penses que Sébastian et moi, on est une sorte de mafia et qu'on est capables de vous défendre contre tout, mais la vérité, c'est qu'on ne peut pas toujours protéger les gens qui comptent pour nous.

Je pris le temps de le fixer jusqu'à ce que ses yeux rencontrent les miens.

— Personne n'est immortel ou intouchable. Pas même nous.

Il hocha la tête lentement pour me signifier qu'il avait compris. J'aurais aussi pu lui dire que malgré tout, son oncle et moi étions prêts à tout pour faire en sorte que rien ne leur arrive jamais ; je m'étais même surprise à espérer qu'il doive redoubler son année pour pouvoir rester avec nous le temps que je règle son compte à Viktor, mais à la vérité, nous souhaitions tous les deux l'envoyer étudier à l'étranger pour lui donner une chance de se détacher de notre environnement toxique.

Le GPS m'indiqua que nous étions arrivés devant la maison de son ami, et je forçai un sourire sur mon visage :

— Je crois qu'on va s'arrêter là pour ce soir.

Il acquiesça avec un petit sourire et sortit de la voiture en me souhaitant bonne nuit. Après quelques pas, il fit demi-tour et revint vers la voiture ; j'ouvris la fenêtre passager.

— Ava, merci. Pour ce soir, et pour le reste.

Il repartit avant même que j'aie le temps de réaliser que je ne savais pas quoi lui répondre.

J'attendis que la porte de la maison se referme derrière lui et remis la voiture en marche pour aller me garer quelques mètres plus loin. Dix minutes plus tard, Mariam vint taper sur ma vitre.

— C'est bon, tu peux y aller, je prends le relais.

Je la remerciai et lui soufflai un baiser avant de reprendre la route de la maison.

*

Sébastian avait à peine bougé quand j'ouvris la porte d'entrée. Je me moquai gentiment de lui en demandant s'il avait oublié où se trouvait le lit de Ben.

— Il a l'air tellement bien, j'ose pas le déranger, chuchota-t-il avec une grimace désespérée.

Tout en roulant des yeux pour la forme, je vins l'aider à soulever délicatement la tête de Ben pour qu'il puisse se dégager sans le réveiller, puis fis mine de le prendre dans les bras. Sébastian m'arrêta d'une main.

— Ça te dérange si je le prends ?

Je compris que la raison pour laquelle il n'avait pas encore couché Ben n'était pas parce qu'il ne voulait pas le déranger, mais parce qu'il voulait rester avec lui encore un peu. Je hochai la tête en signe d'assentiment, un peu émue par l'idée de tous ces moments qu'il avait à rattraper avec ses neveux.

Il porta le petit garçon jusqu'à sa chambre et l'installa délicatement dans ses draps, prenant soin de border la couette exactement comme il aimait. Du seuil de la pièce, je l'observai placer un baiser léger sur ses cheveux. Alors qu'il allait partir, Ben ouvrit à moitié les yeux et se mit à marmonner quelques mots ensommeillés :

— Sébastian ? Est-ce qu'Ava peut venir me border aussi ?

Il s'éloigna d'abord de quelques pas, puis recula jusqu'à la porte pour attendre que je dise bonne nuit à Ben à mon tour. D'un geste doux, j'écartai les cheveux qui masquaient son visage d'enfant et puis restai quelques secondes à me nourrir intérieurement du sourire qu'il m'offrait.

— C'était une bonne journée, me dit-il avec un air conspirateur.

— Oui, confirmai-je. C'était une très bonne journée.

Il réclama un dernier baiser, puis je lui souhaitai bonne nuit avant de rejoindre son oncle sur le pas de la porte. Il éteignit la lumière et ferma la porte avant de se tourner pour me regarder.

— Merci…

Je fis un pas pour me rapprocher de lui.

— De quoi ?

À son tour, il fit un pas vers moi.

— De les aimer autant.

Je restai immobile comme son regard s'intensifia et se mit à dériver vers mes lèvres. Le mien s'arrêta sur le tatouage dans son cou tandis que je m'imaginais le déshabiller pour aller en retracer les contours jusqu'à son torse nu. Je sentis ma peau fourmiller, mon corps frissonner d'anticipation.

Il franchit le dernier pas pour me rejoindre, ses yeux ancrés dans les miens et, avec une lenteur infinie, il prit ma main dans la sienne ; mon cœur sembla exploser de ce simple contact. Délibérément, je fis jouer mes doigts dans une promesse qui nous amena paume contre paume, fermant les yeux une seconde lorsque nos doigts s'enlacèrent.

Sans lâcher sa main ou le quitter des yeux, je l'attirai doucement vers ma chambre. D'un mouvement de tête, il me demanda mon autorisation avant d'allumer la lampe halogène, puisque la lumière de la rue n'était pas suffisante pour éclairer la pièce ; j'acquiesçai dans un petit sourire, songeant qu'il n'était pas question que je manque un seul endroit, un seul moment de lui après toutes ces semaines à essayer de convaincre mon corps que je pouvais me passer du sien.

Lorsqu'il revint vers moi, je posai mes mains sur son torse, l'une immobile sur son cœur pour en sentir les battements identiques à ceux dans ma poitrine, l'autre remontant jusqu'à son visage. Je le laissai me toucher avec la même intention, caresser le long de ma gorge pour aller nicher sa main à l'arrière de ma nuque, à la base de mes cheveux défaits. Incapable d'attendre plus longtemps, je l'embrassai enfin.

Dans un même mouvement, dans un même désir, notre baiser s'intensifia jusqu'à ce que nos corps cherchent à se fondre l'un dans l'autre. Je me surpris à penser combien je me sentais entière dans ses bras, combien toutes mes facettes, toutes mes émotions paraissaient enfin s'accorder pour décider que c'était exactement à cet endroit que je devais me trouver.

Ses lèvres descendirent jusqu'au creux sous ma mâchoire, m'arrachant un gémissement tandis que je commençai à retirer ses vêtements. Il cessa de m'embrasser une seconde pour me laisser me concentrer sur ma tâche.

Je sentis son regard accrocher quelque chose derrière moi et son corps se raidir. Prête à réagir avec violence, je fis volte-face, avant de comprendre ce qui avait attiré son attention. Le visage contracté, il fixait les cartes et post-its détaillant tout ce que je savais du trajet de Viktor.

— Il est là ? me demanda-t-il sans me regarder.

Depuis que Samir et Silje avaient cessé de me répondre, j'avais placé une croix noire sur Paris.

— Je ne suis pas sûre. Je pense que oui.

— Alors c'est bientôt fini.

Il fit mine d'aller éteindre la lumière, mais je l'en empêchai.

— Il est peut-être dans la région, mais il n'est pas ici avec nous.

Je l'embrassai fermement, mes mains insistant sur son corps pour l'obliger à me revenir entièrement.

— Ne le laisse pas gâcher ce soir, plaidai-je en me délestant du reste de mes vêtements.

À force de caresses, il finit par se laisser emporter par le bouillonnement de notre plaisir, ses baisers aiguisés d'une urgence au goût différent, comme s'il était plus que jamais résolu à me prouver qu'il resterait avec moi, quoi qu'il arrive. C'était une promesse que j'entendais bien lui faire tenir.

Perdue entre ses gémissements et les miens, je passai la nuit à oublier qu'il y avait un monde en dehors de notre désir, qu'il y avait d'autres goûts que celui de sa peau, d'autres sons que celui de sa voix qui me murmurait combien je lui avais manqué, d'autres sensations que celle de son corps contre le mien, de son corps en moi. Jusqu'au matin, je n'eus de cesse de me rassasier de sa présence, incapable pourtant de me défaire du sentiment que ce « toujours » qu'il jurait tacitement entre mes draps était un mensonge.

**

Tard le lendemain matin, je me réveillai avant lui, mais choisis de rester au lit encore un peu. Je souris en voyant, sur l'autre table de nuit, les armes qu'il s'était relevé pour aller chercher ; alors qu'on avait pourtant décidé de dormir, sa détermination à ne pas s'endormir sans une arme à portée de main m'avait lancée dans un fou-rire qu'il avait tenté de calmer en m'embrassant. J'avais rapidement cessé de rire, mais ni l'un, ni l'autre n'avions dormi tout de suite.

La porte s'ouvrit brusquement, réveillant Sébastian en sursaut ; mon arme était dans ma main avant même qu'il ait ouvert les yeux.

— C'est moi ! hurla Julien, faisant résonner le manque de sommeil dans mon crâne.

Je grimaçai en baissant mon Browning, puis forçai Sébastian à lâcher son couteau. Je songeai que j'avais été bien inspirée de remettre un tee-shirt afin de lui rappeler qu'il fallait se reposer.

— Qu'est-ce que tu fais là ? interrogeai-je l'adolescent.

Il me gratifia d'un regard accusateur.

— Ma baby-sitter m'a ramené.

Je voyais à son expression qu'il était vexé que je n'aie pas pris la peine de l'en informer.

— Ben vous a préparé le petit déjeuner.

Une nouvelle sorte de crainte m'étreignit tout à coup. J'espérais qu'il n'avait pas essayé de faire du café.

— Tout seul ? s'inquiéta Sébastian

— Oui. Et oui, c'est aussi catastrophique que vous l'imaginez.

Il referma la porte en partant et je m'empressai de m'habiller pour le suivre.

— Pourquoi tu te presses ? Tu sais qu'on va devoir manger du pain brûlé pour lui faire plaisir ?

— Ma cafetière ! lançai-je en guise d'explication en enfilant un pantalon.

Je le vis rouler des yeux avant de s'avouer vaincu et de remettre ses vêtements.

Dans la cuisine, un désordre inédit s'étalait sur toutes les surfaces possibles. Dans le salon, Ben se tenait fièrement à côté de sa préparation tandis que son frère tentait de réparer les dégâts.

Après avoir remercié et embrassé Ben, on s'installa tous les quatre autour de la table basse pour manger, celle de la cuisine étant encore impraticable. En dégustant nos tartines trop grillées et notre café trop fort, je me pris à réfléchir à cette étrange vie qui était devenue la mienne. Je n'avais jamais voulu de vie traditionnelle. Pas de maison avec des photos de famille, pas de compagnon, pas d'enfant. J'avais toujours su que je ne connaîtrais jamais les balades ou les petits déjeuners en famille. Pour certaines personnes, c'était la description du bonheur ; pas pour moi. Et si quelqu'un avait essayé de me le proposer, je l'aurais probablement assassiné.

Et pourtant, je me trouvais là, et ce que je ressentais ressemblait effroyablement au bonheur.

Mon téléphone professionnel sonna, me coupant dans mes réflexions.

— Le Fléau ?

— Oui ?

— Le corps de Silje a été retrouvé.

Avec ces quelques mots, Irene me ramena violemment à la réalité. Samir serait le prochain. Viktor était de retour en France. Dans cette réalité-là, le bonheur n'avait aucune chance, « toujours » était un mensonge.

Deux autres personnes étaient mortes, et c'était de ma faute. J'essayai de toutes mes forces d'ignorer la possibilité que les trois personnes assises autour de moi pourraient être les prochaines.

57.

Il y avait du sang partout. Je lançai le couteau dans l'évier, les larmes au bord des yeux, puis tentai d'éponger le liquide rouge et vital qui maculait le plan de travail de ma cuisine, tandis que davantage s'écoulait de la coupure béante sur mon majeur. J'étais en train de me vider de mon sang, c'était évident. En fait, c'était tellement évident que je ne comprenais pas pourquoi Sébastian continuait à se moquer de moi plutôt que d'appeler le SAMU.

Bon, d'accord. Je n'étais pas en train de me vider de mon sang. Mais c'était la dernière fois que j'essayais d'apprendre à faire la cuisine.

— Tu veux un bisou magique? plaisanta-t-il maintenant que je n'avais plus le couteau dans les mains.

— Oui.

Je tendis mon doigt sanguinolent, pensant le punir avec cette vision d'horreur. Au lieu de grimacer, il esquiva ma main et vint se coller contre moi, ses mains dans le bas de mon dos, et m'embrassa avec impudence. Dans la mesure où je préférais de loin cette activité à la cuisine, je le laissai faire pendant de longues minutes, abusant de son corps avec ma main intacte. Je finis par le repousser pour l'informer:

— C'est pas comme ça que ça fonctionne, les bisous magiques.

Il ramena ses lèvres contre les miennes en rigolant, nos dents s'entrechoquèrent.

— C'est de ta faute, l'accusai-je. Je t'avais dit que je n'étais pas douée pour faire la cuisine.

— Je sais, je t'ai surestimée. Mais tu peux quand même admettre le ridicule de la situation, non? Comment est-ce tu peux être aussi compétente pour te battre et tuer des gens avec un couteau, et être complètement incapable de préparer à manger sans te sectionner un doigt?

Mon air outré ne parvint qu'à le faire rire davantage. Il ne prenait vraiment pas la situation au sérieux.

— Tu me pardonnes ? demanda-t-il, faussement implorant.

— Non. C'est le doigt de la détente.

Il mordilla mon épaule, envoyant un frisson de plaisir jusqu'à mon ventre, et plaça ses deux mains sous mes fesses.

— Oh, fis-je.

— Et maintenant ? Tu me pardonnes ?

— Ça dépend, répondis-je. Est-ce que tu comptes t'arrêter là ?

Sébastian ne se le fit pas dire deux fois et me plaqua contre le frigo, prenant possession de mes lèvres tandis que j'enroulai ma jambe autour de sa cuisse pour permettre plus de proximité entre nous. Nous avions fini de plaisanter.

Au moment où il posa une main sur ma poitrine, Julien entra dans la cuisine avec un tonitruant :

— Heurk ! Vous êtes encore en train de vous tripoter ?

Nous nous séparâmes rapidement et Sébastian soupira avec exaspération.

— Oui, et si tu n'es pas content, tu peux retourner chez nous.

— Ici aussi, c'est chez nous.

— Non, j'ai acheté l'appartement d'en face pour qu'Ava et moi puissions avoir un peu d'intimité, et vous êtes toujours en train de traîner ici.

— Je croyais que c'était pour qu'on ait chacun notre chambre ?

Oups.

— Euh, oui, ça aussi, tenta-t-il de se rattraper.

— C'est scandaleux, pensez à l'exemple que vous me donnez.

Je me fendis d'un haussement de sourcil ironique.

— Oh, oui, c'est vrai que le fait qu'on ait une sexualité épanouie est vraiment le truc le plus scandaleux dans cette maison.

Il parut y réfléchir un moment, avant de conclure :

— Probablement pas le plus scandaleux, mais le plus gênant, oui.

Sébastian se pinça l'arête du nez en signe d'impatience.

— Julien, est-ce que tu as besoin de quelque chose, ou tu es juste venu pour te plaindre ?

— Luisa a dit qu'on devait prendre des œufs sur le chemin, elle a oublié d'en acheter.

— C'est bien noté, assura-t-il avant de pousser son neveu jusqu'à la porte d'entrée, puis de le forcer à travers celle de l'appartement d'en face.

Julien parvint à se plaindre une dernière fois, raillant que, d'un coup, plus personne n'était inquiet pour leur sécurité, et j'entendis le son béni de leur porte qui claqua. Sébastian me rejoignit avec un petit sourire satisfait qui me fit rire.

— Quand est-ce qu'il part à la fac déjà ? plaisanta-t-il.

Sans répondre, je vins l'enlacer brièvement et déposer un baiser rapide sur ses lèvres, avant d'aller m'installer dans un fauteuil.

— Tu es sûre de ne pas vouloir aller dans la chambre, au cas où il reviendrait avec une nouvelle excuse ?

Je le repoussai d'une main quand il essaya de se rapprocher.

— Si Luisa a commencé à envoyer des messages, il ne faut plus qu'on tarde.

Il poussa un grognement de frustration avant de retourner dans la cuisine en marmonnant. Luisa avait prévu cette soirée pour fêter le retour de l'hôpital d'Arnold ; officieusement, elle l'appelait son « départ à la retraite », mais personne n'avait encore osé le dire en face à l'intéressé. Même s'il avait lui-même émis cette envie sur son lit d'hôpital, il n'en avait plus reparlé depuis son rétablissement.

Quand Sébastian avait proposé son aide pour la nourriture, Luisa s'était empressée de lui donner quelques recettes qu'il pouvait réaliser avant de venir afin de libérer de la place dans sa propre cuisine. Depuis trois heures, il était donc occupé à préparer à manger pour la soirée de départ à la retraite d'Arnold pendant que je l'observais et commentais sa technique d'un air expert. Ce qui n'était pas complètement faux : je savais à quoi devaient ressembler les plats de Luisa, à défaut de savoir comment les préparer. Il avait fini par m'engager pour lire les instructions écrites en espagnol.

Son erreur fatale avait été de vouloir gagner du temps en me faisant émincer des légumes. On savait tous comment s'était soldée cette brillante initiative.

En sécurité depuis mon fauteuil, je m'appliquai à désinfecter la plaie qui continuait à saigner puis la protégeai d'un pansement complètement disproportionné. En voyant la taille du pansement, tout le monde imaginerait que je n'étais pas passée loin de me couper un doigt et personne n'oserait se moquer de moi.

Satisfaite de mon stratagème, je retournai à mon observation de l'homme dans ma cuisine. Je ne pus m'empêcher de sourire en le voyant faire des tours de passe-passe avec les différents couteaux pour m'impressionner. Pas pour la première fois depuis son retour, j'eus envie de lui dire que j'étais enfin prête à rester dans notre relation, prête pour « toujours », jusqu'à ce que la violence nous rattrape. Mais comme toutes les autres fois, mes lèvres refusèrent de former ces mots. Peut-être que maintenant qu'il était revenu, le besoin de lui dire était moins pressant.

De toute façon, songeai-je en croisant son regard, je n'avais pas vraiment besoin de lui dire. Il le savait.

*

Tout le monde s'agitait dans l'appartement, chacun assigné à une tâche précise. Luisa avait été cheffe d'équipe dans tous ses métiers, et ça se voyait. Elle avait réquisitionné Sébastian dès notre arrivée et jeté Mariam hors de sa cuisine, décrétant qu'elle était presque aussi inutile que moi. Nous avions donc rejoint Laure à la mise en place de la table de buffet.

Luisa et Arnold avaient insisté pour l'inviter, râlant que je ne leur présentais jamais mes amis ; j'avais répondu en levant les yeux au ciel qu'à ce compte-là, pourquoi ne pas aussi inviter Mariam, et ils avaient trouvé que c'était une très bonne idée, puisque Arnold la connaissait déjà. Luisa avait demandé quel était le nom de l'autre personne dont nous parlions souvent, mais Arnold s'était mis à hurler qu'elle avait perdu la tête ; j'avais explosé de rire quand j'avais fini par comprendre qu'elle parlait de Roger.

On attendait encore cinq personnes d'ici une petite heure, et Arnold était parti chercher deux d'entre eux, un vieux couple d'amis, à la gare. On avait bien essayé de lui expliquer que c'était sa fête et qu'il sortait de l'hôpital, mais il avait refusé de voir en quoi cela signifiait qu'il devait rester assis dans le canapé sans rien faire. Puis Julien et Ben, sur les consignes de Luisa, avaient accroché une banderole « bonne retraite » et il avait décidé de partir les chercher en avance.

— Je t'avais dit que Sébastian était ton prince charmant, me serina Mariam, ravie d'entendre que nous ne nous étions pas disputés depuis son retour.

J'avais essayé de lui expliquer que ça ne faisait qu'une semaine, mais elle était intimement persuadée que nous avions juste réalisé qu'il ne servait à rien de se battre contre son destin.

Bien sûr, Laure était moins convaincue par ces arguments.

— N'importe quoi ! s'exclama-t-elle. Je regrette, je veux bien admettre qu'ils forment un couple cohérent, mais on ne peut pas vraiment dire que Sébastian soit un prince charmant, avec le château, le cheval blanc et tout ça. Le prince charmant, il n'est pas censé offrir des poignards à Blanche-Neige.

Je tentai de faire remarquer que je me sentais insultée par la comparaison avec Blanche-Neige, mais, clairement, ni l'une, ni l'autre ne voulait mon avis sur ma propre vie amoureuse.

— Tu sais qui d'autre a un cheval blanc ? argumenta Mariam. La conquête, des quatre cavaliers de l'apocalypse.

— Sébastian a une moto, pas un cheval blanc, coupai-je.

— C'est pareil, dit-elle en balayant mon intervention d'un signe de la main.

— Et on s'en fiche, renchérit Laure.

Je levai les bras au ciel et abandonnai mon poste, fatiguée de leurs inepties.

— La conquête et son cheval blanc, c'est ça, le genre de prince charmant dont elle a besoin. Et enfin, tout fait sens, déclara Mariam sur un ton théâtral.

— C'est ça, elle pourra écrire ça dans ses vœux le jour où il la demandera en mariage, railla Laure.

Au mot « mariage », je me préparai à leur hurler de fermer leur clapet, mais Julien choisit ce moment pour venir me demander mes clés de voiture.

— Pour quoi faire ? interrogeai-je, suspicieuse.

— J'ai oublié ma veste avec mon portable dedans, je peux aller la chercher ?

— Non.

— Mais Ava !

— Je vais y aller, tu restes ici, ordonnai-je.

Il me donnait une excuse parfaite pour sortir de cet appartement et aller prendre l'air. Je vérifiai que j'avais bien mes clés et mon arme sur moi, puis m'enfuis avant que Luisa ne puisse me rattraper.

Il me fallut quelques minutes de marche pour atteindre la voiture que j'avais garée dans la rue. Au lieu d'ouvrir directement le coffre pour récupérer la veste de Julien, je m'installai derrière le volant, inclinai le siège et profitai du calme. Les yeux fermés, je laissai mon esprit se reposer et oublier un peu les tensions et l'agitation des autres, que je semblais absorber comme une éponge. Petit à petit, je me sentis sombrer dans un sommeil léger, mais je ne luttai pas, personne n'avait un besoin vital de mon aide.

Lorsque je rouvris les yeux, seulement une dizaine de minutes s'étaient écoulées. Machinalement, je tendis la main vers l'emplacement sous l'écran de navigation pour prendre le paquet de chewing-gums que j'y laissais en permanence. Je me réveillai tout à fait quand ma main se referma sur le vide. Je fronçai les sourcils, surprise de ne pas le trouver là où il était censé être. Je le retrouvai dans l'emplacement juste en dessous, pestant intérieurement contre celui des Moreau qui n'avait pas remis le paquet à sa place.

Alors que j'allais ressortir, je remarquai que le paquet de chewing-gums n'était pas la seule chose qui n'était pas à sa place. Ma voiture n'était jamais impeccable, mais chaque chose avait une place habituelle. Mes lunettes de soleil se trouvaient maintenant sur le sol côté passager.

Le détail qui me troubla le plus était le fait que la boîte à gants était mal fermée. Personne à part moi n'y touchait jamais, parce que j'y stockais des chargeurs de balles supplémentaires. Une montée de stress fit battre mon cœur plus vite tandis que je me penchai pour aller l'ouvrir. En voyant que mes deux chargeurs étaient là, et que rien n'avait été rajouté, je me sentis stupide. Malgré moi, j'avais commencé à imaginer que Viktor y avait placé une bombe, mais je réalisai combien c'était improbable. Quelle satisfaction aurait-il pu tirer du fait de me faire exploser ? Viktor aimait torturer, il n'y avait aucune intimité possible avec une bombe.

Secouant la tête devant ma propre bêtise, je pris la veste de Julien, vérifiai que son téléphone était bien à l'intérieur, puis repris le chemin de l'appartement. Dans des moments comme celui-là, je me prenais souvent à me demander s'il ne valait pas mieux que je m'éloigne le temps de tuer Viktor ; j'en avais voulu à Sébastian d'avoir fait le même choix, mais la situation était différente. Il n'était pas possible de négocier avec Viktor, il ne s'arrêterait pour aucune raison. Seule la conviction intime que mon réseau serait ce qui m'aiderait à gagner me forçait à bannir cette solution de mon esprit.

Perdue dans mes pensées, je ne vis Arnold que lorsque je manquai de lui rentrer dedans ; il m'avait vue arriver et m'attendait avec ses deux amis, Joaquin et Tulio. Ils me serrèrent la main chaleureusement et se mirent sur-le-champ à me raconter comment ils avaient rencontré Luisa et Arnold, des années auparavant. Les derniers invités arrivèrent peu après nous, l'appartement maintenant à pleine capacité. Tâchant de ne bousculer personne, je tentai de me frayer un passage à travers les invités et aperçus Sébastian près d'une fenêtre.

En me voyant, il se mit à sourire de ce sourire qui n'était que pour moi et mon angoisse se dénoua. Ce sourire qui me faisait oublier le reste du monde, juste un instant. Ce sourire qui me permettait de respirer plus facilement. J'entendis la voix de Roger me dire combien il était dangereux de laisser quiconque prendre autant d'importance et décidai de l'ignorer, comme toujours.

Mariam finit de servir les dernières personnes qui n'avaient pas de quoi boire, puis Luisa nous annonça que la soirée pouvait enfin commencer. Rapidement, tout le monde leva son verre et toasta à la bonne santé d'Arnold et à son futur repos, bien mérité. Je me demandai vaguement ce que les gens pensaient qu'il faisait dans la vie.

Tout le monde était là, autour de moi, heureux et soulagé, mais je ne parvenais pas à rire sincèrement avec eux. Soudain, au milieu de cette agitation, je me sentis plus seule que jamais. Aucun d'entre eux n'avait une épée de Damoclès au-dessus de leur tête. Bientôt, je ne serais peut-être plus là pour les entendre plaisanter. Même la main de Sébastian dans mon dos ne parvenait pas à me faire oublier que je serais toujours seule face à mes cauchemars. Peu importe leur aide et leur soutien, aucun d'entre eux ne voyait le visage de Viktor leur sourire avant de leur plonger la tête sous l'eau, aucun d'entre eux ne sentait les lames trancher leur peau et les chocs électriques qui les réveillaient la nuit.

Sébastian m'embrassa doucement sur la joue pour me ramener au moment présent, un air inquiet sur le visage. Je finis de chasser mes démons en posant ma tête contre son épaule, inspirant son odeur familière.

Le reste de la soirée passa plus vite que je ne l'aurais pensé et mes efforts conscients pour rester dans l'ambiance détendue firent illusion jusqu'au bout. Quand Arnold annonça qu'il était fatigué, personne ne chercha à rester plus longtemps et les invités prirent congé un à un.

Sébastian, les garçons et moi restâmes un peu pour les aider à ranger et je cachai un sourire amusé en voyant Luisa remercier Sébastian avec profusion ; il n'était pas si loin, le temps où elle aurait préféré me voir avec un autre.

Avant d'aller se coucher, Arnold m'attira discrètement à part.

— Je voulais te le dire à l'hôpital, mais je n'ai pas eu l'occasion…

Il se passa la main sur le visage, réveillant mes inquiétudes.

— Je n'étais pas sûr, j'ai cru que je me trompais, je ne voulais pas t'affoler…

— Arnold, c'est raté, tu es en train de m'affoler, dis-moi ce qui se passe, réclamai-je.

Je le vis hésiter avant d'avouer :

— Le jour où j'ai fait ma crise cardiaque, je ne suis pas sûr… je crois que j'ai aperçu Viktor…

Je sentis mon sang se glacer.

— Est-ce que… est-ce que les médecins ont trouvé quelque chose d'anormal dans tes analyses ? demandai-je, la voix déraillant.

À ma surprise, il ne répondit pas tout de suite, mais me prit dans ses bras. Je restai immobile quelques secondes avant de réagir et de lui rendre son embrassade.

— C'était la faute de personne, fillette. Ma mauvaise santé est la conséquence d'une vie difficile, ce n'est pas ta faute, tu m'entends ?

Je hochai la tête contre son épaule.

— Tu l'auras. J'en ai jamais douté.

Il mit fin à son étreinte et s'éloigna avec une dernière petite tape sur mon bras au moment où les garçons vinrent m'annoncer qu'ils préféraient rentrer avec Mariam parce que sa voiture était plus cool. J'étais encore trop sous le choc pour les foudroyer du regard comme ils le méritaient.

Sébastian marcha silencieusement avec moi jusqu'à la voiture, puis me proposa de conduire. Sans rien dire, je lui tendis les clés et m'installai côté passager.

Il alluma le contact, mais ne mit pas le véhicule en marche, m'observant avec l'air de quelqu'un qui voulait discuter, mais qui ne voulait pas empirer la situation.

Finalement, il se tourna dans son siège et tendit la main pour la poser sur mon visage. Il me toucha si tendrement que je me mis à pleurer, sans autre raison que la certitude qu'il ne cesserait pas de m'aimer à cause de ma faiblesse. Pour la première fois depuis bien longtemps, je laissai une autre personne être forte pour moi. Il me laissa pleurer en silence, me gardant arrimée à la réalité par ce simple contact, m'assurant qu'il resterait là tant que j'en aurais besoin. Je ne savais pas si j'étais plus terrifiée par la possibilité qu'il puisse me laisser tomber et me briser complètement, ou par l'incroyable soulagement qui m'étreignit et me fit prendre conscience de combien j'étais lasse d'être seule.

De longues minutes plus tard, je finis enfin par me calmer et lui racontai ce qu'Arnold m'avait dit. Il trouva les mots pour me soulager et me faire croire, un instant, que je n'étais pas vraiment seule et que mes cauchemars n'étaient pas la réalité. Je parvins même à me dire que, quoi qu'il puisse arriver, dormir dans ses bras cette nuit me donnerait la force de tenir pour voir la vie après Viktor. Il devait forcément y avoir une vie différente après, une vie sans menace permanente.

Mariam et les garçons nous attendaient sur la place de parking. Je la remerciai et demandai à Ben de récupérer son bazar à l'arrière de la voiture. Il lui fallut quelques minutes pour rassembler ses affaires, et il ressortit du véhicule avec un morceau de papier à la main.

— Ava, c'est quoi ?

Je lui pris l'objet des mains, en fronçant les sourcils. C'était une carte postale. Mes yeux s'agrandirent d'horreur en reconnaissant le nom de la ville.

C'était la ville où se trouvait la prison dans laquelle Viktor avait passé les six dernières années. C'était donc sa bombe. Elle n'explosa que dans ma tête.

58.

Je m'étais enfin résolue à faire ce que je détestais : j'avais laissé un message sur le dark web. Je n'étais pas allée jusqu'à proposer de payer des inconnus pour des informations, je ne m'étais pas abaissée jusque-là, mais je n'avais aucune idée d'où chercher Viktor et je commençais à être désespérée.

Sébastian, Mariam et moi avions passé les quatre derniers jours à faire le tour des endroits désaffectés et des hôtels de la région, sans résultat. Je n'avais toujours aucune idée d'où il était terré, je ne savais pas combien de temps il avait l'intention d'y rester. Pour être honnête, nous en avions aussi tous marre d'attendre que Viktor soit fatigué de son petit jeu. Certaine qu'il avait associé une alerte à mon pseudonyme, j'avais posté un message court :

« Deja de jugar. ¿ De qué tienes miedo ? » Arrête de jouer, de quoi as-tu peur ?

Comptant sur le fait que le traiter de froussard aux yeux de toute la communauté du crime le ferait réagir rapidement, j'avais poussé l'affront jusqu'à l'écrire en espagnol, qu'il avait peu de chances de maîtriser.

À présent que tout le monde était au courant de notre conflit, j'avais reçu beaucoup de messages ; certains souhaitaient se joindre à moi, d'autres promettaient de me livrer en pâture au psychopathe, et quelques rares imbéciles sexistes proposaient de régler le problème pour moi si je n'y arrivais pas. J'avais pris soin de noter les pseudonymes de ces derniers.

Après avoir posté ce message, j'avais eu l'étrange impression de reprendre le contrôle de la situation et je prenais depuis un malin plaisir à l'imaginer fulminer devant son écran d'ordinateur.

C'est probablement à cause de cet excès de confiance que je ne pus que rester pétrifiée devant le numéro qui s'afficha sur mon téléphone personnel, deux jours plus tard. J'avais beau avoir effacé le contact, je me souvenais très bien de la personne à qui il appartenait.

Andrea.

Je laissai sonner sans décrocher, essayant de trouver une raison plausible à son appel. Peut-être qu'il avait enfin décidé de me dénoncer.

— J'ai vraiment pas besoin de ça, marmonnai-je alors que le téléphone se remit à sonner.

Intrigués, Sébastian et Ben débarquèrent dans la cuisine. Je leur fis signe d'être silencieux en prenant mon courage à deux mains pour décrocher.

— Oui ?

— Le Fléau, me salua une voix avec un fort accent russe.

Ce n'était pas Andrea.

Je ne sais pas si mon visage reflétait la panique qui me coupa le souffle, mais je vis du coin de l'œil que Sébastian était en train de ramener Ben dans l'appartement d'en face avec son frère.

Une fois sûre qu'il était parti, je mis le haut-parleur et passai au russe.

— Il t'en a fallu, du temps, fis-je avec bravade.

— Oui, j'ai pris le temps de faire connaissance avec quelques-uns de tes amis.

Je déglutis péniblement en imaginant ce qu'il avait pu faire à Andrea.

— Celui-là a dit que tu ne décrocherais pas, mais je suis ravi de voir qu'il avait tort.

— Si tu voulais me parler tant que ça, il suffisait de venir me voir directement au lieu de me laisser des petits mots dans toute la région.

— J'aimais l'idée d'en apprendre plus sur toi.

Je visualisai son sourire vicieux tandis qu'il prétendait que notre conversation était tout à fait normale. Il était complètement dérangé.

— Je sais combien tu tiens à tes amis, aussi je te propose un petit échange. Si jamais tu viens le chercher en personne, je le laisserai partir, proposa-t-il.

— Viktor, est-ce que tu penses que je suis aussi stupide que ça ? Je doute qu'il soit encore vivant.

Tout en essayant d'avoir l'air blasée, j'espérais de tout cœur qu'il l'était.

— Ah. Je comprends ta méfiance. Je te promets qu'il est toujours vivant. Je te l'aurais même passé s'il était conscient, mais c'est un gros dormeur.

Une colère sourde se mit à battre en moi. Avec une précision sinistre, je me mis à planifier tout ce que j'allais lui faire avant d'en finir.

— Je vois que tu hésites encore. Je vais t'envoyer l'adresse, tu as jusqu'à vingt heures pour venir chercher ton ami. Après cela, je considérerai que tu ne tenais pas à lui tant que ça.

Il raccrocha, me laissant déchirée entre ma rage et ma détresse. Il ne méritait même pas la décence d'une balle entre les yeux ; non, pour lui, j'étais prête à délaisser mon Browning pour avoir le plaisir de lui trancher la gorge et de le regarder suffoquer en se vidant de son sang.

Un silence chargé plana longtemps dans mon appartement, alors que Sébastian et moi étions encore trop médusés pour amorcer la moindre conversation. Au terme de très longues minutes de délibération intérieure, je repris mon portable pour appeler du renfort, mais Sébastian me devança, le téléphone déjà à l'oreille.

— J'appelle Roger, annonça-t-il.

Roger était un élément essentiel de mon plan, aussi j'espérais vraiment qu'il était disponible.

— Bonne idée, dis-je en envoyant un message à Mariam pour lui demander de venir.

Je savais qu'elle ne mettrait pas longtemps à nous rejoindre, son ancien appartement étant situé très près du mien.

— Quand il verra que tu ne mords pas à l'hameçon, il viendra te chercher, il faut qu'on se prépare.

Sa réflexion me stoppa dans mon mouvement.

— Qu'est-ce que tu veux dire ? Ça y est, il est venu me chercher, je n'ai plus le choix, fis-je en fronçant les sourcils.

Je me demandais un instant si nous avions entendu la même conversation, puis je compris qu'il n'avait pas envisagé une seule seconde que je puisse aller le trouver. Je vis dans ses yeux le moment où il réalisa que j'avais l'intention d'y aller. Il reposa son téléphone.

— Ava… tu n'es pas sérieuse…

Il avait l'air tellement abasourdi par ma décision qu'il ne paraissait même pas être en colère, mais je le connaissais assez pour savoir que ça n'allait pas tarder.

— Ava, il est probablement déjà mort, insista-t-il.

— Et s'il ne l'est pas ? contrai-je.

— Ava, tu ne peux pas être sérieuse. Tu ne vas pas te rendre volontairement à ce psychopathe !

J'entendais la violence qui montait petit à petit dans sa voix, mais malgré toute la logique de son raisonnement, je ne pouvais pas laisser Andrea mourir si j'avais la moindre chance de le sauver. J'avais déjà perdu Jérémy, Silje et probablement Samir.

— Est-ce que j'ai le choix ? Je ne veux pas avoir sa mort sur la conscience.

— JE ME FOUS DE SAVOIR S'IL MEURT ! explosa-t-il soudain, fracturant le silence.

Luttant pour garder mon calme, je fis un pas dans sa direction et plantai mes yeux dans les siens :

— Pas moi.

Plus que sa fureur, c'est la douleur dans son regard qui me poussa à tendre ma main pour le toucher, mais il refusa mon contact et s'éloigna délibérément de moi.

— Très bien, si je ne peux pas te faire entendre raison, peut-être qu'Arnold réussira.

Il avait à nouveau son téléphone dans la main, mais cette fois-ci, je ne lui laissai pas le temps de composer le numéro.

— Laisse-le en dehors de ça, grondai-je.

— C'est la seule façon de te raisonner.

Le fait qu'il soit prêt à impliquer Arnold alors que je faisais tout mon possible pour le préserver depuis son arrêt cardiaque me mit hors de moi.

— Sébastian, repose ça tout de suite, menaçai-je, les poings serrés.

S'il pensait que je ne lui ferais pas de mal, il avait oublié à qui il avait affaire.

— Oh, donc tu as le droit de te suicider, mais je n'ai pas le droit d'essayer de t'en dissuader ?

— Je ne vais pas me suicider !

S'il continuait à me traiter comme une enfant irresponsable, j'allais devenir violente rapidement. Notre relation ne lui donnait pas le droit d'être condescendant, et d'oublier qui j'étais.

— Si tu te rends à lui, c'est exactement ce que tu fais ! Tu vas passer la porte et il te mettra une balle dans la tête ! s'écria-t-il, les yeux bouillonnants.

— Si tu penses ça, c'est que tu ne connais vraiment pas Viktor, rétorquai-je avec un rire sans joie. Il veut me torturer, il veut prendre son temps et m'entendre le supplier. Et ce temps, c'est exactement ce qui nous laisse l'occasion de mettre un plan en place.

— Il a déjà commis cette erreur la dernière fois, tu crois vraiment qu'il va recommencer ?

Apparemment, mon plan ne lui semblait pas aussi rationnel qu'à moi. Qu'il le veuille ou non, c'était pourtant moi qui connaissais le mieux Viktor et ses méthodes, c'était moi qui l'avais vu perdre contrôle parce qu'il ne pouvait pas se maîtriser en me torturant. C'était moi qui avais réussi à le déstabiliser suffisamment pour en sortir vivante. Qu'il le veuille ou non, Sébastian ne comprendrait jamais Viktor comme moi.

— Il ne peut pas s'en empêcher ! Il a passé six ans à croupir dans une cellule en imaginant de nouvelles façons de me faire souffrir. Pourquoi est-ce que tu crois qu'il s'est donné tant de mal à me terroriser pendant des mois ? Il aurait pu me tuer des dizaines de fois.

— Il a bien failli.

— Tu penses vraiment qu'il a manqué son coup par accident ? me moquai-je.

Sébastian me fixa un moment, à court d'arguments pour essayer de me faire changer d'avis.

— Tu es complètement folle, souffla-t-il.

Les mots résonnèrent comme une claque. La violence qui m'envahit dessina mes poings et fit bouger mes pieds jusqu'à ce que je réalise que j'allais le frapper. À la dernière seconde, furibonde, je saisis un mug sur la table et le jetai par terre de toutes mes forces. Luttant pour reprendre le contrôle de ma respiration, j'attendis une poignée de secondes avant de le regarder à nouveau.

Il était trop abasourdi pour répliquer, mais je vis à son expression qu'il avait conscience d'être allé trop loin.

— Ne redis jamais ça, grinçai-je. Arrête de me traiter comme une enfant qui ne sait pas de quoi elle parle. Je vis avec ça depuis des années, je sais ce que je suis capable de supporter ou non. Tu penses que tu essaies de me sauver, mais comment est-ce que tu crois que je vais pouvoir être heureuse en sachant que j'ai laissé Andrea mourir ?

Ce fut à son tour de se prendre mes mots en pleine figure.

— Si tu m'aimes, Sébastian, si tu tiens à moi et à notre relation, réfléchis à ce que tu me demandes de faire. Je ne peux pas le laisser payer pour mes erreurs.

Je sentis ma voix se briser tandis que son visage se mua en une grimace torturée.

— S'il te plaît, ne me demande pas de porter cette dette…

Je ne sus jamais ce qu'il s'apprêtait à dire, parce que Mariam poussa la porte d'entrée à ce moment précis. Elle nous rejoignit d'un pas déterminé, inconsciente de nos émotions laissées à vif par cette conversation. Je vis la surprise sur son visage lorsqu'elle aperçut le mug brisé par terre ; elle m'interrogea du regard.

— C'était la tasse ou sa tête.

*

Deux heures plus tard, Roger arrivait enfin pour nous permettre de finaliser les derniers détails de mon plan. Arnold était déjà installé à la table de la cuisine avec un café fumant devant lui ; Mariam avait fini par me convaincre qu'il finirait forcément par apprendre ce qu'il se passait et que ne rien lui dire l'inquiéterait encore davantage.

Personne n'osa me faire remarquer qu'il y avait peu de chances que tout se passe comme prévu et je leur en étais reconnaissante. Ce plan était la seule chose qui me permettait de ne pas m'effondrer.

Roger devait partir en reconnaissance pour jeter un œil au site désaffecté sur lequel Viktor retenait Andrea. L'endroit était une ancienne usine qui avait en partie brûlé un an plus tôt et se trouvait toujours à l'état de ruine. Elle se situait dans une zone industrielle désertée qui était fermée au public, l'endroit parfait pour garder des prisonniers sans être inquiété. Grâce à une application pour visualiser les environs en ligne, nous avions pu décider de l'endroit où se posteraient Roger et Sébastian.

— Donc dès qu'il te tient, on intervient ? demanda Sébastian pour confirmation.

— Non, il aura prévu un dispositif de sécurité, lui dit Arnold.

— Si on intervient trop tôt, il changera d'avis et me tuera.

Roger acquiesça.

— Il faut attendre, oui.

— Attendre quoi ?

Un silence lourd s'abattit sur la pièce en réponse à la question de Sébastian. Je vis la mâchoire d'Arnold se contracter.

— Attendre qu'il soit trop accaparé par son activité pour se soucier de ce qu'il se passe autour, lâchai-je enfin, mettant des mots sur ce que les autres avaient compris.

— Son acti… tu veux dire qu'il soit occupé à te torturer ?

Il me jeta un regard sidéré, puis fixa tous les autres, un à un.

— On va vraiment attendre qu'il la torture ?

Doucement, je posai ma main sur la sienne pour lui rappeler que je savais ce que je faisais, pour lui rappeler que son amour pour moi ne devait pas l'aveugler.

— C'est le plus logique, affirma Mariam, le visage sombre.

Sébastian et Roger devraient attendre mon signal avant toute intervention. Ledit signal fut difficile à choisir, mais on avait fini par s'accorder.

— Quoi qu'il arrive, il est à moi, rappelai-je. Vous pouvez le désarmer si l'occasion se présente, mais il est à moi.

Mariam fut chargée de rester pour protéger les garçons, mine de rien. Je n'osai le dire devant Roger, mais j'espérai que j'étais parvenue à lui faire comprendre combien son rôle était vital. Jamais je ne pourrais espérer réussir à m'en sortir si je devais passer chaque minute à m'inquiéter que Viktor ait prévu de leur faire du mal pendant que j'étais avec lui. Il était largement assez tordu pour se servir d'eux contre moi.

L'étape suivante était certainement une des plus délicates : il avait fallu que j'appelle Laure. Arnold avait été celui qui avait insisté pour que je la mette au courant. Je n'étais pas rentrée dans les détails, mais lui avais demandé de partir de chez elle et de prétexter que nous partions toutes les deux en week-end. Elle n'avait même pas osé me poser de questions ; je crois qu'elle avait senti que cette fois-ci, c'était différent, que cette fois-ci, je risquais d'avoir de gros problèmes. Quelque part, elle savait probablement que je n'en reviendrais peut-être pas. Si les choses devaient mal tourner, Arnold était chargé de l'appeler pour mettre en place mon alibi.

Lorsqu'il n'y eut plus rien à dire, plus rien à planifier, Roger se leva pour partir et je l'accompagnai à l'entrée. Dans le couloir, je lui tendis une feuille pliée en quatre, sur lequel étaient inscrites les références d'un compte bancaire offshore, les codes d'accès, ainsi que quelques consignes.

— Si je ne reviens pas, je veux que tu vérifies régulièrement si les enfants sont en sécurité. Il y a assez pour plusieurs années, murmurai-je.

Il hocha la tête en silence, puis partit en reconnaissance.

*

J'avais essayé de dire au revoir aux garçons sans effusion, l'air de rien. Comme je l'avais convenu avec Sébastian, je leur avais dit que je partais en week-end avec Laure afin de conserver une certaine cohérence dans mon alibi ; je ne voulais pas qu'ils aient à mentir. J'eus du mal à ne pas serrer Ben dans mes bras trop longtemps, craignant de paraître suspecte. Je me rassurai en pensant que leur oncle savait où récupérer mon testament ainsi que les lettres que je leur avais écrites, au cas où, il y a quelque temps.

Nous nous étions tous séparés, laissant Mariam à sa charge malgré l'insistance de Julien qu'il n'avait pas besoin d'une baby-sitter. Sébastian me demanda si je préférais conduire ou bien lui laisser le volant et je dus prendre plusieurs inspirations profondes afin de calmer mes nerfs. Conduire aurait été une bonne façon de me distraire, mais si cela devait être la dernière fois que je voyais les paysages environnants, je voulais prendre le temps de les regarder vraiment.

Au moment de monter dans la voiture, Sébastian m'enferma dans ses bras, m'embrassa avec force avant de prendre mon visage dans ses mains et de murmurer qu'il ne pourrait plus jamais se regarder en face s'il ne me suppliait pas une dernière fois, s'il y avait la moindre chance pour qu'il me fasse changer d'avis.

— S'il te plait, n'y va pas…

Je l'embrassai à mon tour pour éviter de répondre. À ce moment précis, j'aurais aimé être comme Roger et être indifférente à son désarroi. Roger ne comprenait probablement pas mon choix non plus, mais sa distance émotionnelle lui permettait de le respecter; Sébastian était à deux doigts de me jeter par-dessus son épaule pour aller me ligoter dans une cave quelque part.

Je réussis à contempler les paysages que j'avais voulu voir une dernière fois pendant près de quarante-cinq minutes avant de me rendre compte qu'ils n'avaient vraiment aucun intérêt. Si je ne parvenais pas à tuer Viktor, est-ce qu'il était vraiment important de me souvenir à quoi ressemblait la ville dans laquelle je vivais? Ou bien les champs dans la campagne qu'il fallait traverser? Je finis par tourner mon regard vers Sébastian. Les articulations de ses doigts étaient blanches, ses poings serrés sur le volant; je repensai au nœud dans mon ventre chaque fois que je le voyais cogner sur un punching-bag avec ces mêmes poings, aux sensations que j'éprouvais chaque fois qu'il posait ses mains sur mon corps. Aux gémissements qui s'échappaient de ses lèvres lorsque je le touchais en retour. C'était ce dont je voulais me souvenir si je ne parvenais pas à tuer Viktor.

Je songeai à tous ces gens qui se donnent un dernier baiser avant de se séparer, sans savoir que c'était le dernier. Dans les films, les derniers baisers étaient toujours passionnés, dans la vraie vie, c'était parfois un baiser simple, entre deux personnes qui pensaient s'embrasser encore de nombreuses fois.

Je n'aurais jamais assez d'un baiser avant de le quitter. L'intensité de notre relation ne pouvait être résumée par un geste si simple.

— Arrête la voiture, lui dis-je soudain.

Le son de ma voix arracha son regard à la route un instant.

— Tu as changé d'avis?

— Non.

Je ne sais pas ce qu'il vit sur mon visage lorsqu'il tourna la tête vers moi, mais, sans un mot de plus, il enclencha son clignotant et s'engagea sur un petit chemin de terre quelques centaines de mètres plus loin. Lorsqu'il coupa le moteur, je faillis lui demander de reprendre la route; je n'avais pas la moindre idée de comment gérer le flot d'émotions qui me comprimait la cage thoracique. Des larmes se mirent à brûler mes yeux et Sébastian décrocha sa ceinture. Il recula son siège au maximum, défit ma propre ceinture, puis referma ses bras autour de moi quand je me glissai sur ses genoux. Incapable de parler, je le serrai à n'en plus pouvoir respirer.

À cet instant, la force de mes sentiments pour lui m'effrayait plus que tous les Viktors du monde.

— Je te veux pour toujours aussi, chuchotai-je enfin. Aussi longtemps que « toujours » durera.

Un dernier baiser ne serait jamais suffisant, mais l'on resta de longues minutes à s'embrasser avec toute la passion, l'intensité et la violence dont nous étions capables. Ces derniers instants avec lui ne rendraient pas les choses plus simples, ce dernier baiser ne rendrait pas plus facile le fait de le quitter, mais nous méritions tous les deux ces quelques moments qui étaient peut-être la seule éternité qui nous serait jamais accordée.

*

Deux hommes me conduisirent à travers un dédale de couloirs et d'espaces plus délabrés les uns que les autres. Je me pris à penser que le bâtiment finirait peut-être de s'effondrer sur nous avant même que je n'arrive jusqu'à Viktor.

Plus l'on s'enfonçait dans les décombres, plus mon inquiétude se fit intense ; Roger et Sébastian ne m'entendraient jamais donner le signal. Enfin, on arriva dans un vaste espace parsemé de ruines et mon cœur se mit à battre si fort que je n'entendais plus que le sang à mes tempes. Viktor m'attendait avec son sourire de psychopathe.

Je fus presque tentée de sortir mon arme et de lui tirer dessus tout de suite, mais je me souvins que mon Browning avait déjà été confisqué. Du coin de l'œil, j'aperçus deux autres hommes armés qui tenaient deux formes sanguinolentes en joue. Andrea et Samir étaient tous les deux ligotés sur des chaises.

Je fis de mon mieux pour ne pas les regarder trop longtemps, pour ne pas leur accorder trop d'importance, mais la présence de Samir me bouleversa.

Ils étaient tous les deux conscients malgré les sévices évidents qu'ils avaient subis et avaient les yeux braqués sur moi. Je déglutis avec difficulté. Je vis à la surprise sur le visage d'Andrea qu'il ne pensait pas que je viendrais ; il pensait que j'allais le laisser mourir et mon cœur se fissura un peu à cette idée.

C'est le regard de Samir qui me donna envie de pleurer et me mettre à genoux pour le supplier de me pardonner. Il n'était pas censé être là. J'avais accepté ma responsabilité dans le fait qu'Andrea avait été enlevé par Viktor, mais Samir n'aurait jamais dû être mêlé à cette histoire. J'aurais dû le protéger mieux que ça. Il fut soulagé un instant de me voir arriver, pensant sans doute que, d'une manière ou d'une autre, j'allais réussir à négocier sa libération, que le Fléau allait tenir sa promesse et prendre soin de lui.

— Tu vois, je t'avais dit que le Fléau viendrait te chercher, lui lança Viktor dans un français difficilement compréhensible.

J'espérais qu'il n'avait pas saisi ce qu'il venait de lui dire, mais l'incrédulité, puis la trahison que je lus dans son expression me dit qu'il avait parfaitement compris. Je ne lui avais pas fait confiance, je l'avais trahi alors qu'il m'avait accordé son amitié, alors qu'il avait fidèlement rempli sa mission pendant plusieurs années.

Je détournai lâchement le regard et reportai mon attention sur Viktor, luttant pour contrôler ma colère.

— Tu m'as dit qu'il n'y en avait qu'un.

Ses lèvres s'étirèrent lentement en un sourire satisfait qui me fit frissonner.

— Oui, mais c'est plus drôle avec deux, répondit-il. Comme ça tu as le choix.

Je fronçai les sourcils malgré moi, incertaine d'avoir compris ce qu'il voulait dire.

— Le choix ?

— Oui, confirma-t-il avec le même sourire. Le choix entre les deux. Tu peux choisir celui que tu veux sauver.

Je fis deux pas vers lui, soudain incapable de réprimer mon envie de l'étrangler à mains nues. J'avais joué son jeu, j'étais venue me rendre, seule, mais ce n'était pas ce qui était prévu. Le bruit des deux hommes armés derrière moi ressuscita mon instinct de survie et me poussa à m'arrêter.

— Ce n'est pas ce qui était prévu, crachai-je, la voix tremblante de fureur.

Je voyais Andrea et Samir suivre l'échange en russe sans le comprendre.

— J'ai changé d'avis, dit-il en haussant les épaules.

Son geste me rappela Julien et me fit serrer les poings dans un effort pour me contrôler.

— T'es encore plus malade que je pensais.

— Oui, la prison m'a rendu un peu instable.

S'il espérait que j'allais penser que je l'avais bien cherché à cause de sa petite pique, il me connaissait bien mal.

— Si jamais c'est trop dur de choisir, reprit-il, c'est pas grave, on va tuer les deux. Pas de jaloux.

Ralenti par une soudaine panique, mon cerveau refusa de considérer le choix auquel Viktor m'obligeait, cherchant désespérément une autre solution. J'étais venue sauver Andrea, mais je ne pouvais pas laisser Samir mourir. Je n'avais plus de monnaie d'échange, je m'étais déjà livrée volontairement. Ma gorge se serra et je dus faire un effort pour retenir un sanglot angoissé.

Las d'attendre ma réponse, Viktor fit signe à deux de ses hommes de les exécuter. Affolée, je levai les mains et hurlai :

— STOP !

De son doigt levé, Viktor les arrêta.

— Oui ? Tu as fait ton choix ?

Le long de mon front et de mon dos, de lourdes gouttes de sueur tombèrent. D'une main moite, je tentai d'essuyer une goutte qui glissait sur ma paupière ; les battements de mon cœur étaient assourdissants et je sentis le goût de la bile qui me montait à la bouche.

Il allait les tuer tous les deux. Il le ferait.

Comme dans un film, je revis tous les moments passés avec chacun des deux hommes en face de moi, sachant que je ne pourrais en sauver qu'un seul.

Je tentai de nier l'évidence pendant une poignée de secondes.

Samir était celui qui ne me dénoncerait pas, celui qui ne représentait pas de danger pour mes proches et moi-même. Samir était le plus jeune, celui qui avait le plus à vivre.

— Alors ? s'impatienta-t-il. Lequel veux-tu sauver ?

Le cœur tellement serré que je me sentis tout à coup faible, je fixai enfin mon regard sur Samir; puis je prononçai le nom d'Andrea. Le coup de feu partit presque instantanément, ne me laissant pas le temps de détourner les yeux; la tempe du jeune homme explosa dans une pluie sanguinolente et visqueuse qui gicla sur le visage blanc d'Andrea; il se mit à hurler. Une larme roula sur ma joue et je me forçai à avaler ma salive pour contrer la bile qui continuait à affluer dans ma bouche.

Profitant du fait que j'étais trop choquée pour résister, un homme m'entraîna vers une chaise, me força à m'y asseoir et tira brutalement mes bras vers l'arrière, à travers les barreaux du dossier, pour m'attacher. Je sentis le métal froid des menottes et de la chaise sur mes poignets.

Viktor s'avança et plaça mon Browning sur une petite table à environ deux mètres de moi. Je me forçai à ne pas regarder le reste des objets qui se trouvaient également sur la table.

— Je vais mettre ton arme ici, pour te réconforter, me dit-il.

Il n'avait pas besoin de perdre son temps à me mentir, on savait tous deux que c'était sa façon de me narguer et de me rappeler que je m'étais rendue de mon plein gré.

Andrea avait cessé de crier, mais son visage avait pris une teinte plus proche du vert que du blanc. D'un signe de tête, je rappelai notre marché à Viktor; il acquiesça et s'occupa de le détacher lui-même, sans chercher à le retenir lorsqu'il s'effondra par terre, les jambes flageolantes. Les deux hommes qui m'avaient menée jusqu'ici le saisirent chacun par un bras pour le remettre debout et l'entraînèrent vers la sortie.

C'est lorsque Viktor se mit à rire que je compris.

— NON ! hurlai-je, trop tard.

Une première balle atteignit Andrea entre les omoplates, suivit d'une deuxième plus à gauche. Les gardes laissèrent tomber son corps par terre.

J'attendais follement qu'il bouge, qu'il donne un signe de vie, tandis que le rire sadique de Viktor semblait secouer le bâtiment tout entier. Mais il ne bougeait plus. Andrea ne bougeait plus.

— Tu n'as aucune parole, murmurai-je. Tu devais le laisser partir.

— Bien sûr que si, je tiens parole, s'écria-t-il, l'air offensé. Je vais même l'aider à sortir.

Pour me le prouver, il saisit un des bras du cadavre d'Andrea, laissa un de ses hommes faire de même avec l'autre bras, et, ensemble, ils le traînèrent hors de la pièce, laissant des traces sanglantes sur le sol. Il me laissa seule avec les quatre hommes restants pendant d'interminables minutes durant lesquelles je ne pus que considérer l'étendue de mon échec.

— Voilà, m'annonça-t-il en revenant. Il est dehors. S'il est toujours vivant, il est libre de partir.

Je voyais à la lueur vicieuse dans son regard que mon abattement le mettait en appétit. C'était ce qu'il avait prévu depuis le début, une dernière torture émotionnelle avant la torture physique. Il congédia les autres, leur demandant de laisser le cadavre de Samir avec nous, puis s'installa face à moi, ses outils à portée de main.

Pendant près de vingt minutes, tout en découpant mes vêtements en morceaux, il prit le temps de me raconter tout ce dont il avait rêvé, seul dans sa cellule pendant six ans ; aussi, lorsqu'il saisit le premier couteau, je savais exactement ce qu'il allait me faire avec.

Il commença par de petites incisions, juste pour le plaisir de voir mon sang ruisseler sur ma peau nue. La mâchoire douloureuse de serrer les dents, je guettais le moindre moment d'inattention de sa part, la moindre faiblesse dans son plan. Je ne sais pas au bout de combien de temps, après combien de coups je me mis à crier. C'était plus facile de crier.

Six ans plus tôt, j'avais résisté bien plus longtemps, déterminée à lui nier ce plaisir. J'avais été jusqu'à perdre conscience avant de lui accorder le moindre cri. Depuis, j'avais mûri. Peu m'importait de lui donner ce qu'il voulait tant que je restais en vie suffisamment longtemps pour me venger. Pour venger Andrea, Samir, Silje et Jérémy.

Tandis qu'il préparait les câbles électriques et les tenailles, je songeai brièvement à tous les gens que j'avais dû torturer ces derniers mois. Eux, avaient eu la certitude que tout s'arrêterait dès qu'ils auraient donné les bonnes réponses. Viktor n'avait pas de question à poser.

59.

Roger

Le Fléau avait disparu dans l'immense bâtiment depuis près de vingt minutes et Roger attendait patiemment. Il ne s'était pas attendu à devoir intervenir avant plusieurs heures, mais il ne pouvait s'empêcher de ressentir une certaine frustration devant sa propre inutilité.

Il était arrivé bien avant le Fléau et Sadist, avait eu le temps de faire le tour de l'endroit, de trouver des positions stratégiques, avait placé quelques micros, s'était installé de façon à pouvoir surveiller l'entrée discrètement à l'aide de jumelles. L'ancienne usine était en partie brûlée, en partie effondrée, mais il soupçonnait que de nombreux endroits étaient encore parfaitement accessibles. À la place de Baranovski, il aurait emmené le Fléau dans l'endroit le plus éloigné de toute entrée. Depuis vingt minutes, Sadist et lui n'entendaient rien, ne voyaient rien. Seul le mouvement de quelques caméras de surveillance venait animer leur observation des lieux.

À côté de lui, Sadist s'agitait régulièrement, lorsque la tension devenait intenable pour lui. Roger étudiait discrètement son comportement, fasciné de voir combien son corps tout entier était affecté par les émotions intenses qui l'étreignaient.

Depuis qu'il le connaissait, il avait toujours su qu'il était guidé par ses sentiments. Bien que très professionnel, Sadist exhalait une chaleur et une colère permanente, ses émotions toujours rampantes sous un calme apparent. Même la cruauté dont il savait parfois faire preuve était mue par une violence bouillonnante, une fougue et une force qui faisait de lui un sujet d'étude intriguant pour quelqu'un comme Roger.

Contrairement à lui, le Fléau – Ava – était capable d'une froideur troublante. Elle aussi, semblait dépendre plus que nécessaire de ses émotions, allant même jusqu'à y puiser afin de renforcer sa détermination. Elle pouvait laisser exploser une violence volcanique capable de tout détruire sur son passage. Mais la froideur, la dureté chez cette femme en faisait la personne la plus intéressante qu'il ait jamais rencontrée. Il ne se souvenait pas exactement des circonstances de leur rencontre, mais il se rappelait avec une précision singulière la première analyse qu'il avait faite de cette personnalité surprenante.

Roger n'avait pas d'ami. Il autorisait certaines personnes à penser qu'ils étaient ses amis afin de couvrir ses véritables activités. Ces gens n'étaient qu'une couverture, un alibi, une nuisance, vraiment, dans une vie autrement solitaire et parfaitement en accord avec sa personnalité. Ava était différente ; elle était une collègue compétente, certes, mais il appréciait étrangement sa compagnie. Son cynisme et ses sarcasmes le divertissaient au plus haut point, rendant chaque affaire imprévisible. Il aimait sa capacité à le surprendre.

Il supposait qu'elle était plutôt une belle femme, mais ne l'avait jamais considérée de manière sexuelle ; Roger était pourtant loin d'être insensible aux élans de ses propres hormones, mais Ava n'avait jamais provoqué ces sentiments en lui. Pourtant, à voir la façon dont Sadist la regardait, il était capable de dire qu'elle correspondait à l'idéal de beaucoup d'hommes. Bien sûr, pour Sadist, c'était bien plus qu'une attirance physique, il s'en était rendu compte déjà à Paris, lors de ce contrat qui avait si mal tourné. Sa dangerosité avait agi comme un aimant sur Sadist aussi.

Roger était capable de reconnaître qu'il y avait quelque chose de remarquable chez Ava. Contrairement à tous les idiots qui pensaient qu'une femme ne serait jamais aussi capable qu'un homme, il avait immédiatement vu son efficacité, la menace dans chacun de ses mouvements, de ses regards. Il était souvent étonné, malgré l'apparente légèreté dont elle faisait parfois preuve, d'entendre toute la menace que pouvait contenir un seul de ses mots. Des fois, il se surprenait même à songer qu'elle était trop jeune pour être si terrifiante.

Oui, le Fléau rendait sa vie bien plus intéressante.

Elle était d'ailleurs la seule personne vraiment digne de son intérêt. Lorsqu'il était las de sa vie monotone, il savait qu'elle était capable de le faire rire. Alors de temps en temps, il lui demandait de l'aide, même s'il n'en avait pas vraiment besoin. Comme cette fois où ils s'étaient débarrassés d'un cadavre ensemble. Il avait su que la nuit allait être longue et s'était pris à vouloir de la compagnie ; il n'y avait personne d'autre dont il aurait supporté la présence toute une nuit, malgré ses efforts pour être irritante.

Avec les années, il en était venu à lui faire confiance professionnellement et à apprécier le fait qu'elle ait confiance en lui aussi. Aussi, lorsque Baranovski avait refait surface, il avait mis beaucoup de ses activités de côté afin de rester dans les parages ; ces derniers mois, le Fléau et ses rebondissements avaient animé son existence. À chaque fois qu'elle avait eu recours à son assistance, elle l'avait systématiquement payé ou lui avait rendu un service en retour. Plusieurs fois, il avait envisagé de proposer ses services gratuitement, ne serait-ce que pour profiter d'une nouvelle aventure palpitante, mais n'avait jamais été plus loin que cette réflexion. Elle était déjà persuadée qu'ils étaient amis et il n'était pas certain d'avoir envie de mettre cette étiquette sur leur relation.

Sadist tira Roger de ses pensées lorsqu'il bougea pour soulager sa jambe endormie. Dans sa poche, Roger referma brièvement ses doigts sur le morceau de papier que le Fléau lui avait donné. Ainsi qu'elle l'avait dit, elle y avait inscrit un numéro de compte avec les codes pour y accéder ; elle avait aussi ajouté une consigne à suivre au cas où elle ne réussirait pas à avoir le dessus sur Baranovski. « Ne laisse pas Sébastian faire de bêtises ». Il n'était pas sûr de comment s'y prendre pour appliquer ces instructions, pour la bonne et simple raison que Sadist, guidé par ses émotions, semblait faire beaucoup de « bêtises ». Il imaginait bien, compte tenu de leur relation, que si Ava devait mourir, Sadist était capable de vouloir se venger de façon assez spectaculaire. Roger savait la quantité de sang qu'il était capable de verser avec ses poignards. Il ne savait pas, en revanche, jusqu'où il avait le droit d'aller pour l'empêcher de se mettre dans une position compromettante.

L'attachement d'Ava à tous ces gens le décevait ; l'inquiétait, parfois. Il avait bien essayé de la raisonner, mais elle persistait à dire que ces gens qu'elle aimait étaient sa force. Il respectait le fait qu'elle en soit convaincue, mais lui, savait qu'elle finirait par le payer très cher.

Sa conscience serait sa perte, un jour ou l'autre. Les yeux rivés sur la porte de la vieille usine, il se demandait si ce jour n'était pas venu.

Un coup de feu les fit sursauter tous les deux et ils se tendirent, armes à la main, prêts à réagir. Ni l'un ni l'autre n'osa parler, mais une tension s'enracina dans leurs muscles pendant les quelques minutes de silence qui suivirent. À nouveau, deux coups retentirent.

Exactement sept minutes plus tard, la porte s'ouvrit, et une première personne sortit du bâtiment en tenant une arme à feu. L'homme fit un signe pour indiquer que la voie était libre, puis retourna à l'intérieur pour ressortir immédiatement en traînant un corps par le bras. Il songea une seconde qu'ils avaient peut-être eu tort et qu'il avait déjà tué Ava, mais fut rassuré de voir que le corps était celui d'un homme.

Malgré la distance, le deuxième homme qui le traînait lui sembla familier. Gardant son arme pointée dans leur direction d'une main, il se saisit d'une paire de jumelles pour en avoir le cœur net. Sadist avait déjà deviné de qui il s'agissait.

— Viktor, grinça-t-il.

Roger le vit lever son fusil et descendre son doigt vers la détente. Il le stoppa d'un geste et abaissa son canon.

— Non.

— Retire ta main, menaça Sadist.

— Si tu le tues, elle ne te pardonnera jamais, raisonna Roger.

Ses mots semblèrent avoir l'effet escompté, mais la rage et la violence qu'il lut dans son regard lui fit craindre pour la suite de l'opération. Sadist ne serait pas capable de garder la moindre objectivité.

De longues minutes s'écoulèrent, puis ils décidèrent tous les deux d'aller vérifier si l'homme qui venait d'être jeté sans ménagement près d'une benne était encore vivant. Sadist avait confirmé qu'il s'agissait d'Andrea, l'homme qu'Ava était venu sauver. Quel gâchis.

Roger resta en position pour couvrir son partenaire alors qu'il s'approchait prudemment du corps gisant sur le sol. Il vérifia son pouls, sa respiration, puis revint rapidement à l'abri.

— Il respire encore, mais son pouls est faible.

Roger ne posa aucune question, le laissant prendre une décision; après tout, il saurait mieux que quiconque ce que le Fléau aurait voulu qu'il fasse.

— Il faut l'emmener à un hôpital, trancha-t-il enfin.

Ils argumentèrent pendant un moment sur la marche à suivre. Roger ne lui faisait pas confiance pour rester seul en surveillance, il était beaucoup trop impliqué émotionnellement. Après une discussion animée, il fut décidé que Sadist irait voler une voiture pour transporter Andrea, puis l'abandonnerait dans un endroit où il serait trouvé facilement. Pour lui donner toutes ses chances, il avertirait les secours de manière anonyme, avec un téléphone intraçable. En attendant, Roger devait tenter de trouver un emplacement d'où ils pourraient au moins entendre ce qu'il se passait dans l'usine.

Avec un dernier regard vers la porte à travers laquelle était reparti Viktor, Sadist rangea son arme et partit en quête d'une voiture pour transporter l'homme mourant.

*

Ce n'est qu'une heure et demie plus tard que Roger et Sadist prirent leur nouvelle position dans la construction voisine. Ils étaient toujours aveugles, mais Roger avait entendu plusieurs éclats de voix en provenance de l'intérieur du bâtiment délabré, et un micro envoyé par une fenêtre leur permettait une meilleure évaluation de la situation. Leur déplacement avait été couvert par l'obscurité de la nuit.

Une fois installés, ils comprirent rapidement que ce qu'il avait entendu n'était pas une dispute. Les hurlements ne venaient que d'une seule personne.

Au fur et à mesure, Roger vit Sadist blanchir de plus en plus, observa les lignes de son visage se contracter en des grimaces d'agonie, son corps se tendre de la douleur de ne pouvoir intervenir alors qu'ils écoutaient Ava hurler.

Au bout d'une heure à entendre son tourment, Roger se demanda si elle serait capable d'être assez lucide pour leur donner le signal lorsque l'occasion se présenterait. Si elle se présentait.

Le temps passait de manière irrégulière, plusieurs dizaines de minutes disparaissant parfois d'un seul coup alors qu'ils attendaient d'entendre son appel. Ponctuellement, les cris cessaient et même Roger ressentait un certain malaise dans ce silence. Chaque fois, il se disait qu'elle était peut-être morte, peut-être qu'ils auraient dû intervenir, finalement. Il espérait qu'elle avait perdu connaissance, qu'elle avait un moment de répit.

Mais chaque fois, les cris finissaient par reprendre. Sadist n'essayait même pas de cacher les larmes qui coulaient le long de son visage torturé. Il était parfois obligé de s'asseoir avec la tête entre les genoux pour faire taire ses angoisses. Roger ressentait une certaine compassion pour sa détresse.

Puis, au milieu de la nuit, il tendit l'oreille, incertain de ce qu'il avait entendu. Sadist leva la tête. « Sébastian ». Elle avait hurlé son nom. Sadist se leva et saisit son arme, mais Roger le retint.

— Ce n'est pas le signal.

— Qu'est-ce que tu racontes, elle m'appelle !

— Sadist, ce n'est pas le signal.

Fou de rage, Sadist le saisit par le col de son blouson.

— Je ne vais pas rester là sans rien faire alors qu'elle est en train de hurler mon nom, cracha-t-il.

Voyant qu'aucun argument ne parviendrait à briser sa résolution, Roger prit une décision radicale. Il frappa brutalement Sadist dans l'estomac, puis au visage alors qu'il se penchait pour reprendre sa respiration. Sadist fit mine de se redresser pour répliquer, mais l'arme de Roger était déjà posée contre sa tempe.

— Assieds-toi. Respire.

Une haine sans nom dans les yeux, il obtempéra.

— Elle ne sait pas ce qu'elle hurle, Sadist. Elle est torturée depuis des heures, elle n'est probablement pas consciente de ce qu'elle dit. Elle connaît le signal. Quand elle hurlera mon nom, je ne te retiendrai pas.

Sadist éclata en un sanglot déchirant. Roger le laissa pleurer un moment, son arme toujours pointée vers sa tête, puis baissa le bras progressivement alors que l'homme à ses pieds se calmait.

Malgré ce qu'il venait de lui dire, Roger commençait déjà à préparer un nouveau plan. Il était maintenant clair qu'elle ne serait jamais capable de donner le signal. Ce qu'il ne voulait pas, c'était se précipiter de manière irréfléchie. Ils ne savaient pas combien d'hommes avaient été engagés par Viktor, ni les dispositifs qu'ils avaient mis en place pour se prémunir de toute intrusion. Une demi-heure plus tard, son plan était prêt.

Il annonça à Sadist qu'il allait se soulager un peu plus loin, mais ce dernier ne répondit pas. Malgré ses yeux fermés, il ne dormait pas ; Roger se demanda s'il était en train de prier.

En revenant quelques minutes plus tard, il vérifia sa montre. Il était presque quatre heures du matin. Il était temps d'aller chercher le Fléau.

60.

L'oxygène me brûla les poumons, me forçant à recracher l'eau que j'avais avalée. La première inspiration me fit mal, la deuxième me donna l'impression de revivre. Mon visage était hyper sensible maintenant que le poids oppressant de la serviette mouillée avait disparu et que mes sens fonctionnaient à nouveau ; suffoquant sous la serviette régulièrement imbibée de plusieurs litres d'eau, le reste du monde avait cessé d'exister, se réduisant à la sensation d'étouffer. Un mélange de sueur et d'eau ruisselait le long de mon visage, mes cheveux collés à ma nuque gouttaient dans mon dos. Je vis Viktor utiliser la serviette qu'il venait de retirer de ma tête pour essuyer la transpiration sur son propre front, comme si ces dernières minutes avaient été particulièrement éreintantes pour lui.

La peur qu'il ne décide de la remettre sur ma tête et de verser le deuxième seau d'eau provoqua des tremblements dans tout mon corps. Comme si mon organisme se préparait déjà à manquer d'air, ma respiration devint laborieuse et je fus soudain saisie d'un froid si intense qu'il s'installa jusque dans mes os. Il me semblait que je ne saurais plus jamais ce qu'était la chaleur. Le sel des larmes qui coulaient sur mes joues brûlaient les plaies sur mon visage et un sanglot déchira ma gorge sèche et rauque d'avoir hurlé toute la nuit.

J'étais fatiguée. Tellement fatiguée.

Viktor me fixait, mais j'avais cessé de m'en formaliser, j'avais dépassé toute gêne lorsque je m'étais urinée dessus, des heures plus tôt. Son regard ne me dérangeait plus.

L'eau avait un peu nettoyé le sang et l'urine dont j'étais couverte, mais ça n'avait rien fait pour arranger les marques de brûlures électriques qui maculaient mon corps. Il s'était d'abord servi des câbles pour me réveiller lorsque je perdais connaissance, en alternance avec des doses d'adrénaline, puis il avait trouvé ça tellement amusant qu'il les utilisait maintenant régulièrement.

Il s'avança à nouveau vers la petite table pour prendre l'outil suivant. Il lui fallut un long moment pour choisir ; ou bien peut-être qu'il ne lui fallut que quelques instants. Les secondes, les minutes, les heures, tout se mélangeait. Il éclata de rire tout seul ; je fermai les yeux pour tenter de bannir le son de mon esprit. Son rire finirait par me rendre folle. Il choisit un des couteaux qu'il n'avait pas encore utilisé. J'aurais aimé voir Sébastian lui trancher la gorge avec.

Mes muscles se contractèrent en le voyant revenir jusqu'à moi. C'était ça, le pire. L'anticipation de la douleur. La peur. De ce qu'il savait sur moi, de ce qu'il avait le pouvoir de me faire. De ce que je lui avais donné le pouvoir de me faire. Toute fierté, tout entêtement à lui résister avait été vaincu des heures plus tôt.

J'étais tellement fatiguée que je me demandais parfois ce que je devais lui donner pour qu'il mette enfin fin à la torture. J'avais crié et pleuré. Je ne l'avais pas supplié, mais supplier n'avait rien changé la dernière fois. Peut-être qu'il voulait que je le supplie de me tuer.

Plusieurs fois cette nuit, j'avais voulu mourir ; chaque fois, la pensée que rien ne l'empêcherait d'aller voir les garçons m'avait retenue de jeter l'éponge complètement. J'aurais dû leur dire au revoir correctement. Je n'avais pas voulu les affoler, mais alors que la possibilité de les revoir devenait de plus en plus faible, je le regrettais. Julien en voudrait à Sébastian de lui avoir caché la vérité.

Viktor dessina des lignes rouges sur mon ventre pendant un long moment, m'observant attentivement tandis que je serrai les dents si fort que ma mâchoire devint la partie la plus douloureuse de mon corps. Je ne sentais même plus les gouttes de sang rouler sur ma peau. Lentement, il enfonça la lame, m'arrachant un nouveau cri d'agonie. La douleur aiguë sembla transpercer chacun de mes organes ; je baissai la tête, mes yeux troublés de larmes et vit le sang qui quittait mon abdomen en filet épais et chaud.

Dans un sursaut de volonté, je tentai de saisir mon pouce gauche avec ma main droite. Je n'avais qu'à tirer d'un coup sec. Quelques secondes de douleur supplémentaire et je pourrais me libérer. Je restai en position pendant ce qui me parut une éternité, incapable de faire le geste qui pouvait me sauver la vie. Je n'avais juste plus la force de souffrir, je ne voulais plus avoir mal. Un sanglot de défaite secoua mes épaules.

Il ne pouvait rien me faire de plus. Mon être tout entier était dans une telle souffrance que je n'avais même plus la force de me battre. Il me laissa pleurer un long moment pour aller vérifier avec ses hommes que tout allait bien. Je risquai un regard vers le cadavre de Samir, telle une poupée de chiffon, sur le sol froid, et me remis à pleurer de plus belle.

Lorsque Viktor revint dans la pièce, je peinai à lever la tête, les muscles endoloris dans ma nuque et les épaules. Il avait à la main un objet que je ne reconnus pas, probablement parce que je ne voyais plus clair depuis bien longtemps. Ma tête me semblait de plus en plus lourde et de nouvelles étoiles vinrent s'ajouter à celles qui dansaient déjà devant mes yeux, mais je me forçai à me concentrer. La forme me disait vaguement quelque chose.

Quand il ne fut plus qu'à quelques mètres de moi, je compris enfin de quoi il s'agissait. Une panique sans nom m'envahit alors, la tension de mes muscles renvoya une nouvelle vague de bile à ma bouche. C'était une perceuse. Tout à coup, j'étais incapable de penser de manière rationnelle. Je tirai sur les menottes vainement et tentai de reculer la chaise le plus loin possible de lui, ignorant les protestations de mon corps. Plus je me débattais, plus son sourire s'agrandissait.

Il fit vrombir l'outil quelques fois et le bruit assourdissant menaça de faire exploser mon cœur. J'allais vomir.

La douleur que j'avais anticipée n'avait rien à voir avec la réalité. Lorsqu'il enfonça le foret dans ma cuisse droite, la douleur fut si fulgurante, si extrême que j'en perdis la vue. Mon corps entier explosa dans un hurlement si effroyable qu'il ne pouvait pas venir d'un être humain. Puis le foret atteignit mon fémur qui se brisa à l'intérieur de ma chair déchiquetée et je sentis mes yeux rouler vers l'arrière de mon crâne.

Quand je repris connaissance, seulement quelques secondes s'étaient écoulées. Viktor avait cessé, mais il se tenait tout près de moi, je le savais ; dans le silence, j'entendais les gouttes de mon sang tomber dans la flaque d'eau à mes pieds. Ouvrir les paupières me sembla être la chose la plus difficile que j'avais jamais eue à faire. Il me fallut un moment avant d'oser regarder ma cuisse. Mon cerveau refusa d'interpréter les informations que mes yeux lui transmirent. Je finis par vomir le peu de bile qu'il restait dans mon estomac avant de détourner la tête. Il n'avait peut-être pas touché l'artère, mais la douleur était plus que je ne pouvais supporter. J'allais mourir attachée sur cette chaise.

Le rire de Viktor résonnait dans la pièce, mais j'étais incapable de dire s'il était réellement en train de rire ou si le son était juste imprimé en moi de façon permanente.

Au bout d'un moment, il devint impossible de penser à autre chose qu'à la douleur présente, celle à venir et à comment faire en sorte qu'elle s'arrête. Alors que mon corps était brisé et que je me vidais doucement de mon sang, survivre n'était plus si important. Pas quand survivre signifiait avoir mal. S'il fallait mourir pour que cela s'arrête, soit.

*

Je ne sais pas combien de temps s'écoula avant que les hommes ne viennent le déranger. Je ne me rendis pas tout de suite compte qu'il avait fait une pause dans sa nouvelle torture, mon esprit trop dissocié de la réalité dans laquelle se trouvait mon corps. Quelques mots de leur conversation m'atteignirent et éveillèrent ma curiosité malgré la douleur. Je sentais une sorte d'agitation dans le groupe d'hommes, mais mon esprit était encore trop engourdi pour comprendre ce qu'il se passait. J'aurais dû me douter que Viktor prendrait un malin plaisir à me tenir au courant. Du moins, il essaya. Il dut répéter trois fois pour que ce qu'il essayait de me dire ne pénètre le brouillard de mes pensées.

— Tes amis viennent te secourir.

Incertaine que je n'avais pas une nouvelle hallucination, je lui fis répéter une quatrième fois. Quand enfin je compris que c'était vrai, une vague de soulagement me submergea ; rapidement, pourtant, le sentiment que quelque chose clochait se mit à me ronger. Je ne comprenais pas pourquoi Viktor souriait. Ils venaient me chercher, j'allais gagner.

Il jeta un coup d'œil vers ses hommes, tous armés. Je savais que c'était un détail important, mais je n'arrivais pas à saisir pourquoi. Viktor se remit à observer les petites vidéos de sécurité sur l'écran d'ordinateur, toujours souriant. Je me souvins enfin : je n'avais pas donné de signal.

Roger et Sébastian venaient me sauver, mais ne savaient pas où je me trouvais. Ils pouvaient errer pendant une heure dans le bâtiment alors que Viktor et ses hommes les surveillaient et pouvaient les piéger. Ils étaient complètement aveugles, sans aucune idée du nombre de personnes qu'ils auraient à affronter. Ils n'y arriveraient jamais.

Viktor envoya trois gardes les surprendre puis se tourna vers moi.

— Je vais prendre beaucoup de plaisir à les tuer devant toi.

Une autre sorte de peur m'envahit alors. Il allait tuer Sébastian. Il était venu me chercher, mais il allait se faire tuer.

Les premiers coups de feu retentirent rapidement, nombreux et lointains. Le stress contracta ma poitrine dans le silence qui suivit. Je tentai en vain de distinguer la moindre image sur l'ordinateur, mais j'étais trop loin pour parvenir à confirmer ou infirmer mes craintes. Je devais faire quelque chose, je ne pouvais pas le laisser mourir.

Une éternité plus tard, Viktor, les sourcils froncés, fit signe à un autre homme d'y aller, éveillant une lueur d'espoir insensée en moi. Il était distrait et mécontent, c'était maintenant ou jamais, je devais agir. Ce n'était pas moi qui avais donné le signal, mais si je laissais passer cette opportunité et que Sébastian était tué, je ne m'en remettrais jamais. S'ils étaient toujours vivants, comme je le pensais, il n'était pas trop tard pour les avertir de la situation.

Déglutissant difficilement, je pris une grande inspiration pour hurler « Hadès » et attirer leur attention. Aucun son ne parvint à s'échapper de ma gorge irritée. Une nouvelle vague de panique s'empara de mes pensées quelques secondes. Je réessayai de les appeler mais échouai à nouveau. Je ne pouvais pas les prévenir.

Sans se soucier de moi, Viktor se plaça dans un angle mort, un pistolet à la main. Il lui suffirait d'une balle et ils ne le verraient pas. Je tentai de crier à nouveau, mais mes cordes vocales refusaient obstinément de m'obéir ; des larmes de frustration se mirent à couler silencieusement le long de mes joues.

Le cœur battant, les muscles raidis, je me forçai à déglutir, puis, avant de pouvoir réfléchir et de me dégonfler, je saisis mon pouce gauche et le déboîtai. Je sentis mon visage se crisper dans un hurlement muet. Finalement, c'était peut-être une bonne chose que je sois trop enrouée pour crier. Viktor ne me voyait pas de l'endroit où il se trouvait, et il était bien trop concentré sur la menace que pouvaient représenter Roger et Sébastian pour s'occuper de moi.

Pendant un long moment, je restai incapable de bouger, l'effort ayant consommé une bonne partie du peu de force qu'il me restait. Lorsque l'adrénaline commença enfin à faire effet, je serrai les dents puis fis glisser ma main à travers la menotte. Mes mains étaient libres, mais je n'osai toujours pas bouger de crainte d'être découverte. Si proche et à la fois si loin, la petite table m'offrait un choix d'armes variées, mais une seule m'intéressait vraiment. Malheureusement, je n'étais pas certaine d'avoir la force de me lever et d'aller jusque-là. Ma jambe droite était fichue et je devrais me contenter de la gauche, dont les orteils étaient en très mauvais état.

Je sursautai quand de nouveaux coups de feu se firent entendre. Ils étaient si proches que j'étais surprise de ne pas déjà apercevoir Sébastian et Roger. Ils arrivèrent presque tout de suite après, armés jusqu'aux dents. Un homme les suivit bientôt et attaqua tandis que celui qui était encore là se mit à leur tirer dessus, les forçant à se mettre à couvert.

Je ne perdis pas de temps à regarder ce qu'il se passait. Obligeant mes muscles à se bander, je me levai sur une jambe, pris appui sur la chaise comme s'il s'agissait d'une béquille, fis un pas et m'affalai par terre, incapable de me retenir. Le bruit de ma chute fut couvert par les détonations des pistolets, mais le choc me coupa le souffle. Déterminée à ne pas abandonner, je me mis à ramper jusqu'à la table, combattant chaque instant la douleur qui criblait mes membres. L'adrénaline aidant, je puisai dans mes dernières forces pour me relever sur le genou gauche et attraper mon Browning sur la table. J'aurais pu pleurer de joie.

Sans attendre, je me traînais sur un genou et deux mains, luttant pour rester consciente et hurlai enfin, d'une voix éraillée et trop faible :

— Viktor !

Je pensai pendant une seconde qu'il ne m'avait pas entendue, mais les coups de feu cessèrent et je vis tout le monde se tourner vers moi. Viktor, sûr de lui, sortit de l'endroit où il s'était mis à couvert. Je tirai.

Ma balle l'atteignit au ventre, mais ne fut pas suffisante pour le stopper. Il avança vers moi et répliqua avec son arme. L'impact de la balle qui me toucha à l'épaule gauche me propulsa en arrière. Je tentais d'ignorer les taches noires devant mes yeux et de me redresser, mais je savais déjà que je serais trop lente. Alors que je le vis sur le point de tirer à nouveau, il s'arrêta avec un grognement, une grimace terrible contorsionnant ses traits ; il se tourna pour arracher le couteau planté dans son épaule, m'accordant ainsi le temps dont j'avais besoin.

Je lui tirai dessus à nouveau et, cette fois-ci, vis avec satisfaction l'arrière de sa tête exploser. Une expression de choc sur le visage, il s'écroula par terre, immobile.

Ma respiration était de plus en plus laborieuse, de plus en plus superficielle, mais je m'acharnai à me traîner sur ces quelques mètres tandis que deux derniers coups de feu résonnèrent dans le nouveau silence.

— Ava !

J'ignorai la voix de Sébastian qui m'appelait. Enfin, à bout de forces, j'atteignis le corps de Viktor. Peu m'importait qu'il soit déjà mort, j'avais trop souffert pour qu'il s'en sorte si facilement. D'une main tremblante, je vidai le reste de mon chargeur dans sa cage thoracique.

Alors que Roger et Sébastian me rejoignaient, je fixais la cavité béante, m'attendant presque à voir sa poitrine se soulever dans une dernière respiration. Je regardai son cadavre se vider de son sang jusqu'à ce que mon propre corps m'abandonne et que je m'écroule à mon tour.

61.

Un bourdonnement me tira à nouveau vers le réveil. C'était un murmure irrégulier, des éclats ponctuels, des bribes de conversations. Par moments, je reconnaissais les voix, mais je ne savais jamais si elles appartenaient à mes rêves ou à la réalité. Il n'aurait pas fallu grand-chose pour me réveiller complètement, mais j'étais trop fatiguée ; dans le brouillard qui me retenait, il était trop difficile de bouger, ou même d'ouvrir les yeux.

Je ne sais pas combien de temps je restai à naviguer entre ces deux existences, combien de scènes prises dans mes souvenirs se mélangèrent à mon imagination, stimulée par la perception que j'avais des gens qui s'activaient autour de moi.

C'est le sentiment insistant que je devais conduire Julien au lycée et que je pourrais toujours retourner me coucher après qui me poussa enfin à franchir le seuil de mon inconscience. Lorsque j'ouvris les yeux, cependant, il faisait nuit et je me souvins immédiatement que Julien n'avait plus cours depuis plusieurs semaines.

La pièce était plongée dans le noir, mais je me rendis vite compte que je n'étais pas dans ma chambre non plus. Mon cœur se mit à battre plus fort et je sentis une moiteur nerveuse s'installer sur mon front. Je voulus lever la main pour m'essuyer le visage, mais mon corps fut traversé d'une douleur paralysante, me rappelant soudain les heures qui avaient précédé ma perte de connaissance. J'étais à l'hôpital.

Je ne pus que tourner la tête pour vomir, incapable de me mettre dans une position plus adaptée. Le contenu de mon estomac irrita ma gorge asséchée et mes haut-le-cœur furent accentués par la présence d'une sonde nasale. Malgré la raideur de mes membres, je finis par trouver le bouton d'appel et appuyai dessus de façon frénétique.

Une infirmière me rejoignit, essoufflée et surprise.

— Oh, vous êtes réveillée.

Immédiatement, elle entreprit de me nettoyer en m'annonçant qu'un médecin devrait bientôt passer pour vérifier mon état de santé. Elle commença à m'expliquer que j'avais passé quatre jours dans le coma, que j'avais eu de la chance que mes amis me trouvent dans ce ravin, que j'étais tellement mal-en-point qu'ils avaient pensé que je ne me réveillerais pas.

Je la coupai pour demander à ce que la sonde soit retirée et que je puisse boire ; elle promit que ce serait fait dès que le médecin arriverait et reprit la liste des examens qui m'avaient été faits. Je parvins à retenir que mon crâne et mon cerveau allaient bien, que c'était un miracle, que j'allais devoir rester un moment dans ce lit, au moins le temps qu'ils puissent retirer les broches de ma cuisse. Mes orteils avaient été rattachés correctement, mais l'un d'eux était particulièrement à surveiller. En regardant vers le pied du lit, je fus tout à coup heureuse que l'infirmière soit la seule personne présente ; je ne voulais pas me mettre à pleurer devant tout le monde.

Une éternité plus tard, une médecienne arriva enfin. Elle me répéta tout ce que l'infirmière avait déjà dit, puis elles m'aidèrent à m'installer confortablement pour retirer la sonde. Elle arracha la moitié de mes organes avec, puis me demanda de me moucher et de me rincer la bouche, ce que je fis avec soulagement. Je ne fus autorisée à boire que quelques gorgées, avant de demander à aller aux toilettes. L'infirmière qui s'occupait de moi me fit remarquer que je portais une autre sonde, et qu'il fallait d'abord l'enlever. Évidemment, il fallut attendre qu'une deuxième personne vienne aider l'infirmière qui s'occupait de moi. Je ne pus m'empêcher de regarder de travers l'homme qui passa la porte. Ensemble, ils installèrent le matériel nécessaire à l'ablation de cet engin atroce.

Presque quinze minutes plus tard, une fois propre et libérée, ils acceptèrent de m'emmener dans la salle de bain pour vider le reste de ma vessie. Fière d'avoir réussi à aller uriner sans tourner de l'œil, je laissai mes deux soignants me ramener dans mon lit, puis, épuisée, je me rendormis au moment où ma tête toucha l'oreiller.

*

Le lendemain matin, je sus immédiatement lorsque mes visiteurs étaient arrivés. Ils faisaient du bruit dans le couloir, et je reconnus les voix de Ben et Julien qui se disputaient pour savoir qui allait s'asseoir sur la chaise la plus proche de moi. Cela me fit sourire, me faisant presque oublier les cauchemars qui m'avaient donné des sueurs tout le reste de la nuit.

Ben, Julien, Laure et Sébastian entrèrent dans la chambre, soudain silencieux.

Les garçons furent les premiers à s'approcher, à la fois impatients et hésitants. Leur réserve était si peu caractéristique que je rigolai doucement.

— Si j'avais su que passer quelques jours dans un lit d'hôpital était la solution pour vous faire taire, je l'aurais fait bien plus tôt.

Un grand sourire illumina le visage de Ben tandis que Julien m'adressa une grimace pince-sans-rire. Ils parlèrent plus que moi, conscients du fait que tout effort me fatiguait, et Julien parvint à prétendre qu'il ne me reprochait pas mes mensonges. Je le connaissais mieux que ça.

Ils restèrent près d'une heure et demie, au cours de laquelle Sébastian ne prononça pas plus de quelques mots ; il avait l'air aussi fatigué que moi. Un nouvel infirmier finit par les mettre dehors le temps de m'aider à me laver et de changer ma perfusion. Sébastian posa un baiser sur mon front avant de sortir avec Laure et les garçons.

Lorsqu'il revint, il m'annonça que les trois autres étaient rentrés pour déjeuner et déposa un gobelet de café sur la table de chevet. L'odeur me fit saliver.

— Tu attends que je te supplie ? dis-je en relevant un sourcil.

— Je n'étais pas certain que tu aies le droit d'en boire, sourit-il.

Je lui fis signe qu'on s'en fichait. C'était une des premières choses que j'avais demandé à l'infirmière ce matin et, officiellement, je devais encore attendre quelques jours. La vérité, c'était que je détestais déjà bien assez cette clinique privée et que si je devais en plus être interdite de café, je préférais retomber dans le coma jusqu'au moment où je pourrais sortir.

Je ne bus qu'une seule gorgée avant de remettre mon lit en position allongée, incapable de combattre l'envie de dormir plus longtemps. J'aurais voulu rester à discuter avec Sébastian, mais savoir qu'il était à côté de moi me rassura suffisamment pour ne pas faire de nouveaux cauchemars.

Il quitta la clinique pour m'accorder un moment avec Arnold et Luisa, qui passèrent me voir en fin d'après-midi. Il promit de revenir le lendemain.

Luisa passa une bonne demi-heure à nous maudire, son mari et moi, et à sangloter que nous finirions par la tuer. D'après elle, nous finirions tous les deux en enfer, pas parce qu'on tuait des gens pour de l'argent, mais pour toute l'inquiétude qu'on lui causait. Je l'aurais bien prise dans mes bras pour la consoler, mais j'avais trop peur qu'elle ne me frappe et je souffrais déjà bien assez comme ça. Chacun de mes mouvements était un supplice malgré les doses de morphine que je recevais par perfusion ; malheureusement, je n'avais pas vu de bouton pour augmenter le débit, contrairement à ce qu'on voyait souvent dans les films. Sébastian avait refusé de s'en procurer illégalement pour m'en ramener demain. Je demanderais à Mariam.

Je m'endormis à nouveau alors qu'Arnold était encore en train de me parler.

**

Dans les jours suivants, je me réveillai plusieurs fois par nuit, crispée par des douleurs fantômes attisées par des visions de Viktor. Les soignants avaient fini par adapter mon traitement, inquiets de m'entendre hurler dans mon sommeil. Chaque jour, j'étais de plus en plus en colère contre moi-même ; Viktor était mort, je l'avais tué, il n'aurait pas dû continuer à hanter mes nuits. Si j'avais pu, je l'aurais tué à nouveau.

Le moment le plus animé de ma semaine fut la visite de Mariam, qui s'installa avec enthousiasme dans le siège près du lit et me tendit le café et le chocolat qu'elle m'avait apportés. J'aurais pu l'embrasser.

Elle attendit que j'aie avalé quelques carrés de chocolat avant de se lancer dans un résumé de tout ce que j'avais raté. Je n'avais pas osé poser de questions à Sébastian de crainte qu'il ne m'en veuille.

J'avais donc bien été victime d'un accident de randonnée. Lors de mon week-end avec Laure, j'étais partie me promener toute seule et avait glissé, m'abîmant sur des rochers escarpés. Laure s'était inquiétée en ne me voyant pas revenir et avait appelé Sébastian pour l'aider à me retrouver. Aucun d'entre eux n'avait apparemment eu le réflexe d'appeler les secours et, me voyant dans un état proche de la mort, ils m'avaient amenée aux urgences de cette clinique. Puis j'étais vraiment morte.

Mon cœur avait lâché quelques minutes après leur arrivée et ils avaient tous été mis dehors de force en attendant qu'on vienne leur donner des nouvelles. Une fois stabilisée, je ne m'étais pas réveillée.

Lorsque je demandai à Mariam comment ils avaient expliqué certaines de mes blessures, elle eut l'air un peu gênée. Roger et Sébastian avaient retiré la balle de mon épaule, puis Roger s'était rendu compte que ce ne serait pas suffisant. Puisque j'étais inconsciente et que je ne sentirais rien de toute façon, Roger avait enfoncé des branches dans mon épaule et ma cuisse; Sébastian n'avait pas apprécié et lui avait collé un poing dans la figure.

Andrea avait survécu. À ces mots, j'avais redressé la tête brusquement, surprise. Roger n'était pas rentré dans les détails, mais il avait confirmé qu'ils avaient pris la décision de le laisser près d'un hôpital et d'appeler les secours de façon anonyme. Je demandai à Mariam comment elle savait qu'il s'en était sorti et elle grimaça avant de répondre.

Visiblement, il avait essayé de me contacter, une fois rafistolé lui-même. Sébastian avait eu la grâce de lui dire que j'avais survécu aussi, mais lui avait interdit de s'approcher de moi. D'après Mariam, c'était la version polie. En vérité, il avait menacé de lui faire subir exactement ce que j'avais enduré pendant ces huit heures avec Viktor s'il essayait de me contacter ou de donner sa version des faits à la police. Je ne lui en voulus pas.

Pendant que j'étais dans le coma, Roger était passé me voir. Cette annonce-là aussi, fut une surprise. Il m'avait apporté mon Browning et l'avait placé dans ma main le temps de sa visite, pensant que sa présence m'aiderait à me réveiller. Sébastian avait trouvé ça stupide, Roger lui avait rappelé ses propres supplications quand c'était lui qui était dans un lit d'hôpital. Il avait dû le remporter pour ne pas que les soignants le trouvent.

Elle me raconta comment Roger et Sébastian étaient venus me sauver, mais s'interrompit au moment où ce dernier entra dans la pièce. Il s'assit à côté de Mariam et ils me laissèrent m'endormir, bercée par leur conversation. Il me sourit avant que je ne ferme les yeux, une pointe de tristesse au coin des lèvres.

Lorsque je me réveillai à nouveau, Sébastian était seul.

— Salut, lui dis-je en souriant.

— Salut.

— Il est quelle heure ?

Il ne répondit pas mais planta ses yeux dans les miens, l'air si sérieux. Je faillis lui demander ce qui n'allait pas, mais je n'étais pas certaine de vouloir connaître la réponse. Sans vraiment savoir pourquoi, j'eus soudain peur qu'il me dise au revoir.

— Je veux que tu me promettes…

Il s'interrompit et son attitude m'inquiéta. D'une voix enrouée, je le poussai à poursuivre, anxieuse de savoir de quoi il s'agissait :

— Quoi ?

Il ferma les yeux et inspira, puis expira lentement.

— J'ai dû te regarder te mettre volontairement en danger de mort pour lui. J'ai dû t'y conduire, j'ai dû t'embrasser en sachant que ce serait peut-être la dernière fois.

Ma gorge se serra. Je me souvenais très bien de ce que j'avais ressenti à ce moment-là et espérai ne plus jamais avoir à le vivre. Lorsqu'il rouvrit les yeux, je ne réussis pas à soutenir son regard.

— Tu as arrêté de te battre, accusa-t-il. Tu t'es rendue. Pour lui. Et j'ai dû te laisser y aller parce que tu me l'as demandé. J'ai dû rester là à t'écouter hurler pendant des heures. Parce que tu me l'as demandé.

Sa voix vacilla et je savais qu'il revivait la scène dans sa tête. Je ne sais pas à quel moment je m'étais mise à pleurer.

— J'ai dû te voir couverte de sang, les os brisés, le corps brûlé… j'ai dû te regarder mourir.

Il resta silencieux de longues secondes, faisant un effort visible pour contrôler ses émotions.

— Alors je veux que tu me promettes, reprit-il enfin, que tu ne risqueras plus jamais ta vie comme ça. C'est ma limite, Ava. Je ne pourrai pas le supporter si tu recommences.

Mon visage ruisselant de larmes, je ne pus trouver les mots pour lui dire combien je regrettais qu'il ait dû endurer tout ça, juste parce qu'il était amoureux de moi. J'avais choisi ce qui m'était arrivé, mais il n'avait eu aucun autre choix que de subir.

— Sébastian…

Lorsque je prononçai son prénom de ma voix rauque, quelque chose sembla se briser en lui, comme s'il avait réellement cru qu'il ne m'entendrait plus jamais le dire. Alors je le répétai.

— Sébastian…

Je tendis la main vers lui et il s'effondra en larmes, de grands sanglots secouant son corps lorsqu'il appuya ma paume contre son visage.

— Ne me refais plus jamais ça.

— Je te promets. Je te promets.

Je murmurai ma promesse en boucle jusqu'à ce qu'il finisse enfin par y croire.

***

Je fus étonnée, deux jours plus tard, de voir Roger passer la porte de ma chambre.

— Le Fléau, me salua-t-il.

— Hadès, lui répondis-je.

— Tu as vraiment une sale tête.

— Au moins, moi c'est temporaire.

Il eut un rire qui ressemblait à un aboiement. Ma répartie me surprit presque moi-même. Ces derniers temps, j'avais à peine été capable de tenir une conversation, mon impudence habituelle avait été affaiblie ; le rire de Roger sembla réveiller quelque chose en moi. Étrangement, m'entendre retrouver mon sarcasme légendaire me mit de bonne humeur.

Nous échangeâmes quelques banalités et je fus surprise de voir une lueur de compassion dans ses yeux. Même s'il ne l'exprima pas, je savais qu'au fond, il était content que je sois vivante.

Lorsqu'on arriva à court de choses sans importance à se dire, il se mit à m'observer étrangement, me rendant un peu nerveuse.

— Il avait peur de toi, tu sais, dit-il enfin.

— De qui tu parles ?

— Viktor.

Clairement, il avait perdu la tête.

— Est-ce que t'es shooté ? demandai-je, incrédule.

— Au début, ça n'avait aucun sens pour moi. Il aurait pu enlever n'importe laquelle des personnes dans ta vie.

— Il les a tous menacés d'une façon ou d'une autre, lui rappelai-je.

— Menacés, oui. Mais il n'a jamais rien fait d'autre. Ça aurait pu être simplement qu'ils étaient trop bien protégés, mais Viktor avait les ressources nécessaires pour que ça ne soit pas si compliqué.

À l'idée qu'il aurait pu m'obliger à choisir entre Ben et Julien, ma poitrine se contracta.

— Il a choisi de kidnapper un de tes informateurs et ton ex, avec qui tu n'avais plus aucun contact, poursuivit-il. Il avait peur de toi, Ava. Il savait que tu étais meilleure que lui.

Je baissai la tête pour cacher les larmes qui commençaient à piquer mes yeux. Je doutais que les nuits de Viktor aient été hantées par mon visage.

— C'est une belle histoire, Roger, mais s'il avait si peur de moi, il n'aurait pas passé huit heures à me torturer, il m'aurait tuée avant.

— Tu crois vraiment qu'il t'aurait tuée ?

La question de Roger me fit relever le menton. Avec un petit sourire, il s'expliqua :

— Il était obsédé par toi. Depuis des années, il n'a pensé qu'à toi et à ce qu'il te ferait… tu l'as dit toi-même, il aurait dû te tuer. Je pense qu'il n'était pas prêt, parce qu'une fois que tu aurais été morte, il ne lui restait plus rien.

Il se leva pour partir, me laissant seule avec ces révélations. Au dernier moment, je le rappelai pour lui poser une question qui ne me quittait pas, depuis quelques jours.

— Qu'est-ce que vous avez fait du corps ?

— Lequel ?

Sa réponse me frappa en pleine poitrine. Le visage de Samir se dessina dans mon esprit ; je fermai les yeux et déglutis, Roger parut comprendre.

— J'ai laissé le jeune là où il serait retrouvé. Sa famille pourra récupérer son corps. Viktor est dans le congélateur de Mariam avec le corps du dernier type qu'elle a tué. On a pas encore pris le temps de s'en débarrasser.

Je le remerciai de s'être occupé de Samir et Andrea ; il se déchargea de toute responsabilité en m'expliquant que Sébastian était celui qui avait pris les décisions.

— Pour Viktor, j'ai besoin d'un dernier service.

— Je t'écoute, me dit-il avec un sourire enthousiaste.

Il n'allait pas être déçu.

ÉPILOGUE

Je n'étais pas spécialement enchantée par la présence de Marconi à mon dîner d'anniversaire, mais Laure avait décrété qu'il faudrait bien que je m'y fasse, puisqu'il serait là pour tous mes anniversaires suivants. Dans l'absolu, je n'avais pas vraiment à me plaindre : c'était déjà un miracle que je fête celui-ci. Qui aurait cru que je survivrais jusqu'à mes vingt-six ans ?

Les photos qui circulaient sur le dark web devraient même m'aider à vivre jusqu'à vingt-sept ans. Selon mes instructions, Roger et Sébastian avaient découpé la tête congelée de Viktor, l'avait laissée se réchauffer, puis avaient inséré entre ses dents la dague, gravée à mon nom, que Sébastian m'avait offerte pour mes vingt-cinq ans, signature visible. Un petit mot était déposé à côté de sa tête : « Voilà ce qui se passe quand on me contrarie. »

Camilo n'avait pas tardé à m'envoyer ses compliments. J'avais répondu qu'il avait été mon inspiration, le souvenir des têtes qu'il avait essayé de m'offrir encore gravé dans ma mémoire. Il s'était senti extrêmement honoré.

À mon grand soulagement, j'avais été déchargée de la clinique plus tôt que prévu. Officiellement, c'était parce que je cicatrisais mieux qu'ils ne l'auraient pensé et personne ne voyait de raison de me garder dans un lit d'hôpital. Officieusement, on m'avait rapporté que c'était parce que j'étais devenue désagréable avec le personnel soignant à partir du jour où on m'avait annoncé que le trou dans ma cuisse serait permanent. Heureusement, Mariam m'avait assuré que Sébastian me trouverait sexy même avec une jambe mutilée.

J'étais restée presque un mois et demi dans cette fichue clinique, le temps de commencer la rééducation. J'en étais repartie avec des béquilles, mais me déplacer était demeuré compliqué pendant longtemps. Encore aujourd'hui, je me déplaçais avec une canne pour soulager ma jambe droite. Au moins, tous mes orteils avaient tenu et j'avais presque retrouvé une mobilité parfaite du bras gauche. Même mes cauchemars s'estompaient petit à petit, bien que je soupçonnais qu'ils ne disparaîtraient jamais complètement.

Mariam, Laure et moi étions dans la cuisine tandis que les autres invités discutaient dans le salon. Le cliché de la situation m'aurait poussée à changer de pièce si plus d'une seule d'entre nous avait été capable de cuisiner correctement. Mariam était en train de mixer des cocktails dont Laure lui dictait les recettes.

Pour ma part, je tentais d'expliquer à Julien pourquoi il n'avait pas le droit de boire plus de deux verres. Du coin de l'œil, je vis son oncle s'approcher après avoir passé les dix dernières minutes à me reluquer. Je m'interrompis lorsqu'il tenta de glisser ses bras autour de ma taille.

— Ne me touche pas.

— Qu'est-ce que j'ai fait ? s'écria-t-il.

— C'est de ta faute s'il m'enquiquine depuis un quart d'heure, je suis énervée contre toi.

C'était lui qui l'avait autorisé à boire. Il prit un air contrit pour me berner et me vola un baiser avant de s'éloigner de plusieurs pas. Je poussai une exclamation outrée.

— Je suis en train d'apprendre à ton neveu le sens du mot « non » ! Comment tu veux qu'il me prenne au sérieux alors que tu ne me respectes pas !

Comme pour prouver mes dires, Julien se mit à ricaner bêtement.

— Je crois que dans la mesure où il est en train de devenir alcoolique, c'est ton neveu, maintenant.

Julien redoubla de rire et son oncle prit la fuite, un verre à la main. Il ignora mes menaces, l'expression sur son visage indiquant clairement qu'il n'était pas désolé du tout.

— Pour te venger, tu devrais lui dire non plus souvent, suggéra Mariam. Ça lui ferait les pieds.

Je souris secrètement. Le plus étonnant dans notre relation, c'était qu'après tout ce temps, je n'avais jamais envie de lui dire non. Lui non plus d'ailleurs. Lorsque ça arrivait, on se connaissait assez pour savoir qu'il fallait le prendre au sérieux. C'était ce respect et cette patience qui m'avait permis de remonter la pente après Viktor.

Pendant des semaines, il m'avait aidée à réapprendre les réactions de cette enveloppe brisée que je détestais. Il avait travaillé avec moi jusqu'à ce que je me réapproprie mon corps, il avait su s'effacer lorsqu'il le fallait et panser mes blessures physiques et psychiques lorsque je lui avais demandé, jusqu'à ce que je retrouve le plaisir d'une intimité de couple et personnelle. Plus que tout, il n'avait eu de cesse de me rappeler qui j'étais ; il m'avait répété, chaque jour, que j'étais le Fléau.

Quand je repensais à la violence de notre relation dans ses débuts, j'étais toujours surprise de voir combien nous avions réussi à nous apaiser l'un l'autre, combien être avec lui était facile et évident aujourd'hui.

Mes réflexions furent interrompues par la sonnette de l'interphone.

— Marconi ! criai-je. J'espère que t'as pas redonné mon adresse à Valerio !

Il avait blagué que si Laure et moi étions un tandem qu'il devait accepter, il inviterait Valerio à tous nos repas en commun. Heureusement, ce dernier avait décliné, ayant déjà un autre engagement. Cependant, les quelques personnes officiellement invitées étaient toutes présentes et c'était tout à fait le genre de plaisanteries qu'ils étaient capables de mettre au point juste pour m'agacer.

Sébastian, qui était arrivé à l'interphone bien plus vite que moi, était livide. Je le regardai avec un mélange de curiosité et d'appréhension, mais il se contenta de s'éloigner pour me laisser accéder à l'appareil.

— Oui ?

— Ava ? C'est moi.

Je sentis mon sang se glacer d'un coup. Andrea devait avoir une pulsion de mort hors norme pour se présenter à mon immeuble après les menaces de Sébastian.

— Ava ? appela-t-il à nouveau comme je ne répondais pas.

— Qu'est-ce que tu veux ?

— Est-ce que je peux monter te parler ? S'il te plaît ?

J'appuyai mon front sur le mur et soupirai. Pourquoi moi ?

— Non, décidai-je. J'ai des invités, je vais descendre.

Je pris mon courage à deux mains et ma canne dans la gauche, puis me déplaçai jusqu'à l'ascenseur. Le trajet vers l'entrée me sembla prendre plus de temps que d'habitude.

En le voyant, je ressentis un petit pincement au cœur.

— Qu'est-ce que tu fais là ? attaquai-je sans lui laisser le temps de me saluer.

— Je voulais te parler.

— Aujourd'hui ? dis-je sur un ton sarcastique. Tu choisis aujourd'hui pour venir me parler ?

— Sébastian a été très clair sur ce qu'il me ferait si je te contactais, expliqua-t-il.

S'il pensait que j'allais être désolée parce qu'il avait subi des menaces, il allait être déçu.

— Qu'est-ce que tu fais ici, alors ? Tu ne l'as pas pris au sérieux ?

Il parut vexé que je ne m'excuse pas platement pour le manque de manières de mon partenaire.

— Andrea, soupirai-je. Dis ce que tu as à dire.

— Je voulais te remercier d'être venue, ce jour-là. Je ne pensais pas que tu tenais encore assez à moi pour risquer ta vie pour moi. Ça m'a fait réfléchir à nous deux.

Je fronçai les sourcils, surprise de l'entendre parler de notre relation.

— Si tu es venu en espérant me récupérer ou me sauver de moi-même, tu perds ton temps. Je n'ai pas besoin d'être sauvée.

Je n'avais plus besoin d'être sauvée. Je réalisai qu'une partie de moi aurait toujours un peu d'affection pour l'idée de lui, mais qu'il n'était pas réel.

Il hésita, puis fit un pas en avant.

— J'ai juste besoin d'être sûr. Est-ce que tu vis cette vie parce que c'est plus facile que de te battre pour vivre une vie normale ?

— Non, tu n'écoutes pas ce que je te dis. Je t'ai déjà expliqué tout ça il y a plusieurs mois : je n'ai pas envie d'être sauvée. Je vis la vie qui me plaît.

Il soupira, l'air peiné. Il ne comprendrait certainement jamais qui j'étais. Et c'était de ma faute, je l'avais laissé tomber amoureux d'une personne qui n'existait pas. Si j'étais avec Sébastian plutôt qu'avec lui aujourd'hui, c'était parce que Sébastian me comprenait et me complétait comme il n'en aurait jamais été capable.

— Andrea, il faut que tu tournes la page. Oublie-moi.

Je crus un instant qu'il allait tendre la main pour me toucher, mais il se retint. Son regard se fixa une seconde sur ma canne.

— Je sais. J'essaie, mais c'est dur de passer à autre chose. Pas après tout ce qu'il s'est passé… si j'avais quelqu'un à qui en parler…

— Andrea, si tu en parles à qui que ce soit…

— Je sais, dit-il avec un sourire triste. Tes amis me traqueront et me tueront.

— Non. C'est moi qui le ferai.

Je lus le choc sur son visage, teinté d'une pointe de doute. La même expression qu'il avait eue, ce jour où il n'avait pas pensé que je lui tirerais dessus.

— Je ne te dois plus rien.

— Je n'aurais jamais été dans cette situation sans toi, accusa-t-il.

— Tu sais, c'est exactement ce que j'ai pensé pendant longtemps, expliquai-je, agacée. Mais c'est pas tout à fait vrai, hein ? Si je n'avais pas repris ton contrat à l'origine, tu aurais peut-être fini par être tué de toute façon. Viktor, c'était de ma faute. J'ai donné la vie de Samir pour la tienne. J'ai donné ma vie pour la tienne. Je ne te dois plus rien, Andrea. Alors si tu parles, si tu mets mes amis en danger, je viendrai te chercher. C'est moi qui viendrai te traquer et te tuer.

Il mit un moment à enregistrer mes paroles.

— Tu me tuerais vraiment.

Ce n'était pas une question, mais j'y répondis quand même.

— Je leur dois plus que je ne t'ai jamais dû.

Après quelques minutes au terme desquelles je lui dis au revoir pour la dernière fois, espérant qu'il parviendrait à vivre sa vie sans penser à cette dernière année et demie, je le congédiai et remontai dans mon appartement, où ma famille m'attendait.

Sébastian ne m'interrogea pas sur la teneur de la discussion que j'avais eue avec Andrea, mais posa doucement sa main dans mon dos.

— Tout va bien ?

Je crois que la question qu'il voulait vraiment poser, c'était « est-ce qu'on va bien ? ». Malgré mon assurance que je ne ressentais plus rien pour Andrea, que j'avais tourné la page depuis bien longtemps et que ce que j'avais vécu avec lui n'aurait jamais rien à voir avec ce que nous avions, lui et moi, Sébastian avait du mal à oublier que je m'étais livrée volontairement à Viktor pour sauver Andrea.

Tendrement, je lui souris pour le rassurer, et l'embrassai comme si nous étions seuls. Aujourd'hui, je savais que ça avait toujours été lui. Longtemps, j'avais cru qu'Andrea avait, par un quelconque miracle, réussi à éviter toutes mes défenses, à se glisser sous ma carapace, à m'ouvrir à toutes sortes de possibles, mais c'était faux. C'était Sébastian qui avait fait voler en éclats toutes mes barrières, cette première nuit. Le fait que, étrangement, Andrea avait temporairement fait partie de ma vie grâce à lui, était une conclusion que je n'étais pas prête de partager avec Sébastian.

Je rejoignis Mariam qui fumait à la fenêtre et qui tenta de cacher sa cigarette à mon approche.

— J'ai décidé de changer l'ordre de mes cinq règles, annonçai-je.

— Vraiment ?

— Oui... la première était de ne jamais s'attacher. Je crois qu'on peut dire que j'ai misérablement échoué, reconnus-je en observant les gens qui remplissaient mon salon.

— Ça, c'est le moins qu'on puisse dire... donc la première est supprimée ?

Mariam se força à ne pas se moquer ouvertement ; elle avait toujours trouvé l'idée de mes règles ridicules.

— Non, parce que Roger ferait une syncope si je décidais d'agrandir mon cercle d'amis, plaisantai-je. Ça devient la cinquième. C'est peut-être parce que je vieillis, mais je ne crois plus que ce soit la plus importante.

— Il suffit de bien choisir les exceptions à ta règle idiote.

— C'est vrai, acquiesçai-je en voyant Ben et Julien qui discutaient avec Luisa.

Je repensais soudain à ce que Luisa nous avait dit, à Arnold et moi, sur l'enfer. Elle avait toujours été très croyante, et j'avais souvent dû me retenir de rouler des yeux en l'entendant parler de ça. Ce qu'elle appelait l'enfer, c'était un état d'esprit ; et ce n'était pas un état agréable.

J'étais sûre que certaines personnes avaient souffert bien plus que moi, mais parfois, quand je me réveillais en sueur au milieu de la nuit, ou quand ma jambe se dérobait sous mon poids, j'avais le sentiment de ne pas en être tout à fait revenue. Je savais que je n'avais pas fini de souffrir ; le risque d'y retourner faisait partie du métier, partie de la vie en général. Des instants comme ceux-là n'étaient probablement qu'un répit temporaire. Le bonheur n'était jamais complet, jamais permanent.

Sébastian le savait aussi. « Aussi longtemps que "toujours" durera », c'était ce qu'on s'était promis. Peut-être que c'était pour ça qu'on était si bien ensemble ; il avait appris à profiter de ces moments sans poser de questions, parce qu'ils ne duraient jamais assez longtemps pour obtenir les réponses.

À cause des choses que j'avais faites, des choses que je n'avais pas faites, à cause des choses que je ferais, je devrais forcément retrouver mon enfer personnel un jour ou l'autre. Et j'y retournerais seule parce que, en fin de compte, on est seul dans sa douleur et seul dans sa mort.

En regardant tous les visages souriants qui m'entouraient, je savais que, grâce à eux, tout en valait la peine. Je mourrais seule, mais je comprenais à présent. Ça ne voulait pas dire que j'avais besoin de vivre de la même façon.

REMERCIEMENTS

S'il y a des gens capables d'écrire un roman sans l'aide de personne, je n'en fais pas partie.

La Cinquième Règle n'aurait jamais vu le jour sans le soutien et l'amitié de toutes les personnes qui en ont lu quelques lignes, quelques pages ou quelques chapitres ; je pense notamment à mes copines de fac, mes collègues surveillant-e-s, à cette camarade de collège avec qui on s'encourageait dans nos désirs d'écriture, aux copains-copines d'agreg ou mêmes à celles et ceux qui, sans le lire, ont su me soutenir dans mes projets.

Tout d'abord un grand merci à Aurore Bourbon pour sa bienveillance, son enthousiasme et son aide, pour ses conseils et sa disponibilité, ainsi qu'aux Editions Persée pour avoir donné une chance à ce roman.

Je veux ensuite remercier mes parents pour m'avoir donné la possibilité de rêver et de m'ouvrir au monde par les livres, de m'avoir offert la sécurité et l'amour nécessaires à la réalisation de ce projet. Merci à mes sœurs, qui vont maintenant être obligées de lire mon livre si elles ne veulent pas avoir la honte. Merci à mon parrain pour son enthousiasme sans faille.

Merci aux enseignant-e-s qui m'ont encouragée à lire et m'ont donné envie de travailler pour faire toujours mieux. Sans vous, je ne serais jamais parvenue jusqu'ici. Et je ne dis pas ça juste parce que je suis professeure aujourd'hui (les accidents arrivent à tout le monde).

Merci aux autrices et aux auteurs qui ont enchanté mes journées et souvent mes nuits en m'offrant des mondes fabuleux à découvrir, qui m'ont fait rire, pleurer, rager et surtout rêver qu'un jour je pourrais moi aussi conquérir de nouveaux univers, imaginer de nouvelles histoires.

Merci à Mar Andrade Viu pour sa relecture si précieuse et pour avoir pris le temps de m'éduquer sur des sujets à propos desquels ma vision est parfois encore trop étroite.

Merci aux badasses de rendre mes journées supportables et d'avoir (presque) toustes lu ce livre. Pour les deux qui ne l'ont pas encore lu, vous pourrez vous faire pardonner en l'offrant à toute votre famille. Merci à Jessica pour son aide dans les relectures de dernières minutes.

Un IMMENSE merci aux meilleures beta lectrices de l'univers : Elise, Sabrina, Laurie et Marta. Je ne me suis toujours pas débarrassée de ce personnage qui vous agace, mais vos conseils et vos compliments ont été inestimables. Un merci encore plus spécial à Marta pour avoir relu dix mille fois ce bouquin et pour avoir été aussi surprise que moi en découvrant que le passé simple de « coudre » est « cousit ». Merci à l'alpha lectrice par excellence, Pauline, d'être toujours volontaire pour lire les scènes qui me posent problème sans jamais râler parce que je l'ai spoilée.

Merci à mes amours, celles qui sont parties, celles et celui qui restent encore. Merci de me donner tant chaque jour, de m'aider à tenir debout et de ne me briser le cœur qu'au moment de dire au revoir. Vous ne cesserez jamais de me manquer.

Merci aux lectrices et aux lecteurs qui auront la curiosité de choisir ce livre parmi tant d'autres et de le lire.

Et enfin, merci à Ava, de m'avoir accompagnée pendant près de dix-sept ans. Je te devais bien ce point final.

TABLE DES MATIÈRES

Imprimé en France
978-2-8231-3385-1
Dépôt légal : 4e trimestre 2021